THE FUTURE
NAOMI ALDERMAN

未来

ナオミ・オルダーマン
安原和見 訳

河出書房新社

登場人物一覧

▼ チェン
サバイバルがテーマの動画チャンネル〈SurlySurvivor〉の配信者。

▼ レンク・スケトリッシュ
ソーシャル・ネットワーク〈ファンテイル〉の創設者にしてCEO。

▼ マーサ・アインコーン
レンク・スケトリッシュの秘書兼友人。

▼ ジムリ・ノミック
物流・購買大手〈アンヴィル〉のCEO。

▼ セイラ・ノミック
ジムリ・ノミックの妻。元・凄腕のプログラマー。

▼ エレン・バイウォーター
パーソナル・コンピュータ企業〈メドラー・テクノロジーズ〉のCEO。

▼ バジャー・バイウォーター
エレンの末っ子。

▼ アルバート・ダブロウスキー
〈メドラー・テクノロジーズ〉の創設者。取締役会で会社を追放された。

▼ エノク
新興宗教〈エノク会〉の教祖。

▼ マリウス・ズグラヴェスク
大学で客員教授を務めるハッカー。チェンの親友。

目次

ODA、DLA、そしてSSA――未来に

未来

始めて制して名有り
名亦《ま》た既に有れば
夫《そ》れ亦た将に止まることを知らんとす
止まることを知らば
殆《あや》うからざる所以なり

——老子『道徳経』第三十二章より

支配し統治するとは名をつけはじめることである。
名が増えすぎたらやめどきだ。
やめどきを知っていれば危険はない。

（アーシュラ・K・ル＝グウィン 訳）

第一部　本質的な問題

十一月、北カリフォルニア
環境対策会議「アクション・ナウ！」

レンク

世界が終わった日、ソーシャル・ネットワーク〈ファンテイル〉の創設者にしてＣＥＯのレンク・スケトリッシュは、美しい自然のなか、セコイアの木の下という指定の場所で座禅を組み、下腹から息を吸おうと努めていた。

遠くの山々は雪をいただき、その曲線や裂け目が想像力をかきたてる。近くの木々は子鹿のあずき色、セージの灰緑色。セコイアの幹はがっちりして筋張り、ねじれた蔓の模様が入っているが、表面には苔や若草が生えていて柔らかい。小さな羽虫が群れをなして羽音を立てる。空は洗われたような晩秋の淡い水色、らせんをなす枝々のすきまからちぎれ雲がのぞいている。それなのに。

瞑想指導者の鼻が笛のような音を立てる。

彼女が「深い腹式呼吸」をするたびに、その鼻音がセコイアの木々のやさしいささやきをチェーンソーのように切り裂く。本人に聞こえていないはずはない。絶対に聞こえているはずだ。なのに聞こえたそぶりも見せない。セコイアの木々は揺れ、十一月の葉は落ちようとしている。彼女が口を酸っぱくして言っているように、形あるものはすべて過ぎ去っていく。

　いや、すべてが過ぎ去っていくなどということはない。少なくともレンク・スケトリッシュに関わりがあるものにかぎっては。

「息を吸うときはお腹をゆるめて」と講師は言う。その「お腹（belly）」の二重のl《エル》を、まるでイタリア人のように引き伸ばして発音する。しかし、彼女はイタリア人ではない。レンクは初日に、エグゼクティブ・アシスタントのマーサ・アインコーンにチェックさせたのだから間違いない。この講師はウィスコンシン出身、ウィスコンシンといえばスクィーキー・チーズ（熟成させる前のフレッシュチーズ）の本場だ。彼女は「お腹」と言いつづける。彼はお腹に光を抱き、お腹の温かさを感じ、自分のお腹に入り込まねばならない。彼女の鼻音とあくまでも引き伸ばされるl音のなかに、いつまでもとどまらなくてはならない。レンク・スケトリッシュの「お腹」で成長していたのは、渦巻き沸騰する酸性の憤怒だった。

　セコイア。セコイアの木々に戻ろう。自然の雄大さ、素朴な美しさ。中腹をのぼる踏みならされた道、小川のせせらぎ。息を吸って、吐く。刻一刻と来ては去っていく世界、そして彼もその一部だ。いまここに集中し、心を静め、〈ファンテイル〉のことを考えてはいけないウルグアイとミャンマーに進出する話が進んでいるのだがそうは言っても彼の見ていないところで絶対にだれかがへまをしやがるのはわかっているのだどうしてくれよう。

　いや、いま、ここに集中するのだ。身体の中心、へそで呼吸を感じるのだ。そうだ、いいぞ。へそが上がって下がり、そして……鼻笛に新しい音が加わった。最初のより少し低い。バリトンか、アルトか。この講師には聞こえていないのか。なぜセッションに来る前に鼻をかまないのか。マーサでも役員のだれかでも、あるいはマーサの部下のだれかひとりでも、この有名な超一流の瞑想指導者が鼻炎持ちだということに気がつかなかったのか。ろくに調べもしないで契約したのか。

「身体の内側で呼吸して」――低く歌うような声――「いまこの瞬間、あなたはなにもしなくていいのです」

それはどう考えても間違っている。ここにいなければならないじゃないか。しばらく前に取締役会に言われたのだ、怒りを抑えられなければ〈ファンテイル〉に彼の未来があるかどうか現実的な疑問があると。それじたいまったくばかげた話だ、鼻のなかにフルオーケストラの管楽器セクションを飼っているこの女が、あたかも静けさの権化のようにふるまっているのと同じぐらいばかげている。彼は調子を合わせ、同じゲームをプレイしてきた。〈メドラー〉でエレン・バイウォーターがアルバート・ダブロウスキーにしたのと同じことを彼に対してするつもりなら、そして彼の設立した会社から彼を追い出す気でいたのなら、取締役会は考えなおすことになるだろう。しかし、やつらはやる気でいる。彼の経営手法がうまく行っていないと言い、過去の経験から少しも学ぼうとしていないと言い、最初はじりじりと、しかししだいに勢いをつけて彼を追い出そうとしている。すでに前例がある。アルバート・ダブロウスキーの話は戒めだ。いま〈メドラー〉を経営しているのはエレン・バイウォーターなのだ。くされアルバート・ダブロウスキーはいまどこにいる？　つたく、だれがそんなことを気にするというんだ。

「真にいま、ここに存在して」鼻炎のトランペットがつぶやく。「いまこの瞬間を信頼して迎えるんです」

彼がここにいるのはやる気を示すためだ。彼はよちよち歩きの赤ん坊ではない――どころか、〈ファンテイル〉を二十年近く経営して実績をあげてきたし、そもそもただのアイディアとはるかな大海原で沸き起こる波のような感覚だけをもとに、無からこの会社を築きあげたのだ。いまでは世界百二十七か国で、おおぜいの聴衆に向かって話をしたければ、人は最初から〈ファンテイルストリーム〉を使うし、なにかを売りたければ〈ファンテイルストア〉を立ち上げる。国境を越えて取引がしたければ、〈ファンテイルシームレス〉を使って〈ファンテイルコイン〉で決済する。国どうしで話しあうときは〈ファンテイル〉を通じて話しあうようになっているのだ。

また、次のこの部分——つまり、広く世間に向けていい顔をするという部分も、レンクにできないはずはない。独禁法関連の公聴会も、このくだらない「アクション・ナウ！」とかいう〈アンヴィル〉と〈メドラー〉との環境対策会議も乗り切れるだろう。もうかっとなったりしないし、高価な切子ガラスのパーティションに高価な陶製の像を投げたりしない。目にガラスの破片が入って病院送りになる者が出ることは二度とないのだ。あれは失敗だった。後悔している。瞑想はつまらないが、効果はある。ただへそから呼吸をするだけだ。吸う息と吐く息に意識を集中する。ハーヴァード大学時代は、こういうことに入れ込んでいたものだ。ルームメイトのひとりがプレイリストをくれたのだ。夜遅くまでコーディングを続けたあと、これを十分《じゅっぷん》やるだけで、へとへとに疲れきった状態から至福の深い眠りに入ることができると言って。たしかにやる価値はある。〈アンヴィル〉のジムリ・ノミックは、毎年砂漠のポッドに入って沈黙と断食の十日間を過ごし、鼻腔洗浄をするそうだ。いや、肛門洗浄だったか。ともかくどっちかだ。ジムリ・ノミックは、倉庫と流通のネットワークを構築し、日の下にある古きも新しきもすべて輸送し、すでに〈アンヴィルチャット〉と〈アンヴィルパーティ〉で彼に肉薄していて、あの貪欲な口でなにもかもがぶりとやろうとしていて——

「もし思考がさまよい出しているのに気がついても」——指導者はアコーディオンのような喘鳴《ぜんめい》をた

て深く息を吸った――「驚くことはありません。そのまま落ち着いて呼吸に戻ってきてください。必要なのはいまこの瞬間だけなのです」しかし、そんなことはあったためしがない。いまこの瞬間は気づくと同時に消えている。そこには称賛も所有も存在しえない。彼に必要なのはその輝きであり、抗しがたい時の力であり、遠くの大海原で沸き起こる波なのだ。

「お腹の底から深く息をしてください。忘れないで、わたしたちが心配しているのはただ未来に起こるかもしれないことばかりです。でも未来はここにはありません。未来は想像のなかにしかなく、期待も不安もすべて想像のなかにしかありません。わたしたちはいまこの瞬間に休らえばよいのです」彼女は言った。「いまはよくないことなど起こっていないのですから」

しかし、よくないことはしょっちゅう起こっている。ほとんどいつも起こっている。たえずつついたり、手入れをしたり、修理したり、押したりしていなければならない。介入しなければ、いまこの瞬間は失われる。そして次の瞬間もその次の瞬間も。波がひとつまたひとつと通り過ぎていき、彼はあいかわらず冷たい海にぷかぷか浮いていて、骨からぬくもりが溶け出し、彼を丸呑みにしようと死が上昇してくる。次になにが起こるか目を光らせていなければ、人生が丸ごと食い尽くされかねない。大半の人間はそういう目にあってきたのだ。

「次になにが起こるか、ほんとうに知ることはできません」瞑想指導者は言った。

まあつまり、なにもかもくだらない茶番ということだ。知るすべはない。次の瞬間になにが起こってもおかしくないわけだ。他のだれかが新しいアイディアをつかむかもしれないし、ライバルに幸運を横取りされるかもしれない。乗っ取り屋のエレン・バイウォーターが、すべてをみそなわす〈メドラー〉の目をこちらに向けてくるかもしれない。彼女の華やかで洒落たハードウェアが夢の代替品として登場し、普段着の〈ファンテイル〉は駆逐されるかもしれない。〈メドラートーク〉はわが社の新製品で、お客さまのコミュニケーションに必要な処理はすべてこのスタイリッシュなデバイスにお任せください、とかなんとか。いまでは彼女はつねに一歩先を行っているような気がする。〈メドラー〉を盗んだように、彼の主要な顧客層をかっさらおうと誘惑の魔手を伸ばしている。そんなわけで彼女が新製品を出してくるかもしれないが、もちろん地震が起きたり、突然心臓発作が起きたりするかもしれないし、遠くで頭のおかしい独裁者が致命的な爆弾をぶっ放すかもしれないし、世界的なパンデミックが起きるかもしれない。なにがあっても不思議はない。

　レンク・スケトリッシュは、未来のうえにキャリアを築いてきた精力的な男だった。未来を知り、未来のにおいを嗅ぎ、身のまわりに現在よりも未来を生々しく感じて生きてきた。彼にとって未来は故郷であり慰めだった。明日の、次の十年の、次の百年の生々しさに駆り立てられて前進してきたのだ。

「ほんの一秒先ですら、未来になにが起こるかほんとうに知るすべはないのです」

　いや、そうなるとおれは困る、とレンク・スケトリッシュは思った。

　彼の手首の薄型《シン》スクリーンが、低い、しかし緊急のピー音を発した。瞑想指導者が顔をしかめ、レンクの心に小気味のよい思いがよぎった。いやあ確かに、なにが起こるかほんとうに知るすべはないもんだねえ。シンスクリーンに目をやった。アルバニアやタイの緊急事態か、決定を下すべき事項か、解決すべき問題か、いずれにしてもこのセッションを早めに切り上げる絶好の、非の打ち所がない財政的な口実になるだろう。しかし、そうはならなかった。顔の皮膚が引きつった。通知を見て険悪に目を細める。ちょっとした逃避手段どころではない。終末の訪れだ。

ジムリ

物流・購買大手〈アンヴィル〉のCEOジムリ・ノミックは、その通知にまるまる四時間も気づかなかった。彼にしては異例なことに、妻とセックスをしていたからだ。

「アクション・ナウ！」の会議のとき、セイラ・ノミックはみようにハイテンションだった。彼女はこういうくだらない環境イベントが大好きだ。それは間違いない。トラとかイルカとか、熱をあげていた特定の苔とかのことで本気で涙を流しているのを見たこともある。そしてまた、〈フューチャーセーフ〉ゾーンに約束の額の二倍を寄付すると言って、彼が妻を驚かせたのも間違いない。それでもやはり、なぜ彼と結婚したのか思い出したという目で妻に見られて悪い気はしなかった。

彼が見守るなか、セイラはステージを歩いていく。膝上丈のクリーム色のスカートから、ふくらはぎと太ももがのぞいている。引き締まって艶やかで、全盛期のセリーナ・ウィリアムズ（米国の女子プロテニス選手）を思わせた。くそったれ、どうせ全部弁護士に行くんだと思い、彼は合意していた額の二倍を口にした。セイラは彼の手をつかみ、まるで優勝したばかりのようにその手を高くあげてみせる。いっせいにカメラのクリック音が鳴り響き、聴衆がどよめき、背後のスクリーンにその途方もない数字が映り、するとセイラは身をかがめて彼の耳元でささやいた。「セックスしたいわ。いますぐ」そんなわけで、彼は実際にいささか「アクション・ナウ」としゃれ込んだのだ。余計にかかった費用は五十七億ドルぽっちだった。

それは彼好みのセックスだったが、こんなに激しいのは数年ぶりだった。スイートの壁に身体を押しつけてスカートをおろす。床のうえで、入ってこいと急かされる。ソファのうえに彼女を押し倒す。しまいにベッドに入り、今度は彼女が上になる。馬乗りになった彼女はどっしりした乳房をあらわにし、大きな黒い乳首は固く起きあがり、一刻を争うかのようなリズムで揺れて、全世界のあらゆる部分から記憶も思考も消え去って、彼はただの小さな一点——燃えあがる快楽と全面降伏の一点——に単純化される。

「信じらんない」と彼女は言い、もみくちゃのシーツに倒れ込んだ。それから思い出したようにふり向いて、思いがけないほどやさしい口調で言った。「あなた大丈夫?」まるで出会ったばかりであるかのように。いまこの瞬間初めて、学校時代の彼が喘息持ちのオタクだったと聞いたばかりであるかのように。彼はユダヤ系エストニア移民の子で、いきなりミネソタ州の高校に放り込まれ、その変てこな外見とみょうな訛《なま》りとおかしな英語——そしてさらにむかつくことに、つねに自分のほうがえらいと思い込んでいる——のせいでさんざんいじめられ、しまいにはアメフト少年どもに走行中の車から投げ落とされたほどだった。最後の最後に、彼女はそんな彼にまたまともに目を向けたのだ。

このところ、ジムリ・ノミックはトレーナー付きでパレオダイエットに励み、立派な腹筋と地球上のだれよりも莫大な財産をもつ身になった。しかし均整という面ではあいかわらずで、幅広で毛深い肩に大きな腕と手は、ずんぐりした短軀《たんく》、鋭角的な顔立ちとは別人のもののようだった。しかし、それは問題ではない。ビジネスのことなら完璧にわかっているから、まるで先のことが見えているようだ。タイミングは完璧だったし、市場の理解にかけては、また無慈悲で鉄壁の組織運営法を身につけていることにかけては、彼の右に出る者はない。それでもジムリは、かつての駄目オタちびを完全に押し込めることはできなかった。学生時代、健康で輝く肌に亜麻色の髪、白い立派な歯をした、筋骨隆々農場育ちのスポーツ少年と並んだとき、自分がどう見えていたか彼はよく知っていた。どんなセックスも成功も、そんな自分をほんのいっとき忘れさせてくれるのがせいぜいだった。

彼がすでに弁護士と話しているのを、セイラ・ノミックはまさか知っていたのだろうか。だからこそあんなによかったのだろうか。彼は、妻がロンドンに里帰りしているのを見計らって弁護士と会う時間を作った。だから知っているはずはないが、たぶんこれが最後だとどこかで直感していたのだろう。数週間後には、莫大な慰謝料と機密保持契約書と離婚届が一度に手渡されるということを。

「しまった」セイラ・ノミックは言った。「あのさ、ソノマ（カリフォルニア州西部の都市。ワインの産地）でちょっとあれが――ほら、女どうしのあれがあるのよ。もう行かなくちゃ」

彼の見守る前で、彼女は下着をはき、クリーム色のスカートで見事なお尻をなめらかに包んだ。白いレースのブラのホックを留める。過去にしがみつきたがるのは弱さの表われだ。いまをただ楽しめばよい。

走る車から彼を突き落とした少年たちから、入院中に見舞いを受けた。そのころには、彼のあごは新しい位置――その後ずっとそのまま動かないのだが――にワイヤで固定されていた。わずかに前方に突き出していて、おかげで熱心な共産主義青年を思わせる横顔になってしまった。つねに人民の勝利を目指して努力しています、みたいな。少年たちが五人いたのはわかっているが、いまとなっては区別しようにもどんな特徴も思い出せない。記憶にある数少ない事実――ひとりはくしゃみをしているのかと思うような笑いかたをするやつで、ひとりは意外にも物理が得意で、なのにそれをひた隠しにしていた――は五つの顔から顔に移動していき、思い出そうとするたびにその特徴はべつの顔に落ち着いてしまう。そういうことをみんな書き留めておけばよかったと思うときもあるが、そうしなくてよかったと思うときもある。見舞いにやって来たとき、かれらはまるでいっしょに傑作なジョークを演じたかのようにふるまった。あの脱出劇で彼は顔を砕いたわけだが、そうは言ってもいやいや参加させられたわけではなく、みずから冒険野郎として参加したのだと。「憶えてるか」ひとりは笑いながら言ったものだ。「もう転げ落ちかけてんのに、おまえシートベルトをつかもうとしてたよな」

そう言われた瞬間にジムリは悟った。彼がどんなに自分の話に固執しようとも、この少年たちの頭のなかではただの悪ふざけとしか記憶されないのだ。他者に確実さを求めても無駄だ。安全を得るためには、ひとりで生き抜いていける自立性を身につけるしかない。最初は友情に見えても、やがてはだれがだれともつかない笑い転げる若者の集団によってそれとなく車の座席を移動させられ、押したり小突いたりされるうちにしまいには子犬のように引き剝《は》がされて、虚空に突き飛ばされる破目になるのだ。

セイラ・ノミックはブラウスのボタンを留めた。あの乳房とも、あの乳首とも、あの太ももともこれでお別れだ。まあしかたがない。惜しむことはない、彼はサンフランシスコに住んでいるのだ。その気になれば女はいくらでもいる。彼女は熱烈に、しかしやさしく彼にキスをし、目をのぞき込んできた。それで彼はまた思った――知っているのだろうか。しかし知っているはずはない。ただなにかを感じただけだ。彼女は部屋を出ていった。

もう夜も遅い。レンク・スケトリッシュから朝の瞑想に招待されていた。返事はノーだ。どうしてもレンクは虫が好かないというだけでなく、これほど上質のオルガスムを無駄にはできないからだ。

ジムリは午前六時に起きられるように〈アンヴィルスリープシステム〉を設定した。経験によれば、われを忘れるほどのめったにないオルガスムのあとに深く眠り、冷水浴をし、長距離のランニングをすると、百億ドルから二百億ドル相当、償却期間十年以上のアイディアが生まれるのだ。彼は〈アンヴィルフォーカス〉に、ランニングが終わるまではいかなる邪魔も――なにが理由であっても――入れてはならないと指示した。とにかく正午まではなにがあっても。

夜が明けて十一月の朝、湖は冷たく澄んでいた。湖面にわいた霧がゆるやかな雲となって集まり、まるで生きたもののように漂っている。五羽の水鳥が湖に潜って水草をついばみ、仲間どうし噂話に花を咲かせている。遠くではセコイアの木々が空に落書きをしている。ジムリ・ノミックは荒い息をつきながら湖岸に腰を下ろし、尻ポケットからスマートノートを取り出すと、東南アジアの生産ラインと流通ラインの相乗効果に関するさまざまな考えを書きなぐった。彼は物思いに沈み、寄せては返す波の連なりを、湖面に吹き渡る風を眺めながら、そのあいだずっと目の前の世界そのものではなく、比喩と象徴の世界を見ていた。そこではサプライチェーンや工場、産業や国が色つきのビーズになって、満足いく運用結果が得られるまで何度も場所を変えていくのだ。

そんな生産的なトランス状態にあったとき、きっかり正午に〈アンヴィルフォーカス〉が音もなく自動的に切れた。するとシャツの襟に留めたクリップが鳴りだした。スマートノートを引っくり返し、裏にあるデジタルデッキに目をやった。すると通知が入っていた。それをしばらく見つめてから、また湖に目をやる。耳をかいた。いま直面している厄介ごとの種類によっては、この目の前の湖か、水鳥か、湖全般か、あるいはその三つすべてが巻き込まれる可能性がある。まだあるうちに景色を楽しむほうがいい。

ロッジに戻る途中で、セイラから電話が来た。

「つたく」彼女は言った。「ジムリ、もうほんとに、午前中ずっと電話してたのよ。これ本物?」

いまはもうしかたがないと彼は思った。次の女を見つけているひまはない。彼といっしょにシェルターに入るのはこの女になる。「いや、ただのテストだ。家から出ないように」と言うこともできる。風が木々を揺すり、透き通った湖面に木の葉がばらばらと降り注ぐ。

「ああ、本物だ」彼は言った。「飛行機が迎えに来るから乗りなさい」

「えっ、あなたといっしょじゃないの?」

「人目を惹くようなことはしてはいけない、それが実行手続き《プロトコル》だ。通常の手段で移動。わかってるだろう。たぶんおれは……」彼は笑った。「つたくやれやれだ、レンクやエレンと同じ飛行機に乗ることになると思う」

「あらまあ」彼女は言った。「わたしだったらやれやれどころじゃないわ」

「いまは話せない」彼は言った。「飛行機に乗って、専用のWi-Fiが使えるようになるまで待つんだ。いいね」

「わかってるわ」彼女は言った。ややあって、「でもこわい」

「シェルターで会おう」彼は言った。「ハイダ・グワイ(カナダの太平洋岸沖の群島)のじゃない。あっちは問題が起こってる。スコットランドのやつだ。大丈夫だよ」

うまく行くかもしれない。ほんとうに、これまでよりうまく行くかもしれない。世界になにが起ころうとも、彼は大丈夫だ。それにセイラとうまく行かなかったとしても、もう次の女が見つけられないというわけではあるまい。

エレン

「アクション・ナウ！」会議出席者用の湖を見下ろすヴィラ、その鏡板張りのペントハウスの一室。世界一の利益を叩き出すパーソナル・コンピュータ企業〈メドラー・テクノロジーズ〉のＣＥＯ、エレン・バイウォーターは荷物をまとめようとしていた。その手が震えている。

亡夫のウィルが、湖を望む木製の安楽椅子に座って見守っていた。彼は言った――苦しい決断だった？

「あなたは心配しなくていいの」彼女は言った。「もう死んでるんだから。わたしが行くところにあなたも行くのよ」

たとえ生きてたってきみが行くところに行ってただろう、彼は言った。それがたとえ地の果てでも。

彼女は空っぽの椅子に向かって微笑んだ。彼が死んだことに気づいていないわけではない。べつに頭がおかしいわけではないのだから。たんに習慣になっていてやめられないだけだ。

この「アクション・ナウ！」のイベントはエレンの発案だった。と言ってしまっては嘘になる。追放された会社創設者のアルバート・ダブロウスキーが「アクション・ナウ！」に巨額の寄付をしていたから、彼女としてはさらに多額の寄付をし、このイベントにつきあって、体裁を整えないわけにはいかなかったのだ。

ウィルなら彼女の肩に腕をまわし、頭のてっぺんにキスをして、「それで良心をなだめようって?」と言ったことだろう。そして彼女が肩をすくめたらこう言っていただろう――「そのほうがいいよ、なだめられるならなだめたらいい」

自分がいまも夫に話しかけているのはわかっていた。彼の側のせりふを、ほぼ正確に代弁できるまでになっていることも。自宅ではときどき、階段の下に立っている夫を見かけることがあった。階段を下りていくと、彼の長身と畳んだイーゼルのような骨ばった脚がダイニングルームに消えていくのが見える。夫は自分の脚を自慢にしていた。六十四歳になっていても、ハイキングに出て膝が痛むこともなかった。亡くなった日にも、膝の状態にはなんの問題もなかったのだ。

「頭のなかがぐるぐるしてるの」彼女は言った。「こわいのよ」

ウィルはわかってくれた。こわがるのは当然だ。世界の終わりを望む者などいるわけがない。

通知にはプロトコルに関する情報も記載されていた。そのプロトコルは少し前に彼女が自分で書いたものだ。破局のときに備えて。

「エレン」彼女の〈スマートピン〉のプロトコルが言った。「所持品をすべて荷造りする必要はありません。感情的に捨てられない小さな物品のみにしましょう。必要なものはすべてそろっています」

それじゃぼくは? とウィルが言った。ぼくは感情的に捨てられない小さな物品かな?

エレンはうるさいわね、と言い返した。

「子供たちのプロトコルはもう起動してる?」エレンは尋ねた。

〈スマートピン〉が答える。「お子さんたちにはもう通知されており、みなさん交通機関に向かっているところです」

「バジャーも？」エレンは言った。

ウィルがエレンに鋭い視線を投げてよこす。バジャーはふたりの末っ子で、ノンバイナリー（性自認が男女どちらでもないこと）だった。政治的には過激な立場を取っていて、このシステム——事前警報、プライベートジェット、ニュージーランドの秘密のシェルターなど——にはなにからなにまで賛成できない、と何度か言っていた。

プロトコルによれば、この状況で電話をかけることは認められていない。世界の破滅を乗り切るためにせっかく安全で快適な場所を確保していても、それをみんなに知られてついてこられたら意味がない。逃げたことを人に知られる前に入口を密閉する、それが計画だった。しかしそうは言っても。

「バジャーに電話して」エレンは言った。

バジャーが電話に出るまで、心臓が激しく鼓動を打って痛いほどだった。スイートの壁に映し出された顔は、カメラに思い切り寄っていてスクリーンをほとんど占領している。自分がどこにいるのか母に知られたくないのだ。その顔のなんと鋭いこと、蛇の牙以上だ。

それでもバジャーは怯えているようで、それを見てエレンはいささか痛快な思いを味わった。ほらね、お母さんだってまだあんたの知りたいことを知ってるのよ。

「来る？」エレンは言った。「警報《アラート》は受け取った？」

バジャーが顔をしかめるとひたいにしわが寄った。ああ、あの小さなしわ。生後一日で、音を立ててお乳を吸っていたころからあったあのしわ。一生懸命なにかに打ち込んでいるとあれが出るの。

「ママ、外に車が来てるんだけど。どうしたらいい？」

ああ、なつかしいわこの感じ。バジャーは昔から手のかかるむずかしい子だった。でも、あんたにはやっぱりお母さんが必要なのね。

「その車に乗んなさい。いいわね」

「わかった」

少し間があった。そしてついに、しかめつらの下から……

「あの、連れてっていいかな……」

「ふたりまでならね。ただ、携帯電話は置いてくように言うのよ、いいわね。〈アンヴィルクリップ〉とか〈トルク〉とか、そういうのはみんなよ。休暇に行くんだって言いなさい。お母さんに言われたからしようがないんだって、むかつく母親だって。わかった？」

バジャーは長々とため息をついた。目の下に、かわいいそばかすが星のように散っている。

「わかった。ママも来るんだよね？」

「今日じゅうに会えるわよ。心配しないで」

エレン・バイウォーターは落ち着きを取り戻した。車が来る前に、鏡の前に座って口紅を塗り、ティッシュで押さえた。こういうことは自分でやるべきだと思っている。

ウィルが言った——結婚式のときも、きみは自分で化粧をしてたね。ぼくはそれを見てた。一九八九年だったから、若かったきみは目のまわりに金と赤と黄色の渦巻きを描いてた。きみは芸術家みたいだった。高級なラクダの毛のブラシと金色の小さな壺を持って、まるで巫女のようだった。

「鼻にパンチをくらって、目のまわりにアザが出たみたいだったわよね」彼女は言った。しかし結局のところ、人生の繰り出すパンチのせいで顔は変わってしまい、しまいには見分けもつかなくなる。

「わたしがしわくちゃになるのが見られなくて残念だったわね」彼女はウィルに言った。

ウィルは言った――ぼくが死んだとき、きみにはもうしわがあったじゃないか、忘れちゃったのかな。ぼくはきみのしわにキスをしていたよ。

「そのことで、ときどきわたしをからかってくれたわよね」

それはお互いさまじゃないか。それがぼくらの流儀だった。どんなときも、ぼくはきみの愛情を信じていたよ。

エレンはそこにいないウィルを見た。結局のところ、わたしたちはなにを信じていたのだろう。ときには、ほんとうにその場にいるかのように、彼ならなんと言うかわかることもある。またときには、自分でひねり出すしかないこともある――そういうときはつらくなる、彼がほんとうはもういないのだとわかってしまうから。

最後にウィルは言った――きみはいつも、株主と従業員のために最善を尽くしてきたじゃないか。

大して荷造りするものもなかった。腕時計を詰めた。淡黄色のセーターと、どんなときもそれに合わせると映えるゴールドのネックレスを詰めた。ラップトップに携帯電話に、〈メドラートルク〉を詰めた。荷造りすることじたいが、感情的に置いていけない小さな物品のようなものだった。

厳密にはプロトコル違反だが、エレンはサバイバリストの巨大サイト〈年貢の納めどき《ネーム・ザ・デイ》〉をチェックした。もしなにか起こっているなら、一大事が起こるとだれか気づいているなら、サイトのどこかになにか書き込みがあるはずだ。しかし、まったくふだんどおりだった。南シナ海に艦隊。東ヨーロッパでパイプラインが爆発。いつものサバイバリストたちがわめき散らしている。この連中は、なにかが沸騰しかけているとは気づいてもいない。それでも、どこかでなにかが起ころうとしている。警報が理由もなく鳴ることはない。世界のどこかで、これまでどうにか抑えられていた状況が、「まつたく抑制がきかない」事態に陥りつつある。そのあとは連鎖反応だ。ジャングルのどこかに、トラが潜んでいる。

レンク

飛行場はもう真っ暗だった。レンク・スケトリッシュの骨伝導ミニポッドからは、ローリング・ストーンズの「ギミー・シェルター」が流れている。頭蓋骨のなかでビートルズは解散し、六〇年代は終わり、暴力革命の気配が漂い、そしていままではなにが起こっても不思議はなかった。真に生きていると感じたのは生まれて初めてだ、そう彼は思った。夜のドライブ、頭のなかでビートを刻むミュージック、未来はもうすぐそこだ。このために彼は計画を立てたのだ。真夜中の始まり。古い世界はすみやかに消え去り、新しい世界が誕生するのだ。

ただ、格納庫に着いてみると、ジムリ・ノミックは例によって神経に障るにやにや笑いを浮かべているし、エレン・バイウォーターは電話を叩きながら言っていた。「パーティなんかないわ。会議場を出てからこっち、パーティなんかなかったわよ」

彼女はもうパニックを起こしかけている。思っていたとおりだ。こんなことがほんとうに起こるとは思っていなかったのだろう。文明の終焉後、これでは一か月ともつまい。

会議場から最寄りの場所にある飛行機は、ジムリのプライベートジェットの一機だった。パイロットは地上職員と同じ話——最後に報道機関に伝わるのもこの話だ——を聞かされている。ハイテク企業三社の最高経営責任者三人は、非公開の交渉の席に着いている。「技術インフラ間の高レベルの相乗効果をもとに炭素削減対策を打ち出す」ためだ。この飛行機で直接最終目的地を目指すのではなく、とりあえず近くの中継基地まで移動し、レンクとエレンはそこで自分たちの飛行機に乗り換えて離陸することになる。すぐに脱出すれば、まだじゅうぶんに時間はある。あとをつけられないよう抜かりなく手を打つことも可能だ。当然のことながら、飛行機がレーダーの範囲を外れたらすぐに、ジムリは航空管制に虚偽の位置通報を行なうはずだ。実際のシェルターまで追跡されては意味がない。ジムリ自身のサバイバル拠点のひとつが、最近インターネットの〈ネーム・ザ・デイ〉のジャーナリストによって暴露されたこともある。そのリスクはつねにあるのだ。

飛行機の扉が開き、頼もしい油圧の音とともにタラップが自動的に降りてきた。パイロットと顔を合わせることすらない。

「機内ではWi-Fiが使えるから」ジムリはタラップを登りながら言った。ジムリはすでに確率を何度も計算しているにちがいない。これが自分の飛行機だということが彼に有利に働くだろうか。それとも不利になることがありうるだろうか。しかし新しい世界ではもうそんな計算は必要ない。無限の選択肢のせいで神経症的になる必要はないのだ。未来にはもっと単純で素朴な生活が待っている。

レンクの骨伝導ポッドは『山羊の頭のスープ』を流しだし、ギターが彼を未来へと運んでいく。もう間もなくだ。頭の大部分ではわかっている。これはまだ、規模で言えばミニ終末（少なくともかれらにとっては）——一年から五年の不便とビジネスチャンスの喪失——ですむかもしれない。しかし、気がつけばレンクの心は穏やかだった。飛行機は、冷水を長々と飲むようになめらかに離陸した。見かたによっては、去ろうとしているのはかれらではない。大地が飛行機から剝がれて遠ざかり、かれらの知っていた生がみずから巻き取られるようにしまい込まれていく。かれらが世界を去ろうとしているのではない。世界のほうが去っていこうとしているのだ。

第二部　待ち受けるもの

〈ネーム・ザ・デイ〉サバイバリスト・フォーラムからの抜粋

板：「戦略」

>> OneCorn のステータスは「備蓄最大限」。投稿数４７４４件、いいね１万４８２９件。

さーーて……聞く気のある人いる？……聖書研究なんだけど。

興味深い歴史の授業をさせてもらうよ、悪いけど。

聞く価値のある話を広く伝えようとすれば、どうしたって炎上は避けられない。これは確かだね。今日の授業のテーマは「いつ逃げるか」です。

言っとくけど、これは超絶本格的なサバイバル・シェルターを所有する億万長者の話じゃないわけじゃない。

レンク・スケトリッシュを憎むななんて、そんなこと言える人なんかいないからね、アーメン。でもそうね、まあ関連はあるよ。こ

>> ArturoMegadog のステータスは「常温保存可能」

>> ArturoMegadog

@OneCorn：まじか。またいつものたわごとを始めようってか。炎上するぜ、また。

れはすごく力のある人間の話であり、社会的責任の話。いいかな？　それじゃ行くよ。

創世記第18章、大まかに翻訳

警告（この文章には以下の内容が含まれます）：性的暴行、殺人、器物破損、爆発、テロ、近親相姦、火の雨、塩の柱、非業の死、神聖冒瀆、神。

> これは例の億万長者のシェルターのことか？
> おれもレンク・スケトリッシュを嫌いになるのかな。
> いいとも、「戦略」板でこういうことやるとやっぱ炎上すると思うけど、やりたきゃやれよ。どうせ読んでるのはおれだけだと思うし。

そんなわけで主はソドムを見たが、住むにも働くにも子供を育てるにもあんまりいい場所じゃなかった。ソドムの連中は残酷で、欲しいものはなんでも奪い、よそ者や貧者のことなど気にかけなくなっていた。ほんとうにカスみたいな連中だった。

ソドムは、人類がそのころ達成しつつあった「文明」と「進歩」のよくないところをすべて体現したような場所だった。主はじっくり観察し、なにからなにまで気に入らないと思った。

しかし主は最近、アブラハムという人間と真剣で有益な会話をかわしたばかりだった。ほかのどんな人間にもまして、アブラハムはその深い倫理観で主を驚かせるに至った。神は人がなにを言おうが気にしないと思うかもしれないが、じつは創世記の神ですら、人から意見を聞いてその後の方針を修正したりしてる。

「タルムード」っていう議論の書もそういう機能を果たしてる。あれは本質的に注釈の層をなしてて、学者たちが時代を通じ、何世紀

> **>> ArturoMegadog** のステータスは「常温保存可能」
> まあ、ここはお世辞と受け取っておくよ。ご親切にどうも。

にもわたって、互いに議論をしあってるんだ。異論はあるだろうけど、他者の意見を聞いて自分の行動を修正するっていうのは、かなり進んだ思考の存在を示している。異論はあるだろうが、神は創造の業を通じて、模範となってそのことを人間に示しているんだ。

そういうわけで、創造に深くのめり込み、フィードバックに関心を持っていた主は、アブラハムを自分の計画に参加させることにした。

主は言った。「ソドムとゴモラ。そこからどれほど苦悶の叫びが聞こえてくるか、あなたには想像もつくまい。人々は互いを思いやることをせず、尊重もせず、人としての基本的な尊厳すら相手に認めようとしない。そこでわたしはこう考えている――これらの町を滅ぼそう。叩き潰し、一掃してしまおう。火と硫黄《いおう》を降らせよう。友よ、わたしの怒りは燃えあがっているのだ」

主はアブラハムの返答を待った。なんと言われるかと緊張していた。

さてアブラハムが思うに、いま主が言われた言葉にかなりの自己矛盾があるのは明らかだった。人々に人としての尊厳を互いに認めてほしいのなら、まずは自分から……人としての尊厳をみんなに認めるべきではないだろうか。でもこんなこと、ただの上司にだってなかなか指摘できることじゃない。万物の支配者、天地の創造者が相手となったらなおさらだ。それでアブラハムはこう言った。

「町をまるごと一掃しようとお考えなのですか。善人も悪人も区別なく？」

すると主は「そうとも！　正義を行なうんだ！」みたいな感じだった。

アブラハムは指先をひたいに当てて言った。「なるほど、ですがちょっと待ってください。ソドムに五十人の善人がいたらどうでしょうか。それでも町をまるごと破壊なさるのですか。あなたはみんなを公平に裁くことになっているはずでは」

これは鋭い指摘だったし、正直言って主はそれまでそんなことは考えてもみなかった。これだから、主はアブラハムと話すのが好きだったのだ。この男の言うことは的を射ている。すぐれた価値観を親に教える幼子のようだ。

主は言った。「なるほどね、きみの言うとおりだ。ソドムに善人が五十人いたら、町全体を赦《ゆる》そう。うん、五十人いたら赦すよ」

さて「みんなを赦す」か「みんなをぶっ殺す」かっていうのは、アブラハムが「みんなを公平に裁く」と言ったときに考えてたこととはちょっと違ってたかもしれない。

>> **DanSatDan** のステータスは「豆の缶詰一個」

アブラハムと神だって？ この説教くさいたわごとはなんだ？ おれは神がどうこうって話を読みに来たんじゃない。親や親戚からいやってほど聞かされて、もうたくさんなんだよ。ここはまじめなサバイバル戦略の板だろ、こんなゴミはお呼びじゃない。こういうのがやりたきゃ「終末論」板に行けよ。

だけどアブラハムは、扱いにくい上司を相手にするときのように、穏やかにへりくだって言った。「正直なところ、わたしはあなたに意見できるような者ではありません。わたしは文字通り塵芥《ちりあくた》であり、あなたは万物の創造主であられます。とはいえ僭越ながら申し上げますと、五十人に五人欠けているだけなら、まさか町全体を破壊したりなさらないでしょう。四十五人いれば町を救ってくださいますよね？」

主はしかたなくうなずいた。

アブラハムはさらに続けた。万軍の主に対して、信じられないほど重要なことを実証するかのように。文字どおりすべての人間の生に途方もなく貴重ななにかがあって、たとえ町のほとんどの住民が感心できない生きかたをしているとしても、その町をまるごと吹っ飛ばすなどできないというように。

「四十人いれば町を救ってくださるでしょう」彼は言い、それから「三十人いれば救ってくださるでしょう。二十人いれば救ってくださるでしょう。十人いれば救ってくださるでしょう」

　ここはすごく重要なポイントなんだ。アブラハムはここで、連帯責任に反対してるんだよね。だけど聖書を読むかぎり、主はまだそこのところをちゃんとわかってないみたいだ。

　それとアブラハムは別のことも言っている。たとえ信じられないほど強大な力を持ってたとしても、厄介なことになったときに、見ないふりして立ち去ってはいけないってこと。力はそんなことのためにあるんじゃない。「ちくしょう、しくじった。ちゃらにしてしまおう」なんてことはやっちゃいけない。力があるなら、それを使って他者を助けなくちゃいけないんだ。

「なるほど、あなたの言うとおりだ」主は言った。「善人が十人いたら、その十人のためにわたしは町を滅ぼすまい」主は学びの途上にいたわけ。人類を創造した理由としては悪くないよね。

　いずれにしても、実際には善人は十人もいなかった。まっとうと言えなくもないのはひとりの男――アブラハムの甥のロト――とその家族だけだった。主はアブラハムと話すのにうんざりしてきた。あの男は頭はいいが、話してると頭痛がしてくるって。それで主は、平原の町々に火と灰の雨を降らせることにした。

　だけどさ、つまりそれがほんとの問題なん

ArturoMegadog のステータスは「常温保存可能」

@OneCorn：だから言ったのに。

@DanSatDan：ガキが、すっこんでろ。炎上戦争に巻き込まれないうちに……だれに対してなめた口をきいてるのか調べてみるんだな。ちょっとOneCornのまとめを探して読んでこい。OneCornはときどきこういうの書き込むんだよ。なんていうか、形式の実験でもするみたいにさ。お互いに関係なさそうな断片をつなぎ合わせると、たいてい最後にはなんか意味がある。OneCornはわかってやってんだ。これは嘘じゃない。

だよね。町を見放すって決めちゃっていいのかってこと。善がどれぐらい少なければ少なすぎるってことになるの？　未来はいつなくなっちゃうの？

チェン

1. シーズンズ・タイム——あなたの時間

　世界が終焉を迎える数か月前、うだるような六月のシンガポールで、ライ・チェン——〈ネーム・ザ・デイ〉フォーラムのトップ50に入る投稿者《クリエイター》で、生き残るテクノロジーについての専門知識で第一位と評価されている——は、ショッピングモール〈シーズンズ・タイム〉で電子機器を物色していた。そしてそこで、何者かに銃撃された。

　偶然にも、チェンはすでに「銃撃されたときに心中をよぎること」と題する動画を制作していて、六百三十万人に視聴されていた。その動画ではちょっとしたブラックユーモアを発揮して、カメラに向かって話しているときにアシスタントに発砲させた。そこで、素早く前転して床に這いつくばってみせたものだ。

・彼女は言った——ショックで集中しにくくなるのを忘れないで。
・彼女は言った——身体が凍りつくだろうけど、本能と闘わなくちゃだめ。
・彼女は言った——これは憶えておいて、失禁することもあるんだよ。
・彼女はにやりとした。
・いや、これほんとだから、と彼女は言った。まじめな話。

一番上のコメントは「彼女マジで生存本能すごい」で、これにはいいねが一万五千二百七十二件ついた。ライ・チェンは香港陥落をくぐり抜け、英国の海外難民キャンプでの十七か月を生き延びた。そういうことを語る彼女の口調は冷静で、皮肉とユーモアと専門知識がこもっていたし、そのほんの少し情緒不安定な語り口は、そのころには文明崩壊を語るさいの人気のスタイルになっていた。チェンは三十三歳。たえずなにかしら危機が生じ、サバイバルが日に日に重視されていく世界で、彼女の発信は熱烈に歓迎された。

しかし、象徴と現実はべつものだ。動画撮影のために友人に空砲を撃たせて、スポンサーのアウトドア衣料品ブランドのエンゲージメントを高めるのはいい。しかし、シンガポールの〈シーズンズ・タイム〉ショッピングモールで、電器屋のガラスをぶち破って四発の銃弾が飛び込んでくるとなったら話はべつだ。腹に響くどすんが二台のテレビと彼女のとなりに立っていた観光客を襲ったとき、チェンはじつのところ、恐怖を克服するために言語化するという戦略は使用しなかったし、四・七・八呼吸も実行しなかった。頭のなかで聞こえていたのは、失禁することもあるという役にも立たない自分のせりふだけだった。

〈シーズンズ・タイム〉は世界最大の大規模ショッピング街だ。ここを所有するなんとかいう国際的なテクノロジー企業連合にチェンは招待されて、洪水救援だか災害救助だか難民支援だか、そのどれかのためのチャリティ・イベントに参加したのだ。チェンはそのころ、本気でそれだけの価値があると思っていた女性との破局もどき——サイアクで複雑なあれこれで連絡を断たれてしまったのだ——から、やっと立ち直ろうとしているところだった。この招待を受けたのは、地球上で最も神経症的な国に行けば気が静まるかもしれないと思ったからだし、また最低な気分のときはひとつところにじっとしてはいられないからだった。

友人マリウスにはこう言われた。「避難民救済に関心あるから行くんだろ。ジャン＝フランソワ・リオタールばりの、ポストモダンのくだんねえ皮肉にはだまされないぞ」

たしかに、彼女はアディスアベバでの自動設営テントや、ヘルシンキでの革新的なスマートファイバージャケットのレビューの招待を断わった。また、世界八十の主要都市に安全なサバイバル・スペースを売り込む（年にたった七千ドルでご利用いただけます。心の平安のためなら安いもんでしょ？）ための豪華PR旅行も拒否した。そういうのが彼女の専門なのに——棒と棒をこすり合わせて火を熾《おこ》すことではなく、お金で買える最高の設備を買い、テクノロジーを賢く活用して、恐ろしい文明崩壊から逃れること。それなのに、シンガポールでのチャリティ・イベントのためになにもかも断わったのだ。

「うっさいな」彼女はマリウスに言った。「特別な感情なんかないよ、あんたになにがわかるっていうの」

サンフランシスコから到着するとすぐに、アメリカにまだ入ってきていないテクノロジーがないかと、ホテルから〈シーズンズ・タイム〉ショッピングモールに直行した。移民危機についてはなんとも思っていないし、貧富の格差についてもなにも感じていないし、愚にもつかない破局もクソどうでもよかった。ここへ来たのは散財するためなのだ。

この世界最大の巨大ショッピングモールの広告には、「〈シーズンズ・タイム〉なら時間はいつもあなたの時間」と謳われている。しかし、いつ来ても時間なんてものはないと言うほうが正確だ。いつでもどこかであれやこれやの季節が人工的に維持されている。市場の不可知論に従って、宗教的な祭礼、自然現象、国の祝祭が、まったくの順不同で詰め込まれているのだ。ディズニーランドのように年じゅうパレードをやっているし、一月には八十五時間おきに一時間のセールが開催されていて、そのスケジュールは「シーズンズ・タイム：いつもあなたの時間」アプリにのみ投稿されている。平均的なネットの書き込みによれば、〈シーズンズ・タイム〉はこの世で最も下品で文化盗用も甚《はなは》だしい場所であり、生態系の災厄であり、シンガポール人の奇行の魅力的な一例である――というか、まあそう堅いこと言いなさんな、午後のショッピングを楽しむのにいい場所ってだけだよ、のいずれかだ。

そういう可能性のあいだをするすると渡りながら、ライ・チェンはパンプキン・スパイスのゲートを通って国際女性デー・プラザに向かって歩いた。ここへ来たのはそれを体験し、楽しむためであり、またそれについてコメントしたり、見下したり、腹を立てたりするためでもあった。シナモンやナツメグやクローブのように強烈な、くらくらする香りの霧が頭上の送風孔から吹き出してくる。楽しくもすばらしい気晴らしにはなるが、ここで起こることはどれも完全にリアルとは言えないし、その点は彼女も（ここにいるあいだは）ご同様だった。

電器店に入るとそこはクリスマスで、ガラスの天井にライトがきらきらしていた。試してみたい新製品のカメラがあったので、それを手に取って窓ぎわへ持っていった。店外の壁の薄型スクリーンには、レンク・スケトリッシュが映っている。両側をアシスタントに固められて、新たな〈フューチャーセーフ〉野生生物保護区を発表していた。あー、そういうのいいから。〈シーズンズ・タイム〉にいるあいだは、現実世界と関わりたくないの。チェンは、自動フィルタリング多焦点レンズを、天井から下がるクリスタルガラスの雪片に向けた。ズームしてピントを合わせ、フィルターを換えては完璧に鮮明な画像を結ばせてみる。そうしてファインダーを通して眺めていたら、その雪片が爆発した。

雪片が破裂するさまは、崩壊の低速度撮影映像のようだった。先端が崩れて中身が噴き出し、それとほぼ同時に三階上からおもちゃの花火のような音が聞こえた。彼女は思った――

・いかした効果を狙ってる？
・いや、違う。
・これはなにかの……
・故障ってことはないかな。だってなんだか……
・映画ではきっと、銃声を際立たせるためにサウンドをいじってるんだな。だってほんとは爆竹みたいだったもん。
・くそ、やばい。

店の正面のウィンドウに星形の穴が四つあき、ツリーのモールみたいにきらきらしていた。ライ・チェンはこれまでに、銃の乱射に遭遇した場合について十二本の動画を制作している。しかし、いまの自分はスロットマシンのようにぽかんと口をあけているし、気がつけば頭のどこかでは、ガラスがこんなふうにひとりでに壊れる理由を必死で考え出そうとしている。脳内の生存戦略のファイルをめくっていったが、何度やってもからぶりだった。シーツに雨水をためる方法？　これじゃない。塩を使って生のトウモロコシを保存する方法？　これでもない。ＡＫ－47を分解清掃する方法？　近づいてきやがった。銃撃犯め。こうなったらしかたがない。逃げろ。

彼女は逃げた。

店の外にではない。だだっ広いクリスマス・プラザに出ていったら、かっこうの標的になるだけだ。背後に目をやると、あった。奥の倉庫だ。通用口があるにちがいない。ほかの客はいまも口をぽかんとあけて突っ立っている。チェンはこれでも遅いと感じていたが、かれらはまだ悲鳴をあげはじめる段階にも達していない。

彼女がカウンターを飛び越えるのと同時に、小柄な日本人女性——真新しいジーンズにベージュのウールのコートを着た——が肩に銃弾を受け、ドスンと重い音が響いた。店内に並ぶシンスクリーン、キーボード、カメラのジンバルに血が飛び散る。チェンは一度だけふり返った。女性の夫が妻にかがみ込み、残りの客は散り散りに逃げていく。考えろ、考えるんだ。ひとつでも思い出せ、こういうことはいろいろ学んできたじゃないの、このノータリン。

奥の倉庫に入ると、電子機器の箱を置いた金属製の棚が並んでいた。とっさに、ちくしょう行き止まりかと思ったが、と同時に、なかば棚の陰になった裏口のドアが目に飛び込んできた。あけようとしたら、ロックが赤く点滅した。くそったれ。ズボンのポケットから万能キーフォブを取り出し、ロックに押しつけてみる。やけに長い鼓動三拍ぶん待ちながら、「万能」とは万能という意味ではないというメーカーの警告を思い出していた。マリウスにも、そんなのは「くされおもちゃだ、封筒だってあけられねえ」と言われたものだ。しかし、たかがショッピングモールの通用口に、そこまで安全対策が徹底されているとも思えない。じりじりしながら待つ。やがてロックのランプが緑に変わった。把手《とって》がまわった。

ドアの向こうは薄暗い長い廊下だった。壁際には保管箱がずらりと並んでいる。とたんに、ショッピングモールの悲鳴が遠くなる。

廊下へ出てドアを閉じた。両手が震えている。大丈夫、これで安全だ。でも、ほかにもここから逃げる人がいるかもしれない。ドアをまたあけて、厚紙をロックにかませた。わかった、あんたは英雄だよ。少なくとも冷血漢ではない。さっさと逃げるんだ、チェン。ドアからすぐに離れて、早く早く。

左右に目をやった。右手には、グラスファイバー製の椅子が本の山のように積みあげてある。左手を見ると、厚紙のかぼちゃが積まれて三百メートル近くも土手をなしていて、いまにもごろごろと崩れ落ちてきそうだ。厚紙の皮に「ＳＡＬＥ」と刻まれているものもある。どちらが出口だっただろうか。左に向かえば……まずハロウィン、次はバレンタインデー、それから桜の季節、死者の日（メキシコの祝祭）を通り抜け、そうしたら出口だ。チェンは左に向かって走り出した。

背後からはなんの音もしない。彼女はまだ生きているし、ガラスの破片で腕に二、三か所切り傷を作った以外は無傷だ。だれひとり救出はできなかったけど、なかなかうまく切り抜けてきた。ひどい目にあったが、これは無差別の事件だ。銃撃犯はたぶんもう死んでいるだろう――シンガポールでは、こういうのはさくっと解決されるものだ。スキルを活かして終末《アポカリプス》前の都会のジャングルをいかに生き延びたか、これで一本あっと驚く動画が作れる。ああ、私利私欲が戻ってきた。ということは、だいぶ安心と感じているのだろう。

チェンは、危険を覚悟でもう一度後ろをふり向いた。よかった、彼女のあとからドアを通ってきた者はいない。銃声も聞こえない。ドアの把手をまわす物音すらしない。よし、サバイバル訓練といくか。かぼちゃのお化けが並ぶ棚の陰で立ち止まると、心拍が落ち着いてきて、耳のなかのざわめきも静まっていく。あの銃撃が単独犯のしわざなら、一番いいのは建物の外へ逃げることだ。しかし、テロリストの攻撃という可能性もある。複数の銃手が建物の外で待ち構えていて、逃げてくる人を狙い撃ちするというのは大いにありうることだ。その場合は、この薄暗い廊下の物陰に隠れているのが一番ということになる。

チェンは小走りに、有名人をかたどったかぼちゃ——シルバーのヘアスプレーを使ったライアン・レイノルズ（アメリカ／カナダの男優・プロデューサー）、畝《うね》のあるぷっくりしたオレンジ色のかぼちゃになったゼンデイヤ（アメリカの女優）——の列の末端まで来た。そこで右に曲がると、きらきらするポリスチレンのピンクのハートにぶつかった。ここはバレンタインデーだ。ライトアップ用のまつ毛の長いキューピッドが三層をなして壁に立てかけてあり、その隣にはきらきらの詰まったプラスティックのギリシアの壺。ずらりと並ぶセールワゴンは、ベルベットのハートを持ったぬいぐるみでいっぱいだったが、その多くがキツネのぬいぐるみだった。いまはこれが流行りなのだろうか。クリスマスはトナカイ、イースターはウサギで、バレンタインはキツネ？　祝祭にはお決まりの動物が必要という規則でもあるのか。チェンはまた耳を澄ました。モールのさまざまな場所で警報が鳴っている。しかし、背後に足音は聞こえない。

肩越しにふり返る——廊下に人影はない。グラスファイバーの竜船の骨組みだけが壁に立てかけてある。前に目を向ける——日本の桜祭りと灯籠《とうろう》流しがごっちゃになっている。張り子の枝がティッシユペーパーの花ときらきらで飾られ、灯籠が吊るされていて、グラスファイバーの橋が青いベルベットの川に架かり、一九五〇年代のジュークボックスがずらりと並んで壁のコンセントにつながれている。この四年間、「想定内のリスク」に関する三日間の野外サバイバルコースを指導してきたじゃないか。考えろ。

ここなら安全な前進ルートがある。死者の日の髑髏《どくろ》とメキシコふうのレースの扇子の壁掛けの先に、緑色の出口標示《エグジット・サイン》が見える。さらに第二の出口もある。シュガースカル（死者の日につきものの髑髏形の砂糖菓子、およびそれを模したカラフルな装飾品）のディスプレイの向こう、パネルを開けばクロールスペース（床下や屋根裏などの狭い空間）がある。悪くない。いまのところは、身を隠しつつ情報を入手することだ。雪片が砕け散ってから、六分から七分というところだろう。そろそろネットに情報が出てくるころだ。

走って引き返し、バレンタインのキツネのぬいぐるみでいっぱいのセールワゴンにもぐり込んだ。ぬいぐるみを自分のうえにかぶせてさらに深くうずくまると、底にはキツネの模造毛皮の破片が厚く積もって、ジャングルの林床の湿った苔のようだった。

ジャケットの袖についたフレキシブル・シンスクリーンを指でつつく。このとき、画面の隅にはあの黒い点がもう出ていただろうか。あとでいくら考えても思い出せなかった。ともあれ、〈シーズンズ・タイム・ショッピングモール〉で検索をかけてみた。

あったあった。投稿に次ぐ投稿。照明器具の故障で金属部品が破裂して、二軒の店舗でウィンドウが割れた。幸い重傷ではなかったが、ガラスの破片で観光客がひとり腕に負傷している。四分円形《クワドラント》モールの両端にある巨大な扉をあける警備員、駐車場でホットココアやフォーを無料で配る屋台の写真もあがっていた。ご迷惑をおかけしたお客様には、どこの店でも使える商品券をおひとりにつき百ドルぶん進呈いたします。究極の消費者資本主義だ。

チェンは鼻白んだ。さんざん訓練してきた結果がこれだ。照明器具が破裂したら銃撃されたと思い込む。それで次は？　だれかがトイレで水を流したら、津波だとでも思うのだろうか。元パートナーのヤーリンの言っていたとおり、カウンセリングを受けたほうがいいのかもしれない。ティーンエイジの半分を難民キャンプで過ごしたことの影響とか、母を失ったこととか。あの犬のこととか。それに、もっとましな毎日の過ごしかたを考えなくてはならない。いまではどこへ行ってもそればかり見ている——終末を描く映画やテレビ、大災害の生存戦略や避難経路や非常持出し袋の絶え間ない宣伝。それがなんの役に立つっていうの、チェン。あんたはどんどんおかしくなってきて、そのあげくがこれだもの。

喉の奥から笑いがこみあげてきた。はたからはどう見えるだろう。ショッピングモールの人けのない廊下で、バレンタインのキツネの下に隠れてるなんて。いったいなにをしているのか。ただ無料のフォーを食いっぱぐれただけではないか。

くすくす笑いが噴き出すのと同時に、銃弾がまっすぐバレンタインのキツネたちに突き刺さってきた。ぬいぐるみが破裂し、毛羽の雲が湧いて息が詰まりそうだ。意識するより早くトレーニングの成果が現われて、彼女はワゴンから飛び出していた。それを、銃声が聞こえた方向へ後ろ向きに投げ飛ばすなり走りだした。

ちらと後ろをふり返る。女がひとり。だぼっとした長い花柄のワンピース、髪はまとめて袋みたいな帽子に押し込んである。デニムのジャケット、ボロボロのスニーカー。もし街で見かけたら、ほかの親たちみんなに避けられている熱心すぎるサッカーママに違いないと思うだろう。しかし、彼女の道具は本物すぎるほど本物だった。消音器付きのベレッタＭ９Ａ３、間違いなく手練《てだ》れの武器だ。どうしてあのワゴンを狙おうと思ったのか。チェンの笑い声が聞こえたのだろうか。もしチェンがワゴンの隅で身体を丸めていなかったら、もし真ん中に座っていたら、いまごろはこの女に殺されていただろう。

チェンは追手よりひと足早く次の角を曲がった。大きなグラスファイバー製の橋を引っくり返し、まがいの桜の木をその橋の向こうに押しやる。暗殺者を足止めすることはできないだろうが、これでしばらくは彼女がしゃがんでいるのが向こうから見えなくなる。第二の出口だ。チェンはフレキシフィルムの桜の籠《かご》を空中に放り投げた。桜はきらきら光りながらゆっくりゆっくり落ちてくる。運動エネルギーがちらつく光に変換されて、淡いピンク、濃いピンク、くすんだピンクに白とバラ色のカーテンが現出する。チェンは手近のジュークボックスのボタンを適当に押した。流れだしたファンク調の「さくらさくら」は大音量で、彼女が立てる物音を呑み込んでくれそうだった。まがいの花びらが舞い散り、腹に響く低音が鳴りわたるなか、チェンは木の陰のクロールスペースに飛び込み、なかからパネルを引いて閉じた。

ほとんど気づいていなかったが、じつのところ彼女は失禁していた。

2. 驚きの仮面

その年の一月、ロンドンで開かれた〈デモ・リシヨン〉年次大会の講演者のうち、ライ・チェンは最も人気のある講演者のひとりだった。とはいっても最も裕福でもなければ、最も権力があるわけでもない。富裕層の世界はよそにあって、大会ビルの下層階で実際に講演をする連中の人生行路と、かれらのそれとが交わることはめったになかった。

　ライ・チェンが「文字どおりこれなしでは生きていけないテクノロジー・サバイバルツール五選（およびそれを使用する十の新手法）」について講演しているあいだに、レンク・スケトリッシュのアシスタントことマーサ・アインコーンは、エレベーターからおりてテラス状の屋上庭園に足を踏み入れた。シャンパンがぽんと銃声のような音を立て、淡色の液体がグラスに勢いよく注がれる。

　この瞬間に到達するために、マーサはなにからなにまでお膳立てして準備を整えてきた。すべてがうまく行けば、この瞬間は始まりにすぎない。

　みんなが顔をそろえていた。一月の太陽に照らされたロンドンを眺め、目立つ建物を指差す者もいれば、もう見飽きたといって目を向けようとしない者もいる。〈アンヴィル〉のジムリ・ノミックは、日焼けした左右不釣り合いの顔に、だれかに特訓されたとおりの笑みを浮かべようとしている。その横で自信たっぷりにくつろいでいるのは、全員の名前と顔が頭に入っている英国籍黒人の妻、セイラ・ノミックだ。かつてはケンブリッジ大学でコンピュータ科学を専攻していたが、近ごろではもっぱら、ノミックの途方もない財産を減らすため、けっこうなばらまき先を見つけてくることで知られている。もちろん〈ファンテイル〉のレンク・スケトリッシュも来ていた。痩せて顔色はよくないが、身に着けたスーツには非の打ちどころもない。マーサは彼のわきに陣取った。〈メドラー〉のCEO、エレン・バイウォーター（先ごろ夫を亡くした）もいる。アイルランド系で、天然繊維の服で中間色にまとめた着こなしはいつものとおり品がある。小首をかしげるさまは、いまでも亡夫のウィルが耳元でささやくのを聞いているかのようだった。

　エレン・バイウォーターは、このパーティに末っ子のバジャー・バイウォーターを連れてきていた。

バジャーは黒っぽい髪を短く切り、爪を黒く染めている。先ごろ自分の〈ファンテイル〉のチャンネルを使って、テクノロジー企業を批判する動画を投稿していた。その批判に応えてこのパーティに招待するとは、まさにエレン・バイウォーターらしい対応だ。その同類と言ってよいだろう――サギをかたどった溶けかけた氷の彫刻の陰に隠れているのは、みずから設立した〈メドラー〉社を追われたアルバート・ダブロウスキーだ。太鼓腹でも楽にボタンの留まるぶかぶかのアロハシャツを着て、静かに決然として飲んでいる。エレンはいつも、注目度の高い〈メドラー〉のイベントには彼を招待している。それは、彼女のおかげで彼が天文学的な富豪になったという金看板を全力で支持するためであり、もしあのまま彼に会社を経営させていたら、いまこれほど裕福ではなかっただろうし、おそらく彼もこうなって喜んでいるはずだ、という公式見解を強化するためだった。ダブロウスキーはその招待に応じたり応じなかったりだが、夫を連れてくることは決してなく、いつも浴びるほど飲んで、彼を知らない人々に自分はこのパーティの「悪の妖精（『眠れる森の美女』で姫に呪いをかけた妖精）」だと言って多少は楽しんでいた。

マーサはジムリに笑顔を向け、そのあと目をそらした。そのほうが彼にとっては気楽なのだ。こういうパーティの席ではいつも居心地の悪い思いをしているから。レンク、エレン、ジムリのうち、このところマーサはジムリのことで最も時間を使っていた。そう公言してはいないが、彼は自閉スペクトラム症ではないかとマーサはにらんでいる。とんでもなく頭がよくて、世界を左右するほど巨大な自分の会社のことを細かく把握している。レンクやエレンですらとうてい想像もつかないレベルだ。時代が違えば学者か修道士になっていたかもしれないし、彼がパーティを開くなどだれも期待しなかっただろう。しかしもちろん、これはみんなマーサの想像にすぎない――が、昔なら冷酷な王に仕える野心家の顧問官になっていたのではないだろうか。しかし、人に関する事実はあるがまま、もしを言ってもしかたがない。ジムリは時代の申し子どころか、二十一世紀最初の数十年を自力で作り出した男だ。彼の築いた〈アンヴィル〉社の価値は、〈メドラー〉と〈ファンテイル〉を合わせても届かないほど大きい。彼に同情するなどばかげている。

マーサが目をそらしたのに気づいたセイラ・ノミックが、歩きまわって撮影しているカメラマンの目を盗んで、視線をとらえてウインクしてきた。マーサはうなずき、カメラがこちらを向かないうちに周到に笑みを隠した。胸を刺すような孤独を感じる。いまになってこんな感情が湧いてくるとは厄介なことだ。彼女はずいぶん以前からひとりきりだったが、つい最近まではわかっていなかった――どんなに頻繁にオンライン・フォーラムに出入りしても、また仕事上のつきあいがあっても（どちらも濃密で魅力的ではあったが）、現実世界で信頼しあい弱みを見せあうことの代わりにはならないのだ。しかし、身内の氷を溶かしているひまはない。勘弁してよ、いまはそんな時じゃないのよ。もう何年も前からこれに取り組んできたのだ。しゃきっとしなくては。レンクのニーズに応えるために、つねに気を張っていなくてはならない。

見れば、バジャー・バイウォーターがレンクの視界に入ってくる。濃紫色のカクテルをストローで飲みながら歩いていて、これはまずいことになるとマーサは気がついた。何十年もレンクの下で働いてきて、彼女は上司の気分や欲求に敏感になり、彼が興味を惹かれたりかっとなったりするときは、本人より先にそれに気がつくようになっている。

「それはストローか」レンク・スケトリッシュは言った。「どこから出てきたんだ」

バジャー・バイウォーターのあげた顔は、完璧な驚きの仮面だった。

「これのこと?」

バジャー・バイウォーターは、七、八歳のころから母親に連れられてこういうパーティに出席している。八十五ドルのサシミ・スプーン・カナッペや、オーストラリアから冷蔵されて運ばれてくる豪華な花々に囲まれて、バジャー・バイウォーターほどくつろいでいられる者はいないだろう。バジャーはもうそんなことは気にもかけないし、またそれを隠そうともしなかった。

「そう、それだよ」レンク・スケトリッシュは言った。「そのストロー、どこで見つけたんだ。ストローはないと言われたんだがね。たかがストローだぞ、それがいまじゃどこにも置いてやしない。これだからこの世界はなってないって言うんだ」レンクは賛同者を求めてあたりを見まわした。

バジャーは、底なしの退屈と少なからぬ軽蔑を同時に込めて言い放った。「自分のストローを持ってきたんだよ」

「それだよ、わたしはその話をしてるんだ」レンクは言った。「このパーティにいくらかかってると思う。それなのに、自分のストローを持ってこなきゃならないっていうのか」

ジムリ・ノミックは、レンク・スケトリッシュにはほとんど聞こえないほど低い声でぼそりと言った。「海洋のプラスティック汚染については、きわめて説得力のある証拠がそろってる」

そのつぶやきがなぜかレンクの逆鱗に触れた。昔(といってもそう何年も前のことではない)のレンクなら、わたしをばかだと思っているのかとジムリに詰め寄っていただろう。しかし彼は瞑想をしてきたし、マーサの言葉に耳を傾けてきた。だから情けないくず野郎とジムリ・ノミックを罵倒したりせず、くたばっちまえと吐き捨てたりもしなかった。

代わりに目をぎょろつかせ、「ああ、そう」と言ってその場をあとにした。彼は学びの途上にあるのだ。

「よくあんな人に我慢できるわね」エレン・バイウォーターがマーサの真後ろで低くつぶやいた。その口調には、おためごかしの悪意があらわににじみ出ている。数年前のこと、エレン・バイウォーターはマーサに声をかけ、〈メドラー〉に鞍替えしないかと誘った。彼女は女性の団結について語り、マーサを高く評価する会社での本物の昇進について語ったものだった。マーサが断わったのは、要するに嘘より真実のほうが好ましかったからだ。エレンの洗練された態度より、レンクの怒りっぽさや子供じみた不機嫌のほうが信用できると思ったのだ。エレン・バイウォーターは拒絶されたのを赦さなかったし、また忘れもしなかった。

「ママってば！」バジャーがささやいた。「そんな言いかたやめてよ。仕事なんだからしようがないじゃない。彼女にどうしろって言うのさ。上司に反対してママの味方する？　それとも〈メドラー〉のCEOに反論する？　まったく、それぐらいわかってあげなよ」

「わたしは大丈夫です」マーサは言った。「どうも、ご心配いただきまして」

ゴングが鳴った。スピーチの時間だ。原稿はあらかじめ書いてあるし、事前に練習して準備も済ませてある。ここに集まったのは、〈メドラー〉、〈ファンテイル〉、〈アンヴィル〉三社共同環境対策プロジェクト開始を記念するためだった。気候変動から人類を守る一助として、高高度に小型ドローンを飛ばして天候を調整しようというのだ。

セイラ・ノミックは、このテクノロジーに用いられたプログラミングについて、人をそらさぬ砕けた調子で説明した。

「わたしたちは全世界規模の気象監視システムとつながっています。ドローン集団にはそれぞれ巡回エリアがあります――が、こちらの必要に応じて複数の集団が集まって、さらに大規模な集団を作ることができます。それによって、台風を小雨に変えることもできるのです。雲ひとつない青空から雨を降らせたいなら……」

セイラは前腕のシンスクリーンのボタンを押した。そして芝居がかって、〈アンヴィル〉の商標入りの傘を取り出してさしてみせた。

パーティ客たちは笑顔で空を見あげた。紺碧の空は晴れわたり、まばゆいほどに澄みきっている。ロンドンの一月の朝らしい抜けるような青空だ。そのとき、空中にちらちらするものが見え、かすかなブーンといううなりが聞こえてきた。目を細めれば、コンベンションセンターの上空高く、塵の粒が集まって長球形をなしているのがなんとか見分けられた。「あれを見ろ！」聖書の預言者よろしく、空を指さして男が叫んだ。

雲が湧きはじめていた。最初は小さく、しだいに大きくなり、地平線の暗雲が急速に近づいてくる。

セイラは笑顔で静かにマイクに向かって話した。

「この水蒸気ははるばるリトアニアから運んできたものです。四時間前には、ガイジューナイの森の上空の嵐でした」

雲は濃く、暗くなっていく。〈デモ・リシション〉コンベンションセンターの屋上庭園の上に移動してくる。圧迫感があり、耳鳴りがする。やがてごくかすかな雷鳴が聞こえたかと思うと、ついに雨が降りはじめた。

客たちは拍手喝采しつつ、スタッフからありがたく傘を受け取った。雨は強く激しく、木の匂いがした。つんとする松の木のような香り。せつな稲妻がひらめく。お楽しみのために持ってこられた他国の嵐。

ジムリ・ノミックがステージにあがると、セイラは後方に引っ込んだ。

「あきれたもんだ」ジムリは言った。「ロンドンに雨を降らせるなんて。それも一月に！」

あちこちから短い笑い声があがった。セイラは眉ひとつ動かさなかった。近ごろは、ジムリの数々のあてこすりにまったく反応しなくなっているのだ。

「お次は日光浴はいかがかな？」

ジムリは親指の腹で〈スマートピン〉のプリセットボタンを押した。上空のドローンが自動的に配置を変えていく。

雲の中心で青い斑点が燃えはじめた。それは大きくなり、どんどん明るくなっていった。明るすぎる。近ごろの暑すぎる年の最も暑い日でも、ロンドンの空がこれほど明るくなったことはなかった。

スタッフが客たちに大きな黒いサングラスを配ってまわる。

「オゾン層に小さな穴をあけます」ジムリは言った。「ちょっとした余興ですよ。かならずサングラスを着用してください」

一瞬爆発的に白光が噴きだし、客たちは太陽の真の猛威を経験していると感じた。つねにかれらを守っていた大気が消えて、鋭い牙を剝いた口元があらわになったようだった。人々は恐怖におののいたが、数秒後にそれは終わった。

ジムリはサングラスを外した。

「いまのは、このテクノロジーの威力を示すための単なるデモンストレーションです。これを用いれば大気を自由自在に動かすことができ、薄すぎる箇所があれば修正することができる。大したものでしょう！」

ひとしきり拍手が起こり、彼はぎこちなく空中に拳を突き上げてみせた。

すかさずセイラ・ノミックが、いかにもその場の思いつきのようにマイクをつかんで言った。「ロンドンに雨を呼び戻しましょう！」

すると、それを合図にまた雨が降りだした。

次にエレン・バイウォーターが登壇し、このテクノロジーが多くの人道的な目的に利用できることを説明した。干ばつに見舞われた地域の耕作地にピンポイントで雨を降らせたり、溶けかけた氷床の上空を厚い雲で覆うこともできるでしょう。次にレンク・スケトリッシュは、その技術的成果を得意満面で言い立てた。このテクノロジーにはまさに限界がない、と彼は言った。どれほど広範囲に利用できるか、その可能性は計り知れない。建設のため、貿易風を調節して移動速度を高めるため、果ては不要なインフラを破壊するためにすら利用できるかもしれない。しかし、そのインフラとはどのようなものなのか、またそれが必要かどうかをだれが決めるのか、彼はそういう質問はいっさい受け付けなかった。

屋上にパラパラと降る雨のなか、バジャー・バイウォーター、セイラ・ノミック、アルバート・ダブロウスキー、マーサ・アインコーンはそのとき寄り集まって立っていた。カメラ・ドローンによってその瞬間が写真に収められたが、その写真は広報にはまったく使われなかった。この四人にだれが興味を持つというのか。大富豪の二十代の子にして落ちこぼれ、大富豪の妻として贅沢三昧の元プログラマー、追放されたCEO、そして名ばかりの秘書。しかし、その一度も使用されなかった写真――すべてを見通す機械の目をべつにすれば、だれからも見られることのなかったその写真のなかで、かれらはなぜか互いに気安そうにしていた。まるで暗黙の合意ができているかのように。互いの差異を超えて、心はひとつだとでも言うかのように。

アルバート・ダブロウスキーはすでにかなり酔っていて、押し殺した声で言った。「あれをなにに使うつもりか、きみたちはわかってるんだろ。どこかのだれかを助けるなんて話じゃない。自分のシエルターのためなのさ。天候をコントロールできるんだから、よそでなにが起こっていても、自分がいる場所には望めばいつでも雨が降るし、必要なときはいつでも太陽が出る。どこにいようが関係ない。ほかの人間がどうなろうが知ったことじゃないんだ」

「もちろんだわ」セイラ・ノミックは言った。

「要するに、天気を武器に変えたってわけだよね」とバジャー・バイウォーター。

「ここでそういう話はやめましょう」マーサは言った。彼女はつねに自分の気持ちを胸にたたみ、手を差し伸べることも、自分が孤独だと認めることもなく、どんなときでも分別ある行動を選ぶことができるのだ。

世界の終末が訪れる前に、この四人が公の場でいっしょにいるのを目撃されたのはこれが最後だった。

マーサ・アインコーン――サバイバリスト・フォーラム〈ネーム・ザ・デイ〉では「OneCorn」として知られている――は、わたしは五十人のために町を救うだろうか、と考えた。そしてここ一月のロンドンで、屋上の舗石《ほせき》を激しく叩くリトアニアの大粒の雨は、まるで聖書の恵みの雨のようだった。

3. それほどホットでもない

ライ・チェンは、〈デモ・リション〉の会議に出席してはいたが、そういうことはいっさい見ていなかった。彼女には手の届かない雲の上の出来事だし、会議場で実際に講演をする下々の者が、屋上庭園への招待にありつくことなどない。あとになってから、噂とかその他の経路で耳にしたのだ。同じ建物のなかですら、だれも知らないうちになんと多くのことが起こっていることか、そう思ったものだった。

いまチェンは、〈シーズンズ・タイム・モール〉の狭い金属製のクロールスペースのなかにいる。花柄ワンピースの暗殺者からなるべく遠くへ逃げようと、六月の暑さに汗をかきつつ肘と膝を使って前進しながら、彼女はまた同じことを思っていた。彼女がここにいるのを知っている人がいるだろうか。それはちょっとありそうにない。厚い壁と高い柵は信じられないほど効果的だ。ここであの女に殺されても、なにがあったかだれも気がつかないかもしれない。

ここは、ステンレスで内張りされたトンネルのなかだ。ショッピングモールの裏側に隠された、さまざまな機械設備に従業員がアクセスするための通路である。高さが六フィートほどある場所はいいが、たった三フィートの場所もあって、そういうところは四つん這いで素早く移動しなくてはならない。途中のパネルに、奇妙な形の鍵穴と把手がついていた。フレキシブルポリマー製のはしごみたいな装具を取り付けて、無理なくトンネルを登れるように設置してあるのは明らかだ。しかし彼女は手ぶらだ。場所によっては、急角度に何歩か登る以外に進む方法がない場合もあり、そういうときはスニーカーのゴム底をステンレス壁に押しつけて、身体を持ちあげなくてはならない。

脳みそを絞って計算をした。数字は役に立つ。花柄ワンピース女が、廊下の先を調べるのに二分かかったとしよう。走って戻るのに二分、困惑して二分突っ立っていて、そこで換気グリルに気づいてどういうことか理解する。つまり、獲物がどこへ行ったか見当をつけて、追跡を再開するまで六分かかることになる。なにがどうなっているのか、とっちらかった脳みそに理解させるのに六分。

考えろ。これは無差別な乱射事件ではないし、照明器具の爆発事故でもない。客を安全に外へ出すために、ショッピングモール側がそう言っているだけだ。だれかがあんた個人を狙っている。だれかがつけてきたんだ、あんたがお人好しにもあけ放してきたドアを通って。このまぬけ。なぜここまでして殺そうとするのだろう。考えるんだ。

よしきた。なぜ人は人を殺そうとするのか。理由は三つしかない。

・そいつが何者かである
・そいつがなにかを持っている
・そいつがなにかを知っている

彼女は何者だろうか。ネット上の多元宇宙の片隅、ささやかなサバイバリストの一角ではそこそこの有名人ではある。不平不満を抱えたファンや元ファンはいるかもしれない。あるいは、香港在住の中国人／英国系／米国系のレズビアンで、いつも言われているように、それほどホットでもないくせに、終末論ビジネスで儲けているのが気に入らないというやつもいるだろう。ネット上で殺害予告もされたが、あんなのはだれでもされることだ。彼女の勧めたグランドエアマットがまったくのクズ商品だったとクレームがついたこともあった。だけどエアマットのことを根に持って、シンガポールのショッピングモールで銃を持って人を追いまわしたりするだろうか。いや、ネットの狂気を見くびってはいけない。モップで作ったウィッグを使って、彼女のパロディ動画を撮ったモラハラ男もいた。しかしあれは、フォロワー数が彼女の二十分の一にも満たないただのでくのぼうだった。数年前に彼女を追い出した掲示板にしても、あそこの連中は家から一歩も出ないやつらだし。

　なにか持っているだろうか。とくべつ裕福というわけではない。サンフランシスコにアパートメントを持っていて、銀行に多少の預金はあるが、そのために消されるほどではない。サバイバリストのなかには、金やダイヤモンドをどこへ行くにも身に着けている者もいるが、彼女はそんなことはしていない。

　それなら知識のほうだろうか。たしかに多少の知識はある。たとえば、〈アンヴィル〉のＣＥＯ、ジムリ・ノミックが所有する秘密のシェルターの場所とか。たんにシェルターのだいたいの位置を知っているというのでなく、六か所の入口を具体的に知っているし、うち少なくとも二か所については暗証番号も知っている。ただ、そのことでなにかをしたわけではない、いまはまだ。その建設に関わった会社のひとつで働いているファンから、数か月前にタレコミがあったのだ。これかもしれない、もしかすると。

　それから……エノク会員たちがいる。彼女はしぶしぶその可能性を考えた。自分の恋愛がこういう反動を引き起こすとは信じたくなかった。しかしそう、エノク会員の可能性はある。原理主義的な宗教団体で、伝統的な男女の役割、花柄のドレス、三つ編み、そして銃を愛している。そのすべてが一丸となっていま彼女を追っている。

どうやら、人を殺したいと思う理由はもうひとつあったようだ。

・そいつがなにかを言っている

あれこれ考えているさいちゅうから、チェンはもう真実を悟っていた。彼女はエノク会員を怒らせたが、それがどうした。ネット上で厄介事があっても、本物の生命の危険にはならない。そんなことが起こったためしはない、ただ例外もあるということで。

遠くの警報がふいに鳴りやんだ。これは大変いいことなのか、それとも滅茶苦茶に悪いことなのか。クロールスペースの長く平坦な部分に達した。なにかを差し出すなり言うなりして女を立ち去らせることができればいいが、そのなにかをまるで思いつけないとすれば、取りうる手段は反撃するか隠れるかだ。

彼女はいつも、強化プラスティック刃のサバイバルナイフを二本持ち歩いている。セキュリティチェックには引っかからないし、車が横転したときにシートベルトを切るような作業に使える。銃が相手では役に立たない。ただし、女に不意打ちを食わせて飛び出し、喉にナイフを突きつけられればべつだ。いやしかし、彼女はほんとうに人を殺すことを考えているのか。ナイフの切尖《きっさき》を見知らぬだれかの首に押し当て、血管が飛び出すほど強く圧迫するさまを想像しようとした。サバイバルについて考えるとき、人と団結することは考えても、人を殺すことはまず考えたことがない。

背後、このクロールスペースのなかで、金属と金属のぶつかる音がした。チェンの胃袋が裏返った。暗殺者がアクセスパネルを見つけたのだ。いま引っ張ってあけようとしている。チェン、あんたの六分はこれで終わり。それでサバイバル計画は？　かすかながらはっきりと足を引きずる音が聞こえた。ほら、入ってきたよ。こっちにあっちの動く音が聞こえるなら、あっちもこっちの音が聞こえるだろう――ジュークボックスはいまごろはもう止まっているはずだ。チェンは先を急いだ。物音を隠すにはほかの音が必要だ。両手と両膝をついて這い進むうちに、曲がり角で光るものが目に留まった。輝くホイルで覆われた冷蔵システムのコイルだった。しめた。チェンは滑らかな金属の床に両の手のひらをつき、両膝を引っ張るようにして前進した。

エアコンの吹出口に沿って這って近づくにつれ、冷却モーターのゴオン、ゴオンという音が大きくなってきた。それはブロック状の機械で、周囲には金属製の冷却管が撚りあわされてコイル状の巣を作っている。これは空調機か、あるいは階下にクリスマスの常雪《とこゆき》を降らせている装置だろう。

チェンは身体を側壁に押しつけ、冷却装置のコイルのなかに足を入れ、背後によりかかって上半身を中央の大きな四角いブロック状の装置にもたせかけた。それから身を沈めて、その機械と壁のあいだに身体を押し込み、完全に視界から姿を消した。

バレンタインのキツネだらけのセールワゴンのときと同じく、あの女はここでもチェンを見つけるだろう。しかし、このやかましい機械越しに撃つことはできないから、こちらへまわってこなければならない。そのときチェンは女が来ることに気づいているだろう。相手の不意をついて立ち上がり、首を狙えばいい。脚のホルスターからナイフを抜く。できるはずだ。

トンネルから音が聞こえてくる。女はチェンよりも速く進んでくる。せいぜい二、三分でここへやって来るだろう。

チェンはジャケットの袖のシンスクリーンに目をやった。右下隅に小さな黒い点があり、それがゆっくり点滅している。完全に習慣のなせるわざで、無意識に人さし指でタップしていた。

テキストボックスがポップアップ表示された。

ライ・チェン、わたしはAUGRです。あなたの境界線が起動しました。

彼女はそれをぼんやり眺めていた。マルウェア。不具合。ジョーク。

記憶の片隅からなにかが浮かびあがってきた。この十年、主要な見本市にはかならず参加してきた。あらゆる展示会、失敗した製品、突飛なアイディアに目を光らせてきたのだ。AUGR。AUGR。

スクリーンのテキストが変化した。

ライ・チェン、お困りのようですね。援助を希望しますか。はい／いいえ

4．マークのついた環境

一月のロンドン、〈デモ・リション〉のカンファレンスで、ライ・チェンはある女性に会った。それはまさに、長年のパートナーだったヤーリンと別れてから、彼女がやろうとしてきたことだった。ただ、あれやこれやでその時間がなかった。デートの約束をしてはキャンセルし、見本市で女性と知りあっても一度も電話をかけなかった。それがいま、ロンドンのカンファレンスで、彼女の思い描くとおりの理想の女性が目の前に立っていたのだ。

〈ファンテイル〉のセッションで、だれにインタビューすることになるのか、チェンは確認しようともしなかった。死ぬほど退屈なイベントで、タイトルは「サバイバルツールとしての〈ファンテイル〉」。〈ファンテイル〉はそんなツールではないし、そんなツールになることもありえない。

あらかじめ質問のリストは用意されていた。広報から前もって聞かされたところでは、〈ファンテイル〉の広報担当者は次のような質問には答えないという。

・レンク・スケトリッシュは、なんのために仕事をしていると思われますか。
・彼の下で働くことに耐えられるとは、あなたはどのような資質をお持ちなのですか。
・このサバイバルという文脈において、あなたの上司が個人的に、地球上の生命のサバイバルを困難にするような行為に及んでいないかどうか、そのあたりをどうお考えでしょうか。

・彼は、子供のリンパ液を用いた若返り技術に投資していると言われていますが、ほんとうですか。
・彼の電動モノレール会社は、公共投資を抜くための詐欺であり、インフラというインフラなどいっさい生み出していないという主張がありますが、それに対してはどのように答えますか。
・いったいなぜ、彼はソーシャルサイト〈ファンテイル・スウィフト〉に動画を投稿し、高齢の退役軍人のグループを救助しているボルネオ島の山岳救助隊に対して、「ヒマ人ども」と非難したのでしょうか。

まあ確かに、これはみんな許容範囲を超えている。退屈で型どおりのインタビューになるだろう。ホテルの大ホールのロゴを貼り付けたステージで、企業の知名度を目いっぱいあげるためだけに行なわれるのだ。聴衆はたまたま通りかかった有象無象だし、音響だってなってないだろう。体裁を整えるためのイベントでしかない。というわけだから、〈ファンテイル〉の広報担当者がだれだか調べてもしかたがない。だれでも同じだし、返ってくるのも同じ答えなのだから。二日酔いでインタビューに遅れて着いて、エレベーターからステージに向かう途中で初めて気づいた――昨夜のお楽しみで使った、ローションの個包装袋が靴底にまだ張りついている。進行係がゲストを呼びに行ったすきに、チェンはその袋を右の運動靴から剝がしてゴミ箱に捨て、ジーンズで指をぬぐい、今度はジャケットの襟にマヨネーズのしみがあるのに気がついた。こうなったらもうしかたがない。チェン、あんたもサバイバルの専門家なら、このピンチをみごとサバイバってみせるんだね。

「こちらはライ・チェン、またの名をSurlySurvivorです」と進行係が言った。「そしてこちらが、このイベントでインタビューに答えてくださるマーサ・アインコーン、レンク・スケトリッシュのアシスタントをなさっています」

ローションの小袋がゴミ箱の縁にくっついていた。すぐそこにある。チェンはちらとそっちに目をやった。ただ落ちればいいだけなのに、なぜあそこに頑張っているのか。

「わたしはSurlySurvivorの大ファンなんです。〈ＮＴＤ〉に投稿してらっしゃいますよね」マーサ・アインコーンは言った。「お目にかかれて光栄です」

「遅れて申し訳ありません、ちょっと……」と話しだして、ここで初めて相手をまともに見た。マーサ・アインコーンは白人で、クリーム色の滑らかな肌、豊満な身体つき、金のピンストライプの入った紺色のジャンプスーツに、パールのネックレスをしていた。顔にはそばかすが散っている。これはこれは、お初にお目にかかります。

「やむを得ない事情がありまして」口が勝手に言ってくれた。

「そうでしたか」マーサ・アインコーンは言った。「では、なにか埋め合わせをしていただかなくては」意味ありげな目つき、口角が明らかにあがり、片方の眉もあがる。

そう来ましたか。電流が走ったように下腹部が熱くうずく。これは予想外だった。

聴衆はまばらだった。おそらくそのうちの半分は、インタビューが始まればすぐに興味がないとわかっていなくなるだろう。

「きっとその……待った甲斐はあったと思っていただけると思います」マーサはかすかな笑みを浮かべている。チェンは下唇をなめた。さてと。

当たり障りのない質問を続けているだけなのに、ステージのふたりのあいだにはなにかが起こっていた。チェンがちょっとした冗談を言うと、マーサがそれに付け加えてさらにふくらませてくれる。マーサは椅子のうえで身を乗り出してくる。チェンも少し身を寄せた。マーサの香水の匂いがする――ムスクのような香り。セックスの匂い。ここがステージ上でなかったら、チェンはデートちゅうだと錯覚していたかもしれない。マーサの声は、明瞭で、低くまろやかで、ついうっとりと聞き惚れてしまいそうだった。チェンは彼女の話すのを聞いてはいたが、頭のなかではずっと、あのジャンプスーツを脱がせたらどんなふうだろうと考えていた。そしてあのえくぼのある肌に触れ、柔らかい首に口を押し当て、線を描くように胸元まで唇を這わせていったら。

「それで」チェンはプロンプターに出た質問をそのまま投げかけた。「自然災害のさいに、〈ファンテイル〉が人命救助に役立つという実例をご紹介いただけますか」

「そうですね」マーサは言った。「〈ファンテイル〉の大きな利点は、たくさんの人が〈ファンテイル〉を持っているということです」

チェンは笑った。ちょっと大げさすぎ、ちょっと長く笑いすぎだ。

「たしかに、それは大きいですね」チェンは言った。なにか、なんでもいいから、このいい雰囲気を維持できるようなことを言わなくては。

「それでハリケーンシーズンのハイチで、わが社ではドローンで非常用携帯基地局を導入し、〈ファンテイル〉への即時無料アクセスを提供しました。居場所のわからない人を見つけたり、新鮮な飲料水や浸水の恐れのない安全な建物の場所を教えあったり、そういう目的で使っていただいたんです」

「それはすばらしい」チェンはそう言ったが、頭の隅ではべつのことを考えていた。聴衆は数少ないとはいえ、もうネットに投稿している者がいるにちがいない。自分たちのプラットフォームを通じてしか通信できないとは、まったくなんて腹黒いんだとかなんとか。しかし、気にすることはない。こんなインタビューを見る者なんかいないだろう。「ほんとうに世界に貢献しようとしておられるんですね」

「はい、実際そうなんです。持てる者には、それを使って人助けの努力をする責任があります。たとえば」――とマーサは身を乗り出した――「あなたの投稿なさったニジェールのシリーズでは、水不足と暴力、ギャングの乗っ取りが報告されていましたが、あそこに〈ファンテイルシェアリング〉の技術を投入すれば、真に意味のある介入ができると思います」

「わたしのニジェールの動画をご覧になったんですか」

「あれはほんとうにすぐれたレポートでした。いまお集まりのみなさんもきっと視聴なさってると思います」

チェンは頬が紅潮するのを感じた。あれはおそらく、彼女の動画の中で最も再生数の少ないシリーズだった。評価は高かったが、数字はまるで稼げなかった。彼女の視聴者が望んでいるのは劇的な世界の終末であり、（とくに）自分がそれを乗り越えるための情報だ。壊滅的な洪水からたった三百マイルの場所で、渇水で人が死んでいるという気の滅入る現実などお呼びでないのだ。

「ありがとうございます」

「実態がひしひしと伝わってきて、あんな動画はいままで見たことがありません。あなたは香港陥落をじかに体験なさったんですよね。実際にその場にいるとはどういうことかご存じだから、ああいうものが作れるんですね」

チェンは目の隅に光るものをとらえた。次のちゃんとした質問に移るようにプロンプターが催促しているのだ。わかったわかった。

「それで、〈ファンテイル〉の技術はどのように役立つのでしょうか」

マーサは言った。「数え切れないほどの可能性があります。わたしは田舎で育ちましたが、オレゴン州の緑の一万五千エーカーにわたしが住んでいたころ、〈ファンテイル〉がいま展開しているような非常用通信システムがあれば、どれぐらいありがたかったかわかりません」

チェンははっとして、たちまちエロチックな夢想は消え失せた。緑の一万五千エーカー。その寸分たがわぬ表現。世界の終末と、それに関連する計画と熱狂的なマニアに関する記憶がよみがえってくる。

「ちょっと待ってください」チェンは言った。「あなたは……」聴衆に目を向けた。すでに何人かはこの場を離れて、ホールの向こうのパネルディスカッションを聞きに行っていた。そちらの議長は若い黒人の女性で、派手なピンク色の髪をして、手のひらに小さなロボットを載せている。「ちょっと考えてるんですが……そんなに広い土地で、オレゴン州となると、お訊きしないわけには……あなたはエノク会員として育てられたんですか」

これは所定の質問リストには載っていない。しかし、禁止リストにも載っていなかった。

マーサ・アインコーンは瞬きした。口ごもった。気を取り直した。ふたりとも互いの間に流れるセックスの通奏低音にたゆたい、煙の中の蜜蜂のように夢見心地になっていた（煙を吹きつけられると蜜蜂は嗅覚を妨げられておとなしくなる）。チェンはしてはいけない質問をし、マーサは答えてはいけない質問に答えた。

「そうです」マーサ・アインコーンは言った。「べつに恥ずかしいことじゃありません。たんなる公的記録の問題です。当時わたしはまだ子供でした。エノクはわたしの父だったんです」

退屈していた見物人のあいだから、とつぜん興味を惹かれたようなざわめきが起こった。チェンの見るところ、三分の一ぐらいはエノク会の名を聞いたことがありそうだ。狂信的なサバイバリスト、銃マニア、過激な宗教家のあいだではよく知られた話で、政府の行き過ぎに対して偏執的な被害妄想を抱いている人々のあいだでは教訓話になっている。そういう本格的な終末論者たちは、「サバイバルツールとしての〈ファンテイル〉」といった気の抜けたイベントには来ないだろう。しかし、そのときチェンは気がついた。服に埋め込んだ検索エンジンに向かって声を出さずに唇を動かし、スマートトルクに触れている観客がいる。巨大な共同体の脳に接続しているのだ。

「ほんとうですか」チェンは言った。「それで、どんな感じでした？」

マーサは黙っている。チェンは待った。これはインタビューのコツのひとつだ。沈黙を埋めてはいけない。

「そうですね」マーサがついに口を開いた。「エノク会について言われていることは、すべて正しいとは限りません。わたしはあそこですぐれた価値観も身につけましたし。聞いたことのないかたのために説明すると、エノク会はサバイバリストのグループで、オレゴン州で子供たちを育てながら、雑音《バブル》の終わりを待っていたんです。バブルというのはこの世界のことです」と言って、ホテルのホール、その日のワークショップやパネルディスカッションの看板やリスト、コーヒーとプレッツェルのショップ、「救命強力無線《シャウトレディオフレア》」とか「キツネ穴の非常用弾薬《フォックスホール・エマージェンシー・アンモ》」などと書かれたトートバッグを持つ人々の群れを彼女は身振りで示した。「バブルはしるしに満ちた複雑な場所で、わたしたちはみんなそこに生きています。それはいつか終わるし、また終わらなくてはならないとエノク会は信じていました」

「あなたのお父さんですね」

「子供だったわたしたちは、すぐれたスキルをいろいろ身につけました。狩猟や釣り、罠の仕掛けかた、自分たちの食料を育てたり集めたり、野外で寝たり。このアメリカには、わたしぐらい狩猟採集民に近い育ちかたをした人はいないとときどき思いますね。言うまでもありませんが、先住民のコミュニティのなかではそんなことはしていません。わたしたちが殺生を働いたのはすべてその外側での話です」

スマートトルクやバイザーウェッジ、シンスクリーンや手首のディスプレイを使って、聴衆はほぼ全員がネット検索をしている――たぶんエノク会を調べているのだろう。いまではこのイベント会場全体で、チェンはエノク会について最も無知な人間になっていた。記憶を引っくり返してみる。エノク会は、サバイバリストのあいだでは意見の分かれるテーマであり、ほとんど神話に近い。二〇二〇年代半ばの数年間、かなり話題になったこともある。ユダヤ教を基に創世記を独自解釈したアメリカの新興宗教で、急速に勢力を拡大したものの、あっという間に消えていった。教祖のエノクは世界を改変しようという壮大な構想を持っていたはずだが、いまのチェンはそのどれひとつ正確に思い出すことができなかった。エノク会はオレゴン州の田舎に広大な敷地を所有して住んでいた。当時の右派としては珍しく、エノクは気候変動という現実を受け入れ、それを神の意志のしるしと解釈していた。この気候変動を利用して、たとえば洪水などによって、神は義なる人と罪びとを峻別するのだろうと信じていたのだ。掲示板〈ネーム・ザ・デイ〉にはエノク会を扱う板があるが、チェンはのぞいてみたことがない。基本的にエノク会はもう消滅している。というのも……会は悲劇的な最期を迎えた。火事かなにかがあって、それから財政的な問題もあって……待てよ。

「ニューヨーク市、地下鉄」チェンは言った。記憶の奥底からなにかが湧きあがってくる。「お父さんは――エノクは、地下鉄でおかしくなったんじゃありませんでしたっけ。乗客を脅して、財布を盗んだとか」

マーサ・アインコーンは椅子に深く座りなおした。

「いまではそんなふうに言われてるんですか。情けない」

彼女は不快そうに顔をなでた。

「財布を盗んだりしていません。幻を見たんです。エノクは――本名はラルフ・ジマーマン、わたしの父ですが、彼は地下鉄に乗っているとき幻を見たんです。人は自分がお金を使っていると思っているけど、ほんとうはお金に使われているんだって。それで財布や小切手帳を取りあげて、踏みつけにしたんです。人々を救うために」

「そう聞くと、なにをするかわからないこわい人みたいですが」チェンは言った。

マーサは首をふった。「なんにも正しいことを言っていなかったら、だれもその人について行ったりしません」

「と言うと、お父さんはどんな正しいことをおっしゃってたんですか」

マーサは唇を噛んだ。ここにはあいかわらずデートの雰囲気が残っていた。立ち入った質問をすることが許されているような、意図的に親密さをかもし出そうとしているような。マーサは計算ずくでやっているのではないか――チェンはそんな気がした。

「そうですね、エノクはよく『都市はマークのついた環境だ』と言っていました。マークのついたトランプみたいなものです。人が簡単に読めるように修正されていて、どこを見ても記号だらけ。歩行者は歩道、車はアスファルト道路」そう言って、彼女はホールのあちこちを指さした。カフェに掲げであるカップの標識、トイレの標識などなど。「飲食物を示す記号、排泄場所を示す記号。でもね、現実の世界はそんなふうにはなってないでしょう。この世はわたしたちの都合で存在しているわけじゃありません。人間の言葉で話してはくれないんです。自然界にはどこにも標識なんか出ていなくて、どこに食物があるか、どこなら安全に排泄できるかなんて教えてくれません。自然界にしるしがあるとすれば、それはそのもの自体がつけたしるしです。鹿の足跡は鹿の蹄がつけたものでしょう？ この人工的な、人間中心の空間にしじゅう生きていると、人はおかしくなってくるんです。利己的になると同時に不安になり、気持ちが暗くなっていくんです。なぜなら、すべてが人間のためにあると考えるようになるからです。これについては、エノクの言ったとおりだとわたしは思います」

「それなのに、あなたは離れたんですね」

「エノクは正しいことも言っていましたけど、また怒りっぽくて暴力をふるうこともありましたし、子供たちに適切な教育を受けさせようともしませんでした。彼のしたことをしようとすればどうしても強制になり、最終的には虐待になります。数百人の力で全世界を閉め出しておくことはできません。そんなことはもともと不可能なんです。彼の夢を実現しようとすれば、全世界を作り変えるしかありませんから」

会場の端に立っている者、客席に座っている者の何人かが、携帯電話や手首のスクリーンでこのインタビューを撮影していた。チェンはまだ気づいていなかったが、すでに短い動画が〈ファンティル〉、〈メドラーコネクト〉、〈アンヴィルチャット〉のアカウントからアカウントへ盛んにやり取りされていた。その動画のなかで、チェンは「エノクは、地下鉄でおかしくなったんじゃありませんでしたっけ」と言っていた。相互接続された人間の巨大な頭脳において特定の接続が形成されつつあり、特定の人々が腹を立てつつあり、特定のプラットフォームがエンゲージメントの向上をはかりつつあった。しかしその時点でチェンにわかっていたのは、マーサ・アインコーンからムスクといけそうな香りがすること、自分が彼女を好きだということ、彼女のことをもっと知りたいと思っていること、そしてふたりのあいだになにかが芽生えつつあるということだけだった。

インタビューの終わりに、マーサはチェンの手を握り、引き寄せて軽く抱擁した。そして耳元でささやいた。「仕事は午後九時に終わるわ」チェンが手を開いてみると、そこにあったのはホテルの部屋の鍵だった。金縁の黒い鍵。親指で鍵に触れてみた。キスのような、転落のような、慣れた指で陰唇を開かれるような感触。

やられたね、官能にくらくらする頭でそう思いながら、チェンは会場を後にした。あんた、完全にやられてるよ。

5. 柔らかい、きらめく結晶の山

AUGRは言った。「ライ・チェン、お困りのようですね。援助を希望しますか。はい／いいえ」

チェンは数分の一秒考えて、**はい**を押した。

トンネル内の音が大きくなってきた。女が導管をよじ登る騒々しい音が近づいてくる。チェンは思った——わたしがここにいるのをだれも知らない。次に思った——ここで死んだら、何か月もだれにも気がつかれないかもしれない。そしてその次に——なにがどうしてこうなったのか、まるっきりわからないまま死ぬのか。ほかのなによりそれが我慢できない。

手首のスクリーンにぱっと画像が現われた。なんの画像かすぐにはわからなかったが、気づいてみれば緑の線で描かれた彼女自身の像だった。ジーンズ、パーカー、〈サバイバルエキスポ〉のTシャツを着て、冷蔵装置の陰にしゃがみこんでいる。足首の鞘《さや》に収めた強化プラスティック・ナイフが強調表示されていた。動くドットのラインがそこからのびて、コイル状のパイプのひとつにつながっている。

画像の下で、テキストが画面をスクロールしていく。

ここでパイプを切断する。できるだけ手早く作業すること。袖で手を保護すること。パイプを自分に向けない。切断したら、パイプの先を敵に向ける。

チェンは笑いだしそうだった。ばかばかしい。こんなことがあるはずがない。くされエノク会員だって？　ネットの殺害予告はけっして現実には実行されない。それがルールだ。このごろは殺害予告が簡単になって、すっかりありふれたものになっている。英国の警察に相談したら、気をつけてくださいというだけで、具体的な話もそれらしい推測もいっさい出てこなかった。ノートパソコンを持っていて、草を生やすのが好きなろくでなしなら、だれでも殺害予告はできるというだけだ。チェンはマリウスとともに検討したが、こういう脅迫の少なくとも九十パーセントは「頭の弱い若い男で、しこりすぎでペニスが痛くなって、その腹いせに女を脅かそうとしている」というのが彼の意見だった。だけど、あんたは気をつけてなかった、でしょ？〈シーズンズ・タイム・モール〉でやった講演はプレスリリースで発表されている。ちくしょう。

チェンは画面上の緑の線画を見ながら、選択肢を評価した。

1. なにもせずに死ぬ。
2. ナイフで女に攻撃を試み、ほぼ確実に死ぬ。
3. アプリの指示に従う。そしてたぶんやっぱり死ぬ。

接近戦になるだろう。それは好都合だ。接近戦なら、ナイフより銃のほうが一方的に有利ということはない。パイプを切断したとしても、ナイフで女を攻撃できなくなるわけではない。とすれば、2と3の組み合わせでいってみるか。

短い太い管を探り当てた。直径は彼女の指二本ぶんほどだ。断熱された金属製の外被のなかを柔らかいプラスティックのチューブが通っていて、それが恐ろしく冷たかった。その柔らかいプラスティックにナイフを突き立てると、そこから雪がこぼれ落ちはじめた。

AUGRは、チェンの耳輪《じりん》に掛けたイヤーポッドから話しかけてきた。システムアナウンスで聞き慣れた落ち着いた口調だ――無感情で穏やか。「〈シーズンズ・タイム・モール〉では、断熱消磁によって作られた新しい冷媒を使用しています。いまあなたの指のあいだから落ちているのがそれです。

その冷媒に触れると筋肉や皮膚が凍りつき、水分が奪われて干からびます。なくして困る身体部位には接触させないように気をつけてください」

チェンはチューブの上部を斜めに支え、パーカーのリブ袖で親指と人差し指を覆ってから、チューブをつまんで身体から遠ざけた。どうして手袋を持ってこなかったんだろう。ホテルのベッドわきのたんすに外科手術キットが入っていて、そのなかには医療用手袋も入っていたのに。朝持って出ようとしたのだが、注射針が保安検査に引っかかるかもしれないと思ったのだ。こういう忌々しい人的ミス《ヒューマンエラー》に毎度足を引っ張られる。

彼女は柔らかいプラスティックをガリガリやりつづけた。四分の三ほど切り終えた。チューブをきつくつまんでいるのだが、それでも切り口から少量の冷媒がこぼれ落ちてくる。ほんとうは雪ではなく、柔らかい結晶の山だ——雪片のように大きいが、もっと固くて、もっときらきらと鋭く輝いている。粘っこい水のように流れ落ちてくるが、そのじつ湿ってはいない。むしろとんでもなく乾燥している。

ＡＵＧＲがまた耳元でささやいた。「あなたのＴシャツは高機能サバイバル素材でできています。それで顔を覆えば呼吸器系は保護されるでしょう。ですが、攻撃時には彼女をまともに見てはいけません」

チェンはいっとき、花柄ワンピースの女がどこにいるかチェックするのを忘れていたが、スクリーンを見るとクロールスペースの断面図が表示されていた。緑の輪郭線で描かれた女が、こちらに向かって最後の数十フィートをこっそり登ってこようとしている。チェンはパイプをガリガリやっている。スクリーン上では、ふたりのあいだに冷却装置が鎮座していた。この装置がなかったら、もうほとんど女に手が届きそうだった。

チェンは柔らかいチューブをつかみ、最後まで残っていたプラスティックの皮一枚を完全に切り離した。スクリーンでは、女が立ちあがって銃を取り出していた。向こうもスクリーンを見ているのだろうか。対抗策を用意しているのだろうか。そんな心配をしてももう遅い。花柄ワンピースの女は、冷却装置をまわって近づいてきた。そしてチェンを見下ろした。チェンはTシャツで口と鼻を覆い、柔らかいチューブの切り口を女の顔に向けた。チェンは顔をそむけた。そして絞っていた手を離した。雪が噴き出した。

6. 勝ち目はあるのか

〈デモ・リション〉の建物の外では、一月の冷気に霧雨が凍り、白い雪片となって細いらせんを描いている。夜九時、マーサ・アインコーンの金縁のキーカードを、ライ・チェンはガラス張りのエレベーターの黒いパネルに当てた。画面に**七十階**と表示される。このホテルの客室が七十階まであるということすら、チェンはこのとき初めて知った。ドアが音もなく閉まり、ホテルのロビーが小さくなっていく。足の下に、会議場の狭い一角の屋台や小ステージが見えた。この時刻でも、まだ夜間のセッションをやっている。安楽椅子に腰掛け、ブロンドの髪をきちんと整えた心理学者との暖炉前での会話。フランネルシャツの男が、サバイバルのことを子供たちにどう説明するかプレゼンテーションしている。ホールの奥にあるスライド式の壁を通して、展示会場の一部、立ち並ぶ屋台、そしてそのうえにそびえ立つ巨大なグラスファイバーの山が見える。山のてっぺんは雪をいただいていて、全天候型ギアのブランドかなにかの広告だった。この山は会場のどこからでも見える。夕方には、日没をシミュレートするために内側から照明されて、黄色とピンクと金色に輝くようになっていた。エレベーターが上昇するにつれてその山がだんだん小さくなり、せつな、動いているのは彼女ではなく、世界が彼女を置いて去っていくような錯覚に襲われた。

七十階でエレベーターのドアが開くと、目の前にあったのは没個性の廊下ではなく、宮殿だった。本でいっぱいの本棚。漆塗りの長いダイニングテーブル。革張りのソファが三脚。青いタイル張りの床が、地上七十階の窓外の景色に打ち寄せる波のようだ。

「腰が抜けそう」チェンはつぶやいた。

「いやあね、この人ちょっとあけすけすぎない?」と女の声がした。ソファに寝そべっていて姿がよく見えなかったのだ。肘をついて身を起こし、チェンを見る顔には好奇心と興味とユーモアが表われている。「うそ、これ有名人じゃん」チェンは思った。

「ああ、時間どおりね」マーサ・アインコーンが言った。「よかったわ。こちらセイラ・ノミック。セイラ、この人はライ・チェン。サバイバルがテーマのすごいチャンネルをやってるの、〈SurlySurvivor〉っていう。シャンパンでいいかしら」

チェンはマーサを見た。ジャンプスーツのぽってりしたお腹のライン、黄金の鼻スタッド。一夜かぎりでもかまわない、そう思った。いける。ぜんぜんいける。そうとなったら、なにがなんでもしくじりたくないと思った。

「いただくわ」セイラはそう言って、シャンパンのフルートを手に取った。

チェンは思った――この味を憶えとくんだよ、たぶん高級品だから。

セイラはマーサとチェンをちらちら見くらべ、なにか言おうとしたようだったが、そこで気を変えた。

「それじゃ、あなたはチャンネルをやってるのね。サバイバルがテーマの。じつを言うと、見たことあるような気がするんだけど――スコーピオン戦闘車両の動画を撮ったことある？」

「いえ、それは〈ProfessorBlast〉ですね。わたしは――」

「あ、わかった！　木のなかで一週間暮らしてた人でしょ」

「そうです」

「わたしの夫はあれがすごく気に入ってたのよ。すごいわねえ。わたしはプログラマーをしてるの」セイラは言った。「いえ、してたと言うべきね。いまはおもにお金をばらまいてるわ。だから、世界の終末のシナリオにはぜんぜん出番がないの」

この茶番につきあわなくてはならないのだろうか。この女性がだれで、その夫がだれだか知らないとでも？　セイラは真に並外れた凄腕プログラマーだった。〈アンヴィル〉の物流・配送システムのスクリプトの一部を書き、おかげでシステムの効率と信頼性が飛躍的に高まったのだ。そして彼女は地球上で最も裕福な男と結婚した。彼女の夫は飽くことなく効率性を追求し、まずは輸送、次いで配達、そして世界のインフラのありようを再発明した人物だ。しかし、飛び抜けた富と名声を持つ人々は、ひょっとしたらこういうのを好むのかもしれない。あなたたちのことなんか聞いたこともありませんよ、というふりをされるのがうれしいのかも。

「世界の終末に、プログラミングが役に立たないなんてことありませんよ。旧ソ連の原子力発電所をだれかにハッキングしてもらって、安全にシャットダウンさせることが必要になるでしょうし。そういうこと、できると思います？」

「わたしに？」セイラは片頬を膨らませて考えた。「そうね、やってみてもいいかな。ロシア語もちょっとはできるし」

「そのときは翻訳者を見つけますよ」

「あなたが見つけてくれるの？」セイラは言った。「このシナリオでは、世界の終末を生き延びた人たちの世界的共同体を、あなたが運営することになってるわけ？」

なるほど、そう来たか。ええい、ここでひるんでどうする。「そんなところです。べつにやりたいわけじゃないですけど、ほかの人にやらせるより、わたしがやるほうがましだと思うから」

セイラは盛大に笑った。「あなたが彼女を気に入った理由がわかったわ。さてと、それでお腹すいてない？　わたしはぺこぺこよ。夕食にしましょう」

今夜のことは一分一秒忘れないようにしようと心に決めていたのだが、あとになってチェンは、夕食どきの会話をろくすっぽ思い出すことができなかった。ひとつには、ソーダのような口当たりに騙されてシャンパンを大量に飲んでしまったからだ。しかし最大の理由は、マーサ・アインコーンの笑顔だった。微笑むと、ピンク色の舌が小さくのぞいて、カーブを描く上唇のど真ん中をかすめるのだ。おまけに、テーブルの下でおっかなびっくりマーサの太ももに軽く指先で触れたとき、この見るからに金にも力にも不足していない女性は脚をどけようとはしなかった。それどころか、自分の指でチェンの手の甲に軽く触れてきたのだ。こんな状況で、だれが会話の内容など憶えていられようか。

まともに憶えていたのは、避けようのない世界の終末の話が出たときのことだけだ。

セイラ・ノミックが、テーブルに身を乗り出してこう言ったのだ。「で、あなたは専門家よね。チェン、虫が襲来した場合のあなたのサバイバル・プランは？」

「虫が襲来？　突然変異の巨大な昆虫とか、それとも殺人バクテリアとかですか？」

「どっちでもいいわ。両方でも」

「真面目な話ですか？」チェンは問いかけるようにマーサに目をやった。いまも彼女の指先はチェンの前腕の産毛を軽く撫でている。チェンは情欲でおかしくなりそうだった。

「大真面目よ」マーサがにっと笑う。「ひょっとして、虫の襲来を生き延びることはできないのかしら。ひょっとしてあなたに勝ち目はないのかしら」

「とんでもない、ありますよ」

「それじゃ、その勝ち目を教えてよ」セイラが言った。

テーブルの下で、チェンは腕を引っ込めてマーサの手をよけた。考えるのとセックスの並列処理は無理だ。

「そうですね、巨大な昆虫とバクテリアがいっしょに襲ってきたら厄介でしょう。というのも、とつぜん巨大肉食生物が襲来してきたら――ちなみに、そんなことが起こるのはSF映画のなかだけですが、ともあれそういうさいには、残った人類を大きな群れにまとめることが生き延びるための戦略になります。ところが、致命的な感染症が発生した場合は、逆になるべく早く自立的な小集団に分散させるのが最善策になるんです」

「それじゃ、どうすればいいの」とセイラ。

「本気の答えを聞きたいですか？」チェンは言った。

セイラはグラスを傾け、片方の眉をあげてみせた。

「いいでしょう。まずは都会を離れることです。当然のことですが」

「当然よね」マーサは秘密を知っているような口ぶりで言った。

「シェルターはいまひとつかな、人が多すぎるし。わたしだったら森の奥に逃げますね。それか島。できるなら島に行きます」

「島……」とセイラ。「なるほどね」

「ええ、だけど同じことを考える人はたくさんいるでしょう。快適な暮らしは望めないでしょうね。しっかりしたテントが必要です。罠を仕掛けたり、弓矢で狩りをしたり、体重が減るのは覚悟しなくちゃなりませんね。小規模な集団で、ほんとうに信頼しあえる少数の人間で暮らすことになるでしょう」

「ひとりではだめ？」

「こういう場合、個人主義は愚かな選択です。けがをして感染症にかかったら、抗生物質を探してくれる人がいなければ死ぬしかありません。崖から落ちでもしたら、見つけてくれる人がいなければ死ぬだけです」

「でも、内輪もめの心配はないの？」

「なるべく起きないように努めるしかないでしょう。未来に目を向けることですね」

「お金がうなるほどあって、兵隊を雇って守ってもらえるとしたらどうかしら」

「それはですね……この『虫』で人がどれぐらい早く死ぬと想定してます?」

マーサはセイラと顔を見あわせ、鼻にしわを寄せた。「潜伏期間は十七日。つねに感染の危険があって、発病すると治癒に五日かかり、致死率は五十パーセント」

「そう来ましたか。なるほど、それは面白い。いえその、恐ろしいですね。その場合、兵隊は役に立ちません。金銭はたちまち価値を失うでしょうし、その後は兵隊になにを提供できますか。あなたは資源を消費するだけの穀潰しです。食料保管庫などを開く暗証番号を知っていたとしても、兵隊はあなたを閉じ込めて拷問して口を割らせるだけですよ」

「そうか、やっぱりだめか」

「だめですね」

マーサはまたワインを注いだ。ワインは黄金色で甘く、しかし甘すぎず、富の味がした。夜は更けていく。マーサ・アインコーンがセイラ・ノミックとの夕食にチェンを招《よ》んで、テーブルの下でチェンにさわってきたのは、まさかただおしゃべりをするためだけだったのか。

「訊きたいんだけど」真剣な提案でもするかのような雰囲気で、セイラが口を開いた。「世界の終わりが来ると知ってたとするわ。でも、あなたは生き延びる道があるのを知ってる。ゴールデンチケットを持っていて、それを使えば助かるわけよ。そしたらどうする、使う?」

チェンはふたりの女の顔を見比べた。この会話には意味があるようだが、彼女は蚊帳の外だった。

「これはひっかけ問題なんですか」

「まさか」マーサは言った。「ひっかけ問題じゃないわ。倫理的な問題よ。あなたはぶじ生き延びられるけど、他の人はみんなその疫病で苦しむことになるの。どうする、ゴールデンチケットで脱出する？」

「もちろんです。生き残るのがわたしの目的ですから」

「でも、愛する人たちはみんな恐ろしい死にかたをするのよ。そのチケットを使って自分は助かるってことを、ほかの人にはいっさい話せないのよ。それでも使う？」

「ひとりしか使えないんですか。たいていのサバイバル計画は、結束の固い集団で実行するほうがうまく行くんですけど」

「この場合は無理。知ってる人が増えれば増えるほどうまく行かなくなるの」マーサは言った。

セイラが小さく首をふった。ほとんど目に留まらないほどに。

「だから、おふたりはここに来てるんですか。レンク・スケトリッシュとジムリ・ノミックも？　ゴールデンチケットを持ってるから？」

「どうしてレンクとジムリがここに来てると思うの」セイラが尋ねた。

「屋上でのデモンストレーションにわたしは招待されてませんけど、だからってなにが起こってるかわからないわけじゃありません」チェンは軽く肩をすくめた。「ケータリング・スタッフから話を聞いてますからね。むずかしいことじゃない」

「ケータリング・スタッフから話をね」とセイラ。

「そうやっていろいろ探り出すわけね」マーサは言った。

この時点でチェンはけっこう酔いがまわっていたが、見た目ほど酔ってはいなかった。ここではなにかが起こっている。撤退が必要だと伝えてくるのと同じ本能で、ネタがありそうな場所を彼女は嗅ぎとっていた。ここにはなにか大きなネタがある。あのセンセーショナルなドローンによる気象操作にもまさるネタが。頭のなかで可能性をより分ける。なんにせよここで耳にしたことは、レンク・スケトリッシュ、ジムリ・ノミック、そして——いま思いついたのだが——エレン・バイウォーターがわざわざやって来て、見たり売り込んだり買ったりするだけの価値があることなのかもしれない。彼女は考えながら目をしばたたかせた。するとちょうどそのとき、太ももの付け根のあたり、股間のそばをマーサの手がかすめた。えっ。いやその、それはちょっと。

「ちょっと失礼、トイレに行ってきます」と言う自分の声を聞きながら、彼女は立ちあがった。

トイレに入ると、脚のあいだが濡れていた。一瞬、このまま撤退すべきではないかと思った。つねにそういう瞬間はある。ここではいま、彼女のレベルをはるかに超えるなにかが起こっている。しかし、まず間違いなく、金と力のある女性との——それもおそらくはそんな女性ふたりとの、奔放なセックスが待ち受けている。彼女のヴァギナは賛成票を投じているが、それ以外の部分は難民キャンプと強制収容所をくぐり抜けてきたのだ。だから彼女はいつも立ち止まって、取るべき選択肢を考慮してきた。

マリウスにテキストメッセージを送った。大富豪に連れられてべつの場所へ行ってはいけない。少なくとも、あらかじめだれかに知らせておかなくては。

チェン：マーサ・アインコーン／セイラ・ノミックについてなにか知ってる？

マリウス：だれでも知ってるようなことしか。記事にするのか。

チェン：そのふたりと夕食をとってるのよ！　ふたりいっしょに。なぜこのふたりがいっしょにいるの？　しかもわたし、彼女に太ももをさわられてんのよ！

マリウス：宣伝させたいんだろ。なんかニュースが出そうで、目をそらさせたいんだ。

チェン：ずいぶんうがった見かたをするじゃない。

マリウス：うがった意見を聞きたくないなら、おれにメッセージ送ってこないだろ。

マリウス：怒らせたのかも。バラして人けのない森の奥深くに埋めるつもりかもな。

チェン：わたしのことが好きなのかも。

マリウス：そうだろうとも。たぶん結婚したいんだよ。招待状は送ってくるな。結婚式は嫌いだ。

まさにいつものマリウスだ。旧ソ連圏の出身者は一生変わらない。チェンは、自分が跡形もなく消えた場合に備えてこの部屋の詳細と写真を送った。マリウスからの返信は「殺されそうになったら連絡しろ」だった。

トイレに座ったまま、チェンは四十五秒ほど白日夢にふけった。マーサ・アインコーンならどんな結婚式を用意するだろうか。会場はきっとお城かどこかで――しかし長くは続けなかった。初めてデートした相手との未来を想像して、つきあいも自分自身も滅茶苦茶にしてしまったことがあるからだ。セラピストの説明によると、人は不確実性を恐れるあまり、確実性のためなら自分自身を傷つけ、不幸にすることさえ厭わないのだそうだ。二回めのデートがあるかどうか心配？　だったら、その不安を帳消しにする一番簡単な方法は、不愉快な変人を演じて二回めのデートなんか絶対にないようにしてしまうことだ。この冬の結婚式を想像したいという衝動は、もうそのことを考えたくないからすべて滅茶苦茶にしたいという衝動とイコールなのだ。

べつのことを考えようと、彼女のサイトの配信《フィード》をスクロールした。

・マイアミの洪水対策また失敗、三万八千人の家が完全に文字どおり水没
・バングラデシュにまたサイクロン近づく。今後四十八時間に一万三千人以上の死者が出る恐れ
・コロラド川は四年連続で冬季に水涸れ、コロラド谷と改名すべきとの声も
・〈デモ・リション〉に関する簡単なレポート。終末産業は活況を呈している。この世の終わりはいまも大人気

よし、少なくとも気は紛れた。いつもの終末と災害がいつもどおりに起こっている。トイレに入って四分ほどになる。あと二分ぐらいならおかしいとは思われないだろう。メンション（さまざまなメディアで横断的にエゴサーチを実行するアプリ）をチェックしてみた。

やめておけばよかった。彼女のメンションは交通事故さながらだった。何百という人々に罵られていた……ばか、無知、チンカス野郎、チンカスですらない、アンチ・アメリカ人（じつのところ、彼女はほんとうはアメリカ人ではないが）などなど。また例によって人間のクズどもが、「アジア人」や「レズビアン」、そして「女性」に対する悪口雑言を吐いていた。アドレナリンの大波に全身を洗われる。思いつく限りの恐怖が一度によみがえってくる。国境警備隊が父親にここは通さないと言っていたこと。暗闇に銃声が響き、灯油の燃えるにおいが鼻を突くなか、寝台の下で震えていたこと。浮気をしているとガールフレンドに告げられたこと。彼女の仕事が完全なクズだとわかってしまったときのこと。あの爆発の瞬間、あの犬のこと、そのすべてが現にいま起こっているかのようだった。いったいなにがあったのか。これまでに犯した最悪の失敗をふるいにかけて、これほどあしざまに言われるようなことをしでかしただろうかと頭をひねった。

メンションを次々にクリックして、ソースを探した。これだ。三秒の動画、彼女が「エノクは、地下鉄でおかしくなったんじゃありませんでしたっけ」と言っている。そして押し寄せる怒りのコメント。

ざっと検索しただけでわかった。たしかにエノク会員たちはいまも、ネットでかなり活発に活動しているようだ。エノクは自分のことを、スピリチュアル的にアブラハムの直系の子孫だと考えていた。エノク会の信仰の中心理論は「断片《ピース》」と呼ばれ、それによると世界は時代とともに寸断されてきたのであり、ネットでは魂を「ピース」から救うために「雑音《バブル》に入る」ということが語られていた。また、なにか「キツネとウサギ」の話も出てきたが、チェンには理解できなかった。ただそれはどうやら、人はみなわが家を離れて狩猟採集に戻るべきだと言っているようだった——それを実践している者はいなかったが。

最近のインターネットには、おびただしい小グループやさまざまな意見が渦巻いているから、そのすべてを追いかけるのは不可能だ。この人々は彼女の同類ではない。近縁のサバイバリストではあるが、彼女の属するテクノロジーサバイバリストの集団とは異なる。一部の原理主義者に反宗教的と思われたところで、彼女のコアなファンはだれも気にしないだろう。本質において不快ではあるが、実際上は問題になることはない。チェンは通知をオフにした。

アドレナリンに全身をたぎらせてトイレを出て、十二分ほどもこもっていたことに気がついた。これは長すぎる。こうなっては、百年の恋もさめそうな腹具合だと思われてしまうだろう。このときになって初めて、通知をチェックしようという衝動もまた自己破壊を望む衝動であり、確実性を望む衝動でもあることに気がついた。ちくしょう、脳みそはずる賢い悪党だ。

なんと言い訳をすればいいか、エノク会の状況についてマーサに尋ねるべきかと迷っていると、ダイニングルームの女性ふたりがひそひそ話しているのが聞こえてきた。これが生き残るすべというわけで、チェンは足をゆるめて耳をそばだてた。

セイラ・ノミックが言った。「ジムリにはすぐ戻ると言ってあるの。あなたの彼女は頭が切れるわ。なにも言ってないんでしょうね、わたしたちの友人——つまり、あの予言者のこと」

マーサは言った。「言ってないわ」

「彼女は役に立つかもしれない」

「そのために招んだんじゃないわ」

「すべてはそのためよ。いまはお預けにしなくちゃいけないことだってあるわ。わかってるわよね」

チェンが本棚——ホテルの部屋に、どうして本をぎっしり並べた本棚を置くんだろう——の側面をまわって近づいていくと、すぐにセイラ・ノミックは笑顔になって立ちあがった。「それじゃ、わたしはもう行かなくちゃ。チェン、会えてよかったわ。またね」

それでチェンも笑顔になり、握手をしながら、予言者ってだれのことだろうと考えた。エノクのことだろうか。しかし、こうしてマーサ・アインコーンとふたりきりになると、この期待に満ちた瞬間がその「お預けにしなくちゃいけないこと」なのかどうか、彼女が知りたいのはそれだけになっていた。

マーサは窓際に立ち、外の景色を眺めている。夜のロンドンには光が散り、テムズ川は再び堤防が築かれて、川は滔々《とうとう》と深く流れている。いまでは雪は激しく降りしきり、溶けきれずに歩道に白い粉を散らしている。川の両岸の建物——その石造りの正面《ファサード》には渦巻き模様が彫り込まれ、まるで折りたたんだ布地のように見える——は、いまでは六層の強化パースペックスの被膜でおおわれ、満潮時にも保護されている。大理石の建物が語っていた、帝国の勢威の物語はすでに終わって久しい。いまでは照明と洪水対策がべつの物語を紡いでいる。迫る水を前に、他の場所と同じくロンドンも、なにを守るか選ばなくてはならないだろう。マーサに手招きされ、窓際に並んで立って飛びまわる光を眺めた。ドローン鳩が建物のあいだを、かすかに波打つ水のあいだを飛び交っている。ここからは、それが起こってもなんの問題もないように思える。美しいとすら、荘厳だとすら思える。

チェンの腕に鳥肌が立った。いまがそのときだ。触れる前のいっとき、触れたいと思っているとき。相手もそれを望んでいると推測するしかないとき。ふたつの肉体のあいだには、どうにも越えがたい溝がある。

マーサが口を開いた。「それで、あなたはどうしてシングルなの」

「大学時代の彼女と長いことつきあってたんだけど、浮気されて別れたんだ」

「そう、ひどいわね。裏切られて傷ついたのね」

「まあね」チェンは言った。

「いまも未練がある?」

「ずっといっしょにいたい、いられるかもしれないって夢見てたから。そういうのって……その、いいなって思ってた。美しいっていうか、きちんとしてるっていうか」

マーサがチェンのむき出しの腕に触れた。指先が軽く肌をかすめただけだったが、チェンは腕を少し引いた。胸が痛む。マーサはためらった。

チェンは言った。「どんないきさつで……その、知りあったの? つまりその、セイラ・ノミックのことだけど」

「共通の関心事があるのよ」

「あのさ」チェンは言った。「どんな答えが返ってきても、わたしは気にしないから。ほんとに。つまりその、人はなにをしようと勝手だし、わたしは秘密を守るよ。大人は浮気するものだし、他の人たちの関係ははたからはわからないこともあるし。こんなことを訊くのは、わたしは裏切りには賛成できないからなんだよね。みんな知ってて合意のうえなら細かいことは気にしないけど、だれかを裏切ってセックスするのはいやなんだ。あなたはセイラ・ノミックとつきあってるの?」

マーサは笑いだした。それは間違いなく心底からの笑いで、それ以外の解釈は不可能だった。マーサは首をふった。「残念だけど、セイラ・ノミックは百パーセント完全にストレートなのよ」

チェンも笑ったが、やがてふたりは黙り込んだ。お互いへの第一歩を踏み出す前に訪れる、深刻な、重大といっていいぐらいの沈黙。最初の一歩はどんなときでも危険だ。しかし、それがなければわれわれはここにはいない。

マーサがチェンの肩に手を這わせた。「したい？」

チェンは言った。「したい」マーサの手が背中をなぞって腰へ降りていく。チェンは昂りのあまり息が苦しかった。

「みんな信号なの」とマーサ。「送信したり受信したり。正しく解釈できればいいのだけど。出会って、じゃれあって、抱きあう」

チェンは左手の指先でマーサの首の横に軽く触れた。マーサがかすかに吐息を漏らす。チェンは脚のあいだが耐えがたくうずいた。

「うん」彼女は言った。

「確かめるには、ガードを下げるしかないんだね」

マーサは首をかしげ、チェンを見て、例によって口もとをわずかにほころばせた。

チェンは身を乗り出してマーサにキスをした。そのあとは自然の成り行きだった。


しめて三日半やりまくった。ちょうどそれだけでわかってしまった。痛いほど、ぞっとするほどわかってしまった。まだし足りない。まだ全然し足りない。その三日半でチェンは考えた――これなら大丈夫、サバイバリストの旅行はやめてもいい、彼女の行くところについてまわろう、彼女がどこかの家にいるときは家にいよう、きっとなんとかなるだろう。そしてまたこうも考えた――もうたくさん、やめよう、いまのところはここまでにしておこう。しかしそんなことはできなかった。

マーサの肩の皮膚には、なめらかで銀色の肉割れ線《ストレッチマーク》がサバの縞模様さながらの筋を描いていた。チェンはその筋に舌を這わせる。チェンの会議での発表のあいま、マーサのミーティングのあいま、ルームサービスのディナーを注文するあいまに、チェンはマーサに質問した。レンクについて、ジムリ・ノミックについて、以前のガールフレンドについて……しかし、マーサ・アインコーンはどの質問にもほとんど答えなかった。「これは言っときたいんだけど」チェンは言った。「わたしになにも教えないのが、たとえば……神秘的なほうが興奮するからっていう理由だったら……わたしはもう完全にあなたに夢中だから」するとマーサは笑い、ふたりはまたやりはじめた。どうせ先はないんだから、とチェンは自分に言い聞かせた。次の本物のガールフレンドに語って聞かせるいい話のネタになる。未来を自分で決められると信じつづけよう。なにが待っているかはわかっているし、どうせろくなことは待っていないのだ。

三日めの終わり、午前三時を少し過ぎるころ、チェンは物音に目を覚ました。マーサがメモを書き、ブーツを履こうと引っ張っている。音はかすかで、彼女のシンスクリーンから漏れる中程度の分散光は、やっと近くが見えるかどうかだった。チェンは穏やかで一定の呼吸を保った。マーサが肩に触れてきたが、ため息をついて寝返りを打ってみせた。そのあいだずっと考えていた――いったいどこへ行くの、午前三時に？　マーサがボタンを押すと、エレベーターがやって来て、ほとんど音も立てずにドアが開いた。そのドアが閉まると、チェンはすぐに起きあがり、ジーンズとTシャツを身に着けた。エレベーターを呼び戻すと、よし――ガラスチューブ越しに、マーサがどちらの方向に歩いていくかぎりぎり確認できた。カンファレンス会場へ戻っていく。どうしてあとを追っているのか自分でもわからなかったが、なにかあるのは間違いない。それはわかっていた。彼女の本能が総力を挙げて、なにかが起ころうとしていると告げていた。

緑のタイルを裸足で踏んで、明かりの消えたホテルのロビーをチェンはできるだけ速く走った。レストランでは、テーブルに椅子があげてあった。その通用口には警備員がひとり立っていたが、いかにも眠そうで、そばを通り過ぎてもこちらを見もしなかった。彼女は物陰を選んで進みつつ展示会場に向かった。正面の大扉は閉じられているはずだったが、閉じていなかった。クレジットカードほどの大きさの三角形の黒い板が挟んである。閉じるのを防ぎつつ、注意を引かずにすむ絶妙の開きぐあいだ。その扉を手前に引いて、チェンは隙間をすり抜けた。

暗闇のなかで、方向感覚をつかむのはむずかしい。目を細める。サバイバル用飛行船が浮いているから……そうそう、あっちがホールの西側だ。ということは、右手は武器コーナー、左手は医療機器コーナーだ。そして前方、火焚しのコーナーにかすかに小さな光が見えた。そこでだれかが低い声で話をしている。展示パネルの陰に隠れつつ、チェンはその光に向かって忍び寄った。自動装塡・自動洗浄ライフルの棚を過ぎ、スマート照準器付きライフル、いま見ている動植物がほんとうに食用になるか教えてくれるバイザー、「キツネからわが家を守る（「有色人種からわが家を守る」という意味なのはみんな知っている）ため」の自動発砲パターン付き家庭用防衛システムと、次々に棚の前を通り過ぎていく。話し声が近づいてくる。話している人々は、一度に複数の方向から収束する照明に照らされている。展示された移動式隠れ家や掩蔽《えんぺい》をまわって向こうに出ると、通路の先に人がふたりいるのが目に飛び込んできた。あいだに挟むように拡散光のライトをひとつ持ち、ふたり連れ立って歩いている。

チェンはとっさにあとずさって物陰に隠れたが、あわてる必要はなかった。ふたりは夢中で話し込んでいて、こちらに気づく様子もない。

ひとりはセイラ・ノミックで、もうひとりは本物のジムリ・ノミックだった。

セイラが言った。「ジムリ、だれかれ構わず手を出さないでよ。彼女はわたしのマッサージセラピストなのよ。あなたって正真正銘のごろつきね」

ジムリは言った。「言っとくが、細かい議論を始めるつもりはないぞ。きみはわざと曲解してるだけだろ、そんなのにつきあう気はないからな」

ふたりは彼女の前を通り過ぎ、べつのライトの光のほうへ歩いていった。チェンは暗がりを離れないように気をつけながらあとをつけた。

そのべつのライトはセイラとジムリを待っていた。そこにマーサはいた。光の球に下から照らされて、柔らかな顔だちがまるで内から輝いているようだ。手には紙のファイルを持っている。きっとクラウドに上げたりメールで送ったりできないぐらい、極秘も極秘の書類なのだろう。エレン・バイウォーターとレンク・スケトリッシュもいっしょに立っている。いったいここでなにが始まるんだろう。この人たちはしじゅう会っているはずではないか。企業のフォーラムとか記者会見とか。それに自宅もあれば島だって所有している。いったいなにがあれば、真夜中に人けのない展示会場のまんなかで会合をもつ気になるのだろう。かれらが立っているのは例の山のふもとだ、とチェンは気がついた。てっぺんに雪をいただいたグラスファイバー製の山。

エレンが言った。「このなかにいるの?」

マーサがうなずく。「販売担当者がひとりだけ」

「それで、いくら欲しいと言ってるんだ?」とジムリ。「まだちゃんと使えるかどうかわからないのに。実地試験はすんでないんだろう」

セイラが言った。「ジムリ、ここには話を聞きに来ただけなのよ」

レンクが言う。「実地試験の機会はそのうちあるだろう」

近くで見ると、みなふつうに見える。ふつうだが裕福で、裕福な人が持っているものはすべて持っている。きれいな肌、きれいな歯、専属トレーナーや専属シェフによって保たれている肉体。着ている服は柔らかくてもぴしっとしている。鋭く尖った鉛筆で描いた絵のように。美しいとは言えない——理屈の上では一番美形のはずのレンクにすら、醜いと言っていいほどの欠点がある。とはいえ裕福な人々だから、かれらの輪郭はその財力によってみごとにくっきり描き出されている。

エレン・バイウォーターがブリーフィング資料を見返しながら、小声でなにごとかつぶやいている。ジムリ・ノミックはけいれん的に肩をすくめながらも、〈アンヴィルタブ〉のスクリーンからろくに目をあげない。レンク・スケトリッシュは、獲物でも探すかのように、がらんとした静かなホールに鋭い視線を投げていた。見られまいと、チェンはさっと身をかがめた。しかし、彼はこちらを見ていた。指をさして「スパイだ」と叫ぶだろうと思ったのに、彼はだしぬけに目をそらして「時間だ」と言った。

亀裂が生じた。世界を光が切り裂いた。かれらの背後でドアが開き、爆発のように激烈に光子の奔流が噴き出してきたのだ。

「お入りください」山の内側から男の声がした。「わたしはシィ・パックシップです。ここに来たのは、ひとつ重要な質問をするためです。いつ逃げるべきかどうしてわかりますか。というのも、世界が終わると知ったときにはすでに手遅れですから」

「勘弁してくれ」ジムリは言った。「まだなかに入ってもいないのに」

「申し訳ありません」とマーサ。「ミスター・パックシップは、みなさんの貴重な時間を無駄にしたくないんですよ」

マーサはなかからしばらく暗闇を眺めていたが、やがて山を閉じた。こうしてチェンは外に取り残された。

チェンはしばらく待っていたが、二、三時間経ってもだれも出てこないし、山に耳を当ててみても物音ひとつ聞こえなかった。手探りしてドアの継ぎ目を見つけようとしたが、この山は完璧に建造されていて（ごつごつした山肌や岩角まで）、この目で見ていなかったらドアがあるなどとは思いもしなかっただろう。

しまいに彼女は寝場所を見つけた。かれらが出てくるのを見張れる場所。しかし午前七時、二本の梁《はり》のあいだに張られた超軽量ハンモックのうえで朝日に起こされた。そして展示品の陰にこっそりまわり込んで、早々とやって来た入場者からの気まずい質問を避けなくてはならなかった。熱いコーヒーを持ち、期待に胸を膨らませて、朝早くから展示会場にやって来る人々もいるのだ。

チェンはマーサのスイートに戻った。ベッドサイドテーブルに、彼女あてのメモが待っていた。分厚いクリーム色の紙に青い万年筆で書かれている。チェンが目を覚ましたときにマーサが書いていたメモだ。


もう出かけなくてはなりません。ちょっとしたプレゼントをしておきました。あなた向きだから、きっと気に入ると思うわ。これでまた会えるはず。XX　M

追伸：このフロアには専用のWi-Fiがあります。

薄いスチールのカードに、インターネットのログインＩＤが刻まれていた。しかしプレゼントはなかった。小さな箱もなければ本もなく、テキストメッセージすらない。ただ、この部屋は明日までの宿泊料金が支払ってあった。マーサは行ってしまって、コンシェルジュにも行き先はわからなかったけれども。チェンはログインしていくつか支払いをすませ、メールを送り、新しい無料ＩＤ《クラッシュパッド》でちょっと閲覧してみた。ソーシャルメディアでは、エノク会関連の嵐がますます荒れまくっていた。マーサのインタビュー動画の完全版をだれかがアップしていたが、（インターネットでは、こんなふうに話の中間部分がすっ飛ばされるものだから）レンク・スケトリッシュの個人アシスタントがカルト宗教の一員だったことにはだれも注目せず、信仰のために苦しんできた女性をライ・チェンが意図的に貶めようとしている、と保守派は思い込んでいた。このグループと白人至上主義グループとはわずかながら重なりあう部分があり、それが厄介だった。いまではチェンを描いたＡＩ生成画像が出まわっていた。目からペニスを生やしたクマたちに袋だたきにされているというもので、彼女もかつて知っていた複雑なインターネットのジョークによる。当然のことながら、左翼からなる第二のグループもあって、有色人種で同性愛者《クィア》の女性をこんなふうに利用するのは、それじたい愚かで偏っていて人種差別的だとかれらは考え、目からペニスを生やしたクマが脳を吹っ飛ばされる図をアップしていた。〈メドラー〉、〈ファンテイル〉、〈アンヴィル〉のインターネットは、中道を切り捨てるように設計されている。分別があって理性的な中間地帯はクリックも注目も稼げない。ユーザーを焚きつけて、極端をふつうと鵜呑みにさせるために世界じゅうの金がつぎ込まれているのだ。

チェンは一時間以上かけて謝罪文をタイプした――エノクについて誤った発言をしたのを反省している、みなさんのお怒りはごもっともで、今後は二度とあのような行動はとりません。激怒すると決めてしまった人をなだめるにはじゅうぶんではないが、そもそもそんなことがどうすれば可能だろうか。誠意を示す、それ以上はどうしようもない。悪口雑言の大半が投げつけられていたアカウントをロックして、パスワードを変更し、その新たなランダムパスワードをマリウスに送信した。前にもやったことがある。冷静な謝罪文を出したら、あとはしばらく見ないようにするだけだ。いずれ収まる。それまでのあいだ、現実世界でなにかやることが必要だ。

こんな状況だったのを思えば無理もないことだが、チェンはあのとき耳にした「予言者」という言葉のことをちょっと考えたものの、あっという間に頭からすっぽ抜けてしまった。そして何か月もたってからやっと思い出したのだ――「予言者」は「オーグル（augur）」とも呼ばれるということを。

7. 同時に起こった三つのこと

ライ・チェンは、冷却剤の柔らかいプラスティックチューブを絞っていた手を離した。と、同時に三つのことが起こった。

第一に、周囲の気温が突然十度ほど下がり、鳥肌が立って身体が震えだした。第二に、女が獣のような絶叫をあげ、それがすぐに途切れた。第三に、チェンの手首のスクリーンが執拗にビープ音を鳴らしだした。チェンはTシャツで鼻と口を覆ったまま二度呼吸をした。強烈なにおい。しょっぱいような金属臭だ。またチューブの上のほうをつまんだ。ビープ音以外なにも聞こえない。Tシャツをおろした。

女はかちかちに凍りついていた。いや、凍りついているのではない。皮膚は白く固く輝いている。顔は淡色の水晶から削り出されたかのようで、両手はぱりぱり、身体は硬直していた。女とチェンの足のまわりには、雪ではない雪が流れしたたり、溶けてぬかるみを作っていた。チェンは立ちあがった。女は胸いっぱいに吸い込んだにちがいない。そしてあっという間に全身のあらゆる組織に浸透したにちがいない――常磁性塩が。

チューブを握った手を緩めないように気をつけながら、チェンは手首のスクリーンに目を向けた。AUGRだった。チューブの端を床の小さな丸いバルブに押し込めば、安全に排出できると提案してきたのだ。チェンはそろそろと冷たいチューブの向きを変え、排水バルブの蓋をめくるようにあけ、チューブをなかに押し込んだ。耳を澄ましたが、聞こえるのは自分の息の音だけ。どこからも悲鳴は聞こえない。まずいことは起きていないようだ。よかった。

結晶化した女は下を向いていて、氷に覆われた銃はチェンがさっきまでうずくまっていた場所に向けられていた。あのわきをすり抜けないとここから出られない。手首のスクリーンに、AUGRがショッピングモールのマップを表示していた。脈動する赤い点が「出口」を示している。「じつにくだらない理由でだれかが彼女を殺そうとした」ことを記念する塩の像には触れたくなかった。パーカーの袖を引っ張って両手を覆い、頭をそらし、身体を金属壁に押しつけて女の後ろを通り抜けた。そのとき、息がじかに女の顔にかかった――するとその息が返す波のように戻ってきて、凍りついた女の冷たい化学臭を吸い込んでしまった。女は悪人には見えなかったが、とはいえ悪人はどんなふうに見えるものなのだろうか。あんたはショック状態なんだよ、とチェンは自分に言い聞かせた。ジーンズからいまも尿のにおいがしているのに気がついた。女のポケットを探ってみて、名前が知りたいと思った。とても人間味があって、意志が固そうに、そして驚いているように見えた。

「ごめん」チェンは通り過ぎるときにそうささやいたが、その言葉は女の顔に当たって、苦く冷たいにおいとともに跳ね返ってきた。白く縁取られた女の目をのぞき込む。そのせつな、そこにかすかな動きが、苦痛のこだまが見えたような気がした。足ずりをしてさらに一インチ前に出た。そのときつま先が女の足の側面に引っかかり、女はバランスを崩した。チェンがとっさに横ざまに身を投げ出すのと同時に、女は崩れ落ちた。

女は砕け散り、冷気と塩の結晶が噴きあがって、雲が湧いたようだった。白い塩に覆われた表面の下はさながら赤い冷凍肉の塊で、たちまち床に血が流れはじめた。女は五つ六つの大きな塊に割れ、頭はこっちに、脚はあっちに転がり、胴体は真っぷたつに割れ、銃を持つ手は滑ってきてチェンの足の横で止まった。

その銃を握る手から、彼女は目を離すことができなかった。完璧に人間の手だった。そして――ああ、ちくしょう。右手の人さし指に、そう、間違いない。あれはエノクのしるしだ。指のぐるりに指輪のように刺青されている。一時的にインターネットの「人気者」だったころ、チェンについての怒りの投稿や悪意に満ちた動画のなかで、何度も目にしてきた。細長い鍵のようなしるし。ただ、あれはエノク自身とはなんの関係もない。彼が亡くなってから、だれかが考え出して広まったものだ。かっこいいと思って彫っている者もいるが、本物の銃を持って凍りついた手に彫られたそれは、あまりにもくっきりとして見えた。

「信じられない」チェンは声に出して言った。「くそったれ」悪態をつくつもりはなかった。泣きたかったのだが、片方の肩があがり、喉が詰まってひっと声が出ただけだった。もっとリラックスしていなければ泣くことなどできない。

ＡＵＧＲが耳もとで言った。「ライ・チェン、すみません。あの障害を取り除くにはこれしかなかったのです」

チェンはあとずさって女の胴体から数フィート離れた。近づきたくはないが、放っていくのは不安な気がする。手首のスクリーンに目を向けた。

「あんたいったいなんなの」チェンは尋ねた。

ＡＵＧＲは言った。「あなたはわたしをプレゼントとして受け取りましたが、しかるべき説明はされませんでした。いまはゆっくり説明しているひまはありません。ＡＵＧＲはきわめてフレキシブルな一連のアルゴリズムによって、現在の事象を監視しています。予測機能と保護機能を備えたソフトウェアであり、あなたを生かしつづけるのが仕事です」

8. まるでストーカーみたい

イーストロンドンのとある地下鉄駅の下、エリザベス線開発前の発掘調査によって、地下トンネルが発見された。広く認められているところでは、それはイタリア国外では最も完全なオルフェウス神殿だった。建造は光の消滅の時代にさかのぼる。ローマ軍がブリテン島から撤退し、いまの子供はわれわれより知識が乏しくなると大人が考えていた時代。技術も資源も失われ、ローマの科学技術はおろか、読み書きすらわが子に教えることができなくなっていた。恐ろしい時代であり、オルフェウス神殿はそのことを示していた。床のモザイク画に描かれるのは、希望の終わりの物語だ——カルタゴの城壁から身を投げるディド、理不尽な力に引き裂かれるペンテウス、みずから目を潰す英明なオイディプス王。オルフェウスの物語は、詩人にして音楽家にして予言者の物語だ。人類に医術と文字と農耕を教えたオルフェウスは、すべてを呑み込む死の力からたったひとりの人を救おうとする。これは、そんな彼の失敗の物語だ。

チェンは十年近く前からこの場所に通っていた。ここのじめじめしたトンネルと穹窿《きゆうりゆう》アーチについて修士論文を書いたのだ。しかしそのことをネット上のコミュニティで明かしたことはない。自分自身のすべての面をさらけ出したくはなかったから。〈デモ・リションン〉のあれで、しばらくネットから離れてほとぼりが冷めるのを待つほうがよいと彼女は判断していた。それでここに、みんなが彼女を知っている場所に戻ってきたのだ。上二層のギャラリーの壁画について保全作業が終わり、いまはその祝賀パーティが開かれていた。まさかその席で、マーサ・アインコーンに会うことになるとは。

その夜は乱痴気騒ぎだった。企業が金を出して、考古学者にパーティなどさせたらこうなるという見本のようだ。今回、ここにはイーストロンドンのアート作品ができあがっていた。いまも五つを除いてすべてのアーチが足場に覆われているのだが、その足場から黒いバンジーコードが何本か吊り下げられていて、それでふたりの男が空中でいっしょにスイングし、出会い、手をつなぎ、宙返りをして、一方がもう一方の腿を踏み台代わりに跳躍し、湾曲した空間にアクロバティックな弧を描く。巨大なスピーカーから流れるのは一九七〇年代のイタリアのディスコ・ミュージックで、くっついたり離れたり、互いを利用してさらに遠く飛んだりの演技全体に、その曲がコミカルな雰囲気を与えていた。汚れた雪とぬかるみの戸外とちがって、トンネルのなかは暖かかった。ロンドンではつねになにかが起こっている。〈デモ・リション〉が終わってから三日後の今夜、来場しなかったし来場する気もなかったスポンサーに敬意を表して、イーストロンドン考古学調査局が開催したこのパーティは、そのなかでも最高にぐっとくるイベントだった。この神殿にはいつでも来られるが、いつ来てもすばらしい。ここではみんなが彼女を知っている。いわば地元、気を許せる。他の人間と話すのに疲れて通用口を抜けて出ていっても、だれも気にする人はいない。そうしてさらに地下へ潜れば、下のギャラリーではモザイクはほんとうに奇怪になっていく。

さほど大がかりなイベントではなかった。出席者は百人ほどにちがいない。しかし、人だかりが移動していったとき、そのなかにマーサがいるのにチェンは気づいた。そりゃそうだ。スポンサーのリストに〈ファンテイル〉の名もあったではないか。表情を取りつくろうひまも、ほんとうに会いたかったのか心を決める間もなかった。あれからまだたったの三日、どう考えても二通めのテキストを送ったりしたらかっこ悪すぎる。頭上で曲芸師がふたりいっしょにとんぼ返りを打った。マーサはよく見ようと後ずさりし、そのついでに後ろをふり返った。チェンと目が合う。わたしったらこんなとこに突っ立って、とチェンは思った。あなたの背後ほんの数メートル。これじゃまるでストーカーみたい。

マーサは目をぱちくりさせた。チェンは自分がばかみたいな顔をしているのはわかったが、それをどう直せばいいかわからなかった。笑ってみせるべきか、驚いて眉をあげてみせるべきか。退屈そうな、どうでもよさそうな顔をしてみようか。絶対にうるさくまとわりついたりしないから、恋人にすると楽しいクールな女みたいに。どういうわけかそれをみんな一度にやろうとして、まさにあの顔になっているのがわかった。ネットのごろつきどもにロバそっくりと嘲笑されたあの顔だ。サイコー。

マーサはきっと、薄い笑みを浮かべて隣の男に向きなおるにちがいない。しかし、マーサはそうはしなかった。彼女が連れの男にふたことみこと話しかけると、男は人だかりに消えていった。そしてマーサ・アインコーンは、人をかき分けてチェンに近づいてきたのだ。

「どんな偶然なの？」

「悪いけど」チェンは言った。「後をつけまわすのはやめてくれません？　だってかっこよくないもの。わたしはすっごく重要な有名人なんだから、こんなふうに嫌がらせをしちゃいけませんわ」

マーサは笑った。のどに引っかかるような、低いハスキーな笑い声。

「レンクの財団がスポンサーになってるの。彼はボルネオに行ってるんだけど、わたしはこのために残ろうと思って。面白そうだと思ったのよ。消滅の淵にある文明が、消滅の淵から神殿を取り戻そうとするっていうのがね。どちらでもいいことなんだけど、わたしがここに来るって知ってたの？」

チェンは息を吞んだ。「おっと失礼、いまはわたしと冗談を言いあう気はなかったんだ」

「もし知ってたとしても、それはそれでうれしいって意味よ」

チェンは神経質に口をもごもごさせた。

「わたしの修士論文、『オルフェウス教が初期キリスト教に与えた影響――セヴン・キングズ（ロンドン北東部の地区）のオルフェウス神殿に基づく考察』っていうんだけど、見ます？」

「それは……ええ」

マーサの完全無欠なクリーム色のジャケットの袖口にあるスクリーンに、チェンは論文を丸ごとスマートフラッシュした。マーサは最初の数ページを手早くめくった。

「本物なのね？」マーサは言った。「ジョークで、ぱぱっといまＡＩに捏造させたんじゃないわよね？」

「わたし、ほんとうにここのアドバイザーなんですよ。だれにでも訊いてみて」

「それじゃ、これは……正真正銘の衝撃の出会いってこと？」

「二度めの衝撃の出会いってことになるんじゃないかと思うけど。ねえ、奇怪なモザイク見たくない？」

「えっ、いいの？　あれが見られるんだったらなにも惜しくないわ」

「ほんとに惜しくない？」

マーサは笑って手を差し出し、チェンはその手を握った。手のひらと手のひらがしっくりと合う。

下に降りると、チェンは投光器のスイッチを入れた。ここの最大の問題は、ローディング川の水が神殿に漏れ入るのをいかに防ぐかということだ。床のモザイクの半分はやっと発掘されたばかりだった。この下層じたい、そしてさらにその下に降りる階段——この神殿で最も神聖な場所、奥義を授かった者以外は立入り禁止であったであろう場所に続く——の発見は、だれも予想だにしない刺激的な事件だった。チェンはマーサの手を引きながら、モザイク保護のために渡してある滑りやすい板を歩いて、天井の高い部屋の中央にある巨大な石に向かった。

「座りましょうか」

「ほんとのことを言ってもらいたいんだけど」とマーサ。「あの石は祭壇なの？」

チェンは目をぎょろつかせた。

「考古学者って、なににについてもこれこれだったとは言わないものなの。この場合は『儀式のために使用された可能性がある』としか言えないな」

「その儀式には、生贄を捧げることも入ってる？」

チェンは肩をすくめた。「それで論文を書いてみる？　どこかに研究資金を出してもらえるかもよ」

マーサは笑った。チェンはその笑いがたまらなく好きだった。ハスキーで豊かな笑い声。この笑い声を聞きながら生きていきたい。

「ねえ、モザイクを傷つけずにしばらくでもゆっくりできる場所って、この部屋にはあそこしかないのよ。それでさっきの質問の答えだけど、うん、たぶん祭壇だと思う。座ろうよ」

マーサが腰をおろし、チェンはその隣に腰をおろした。ふたりの手は触れあい、腕も触れあい、脚はぴったりくっついている。これが偶然のはずはない。少なくとも、なにか意味のある偶然だと感じられた——マーサがたまたまここに来るなんて。

チェンは、初めて見た瞬間からこの場所を愛していた。まだ半分も発掘は進んでおらず、雑草に覆われ、犬の糞のにおいがしていたけれど。その壮麗さを、ロマンを――言うまでもなく、歳月の底からすくいあげられたそれを愛していた。二千年前の人々が、いまも変わらず同じことを続けているという感覚。闇を通してメッセージを送り、この場合で言えば彼女にそれを届けようとしている。学部生のときには、ここでボランティアとして働いていた。小さなブラシを使って遺物の泥を払う作業をさせてもらいたかったのだが、当然のことながらおもにやらされたのはお茶くみだったり、廃土の山を茶こしでふるったりする作業だった。ふるいにかけた土から、剝がれた塗料や石の微細なかけらでも見つかったら、ていねいにラベルをつけるのだ。そうしながら彼女は母のことを考え、いま発見され保存されるもののことを考え、母の所有していたものはなんであれ、いまの彼女にとって貴重だということを考えた。なにかが貴重になるのは、ひとえに時間のおかげなのだと思った。彼女はどんな大発見にも関わってはいなかった。しかし、泥土とは深い関係を築き、泥土に対する認識は深まった。これらの石を覆っていた泥土も、その保存に役立っていたのだ。ともあれ、ここで何度かの重要な日を彼女は体験していた。黄金が見つかった日、ヘアピンが見つかった日、一本の指の骨が見つかった日。そして少女たちが現われた日。

「上を見て」とチェンが言うと、マーサは言われたとおり天井を見上げた。天井に施された象眼《ぞうがん》が残ったのは、泥土と化学作用の奇跡だ。それはさておき、目当てはそこではない。「考古学の謎を見せてあげる」

天井画はあちこち剝がれていたが、きれいに残っているところもある。ドーム型の天井の中心に描かれているのは、オルフェウスの妻エウリュディケの大きく開いた赤黒い口だ。ハデスの闇に引きずり込まれそうになって悲鳴をあげている。黙示録にギターの音色を持ち込むかのように。そしてふり返っている——やってはいけないと言われたとおりに——のはオルフェウスだ。手にした竪琴ではっきりわかる。それにしても、地獄に竪琴を持っていくなんて想像できる？

「地獄に行けば、最高の曲がすべてあると思ったのかも」とマーサは言った。

チェンはマーサの温かい膝に手を置いた。彼女がほんとうに考古学に少しでも興味があるなら、それは……ちょっとしたことだ。重要な意味があるかも。

「見て。あそこ、オルフェウスの後ろのあたり」

くすんだ緑の葉むらになかば隠れて、ふたりの人物が描かれていた。損傷が激しく、頭部は残っていないが、明らかに少女だ。たぶん十二歳か十三歳ぐらい。ひとりは指をさし、もうひとりは片手を自分の心臓に当てている。

「この少女たちはだれなのか」チェンは言った。「それがわからないの。いまに伝わるオルフェウスの伝説には、彼に子供がいたという話はまるで出てこないし、子供を連れて旅していたっていう話もない。あの絵は、未発見のオルフェウス神話があるっていう証拠なの」

マーサは象眼された天井を見ながら、何事かを考え、解き明かそうとしている。

「べつの伝承が混ざってるのかもしれないわね。あれはロトの娘たちなんじゃないの。ほら聖書の。ロトの妻は、ソドムが焼かれたときにふり返ったでしょう」

チェンに強く押されて、マーサは危うく祭壇から転げ落ちそうになった。

「そんなばかかな。あなたいま、考古学の謎をひとつ解決しちゃったの？」

「考古学には真の答えはなくて、ただ解釈があるだけだと思ってたわ」それでも、彼女はちょっと得意そうだった。

「でもさ、あなたの言うとおりかもしれないよね。このころのヨーロッパは、人が盛んに移動してた。ユダヤ人の兵士とか、奴隷にされた人とかが、ブリタニアに流れ着いたっていうのは考えられないことじゃない。ユダヤでそういう話を聞いた人とかね」

「わかるときは来ないんでしょうね」

「そういうもんだよね」チェンは言った。「わからないことが多いんだ」

「どうしてそれに耐えられるの？」とマーサが尋ね、それでチェンは思った――なんてこと、そこが理解できたなら、わたしのすべてがわかっているじゃないの。

「このあとどうする？」チェンは言った。

ふたりは、チェンが寝起きしているストラトフォードのアパートに戻った。ひと間きりのアパートで、下は新聞販売店だしとなりはバス停だし、外では少女がふたり、イヤークリップでいっしょに曲を聴きながら大声で歌を歌っている。マーサがチェンにキスをすると、唇から恥丘までそのうずきが伝わっていく。ここでキスして。ここならふだんのわたしでいられる。そうすればわたしの人生はたぶんうまく行く。

チェンは言った。「これは言っときたいんだけど、わたし、ほんとうにあなたのことが好きなんだ」そこまで、とストップをかけたが、彼女の口は止まらなかった。「でも大丈夫、あなたも同じように思ってなくてもそれはかまわない。ただ知りたいだけなんだ。これがその……ただの週末の火遊びみたいな……そういうのなら、べつにそれでもいいんだ。ほんとのところを聞かせてほしい」

マーサは下唇をなめた。

「わたし、いまはそういう時期じゃないと思ってたの」彼女は言った。

チェンは胃がぎゅっと縮みあがった。やってしまった。これでジ・エンド、またこの暗い穴から苦労して陽の当たる場所まで延々よじ登らなくてはならない。またもやあまりにやすやすと、あまりにせっかちに心の内をさらけ出してしまった。

「こうなるとは予想もしてなかったし」マーサは言った。「それに……」とても慎重に言葉を選んでいるとチェンは感じた。「それに、いまプロジェクトを抱えていて……それがちょっと忙しい段階に入ってきてるの。でも、ええ……ええ、ただの火遊びなんかじゃないわ。だから、少し待ってくれない？」

「待つって……？」

「しばらく連絡がとれなくなるかもしれないから」

「えっ、あなたスパイだったの」

「ええ、スパイだったのよ」

「つまりその、厳密な意味でスパイだからってことなのか、それともその……個人アシスタントの仕事に関係があるのかってことだけど」

「間違いなくそれの関係よ」

「それなら待てると思う」チェンは言った。

「だって、あなたのことがほんとに好きだから」マーサは言った。「もう長いこと、こんなにだれかを好きになったことはないと思うわ」

「それならよかった」とチェン。「それならほんとによかった」

それからふたりはさらにセックスをして、チェンがまずい朝食を作り、それからまたセックスをし、その後マーサは帰らなくてはならなかったが、それは問題ではなかった。マーサのとんでもない高級車が走りだし、チェンはまた「プレゼント」について尋ねるのを忘れていたのを思い出したが、それもやはり問題ではなかった。

その後、数週間はまさにすべてが順風満帆だった。チェンはマーサに何度かメッセージを送り、二度ほど当たり障りのない返信を受け取った。愉快なニュース記事を送ったときに「いいね」。夕日の写真を送ったら、ハート形の目と「いま移動中、戻ったら会いましょうね」と来た。しかし、日が経つにつれて、あれはみんな、いわば遠回しに彼女をふる手段だったのではと疑いはじめ、数週間が数か月になるころには、きっとそうにちがいないと思うようになっていった。

シンガポールのショッピングモールで銃撃されたのはそんなころだった。

9. かなり電波ばりばり

手首のスクリーンに文字が穏やかに流れ、ＡＵＧＲがそれを読みあげる声には、恐怖の色も慰めの気色もなかった。

チェンは言った。「追いかけてくるやつがまだほかにもいる?」

AUGRは言った。「そんなことはないと思いますよ。チェン、あなたは安全だと思います」

チェンは、安全だと信じている自分を想像した。そういうとき、ふつうの人ならどうするだろう。やむを得ず香港から逃げるという経験をしたことがなく、この世の終わりのことや、事態がどれぐらい悪くなるかということばかり考えて生きていなかったら。地下鉄の車内で酔っ払いの集団に囲まれてからかわれ、レズビアンみたいな顔をしていると言われたことなどなかったら。十四歳で母を亡くしていなかったら。

たぶんなかには——基本的に自分は安全だと思っている人なら、いますぐここを出て、ショッピングモールのスタッフを見つけ、エアコンのダクトでひどい事故が起きたから、ちょっと見に行ってほしいと言うかもしれない。自分がそうするところを想像してみた。すると次に思い浮かんだのは、シンガポールの警察署に座って、なぜだれかに追いかけられたのか説明しようとしている自分の姿だった。続いて「状況が明らかになる」まで独房に放り込まれる自分。

難民キャンプにいたころから、脳裏に浮かぶ鮮やかな情景にチェンは悩まされてきた。なにかが心に浮かぶといつでも、それがおぞましい結末に至るところまで想像できてしまう。彼女の脳はけっして途中で放り出すことはなく、自分からぱっと現在の瞬間に戻ってくることはない。だから彼女はいつでもずっしりと未来を抱えている。きらきらする魚でいっぱいの漁網のように、内なる網が過剰な可能性ではちきれそうになっているのだ。

手首のスクリーンを金属壁に投影した。そんな巨大なものがこのシステムにどうして収まりきれるというのだろう。思いつくかぎりのAUGRの異表記をざっと検索してみたが、これという候補は見つからない。

彼女は言った。「AUGR《オーグル》」

AUGRが応じる。「なんでしょう」

「さっきからの会話のログを見せて」

黒地に白のシステムフォントが現われた。スクロールして何行か前に戻る。


あなたはわたしをプレゼントとして受け取りましたが、しかるべき説明はなされませんでした。いまはゆっくり説明しているひまはありません。AUGRはきわめてフレキシブルな一連のアルゴリズムによって、現在の事象を監視しています。予測機能と保護機能を備えたソフトウェアであり、あなたを生かしつづけるのが仕事です。


「あんたはプレゼントだって言うんだね。だれからのプレゼントなの」

「AUGRプログラム参加者の情報は厳重に秘匿されています」

チェンの頭は現実に戻ってきていた。あの女はもう死んだ。いまの彼女は実際には生命《いのち》からがら逃げているわけではない。「AUGR、ほんとのことを教えて。あんたはマーサ・アインコーンとなんか関係あるの」

金属トンネルのなか、凍りついた遺体の塊が床で溶けはじめている状況で、AUGRは言った。

「ライ・チェン、わたしはマーサ・アインコーンという名前は知りません。AUGR参加者の名簿をわたしは持っていないのです。AUGRについて知っているのは、AUGRプログラムに登録している参加者だけです」

ＡＵＧＲプログラム。参加者。数人か、おおぜいいるのか。よし、さあ考えるんだ。スケトリッシュ。バイウォーター。ノミック。あの夜、山の扉が開いたとき、あの人たちはなかに入っていって、彼女は外に残された。かれらはなにかを買いに来たと言っていた。そして翌朝、目が覚めるとマーサはもういなくて、「ちょっとしたプレゼント」をしたというメモが残っていた。

「ＡＵＧＲ、あんたはどんな結果を予測するの」

「わたしが予測するのは結果ではありません。破滅的な危険が近づいているとき、それを予測することができるのです」

「いまは破滅的な危険が近づいてる？」

「いいえ、もう近づいていません」

「ねえ、だれだったのか教えて。あの……銃を持った女は。なぜわたしを追いかけてきたの。エノク会員だったの？　ネットでは、あの連中はかなり……電波ばりばりだったけど」と言ったところで、鼻の奥が痛くなった。自分が殺したばかりの相手を評して「電波ばりばり」とは、しかも話してる相手はＡＩだ。笑うか泣くかすべきなのはわかったものの、彼女の顔はどっちとも決めかねているかのようだった。

ＡＵＧＲは言った。「それはわかりません。ライ・チェン、わたしは予言者ではありません。危険を検知し、予測するのが仕事です」

「なるほどね。だけど、いまもやっぱり危険な状況だって気がするんだけど……これからいったいどうしたらいいの」

〈シーズンズ・タイム・モール〉のマップが、またトンネルの壁にぱっと現われた。赤い点がやさしく輝いて、赤ん坊の静かな寝息のリズムで明滅する。

ＡＵＧＲが言った。「ライ・チェン、この出口からショッピングモールを離れてください。ホテルに戻り、荷物をまとめて、シンガポールを出てください。あなたが立ち去ったあとでここは片付けられます」

チェンは全身が震えだした。手の筋肉がひくひく痙攣《けいれん》している。親指の付け根の盛りあがった柔らかい部分。彼女はそれを唖然として見つめた。自分で動かそうとしてもこんな筋肉は動かせない。トンネル内には、金属的で、かすかに刺激的な化学物質のにおいがしているが、その下に生々しい血のにおいが隠れている。ここにはいたくなかった。目を閉じて眠りたかった。どうしてそんなことになるかはわかっている。自分で作った動画でも扱ったことがある。アドレナリンが切れて、肉体が休止状態に落ち込むのだ。もう安全だとわかったから。しかし安全ではない、いまはまだ。さあ、わたしの身体、もうちょっとがんばって。

10・囲い込み《エンクロージャー》

もうひとつ事件があった。あの数週間、チェンは言葉を慎重に選んだメッセージを送って待っていて、しかし彼女からはメッセージが来ず、ついにしびれを切らして、マーサ・アインコーンをネットストーカーしようとして失敗していた。というのも正直な話、ソーシャルメディアを発明したと言ってよい人間の下で働いていれば、ソーシャルメディア・ストーカーを煙に巻くぐらい朝飯前だからだ。そんな熱に浮かされたような日々に、ライ・チェンはあるメッセージを受け取った。送り主は共通の友人が何人かいるビデオエッセイ制作者、魅力的な不満の塊ことバジャー・バイウォーターだった。

いま二十一歳、バジャーはエレン・バイウォーターの末っ子だ。上の子たちは母親が〈メドラー〉の経営権を握る前に成人しており、ハーヴァード、イェール、オックスフォード（ひとりはその三校すべて）に進学し、それぞれ神経専門医、製薬会社のアジア太平洋支社長、国際的な銀行の頭取になっている。

バジャーは兄姉たちの生きかたを見て、「指標としての成功なんかくだんない」と言った。

バジャーは母親から金銭的援助を受けようとはせず、自宅の3Dプリンターから出力できる、半注文ミニチュア彫刻の電子ファイルを制作・販売して生計を立てていた。いちばん人気の商品は、依頼主やそのパートナーや友人をゾンビ化した彫刻だ。このゾンビ・アートには二年以上先まで注文が入っている。バジャーの兄姉は母親の七光で依頼が来ているだけだと吐き捨てていたが、バジャーはそれに対して言い返した。「なに言ってんだ、その七光がなかったら、あんたらだって人生いまみたいに行ってなかったんじゃねーの」

ライ・チェンは三月にニュージーランドにいて、災害準備に関する三日間の対面ワークショップを始めようとしていた。そこにメッセージが届いたのだ。

「こんにちは。バジャーだけど、あなたの仕事はいかしてると思う。いまこっちもニュージーランドなんだ。会えない？」

状況を考えれば、そう異例なことでもない。ぶっ飛んだ人種はみんな、チェンの仕事を面白がってくれるようだ。一度など、ボールドウィン家（アメリカの有名な一族。とくにアレック、ダニエル、ウィリアム、スティーヴンの俳優四兄弟で知られる）のひとりからメッセージが来て、大学生の娘が終末神話に関する論文を書いているので、手を貸してもらえないかと依頼されたこともある。あの有名なボールドウィン兄弟ではなく、べつのひとりだったけれども。チェンは返信しなかった。しかし、バジャーは本人じたいも大物だし、さらにマーサとのつながりを感じる。母親のエレンは、あの山に入っていったグループのひとりだったし。ここにはなにか、手が届きそうで届かないなにかがある。それがなんなのか知りたい。

チェンはバジャーの作品は以前から目にしていた。最も有名なバズり動画は、巨大テクノロジー企業について作者の意見を開陳した四分四十秒の動画だ。本人が認めるように、そういう企業のおかげでバジャー自身は金のかかる高等教育を受け、きれいな歯並びを手に入れ、安全も保証されているが、そのせいでほかのみんなが犠牲になっている。バジャーは早口で、動画には情報とミームが満載だった。タイトルは「囲い込み《エンクロージャー》」。

バジャーはこう話している。「母の曾祖父母はアイルランド移民だった。ジャガイモ飢饉のときにアメリカに渡ってきたんだけど、この飢饉は何世紀も前からの英国の横暴が原因だ。英国貴族は『エンクロージャー』ってのをやってた。それまでみんなで共有して土地を使ってて、牛や羊やヤギに草を食べさせてた」――アニメの牛と羊とヤギが、バジャーの顔のまわりにポンとコミカルな音を立てて現われた――「のに、その土地のまわりに勝手に囲いを立てて、『残念だったな、この土地はもうおれのもんだ』って言うわけさ」

画面にアニメの兵隊がパッと現われて叫ぶ――「基地はすべてわれわれがいただいた」

バジャーは言った。「貴族は効率の名のもとに囲い込みを正当化した。細分化されている共有地をすべてまとめれば、大きな犂《すき》を使って単一の作物を育てることができ、ほんとうに大したことを成し遂げられるだろう。そして実際、貴族は大儲けをした。だけど儲けたのはもともと金と力を持っていた連中で、その利益が貧しい人々に還元されることはなかった。貴族どもは、みんなが持っていたものを取りあげて、独り占めにする方法を見つけただけだったんだ」

バジャーはそこで言葉を切り、おどけてカメラに顔を近づけた。このとき、動画のバジャーは『時計じかけのオレンジ』のマルコム・マクダウェルの扮装をしていて、すべてを見通す神の目のぐるりにジグザグのまつげが象形文字を描いていた。

バジャーは言った。「これでなにが言いたいかわかるよね」

マルコム・マクダウェルが変形していき、代わって現われたのは、母親そっくりのかっこうをしたバジャーだった。クリーム色のスーツに、びっくりするほどそのまんまの短い白髪まじりのかつらを着けている。

「いま、ソーシャルメディアや大手テクノロジー企業はそれと同じことをやってる。これまでだれにも所有できなかったものを横取りする方法を見つけた。新しいエンクロージャーのための新しいフェンスを発明したんだ。エレン・バイウォーター、レンク・スケトリッシュ、ジムリ・ノミックたちは、かつては人がそれぞれに所有していたものを収集してまとめ、利用可能なデータの塊にして、それを使って無茶苦茶金持ちになった。

かつては、みんなのアドレス帳の中身を所有する方法なんかなかった。あるいは人が店で買ったもののリストとか、友人たちと話すのに使う言葉とか、人がいまどこにいるかっていうデータとか、人がどんな絵を描いて画廊や自宅の壁に掛けてるかとか。そういう情報を残らず収集して、データをかき集めてるんだ。そしてそれを融合させて効率的に利用できるようにしてるんだけど、その効率をみんなの利益のために使っているわけじゃない。自分の利益のためにそれを使って、ほかのみんなは貧しいまま放っておかれてる」この時点では、バジャーは十八世紀フランスの編み物をする女《トリコトゥーズ》（フランス革命に草の根的に参加していた市井の女性のことをさす）の扮装をして、絞首台の横に座っていた。

「自分のデータが自分のものであれば、それをだれがどう使うかは自分で決めればいい。好きなようにある場所から別の場所に移すこともできるし、どんなサービスを通じてでも好きなようにアクセスできるはずだ。できないのは、それが困難だからじゃない。そういうことをさせると、いまほど稼げなくなるからだ。翻訳とかアート作品とか文章とかは、たとえネットに公開されていたとしても、それを作った人のものだ。翻訳ソフトやアート作成プログラムのためにそれを利用したら、その対価を支払わなくちゃいけない。それと同じで、きみの友だちのリストはきみのものなんだ。だからきみはそれを入手できるべきだし、それが更新されてれば（企業が無料で更新してる）、自分の好きな方法でそれを確認できてあたりまえだ。怒りを金に換えて広告を見せてくる、そういうサービスを通じてしか見られないなんておかしい」

そこで動画にフィルターがかかって、バジャーは口と目だけになって森のまんなかで喋っているように見えた。

「きみはこんなふうに考えるだろう……『なるほど、データは別の使いかたをするべきだとして、でもそういう自分たちのものからお金が生まれるのなら、それはわたしたちが使えて当然ではないだろうか。みんなで、人類全体で』その答えはイエスだ。ボクたちはガイアの一部で、ガイアは神の全体の一部だから、そういう存在として使うべきなんだ。たとえばこんなことができるはずだ」

そこで、画面全体にリストがぱっと表示された。動画を一時停止にしなければ、その何十というお勧めのリストをしっかり見ることはできない。チェンにもほんの一部しか読めなかった。

〈アンヴィル〉を解体し、そのインフラを利用して……	〈メドラー〉を公有化して……	〈ファンテイル〉の巨大な影響力のネットワークを利用して……	言うまでもなく、この３社の天文学的な富をすべて合わせれば、以下のようなことも可能になる。
原価で提供されるシンプルなビーガン料理に補助金を出す。スーパーで販売不可とされた青果を使って製造し、同社の既存のネットワークを使用して流通させる。	同社の優秀な技術者に投資し、協力して新しいバッテリー技術を生み出す。	女性（成年・未成年問わず）や恵まれない人々の無償教育に投資する。格差を解消し環境を改善するには、これが最も単純で手っ取り早い方法だ。	熱帯雨林を有する国にその維持費用を支払う。
世界じゅうのすべての住宅に断熱工事をする。ワクチン接種のときと同じように、ボランティアを組織して実行する。これらのテクノロジー企業はみな、この手の大がかりな国際プロジェクトについては専門知識を持っている。	タブレットやコンピュータなど、すべてのデジタル製品について、エンドユーザーが自分で簡単に修理できるようにする。詳細な修理マニュアルを作成し、新しい製品を販売することより、〈メドラー〉製品の修理とアップグレードを重視する。	国際的に有償で人手を集め、とくに荒廃した土地に140億本の樹木を植え、熱帯林を回復する。	途上国に資金提供し、石炭エネルギーの段階を飛ばして直接再生可能エネルギーに移行できるようにするとともに、水力発電、風力発電、太陽光発電の研究に投資する。もともとそのほうがより効率的ですぐれている可能性もあるのだ。
消費財の共有を可能にする。たとえば〈アンヴィル〉で芝刈り機を探せば、芝刈り機のシェアサービスに登録している近隣住民がお勧めされるようにする。	〈メドラー〉の生態系で現在「使い捨て」と見なされている部品について、そのすべてを再利用・リサイクルする。	国際的にネットワーク化されたプロジェクトによって、化石燃料依存の料理用レンジをやめにし、地域の料理法に合わせた再生可能エネルギー型のレンジに交換する。	防潮堤を建設し、氷冠が崩れて海に落下するのを防ぐ。これで海水面上昇による人類の危機を回避する。
配送を合理化する。個人客は1日1回まとめて受け取れるようにし、企業や政府も配達に〈アンヴィル〉のネットワークを使用できるようにする。	電気自動車の費用を出し、世界じゅうでガソリン車からの脱却を進める。また車両のほとんどを公有化し、アプリやカードで借りられるようにする。	世界じゅうの都市と協力して、公共交通インフラを改善し、歩行者にやさしい街づくりを目指す。〈ファンテイル〉は、人が毎日どこへ行くかという情報を蓄積している。それを活用すべき。	珊瑚礁を復活させるため、サンゴの再生をうながすとともに、カキや丈夫な海草の新しい生態系を作り出して藻類の爆発的増殖を抑制する。

バジャーは言った。「一部は〈プロジェクト・ドローダウン（二〇一三年、環境活動家らが地球温暖化防止を掲げて立ち上げた非営利団体）〉からの受け売りだけど、アイディアはほかにもたくさんある。すぐれたプロジェクトはきりがないほどあるし、もう何千何万って人が取り組んでいて、効果があると実証済みだし、もっと拡大していける。みんなが絶望しかけてて不可能だと思ってるのは」――バジャー・バイウォーターは、この場面ではアルミホイルの帽子をかぶっていた――「やつらがきみに不可能だと思わせようとしてるからなんだ」

バジャーはぐいと画面に顔を近づけた。人の心をつかんで離さないその目は、澄み切っていて迷いがない。

「あのさ、ボクが何者かはみんな知ってるし、ボクは自分の母親の悪口を言うつもりはない。ことさらにはね。だけど、これは嘘じゃない――ボクはあいつらの考えかたならわかってるんだ。あいつらは、地球環境が滅茶苦茶になっても自分たちは助かると思ってる。破滅後の地球を引き継ぐのは自分たちだと思ってるんだ。だからそれを解決するための行動なんかとりたくないし、みんなにそのことを考えてほしくないんだ。だからみんなの関心をべつのことに向けさせようとしてる。

だけど、そっちのほうだってボクたちの所有物なんだ。お金だけじゃない。影響力もネットワークもインフラも情報もボクたちのものなんだ。お金を使いつづけるだけの知識があるなら、みんなで協力してなにかに取り組むだけの知識もあるはずだ。ここにあげたようなことをやれば」――バジャーがブラインドをおろすまねをすると、その顔を覆うようにさっきの解決策の表がひらめいた――「しまいにはよりよい暮らしとよりよい世界が手に入る。自分たちの資源を使って、自分たちの問題を解決することができるんだ。それも短期間で、大して苦労もせずに解決できる。ごく一部の人間がみんなの財産を使って自分たちだけ肥え太るとか、そういうことをやめさせさえすればいいんだ」

チェンはこの動画を七回か八回見て、画面からすぐに消える表の内容をすべて読んだ。

それからバジャー・バイウォーターにメッセージを送った。**それはぜひとも！　いつ、どこで会えます？**

バジャー・バイウォーターはこう返信してきた。**知りあいに、あなたは信用できる人だって聞いたんだけど、ほんと？**

「知りあい」というのはマーサにちがいない。これはなにかのテストか入信儀礼《イニシエーション》か、いずれにしてもマーサにいっそう近づく手段にはなる。

ええ、秘密の守りかたは知ってます。

それはよかった。だって、ものすごい秘密を教えるつもりだからね。

実物のバジャー・バイウォーターは、情報ぎゅう詰めのネット上のキャラクターよりずっと近づきやすく見えた。デニムのダンガリーにボタンダウンのシャツを着て、バケットハットをかぶっている。待ち合わせ場所に決めたクライストチャーチのレストランの外で、オープントップのジープの運転席に座っている姿は動画より若く見えた。

「どうも」バジャーは言った。

「どうも」チェンも応じた。「それで店に入ります？　それとも……」

「うん」とバジャー。「えーとその、ここで会おうって言ったけど、あなたに見せたいものっていうのはその……ちょっと遠いっていうか。このジープで二時間ぐらいかな。えーとその、ふつうはその……ジープとかはその……」

「ふつうはジープでは来ないのね」

「えーとつまり、その……」

「つまり、ふつうはレストランで会おうって言っておきながら自分の車《あし》でやって来て、それに乗れって誘ったりはしないってことね。人里離れた奥地に連れてって殺すつもりみたいな雰囲気で」

「ぎゃあ、すごいブラックになっちゃったよ、すごい一瞬で」

チェンは肩をすくめた。「サバイバルのプロなんで」

「それじゃ、このジープになんか乗るわけないってこと？」

「人里離れたどこかへ連れていって、わたしを殺すつもりなの？」

「いや、その……まさか」

「いまわたしがあなたに会ってるってことは、少なくとも十二人の人が知ってる。だから殺したらすぐ捕まるからね」

「わかった」バジャーは笑った。「今日のところはやめといたほうがよさそうだね」

チェンはジープに乗り込み、バジャーのとなりに陣取った。

「殺されに行くんじゃないとして、それでどこに行くの」

「ボクの母の秘密シェルターを見たくない？」

エレン・バイウォーターは、ニュージーランドの僻地に山をひとつと土地七百エーカーを所有している。南島の、鉄道からも道路からも遠く離れた場所で、マオリの長老たちから買い取ったものだ。ただし契約では、この土地を永久に所有することはできないことになっていて、百五十年後には契約を更新しなくてはならない。もし長老たちが土地の返還を望む場合は、無条件に契約の更新は打ち切られる。エレン・バイウォーターは契約により、一部の場所や通路に対しては年間を通じて、また一部についてはは特定の季節にかぎっては、マオリ族の立入りを許可することと定められている。また、さまざまな生物種の保存が義務づけられていて、そのための資金を用意し、この地域の生物多様性を維持するために「並外れた努力」をする義務があり、農耕に利用できるのは最大五十エーカーの指定された土地のみで、またそれも高強度の農業であってはならない——つまり、長期的な影響が解明されていない恐れのある化学物質を使ってはならないと定められていた。

山中に、エレン・バイウォーターは甲虫のように穴を掘っていた。地中深く穴を掘り、暗闇のなかどこまでも下る八層構造の建物を築いたのだ。そしてそこに光を持ち込んだ。グラスファイバーのマイクロフィラメントによって、中央の大広間《アトリウム》に陽光を引き込み、暗い時代にこれが平和と希望をもたらすかもしれないと、エレン・バイウォーターはみずからに言い聞かせたものだった。言うまでもなく、その構造は秘密にされていた。建築家たちは厳格きわまる契約に縛られており、弁護士のひとりが当時指摘したように、テ・ワヒポウナムの山中、地下深くに築かれたこの多層建造物については、厳密に言えば考えることすら禁じられていた。大廊下に精巧優美に配置された、木と金属を組み合わせた彫刻パネルについて頭のなかでじっくり考えてはいけないし、中央吹き抜け《ウエル》の優雅な曲線——これは絶滅久しいニュージーランドのホオダレムクドリの弓状に反ったくちばしをかたどったもので、地球上の生命の脆弱さを、そして新たな大災害で失われかねないもののかけがえのなさを、胸に刻もうという意志を表わしている——を思い出してもいけないというわけだ。

建築家側の弁護士がこの点をやり玉にあげたとき、エレン・バイウォーターの弁護士はこう答えた。「われわれとしては、忘れようとしてもらえるほうがありがたいと考えています。忘れるのが不可能な場合もあることは認めます。しかしそれはそれとして、こちらとしてはこの条項は残しておきたい。

忘れるのは義務であると認識していただきたいし、それが義務である以上、どうしても忘れられないこともあるという前提で行動することは絶対に許されないと、そこを確実に認識していただきたいからです」

「冗談でしょ」チェンは言った。

「とんでもない」小さなキーフォブで二番めのセキュリティゲートをあけながら、バジャーは言った。「時間をくれれば、契約書のコピーを取ってこられると思うよ」

これはありがたい話だ。たいていの情報源ではこれ以上のことは期待できない。

「そうしてもらえたらすごいな」

「ボクはただ、なんていうか……」バジャーが両腕を頭の後ろにまわすと、艶やかな濃色の脇毛がちらと見えた。「ボクはここのことはずっと前から知ってたんだけど、だれにも言わなかった。たぶん心の奥では、まあいいや、ほんとうにやばいことになったらここに来ようって思ってたんじゃないかな。だけど、そういう非常口はだれも持ってちゃいけないものだと思う」

「ゴールデンチケットなんか要らないってことね」

バジャーはチェンに一瞥を投げた。

エレベーターで下ると、出たところはアトリウムで、ふたりは頭上に開ける青く明るいガラスを見あげた。左手には読書室が並んでいて、世界じゅうの文明が生み出した偉大な書籍が揃っていた。実用性以上にその美しさのゆえに、電子書籍でなく印刷した本が選ばれている。右側には天然繊維の壁掛けがあって、その向こうはコミュニティセラピーとレクリエーションのエリアになっていた。足下には、同心円状に水耕栽培の菜園が作られており、あらゆる廃水を回収・浄化して灌漑《かんがい》に用いるようになっている。下って四階には円形の水泳プールがあって、その外周にはリング状の水泳コースが設けてあった。どこかに巧妙な装置が隠されていて、雨水で自然に水が補充されるようになっているのだろう。

「五百人収容できることになってるんだ」バジャーは言った。「世界的な大災害が起こったときに備えて」

「これ全部でいくらかかったの？」

バジャーは上を向いて計算した。

「正確に知ってるわけじゃないんだけど……七億ドルくらいかな。たぶんそのぐらいだと思う」

「すごい。写真撮っても大丈夫？」

バジャーは顔をしかめた。「こっちから写真を送るんじゃだめかな。つまりその……ここのキーにはタイムスタンプがついてるんだ。だからきみの写真のタイムスタンプを見れば、ボクのやったことだってばれてしまう。よかったらあとで写真を送るよ。でも数週間後になると思うけど。思うに……なんて言うか、あなたが見たってことのほうが重要なんだよ。わかってもらえるかな」

「ああ、なるほど」

チェンは以前にも内部告発者と接したことがある。信頼を築くためには手順を踏まなくてはならない。多くの場合、かれらは大して意味のなさそうなことを頼んでくる。彼女が言われたとおりにやるかどうか、それを確認せずにはいられないのだ。バジャー・バイウォーターは、主流のニュースにまで乗る記事の情報源になる可能性がある。バジャーは試している、探りを入れて、彼女がどういう人間なのか確かめようとしている、チェンはそう感じた。そういうことなら。

「なるほど、わかりました。複雑な気分でしょうね、お母さんに対してこういうことをするのは」

手彫りのテーブルにバジャーはもたれかかった。

「父が亡くなってから、母はますますこの場所について話すようになって」

「ああ、お父さんといっしょに計画してたとか……？」

バジャーは首を横にふった。

「一度じかに見たんだけど、母はもう確実に起きることとみたいな話しかたをしてた。『ニュージーランドのあの場所にみんなで集まれるなんてすてきだわ』的な。なんだかさ、どこかいいところにバカンスに行くみたいな言いかただったよ」

ゴールデンチケットだ、とチェンは思った。

マーサ・アインコーンとセイラ・ノミック、レンク・スケトリッシュとジムリ・ノミック、そしてエレン・バイウォーター。かれらはみな、ゴールデンチケットを使うつもりでいる。罪悪感を覚えているか、なんとも思っていないのか、いずれにしてもそのために備えている。なるほど。マーサとの短いロマンスですら、そういう意味があったわけだ。スーパー大富豪とその取り巻き連中は、「世界の終わり舞踏会」のパートナーを選んでいるのだ。

「なにか起こるの？　お母さんたちは、なにかが起こるのを知ってるの？」

「なにか起こると思ってるよ。このシェルターのことをあんなふうに話してるとしたら、それは……母はもうさじを投げてるってことだ。楽しみにしちゃってるんだもん、世界が終わるのを。少なくともほとんどすべての人類にとっては、だけどね。それで母たちはっていえば、自分たちはうまくやってくつもりでいるんだ」

11・雪の結晶事故

〈シーズンズ・タイム・モール〉で、ライ・チェンはクロールスペースを這いずりまわっていた。AUGRの指示どおりに壁のパネルを押しあけて外へ出ると、がらんとした廊下では「春のパリ祭」が祝われていた。よくわからないが、宗教的な行事か文化的な祝祭かなにかなのだろうか。香水売場があって、ガラス壜がひとつずつガラス台に陳列されており、ガラスのショーケースのなかに精巧なガラス細工でパリの街並みが再現されていた。ガラスの石畳の街路、街灯、凱旋門。そのクリスタルの世界を見ていたら、凍った赤い肉片がその街路を滑っていくのが見えた。

そのせつな、いまがいつなのかわからなくなった。

紙切れが宙に舞いあがっていく。半分焦げて

だめ、戻っておいで。ここは香港じゃない、思い出を追ってるわけじゃない。いま、ここに戻ってくるんだ。

手首のスクリーンにちらと目をやる。マップは消えていて、簡単な指示だけが残っている。

ふだんどおりにショッピングモールを離れてください。ホテルに戻り、荷物をまとめて、シンガポールを出てください。

ふだんどおりにショッピングモールを離れる？　ふだんどおり？　憤怒が爆発するのと同時に、左のこめかみに痛みが走った。どうすりゃいいって言うのよ。こんなときにそんなこと言われたって、ふだんがどうなんだか思い出すことだってできやしない。酸っぱいものがこみあげてきた。喉が灼《や》けるようだ。それを無理に呑み込んだ。ふだんなら……そうだ、地下鉄の標識に従って歩けばいい。ふだんならきっとそうするだろう。「シーズンズ・タイム駅」――赤い路線の終着駅。あそこに標識が下がっている。ボタンみたいな目がふたつある、かわいい赤い電車のシンボルが描いてある。

床の赤い線に従って進み、電車のシンボルからほとんど目を離さなかった。側面のドアを押しあけると、いきなりホーリー祭（ヒンドゥー教の春祭。色つきの水や粉をまき散らして陽気に騒ぐ）に巻き込まれた。店先には色彩があふれ、高さが十五メートル以上もあるガネーシャ（ヒンドゥー教の象頭の神）が、通りに並ぶバーゲンバケツ（雑多な安売り商品を詰めたバケツ状の容器）を限りない慈愛の目で見つめていた。

ショッピングモールに客が戻ってきつつあった。〈クリスマス〉と〈パンプキン・スパイス〉は「雪の結晶事故」のせいでまだ閉店しているが、だからといって商売が続けられないわけではない。鮮やかなオレンジとピンクのサリーを着た女性たちが、煮えたぎる油で香ばしいグジヤを揚げ、子供連れの家族がそれを買い求めている。下の階では、モールのスタッフが十五歳未満の子供に色つき粉の小袋を無料で配っている。ひとりの韓国人男性が、〈クリスマス〉がいつ再開されるか自分のバーストディスプレイで調べている。人々はチェンをちらと見ても、すぐに目をそらす。見るものはほかにいくらでもあるし、チェンは見て楽しいありさまではなかった。

　ピンクと緑が飛び散った側面のドアを抜けると、だしぬけに明るい日射しに包まれた。〈マス・ラピッド・トランジット（シンガポールの都市鉄道）〉の駅は、標識のある歩道の向こうにあった。時間を見る。最初に銃撃を受けてから六時間ぐらい経ったような気がしていたが、実際には最初から最後までしめて七十三分しか経っていなかった。

　チェンは地下鉄に乗った。シーズンズ・タイム駅で座り、窓の外をマリーナ・ベイ駅が通り過ぎるのを見送り、オーチャード駅で立ちあがった。自分がぺらぺらになって、シンボルに操られているような気がした。ここで立ちあがりなさい。ここを歩きなさい。標識の文字と、今朝起きたホテルの名前をパターンマッチさせる。中に棒人間が描かれた箱のシンボルを見つけ、上向きの矢印を押す。ポケットに入っていたプラスティックのカードの番号と、客室のドアの番号をパターンマッチさせる。プラスティックのカードをドアの黒っぽいパネルに当てる。カチリと音がするのを待つ。

　チェンはホテルの部屋に立っていた。ほんの二時間ほど前に出ていったばかりの部屋。ここは安全で、暖かく、快適だと感じようとした。しかし、壁は紙でできているような気がする。これまで四六時中、文明が滅茶苦茶になる瞬間のことを考えて――そして理屈の上ではそのための訓練をしてきた。ただ、香港のあとでまたもや世界が滅茶苦茶になるとは、それもとくに彼女の世界がそうなるとは思ってもいなかった。ほかのみんなが見たところふだんどおりに過ごしているのに、彼女ひとりが取り残される――ふだんどおりのことなど、いまもこれからもなにひとつないと思い知らされて――などとは。運命の挽《ひ》き臼にすりつぶされる時期は、もう終わったはずだったのに。ただもちろん、世の中そううまくは行かないのだ。

シャワーを浴びた。開栓ボタンを押し、尿と血液と化学薬品のにおいが消えるまでお湯を浴びた。汚れた服を袋に入れ、その袋をさらに別の袋に入れ、それをスーツケースに入れた。眠りたかったが、いま寝たら、目が覚めたときは逃げ道を塞がれているにちがいないと思った。マーサかマリウスか父親に電話しようかとも思ったが、電話は盗聴されるだろうと思った。

あんたはショック状態だ、自分にそう言い聞かせた。「逃げ道を塞がれている」とか「電話が盗聴される」とかいうのは、ひどく疲れていたり、忙しすぎたり、コーヒーを飲みすぎたときなんかに考えるようなことだ。あるいは、冷却剤のチューブで人を殺しすぎたときとかね。いい加減にしなさいよ、調子のいいときだってこんなことは考えるじゃないの、まったく偏執狂のろくでなしなんだから。さっさと腰をあげて行動に移るんだ。「シンガポールから出ていく」というのはグッドアイディアだ。

スーツケースに荷物を詰めた。何度もやってきたことだから、なにも考えなくても手が勝手に動く。キャスター付きのスーツケースを転がしてタクシーに乗り込む。空港に向かう途中、スマートフォンでチケットを買う。ガラス・スクリーンに表示された、「どこ行きでもいいから一番早く出国できる便」のシンボルを選ぶ。頭のなかではずっと不吉なシナリオが展開されていて、そのなかで彼女は

・顔と名前が確認されたとたん、出国審査で足止めされたり
・搭乗が許可されたはいいが、離陸前に警察に引きずり降ろされたり
・どこに着いたとしても、着いた先ですぐに拘留されたり
・目の前のタクシー運転手に射殺されたりしていた。

チェンはマニラ行きの飛行機に乗った。空港では足止めされることはなく、飛行機が離陸すると、麻酔でもかけられたように突然睡魔が襲ってきた。飛行機から降りたときにも、声をかけてくる者はいなかった。

スマホを見ると、ＡＵＧＲは消えていた。

テキストボックスは表示されていない。

音声コマンドで起動されることもない。

まるで最初から存在しなかったかのように消えていた。

数人ぶんの番号を書き留め、電話の電源を切り、空港の売店でプリペイド電話と新しいＳＩＭを購入し、ネットでエノク会について調べた。掲示板サイト〈ネーム・ザ・デイ〉の下には巨大な板がぶら下がっているが、いままでのぞきに行ったことはなかった。当然のことながら、実際のエノク会員は三十パーセントで、残り七十パーセントはひっかきまわして喜んでいる一般人だった。それでもひとつわかったことがある。エノク会員は世界の終末は近いと思っている。証拠を集め、予言を現在の出来事と結びつけ、あれとこれとを考え合わせて、来《きた》るべき集《つど》いの時について語っていた。その時が来れば、だれが「断片」でだれが「完全」なのか神の判定が下るのだ。

チェンは空港のコンコースを見まわした。来るとすればどこから来るのだろう。目に触れるものすべてが、いつか読んだなにかの脅威を思い出させる。ひとりの中国人男性がハンカチに向かって咳き込んでいたが、そのハンカチに黒いシミが見えた。ブラックモールド（壁などに生える黒いカビ。胞子が健康被害の原因になるとされる）による死亡は増加傾向にあり、それを防ぐ手段はない。マレーシア人女性がブーツのハイヒールを鳴らして歩きながら、チャットＡＩアシスタントに次々に仕事の指示を出していた。人々を殺すように、いましもＡＩを教育している者がいるとは思わないのだろうか。空港のバーに並ぶガラス製品に目をやれば、どこかで読んだ素材――ガラスやコンクリートや金属など――についての説を思い出す。これらの素材の劣化が、十五年前よりはるかに速く進んでいて、それが橋の崩壊や船の沈没につながっているというのだ。ばかばかしい話だが、ただもしほんとうだったら……

それに、どこかのエノク会員がこんなたわごとを信じて、自分は「完全」だと証明するために彼女のような異端者を殺そうとするかもしれない。

あまり深く考えず、マリウスに電話をかけた。彼なら大丈夫、この電話のせいで厄介ごとに巻き込まれても、その種のやばい事態から難なく身をかわすことができるだろう。彼女の知るかぎり、そんな人物はマリウスだけだ。

チェンが名乗ると、マリウスは「このくそったれ」と言った。いつものマリウスだ。なにを言われても真に受けてはいけない。

チェンは言った。「この電話、盗聴の危険がある。そっち行ってもいいかな」

長い間があった。かちりと音がして、マリウスが電話を置いたのかもしれないと思った。またかちりと音がした。

「まずいことになっているか」マリウスが言ったが、それは質問ではなかった。

「助けてくれない？」

「来い」マリウスは言った。「いっしょにまずいことになろう」

第三部

ソドム最後の善人

〈ネーム・ザ・デイ〉サバイバリスト・フォーラムからの抜粋

板：「エノク」

>> **OneCorn** のステータスは「備蓄最大限」

創世記第19章、大まかに翻訳

いまが終わりの時だとどうしたら知ることができるだろう。言い換えると、主がソドムに火の雨を降らせて滅ぼす前日のソドムの生活《クオリティ・オブ・ライフ》の質はどんなふうだったのだろうか。

そんなわけで、タルムードによればソドムは邪悪な町だった。ソドムでは、飢えた人に食事を与え、裸の人に衣服を与えることは犯罪だった。物乞いには印のついた貨幣が与えられ、それはどの店でも受け取ってもらえなかった。やれやれ。いまのアメリカには、ホームレスを助けるのが犯罪とされている場所がある。フードスタンプを受け付けない店も多い。つまり、いまはその時だってことかな？　そうだとしたら、わたしたちには逃げ出す分別があるだろうか。

滅亡の前日、町にふたりの移民がやって来た。見慣れない服装、聞き慣れないなまり。手を差し伸べようとする者はいなかった。ただひとり、ソドム最後の善人ロトは例外だった。彼は、おじのアブラハムがよそ者を歓待するのを見ていたので、それをまねて同じことをしようとした。移民たちのためにパンを焼き、かれらはそれに油と塩をつけて食べた。空腹だったようでがつがつ食べていた。もっと豪華な食事が出せないのをロトは残念に思った。おじアブラハムの天幕なら、客には脂の滴るヤギの炙り肉、新鮮な白いチーズ、果物、牛乳を出していただろう。とはいえ、アブラハムは飛び抜けて裕福な男だったのだ。

かれらに手を差し伸べた者は、ほかにはひとりもいなかった。なにもかもいつもどおりだった。その日のソドムでは、寝床には清潔で乾いたわらが敷かれ、外の囲いには羊が飼われていた。桶ではぶどう酒が醸造され、陶工はろくろを回し、金属細工師は貴重な青銅を加工していた。人はつねに未来を想像しているが、未来はいつかはなくなる。

>> **FoxInTheHenHouse** のステータスは「非常持出し袋用意済」

@OneCorn：きみの書き込みはここには合ってない。ここはエノクの教えについて論じる場所だから、「旧約聖書の預言」板に移ったほうがいい。

>> **OneCorn** のステータスは「備蓄最大限」

@FoxInTheHenHouse：それが問題よね。だれにも自分の行く道があって、それにこだわる。道案内が必要な人に手助けをしたり、空腹を抱えた旅人に温かいパンを差し出そうとしない。

>> OneCorn のステータスは「備蓄最大限」

太陽が傾いて地平線に近づき、ソドムの通りに影が長く伸びたとき、ロトの家の周囲には人だかりができていた。人々はよそ者がやって来たのに気づいていた。人々はかれらを助けに来たのではなく、レイプしに来たのだ。

これはわたしの創作ではなく、聖書に載っている話だ。ともかく、きみたちは『ザ・ロード（二〇〇六年に発表されたアメリカの小説。終末後の世界を行く父子を描く）』を読んでいるし、バラード（英国のSF作家）は知っているし、『マッドマックス』は観ているだろう。われわれがなぜ銃と弾薬を欲しがり、シェルターに頑丈なドアをつけたがるのか、みんなわかっている。社会が崩壊すると、凶悪な欲望が頭をもたげる。

ロトの家の外では、男たちが忍び笑いをしたり、野次ったりしゃべったりしていた。さあ、ロト、おれたちはみな見たんだ。なかに入れろ、だれにも知られやしない。おれたちのムスコは珍味に飢えてるんだ。

ロトは、おじアブラハムならこういうときどうするかと考えた。アブラハムは知恵者だった。そして客人を歓待していた。

ロトはドア越しに言った。「あの人たちはわたしの客人だ。客人を保護するのは神聖な務めだ」

男どもは叫び返した。「おれたちはここをてこでも動かないぞ」

>> GatheredHeart のステータスは「保存食作り続行」

@OneCorn：頼むから荒らさないでくれよ。この板には頻繁に書き込みがあるわけでもないし。こういうゴミに悩まされず、エノクの教えに忠実でありたいだけなんだ。

そこでロトは言った。「わたしにはここに娘がふたりいる。ふたりとも処女で、わたしのものだ。客人に手出しをしないでいてくれたら、この娘たちを自由にしていい」

まあ、つまりそれが彼の思いついたことだったわけ。自分の生命が助かるためだったのかもしれない。いまなら、自分のティーンエイジの娘をギャングや暴徒に引き渡したりしないと思うとしたら、それは人間性ってものがよくわかってないということだ。

当然ながら、聖書にはロトの妻と娘たちの名前は出てこない。だからここでは、妻をエド、娘をモアとアンマと呼ぶことにしよう。

>> **OneCorn** のステータスは「備蓄最大限」

@GatheredHeart：きみにお知らせがある。これこそがエノクの教えなんだ。大昔の書物を新たに解釈し直すのが大事だと彼は言ってるじゃないか。だからわたしはそれをやってるんだ。

この話の中心テーマは断片だ。キツネとウサギの話なんだ。ソドムは文字どおり初の「マークのついた環境」だった。住民は専門化していて、土地を知るという基本的なスキルを忘れていた。かれらは町を閉ざして、よそ者を招き入れようとはしなかった。安全は、共同体ではなく塀で守るものだと信じていた。だってソドムのような都市では、貧しいというだけでひどい罰を受けることがあるんだ――へたしたら殺人を犯した者よりひどい罰を。

姉妹ふたりは骨が折れそうなほど強く手を握りあった。エドの心は引き裂かれ、狂おしい悲しみが滴り落ちた。

移民ふたりは顔を見あわせた。やっぱりと言わんばかりに――それはこの町についてかれらが聞いていたとおりで、驚くようなことではなかったのだ。

ふたりはテーブルから立ちあがった。

ひとりの顔には、不可解な、それでいて輝くような笑みが浮かんでいる。

そしてもうひとりは片手をあげた。

すると集まっていた男たちはみな目が見えなくなった。

ロトの家族はきっと、わけがわからなくて突っ立ってただろうと思うよね。

暴徒どもがうろたえているあいだに、ふたりの移民は言った。

「ロト、これはふつうの出来事ではないし、わたしたちはふつうの旅人ではない。あなたのおじアブラハムは、全能の主、万軍の主のことを知っている。わたしたちはその軍勢であり、軍から遣わされた騎士だ。わかるか。わたしたちは嵐を呼ぶ者だ。友よ、未来は近づいている。そしてわたしたちはその先触れなのだ。あなたが住んでいるこの都市は裁かれ、罪に定められた。災いが近づいている。そのときここにいてはいけない。家族を集めて、とっとと逃げなさい」

>> OneCorn のステータスは「備蓄最大限」

ここに面白い幕間がある。こういうことがあったあと、ロトは急いで出かけていって、娘たちの彼氏に事情を話してるんだ。たぶん娘たちのために少しはなんとかしたいと思ったんだろう。だけど婚約者たちは「冗談はやめてくださいよ」って感じだった。

つまりこれが問いの答えさ。文字どおり、神の使いが町にやって来て暴漢どもの目をつぶしたっていうのに、それでもまだわからないやつがいるんだよ。かれらは逃げようとしなかった。
　ロトが戻ってきたときには、もう時間がなかった。移民たちは、ロトとエド、モア、アンマを抱えて、町の外にテレポートした。これは冗談なんかじゃない、聖書に書いてあるんだ。でなきゃ、力ずくで引きずり出したってことか。いずれにしても、移動手段は手配してあったわけだ。この先触れたちの仕事は、かれらを外へ逃がすことだったんだから。
　町外れまで来ると、移民たちはロトとエドの顔に顔をぐいと近づけた。
　そして言った。「生命がけで逃げろ。後ろをふり返るな。足を止めず、山に逃げ込みなさい。さあ、行け。決してふり返るな」
　ロトは言った。「ですが、わたしは町住まいの者です、都会の人間《ホモ・ウルバヌス》なんです、わかります？　ここは砂漠の真ん中じゃありませんか。近くの町まで連れていってもらえませんか、

>> **ArturoMegadog** のステータスは「常温保存可能」
もう出ていってくれよ。

>> **OneCorn** のステータスは「備蓄最大限」
AM、この話はこの板に合ってると思う。

>> **ArturoMegadog** のステータスは「常温保存可能」
正直に答えて欲しいんだけど、いま酔ってる？

>> **OneCorn** のステータスは「備蓄最大限」
いや、大して。

>> **ArturoMegadog** のステータスは「常温保存可能」
というのはさ、きみを出入り禁止《バン》にしろって、Daggoo 宛にメッ

たとえばツォアルとかまで」

御使いたちがあまりに近づいたため、かれらの目から発する熱でロトは肌が焦げてしまった。かれらは言った。「とっとと消え失せろ」

ロトは娘たちを暴漢どもに差し出そうとしたから、そのことについても多少思うところがあったのかもしれない。

日の出前の冷え込む薄明のなか、四人は歩きはじめた。石のひとつひとつが長い影を落とし、黒い形のものがうごめいて山腹は生きているかのよう、まさに岩と岩とが互いにささやき交わしているかのようだった。空気にはいがみあいの気配が漂い、風が風に重なり、砂が砂を噛んでいる。日の出の音はカラスの鳴き声のようで、息が喉に引っかかるようだ。なにかが近づいている。不自然でおぞましいことが起ころうとしている。なにかが太陽から降ってきて、絶叫とともに巨大な塊が飛んできた。

アンマとモアは指と指をからませた。アンマはモアがつまずくのを許さず、モアはアンマが足を滑らすのを許さなかった。まるでロバのように大地が跳ねあがって振り落とそうとしたが、かれらは山を登りつづけた。


セージが来てるんだ。きみはここでこういうことをしょっちゅうやってただろ。それでぼくは、きみが一番使ってる板の世話役《MOD》だから、ぼくの意見を求めてきてるんだよね。

>> OneCorn のステータスは「備蓄最大限」

わたしにだって、ここに書き込む権利はあるよ。

>> ArturoMegadog のステータスは「常温保存可能」

みんなにだって、きみをバンしてくれって求める権利はあるんだよ。きみは移りたくないかもしれないけど、そのために板が分けてあるんだから。

母エドは娘たちの後ろを歩き、ロトはさらにその後ろを歩いていた。エドはひとりきりだった——それだけは間違いない。彼女はひとりで歩いていた。暴漢どもに娘を差し出そうとした夫なんか、もう夫でもなんでもなかった。アンマとモアにはお互いがいた。ロトには——少なくとも心中では——導いてくれるアブラハムがいた。エドにはだれもいなかった。破滅をひとりで生き延びるのは不可能だ。エドは後ろをふり向いた。

平原は見わたすかぎり火の海だった。火を噴く黒い大きな石がいくつも空から降ってくる。人が槍を投げるときのよう。そのせつなにふり向けば、ガゼルの目を鋭い金属の先端が貫き、その瞬間にガゼルは生から死に飛び移る。そのように主は石と炎の塊を一軒一軒の家に投げ、石が落ちたところでは泥と粘土とレンガとわらが燃えあがった。人々は燃える家々のあいだを悲鳴をあげて逃げまどった

>> ArturoMegadog のステータスは「常温保存可能」

あともうひとつ、これはたんなる指摘なんだけど、きみはずっとたったひとりのミッションに取り組んでて、だれもひとりでは生き残れないっていう投稿を続けてるよね。真面目な話。

>> OneCorn のステータスは「備蓄最大限」

できれば最後までやりたいんだけど。なぜエノクに関係があるのかっていう考察を。

>> ArturoMegadog のステータスは「常温保存可能」

なあ、「戦略」板の居心地のいい片隅にこれを全部移すからさ、あっちで好きなだけやってよ。

>> OneCorn のステータスは「備蓄最大限」

わかった。この話は板違いじゃないんだけどね。まあ、でもわかったよ。

が、主の確かな目を逃れられた者はいなかった。

　エドは石と火の味を知った。彼女は神の怒りを知り、神の恥を見た。こんなことをして恥じていなかったなら、それをこそ神は恥じたほうがいい。

　彼女の骨から血液にミネラルが溶け出し、体内の水分が毛穴から吹き出し、また脳の軸索と樹状突起に含まれるカリウム、ナトリウム、マグネシウムが流出して、頭蓋の内側を塩が覆い、鼻腔内をなめ、ついには眼球の表面まで塩で覆われた。

〈ネーム・ザ・デイ〉サバイバリスト・フォーラムからの抜粋

板：「戦略」

>> OneCorn のステータスは「備蓄最大限」

それじゃ、わたしの知ってる最大のサバイバルの秘訣を教えよう。いままでの話のなかに出てるんだけど、そのつながりが見えてる人はわたし以外にはいないみたいだから、これからくわしく説明していこうと思う。

創世記のテーマはなんだかわかる？　憎みあう男たちだよ、おもに兄弟ね。カインとアベル、イサクとイシュマエル、ヤコブとエサウ、ヨセフとその兄たち、アブラハムとロト。だけど、どうして憎みあうのかわかる？　理由は毎回同じで、いっぽうは農民、もういっぽうは狩猟採集民だからなんだ。ほら、これ

>> ArturoMegadog のステータスは「常温保存可能」

ふーん、なるほど。無関係じゃなかったみたいだね。

>> DanSatDan のステータスは「豆の缶詰一個」

@OneCorn：あのさ、以前は悪かった。きみが「戦略」板にと

はエノクの教えだったろ？　創世記は、人類史上最大の愚行の物語だ。人類は自分の世界を終わらせたんだよ。自分で自分を捕らえて家畜化したんだ。

内訳はこうだ。

カイン：農夫　**アベル**：羊とさまよった
ヤコブ：家にいた　**エサウ**：狩りに出かけた
イサク：家にいた　**イシュマエル**：追い出されて放浪した
ヨセフ：父親に溺愛された　**兄たち**：放浪のイシュマエル人にヨセフを売った
ロト：ソドムに住んでいた　**アブラハム**：砂漠をさまよっていた

同じ基本パターンが何度も繰り返されてる。かれらは兄弟ではなく、ふたつの民族集団なんだ。いっぽうは定住し、もういっぽうは放浪する。いっぽうは基本的に放浪生活を送り、狩猟をし、その不足を補うために羊を飼っている。もういっぽうは家にいて、作物を育て

って、その……重要な問題を取り上げてるってことがわかったよ。だけどマジな話、人類滅亡の危機を生き抜くために、これがどう役に立つっていうんだ？

>> Ismilsmi のステータスは「地下貯蔵庫を掘っている」

もうひとつ、明らかに無視されてる問題がある。これは数千年におよぶ同性愛嫌悪を正当化するのに使われる話だ。警告をつけとくべきだ。

て家畜を飼う。狩猟民は農民を憎み、農民は狩猟民を憎む。狩猟民たちは、農民のことを弱くてずる賢いと思っている。農民たちは、狩猟民のことを野蛮だと思っている。そしてどちらも相手を殺そうとする。

　創世記は戦争の記録だ。人類初の大戦争の記録。その戦争は五千年続き、全人類がかつて知っていた世界はそのせいで滅んだ。勝利した農民は新しい未来を創造し、われわれはいまその未来に生きているんだ。

>> OneCorn のステータスは「備蓄最大限」

　なるほど、同性愛嫌悪が気になるのはわかる。ただここで重要なのは、「ソドムの罪」とは「男性が他の男性と合意の上でセックスすること」ではなかったってことなんだ。男性が他の男性と合意の上でセックスするのは、(a)大いにけっこうなことだし、(b)正直な話、創世記ではその点についてはなにも言っていないみたいだから、同性愛嫌悪をそこに読みとる人は、たぶんレビ記をもとにそう思い込んでるだけだろう。いずれわかると思うけど、わたしはそれを擁護してるわけじゃない。ソドムの問題は、強靭な社会を築くスキルを忘れてたってことだ。

　とくに創世記は、いかにして人々が最後の氷河時代を生き延び、いかにして狩猟採集から農耕へ移行したかという記録だ。いちばん

PM（プライベート・メッセージ）：**ArturoMegadog → OneCorn**
ここでは自分が一番賢いみたいなその書きかた、ちょっとなんとかしようとは思わない？

最近に人類が直面した滅亡の危機について、それを生き延びた人々が語り継いできた物語を記した最後の本、それが創世記だ。食料の貯蔵や武器のメンテナンスのことがくわしく説明してあるし、生き残るためにはどんな社会やどんな価値観が必要か書かれてる。
　それはつまり、よそ者を歓待することであり、社会を構成するメンバーのうち、持たざる者を見捨てず世話するということだ。自分のニーズばかり考えてちゃいけないんだ。
　ソドムの問題は、それが都市だったということだ。少なくともサバイバルという面では、都市というのはじつに愚かな制度だ。都市には利点もたくさんある。新しい食物、音楽や芸術、新しい視点、それに狭い遺伝子プールの外に出て子孫を作れる。しかし都市っていうのは、当時もいまも同じ問題を引き起こす。人はどんどん豊かになるけど、どんどんばらばらになり、ますます専門化が進み、自然から切り離されていく。都市はみずからを持続させることができないんだ。
　創世記を書いた人々はすごく危機感を抱いていた。豊かに暮らすためのスキルが――土地を歩き回って狩りをする方法を学んだり、なにを採集すればよいか知ったり、そういう

PM：**OneCorn → ArturoMegadog**
だって、ここじゃわたしが一番賢いんだから。もちろんあなたは別だけど。

PM：**OneCorn → ArturoMegadog**
それはともかく、〈ＮＴＤ〉に来るのはしばらくやめようかと思ってる。今日はほんとにいらいらした。

PM：**ArturoMegadog → OneCorn**
嘘だろ。ここのばかの集団のなかにひとり残していかないでくれ。

PM：**OneCorn → ArturoMegadog**
わかった、あなたが投稿したら通知が来るように設定しておくよ。

スキルが失われつつあるのに気づいていた。われわれがいま生きている未来が来るのを見ていたんだ。ソドムの物語は恐怖の物語だ。都巾を信用してはいけない。都市はすべて壊滅する。

マーサ

1. モルモットのお城

マーサ・アインコーンはよく知っている――覚醒はさまざまな形で起こるものだ。ときには、一日一日、一時間一時間と、徐々に起こることもある。心の中に太陽がゆっくりと昇るように、なにかを変えなくてはならないとわかってくるのだ。またときには、突然のひらめきとして起こることもある。恋に落ちるぐらい自然に、いままでずっと間違っていたとはたと気がつくのだ。そしてまた、ときにはこのふたつが同時に起こることもある。それがマーサに起こったことだった。ライ・チェンに出会う数年前のことだ。

人生のその時期、マーサはおおむね機械的に生きていた。当時はレンクとともに〈ファンテイル〉で必死に働いていた。朝早くから夜遅くまで、長時間働きづめだった。そのころの彼女は、社会的なニーズを満たすには、さまざまなネット掲示板での交流と、ペットに飼っているつがいのモルモットがいればじゅうぶんだと思っていた。この二匹は、木造のモルモットのお城に暮らしていた。豪華な三階建て、独立の隠れ場所が十二か所もあって、そのお城は二階のリビングルームの床をほとんど占領していた。ごちそうのにおいを嗅ぎ、きちんと手入れされた餌箱からそれを食べ、毛布の下に隠れる、そんな単純なもふもふのジャガイモみたいな二匹を見て、彼女は思った――ほらごらん、幸せになるのに大したものは必要ないのよ。仲間が一匹、その動物に合った快適な空間。それに糞《ふん》を始末してくれて、食物を用意してくれる人がいればいい。

あとになって思い返してみると、チェンとのあいだに起こったことはみな、ArturoMegadogとのあいだに起こったことによって予見されていたのだ。モルモットですら他のモルモットとつながりたがる。人は互いに手を差し伸べずにはいられない。どこか重大な問題でもないかぎり、人は人を自分の家や生活に入らせ、果ては（そういう趣味があれば）自分のベッドにすら入らせる。リスクには目をつぶって。もちろん、最大のリスクはそれが好きになることだ。最大のリスクは、それによって自分が変わってしまうことだ。だがそれでも。お城の跳ね橋を渡るのよ、マーサ。リスクをとるの。

2. 無数の美しいものたち

〈ネーム・ザ・デイ〉サバイバリスト・フォーラムからの抜粋

板：「戦略」

>> **ArturoMegadog** のステータスは「シェルター生まれ」

なぜぼくはこんな投稿をしてるんだろう。

夜は更けて、ぼくは酔っている。この投稿は三時間後に自動削除されるように設定してある。

ぼくがなにに気づいたか話そう。きみたちはほとんどばかばっかりで、ばかでないのは偏執狂で、その中間にほんのひと握り、心配する甲斐のあることを心配してる人たちがいる。だけど、船を方向転換させるのには足りない。それどころか、針路から船がさらにそれるのを防ぐにも足りない。ぼく自身、かならずしもそんな人たちのひとりだとすら思わない。ぼくの人生には、これがあるから生きる甲斐があると言えるものはあまりない。だからもうやめた。生きるのを。

ずいぶん長いあいだ、ぼくは人類は善だと思っていた。人間は賢くなってきている、進歩していると――もちろんゆっくりとではあるし、後退もしてはいるけどな。それでもじりじりと、自分の舌だけで前進している人のように、人類は光に向かって進んでいると思ってた。だからぼくはサバイバリストの話に興味を持った。人類には救う価値のあるよい部分があると思ったからだ。芸術や文学、道徳や親切心、科学の進歩、叡智。芋虫みたいにのろのろだけど、太陽に向かって進んでいると。

>> **Semadon** のステータスは「常温保存可能」

だれかほかにここ見てる人いる？　これ、〈ＮＴＤ〉のメイン板に再投稿しとくけど、ArturoMegadog を個人的に知ってる人いない？　どこに住んでるか、どうすれば見つけられるか、だれか知らない？

言っただろ、ぼくは酔ってるんだ。

ともかく、もうそんなふうには思ってない。人類はよくなってるんじゃなくて、ただどんどん変わったり、増えたり、速くなったりしてるだけだ。よくなってるんでなかったら、増えたり速くなったりするのは悪くなってるのとまったく同じだ。

ぼくの夫の話をしよう。ここではテッドと呼ぶことにする。ぼくに善を信じさせたのは彼だった。吐き気がするぐらい立派な人物だった。自動車会社に勤めてたんだが、製造工場の工員を振り出しに、最後はサンフランシスコの支社を動かすまでになってた。それで電気自動車にもっと投資するよう尻を叩き、毎週末にはビーチでごみ拾いをし、ビッグ・ブラザーとしてボランティア活動もしてた。おぞましいよな。ぼくは自家用飛行機を飛ばしてる。週末には飛行機を飛ばしながらテレビが見たいと思ってたのに、彼は午前五時に都会の庭園に木を植えて、その写真をぼくに送ってきてた。

>> Semadon のステータスは「常温保存可能」

あのさ、ArturoMegadog のプロフからできるだけ情報をかき集めてきたけど、全然だった。男性で五十代で、ベイエリア住み。ふだんここに来る時間はまちまちだった。たぶん勤務時間の決まった仕事じゃないんだと思う。だれか管理者を起こしてもっと調べられないかな。ベイエリアの救急に電話したんだけど、住所か、せめて氏名ぐらいわかんないとなんにもできないって言うんだ。

テッドはばかみたいに明るい未来を信じてた。いまならどう思われるかわかってる。だけど二〇二〇年には一瞬希望が閃いたんだ。サウジアラビアの原油価格がマイナスになったんだよ。だれかに金を払って油を引き取ってもらうことはできないし、それでぼくはちくしょう、テッドが正しかったのかもしれないと思ったんだ。これだ、なにかが始まろうとしてるんだというわけさ。

この百年間、ぼくたちが毛布の下に隠れて過ごしているあいだに、廊下には赤字の督促状が山積みになっていた。**滞納**――生息地の破壊と絶滅、**無視厳禁**――社会的格差の拡大、**ただちに支払わないと手遅れになります**――気候変動。なのにぼくたちは「まあまあ、適当にごまかして、そっちの残高をこっちのカードに移して、シェールガスを採掘しつつ水道から燃える水が出てくるのをどうにか無視してれば、新しい車を買ってガソリンを満タンにすることもできるだろう。あと一か月ぐらいはなんとかなるさ」ってやってたんだ。

だけどこのパンデミックが始まって、これで人間はもっと分別が必要だって気づくだろうと思ってた。恐竜じゃないんだから、小惑星がぶつかってこなくたって気がつくはずだ。いまじゃお笑い草だってわかってるよ。「自然は回復しつつある（コロナによるロックダウン中、人間がいなくなって自然が戻ってきているという意味。最初は文字どおりの意味だったがしだいにジョーク化し、無人の都市を恐竜が歩いているなどの合成写真がSNSにあふれ、インターネットミームとなった）」だもんな。未来はよくなると信じるのはただのジョークだ、そうだろ？

テッドとぼくはウォーターフロントのアパートメントに住んでいた。ぼくはコーヒーカップを手に持ちながら、ひょっとしたらなんとかなるんじゃないかって思いはじめていた。いまはしじゅうそのことを考えている。湾の面《おもて》を覆う霧は固形物みたいで、手で拾い上げることができそうだ。コーヒーの香り、ブーンという冷蔵庫の音。なにも書かれてない青い黒板みたいな空、飛行機の影もない。あのときは、ほんとになんとかなるんじゃないかと思ったんだ。

>> **Wipsy** のステータスは「まさかの友」

これは言わないことになってるのはわかってるけど、ぼくはこの掲示板を立ち上げたDaggooとリアルで友人なんだ。いま電話してる。これは、通常のプロトコルを破る理由としてじゅうぶんぼくはカウチに腰をおろして泣きだした。テッドが駆け寄ってきた。ぼくのベニーおじさんがウイルスに感染したにちがいないって彼は思ってたんだけど、ぼくは言った。テッド、ぼくたちの子供が欲しい。そのことは、以前からもう百万回も話しあってたんだ。

まあ、ほんとうはどうでもいいんだ。なにもかもどうでもいいんだ。いつか、アーサー・C・クラークの小説みたいに、星はひとつまたひとつと消えていく。そしてその前に太陽が超新星爆発を起こして海が沸騰し、人類はただのしょぼくれた種のひとつに過ぎないし、生物種は生きて死に、人類もそれは同じだ。観客も最後の審判もなく、救世主が復活することもないし、ショーの終わりにだれかが現われて、ぼくたちが何点だったか、なにを獲得したか教えてくれることもない。憶えている人はだれもいない――人類のことも、アメリカのことも、サンフランシスコのことも、あのアパートメントのことも、ぼくのことも、テッドのことも、ぼくがあの黄色いマグを数か月後に落としたとき、彼がそれを太陽のモザイクに使ったことも。いまでは憶えているのはぼくだけだ。

テッドはぼくより年上で、三十八年間同じ会社に勤めていた。退職後の年金生活について、彼はいろいろ計画を立てていた。ぼくたちは未来の安全が保証された島々のひとつに旅して、そこで野生生物や生態系の保全のために働こうと思っていた。そしてそのあとなんだけど、テッドの姪のグレイシーが博士号を取得したら、ぼくたちのために子供を産みたいって言ってくれてたんだ。ぼくの子供を。ぼくの冷凍精子と、テッドの家族の遺伝子から。ぼくたちはポスドクのグレイシーをサポートして、それでサンフランシ

だってみんな賛成してくれると思う。

この投稿には271件の「いいね」がつきました。おめでとう！ ゴールドスターを達成しました！

スコの端正な論理的家族《ロジカル・ファミリー》（米国の作家アーミステッド・モーピンの自叙伝のタイトルによる。生物学的家族（バイオロジカル・ファミリー）または頑迷で非論理的な家族（イロジカル・ファミリー）との対立概念）になるつもりだった。

　ところがその後、テッドの会社は〈ファンテイル〉に買収されてしまった。古い会社だったし、この十年は大して利益をあげてなかったから、破格の捨て値で売却されて、そんなわけで年金は維持する必要がなかった。あの会社を引き継ぐとは、レンク・スケトリッシュはなかなか大したやつだとみんな思ったもんだ。彼があの会社を手に入れたのは、電気自動車〈ハーサ〉のためだった。要するに、テッドの作ってきたものが欲しかったのさ。

　ここで言っとかなきゃいけないんだけど、こう見えてぼくは金持ちなんだ。いやらしいほど金持ちで、だからテッドの年金なんか必要なかった。ぼくはテッドにそう言ったし、彼もそれはわかってた。死ぬまでぼくの金でじゅうぶんいい暮らしができただろう。まだ家もあり、計画もあり、子供だって持てただろう。

　だけど、テッドはそれで胸破れてしまった。長年ずっと同じ会社に勤めてたし、古風な忠誠心を抱いてた。それに、彼の説得で会社に残ってたスタッフもいる。かれらも年金をもらえなくなって、ほとんどがなんの補償もなく解雇された。ぼくたちは大丈夫だけど、いくら金持ちだって言っても千六百人全員を救うことなんかできっこない。応援しよう、きっとできることがあるとぼくは言った。だけどその発表から

>> Daggoo のステータスは「神」
Daggoo は「いいね」機能をオフにしています。

やあみんな。ベイエリアの救急隊と連絡をとった。ArturoMegadog はすごく用心深くて、調べようにも手がかりはほとんどない。本名も自宅住所も電話番号も登録してないし、投稿にはプロキシサーバを使ってる。このサイトの登録に使われてたメールアドレスにピンを送ってみたけど、使い捨てだったみたいだ。ArturoMegadog の友人がいるなら、大至急名乗り出てほしい。

八日後、湿地復元プロジェクトのために車で出かけたとき、テッドは運転中に心臓発作を起こして亡くなった。五十九歳だった。

　これは言っといたほうがいいと思うけど、ぼくは大量に薬を服《の》んだ。戸棚のなかに、テッドが腰を痛めたときのや、ぼくが歯根管治療を受けたときの、それに親になるんだから気をつけなきゃいけないと思って、大腸内視鏡検査を受けたときの鎮静剤も入ってた。それを残らず服んだ。

　テッドが亡くなって二年になる。

　こんな投稿をするのは助けが欲しいからなんだろうか。そうかもしれない。そうでなかったら、たとえば二日後に投稿されるように設定しておいただろう。ぼくが服用したものがなにで、どんな効果があるにしても、そのころにはその効果が完全に顕われていただろうから。でも、きみたちの書いたものを読んでいると、自分の生命には救う価値があると思ってるみたいだけど、ぶっちゃけた話、テッドに救う価値がないのなら、救う価値のある人間なんかひとりもいない。人類という種は死にかけている。そのまま放っておけばいい。

>> Wipsy のステータスは「まさかの友」

ArturoMegadog の投稿をざっと調べてるんだけど、四週間前の投稿で、自宅玄関から「文字通り八歩」のとこに、常温保存可能な「ファイアピット」ブランドのキムチを売ってる店があるって書いてる。これを置いてる店はベイエリアには七軒しかない。これ手がかりになるよな。地図上の七つの点。

　生命は試しにべつのなにかを生み出してくるだろうが、それが読み書きができて温室効果ガスを放出できるぐらい賢いかどうか、そんなことはどうでもいいことかもしれない。魚や鳥や光り輝く昆虫は存在するだろうし、無数の美しいものたちが、太陽を目指して這いずりながら競争するだろう。

人類はなにひとつ発明などしていない。自分で自分を、そして動植物を忙しくさせるために無用の仕事をでっちあげ、快適に過ごしたり手元のモノを増やす新しい方法をせっせと考え出してきただけだ。

しかし、重要なものごとはすべて人類以前からここにあったし、人類以後もここにありつづけるだろう。動物たちは愛しあっている。生きるために闘い、快楽を感じ、陽を浴びてくつろぎ、たがいを慰めあい、憎み、復讐する。動物はわが子を愛する。それ以上のものを望むなら、それはただの思いあがりだ。人類の傲慢さはもう末期的だから、滅びるのが早ければ早いほどいい。だからぼくは自分から始めることにした。

そして、きみたちも生き残ろうと努力するのをやめて、ほかの人間たちにもそうするように勧めれば、それは地球にとってずっといいことなんだろう。しかし、結局のところはどうでもいいんだ。地球は自力でなんとかするだろうし、人類よりずっと長く生きてきたんだ。それにどっちみち、遠からずぼくたちはみんな星屑になり、その後宇宙は滅ぶんだから、もともと希望を抱く価値なんか大してなかったんだよ。

そろそろ薬が効いてきたみたいだ。足も指先もピリピリする。もう横になるよ。眠り込むまでテッドの写真を見ているつもりだ。彼に再会できるとか、そんなばかなことを考えてるわけじゃない。でもぼくはもうここからいなくなる。それじゃ。

>> **ClarkeKent** のステータスは「豆の缶詰一個」

よし、コンコードの点の範囲には住宅は一軒もない。このあたりだとしたら、〈ベッド・バス＆ビヨンド（雑貨小売店のチェーン）〉に寝泊まりしてることになるぜ。

>> **SandysDad** のステータスは「備蓄済」

彼は自分のことをいやらしいほど金持ちだって言ってるから、レッドウッドシティの店は除外しよう。

>> **OneCorn** のステータスは「備蓄最大限」

ArturoMegadog とはネット上の友人なんだけど、じかに会ったことはなく、住所も本名もわからない。でも、サンフランシスコの海のそばに住んでいるのは知ってる。さっきあげてくれた点のうち三つが条件に当てはまると思う。

>> **Wipsy** のステータスは「まさかの友」

ぼくのところからベイエリアはかなり遠い。その辺を歩きまわって、様子を確認できる人いないかな。

>> **OneCorn** のステータスは「備蓄最大限」

もう時間がない。できることがないかやってみる。

3. 壊れた世界

なにごとも、極端まで行くと逆にその対極に近づく。マーサはそれを何度も見てきた。じかに会ったこともない個人主義者でいっぱいのフォーラムは、逆にそのおかげで気軽に結びつきやすく、緊密な共同体を形成できる。そのいっぽうで、信仰を同じくする辺境の集団は人々を内向きにさせ、他者とは共有できない秘密の考えや内なる強さに向かわせる。エノクはマーサに対して、彼の王国の不可分な一部となることを望んでいたが、彼がそう望めば望むほど、マーサはいかなるときも自分だけを恃《たの》むようになっていった。エノクはそれをついぞ理解できなかったし、それが彼の悲劇の一部だった。

十四歳のある日、マーサは父エノクのジープに乗せられて、緑の数エーカーを越えて手つかずの原野を走ったことがある。父は低く一定の声で、彼の「断片」理論について有無を言わさぬ口調で話していた。広々とした原野――何マイルにもわたる森林と草原、山腹を流れ落ちる小川、密にからまる茂み――を走りながら、マーサは目にした風景や野生動物のひとつひとつを心に留め、また父の説教も忘れないように心中にメモしておいた。父親が文章を口にしたときは、あとでそれを暗唱するように言われるかもしれないし、木々のあいだを飛ぶハシボソキツツキを見たときは、どっちに向かって飛んでいたか尋ねられるかもしれないからだ。

断片の理論はエノクの思想――幅広い読書を通じて形成したのだ、エノクはなにはともあれ学のある人だったから――の中核をなしていた。世界はかつて美しく統合された全体をなしていたが、それが堕落してばらばらになったというのだ。根拠となったのは、聖書とバベルの塔の物語、ひとつの言語が多くの言語に分裂したという話だった。また、ヨーロッパと南北アメリカの広大な森林が崩壊したのも、偉大な信仰が次々と派閥に分裂するのも、連合国家がばらばらに分かれるのもその表われだと考えた。マーサはその根拠となった文章や詩句を知っていたが、エノクが新たな文章――この場合はカバラの生命の樹《セフィロト》、この世に降り注いだ光の破片――を説教に使うつもりだということも知っていた。

エノクは言った。「わたしたちの住むこの世界は、ひとつの全体として作られている。それを分割し、さらに細分化しているのはわたしたちだ。見はるかす大地を畑に変え、地球を国に変え、名前をつけては名前を変え、微生物にまで細分化している。それどころか原子すら分割している始末だ。あの恐るべき力は、そのなにが間違っているか人類に教えたのではないのか、人類は警告されたのではないのか。マーサ、おまえにはわかるか、なぜ人類の耳に警告は届かなかったんだろうな」

まばらなあごひげの下で、父の顔は真っ赤になっていた。答えなどないことをマーサは知っており、こういうときは首を横にふるのが一番だった。父のこの話は以前にも聞いたことがあったが、聞くたびに感銘を受ける。父は原爆の壊滅的な被害の写真を見せ、こんなことが起こったのは、人類が強迫的に神から遠ざかり、断片化に向かっているせいだと説明した。義なる人とは、他の人々と集まらずにはいられない人だ、と父は言った。かれらは集まってコミュニティを築き、エントロピーに抵抗する行動をとらずにはいられない。なぜなら、正しく生きているかぎり、生命はつねにそう行動するものだから。

「おしっこしたいか」と父は言い、マーサはうなずいた。がたがた道を二時間以上も走ってきたし、足もとでは炭酸飲料の空き瓶が音を立てている。

エノクは砂利敷きの道端に車を寄せて停めた。運転席に父を待たせて、マーサは慎ましくジープから五十歩ほど離れ、木々の陰にちゃんと隠されているのを確かめてから、ジーンズと下着をおろした。しゃがんで排尿を始めると湯気が立ち、かぐわしいと言いたいぐらいのにおいがした。パンを焼いているようなにおい。

最初に気づいたのは、こちらに呼びかけてくる父の大声だった。「マーサ、おまえはいい子だ」その言葉が終わるより早く、彼女は父がどういうつもりなのか理解していた。

彼女は「お父さん！」と叫び、木の向こうを見ようとし、父の目をとらえようとしたが、引っくり返って両手を強く地面についてしまった。

エノクは叫んだ。「おまえは断片じゃない。自分で道を見つけられるだろう」

マーサの見る前で、父はジープを発進させて走り去った。アスファルトの路面にタイヤをきしらせて。

最初、マーサは追いかけようとした。下着とジーンズをなかば引きあげ、おしっこをまだ腿に伝わせたまま、アスファルトの路面に転がるように飛び出して叫んだ。「待って！　行かないで！」

泣くつもりはないのに涙が止まらなかった。ひとり放り出され、だしぬけに刺すような恐怖に襲われ、針金が喉に突き刺さったようだった。なにも持っていない。ナイフも麻紐の玉もない。履いているのはブーツでなくスニーカーだし、着ているのも厚手のジャケットではない。十月の冷え込む日で、もう午後二時過ぎだ。

数分泣きつづけたものの、しまいには泣きやんだ。どういうことなのかわかっている。エノクがよく話していた。陶工が窯《かま》のなかの器を試験するように、人間も試験されなくてはならない。断片化に駆り立てられる者は離れていくだろうが、全体の一部として作られた者はしかるべき場所に至る道を見いだすだろう。彼はそうエノク会員たちに話していた。祈禱会《きとうかい》や勉強会で、そして夜っぴて続く長い説教のなかで。マーサ、これはむずかしいことじゃない。そんなにむずかしいことじゃない。わたしはこの世界の構成要素だ、壊れた断片じゃない。だから家へ帰る道を見つけられるはずだ。

よし。ここまで車で二時間ぐらいだったが、一直線に進んできたわけではない。ぐるっと回ったり、引き返したりしてきた。この道は知らない道だが、太陽が前方にあるから西に進んできたことになる。日暮れまであと四時間半。彼女は太っているが、体力はあるし、ゆっくり走って十四分で一マイル進める。エノクが実行不可能な課題を出すはずはないし、死なせる気でここに置き去りにするはずもない。ここまでの道のりを頭のなかでたどりなおしてみた。東の山々は見覚えがある。あの尾根の配置は知っているし、南のセコイアの林も知っている。これならわかる、間違いない。どちらに行けば帰りつけるかわかる。北の森を通り抜ければいい。距離は長くても二十マイルぐらいだ。夕食どきには帰りつけるだろう。かさかさ音のする落ち葉を踏んで、楽なペースで歩きだした。

七マイルほど歩いたころに、クマが彼女のにおいを嗅いでいるのに気がついた。

マーサはクマのことは知っていた。敷地内では毎年のようにクマを撃って食べ、クマの脂で揚げたジャガイモは、キノコや森、またドングリや麝香《じゃこう》のような味と香りがした。あるときは、小川の対岸で三頭の子グマが遊んでいるのを三時間も見ていたこともある。子グマは取っ組み合いをし、水をはね散らかし、鋭い小さな歯をひらめかしていた。クマが真剣ににおいを嗅いでいるかどうか、彼女は見分けることができた。前方右寄り、たぶん四分の一マイル離れたあたりの尾根で、痩せたツキノワグマが鼻を上げて空気をふんふんやっている。頭をかしげて、クマは彼女のことを考えていた。

エノク会の敷地周辺では、クマは人に手出しはしなかった。エノク会員はクマに餌をやったりしないし、ゴミ容器に蓋をせずに放置したりもしなかった。クマたちはどちらが上かよく知っていて、エノク会のゴミ捨て場よりも川を漁るほうがずっと、おいしい食物を容易にとれると知っていた。しかし、これは十月の痩せたクマだ。おまけに、右の前足をかばっているのがわかった。腹を空かせている。冬眠の時期が近づいているのに、冬を越せるだけの脂肪の層を蓄えられていない。切羽詰まったクマだ。それに、ここはエノク会の緑の一万五千エーカーではない。ここは〈バブル〉の人々が所有する土地だ。このクマがどんな味を覚えているか知れたものではない。

マーサは両手両足を振りまわし、地面の落ち葉を踏みしだいた。世界の栄光についてエノクが作った歌を歌いはじめた。右にも左にもそれずまっすぐに歩いていった。じかにクマに向かっていきはしなかったが、ことさらよけもしなかった。堂々と尾根に向かってまっすぐ歩いていった。クマのわきを通り過ぎてまっすぐに。捕食者どうし、互いに干渉せずにわが道を行くというわけだ。

クマは彼女が歩いていくのを見守っていた。少し考えてから、あとをつけてきはじめた。

まだ暗くはなかったが、太陽ははっきりわかるほど傾いてきていた。マーサは歩きつづけた。緩やかな谷の斜面を下り、反対側を登り、日のよく当たる林間の空き地を抜けて――クマは物陰から物陰を伝い、彼女の歩調に合わせてついてくる。ただ好奇心でついてきているだけだと思いたいところだが、さすがにいまとなっては無理だった。このクマは彼女を獲物として追跡しているのだ。

大事なのは逃げないことだ。逃げてはいけない、攻撃してもいけない。いまはまだ彼女は人間で、まだ空には明るさが残っている。クマは空腹ではあるが、空腹のあまり破れかぶれになるほどではない。まだ家に帰り着ける見込みはある。

森を行くうちに道に出くわした。車が通って地面が削られてできた道。東には木造の小屋が二軒建っていた。たぶん狩猟の季節だけに使われる小屋だろう。いずれにしても明かりはついておらず、人の気配もなかった。マーサはためらった。いますぐあの小屋に逃げ込もうか。窓を割って入り、朝まで隠れていればいい。きっとあのクマはあきらめるだろう。しかしそうすると〈バブル〉の道具を使うことになる。自由のない世界の産物を不公平に利用することになるのだ。だがそうは言っても、彼女もまた生き残るために知恵を使ってよいのではないだろうか。エノクに見られることも気づかれることもない。木の上で一夜を過ごしたと言えばいい。

音はしなかったが、目の端に動きをとらえた。クマだ——いや、でも左からだった——べつのクマだろうか。マーサは急に怖くなった。呼吸が短く荒くなる。頭のなかにあったのは、最後に考えていたこと——つまり木のことだった。あのクマは前足を傷《いた》めているから、木にうまく登れないだろう。周囲の木々に目を走らせた。地面にくっつきそうに枝を垂らしている木があった。飛びあがって枝に取りつき、身体をひねって引きあげ、その枝にまたがった。考えるな、マーサ。ただ動きつづけるんだ。立ちあがり、幹で身体を支え、足がかりを見つけ、もう一段、さらに一段と高い枝に登っていった。地面から五、六メートルの高さまで来た。そこで初めて、先ほどの動きがなんだったのかわかった。

大きなトラックがゆっくり近づいてきている。前部は派手に凹み、運転席側の窓にはひびが入っていた。苦しげなうめき声をあげながら土の道を走ってくる。ライトが眩しくて、あとをつけてきているクマの姿すら見えなくなった。トラックは、彼女の登っている木のほとんど真下に止まった。これならなかの人たちに彼女の姿は見えないだろう。いずれにしても、向こうは自分たちのことで頭がいっぱいだった。

　男と女が降りてきた。男は女より大柄だったが痩せていた。女は背が高く、肩幅が広く、顔の端のほうにはニキビがあって、爪はシルバー、淡黄褐色《フォーン》、ピンク、ゴールド、ピーチに塗られていた。

「ここで？」彼女は言った。

「ほかになにしに来たと思ってんだ」男が言う。

「地べたで？」

「それじゃボンネットの上だ。そんなにお上品とは知らなかったよ」

　女は肩と口を動かし、まぶたをぱちぱちやって、マーサが思うにどうやら「わかった」と言っているようだった。女がトラックのボンネットに前屈みに寄りかかると、男はすぐに彼女のタイツと下着をおろし、女に対してなにかをやりはじめた。それはマーサにとって（その当時は）、かつて見たことも聞いたこともない行為だった。

　車のボンネットの上を、女の完璧な爪が前後に動くのをマーサは見ていた。男は女を苦しめているのか喜ばせているのか、なにかを与えているのか、それとも奪っているのだろうか。判断がつかず、彼女は女の爪を見ていた。ここではそれが最も完璧に近いものだったから。トラックは古くておんぼろだったし、男女は互いになんの喜びも感じているようではなかったし、着ている服は安っぽくて汚れていた。しかし、女の爪はひとつひとつが夕陽の細密画のように彩られていた。ゴールドとシルバーと赤褐色《オーバーン》と朽葉色、それぞれがひとつひとつの世界として独立していて、創造の六日目にエデンの園を照らした太陽のように輝いていた。

ことが終わると（大して時間はかからなかった）、男がトランクを引っ掻きまわしてライターを探している横で、女は満足げに自分の爪を眺めていた。色のかけらをうっとりと眺め、ひとつひとつの爪を順番に見ていき、最初の爪とふたつめ、ふたつめと四つめとを見比べている。それを見てマーサは思った――そうか、そうよね。そうよ、わかるわ。破片、断片。あの人たちが持っているのは断片なんだ。完全なものはなにひとつなくても、あの小さな色のかけらだけでじゅうぶんなんだ。マーサは思った――エノク、あなたは教えてくれなかったけど、壊れた世界では断片がじゅうぶんな慰めになることもあるんだ。

その男女に助けを求めようかとも考えた。木から降りてこう言うのだ。「森のなかで道に迷ってしまったんです。エノク会の敷地から来たんですけど、送っていってもらえませんか」しかしそのとき、このトラックで〈バブル〉の人に送られて戻ってきたら、父はなんと言うだろうかと考え、そうしたら声が出てこなくなった。黙って木の上に座っているうちに、ふたりは煙草を吸い、トラックに乗って走り去った。彼女は遠ざかるトラックを見送っていた。トラックが見えなくなると、気がつけばもう夕方だった。彼女はあいかわらず木の上で、腹を空かせたクマが周囲をうろついている。

クマは森の暗闇に、マーサは樹上の暗闇にいる。手元には照明も武器もない。空のふちに消えていくかすかな光で、クマが近づいてくるのが見えた。もし眠り込んでしまったら、転げ落ちてクマにつかまり、食われてしまうだろう。クマにとっては何日分もの狩りに匹敵するご馳走だ。暗くなればなるほど、クマのほうが目が利くようになる。いま手元にあるものを使うのよ、マーサ。よく見て。

彼女はエノクから、黙って観察するスキルを教え込まれていた。

「このスキルはテレビのせいで台無しにされているんだよ、マーサ」彼は言った。「すっかりだめにされてるんだ。人間は観察するようにできていたんだよ。人間はこの世の神の本を読むことができるが、そのためには黙ってじっとしているすべを学ばなくてはならない。テレビではなんでも、早すぎるし多すぎるしわかりやすすぎる。人間は、消えかけた焚き火の熾《おき》を何時間も見つめて過ごしたり、動物を観察したりするように作られたんだ。あるいは、山腹を流れ落ちる水の様子を眺めて、一日の作業で川筋を変える方法を理解したりな。急《せ》いてはいけない。心を静めるんだ」

向かいの木の影にいるクマにマーサは心を開いた。お腹を空かせたクマ、痩せたクマ、足を引きずったクマ、切羽詰まって怯えている。おまえはどうして、この季節にちゃんと食べてこなかったの？最初のうち見えたのは恐怖だけだった。彼女の恐怖、そしてクマの恐怖。頭のなかを駆け巡る思考を静まらせた。マーサ、なにが見える？

クマは森のとば口に四本足で立っていた。一、二歩前に進んでは後ずさる。空気のにおいを嗅ぐ。彼女がまだいると確認して安心している。ちょっと尻をおろした。何度も頭を傾け、顎を突き出している。もっとよく観察した。まだ若い。せいぜい三、四歳だ。人間のことをまだよく知らないが、彼女がひとりきりなのはわかっている。クマは木の幹に頭をこすりつけている。クマのああいう仕草は見たことがない。顎の片側をしきりにこすりつけている。猫のようだ。なにをしているのだろう。あんなふうに斜めに頭を傾けて。彼女は暗がりに目を細めた。いまが転換点だ。もうすぐクマのほうがマーサより目が利くようになる。

一心に観察していたおかげで、クマがあくびをしたときそれに気がついた。そのあくびは最初はゆっくり始まったが、終わりかたは急だった。うがいのような音を立て、舌を突き出し、開いた顎をすばやく閉じた。しかし、マーサが口の中を見られないほどすばやくはなかった。

クマの歯は黒く腐っていた。顎はひどい感染症にかかっていて、骨がいまにも折れるのではないかとマーサは思った。あれではどんなに食べたくても食べられない。空腹で胃袋がきりきりと痛んでいるにちがいない。大きな前足のひと振りで彼女を殺すことはできるだろうが、肉を嚙みちぎることはできない。それがなによりも彼女を発奮させた。彼女が死んでも、このクマは飢えたままなのだ。ここでは大きな全体に入ることはできない。彼女が死んでも栄養にならない。このとき、もうひとつのことに気がついた——自然界にも「断片」はある。合わない部分、きちんと嵌まって完璧な全体の一部となることのできない部分が。ここにはそのような完璧は存在しないのだ。

やがてこの薄闇のなか、ついにその時が来た。

マーサは頭上にある折れかけた頑丈な枝を選び、体重をかけて折った。バランスをとるために片腕を幹に巻きつけ、もういっぽうの手で持ちあげると完全に折れた。これで棍棒が手に入った。飢えたクマはこちらを興味津々で見つめている。肉が食いたくてたまらないのだろう。彼女は陣取っていた枝からゆっくりと降りはじめた。一本下の枝に、二本下の枝に。いまなら彼女に手が届く。クマはまわれ右をするかに見えた。最初の危険の兆候だ。左に歩いていく。こちらから見えない、分厚い茂みの陰に。落ち着くのよ、マーリ。怖気づいちゃだめ。両手で棍棒を握った。クマは見えない位置から攻撃しようとするだろう。彼女は待った。呼吸の数をかぞえる。

クマは現われた。右側から現われて、四本の足で地面を蹴り、頭を下げ、あっという間に迫ってくる。来たと気づいたときには、すでに襲いかかる寸前だった。マーサはクマの目と鼻先だけに意識を集中し、鉤爪や巨体のことは考えまいとした。棍棒を握りしめ、巨体が覆いかぶさってくるのと同時に、その棒を思いきり振ってクマの顎にしたたかに叩きつけた。

音を聞いてすぐわかった。腐った顎が折れたのだ。ぐしゃりという手応え、クマの咆哮《ほうこう》。クマは後ろによろけて倒れ、それで痛みが和らぐかのように柔らかい地面に鼻先を突っ込んだ。泣き叫んでいる。

マーサはまた木の枝を二本三本とよじ登り、そこで様子見にかかった。逆上したクマが、復讐のためにふたたび襲ってくるかもしれない。クマは湿った地面に横たわっていたが、おそらく十五分ほどしてから、頭を深く垂れ、骨と皮の身体を引きずるようにして西に向かい、道を遠ざかっていった。マーサはそれを見送った。クマは身震いし、苦痛に毛が逆立っていた。小道に動くものが見えなくなるまで彼女は待った。

その夜は狩猟小屋で過ごしたが、エノクの霊の前で面目を失ってはいけないので、ベッドではなく土間で身体を丸めた。この森のどこかで、あのクマもやはり地面に横たわって最期を待っているのだろうか、と思った。

翌日帰ってきたマーサを、エノクはまるで当たり前のような顔で迎えた。肩に腕をまわして彼は言った。

「おまえならやれるとわかってた。簡単だっただろう?」

彼女がクマの話をすると、年下の子供たちは恐れ入っていた。

ザカリアは言った。「ぼくが大人になったら、一頭のクマと闘ってみせるもん」

二日後、彼女はライフルを持ってジープで出かけた。あのクマを見つけて、悲惨な日々をひと思いに終わらせてやろうと思ったのだ。しかし、森の神秘に隠されてクマは姿を消していた。

あのころのマーサは自分が誇らしかった。自分の体験が仲間たちの発奮材料となり、信仰の導きとなり、エノクの教えの正しさを示すことができたと思ったのだ。

彼女はあの男女のことは話さなかったし、ふたりがトラックのボンネットでしていたことについても語らなかった。しかし後年、あのクマのことを思い出すたびに、夕陽の爪のこと、完璧な色彩の断片のことも思い出した。エノクには言わなかったが、あの小さな断片によって、自分はある種の驚異と美を知ったのだと思った。あのときかいま見たなにかをまだ消化しきれていないのはわかっていたから、彼女は大きな啓示が訪れるのを待っていた。そんな啓示が訪れれば、自分自身の教えをこの世界にもたらすことができるのではないだろうか。

4. 独りでやっていくことの耐えがたい不可能性

サンフランシスコのダウンタウンのある通り。湾に面して建つ家々は目を閉じて眠っている。足先の黒い赤いキツネが道路を横切り、自然派食料品店のシャッターがおりているのを見てまわれ右をし、キツネなりの用事を済ませに去っていった。二階の窓に明かりが灯った。明朝は霧が出るだろう。明朝は霧が出ると決まっているのだ。マーサ・アインコーンの車は午前一時四十八分、とある手段で突き止めた住所に到着した。

車で橋を渡りながら十六回も電話をかけたが、ArturoMegadogが出ることはなかった。もし彼女が間違っていて、あの手法が通用しなかったとすれば、どこかの家族を叩き起こすことになるかもしれないし、へたをすれば銃で撃たれる可能性もないとは言えない。とはいえ、彼女は自分が間違っているとは思わなかった。

ドアベルを三回鳴らしながら、ふらふらになった男が恥ずかしそうに出てきてくれるのを願っていた。あっという間にここに着いてしまった。あまりの速さに自分で驚いた。ふだんの彼女は、時間をかけて綿密に計画を練るほうなのだ。それにここに来ているということは、いままでなんとなく気づかないふりをしていたけれど、彼女はArturoMegadogのことがとても好きだったのかもしれない。この二、三年間に、あのフォーラムで最もよく話した相手、それが彼だった。互いの個人的なことはほとんど知らなかったが、互いの考えかたはよくわかっていた。彼がレンク・スケトリッシュを嫌っているのは知っていたが、その理由は知らなかった。プライベートにやり取りをするときは、彼の辛辣な文章を読んでいささかわくわくしたものだ。

ドアベルに応える者はない。しかたがない。

家の側面に明かりのついた窓が見えた。そちらの通用門を押しあける。本来なら救急車を呼ぶほうがいいし、警察に通報するほうがいい。しかし、彼女はこの家がそうだと確実に知っているわけではなく、たぶん間違いないと思った理由を言えば、たちまち質問攻めにされるだけだろう。

家の裏手にまわってみると、どうやら銃で撃たれる恐れはなさそうだった。窓からなかを透かし見て、エノクから教えられたとおりに観察した。辛抱強く観察すれば、すべておのずから明らかになるものだ。部屋は散らかっていた。これは予想外だった。ArturoMegadogの隙のないメッセージ、細心の注意を払ったインターネット・セキュリティからは想像もつかない。黒っぽい木製の家具。至るところに本や書類が散乱している。高価なコーヒーメーカーのまわりには、からのマグカップが無雑作に放置されている。ぼろぼろのオックスブラッドレザー（暗赤色の本革）のソファ。マントルピースにはどっしりした銀色の飛行機の模型が並んでいる。ソファには男が横たわっていた。なんとなく見憶えがあるが、はっきりだれとはわからない。腹が出ていてあごひげを生やしていた。なんだか安らかな顔をしていて、いま眠り込んだばかりのように見えた。ArturoMegadog の人物像を想像してみろと言われていたら、身長二メートル、ノルウェー系の建築家タイプ、縁なし眼鏡をかけていると彼女は答えていただろう。なぜ人は内面と外面が一致していると想像するのだろう。どうしてそんなふうに想像せずにはいられないのだろうか。

　指関節でガラスを強く叩いてみた。これで目を覚まさなかったら非常手段に訴えるしかない。しかし、彫刻が施されたチーク材のコーヒーテーブルには、からになった薬瓶がきちんと並べてある。まるで順序よくひとつずつ服《の》んでいったかのように。

　試しに裏口のドアの把手をまわしてみた。もし開かなかったら警察に電話しよう――そうだ、そのときはもうそうするしかない。湾を散歩していたら音が聞こえたとでも言おう。しかし、握った把手は軽く動いた。そうか、それならそれでいい。こんなとき、ふつうの人はどうするだろう。呼吸が速くなり、あまりに多くのイメージが一度に脳に殺到してくる。サバイバル講習、応急処置講習、そして父の言葉――救急車を呼んだら、追跡装置が体内に注入される。そうやってやつらは人に〈バブル〉のしるしをつけるんだぞ、マーサ。頭のなかがごちゃごちゃしすぎてどうしていいかわからない。まず呼吸をチェックしよう。

ArturoMegadogに顔を近づけた。まだ息をしている。喘鳴のような不健康な呼吸音。あまり間隔があいたので完全に止まったかと思ったが、そのとき彼はまた息を吸った。すぐそばで嗅ぐと、不快な化学物質のにおいがした。服んだ薬のなにかが汗に混じって排出されているのだ。拳で彼の胸骨を上下にこすってみたが、なんの効果もない。呼吸がどんどん浅くなっていく。

口をこじあけると、顎はゆるんでいて抵抗なく開いた。あまり深く考えず、人さし指と中指を口中に突っ込み、喉の奥まで押し込んだ。身体は痙攣したが、吐かせることはできなかった。口のなかはねばねばしていて、息はいやなにおいがした。今度は指をまっすぐ突き立てるようにして、また喉に押し込む。喉の奥に突きを入れつつ、指を小刻みに動かした。

するとすべてが吐き出されてきた。四回の急激な噴出はまるで射精のよう、あるいは粘液と血液にまみれて子宮口から滑り出てくる赤ん坊のようだ。どろどろに溶けかけて虫酸の走るピンクや黄色のカプセル、泡立つ液体、ビールと胃酸の川のなかで、食べかけのピザと錠剤がまだ原形をとどめている。マーサが手を引き抜くと、男は書斎の分厚い濃色のラグに死神を吐き出した。彼が深く呼吸するのを十三回数えたところで、みごとに絵柄のそろったスロットマシンのように、口から勢いよく吐物が噴き出した。

男はぼんやりした目で彼女を見あげた。ああ、この顔。赤らんだ頬、口角に走る悲しげなしわ。一千回も見た顔だ。いまでは彼がだれなのかわかっていたし、彼女がだれなのか隠すことができないのもわかっていた。

「くそ」彼は言った。「なんてことだ」

彼女は、バスルームからタオルを数枚とコップ一杯の水を持ってきた。彼はもうろうとしてはいるものの、意識はあった。

「救急車を呼びましょうか」と尋ねると、彼は水を飲みながら首をふった。

「わたしがこんなことをしたと知られたら、保険が滅茶苦茶になる。わたしは精神病院に入院させられて、保険会社が喜ぶだけだ」彼女の顔に目の焦点を合わせようとする。「きみはだれだ？　会った憶えがある。だれだったかな」

「わたしはOneCornよ」

「いや、会ったことがある。あれはたしか……パーティだった。きみは……マーサ・アインコーンだ。くそ、そうか――それでOneCornか。ちくしょう」彼の目の奥で脳みそがフル回転している。けっこう、これなら意識を失うことはないだろう。

「出ていけ」と彼は言ったが、しゃがれたささやき声にしかならなかった。「この家から出ていけ」

「いやよ」マーサは言い、コーヒーを淹れてきて差し出した。

そのマグを見る彼の目ときたら、彼女が小便でも入れてきたと思っているかのようだった。

「なにがソドム最後の善人だ」吐き捨てるようにささやく。

「さっさとコーヒーを飲みなさい」彼女は言った。「それと、ほかのタオルはどこにあるの。あなたの吐いたやつをきれいにしないと」

彼は廊下の向こうを指さした。「洗濯室だ。右側の一番奥のドア。ガーデンルームの手前。きみに掃除なんかしてもらいたくない」

「わたしはあなたについてるつもりだけど、吐物のにおいは好きじゃないの。わかるでしょ」

「ついててくれなくていい」

彼女は言った。「あなたがだれだか知ってるわ」

「ふうん」

「アルバート・ダブロウスキーでしょ」

アルバート・ダブロウスキー、〈メドラー〉を追われた創設者はマーサをじっと見つめた。身体は震え、右目にみょうな症状が出ていた——ひとりでにまぶたが垂れてくるのだ。

コーヒーを飲みながら、悪意のこもる目でこちらを見ている。彼女は吐物を拭きとり、タオルを洗濯機に放り込んだ。アルバートはそのさまを見つめている。しばらくして身じろぎし、ソファを降りて床に両手と両膝をつこうとしたが、彼女はそれを見て「だめよ」と言った。するとは彼はソファに戻った。

夜の縁がしだいに明るくなってきた。

「また朝が来やがるのか」アルバートは言ったが、聞きとれないほど低い声だったので、こちらに聞かせるつもりだったのかどうかマーサには判断がつかなかった。

「フォーラムにメッセージを送らないと」彼女は言った。「まだあなたを探してると思うから」

彼は自分のシンスクリーンを差し出してきた。そこには、ロトとソドムについてふたりがネットで交わした長い会話が表示されていた。

「これはきみか」彼は言った。

「ええ」

「ちくしょう」アルバート・ダブロウスキーは言った。「わたしはきみを擁護してしまった！　みんなにきみの話を聞けと言ってやった。きみの味方をしてしまった」

「わたしはいまもその人物なんだけど」

「きみはレンク・スケトリッシュの部下じゃないか。わたしはきみがどういう人間なのか知らん」

5. 鋭い破裂音

マーサ・アインコーンがレンク・スケトリッシュに出会ったのは二十年前、信用危機の末期に山間で催されたパーティでのことだった。

花柄のドレスを失い、人生をやり直して教育を受けてから十年、その大半を彼女はテクノロジー企業の管理者として働いていた。たいていの人には理解できない未来のビジョンを持つカリスマ的リーダー、という存在に慣れていたし、そんな人物を中心とする環境で緊張を強いられて生きるのにも慣れていた。混沌のさなかにもうろたえず、やるべきことをやる訓練を受けていた。要するにテクノロジー系ベンチャー企業にぴったりの人材で、そんなわけでこの手のパーティにしょっちゅう出席していたのだ。

彼女は当時、〈ガーデングロウ〉という新興企業《スタートアップ》に勤めていたが、このパーティに彼女を連れてきたのは、その企業に投資していたベンチャーキャピタリストのひとりだった。〈ガーデングロウ〉は倒産しかけていた。バーンレート（利益が出る前に資本を消費する速さ）は高すぎ、契約件数は低すぎる――たいていのスタートアップはこうやって消えていくものだ。しかし、ベンチャーキャピタリストのディーンはマーサに目をかけ、だめ会社の唯一の掘り出し物だと褒めた。そんなわけで「創業者や興味深い人たち」がおおぜい集まるパーティに連れていってくれたのだ。これはつまり、起業家に紹介してもらい、次のポストを見つけるチャンスだと彼女は理解した。探して見つけて手に入れろ、ということだ。

怒鳴り声が聞こえて、マーサはキッチンに近づいていった。エノク会員として育つとこうなる――もめごとに向かって駆けつけがち。状況を理解するのに数秒かかった。パーティの主催者がケータリング業者を怒鳴りつけている。業者は弁解しようとしているが、聞き入れられずにいるようだ。そしてキッチンの隅、長身を緊張させ、カウンターに半ば寄りかかっていたのが、レンク・スケトリッシュだった。どう見てもパーティを楽しめる類の人間には見えなかった。

レンクが言いあいを見守るさまは、まるで振動する音叉のようだった。

主催者は怒鳴った。「こんなばかな話があるか。世界じゅう触れまわってやる。どうなるか見ているがいい」

カウンターに置かれた箱の隅から血が流れ出て、細い川のようにカウンターの側面を伝い落ちている。ねずみ穴を見張る猫のように、レンクはその曲がりくねる赤い川を観察していた。

レンク・スケトリッシュの顔は見ればわかる。マーサは毎日IT業界のニュースに目を通しているし、〈ファンテイル〉は大企業だ。初の大規模資金調達ラウンドで、三億ドルを超す巨額の資金を獲得している。しかし取締役会は彼を放り出そうとしていた。レンクは長身痩軀《そうく》の二十八歳、かっとなりやすい性格で、いつ爆発するかわからなかった。レンク・スケトリッシュが自分の会社を掌握しつづけられるか、だれもが興味津々で注目していたのだ。

レンクは箱から目を離さない。伝い落ちる血はもう少しで床まで届きそうだ。

主催者が怒鳴っている。「いったいなにを考えてるんだ。バーベキュー用に解体済の肉と言ったじゃないか！　アウトドアライフがテーマなんだ！　ニューイングランドの狩猟シーズンの屋外バーベキュー、あとは焼くだけという話だっただろうが」

なぜだれも箱のなかを見ようとしないのだろう。

マーサは蓋をあけた。

二十四匹のウサギの死骸。箱の幅いっぱいに伸ばされて並んでいる。どれも無傷だ。ひげと毛皮、足と爪、血に縁取られたガラス玉のような黒い目。きちんと詰められて集合墓地さながらだ。

パーティの主催者は「これをどうしろって言うんだ、だれがさばいてくれるんだ」と言った。

業者は言った。「衛生許可証には――」

上等なウサギで、まだ完全に冷えきってすらいない。だれかが今日の午後、森で五十匹ほど仕留めて、とくにいいのを選んでこのパーティ会場に送ってきたのだろう。

マーサは言った。「わたしがさばきましょうか」

主催者は言った。「だれですか、あなたは」

自己紹介しながら、マーサは目の隅にレンク・スケトリッシュをとらえていた。彼のほうもマーサに対して同じことをしている。彼にはどこか人を惹きつけて離さないところがあった。彼女は思った――こういう人のことは知ってる。この感じには覚えがある。

マーサは包丁立てから一本抜くと、最初のウサギを分厚い布巾でくるみ、皮膚に包丁を入れて刃先で首の骨を探し当てた。刃を脊椎《せきつい》骨に食い込ませる。包丁の峰に全体重を乗せる。鋭い破裂音とともに、首が胴体から離れた。

「吐きそう」と言う女性の声がした。「ほんとなの、ほんとに戻しそう」

マーサは言った。「上を向いて、大きく息を吸ってみて」

それから四本の足を手早く切り落とした。一本、二本、三本、四本。ばき、ぼきと包丁が骨を切断する。ばき、ぐしゃ。

部屋はしんと静まりかえっていた。

「ウサギにはあんまりご利益がなかったんだな（ウサギの手は幸運のお守りとされる）」とだれかがジョークを言ったが、それに応えて笑う者はいなかった。

マーサは慎重に、しかし手早く腹を開き、内臓を取り出した。父ならシチューにしていただろう。一部でも捨てたら、それは動物に対する侮辱だと父は言っていた。主催者はウサギの心臓を持って帰らせてくれるだろうか。そう頼んだらどんな顔をするだろう。そのせつな、森で暮らしていたころに戻ったような気がした。罠を見てまわり、獲物の背骨を折って、湯気の立つ内臓を犬たちに投げ与えていたものだ。エノクのそばを離れたことなどなかったような、あれからの人生はすべて夢だったような気がした。

最初の一匹をさばき終えると、ひとしきり拍手が起こった。いまそれは肉屋で見るような形に整えられている。泥と血と無秩序と死から成る現実の世界ではなく、幻想のプラスティックの世界の産物だ。人々は感心していたが、いささか嫌悪感を催しているのも伝わってくる。ただレンク・スケトリッシュは例外で、弾かれた弦のように活気づいていた。彼女はふと思った――いまウサギの心臓を投げてやったら、彼はそれを口でとらえるだろう。そして今後はずっと、彼女の忠実な猟犬になるにちがいない。

だれかがなにか言おうとして口を開いた。「どこでそんなことを覚えたの」と訊くつもりなのはわかっていたが、レンク・スケトリッシュはかれらにそんな暇を与えなかった。彼は言った。「ぼくにもできるかな」

主催者はふたりを庭に出させた。真冬のことで、この谷間ではこれ以上ないほど寒かった。レンクは最初の一匹に挑戦したとき腸を切ってしまい、雲のように白いふたりの息のなかに強烈な糞便のにおいが立ちのぼった。「しまった」と毒づいた拍子に、レンクは包丁を滑らせ、左手人さし指の先を危うく切り落としそうになった。ふたりはその傷をいっしょに洗った――母が子にするように、新しい恋人のように。彼女は彼の手をしっかり支え、包丁を安定して動かす方法を教えた。押し込んでは動かしつづける――何度も何度も。

レンクについて読んだことによれば、未開の地での生存技術に興味を持っているという話だった。これには笑ってしまった。そうそう、金持ちは貧乏人のふりをしたがるものだ。というか、いざとなったら貧乏人のように生きることもできると考えて安心したがるのだ。

レンク・スケトリッシュは貧乏だったことはない。中流の上の家庭で何不自由なく育ち、父親は通信会社の重役、母親は皮膚科医だった。幼少期に特別なトラウマなどもない。ジャーナリストがほじくりまわしたものの、せいぜい父の要求水準がかなり高かったとか、母に赤のサインペンで宿題を採点されていたとか、それぐらいしか見つけられなかった。家は高級住宅街にあり、地元の高校に通ったが、学校ではとくべつ人気者でも嫌われ者でもなかった。プログラミングの才能はあったが、他人に使われるのにはまったく向いていなかったし、個人的に興味があり好きだと思うこと以外にはまるで才能がなかった。ラケットボールをよくやっていて、がむしゃらに勝とうとした。ソーシャルメディアには、動画と音声と画像のリミキシングを重視した効率的なプラットフォームの食い込む余地があると気づき、ここでもがむしゃらに勝とうとした。起業のために両親から五万ドル借り、そのさいに、これ以上は出さないから大切に使えと釘を刺された。尋ねられれば、会社を興すのは父とラケットボールをするようなものだったと彼は答える。強く速くプレイし、手心を求めることも加えることもなかったと。

彼はわたしと寝ようとするだろう、とマーサは思った。できるだけ早く、その芽は摘んでおかなくてはならない。とはいえ以前から、相手を傷つけずにうまくそういう誘いは断わってきた。彼が不器用にウサギの毛皮を包丁で切り裂くのを見ていると、愛しさを感じると同時に、あきらめることを知らない彼のがむしゃらさも感じた。それはエノクを愛しいと感じたときと同じで、そう感じることじたいひとつの能力だと彼女は知っていた。エノクを知っていたのと同じように、彼女はレンク・スケトリッシュのこともすでに知っていた。いらいらしてかっとなりやすく、ある面では並外れて賢いのに、ある面では並外れて愚かで、ばかを我慢するのは得意ではないが、自分自身がばかになっていても気がつかない。そんなレンク・スケトリッシュをどうしたら愛しいと思えるのか、理解できる人は多くなかった。

ウサギをさばきながら彼は言った。「ガールスカウトのキャンプで習ったの？」

「世界の終わりに備える原理主義者として育ったんです」

すると彼は言った。「へえ、かっこいいね。めちゃめちゃかっこいいじゃない」

その後、いまなにをしているのかと尋ねられて彼女が答えると、彼の顔にじわりと笑みが浮かび、やがて抑えても抑えきれないというように吹き出した。

マーサは思った——ええ、あなたのことは知ってるわ。それに、これからどうなるかもわかってる。そして答えはイエスよ。

何か月も前から、彼は〈ファンテイル〉の取締役会にあることを求められていた。しかし、つねにノーと言いつづけていた。いったい何さまのつもりだ、おれにお守《も》りが必要だというのか。そんなものは必要ない、おれが〈ファンテイル〉なんだ。取締役会の求めを彼はこのように突っぱね、それが徐々に、しかし容赦なく彼を追い詰めていた。援助の申し出を侮辱と見なしていては、どんなにいいアイディアを持っていても成長には限界がある。つい先ごろ、〈メドラー〉の創設者アルバート・ダブロウスキーが追い出され、エレン・バイウォーターが後釜にすわったばかりだ。これが昨今の論理なのだ——会社を作った人間が、スピードが上がってきてからも巧みに操縦してコーナーを曲がれるとはとても期待できない。だから口に札束を詰め込んで、出口へ案内するしかない。

そんなわけで取締役会は驚いた。彼がその翌日、アシスタント候補者の短いリストを作るよう求めたからだ。以前、スタートアップ企業でこの手の職についていた人物がいい。候補者を探す場所として、具体的な名前は出さずに、マーサ・アインコーンが働いている会社を挙げた。ガーデニングのスタートアップ企業とか、そういう会社だと。リストが作成され、マーサ・アインコーンもそのなかに入っていた。というわけでマーサ・アインコーンは面接にやって来た。何日も経って時満ちて、マーサ・アインコーンは採用され、レンク・スケトリッシュの個人管理者、会社秘書、後見人、使節、縄張りの監視者、導き手、有給の同伴者、相談役、そして友人になった。

初出勤の朝、彼は言った。「ああそう言えば、どういう宗教原理主義？」

彼の目をまっすぐに見て彼女は言った。「エノク会です」

6. 彼はじかに人を殺したことはない

サンフランシスコでは午前四時九分、〈ＮＴＤ〉の「戦略」板は大騒ぎになっていた。東海岸では、目を覚ましてArturoMegadogを見つけ出そうと躍起になる人がどんどん増えている。黙っているわけにはいかない。

見つけました、運がよかった、と彼女は投稿した。車を走らせているうちに見憶えのある風景に気がついた、以前彼の自宅から撮った風景写真を見せてもらったことがあるので。彼は無事で、みんなに感謝すると言っている。いまは救急隊員に付き添われてるけど、服《の》んだ薬はもうほとんど吐いてしまったようだ。

掲示板の参加者は喜び安堵したが、ただ三人のひねくれ者だけは、おかげで夜眠れなかったと文句を言い、車を走らせているときも彼女は逐次情報を伝えるべきだったし、写真のことも最初から伝えるべきだと不平を鳴らした。その後は、おまえらみたいなのが社会を崩壊させるんだとひねくれ者たちが非難され、そこからしばらく「悪いのはそっちだ」式の非難の応酬がえんえん続いたが、ついに時間となってArturoMegadogのオリジナルの投稿が自動的に消去された。ここに来て、もともとの原因を知っている人が減れば減るほど、議論は収まるどころか、むしろどんどんエスカレートしていった。

アルバートはコーヒーを少しずつ飲み、わずかに顔をしかめている。マーサは最後に彼を見かけたときのことを思い出そうとした。慈善団体の資金集めパーティの席だったたか、あのときは酔っていたような。やがて彼がゲイだったのを思い出し、彼のパートナーはこの手のイベントにまったく顔を出さず、それ関連のメディアにもいっさい関わりたがらないという話も思い出した。

ふいにアルバートが口を開いた。「ぼくはきみに写真なんか送ったことはない。どうやってこの家を見つけたんだ」

彼女はしばしば口ごもった。床を見、天井を見、ずらりと並ぶ本を見ながら、ほんとうのことを言うべきか迷っていた。

「〈ファンテイル〉で……」彼女は言った。「本名はわからなくてもできるんですよ、高レベルのアクセス権を持っていれば。広告フィルターでね、あなたはあのブランドのキムチが好きで、サンフランシスコの海の近くに住んでいて、子供を作ろうと計画していて、結婚相手の男性は自動車会社に勤めていて、その会社を〈ファンテイル〉が買収してる。これで絞れたわ。それから……あなたは〈グリーントランク〉と〈トグバズ〉で買い物してるって言ってたでしょう、いまはうちの会社が両方とも所有してるんです。それで住所がわかった。だけど登録名はアルバート・ダブロウスキーじゃなかった。マイク・マッコールでした」

それを聞いてアルバートは腹を抱えて笑った。笑いすぎてしまいには咳き込んだほどだ。

「思ったとおりだ」しまいに言った。「レンクがそういう汚いことをやってるのはわかってたんだ。データを片っ端から集めて、使用しないと口では言うが、いったん手に入れてしまったら……そういうことをやらないわけがない」

アルバートは震える手で耳を掻いた。

「ぼくの夫の名前はマイクだ。この家は彼の名義でね。ぼくが〈メドラー〉を思いつく以前からのつきあいだった。あのころのぼくは二十歳で、ばかみたいに思いあがってて、とんでもない頭でっかちだったんだがね。ぼくに見どころがあると最初に言ってくれたのは彼だった。会社の同僚には、ぼくがだれなのか、彼はひとことも言ってなかった。特別扱いされたくなかったんだ。だから特別扱いされなかったってわけだ」

「レンクが知ってたら、彼の年金には手をつけなかったでしょうに」マーサは言ったが、あからさまに憐れむような目で見られて恥ずかしくなった。

「悪いが、もう帰ってくれないか」アルバートは言った。「ぼくはきみがここへ来たことを忘れるから、きみはぼくに会ったことを忘れてくれ。きみはぼくの生命を助けてくれた。ぼくはきみに生命を救われて、あとはだれかに援助を頼み、きみとレンクと〈ファンテイル〉の広告フィルターは台帳に一点プラスだ、それでいいだろう。〈ネーム・ザ・デイ〉に投稿したりしないから」

「わたしが帰ったら、代わりに来てもらえる人はいるんですか。ここでなにがあったのか話せる人います？　ほんとのことを言ってください」

廊下の先のクローゼットで洗濯機がうなっている。

「妹がナパにいる」アルバートは言った。

「それで……？」

アルバートのなかでなにかが目を覚ました。かつて語った物語を、ふだんの人となりの一端を語りたくなったのだ。

「まあ、妹は超一級の性悪女でね。イエスはどんな人間でも愛してるって言い訳さえあいつには使えない。教会には通ってるが、いわゆる教会じゃない。司祭は三十二歳のいかしたサックス吹きだそうだ。そのくせ、他人《ひと》がなにをしてもやりかたが間違ってると決めつける。『他人が』じゃないな。『ぼくが』だな」

「それじゃ……妹さんに電話するつもりはないんですね」

「このところ、妹にとってぼくは頭の痛い問題だった。だって、夫に死なれたんだから――これじゃ、どっちがつらいオリンピックで妹に勝ち目はない。しかしこれは……悲しむのが間違ってるとは言わないだろうが、そのために大量の錠剤をバーボンのボトルで流し込むのは、明らかに間違ってるとは言うだろうな」

「妹さんが嫌いなんですね」マーサは言った。「二度と会う気はなくて、話をする気もないと。それじゃ、妹さんがいらっしゃることになんの意味があるんですか」

アルバートはこちらに目を向けた。「なるほど。たしかにきみは OneCorn だよ」

「ひとつ訊きたいんだが」彼は言った。「きみは赤の他人の家にやってきて、そいつの生命を救った。きみがほんとうはどんな人物なのか、その事実が物語っているはずだ。そんなきみが、どうしてレンク・スケトリッシュの下で働いていているんだ」

「彼は世界一の悪党ってわけじゃないし」

アルバートはこちらを見て、ゆっくり片方の眉をあげた。それはまさに、彼女の知っているArturoMegadogだった。これはしかたのないことだ。オンラインで演じていた人間の一部がここで顔をのぞかせている。

「武器を製造してもいないし、麻薬のディーラーでもないし、ギャングでもない。人を殺したこともないわ」

「ほほう、そうかな」とアルバートに言われて、彼女は年金と彼の夫のことを思い出した。

「いえその、ごめんなさい。わたしが言いたいのは、じかに人を殺したことはないってことです。もっと悪い人はいくらでもいるわ」

「納得しかねるな」

「でも人と人を結びつけているのはほんとうだわ。人は〈ファンテイル〉で出会って話をしてるでしょう」

「やれやれ、勘弁してくれよ」

「わたしになんと言ってほしいんですか」

「ぼくはネット上のきみが好きだった」アルバートは言った。

「わたしはいまもあなたのことが好きです」とマーサ。

「ぼくがネットで知りあった人物は、この世界のために正しいことをしたいという情熱を持っていた。ユーモアがあって辛辣で、聖書にくわしくて、だからぼくは……その、子供の貧困と闘うNGOかなにかで働いてるんだろうと想像してたんだ。きみの話しかたで。そう、それだ。きみの話しかただ。

まさか、レンク・スケトリッシュの片棒を担いで、人の正気を乱開発して金儲けをしてるとは思いもしなかったよ」

　マーサはそれに答えようと口を開きかけたが、アルバートの話はまだ終わっていなかった。

「だって、彼のやっているのはそういうことだときみは知ってるじゃないか。きみがあの掲示板の別のだれかだったら、まあしょうがない、彼女は個人的なレベルではわかってるけど、社会的なレベルでは理解してないんだと思っただろう。だけどきみは知ってる。彼は意図的に人を怒らせ、いらいらさせて、人がクリックするのをやめられないようにしてる。自分のものでないデータを集めて、それを『海底基地』だったか、そういうクソの役にも立たないことの資金源にしようとしてる。ぼくは〈メドラー〉から放り出されたことで毎日自分を責めてる。これが正しいやりかただっていう模範になる会社にしたくて、それで無理をしすぎてマネーに嫌われてしまった。それでぼくの壮大な理想もおしまいってわけだ。マーサ・アインコーン、人生は一度きりなんだ、ぼくにはとうぜんわかっている――いまこうして生きてるのは延長戦みたいなもんだから、ぼくはなんでも好きなことを言っていいと思う。きみの人生は一度きりだ、そしてきみは賢いし、洞察力も気力も勇気もある。なのにそれをみんな、レンク・スケトリッシュなんかのために使ってるっていうのか」

7. ほのかなリンゴの香り

マーサにも、レンクと彼の会社がやっていることを支持していた時期があった。〈ファンテイル〉は出会いの場だと言われていた――「友だちが友だちに出会うコミュニティ」というスローガンは、彼女が入社した最初の年にお蔵入りになってしまったが。しかしマーサが理解しているとおり、かれらの売っている製品は、この世界をより小さく、より完璧に磨かれた断片に分割するものだ。〈ファンテイル〉は断片を売っているのだ。

あの最初のころ、それを思うとわくわくした。断片は忌まわしいものだと彼女はエノクに教えられていた。慰めをもたらすものだと彼女が思うようになってきた断片は、エノクに禁じられた世界の強烈で重要な一部だった。彼女はそれを愛した。彼女はクマと戦って勝った。オレゴンの暗い森のどこかに、彼女がその手で倒したクマの骨がある。肉は腐敗し、腐敗した肉は菌類や木の根を養い、木々は昆虫の住処となり、昆虫は鳥の餌となり、頭上を飛ぶ鳥は大きく激しく呼ばわっている。想像のなかで、父の幽霊にそれもまた断片だと彼女は言った。〈ファンテイル〉が作っているこの断片は美しい断片だ。想像のなかで彼女がそう言うと、父は顔をそむけた。そして想像のなかで彼女は微笑んだ。エノクでないものはすべてよいものだった。

二年以上かかった――長時間働き、真夜中過ぎに帰宅し、オフィスでテイクアウトを食べ、彼女とレンクは力を合わせて彼自身と彼の会社とを救った。六回か七回はぎりぎりまで追い詰められた。ユーザーにキレられるより早くバグを修正するため、ともに仕事をしたことのあるシリコンバレーじゅうの人々に、彼女は昔のよしみで助けを求めた。大規模な新規事業の立ち上げが当初の目標を達成できず、次の入金が期日中に発生しなかったせいで、次の給与支払いができなかったら倒産するという事態に陥ったとき、マーサは給与の一部を株式で受け取り、レンクは給与をいっさい受け取らず、それで開発者に支払うぶんを捻出した。彼は住んでいたアパートメントを売り、次の入金があるまで、三か月間はマーサの家のソファで寝起きしていた。彼は怒ると同時に闘志を燃やし、夜も寝ないでコーディングし、メールを送信し、アイディアを文章化した。ときには、それはすばらしいと言ってもらうためだけに、夜中に彼女を起こしてアイディアを聞かせることもあった。彼女は会社の同僚に、よく我慢できるねとしょっちゅう言われたものだ。

しまいに会社が安定すると、取締役会はレンクを称え——そして陰ではマーサを称えた。そのときになって初めて、襲ってきた怒濤《どとう》がついに砕け散ったところで、彼女は自分でも〈ファンテイル〉を使ってみようと思いついた。そう、これでエノク会員を見つけられるかもしれない。とはいえ、エノク会員が〈ファンテイル〉にプロフィールを登録しているだろうか。登録するとしたらたぶん、かれらもあの世界を立ち去ったからだろう。「最後の説教」からもう十五年以上経っている。以前の生活に戻った人もいるにちがいない。

それでジュンソという男が見つかった。あの終焉の一年前にやって来た韓国系アメリカ人だ。マーサは彼のことを憶えていた。彼女よりほんの少し年上で、どうしていいか途方に暮れていた。父親は亡くなり、母親に棄てられたのだ。こういう境遇の人は、エノクの父性的なところ、素朴な知恵、そして男らしさに惹かれるものだった。マーサの憶えているジュンソはやさしい男の子だった。親切で、悲しげで、思慮深かった。寒い朝、いっしょに動物たちに餌をやっていたのを思い出す。現在の彼の写真もあった。妻とふたりの幼い子供がいて、マーサの住まいからそれほど遠くないところに住んでいる。義父の写真の下に書いたメッセージで、ジュンソは義父を「父さん」と呼んでいた。父と呼べる人、そう呼ぶのにもっとふさわしい人を見つけられたのだ。そうと知って彼女はうれしかった。

マーサがメッセージを送ると、うれしいことにジュンソからはすぐに好感触の返信が届いた。日曜の午後、ふたりはレディングのステーキハウスで落ちあった。彼女は車を運転しながら軽快な曲を流し、窓をあけていた。彼との再会が楽しみだった――それ以上に、彼女を、そしてあのころのことをほんとうに理解してくれる人と話すのが楽しみだった。エノクを憶えている人、あるいは十七歳以前のマーサを憶えている人と話をするのはほんとうに久しぶりだ。

ジュンソはほとんど昔のままに見えた。これまでの歳月は彼を素通りしていったかのよう、あるいは少し太らせて角を丸くしただけのようだった。ハグされたときほのかにリンゴの香りがして、彼女はうれしくなった。昔から、この爽やかで子供っぽい香りを彼がつけていたのを思い出したのだ。

「きみがどういう人なのか、妻には話してない」席に着きながら彼は言った。

彼女の表情を見て、話が通じていないことに彼は気づいたようだ。

「いや、女性と会ってると知れたら妻が怒るって意味じゃない。高校時代の友人としか言ってないんだ。エノクのことはあんまり話してないもんだから。いたことはいたけど、ほんの数週間だったと話してる」

「実際、そんなに長いことじゃなかったものね」マーサはやさしく言った。「あなたはそんなに長くはいなかった。それでもよく憶えてるんでしょう」

「人にどう思われるか……人がどう思うかわかるよね。ぼくはいま新しい人生を歩んでるんだ。妻と結婚してもう十年近くになる」

「わたしたちといっしょにいた期間よりずっと長いのね」マーサは言った。彼が不安がっているのが見てとれた。あのころとは別人のようだと言ってもらいたがっている。この時点でもう、彼女の望んでいたこととはかけ離れていた。だれかと美しい思い出を、喜びと畏怖の瞬間を語りあいたいと思っていたのに。ジュンソは、そんなことを話したいとはまるで思わないかもしれない。彼の肌の香りを嗅ぎ、遠い昔に同じ場所にいたことがあるという事実を確認する——ここで得られる経験はたぶんそれだけだろう。それでじゅうぶんなのかもしれない。

ふたりはランチを注文した。ステーキ、ポテト、ほうれん草のクリーム煮。料理はすぐに出てきた。そうでなくてもがらがらのレストランから、ふたりを急いで追い出そうとしているかのようだ。食事が運ばれてきたとき、ジュンソは長男が学校に通いはじめたという話をしていた。校門の前で息子が泣きながらしがみついてきたのがうれしく、しまいに勇気を出して校門に入っていったのがまたうれしかったと。マーサには彼の気持ちがわかった。

「よかったわね、ふつうの人生を送れて」彼女は言った。「あんなことがあったあとだもの」

ジュンソの顔に安堵の色が浮かんだ。どうやらそれが彼の望んでいたことだったようだ。彼はふつうだと、いまの感情も経験もすべてふつうのことだと言ってもらうこと。

「きみだってあれを乗り越えた」彼は言った。「いまはすごくよくやってるよね」

それは質問ではなかった。〈ファンテイル〉のプロフィールを見ればいまの仕事が書いてあるのだ。会社は成長している。「仕事、面白そうだね」というジュンソに、マーサは深夜まで働くことやプレッシャーのことを少し話し、でもたしかにやりがいはあると答えた。彼女は会社の未来について夢を語り、それに関して読んできた話――戦友が数十年ぶりに再会したとか、生き別れの兄弟が互いを見つけたとか――を物語った。

「このランチもそう」彼女は言った。「〈ファンテイル〉がなかったら、あなたを見つけることはできなかったわ。それが、あの会社がやってることなの。人と人を結びつける。断片を集めて全体に至るの」

自分がなにを言っているのかわかっていたし、それが嘘なのも承知していた。でも、こんな嘘ならジュンソは喜んでくれるだろう。エノクの教えの再解釈だ。

ジュンソは言った。「あの会社で働くと決めたのは、ぼくを見つけるためだったの」

「どういうこと？」

「つまり、ぼくだけじゃなくて、きみはぼくたちを探してるの？」

マーサは焼きすぎのステーキをひと切れ切って、口に入れた。

「最近思いついただけなの。探してみようかって」彼女は言った。「でも、あのころのことを……あのころのことを話したいとは思わない？　いまではあなたもわたしもふつうの生活をしてる。仕事もしてるし、あなたは結婚もしてる。わたしはただ、ちょっと思い出話をするのもいいなって思っただけ」

「きみのメッセージに気がついたとき、ぼくは身体が震えたよ」彼は低い声で話しだした。ゆっくりと、しかし間《ま》を置かずに。練習してきたスピーチをするかのようだった。「ぼくの思い出話が聞きたい？　きみが出ていったあと、エノクは打ちのめされていた。六日間口をきかず、七日めに絶望の説教をした。この不幸な世界ではすべてが砕けて断片になる、世界の本質は断片で、人間にそれを変えることはできない、変えられると思ったのは悪魔の誘惑だったたって。だから断片に降伏せよと彼は言った。収穫を投げ捨て、苗を踏み潰せって」

マーサは鼻の奥がつんと痛んだ。こめかみが熱くなり、ひたいに鈍い頭痛が広がっていく。こんなに歳月が過ぎたのに、まだ終わっていなかったのか。

「しかたがなかったのよ」彼女は言った。ほかにどんな答えがあろうか。

ベンチシートの脇に置いた革のハンドバッグに指で触れる。いますぐ立ちあがり、このランチとジュンソをあとに残して立ち去ろう。自分の名前でレンタルした自分の車を運転して帰り、自分のアパートメントのドアを自分の鍵であけよう。静かなわが家に腰を落ち着け、そうしたければひと晩じゅう、自分の、そして他者の人生という断片を観察して過ごそう。

「それだけ？」ジュンソは言った。「『しかたがなかった』って、それだけ？」

マーサは自分がほんとうに孤独だと悟った。いまも、これからもずっと。シリコンバレーの友人たちは、彼女が去ればその理由をいつでも理解するだろうが、とどまる理由は理解できないだろう。エノク会員たちは、彼女がとどまっていればその理由を理解しただろうが、立ち去った理由は理解できないだろう。彼女は自分で自分を断片化し、いまではそんなふうに生きていくほかに道はない。彼女の断片をすべてわかってくれる者はいないのだ。

「これ以上話していてもしょうがないわね」マーサは言った。「いやな思いをさせてごめんなさい。もう帰るわ」

「きみはいつもそうだ」立ちあがろうとするマーサにジュンソは言った。「どうして今日ぼくが来たか聞きたくないの。きみが謝るつもりなのかと思ったからだよ」

家に帰る途中、レンクから電話があった。ヨーロッパ進出が危機に瀕していた。情報保護関連のばかくさい法案が出されて、一度に二十七の方向から締めあげられそうになっている。マーサは帰宅しようともせず、まっすぐ会社に向かった。当然のことながらレンクは怒鳴り散らしていたが、その罵声を浴びている六人は、シリコンバレーのどこへ行っても目玉が飛び出る高給を稼げる面々で、こんな理不尽を耐え忍ぶ必要などさらさらない。

ドアをあけて会議室へ入っていくと、室内の全員がこちらをふり向いた。開発責任者たちは疲れた顔に安堵の色を浮かべ、レンクは義憤に燃えている。彼女にはレンクを理解することができるし、ここでの自分の立場も理解できる。彼の右手に腰を下ろし、彼のとりとめのない思いつきから筋道の通ったメモを作り、実行可能な計画を生み出すことができるのは彼女だ。彼をなだめることができるのも、彼に言うことを聞かせられるのも彼女だけだ。彼女はここに属している。唯一ここでだけ、彼女の断片は意味をなすのだ。

8. そういう状況に向いていない

「なるほど」アルバートは言った。「つまりきみは、サディストに仕えることによって、きみが育ってきた虐待的な環境を再現しているんだな。宗教原理主義的な父親のせいで、きみはストックホルム症候群にかかってるんだ。父親のせいで、自分だけが彼を扱える唯一の人間だってことにきみは自分の価値を見出すようになり、いまも同じことをしている。そしていまも滅茶苦茶に孤独だ」

　マーサの目がぴくりとした。「もうけっこう、もうたくさん。それにあなたは、わたしの人生のことなんか知らないでしょう」

「きみは文字どおりこの家に押し入ってきて、ぼくの喉に指を突っ込んだ。ぼくたちは六年も前からネットで話をしてきたし、ぼくはいまきみの生い立ちについて話を聞いたところだ。正直な話、ぼくらはお互いを知ってると言っていいと思う。それじゃいっしょに出かけよう。コーヒーを持ってきて。きみに見せたいものがある」

　言うまでもないが、アルバートに運転させるなど論外だ。ほんとうは出かけることじたい止めたかったのだが、彼女がいやだと言うならウーバーを頼むだけだと言うし、彼が今日一日を生き延びる確率は、彼女がそばについているほうが大きくなるだろうとも思った。そういうことをすっかり話しながら、彼女はコーヒーをふたつの携帯容器に注ぎ入れた。

「車で行くだけだよ」彼は言った。「降りる必要すらないんだ。ここできみといっしょにソファに座ってるのとなんの違いがある？　ありゃしない」

　車に乗り込むとき、彼は二回も膝をつきそうになった。それを助け起こしながら彼女は思った——救急に担ぎ込むことになったとしても、どっちみちわたしの車に乗ってるわけだから。

　移動中、エノクと過ごした少女時代のこと、そしてその後の人生について、彼はさらにいろいろ尋ねてきた。患者の診断をしようとしている医者のようだ。

「どうして他人《ひと》の人生についてなにか言えると思うんですか」彼女は言った。「ついさっき、あなたは文字どおり……」

「そんなたわごとは聞きたくない」彼は言った。「今日のぼくは昨日に負けず劣らず賢いし、言っちゃなんだがそれはものすごく賢いってことだ。多少精神衛生に難があるからと言って、なんの助言もできないわけじゃない。きみに対してはとくにそうだ。ストックホルム症候群的少女時代についてもっとくわしく聞きたいね。クマの事件のあとはどうなったの。それに、きみの話はみんなぶっ飛んですごく面白い」

　夜明けが空を侵食しはじめ、灰色、金、薄青、そしてあざやかな青が濃紺のなかにしみ込んでいく。五羽のカモメが北を指す矢印を作っている。その矢印に従って彼女は車を走らせた。

「だったらお話ししますけど」マーサは言った。

　クマの事件のあと、森のなかで男女を見たあと、マーサは自分の一部をみなと共有せずに隠しているのを自覚し、後ろめたく思っていた。居住地の子供たちにクマの話は何度もしたが、あの奇妙な幕間のことは一度も話さなかった。女性の爪を見て、断片のなかにも慰めがあると気づいたことは黙っていたのだ。こんなふうに体験したことの一部を黙っているのは、厳密に言えば禁じられているわけではなかったが、望ましくないことではあった。長く暗い夜々に、エノクはよく「互いに心を開」こうと促していた。その日に見たこと、したこと、考えたことを突っ込んで話しあい、共同体に調和をもたらし、各部が全体としてコミュニケーションをとろうと。彼女が森で見た光景は、みんなで話しあう材料として完璧だっただろう。奇妙なもの、美しいもの、ひとりでは理解しにくいことがら。それを彼女とともに、彼女の目を通して見てくれるように、みんなに頼めばよかったのに。

「なるほど」アルバートは言った。「それはまさしく、カルトの洗脳方法だな」

「わかってます」マーサは言った。「わたしは有名なカルトの一種のなかで育ったんですよ。当然気がついてるわ」

「ああ、でもそれがきみにどんな影響を及ぼしているか、ほんとうにはわかってないだろう」

「六年セラピーを受けたんですよ」

「六年？　それじゃあまだ足りないね」

「どうして、わたしったらあなたの生命を救ったりしたのかしら」

「こういう会話ができるようにさ。いいから話を続けて」

「居住地から車で一時間ぐらいのところに町があったんです。町には図書館があって」

「ああ、図書館。諸悪の根源だ。きみは文芸作品に惹かれたんだな」

居住地ではコミュニティとして本を読んでいた。よい本や古い本を。しかし図書館には雑誌も置いてあった。カラフルな写真がたくさん載ってる雑誌。それにインターネットにつながったコンピュータがあって、三十分は無料で使えた。これは重要な点だが、図書館でなにをしているかエノクに話したとしても、そのどれひとつ禁じられたりしなかっただろう。しかし彼女は黙っていた。図書館では、ティーンエイジャー向けのファッション雑誌や写真雑誌をよく見ていた。肌もあらわな、ほとんど裸の女性の写真もあった。彼女はそれから目を離すことができず、しみひとつないなめらかな肌や、重力など関係ないかのように乳首を空に突き出した胸に見とれていた。

「なーるほど、そういうことか」アルバートは言った。「性の目覚めね。それで捕まったわけだ」

「それはかならずしも……つまりその、ええそう、たしかに性への関心でした」

「べつに悪いことじゃない」

「でも、それだけじゃなかったんです。それだけじゃなくて……つまりその、あそこでは信じられないぐらい健全に育っていたので……」

「きみはお父さんに森に置き去りにされたんだろう。そんなに健全じゃないと思うけど」

「スキルのことです。昔ながらの役に立つスキル。追跡と狩猟、裁縫、作物の世話。そういうことすべてが、ものすごく退屈だった」

「インターネットに比べるとね」

「外の世界に比べるとです」

「なるほど。そこを左に曲がって」

「どこに向かっているんですか」

「ぼくの知っているうちでいちばん健全で、退屈で、美しいものをきみに見せようと思って」

図書館であんな写真に見とれたのが恥ずかしくて、マーサは好奇心という感情についてエノクに質問した。あの感情はどこから来るのか。あれは適切な感情なのか、そうではないのか。

エノクはこう質問されて喜び、五歳児に対してするように彼女の頭をわしゃわしゃとなで、炉の火を始末して新しい薪《まき》を並べている彼女のとなりにしゃがんだ。彼は質問されるのを嫌うことなどなかった。いつでもいっしょに疑問は解決していけると考えていたのだ。

「マーサ・メイ、好奇心は人間の生まれながらの権利だと思うよ」彼は言った。「人間が〈キツネ〉で、場所から場所へ歩いて移動していたころ、好奇心は必要だったし、日々の生活で満たされていた。

あの尾根の向こうになにがあるのか見たいっていう、そういう欲求が好奇心でなくてなんだろうか。知らない道を歩いてみたい、初めての果物を試してみたい、見知らぬ洞穴を探検してみたい。そんなふうにして人間は、この世界の秘密と美を見出してきたんだ」

「でも」マーサは、これまでに五百回もやってきたように、焚きつけを十字に重ねながら言った。「いまは、好奇心は人を惑わすだけじゃないの？」

エノクは火のそばにじっくり腰を据えた。

「どうしてそう思うのか言ってごらん」

マーサは言った。「〈バブル〉のことをずっと考えてたの。好奇心は〈バブル〉につながるんじゃないかな？　しじゅう新しいものを追い求めてる。それが断片ってものでしょう。いつでも細かい新しいものを求める。それが好奇心じゃない？」

エノクはみょうな目でマーサを見た。

あとになって——数週間か数か月あとになって、エノクが〈キツネ〉と〈ウサギ〉の説教を変えたことにマーサは気づいた。その新しい説教には、好奇心に関する彼女の考察が盛り込まれていたのだ。〈キツネ〉の自然な好奇心を、〈ウサギ〉はまったく異なる恐ろしい形に捻じ曲げたと彼は語った。探索してまわる新たな土地を失った〈ウサギ〉は、人間の発明品を使って好奇心を満たさざるを得ない。旅や探検、発見に満ちた狩猟といった大自然のなかの冒険の代わりに、〈ウサギ〉はみずから内向きになって、テレビを通して劇的なイベントを求めるようになる。

しかしマーサは、発端は彼女の質問だということをエノクが黙っているのに気がついた。「娘のマーサがこんな質問をしてきた」と言ってもよかったはずだが、そんなことはひとことも言わなかった。

不満に思ってはいけないと、彼女は自分に言い聞かせた。わたしが満足できないのは雑誌や写真やインターネットのせいだ。だから図書館に行くのはやめたほうがいい。しかし実際にはやめなかった。

「ふーん、それのどこがいけないの」アルバートは言った。「きみは自分の手柄を認めてもらいたかっただけだ。くだらない、イエスは控えめな者が地を受け継ぐと言ったが、それでも自分の本に自分の名前を載せたがったじゃないか。『ある男がこんなことを言ってこんなことをしたが、そいつの名前は憶えていない』なんていう本はだれも書いてやしない」

マーサは笑った。

「立ち去るとき、わたしはエノクからお金を盗んだんです」彼女は言った。「二千ドルくらい。それと銃も」

「追いかけてくると思った？」

「外の世界は恐ろしい場所だろうと思ってたんです、実際より」

「だったら、お金を盗んだのは賢明だったね。銃を持っていったのも」

「あのときは十六歳だったし」

「たいていの十六歳より賢いよ。なあ、自分がしたことは間違ってなかったたって納得するわけにはいかないの？『しょうがないだろ、生き抜かなきゃならなかったんだから』と言ってすませればいいじゃないか。なにせ、きみは十代後半のレズビアンで、宗教原理主義的終末論カルトの世界で生きてたんだ。ふつうの地球人なら、きみがそこを逃げ出したのをむしろ拍手喝采で褒め称えてくれるよ」

「ええ、でもわたしはそこで育って、そういう考えかたはしてなかったので」

「だったら考えかたを変えるんだよ。ぼくの妹について言ったようにすればいいんだ。もう昔の仲間のことは考えない。もうだれにも会わない。きみはそんなに間違ったことはなにもしてないんだから」

「ほんとになにも？」

「その……仲間のだれかを殺したりはしてないんだろう？」

「それはそうですけど」

「殴ったり、ぶっ倒したりもしてないんだろう」

「ええ。わたしはヒッチハイクしてバスに乗り、母の弟が住む町に行きました。あまり力になってはくれなかったけど、数か月家に泊めてもらって、そのあいだに書類を揃えたり、ＧＥＤテスト（日本の高等学校卒業程度認定試験にあたる）の受験をサポートしてくれる慈善団体を探したりしました。でもエノク会員のなかには、わたしが逃げたのを……その、前兆《しるし》のようなものだと思う者もいたんです。終わりが近づいているしるしだって。数年前に言われたんですけど……わたしが逃げたせいでなにもかも壊れたんだって。わたしがいなくなってからおかしくなったって。会員たちは仲間割れして、いっぽうがもういっぽうを裏切り者だって考えて、ほんとうに……あっという間におかしくなっていったんですって」

アルバートは唇を引き結んだ。

「そういうことなら、きみのせいじゃないとぼくは思うけどね。なにを信じるか向こうは自分で決めたんだから。きみが逃げたからという理由で、なにもかも放棄する気になったんだとしたら……」彼はいっぽうの肩をすくめた。「かれらはただ言い訳を探していただけだよ。きみは生き延びるために必要なことをした。さあ着いた、ここだ」

毎朝新しい一日がめぐってくるように、今日もまた新しい一日が始まろうとしている。着いたところは湿地帯だった。アルバートの夫が保存しようと腐心していた場所だ。

「ぼくは保存活動に毎年六万ドル寄付してる。活動してるのはほとんどボランティアだ。それだけでじゅうぶんなんだ、ここを……こんなふうに保つのに」

アルバートはよっこらしょと車から降りて、ドアにもたれて立ちながら息を切らしていた。

今朝の海は冷たく滑らかで、濃紺のざわめく海面にあちこち鏡のように静かな部分が見える。周囲の鳥の声はやむことを知らず、好奇心旺盛な白いシギは錆びた蝶番《ちょうつがい》のような声をあげ、真っ黒なウミガモは泡立つような声で鳴き交わし、遠くからはミズナギドリの群れのくぐもった叫びも聞こえる。木々は葉を広げ、昆虫は頭をもたげ、鳥は翼を広げて新たな日の出を称えている。霧がかかっていたが、その霧の向こうには朝が訪れていた。

「マイクによく車でここへ連れてこられたよ」アルバートは言った。「あのくそったれ、これを見せるために朝四時にぼくをベッドから引きずり出すんだからな。車にホットコーヒーを用意してくれてはいたけど。車内でぼくはずっと文句を垂れてたけど、彼は気にも留めなかった。『ぼくらは生命の一部なんだから、それを経験しなくちゃもったいない。たまには電子の思考機械から離れたほうがいい』って言うんだ」

「すてきな人だったんですね」

アルバートは震える息を吐き出した。

「きみには子供はいる？　夫かパートナーは？」

彼女は首をふった。

「どうして」

マーサはコーヒーを少し飲んだ。

「わたしはそういう状況に向いてないと思うんです」

「つきあってる人はいるの」

「その……ときどき寝る相手はいますけど」

「それは女性、だよね？」

マーサは小さくあごをしゃくってアルバートの持つコーヒーを指した。

「ゆっくり少しずつ飲んで」と言ってから、「ええ、女性です。あなたはつきあっている人がいるんですか」

「冗談だろう」

「どうしてです？」

「だってさ、どうなると思う？　だれかと出会って恋に落ちて、また幸せになれると思う？」

「ええ、たぶん。わたしが見てきたかぎりでは、一度できた人は二度めもできるもんですよ。適性があるから」

「それでそのあとは？」

「ふつうどおりですよ。喧嘩して、仲直りして、泣いて笑って、いっしょに祝って、いっしょに悲しんで。洗濯物のたたみかたがいくら言ってもおかしいとか、しょっちゅう靴下に穴をあけてはあなたの靴下を勝手に履いていくとか、そんなことで腹を立てたり」

アルバートはまたコーヒーをゆっくりと飲んだ。気がつけばあたりはすっかり朝で、生まれたばかりの赤ん坊のように可能性に満ちた一日が目を覚ましていた。この時間の陽光は黄金色に澄み、鳥は羽ばたいて生命に満ちた水に飛び込んでは、きらめく魚を捕らえている。

「だれかに出会ったら、自分のなかにある氷の穴に落ちてしまう。ぼくは二度と幸せになることはできないと思う。いま自分がどれだけ不幸か思い知ることになるだろうから」

「それじゃ、死ぬまで不幸でいるつもりなんですか」

「まあね。それで、きみはどうするつもりなの」

ふたりは長らく黙り込んでいた。その沈黙を埋めるように、水しぶきの音と鳥たちのしきりに鳴き交わす声が響く。

「マイクが言ってたんだが、生命は受け入れることで起こるんだって。赤ん坊のことでぼくを説得しようとしてるときだった。それはいつでも、道理に合わない信頼の行為だって言ってた。精子はみずから卵子に飛び込んで、運動能力を失う。卵子はガードをすべておろして異物をなかに迎え入れる。毎度毎度そうやって生命は起こるんだ。完全に理屈を無視した信頼の跳躍。開いて、入れて、入る。どんなときだって開くのは危険な行為だ。だけど、それがあるからぼくたちはここにいる」

「思うんですけど、アルバート、あなたはいま核心を突くようなことを言ってるんじゃないかしら」

「エノク会の最後になにがあったか、ぼくは読んで知ってる。だからそのあと、きみがなかなか人を信じられなくなったのはしかたがないと思う。人と親しくなるのをためらうのもわかる」

9. 後ろをふり向くな

エノクことラルフ・ジマーマンは、頭がよくて偏執的な男であり、また悩める男でもあった。彼はおびただしい文章を読み、賢く不安で怯えた脳にそれを染み込ませ、しるしや前兆、わざわいの警告や救済の約束を生み出していた。

娘のマーサは、ある朝早く、まだだれも起き出さないうちに居住地を出た。彼女は現金と銃を盗んでいった。たぶん歩いたり、ヒッチハイクしたりしてバス停まで行ったのだろう。何日も車で探したが、彼女は姿を消して戻ってこなかった。

エノクは、マーサが逃げたのはなにかのしるしだと信じた。あたり一面に混沌の力が忍び寄ってきているのを感じる。裏切り者がいると思い、裁きを求めて叫び、信徒たちに対して怒り苛立ち、マーサの裏切りを何度も何度も噛みしめた。しまいに、しるしを送ってくださるよう主に祈った。この緑の一万五千エーカーに築いた共同体は神の祝福を受けているのか、それを示すしるしをお送りくださいと。

彼は一部の信徒を森に行かせ、三日間狩猟採集をして過ごすように言いつけると、残りの百を超える大人数の信徒とともに、居住地にある本館の広い地下室に降りていった。そうして、これから三日間の断食と祈りに入ると告げた。水だけを飲み、できるだけ長く寝ないで過ごすのだ。彼は地下室のドアに鍵をかけ、小さな鉄格子のはまった天窓——東に面して日の出の見える窓——からその鍵を外へ放り投げた。そして導きを求めて祈り、道を示してくださるよう主に呼びかけた。

その場にいた人々の回想によれば、彼は昼も夜も説教をした。人々はエノクの説教の声を聞きながらまどろみ、同じ預言の声に目覚めた。〈ウサギ〉と〈キツネ〉の最後の説教がなされたのはこのときだった。それを聞いた人々は、彼の言葉でついに天と地がひとつになったと言った。それは美しく神聖で、かれらの声と祈りに神が耳を貸してくださっているのがわかったという。空腹の時間が過ぎるにつれて、このコミュニティに奇跡的な主の訪れが起ころうとしていると人々は確信した。なぜなら、世界の目的はこの小さな会衆によって成就され、いまこそ全体がまとめられ移される時が来たからだ。なにも食べず、水だけを飲み、短い仮眠しかとらずに過ごした二日二晩は、かれらの人生のうちで最も美しい時間《とき》だった。

三日め、煙のにおいがした。

政府の仕業だと言う者もいる。FBIとCIAの捜査官が、何年も前からエノク会を嗅ぎまわっていた。エノク会にうんざりして、厄介払いしたがっていたというのだ。

また、居住地内の電気配線にもともと問題があったと言う者もいる。前年には二回も小火《ぼや》があったし、自分たちで補修するために、ふたりのエノク会員が電気技師の訓練を受けているところだった。しかも、その夏は暑くて雨が少なかった。工房のどこかから火花が出て、それが出火原因になったにちがいない。

エノクが自分でやったのだと言う者もいる。ほんとうは鍵を捨てていなかったというのだ。鍵を隠し持っていて、早朝、信徒たちがまだ眠っているうちにこっそり外へ出た。前回、工房で電気系統から小火が出たとき、どこが火元になったか彼は知っていた。そこで火をつけ、そばに油の染みたぼろ布の山を用意し、燃え移ったのを確認してからまた地下室に戻って主の裁きを待ったのだろう。

いっぽう、その日の早朝、緑の一万五千エーカーの上空に雷雲が発生し、小さな火花が飛んで火の手があがったと言う者もいる。それは主そのひと、熾天使《してんし》ではなく、御使いでもなく、よそ者でもなく、まさに主そのひとのわざであったと。主は居住地内を見てこのように言われた。「滅ぼし、打ちこわし、消し去るがよい」

煙のにおいに気づいたとき、地下室の東側にある小さな天窓を割り、力を合わせて備品を積みあげ、外へ出ようとした会員たちもいた。なかには仲間たちを励まして、互いに押しあげ引きあげして外へ逃れた者もいる。割れたガラス窓のせいで血だらけになり、喉を詰まらせ咳き込みながら。そしてこの話を伝えたそういう人々によれば、そのときエノクはこう言ったそうだ――「行かせてやりなさい。主がわたしたちに道を示してくださる」

この悲劇的な火災のことをマーサが知ったのは、居住地から逃げて三か月が過ぎたころだった。廊下でGEDテストの面接を待っているときだった。この面接に合格すれば、奨学金と住む場所が与えられるのだ。廊下は薄緑と白に塗られていたが、だれかがここをトラックで通っていったかのように壁に派手な擦り傷がついていた。マーサは面接室の外にある硬いプラスティックの椅子に座っていて、そばの小さなテーブルに三週間前の新聞が置かれていた。そしてその第六面に、焼け落ちた居住地の写真が掲載されていたのだ。新聞があんなふうに畳まれていなかったら、あと一か月は知らずにいたかもしれない。FBIやCIAの関与という話が出てきたのは、ずいぶんあとになってからだ。最初はたんに農場で悲劇的な火事が起こったという話にすぎなかった。ニュースではあるが、大ニュースというわけではない。

彼女は新聞に手を置き、焼け落ちた食堂や金網フェンスの写真に触れた。その記事の部分を破り取って、ジーンズのポケットに突っ込んだはいいが、だれかに見られていなかっただろうか、無礼者と言われるのではないかと不安になった。しかし、そこで気を取り直した――考えるな、頭から締め出せ。後ろをふり向くな。ドアが開いた。女性に名前を呼ばれた。三十五分間の面接のあいだ、マーサは熱心にはきはきと答えた。奨学金がもらえることになり、彼女は未来に向かって進みはじめた。後ろはふり向かなかった。

10. そのようにしてわたしたちは生命を得る

湿地に太陽が昇ってきた。そろそろ午前九時だ。市内のべつの場所では、アルバートのかかりつけ医の診療所の事務員が、赤いピーコートを着てスニーカーの紐を結び、時計を見てバスに間にあうように家を出た。またべつの場所では、オーガニック食品店の店主がシャッターをあげ、〈ファイアピット〉ブランドのキムチの箱を開封して棚に並べていた。またべつの場所では、レンク・スケトリッシュがオフィスでシャワーを浴びており、現在の妻からの電話をそのままボイスメールにまわしていた。エノクの言っていたとおり、人々はつながっている――ある人からべつの人へ、そしてまたべつの人へと。

「まあそんなわけで」マーサは言った。「あれはわたしのせいだったんです」

「きみはまる六年セラピーを受けてきたんだよね」とアルバート。「だったら、それがたんなる自己愛的な防衛機制なのはわかってるはずだ。自分のせいだと信じたいんだよ、自分にはなにもできなかったと認めるより、そのほうが簡単だから」

「でも、わたしには食い止めることができたはずなんです。わたしが逃げ出さなかったら、あんなことは起こらなかったんですから」

アルバートは言った。「すべてに意味があるとは思わないけど、ぼくたちふたりがここでこんなふうに会ったのには、なにか意味があるとは思わない？」

「それは前にも来た道だわ」

そしてその道の行き着く先は、煙のにおいが忍び寄る地下室だった。

「わかった、たぶんなんの意味もないんだろう。きみはただぼくの生命を救い、ただ〈ファンティル〉で働き、ぼくはただ〈メドラー〉を発明した。そして、ぼくらは数々の重要な点で意見が一致することがわかった。だけどその気になれば、それに意味を持たせることだってできる」

「どんな意味を持たせたいんですか」

「きみもぼくも、この世界である事件が起こるのに手を貸してきた。つまり情報の大氾濫《はんらん》だ。こんなのはまるで前例がない。唯一匹敵すると言えるのは、グーテンベルクの活字革命と、その後に続いた四百年の血で血を洗う戦争だけだ。気がついたら人は、以前よりずっと多くの情報にさらされていた。それを処理するシステムもなければ、真実と嘘を見分けるシステムもない。それで人々は圧倒されてしまった。それが現状だ。しかしいまの人類には、四百年の血で血を洗う戦争をしているひまはない。緊急の課題が山積みなんだ」

「断片化ですね。まさにエノクが言ってたとおりだわ。なにもかもどんどんばらばらになっていって、元に戻そうとしても追いつかない」

「うん、その点ではエノクは正しかったと思う。ほかの点はともかく、その点だけはね。意味を持たせたいってぼくが思うのはここなんだ。きみとぼくとで力を合わせて、人間に可能な限り短期間で、この情報の危機を乗り越えられるようにしたい」

「本気なんですね」

「ああ」

「具体的にはなにをしたいんです？　会議かなにかですか」

「まさか、会議なんかクソの役にも立ちやしない。会議とかディスカッションとか、そういうんじゃなくて現実の行動だよ。ぼくはついさっき自殺しようとしたし、きみは死のカルトから生命《いのち》からがら逃げてきた。ぼくらはおまけの人生を生きてるんだ。ほんとはもう死んでるはずなんだ。だからなんでもやりたいことができる。極端な解決策を考えてみたい。そのために必要ならなんでもする」

空は灰色とくすんだ青で、風はそよとも吹かない。小さな鳥が滑るように空を飛び、不可視の無限と無限のあいだに放物線を描きつつ、小さすぎて目に見えない飛ぶ虫を捕らえている。地球の歴史で起こったことはすべて、肉眼では見えないちっぽけな変化から始まっているのだ。

精子は卵子のドアをノックする。あなたを入れる理由はない、なんの保証もないと卵子は答える。にもかかわらず卵子はドアを開き、精子は身をくねらせて入っていく。にもかかわらず、情報のふたつのパケットが結合する。生きものはみなそのようにして生まれてきた。そのようにして無から有が生じる。そのようにして、不毛な岩の球体にカモメやミズナギドリが現われ、コケや地衣類が生え、薄緑の葉が開き、ムカデやウサギやキツネが走りまわるようになった。そのようにして、わたしたちは生命を得るのだ。

11. 特別な種類の王さま

その冬、ワシントンDCに血の雨が降った。

最初にその血に気づいたのはマーサだった。頬に温かい液体がかかるのを感じたのだ。流れかたが水とはちがい、粘りけとなめらかな質感があった。最初のうち、においは不快ではなかった。ツンとする動物的な鉄のにおい。頬に触れてみると、手にべったりと赤いものがついてきた。裁判所の階段一面に、丸々とした赤いしずくが降りそそぎ、敷石に、バリケードに、デモ隊の頭上に飛び散った。そしてジムリ・ノミックのダークグレーのスーツに、セイラ・ノミックのライラック色のシルクのドレスに、そしてレンク・スケトリッシュのぴしっとした漆黒のウールのコートにも。

レンクが顔をあげると、その顔に血の塊が降ってきた。皮を剝がれた尻尾の長いネズミだ、とマーサは思った。レンクはうなり、顔に当たったものはしみひとつない青いシャツのうえをゆっくり滑っていき、ぼとりとコンクリートの地面に落ちた。血を吸ったタンポンだった。

裁判所の向かい、ずんぐりした黒っぽいビルの屋上で、女性のグループが横断幕を掲げていた。

〈アンヴィル〉は女性の抑圧をやめよ。

ノミックよ、女性にタンポンを換える時間を与えないとこうなるのだ。

女性たちは黒いポリバケツと、血の入ったポンプ式水鉄砲《ウォーター・ガン》を持っていた。何人かは血を吸ったタンポンを頭上で振りまわし、投げ飛ばしてくる者も——それを見てなにかに似ているとマーサは思ったが、頭の回転が鈍っているようで思い出せない。丸太投げだったかしら。いや、ハンマー投げのほうだ。背後で叫び声が聞こえる。警備員が動き出したらしい。セイラ・ノミックが階段を二段ずつ駆けあがっている。ジムリ・ノミックは、階段にいた女性の背中に手をまわし、血を浴びずにすむように急いでわきへ誘導していた。

動物の血にちがいない。これほどの量の経血を集めて、新鮮な状態に保っておけるわけがない。マーサはなにかあるとつい分析に走る癖があって、それでもなにか方法はないかと考えはじめた。血液の抗凝固剤を使ったらどうだろう。数千人の女性にタイミングを合わせてピルを飲んでもらい、月経カップの中身をバケツに集めて——まだそんな計算に没頭しているところに、二本のたくましい腕が腰にまわされ、レンクの警備員が耳元で「戻りましょう、なかに戻りましょう」と話しかけてきた。思いやりのこもったその口調のせいで、足が地面から離れたときは、子供に戻ってベッドに運ばれているような気がした。

女子トイレの陶製の洗面台の前で、セイラ・ノミック――ジムリ・ノミックの妻――が血に汚れたライラック色のドレスを筋肉質の肩から引きはがそうとしていた。マーサはさっと目をそらした。彼女自身も血まみれで、スウェットパンツとチャリティの五キロランのTシャツが入った透明のビニール袋を渡されていた。だれかがクローゼットで見つけてきたものだ。

セイラはティッシュを丸めて濡らし、首の血を拭き取ろうとしている。血交じりの水滴が白いレースのブラに垂れ落ちる。

「むかつくわ、ほんとむかつく」セイラは毒づき、ふいにマーサに顔を向けて言った。「検査を受けなくちゃ。HIVとかB型肝炎とかC型肝炎とか。血液でうつる病気はみんな」

「豚だと思います」マーサは言った。もう数分間はこの問題を考えつづけていたのだ。「わたしの父は……その、農場をやってたので。あのにおいは豚の血だと思いますよ」

「ほんと？　安心したわ」セイラは言うと、ふいに泣きはじめた。涙で濃紺と淡青色のアイシャドウが首まで流れて、昨秋の紅葉を川まで運ぶ春の雪解け水のようだ。彼女は濡らしたティッシュで顔と髪を拭い、ていねいに血をこすり落とした。「あなたはレンクのとこで働いている人よね。〈ファンテイル〉のレンクの下で」

「ええ」マーサは答えた。

セイラは鏡に映るマーサを見つめた。まるで喧嘩でもしていたかのように、ふたりとも血まみれになっている。セイラは彼女の品定めをしているのだ。ときに人は、どうしても打ち明け話をせずにいられなくて、信用できるかどうかもろくにわからない相手をつかまえてしまう。なかに入れてとだれかが言い、だれかを入れる理由もない人がどうぞと答えてしまう。

「裏切ってる？　あなたの上司のレンクは」セイラは尋ねた。

「それはどういう……」

「奥さんをよ。奥さんに隠れて浮気してる？」

マーサは彼女を見た。「さあ、わたしには……」

「なるほどね」とセイラ。「浮気してないなら、『まあとんでもない、わたしの上司は〈フォーチュン500〉で唯一の聖人君子なんです。ほかの女性におっぱいがあることも知らないでしょう』ってあなたは言ってるはずだわ。彼、あなたと浮気してるの？」

「いいえ、わたしは……」

「賢明ね。でも、チャンスがあれば彼はあなたと浮気するでしょ。いいえ、答えないで。わかってるから、答えてくれなくていいわ。ジムリがあの女の背中に手をまわしてるの見た？」

ええ、見ましたとも。三つ編みの先に派手な金色のビーズをつけた、〈コードホッグズ〉のメアリ・ミア。あの階段の場面を思い返してみると、ジムリ・ノミックはやたら愛情深くメアリ・ミアを安全な場所に導いていた。なるほど、そういうことか。みんながもう知っていると思っているなら、さほど用心する必要はないわけだ。

ここに世界の抜け穴が、山の亀裂がある。

「ええ」マーサは言った。「見ました」

「ああむかつく、やっぱり見たのね。あなたが見たのなら、ほかの有象無象もみんな見てるわよね。みんな動画に撮ってたでしょ、見た？　信じらんない、世界じゅうに広まっちゃうわ。ああむかつく」セイラ・ノミックはまた鏡に向きなおり、小さな容器からクリームを取って顔にのばし、それをティッシュで拭き取った。

「旦那さんの仕打ちはほんとうにひどいと思います」とマーサは言った。

鏡のなかでふたりの目が合い、一瞬のきずなが生まれた。

「あなたは彼にはもったいないわ」マーサは言った。その言葉を口にしたとき、それが真実なのを彼女は知っていたし、彼女が本気で言っているとセイラ・ノミックがわかっているのも知っていた。この女性は、〈アンヴィル〉の創設者ジムリ・ノミックにはもったいない。彼の頭にあるのは自分の会社の拡大、そしてどうやら女あさりのことだけらしい。この仄めかしとはぐらかしの蔓延《まんえん》する世界では、一瞬の誠実さには本来の価値以上の価値がある。

「そのとおりよ、ぶっちゃけた話」セイラは言った。「わたしがお金のために彼といっしょにいるとか、そんなふうに思われてるのは知ってるわ。どうしてあんな男を本気で好きになれるもんかって。でもほんとのところ、わたしは彼を愛していたの。ジムリにも可愛いところがあったのよ」

マーサは首をふった。「だれもそうは思ってませんよ」彼女は言った。「あなたがすばらしい女性なのはみんな知ってます。彼のどこがよくて、こんなに長いこといっしょにいるのかみんな不思議がってますよ」

セイラは言った。「ねえ、彼が何人の女と浮気してるか知りたくない？」彼女は指折り数えはじめた。「ひとりめはもちろんあの個人秘書《PA》よ。公聴会で見たでしょ、わたしに似てるけど、髪の色が安っぽくて、毛先が縮れてる女。次のミセス・ジムリ・ノミックになれると思ってるけど、四百万ドルと株式をもらってお払い箱ね。最後はタンパ（フロリダ州の都市）でチンチラの繁殖をすることになるわ。これはほんとよ、わたしには未来が見えるの。ふたりめは彼の子供たちの世話係《ナニー》。子供たちに会うと言って彼女に会ってるの。子供たちにアイスクリームを買いに行かせて、そのすきにプールの更衣室で一戦交えるってわけ。警備員が教えてくれたわ。ヨガのインストラクターもそう。ああいうのって……ああいう身体の柔らかい女ってどんなふうにするのかしら。でもこの三人はどうでもいいの。だって、わたしを捨てて、個人秘書やナニーやヨガのインストラクターを選ぶなんてことはしないから。でもいま、彼はメアリ・ミアとも寝てる。彼女のこと知ってる？〈コードホッグズ〉のCEOよ。彼があの女に触れたのを見たとき、ああ、裸の彼女にさわってるなってわかったの、言いたいことわかる？　いまはたぶんあの女といっしょだわ。わたしはトイレを使ってるのに、あの女はいまジムリといっしょにジムリの個室にいるのよ」

「わたしにそんな話をして大丈夫ですか？」

　しかしセイラはもう止まらなかった。

「自分は特別な種類の王さまだってジムリは思ってる。なぜかって言うと黒人の女としかしないからよ。彼に会ったとき、そしてヴァシュティ・ノミックが離婚に応じたときにわかったの。でも、それでもいいと思ったのよ。特別だと思わせておけばいい、どっちみち男はみんな自分は王さまだって思ってるんだからって。でも、それって実際にはどういうことだかわかる？　ほかの黒人の女が近くにいるとわたしは安心できないし、彼はわたしを不安がらせて喜んでるの。彼と知りあったときは若かったから、それがわかってなかった。でもわたしももう四十二だし、しかも彼ったら、感謝祭で遊びに来たわたしの妹を口説こうとしたの。彼の望みは、黒人女を所有することなのよ。冗談言ってるんじゃないのよ。彼は女がこわいの。だから女を所有して、徹底的にやっつけたいの。その相手はメアリ・ミアかもしれないし、でなければほかのだれかね」

マーサは言った。「旦那さんが別れたいと言うなら、別れたらいいじゃありませんか。彼なんか必要ないでしょう、あなたは彼に所有されてるわけじゃないんですから」

「あらいやだ、井戸端ならぬ女子トイレ会議ね」

「真面目に言ってるんです。あなたは……」マーサは「すばらしい」以外の適当な言葉を探したが、見つからなかった。「すばらしい人です。彼と別れたら、世界で最も裕福な人のひとりになるんだし」

「いま別れると五十パーセントは取れないのよ。ほんとうにがっちり受け取りたければ、最低あと五年はいっしょにいないと。あるいは彼のほうから離婚を切り出すか。それに、来年〈アンヴィル・オートメイト〉って新製品が出るの。秘書がやってる業務はすべて自動化できるし、ネットでやってる業務もみんなそう。ただ差し込み印刷ができるって話じゃないのよ。研究手法とか、メール書きとか、人工秘書がだれにも気づかれずにあなたの代わりに〈ズーム〉通話をしてくれるとか。ジムリの資産価値はいまの三倍になるでしょう。美しいコードなのよ。大聖堂みたいに」

セイラは顔から血を拭き取り、化粧落としも終えて、新しいTシャツとパンツを身に着けた。

「わたしが毎日ひとりでなに考えてるか教えましょうか。少なくともここにいれば、彼を多少は引き止めることができると思うの。わかる？　たとえば、彼が月面基地を作ろうとしてたとき——これは冗談じゃないのよ、本気で作ろうとしてたの。で、そのときわたしは『その前に地球上の土地を買って、そこを野生動物の安全地帯にするっていうのはどうかしら』って言ったの。もちろん彼は、それがわたしのアイディアだったってことは憶えてないけど、でもほんとはそうなのよ。彼はいまも月面基地を作りたがってるけど、もう〈フューチャーセーフ〉ゾーンはできてるわ。だからわたしは自分に言い聞かせてるの、わたしがこの立場にいるのはたぶんこのためなんだって。だからわたしはここにいるの。これのために」

「わかります」マーサは言った。「わたしもレンクのことで同じようなことを考えますから。でもときどき」――彼女はゆっくりと慎重に話し、一語一語をボードゲームの駒のように配置していった――「それだけでじゅうぶんだろうかと思うことがあります」

セイラはバッグから鮮やかなピンク色のペンシルを取り出し、慣れた手つきでまぶたに濃紺の翼を描きなおした。そしてマーサに顔を向けた。

「つまり、レンクと別れるってこと？〈ファンテイル〉を辞めようと考えてるっていうの？」

マーサは言った。「ええ、そうです。そう考えてます」

「辞めてどうするの。慰謝料がもらえるわけじゃないし、財団かなにか運営でもするつもりなの」

「ええ、それもありだと思います。わたしがまだ辞めていないのは……レンクが築き上げてきたものを利用して、もっとましなことができるんじゃないかと考えてるからなんです」

セイラはマーサを見つめた。彼女の首が傾きはじめた――まるでそれ自身の意思で動いているかのように。世界が回転していて、セイラがそれに合わせようとしているかのよう、傾いた世界に合わせて視界をまっすぐに保とうとしているかのようだった。

「女子トイレ会議ですね」マーサは言った。

人と人とのあいだに、どのようにして信頼は生まれるのだろうか。信頼とは差し出すことであり、また受け取ることでもある。ほんの少し自分を傷つきやすい位置に置くことであり、それでも相手が傷つけるのを控えていると気がつくことだ。互いに手を差し伸べあい、同時に笑いあうことだ。自分のなかに他者のモデルを作りあげ、それを自分の手のひらに載せ、いろいろな角度からためつすがめつしたうえで、「たしかに、欠点があるのも危険があるのもわかるが、真の意味でわたしに危害が及ぶようなことは起こらないだろう」と言うことだ。そして「ひとりでいるよりあなたを信じるほうがいい」と言うことだ。

セイラはTシャツの下でブラジャーのホックを外し、華奢なレースに水をかけて、親指の腹でやさしくこすった。

「ねえ、まるで聖書みたいね。文字どおり血の雨が降ったんだもの。あのね、わたしそういうことを聞かされて育ったのよ。母がものすごく信心深いっていうか。毎週日曜日に欠かさず教会に行くどころじゃないの、毎日なんだから。血だのカエルだの、イナゴだの疫病だの雹《ひょう》だの暗闇だの。もうおまえにはうんざりだって主が伝える方法なんかいくらでもあるでしょう」

「イタリアではイナゴの大発生がありましたよ。ほんの数週間前に。その前には南アフリカでも」マーサは言った。

「新型コロナウイルスやエムポックスもあるし」セイラがちらと横目で見てくる。「カナダではグレープフルーツ大の雹が降ったんですって。夏に」

ふたりはいっしょに笑っていた。マーサは、いっしょにこのゲームができる相手に会うのは初めてだった。

「ほんとうですか、その雹の話」マーサは言った。

「もちろんよ。〈アンヴィル〉には世界の終わりを知らせる警報《アラーム》があるの。神は人間にものすごく腹を立ててるみたいね」

なにかが始まったのはこのときだったろうか。セイラ・ノミックがこの順序でこの言葉を口にしたことが、このあとに起こるすべての物事の種を蒔《ま》いたのだろうか。しかしこのとき、マーサはそれをただのジョークとしか考えていなかった。

セイラ・ノミックは言った。「もし昔ふうの預言者みたいな人がいたら、いまやってることをすべてやめて、ただちに手を打てと言ってるでしょうね。ほかはなにもしなくていい、これが解決するまではって」

「わたしの友人にもそう言ってる人がいます」マーサは言った。「なんとかできるのは技術者だけだって。こんなに迅速に物事を変更するのに慣れてるのはわたしたちだけだからっていうんです」

「そうね、すぐにやらなくちゃならないことだもの、ね。気候問題、環境破壊……しまいにはひとりでに回復するだろうけど、それには六百年かかりそうだし、文明崩壊を経験する破目になるだろうし、六十億の人が亡くなって、人類は石器時代に逆行してしまうんだわ。それがいやなら、みんなが腹をくくってほんとに大急ぎで取りかかるか。そしてそうね、五年ぐらいは大きな痛みに耐えて、電気なしで暮らして、世界じゅうの人間をみんな問題解決のために動員して、そうすれば最悪の状況をだいたい乗り越えられるでしょうね」

「乗り越えた先には、美しい世界が待っているんですよね」マーサは言った。

「ほんとにそのとおりよ」セイラが勢いよくふり向くと、小さな水滴が飛び散ってマーサにかかった。

「あらやだ、ごめんなさいね」

「今日はもっとひどいものをぶっかけられましたから」

「たしかにね」セイラは言った。「でもね、ほら、ねえ、わかるでしょ？　わたしは本気で探してるんだけど、このことをほんとうにわかってる人って、あなた以外に会ったことがないと思うの。あっち側には美しい世界が間違いなくあるのよ。人類のせいで生物種が根こそぎ絶滅させられたりしない、都市は清潔で美しくて野鳥でいっぱいで、車はみんな電気自動車でシェアされていて、通りは安全で子供たちが遊べるし、テレビもインターネットも、コンサートもスポーツの試合も、そういういいものはみんなそのまま残せるし、まあたしかに、おおむねビーガンみたいな食事になるとしても、それはほんとにおいしい食事にできるのよ。ただ大きな痛みっていう壁をできるだけ早く乗り越えればいいの、そうすればそういう世界に行き着けるのよ」

「わたしの友だちを紹介したいわ」マーサは言った。

「ええ、ぜひ」セイラは濡れたブラジャーをたたんでビニール袋に入れながら言った。「あなたのお友だちと話をしたいし、あなたと話をしたいし、それであなたには上司のレンク・スケトリッシュと話をして、〈フューチャーセーフ〉に一枚嚙むように説得してもらいたいわ」

「わたしの友だちって、アルバート・ダブロウスキーなんです」マーサは言った。

「ああ、そうなの」セイラは言った。すぐにはだれのことか気がつかなかったのだ。その名は遠い過去――というのは、シリコンバレーの尺度で言えばだいたい十二年前――に埋もれている。が、やがて気がついた。「ちょっと待って。友だちなの。アルバート・ダブロウスキーと?」

「ええ」

「信じらんない、どうしてそんなことになったの」

「いろいろあって」

セイラは眉をひそめて考えた。「ねえ、そういうことなら話をしてもらいたいわ、バジャー・バイウ、ォ、ー、タ、ー、と」
それから半年と経たずにＡＵＧＲは誕生した。

12・くだらない歌があんなに作られるわけ

人はいつでも未来を追いつづけている。ただやっと追いついても、それはけっして想像どおりではない。ときには、ごくまれにだが、想像していたよりよいこともある。

こんな出会いからずいぶん月日が過ぎ、その一月の寒い日、マーサ・アインコーンはロンドンのホテルの屋上にいた。そこでは金のかかったパーティが開かれており、バジャー・バイウォーターがマイ・ストローを持ち込んで、レンク・スケトリッシュを怒らせていた。言うまでもなく、バジャー・バイウォーターは好きなようにふるまうことができる。世界じゅうに遍在する一族の富に守られて、バジャーはそのガラスのストローでのんきにジュースを吸っていた。アルバート・ダブロウスキーも、すでに奪われて困るものがなにもないので、ある程度は好きなようにふるまうことができる。この屋上のパーティで、彼ははたで見るほど肝臓に負担をかけてはいなかった。フルーツポンチと見えたのは、ほとんどがただのフルーツジュースだったのだ。全員が頭をはっきりさせておきたいと思っていたし、アルバートの肝臓はもうかつてほど頑丈ではない。セイラ・ノミックは、この長く退屈な五年間と同様に、賢くたくみにゲームをプレイしていた。というわけで、いちばん不確実な立場なのはマーサだった。ロンドンに来る理由を作るためだけに、「サバイバルツールとしての〈ファンテイル〉」といった死ぬほど退屈な冠イベントに、自分から出席すると申し出なくてはならなかったほどだ。

雨粒が屋根を叩く。彼女はシンスクリーンをチェックした。時間だ。このところおなじみの鬱陶《うっとう》しい感覚――義務感と孤独感と当然の責任感のないまぜになった――につきまとわれつつ、階下の退屈なイベントに出席するためにエレベーターに乗った。

当然のことながら、マーサは事前にインターネットでライ・チェンのことは検索していた。ライ・チェンは人を惹きつけて離さない、興味深くてカリスマ性のある人物だ――それも道理、なにしろ彼女と友だちになりたがっている者が二百八十万人もいるのだ。しかしマーサは、カリスマ的な人物については斜に構えた見かたをするようになっていた。ライ・チェンはまず間違いなく、うぬぼれの強いいやみなナルシストに決まっている。それでも、SurlySurvivorには会う価値がある。香港陥落のさいに〈ファンテイル〉があういう役割を果たしてから、マーサはずっとあれを生き延びた人物に会いたいと思っていたのだ。それに、ライ・チェンはなにかの役に立たないともかぎらない。

人生には、予測もコントロールもできないものごとがある。それは危険で恐ろしく、人の生活を破壊し、計画を滅茶苦茶にする。だからこそ、それについてあんなにくだらない歌が飽きもせずに作られるのだ。

ライ・チェンはマーサ・アインコーンの手を取った。彼女は魅力的で楽しい人で、機知に富んでいて控えめだった。ふたりの手のひらと手のひらが触れた。マーサの身内で電流が目覚めたようだった。

ああまずい、マーサはそう思った。いまはそんなことをしている暇はない。しかし、次になにが起こるか、ほんとうに知るすべはない。

実地の経験こそ不足していたが、レンクがやるのを彼女は何度も見ていた。何人もの妻や愛人、彼の子供の母親、そしてセックスフレンドを相手に。むずかしいことではない。自分のささやかな弱みを見せたり、思わせぶりなことを言ったり。彼女の一部は、心の中でこう言っていた――いまは内なる湖の氷を溶かすのにいいときではない、せっかくだけど。凍ったままでいて、せめてこれから数か月は凍ったままでいてちょうだい。しかし、レンクがこういうことをするのを見ていた彼女の一部は、ポケットからホテルのキーを取り出してチェンの手に押し付け、チェンの瞳孔が開くのを見ながら思った――こんなことをするのは慣れていないし、こんなことをしたらどうなるのかなんてもう忘れてしまった。けれど、そういうことをするのが人間だ。ドアをノックして、入ってもいいかと尋ねる。すると、だれかを入れる理由などなにひとつないのに、ドアを閉じたままにしておくほうが安全で、分別があって、計画を立て直す必要もなくて済むというのに、これが人間というものなのだ。人はホテルのキーをだれかに渡してしまう。

最初の朝、彼女は先に目覚めて、チェンの静かな寝顔を見ていた。よくもこんなことができたものだ。彼女はチェンより、あらまあ、十一歳も年上なのか。世間ではそれでもうまくやっている人もいるけれど、でもわたしが、ほんとうに? 自分のベッドに別の人間という異質な存在があったせいで、彼女はひと晩じゅうろくに眠れなかった。身を固くして横たわり、身内に奇妙な恐ろしい夜明けが訪れるのを恐れていた。チェンが寝言で何事かつぶやいた。中国語らしく、「ボウ・ブイ」のように聞こえた。そしてマーサは思った――ああ、でもわたしはそうしたい。また朝が来て、わたしはとうとう陽射しのなかに立っている。顔を太陽に向け、肌に触れる熱を感じた。目を閉じた。むかし、日暮れも近いときに寒く暗い森に父親に置いてきぼりにされてから、どこへ行こうと関係なく、ある意味で彼女はずっと、あの森の奥にひとり取り残されていた。チェンの寝息に耳を傾ける。このあとどうなろうと、そんなことはどうでもいい。ようやく胸のときめきを覚えたのだ。

カリフォルニアにいるモルモットたちの様子を見るために、彼女はウェブカメラをセットしておいた。家政婦が毎日世話をしてくれる。モルモットたちはお城のなかで暮らしている。ナツメグは、ひとかじりしようと干し草のミニ俵のほうへちょろちょろ向かっている。トウポケット——言うまでもなく、足先《トウ》を毛布のポケットに突っ込むのが好きだったからついた名前だ——は上階の部屋で眠っている。その朝、ロンドンのベッドで、彼女は夜行性のモルモットの動きを見守っていた。たとえようもなく可愛かったが、だしぬけに、要求の厳しい仕事とモルモットへの愛情だけではじゅうぶんでないと思った。もう二度と、それだけでじゅうぶんな時は戻ってこないだろう。くそ、なんてこと。

その日セイラがメッセージを送ってきた。**ほんとうのことを言ってよ。本気なんでしょ?**

マーサは本気じゃないと言おうかと思った。実際、深入りすることにはならないかもしれない。チエンがろくでなしだとわかるかもしれないし。しかしいずれにしても、自分が軽い気持ちでないのはわかっていた。

アルバートは言った。**そうか、ちくしょう、まあおめでとう。**

かれらはいま、事前に決めていた仮名を使い、編物板のプライベートメッセージで話していた。その次は深海ダイビング板、その次は糖尿病患者の板で。板は週に一度移動する。じかに会ったときに半年ぶん暗記するのだ。

バジャー：会ってみたいんだけど。
アルバート：なに言ってるんだ、みんな会いたいに決まってるじゃないか。
バジャー：そうだけど、まじめな話、いまじゃボクたちすごく親しいんだからさ。
セイラ：それはいい考えだと思う。調べる必要があるっていうわけじゃないけど……いまじゃわたしたちすごく親しいんだから。
それならというわけで、バジャーはニュージーランドでチェンに会った。そして彼女のことを大いに気に入った。
アルバート：きみは本気で彼女が好きなんだな？
セイラはマーサに答えるひまを与えなかった。
たしかに彼女はすてきな人よ。だからマーサは彼女が好きになったんだし、だから認めるわけにはいかないの。ごめんね、マーサ。でもこれからのことを考えて。あとせいぜい数か月しかないのよ。気候変動に黒カビに南シナ海の戦争。その時はやって来るし、そう長いことはないわ。
マーサは思った――どうして、またもやこんな状況に陥ってしまったのだろう。否認と義務。仲間たちのことを考えたら好き勝手は許されない。どういうわけか、こんなに長い年月が経ってから、わたしはまた居住地に戻ってしまっている。ノーと言おうかと思った。あの最初の朝の気持ちを思い出す。恐怖で身体がこわばり、ろくに眠れず、顔に当たる陽光の感触を恐ろしいほどの確信をもって予測していた。
しかし、彼女はすでに恐ろしい秘密を作ってしまっている。これを知られたら、計画はすべておじゃんだ。だから彼女は黙っていた。

セイラ：ねえ、ほんとにやばい事態になったら、そのときはいつでも彼女を連れてこられるじゃない。風船があがったら連れてくればいいわ。そうなったらだれも止めたりしないから。

しかしセイラは知らなかったが、マーサはすでに——ある意味で——この世の終わりに備えてチェンを連れてきていたのだ。

マーサはネットでのチェンのトークや動画を観ていたし、ライブストリームをいちいちカレンダーに登録していた。そのいっぽうで、チェンからの連絡はさりげなくかわしていた。メッセージが来ても、笑顔や立てた親指《サムズアップ》の絵文字のような、ごく簡単な返事で済ませたり。期待外れのテントややたらに値の張る感染モニターについて語る、チェンの皮肉っぽい笑顔を観、辛辣な言葉を聞きながら、マーサは思った——自分では気づいてないけど、もうあなたは安全なのよ。

マーサは非常に特殊なパッケージを届けるために、ホテルの部屋に独自のWi-Fiネットワークを設定した。そしてある朝、マーサはそのWi-Fiとパスワードをチェンに託し、チェンは自分のデバイスをそれに接続した。マーサのインターネットがノックする。チェンのセキュリティ・システムには、だれかをなかに入れる理由などどこにもなかった。人間であるということ以外には。接続したいという欲求のほかには。手と手が触れあう瞬間のほかには。そうなるとどんなことでも起こる。どうぞお入り、とチェンのセキュリティ・システムが言った。こうして、だれも知らないうちにマーサはチェンにAUGRをプレゼントした。

人を信頼するのにじゅうぶんな理由などありはしない。信頼しなければ生きていけないということ以外には。画面の向こうでチェンがこんなことやあんなことを話すのを見ながら、マーサは思った——あなたは安全なのよ。いつかなにもかも説明してあげる。世界が終わりを迎えたあとで。

いつ逃げるか

「世界が終わると気づいたときには、もう手遅れでしょ？」

シィ・パックシップは笑った。つい釣り込まれそうな笑い。世界一の大富豪三人も、われ知らずいっしょに笑っていた。

マーサに見いだされたとき、彼の笑いかたは不安そうで、いかにも物欲しげだった。しかし特訓の甲斐あって、レンク、エレン、ジムリの前に出せるまでになったのだ。彼のアイディアにはかなりの見込みがあったし、彼女の特別プロジェクト予算から資金をいくらかまわしてやると、その見込みはさらに大きくなった。これならほんとうにレンクが欲しがるかもしれない。マーサとしては、パックシップがしくじったせいで、紹介した自分が無能と思われるのは避けたかった。

シィ・パックシップのプレゼンテーション法は完璧だった。スライドも完璧だった。彼の顔は完璧で、左右対称で美しい。彼が売るものなら客はなんでも買うだろうし、買った自分をえらいと思うにちがいない。

「みなさんは以前から考えておられる。日がな一日、みなさんがなさってるのは未来を直視すること、それだけでしょう。だから、いつ避難すればいいか正確にわかると思っておられるでしょう。おそらく、合理的・論理的・客観的に判断できると信じておられるでしょう。ですが、よく知られているとおり、それがそうではないのです」

ジムリ・ノミックは椅子のうえで身じろぎした。朝早くから叩き起こされて山のなかに入ってプレゼンテーションを聞かされるのが気に入らなかったし、どうもこの男に侮辱されているような気がしていた。「きみはどうか知らないが」ジムリはぶつくさ言った。「わたしは間違いなく合理的に判断できると思うね」

シィ・パックシップは、息をするようにやすやすとそれをかわした。「機械に判断を任せるほうがよい分野もあります」彼は笑顔で言った。これはジムリの考えとまさしく一致していた。「人は感情に左右されやすいものです。ルーレット台にいつまでも張りついてしまったり、危機的状況で凍りついてしまったりします。こういう物事について考える、じゅうぶんな訓練と教育を受けた人々ですら例外ではありません。目的地に向かうことばかり考えて、パイロットが悪天候を無視するという話を聞いたことがありませんか。航空機事故はたいていそれで起きるのです。では、テクノロジー業界はどうでしょうか。楽観主義や認知バイアスで、わたしたちはなんとかなると考えつづけ、そのうち手遅れになってしまいます。しかし（ここでパックシップは言葉を切り、勝利の笑みを浮かべた）、パイロットは直感には頼りません。機首を上げるべきとき、地面にぶつかりそうなとき、速度が落ちすぎたとき、それを知らせる機械があるからです。

そこで、ひとつ質問させてください。みなさんはシェルターを用意しておられます。避難する先をお持ちです。しかしここに問題があります。いつ逃げるべきか、どうしたらわかるでしょうか」

ゲームに参加するような調子で、エレン・バイウォーターが言った。「街で暴動が起こったら」

「なるほど。シェルターまではどうやって行かれます？　プライベートジェットですか。飛行場まではどうやって行かれます？」

「リムジンかな」レンクが言った。幼稚園児に戻ったかのように面白がっている。エレンやジムリとは異なり、彼はこの話がどう進むのかすでに知っているのだ。

「街で暴動が起きていたら、リムジンで怒れる暴徒をかき分けて進めるでしょうか」

「アメリカ人は金に弱いからな」ジムリは言い、大きい不格好な両肩をゆすった。

「いま考えなければならない日には、アメリカ人もお金持ちに恐れ入ったりしなくなるのではないでしょうか」とシィ・パックシップ。「わたしたちがここにいるのはそのためです。すべてがふだんどおりに運ぶ日のためではなく、すべてが滅茶苦茶になる日のためです。なんとか飛行場にたどり着いたとしましょう。あなたの飛行機がまだそこにある確率はどれぐらいでしょうか。それがちゃんと離陸できる確率はどうでしょう。燃料が抜かれて売り飛ばされていないとどうして言えますか」

セイラ・ノミックは息切れしたかのように大きく息をついた。

ジムリが彼女の腕に大きな手を置いてささやきかけた。「サプライチェーンを所有してるから、燃料はいつでも入手できるさ」

「もうひとつ問題があります」シィ・パックシップは言った。「みなさんのシェルターの秘密はどれぐらい守られていますか」

「完全に守られてるわ」エレン・バイウォーターが言った。「どこにも抜け穴なんかないわよ」

「なるほど、場所も暗証番号も秘密になっているんですね。パイロットの経歴は十人もの私立探偵を雇って徹底的に洗わせて、ギャンブルの借金もなければ愛人もおらず、医療費もたまっていないのは確認済み。パイロットが必要になる日まで、彼はのらくらしていてもじゅうぶんな報酬を受け取れるし、家族もいっしょに連れてきていいことになっている、と。けっこうです。ところでパイロットの隣人は信用できますか？」

「なにを言ってるんだ」ジムリが唸るように言った。

「まじめな話です。必要なときすぐに飛ばせるように、パイロットをどこへも行かさずずっと待機させているのでしょう？　そんなパイロットが、この三か月で十七回めに食料価格が高騰したのと同じ日に、上着を引っかけて家族いっしょに車に乗り込んだとしたら、近所の住人がそのあとをつけようとしないと思いますか。飢えた人間はほんとうに目端がきくし、行動も素早くなるものです」

「リスクなくして報酬なしよ」エレンは言った。

「しかし、不要なリスクまでとることはないでしょう」パックシップは言った。「暴動が起きる前に、なにが起こるかわかっていたらどうでしょうか。食料不足が起こる前に、デモ隊があなたのジープを引っくり返す前に、暴徒が家を出る前に、暴徒がプラカードに文字を書く前に」

シィ・パックシップが三本指でコントロール・ジェスチャーをすると、次のスライドが表示された。それにはこう書かれていた。

いつ出発すればいいのか？

「ＡＵＧＲはサバイバル用のＡＩです。あなたを保護し、あなたが危険にさらされているときはそれを理解し、そこからあなたを脱出させてくれます。しかし、ＡＵＧＲの機能はそれにとどまりません。ＡＵＧＲは、だれかが察知できるよりずっと早く、危険が迫っていることを知らせます。ＡＵＧＲは、本プログラムの参加者に脱出すべきときを知らせる、完璧なアルゴリズムのパッケージでありプロトコルです。ＡＵＧＲは未来を知ることができるのです」

彼はまたスライドをクリックした。口を挟む者はなかった。

防衛境界

「破滅的な事件や政治社会的災害が起こる十日前には、自宅や会社、あるいは職場を離れておきたい。この十日という期間を防衛境界と呼びます」

AUGR：機械学習

「AUGRは、ボパールの薬品漏洩事故からチェルノブイリ、二〇二〇年から二〇二三年のパンデミック、そして香港陥落に至るまで、何千何万という都市、地域、国家規模の災害を分析しています。火のないところに煙は立たないと言いますが、そもそもなにもないところに火は起こりません。あとから考えると、なにが起こるか知る方法はあるものです。AUGRは、入手可能なデータストリームをすべて利用し、これらの事象に関わる目に見えないパターンを学習しています。AUGRは、経済データ、気象データ、地震データ、通貨取引、人口移動、交通量を調べています。最近の出来事については、インターネット検索、ソーシャルメディアの投稿、携帯電話の使用状況、鳥の飛行パターン、大気の質、ミツバチの授粉、アリのコロニーの移動を分析しています。あるデータセットが関連する理由、あるいは関連するかどうかについては問題としません。すべてが、そしてどんなことでも関連しうると考えるからです」

「ほんとうに使えるのか」ジムリ・ノミックは言った。

セイラ・ノミックは彼の膝に手を置いている。彼女は落ち着き払っていた。「未来を予測するなんて……そんなの無理よ」眉をひそめて言った。「ジムリにだってできないわ」

ジムリはかすかに微笑んだ。彼は人に教えるのが大好きだ。マーサは、セイラの言葉でジムリが――わずかに、しかし間違いなく――パックシップの肩をもつほうに近づいたのがわかった。懐疑的な妻に対し、未来予測の可能性を擁護するのだ。「ある程度までは可能だよ」彼は言った。「なにが起こるか正確に当てることはできなくても、傾向なら――もちろん予測できる。なにを観察すればいいかわかっていれば、傾向は分析できるから」

「ありがとうございます」シィ・パックシップは言った。「それがまさにわたしたちのやっていることです。すばらしい慧眼をお持ちですね」

AUGR：分析から予測へ

「二年間、わたしたちはAUGRを休みなく実行してきました。性能はどんどん向上しています。いまでは気分やペースの変化も感知できるようになりました。制御不能にスピンしている車輪に気づけるようになっているのです」

スライドがひらめき、画面上に写真が次々に映し出された。南米の主要都市で不正選挙後に起きた暴動。東欧の港での軍事侵攻。原油流出事故。それまで岩のように頑丈と思われていた企業の倒産。大学生の座り込み、新聞の主筆の解任、吊り橋の惨事。

「この最後の三件についてＡＵＧＲは、重大だが避難不要の事件というフラグを立てました。ＡＵＧＲはライフスタイル・システムです。あなたがこのプログラムに参加すると、ＡＵＧＲは大規模な事件に目を光らせるいっぽうで、とくにあなたに関わる個人的な危険——たとえばストーカーやインターネットのヘイト集団などにも注意するようになります。つまり、あなたがすぐに逃げなければならないような、そういう事態に気をつけるわけです」

ＡＵＧＲとあなた

「これがあなたの人生にどのように役立つか説明しましょう。朝起きると、ＡＵＧＲが境界イベントを検出していたとします」

一連の画像——スマートウォッチ、スマートフォン、タブレット、家庭用ゲーム機上の目立たないＡＵＧＲアプリ——それぞれの画面の隅に小さな黒い点が表示されている。だれかにデバイスを見られても怪しまれることはなさそうだ。「お子さんのお世話係も、プールの管理員も、元奥さんも気づかないでしょう」レンクとジムリは、どちらも元妻がいるだけに声を立てて笑った。

「あなたはネットでＡＵＧＲにチェックインして脅威のレベルを確認します。次にＡＵＧＲは、あなたと相談の上でもっともらしいストーリーをでっちあげます。突然ビジネスチャンスが舞い込んだとか、緊急手術が必要になったとか、あるいは予想外に取引がキャンセルになってスケジュールに空きができ、子供を連れて短期旅行に出かけられるようになったとか。その話に説得力を持たせるために、メールやスクリーンショットを偽造することもできます」

整然と避難

「あなたは避難できるだけでなく、快適に避難することができます。警報が出ているとはいえ、いまはまだ朝です。飛行場とパイロットに、今晩避難システムの実地テストをしたいと伝えましょう。時間はあるのですから、先祖伝来の家宝を梱包したり、今夜はお楽しみが待っているとお子さんたちに伝えたり、家庭の事情で休むと学校に連絡したり、秘書に会議の予定を変更させたりしましょう。午前中はノートパソコンの前で過ごし、午後は貸金庫に出かけたとしても、飛行場に向かう前にお気に入りのレストランで夕食をとる時間がとれます」

出発後

「みなさんおひとりおひとりに、避難したあとの状況を監視する独自のシステムがご用意されます。AUGRは、将来を見据えて状況に関する選択のお手伝いをいたします。たとえば三週間後にまた状況が不安定化するなら、戻る意味はありませんよね。AUGRは、大規模な崩壊のあとでも、利用可能なすべてのデータストリームを監視しつづけます。広範囲に大混乱が生じていても、AUGRがあればどこが安定を取り戻すか（取り戻す地域があればですが）わかります。AUGRはあなたに代わって選択を行なうわけではありません……が、選択肢をより明確にしてくれるでしょう」

シィ・パックシップはプレゼンテーションを終えようとしている。いよいよ金の話を始めるときだ。エレンもレンクもジムリもまだ関心をなくす気配はないし、これが試合開始だ。そしてマーサは、その売り込みがまさに殺し文句なのを知っていた。最後のスライドがひらめく。それはAUGRのロゴ、図案化されたドリルの絵だった。この名には、予言者を意味するaugur（オーガー）と、穴をあける道具を意味するauger（オーガー）の両方がかかっている。

「こうしてみなさんにお会いできたのは、ミズ・アインコーンのおかげです。彼女はわたしの仕事に目を留め、開発資金を入手できるようにしてくれました。なんとお礼を言ってよいかわかりません。ですがいま、わたしは市場に打って出ようとしています。ご存じのとおり、テクノロジー関連の新興企業は多くの場合、短期間で成長しなければなりません。しかしAUGRはその逆です。わたしたちは未来永劫小さいままでいなくてはなりません。あらゆる都市のあらゆる人々に所有されていては意味がない。選ばれた集団のための製品なのです。関心を持つクライアントは多数存在しますが、それがどういう人々なのかあえて申し上げる必要はないと思います。しかし、わたしが最初にこちらにご相談したのは、あなたがたお三人ならば、AUGRが他の顧客に検討されることをいっさいお望みになるまいと、ミズ・アインコーンがおっしゃったからです」

ジムリはエレンを見、エレンはレンクを見た。三人はこういうものを求めていた。これはかれらにとってチャンスだ。かれらの探し求めた解決策《ソリューション》がここにある。

第四部

反復の可能性
あるいはがんばれ、もう一度がんばれ
あるいは、あきらめなければ終《しま》いにはたどり着ける
まあ、さもなければ終いのほうからこっちへやって来るだろう

〈ネーム・ザ・デイ〉サバイバリスト・フォーラムからの抜粋

板：「戦略」／「OneCorn の聖書研究」

>> **OneCorn** のステータスは「備蓄最大限」。投稿数４７４４件、いいね１万４８２９件。

明るくなる前がいちばん暗い。そういうことなのだ。

ロトの物語は基本的にサバイバルの物語だ。サバイバルにまつわるあらゆる問題と自己欺瞞《ぎまん》の物語。ロトとその娘ふたり、モアとアンマは、ソドムに降り注いだ火の雨を無事に生き延びた。娘たちはまず母親を亡くした――エドはふり向いた。彼女は過去に魅入られて立ちすくまずにいられず、それ以上前に歩を進めることができなかった。彼女は塩になった。涙のせいか海のせいか、あるいはいずれにしても人間でないなにかのせいか。ただの岩塩の塊になって、彼女にとって人生はそこで終わった。

しかし、彼女の娘たちと夫は、まっさらのスタートを切ることができるとだれもが思っていた。かれらは破滅した町のたった三人の生き残りで、神の御使いの手で一瞬に救い出されたのだ。そしてツォアルというべつの町に行き着いて、新たなスタートを切った。さあがんばれ、自力で立ち上がれ、後ろをふり向くな。それはそうなんだけどね、創世記によれば、自分の意志力では抜け出せない問題ってのもあるんだ。

トラウマは何度も何度も戻ってくる。

ロトの物語は、唯一の生き残りがいかにヤられてしまうかという物語だ。ロトの場合は、完全に文字どおりそうだったわけだけど。


創世記第19章、30〜36章、おおまかに翻訳

警告（この文章には以下の内容が含まれます）：洞窟、アルコール、レイプ、近親相姦、妊娠、絶望、インターネット。


そんなわけでツォアルに着いたけど、そこに長くはいなかった。聖書が言うには「ロトはツォアルに住むのを恐れた」んだ。ひとつの町が灰燼に帰すのを見てしまって、また同じことが起こるのではと思ったのかもしれない。希望を抱く習慣を失ったんだね。

かれらは町を去って、洞窟に住みはじめた。人はみんなそうするんだろうって気がするね、都市を信じられなくなったけど、大地を歩き、遊動し、狩猟採集で生きるスキルは失ってるんだもん。きっと自分で自分が恥ずかしかっただろうね。

ある夜、消えかけた焚き火のそばで、モアはアンマに言った。「これからどうなるのかしら」

姉がなにを言いたいのかわかっていたけど、それでもアンマは言った。「どういう意味？」

「それ、くわしく説明しろって本気で言ってるの？」

「つまりお姉ちゃんが言いたいのは、わたしたちは一生洞窟のなかで暮らして、まずお父さんが死んで、次にわたしたちのどっちかが死に、次に残りのひとりが死ぬってこと？」

「わかってるじゃん。うん、わたしが言いたかったのはそういうことだと思う」

「それじゃ、これからどうなるかって言ったらそうなるんだと思うよ」

「あんたはそれでいいの」

神はかれらの家を奪い、夫も母親も、隣人も近隣の家々も、安全も安心も奪い、さらに次に起こることを考えれば、おそらく正気をも奪ったのだろう。ふたりは神に大した恩義を感じていなかった。ロトはふたりを暴徒に差し出そうとした。だからふたりは父に大した恩義を感じていなかった。あとに残ったのは自分自身の欲望だけだ。夜明けが訪れるごとに目を覚ます生命の力。自分の代で一族の血を絶やすまいという、あらゆる生物に共通する欲望。

もう一度警告しておくけど、このあとの話はブラックもブラックになるからね。姉妹たちはどこからかぶどう酒を手に入れた（追記：ふたりは明らかに町があるのを知っていて、そこでぶどう酒を手に入れてきたはずだ。洞窟で完全に孤立して暮らしていて、ぶどう酒を作るなんてできるわけがない）。

ふたりは父親にぶどう酒を飲ませ、あげく父親はへべれけになって、相手が自分の娘なんだか、ソドムの門のそばに立ってた売春婦なんだかわからなくなった。彼は洞窟の壁にぐったり寄りかかり、若い女が馬乗りになってくると、ロトは失った世界の夢でも見ているかのようにそれを楽しんだ。

それが第一夜だった。その夜、アンマは洞窟の入口に腰をおろし、声を立てずにひとり鼻歌を歌いながら、山のふもとに向かって石を投げていた。なにもすることがなく、話す相手も行く場所もなかった。

つまりそういうこと。これもトラウマの影響だよね、視野狭窄《きょうさく》。聖書によれば、娘たちはこう言ってる。「このあたりには、世のしきたりに従って、わたしたちのところへ来てくれる男の人はいません」だけど、このふたりはちょっと前までツォアルにいた。そこに男がいるのはわかってたんだ。世のしきたりのことも知ってるんだ。これは、文明の最後の生き残りになるとはどういうことかっていう物語だ。そんなときにしょうがないで片付けて、平然と次へ行ける人間なんかいない。娘たちはほかにも男がいるのを知っていた。それなのにそこでがんじがらめになって、父親を残して立ち去ることができなかったんだ。

モアが奥から出てきて腰にまたリネンを巻きつけていると、アンマが尋ねた。「うまく行くかどうかどうしたらわかるの」

モアは言った。「待つのよ。これでだめだったら、もう一回やるだけよ」

二日めの夜はアンマの番だった。

アンマは自分にこう言い聞かせた。

・わたしはお父さんより善人でなくてもいい、間違いなくお父さんより悪人ではないから。
・お父さんはわたしのこの部分を暴徒に差し出そうとした。それで、どうするか選ぶ権利もわたしに指図する権利も失ったのだ。
・これ以外にどうする道が残っているというのか。この世界にあるのは骨と火と墓穴の悪臭だけではないか。
・お母さんは生きていないけど死んでもおらず、塩に変わってしまった。こんな世界を理解しようとしてもしかたがない。わたしは子供が欲しい。

愉快ではなかったけど、むずかしくもなかった。ロトをまた酔わせるのは簡単だった。なにが起こっているのか彼はうすうす気がついていたが、はっきり知りたくはなかったのだ。モアと過ごした第一夜には、なにも知らないまま酒を飲んだ。そしてアンマとの第二夜には、今度もなにも知らずにいるために彼は酒を飲んだ。人は自分を包む自己から解放されたいと切に願い、喜んで幻想のなかに身を投じる。

ソドムの暴徒はつかみかかってきたが、それに比べれば父親に対するアンマのやりかたはやさしかった。痛みも苦しみもなく、彼は鋭いうめきを三回発すると、また眠りに落ちた。

黄金律は明快そのものだ。「自分にとっていやなことを、ほかの人にしてはいけない」もっとわかりやすく言い換えてみよう。あることが自分の身に起こったとき、それが気に入らなかったら、ほかの人に対してそれをしてはいけない。これ以上に単純な話はないし、どんな規則も完璧ではないけれど、なにかを選ばなければならないとき、この黄金律はたいていとてもいい物差しになる。

その黄金律に従うなら、姉妹はこんなことをしてはいけないはずだった。しかし、世界が終わったあとには人の考えかたは変わるものだ――あるいは、世界は終わってしまったと自分で自分に言い聞かせているときには。

絶望のあとに来るものは――希望だ、運がよければね。夜明け前は暗いけど、つねに夜明けはやって来る。少なくともこの惑星《ほし》のうえでは。

運が悪ければ、絶望のあとに来るのは野蛮だ。「わたしがされたことはほかの人にしてもいいし、なにかをした人は同じことをされてもしかたがない」。近ごろのインターネットではこれが生きる指針になっている。これは黄金律の裏返しの双子だ。そういう気分のときなら「塩の規則」と呼びたいところだ。触れると崩れるし、使うたびに手が荒れるから。

黄金律は、人を復讐から遠ざけるように設計されたテクノロジーのようなものだ。自分はこれがいやだとわかっている、その知識をくりかえし思い出させる。ソーシャルメディアで「醜い」と言われたらいやな気分になる？　それなら、他の人にそういうことをしてはいけない。解雇されそうになったらやっぱりうれしくないよね？　だったら、だれかに対して同じことをするときは、それが正しいことかどうかじっくり考えよう。言いたいことはわかる。自分の感情を抑えたり、なにが正しいか考えたりするのは恐ろしく退屈だ。だけど、これが社会を築く方法なんだよね。黄金律はとんでもなく貴重な社会的技術で、これを使って暗闇を抜け出そうと闘ってきた人々によって大切に受け継がれてきたんだ。

残念ながら、最近ではかなり多くのネット住民が喜んで「塩の規則」に従ってるみたいだ。これは無限に復讐の連鎖を生み出す規則だ。ソーシャルメディアのタイムラインをスクロールして何年もさかのぼってみると、他の人がとんでもないことをしているのがわかって、そいつが同じことをされるのは完全に自業自得だってわかる。でもそれを言うなら、そのとんでもないことはきみ自身もやっていて、だからきみも同じことをされてもまったくの自業自得なんだ。それが積もり積もって、みんながみんなこの同じ悪循環にとりこまれてしまってる。それがいまのメディアとインターネットの状況だ。知るかぎり最悪の相手と洞窟に閉じ込められて、お互いに対してどんどんひどい仕打ちをしあい、それをしながら自分は正しいことをしていると感じてる。

ロトは娘たちのヴァギナを暴徒に差し出そうとした。だから娘たちは、父のペニスで自分の好きなことをしても構わないと感じていた。聖書には、ロトの話はこれっきり出てこない。ここで彼の話は終わってるんだ。洞窟にひとり座ってて、知らないうちに自分の娘ふたりとやってしまった。これはみんな同意してくれると思うけど、ロトはソドムから逃げのびたかもしれないが、その後は全然めでたしめでたしじゃなかった。

>> **ArturoMegadog** のステータスは「シェルター生まれ」

やれやれ、きみはまた聖書の闇の部分を掘りあげてきたね。

>> **OneCorn** のステータスは「備蓄最大限」

それはどうも。わたしにとっては特別な話だから。ほかにもまだだれか見てる人がいると思う？

>> **ArturoMegadog** のステータスは「シェルター生まれ」

このスレッドはいま４６１０人がフォローしてるよ。みんなびっくりして声が出ないんだろう。

>> **OneCorn** のステータスは「備蓄最大限」

まあ、もっともだよね。

>> **DanSatDan** のステータスは「豆の缶詰一個」

よし、それじゃあ話に加わろう。そのためにこの板にいるんだからさ。ぼくが思うに、サバイバルという観点から言うと、これは隠れたい、目立ちたくないっていう衝動に負けないってことだよな。他の生存者たちと団結するために必死で努力しようってことだろ？　ただし、「親父をレイプする」みたいな「団結」はだめだけど。

>> **OneCorn** のステータスは「備蓄最大限」

ああDanSatDan、「直視しにくい創世記研究会」へようこそ！　話を本題に戻してくれてありがとう。まあそういうわけで、わたしはこの問題についてずいぶん考えてきたんだけど……創世記のこのあたりの物語にはいろんな要素が盛り込まれてる。何度引っくり返してみても、どうしても底にはたどり着けない。この物語は明らかに家族の物語であり、家族のトラウマが子孫に伝わっていくという物語だ。でもそれはまた、生き残るとはどういうことかという物語であり、それにまつわる問題が語られてもいる。そしてそう、最低の悪党からもなにかを得ようとしつづけるって物語でもあるよね。

>> **DanSatDan** のステータスは「豆の缶詰一個」

信頼についての物語でもあるよ。性的暴行や暴徒の支配は避難のシナリオに関係ないというやつは、ほかの人間がどういうものかわかってないんだ。

ぼくの親父はよく言うランボー・タイプでさ。喧嘩っぱやくて、ほかの酔っぱらいと思いっきり殴りあいができないと、母親を殴ったりぼくを殴ったりしてた。あいつは核戦争でも生き延びたかもしれないけど、あんなやつなんか招き入れたくないだろう、シェルターでも洞窟でも。

ロトの家族は全員が警告になってる。むやみやたらに後ろをふり向いちゃいけないし、むやみになんでもかんでも持ってきちゃいけない。一度はそのおかげで助かっても、しまいにはそのせいで生命をなくすんだ。

>> ArturoMegadog のステータスは「シェルター生まれ」

そうだったのか。DanSatDan、そういうお父さんだと苦労しただろうな。

>> DanSatDan のステータスは「豆の缶詰一個」

ありがとう。それで聞きたかったんだけど、いまどう？ 元気にやってる？ 春にああいうことがあったけど。

>> ArturoMegadog のステータスは「シェルター生まれ」

ありがとう、だいぶよくなったよ。助けになることを自分で見つけて、日々それを実践してる。以前はひとりでいる時間が長すぎたけど、いまはプロジェクトに取りかかってて、おかげでずいぶん助けられてる。

1. ピーナッツ&アーモンドバターのパウチ二十八個

チェン

チェンはマドリードに三週間こもっていた。マリウスのところへ行くなら、足跡をかき消し、臭跡を薄めておかなくてはならない。

シンガポールを出てから、マニラ行きの飛行機に乗り、次の便、次の便、さらに次の便と乗り継いだ。その便と便のあいだで、リュックサックの底からホー・サラという名で作ったべつのパスポートを取り出した。これまで偽造パスポートで旅行をしたことはなかった。偽造パスポートを作ったのは動画視聴者を喜ばせるためだったが、それをとっておいたのは多少は個人的な趣味のため、そして多少は被害妄想のためだった。元難民のための安心毛布だ。使えるかどうかわからなかったが、ここと あちらのあいだのどこかの空港で、急に使ってみるほうが安全だという気がしたのだ。

マニラで八つのATMを使い、引き出せるだけの現金をすべて引き出した。空港のミニマートでカップヌードルを買い込んだ。今後の予定をキャンセルするよう自動アシスタントをセットし、なにを理由にしようかと考えて、ハンセン病の菌に曝露《ばくろ》したことにした。これならみんな信じるだろうし、それでも来てくれと言い張る者はいないだろう。

マニラから出発する飛行機のなかで、携帯電話のバッテリーを取り出し、ＳＩＭカードをふたつに折った。上空三万五千フィートで、ラップトップ、〈アンヴィル〉のシンスクリーンや〈メドラートーク〉のほか、所有するスマートデバイスのワイヤレス通信をすべて無効にした。

アンカラで、ホー・サラのパスポートを使って現金をすべてユーロに両替し、ＳＩＭをトイレに流した。スコピエでは次の便まで十六時間も待ち時間があったので、トイレで髪を脱色した――だって、したっていいじゃない。マドリードに着くと、マドリードにはなんの係累もないし、記憶にあるかぎり知りあいもいないから、バスに乗って街へ出た。塗装は剝がれ、看板は色あせている地区に差しかかったところで、バスを降りて歩きだした。安宿や格安電器店の並ぶ通りで、最初に目についた薄汚いホテルにチェックインした。べたつくシーツを見て安心する。ここには、彼女の顔を認識するようなスマートデバイスなどないだろう。

もし政府に追われているのなら、こんなものでは足りるまい。〈ファンテイル〉や〈メドラー〉などの巨大テクノロジー企業に、知らないうちに目をつけられていたのなら（たとえば、実験的な独自開発のソフトウェアをスマホに入れてしまったとかで）、これぐらいでじゅうぶんかもしれない。また、ただの頭のおかしい宗教原理主義者ひとりなら……あるいはそれが数人だったとしても、このレベルの対策で大丈夫だろう。

三週間分の宿泊費をキャッシュで前払いした。客室にはオレンジと赤の縞模様のカーテンが引かれ、ピンクのポンポンつきランプシェードがあった。そんな部屋のなかで、彼女は持ってきたバッグ類の中身をあらためた。いざそういうことになったとき、ほんとうに生き残るためにじゅうぶんな用意ができているのか、それともこれまでやってきたことはみんな、恥知らずのはったりにすぎなかったのか。バッグに入っていたのは――

・カップヌードル　十六個
・トレイルミックス（ハイキングなどに携行される栄養食品）大袋　一個
・「バンバ・スナック」なるものの大袋　一個（バックパックの底で粉砕されて、ピーナッツ風味の細かい粉末と化していた）
・色の異なる〈サバイバルジェル〉のパウチ　八個（展示会で手に入れたもの。一個で一日分の栄養がとれるというふれこみで、それぞれに食欲をそそる風味がついているとされていたが、あけてみたら風味はみんな同じだった。ライム味だが、かすかに、しかし間違いなくトイレ洗浄剤みたいな後味があった）
・ビーフジャーキー・スティック　十二本
・プロテインパウダー　六袋
・ピーナッツ＆アーモンドバターのパウチ　二十八個
・マルチビタミン　九十錠
・リンゴ　一個

そのほかにあったのは――

・精選された英文学の名作のアンソロジーと、世界で最も話されている二十言語の「初歩一千単語」と基本文法をまとめた本。薄い加工紙に印刷されていて、いざというときにはトイレットペーパーや焚きつけにも使えるというが、いまはどちらも必要でない。

・なぞなぞクロスワード（鍵がなぞなぞになっているクロスワードパズル）の本。英国に来てからすごいと感心していたものの、一度もやってみたことがなかった。それを、終末後の備えにしようと思ってわざと取っておいたのだ。

・小型手回し充電ラジオ　一台

・鉛筆八本、ボールペン五本、小さな黄色い子供用練習帳一冊

悪くない。電子機器のスイッチをいっさい入れずに、ここでなんとかやっていくにはじゅうぶんだ。頭のおかしいサバイバル・マニアの所持品なのはあいかわらずだが、それでも――この世界とは違って――ちゃんと意味がわかる。

最初にリンゴを食べた。栄養的には今日食べるのが一番だ。パリッとしていてみずみずしく、それを切羽詰まった気分で味わった。五感を圧迫してくるこの世界で、ロックダウン開始の儀式だ。

暗い日々ではあったが、単純な日々でもあった。十代前半の香港で過ごした数か月を思い出す。母が死に瀕していて、彼女は家を離れることができなかった。そしてその後は、父とともに海外難民キャンプで英国入国のための面接を待っていた。未来へと続いていく日常を来る日も来る日も維持しようとするだけで、どれだけ精神力と忍耐が必要だったことか。

その場で走ったり、ジャンピングジャックや腕立て伏せ、スクワットをしたりした。父が美容健康体操を彼女に教えようとしたことを思い出す。左へねじって一、二、三、右へねじって一、二、三、とやっていた姿がどんなに滑稽だったか。父がいまこの場にいたらどんなにありがたいことか。退屈

と恐怖は、それなりにおなじみで安全な感情に思える。インターネットに接続して、あのあとシンガポールでなにがあったか調べたかった。電話をかけたいという衝動にたえず責めさいなまれた。父に、別れた恋人に、あるいは十人もの友人のだれでもいいから。衝動は湧いては消え、消えては湧いてを繰り返す。衝動が戻ってくるたびに、バレンタインのキツネのワゴンをまっすぐ撃ち抜いてきた、あの完璧な銃撃のことを考えた。それでも、けっこう長いこと考えていないと衝動は収まらなかった。

だらだらと長時間寝た。スペインのテレビ番組やCNNを観、ラジオを聞いた。シンガポールのショッピングモールでの銃撃事件に関する話題は出なかったし、原因不明の死体とか、断熱消磁塩の雪を使った殺人犯の国際指名手配とか、そういう話も出なかった。情報が欲しい一心でスペイン語が上達した。なぞなぞクロスワードのやりかたを理解した。

部屋にこもって十三日後、意を決して廊下へ出て、ユーロ硬貨を握りしめて自動販売機に向かった。身体の震えを止めることができないまま、自販機の前に立って、チョコレートバーを選ぶふつうの人のようにふるまおうとした。階段室のドアが音を立てて開き、ぎょっとして縮みあがった。出てきたのは若いストレートのカップルで、キスをしながら歩いていてこちらには目もくれなかった。部屋に戻ると、次から次にチョコレートバーを貪り食った。ねばねばして甘い〈バウンティ〉の模倣商品を半分食べたところで、どうしても呑み込めなくなって手のひらに吐き出して泣いた。

二十日後、荷物をまとめて午前五時にホテルを出た。もう七月の初めで、空は明るく晴れていた。強行軍の旅行に出るにはよい季節だ。

コンビニエンスストアを見つけ、熱圧着のプラスティック・パックで売られている安いダムフォン（通話とメールぐらいしかできない携帯電話）を三台と現地のＳＩＭカードを三枚買った。その日の始発の地下鉄に乗り、チャマルティン・クララ・カンポアモール駅に向かう。乗っていたのは男がひとり。建設作業員らしく、長靴とつなぎの服に昨日の埃やペンキが飛び散っていた。彼女はプラットフォームで椅子に座った。小さな黒い鳥が五羽、ポテトチップの袋をつついている。拡張シェンゲン圏――世界最大の国境検査不要地域――を北東に向かう次の列車は、午前八時四十三分に発車した。

旅のこの部分は複雑だが、ある意味では簡単だ。電車は、シェンゲン協定に加盟していないスイスや小規模な地域を避けて、ヨーロッパ諸国を次々に横切って進んでいく。彼女はパーカーのフードを低く下ろし、透明なホログラム反射ダクトテープを三枚、顔の要所に貼り付けておいた。ヨーロッパの豊かで権威主義的な地域のカメラや顔認識プログラムを避けるためだ。肉眼では、顔の切り傷に絆《ばん》創膏《そうこう》を貼っているようにしか見えない。しかしカメラを通すと、奇妙な黒い形状として認識されて、アルゴリズムを混乱させることができる。彼女を見張っている者がいるとしたら、それはどんなやつらだろう。シンガポール政府が逮捕・引き渡し令状を出しているかもしれない。〈ファンテイル〉や〈アンヴィル〉や〈メドラー〉のスタッフということもありうる。この三企業はいずれも、ヨーロッパのほとんどの政府と公共機関に技術インフラを提供しているし。また、小さいながらも極端に粘り強いネットの原理主義的集団とか。どこの店やカフェやチケット売場に、そういう集団の友人やシンパがいないともかぎらない。彼女はどの駅にも夜遅く、切符売場が閉まる直前に着くようにして、キャッシュで切符を買った。そして可能な限り電車の席で寝た。疲労のせいで節々が痛んだ。

最後の行程は、ブダペストからブカレストまでの夜行列車だった。〈アンヴィル〉が高価な自動運転車に注ぎ込んだり、レンク・スケトリッシュが失敗した宇宙エレベーターに突っ込んだりしたような、そういう巨額の投資を受けてきた路線ではない。がたつく寝台車のコンパートメントでいっしょになったのはルーマニア人女性で、プラムブランデーのボトルを持っていて、濡れた羊毛のにおいをさせていた。女は真夜中過ぎに眠り込んだが、腐ったような湿ったようなおならを連発し、チェンは故郷の畑か、少なくとも家畜のにおいだと思った。電車の窓を少しあけるとひんやりした風が顔に吹きつけてきたが、延々とがたがた走る電車のなかでは、それでも眠れなかった。

暗闇のなかで横たわり、母のことを思い出していた。母の写真はしめて三十八枚持っている。いちばん気に入っているのは、一歳のチェンを膝に乗せてアパートメントの小さな中庭に座っている写真だ。それは〈メドラー〉の〈ムーブフォト〉で、チェンの母は離れたところの音を聞いてそちらをふり向くが、チェンがのどを鳴らすとまたこちらに顔を向ける。チェンと母の目が合うその瞬間、その目にこもる愛情の強さと純粋さに、チェンはいまでもそれが感じられるような気がする。いまはその写真にアクセスすることはできない。その他のとくに大切な所有物とともに、ネット上に保存してあるのだ。陳腐な装飾品——キーホルダーとかペンダントとか、そういうしょうもないもの——に加工しようとどうして思いつかなかったのだろう。お涙ちょうだいはダサいとか、そんなかっこをつけたっていまはなんの得にもならない。

母はチェンが十四歳のときに癌で亡くなった。母は死ぬのをいやがっていた。あの最後の一年間のことで、チェンがいちばん憶えているのがそれだった。母は死を受け入れられず、安らかではいられなかった。母はチェンの手を握り、幸せな一生を送るために必要なことをすべて伝えようとしたが、話は滅茶苦茶で、わけがわからなくなるいっぽうだった。母がけっして口にしなかったことが、そのころチェンが得た最大の教訓だった。どんなに切実に生きたいと願っても、大事なことをたくさんやり残して死ななくてはならないときもある。よそ見をしているすきに未来はやって来るし、生命を失う原因なんかいくらでもあるのだ。

チェンの母は、英国へ移住することを父に約束させた。香港では、中国共産党の侵略に反対する暴動やデモが起こっていた。チェンは当時まだ幼く、街頭デモに加わることも、ガスマスクを着けて警察や催涙ガスに立ち向かう学生たちに合流することもできなかった。もっとも、もっと年上だったとしてもどっちみち加わることはなかっただろう。母は日に日に弱っていた。チェンはネットで「十代の反抗」について読み、決心していたのだ――じつに論理的に、あたかも人が選べることであるかのように、自分の反抗は母が元気になるまでお預けだと。それでも、抗議活動を無視することはできなかった。若者がレインボーフラッグを掲げ、声を揃えて反政府スローガンを叫ぶのを、母はチェンといっしょに見ていた。そして値踏みするかのような目で彼女を見た。チェン自身まだはっきり自覚していなかったのに、母は娘のことを理解していたのだ。母はチェンの手をぎゅっと握って言った。

「お父さんがビザを申請してくれるからね」

しかし母の癌のために、父は期限までに書類を提出しなかった。香港市民が英国に移住するためのビザはあった。しかし母は国から出ることができず、そのため――あの数か月間は、毎日が今日で何もかも終わりのような気がしていたし、将来のことなど考えられなかった。そして母が亡くなったあとでは、スムーズに手続きを進めるにはもう遅かった。なんと言っても、期限を知らなかったわけではないのだから。というわけでこれが、英国の海外難民キャンプにたどり着く何千何万とある方法のひとつだったということだ。

〈デモ・リション〉会議のあと、チェンは何日間かネットでマーサの母親について調べた。というか少なくとも、彼女がどうなったかという噂について調べた。それによれば、エノクが居住地を立ちあげ、終わりの日に備えよという説教を始めてから、ほどなくしてマーサの母はエノクのもとを去った。彼女は夜中に逃げて、七歳の娘はあとに残していった。エノクが娘にどんな人生を与えるか気にもせず、ポートランドで新しいパートナーを見つけ、娘を取り戻すことにはさして興味を示さなかったが、それから五年後、左右を確認せずに通りを渡って〈フリトレー（スナック菓子のメーカー）〉のトラックにはねられて死亡した。未来は、人がよそ見をしているときにやって来て生命を奪っていくのだ。

ひょっとしたらひと目見た瞬間に、彼女とマーサはこのことを察知していたのではないだろうか。それが愛というものなのかもしれない。あるいは突然の激しい情欲、魅力、あるいはあの最初の瞬間にチェンがなにを感じたにしても、要はわかってしまったということか――この人なら、わたしの人生最悪の出来事を理解してくれると。そして、もしお互いについてそう察知していたのだとしたら、どうやって気づいたのだろう。幼いころに母を亡くした女性は、一定の肩の抱きかたとか瞬きの回数、あるいは着ている服とかで、同類を見分けることができるのかもしれない。

チェンはときどき、自分の臓器と臓器をつないで彼女を支えているのは、撚《よ》り対線《ついせん》のようなワイヤではないかと感じることがあった。ふつうの人はぴんと張った軟組織で支えられているのに、彼女は金属製のなにかで支えられているような気がする。たぶん彼女とマーサは、ふたりの言葉に含まれるワイヤの響きを互いのうちに聞き取っていたのだろう。列車が一マイル二マイルと距離を稼ぐのを、枕木を乗り越える音でカウントしながら、そういうサインを（それがなんであれ）探す監視システムをプログラムできないものかと考えていた。人間用のマークアップ言語（コンピュータに文章構造を理解させるための言語）だ。なにが起こっても、どれほどの未来がすでに奪われていたとしても、この人は生き残るすべを見出すだろうと示すなにか。

2. 世界のピクセル

マーサ

「ほら、絵文字よ」セイラは言った。「絵文字ってすっごい大発明よね」考え込むように棒付きキャンディをなめながらも、彼女の指はキーボード上を飛ぶように動いている。

四人はサンフランシスコ北部のホテルの一室にいる。なんということもないホテルで、顔認識機能などどこにもない。本名は使っていない。どこにでもある平凡なホテルの部屋。この週末、そろそろ試してみようということになった。マーサはアイディアを持ってきて、セイラは匿名化したノートパソコンを持ってきた。バジャーは母のタンスから予備のセキュリティタグを持ち出してき、アルバートはＴＨＣ（マリファナの主成分）入り棒付きキャンディを持ってきた。

「なにしろなんでも楽になるから、コーディングにはぴったりなんだ」と言って、彼はセイラに一本手渡した。マーサとバジャーはふたりとも首をふって断わった。「物事の相互関係が見通せるんだぞ」

「絵文字があれば機械に感情を判読させられるんだから」セイラは考え考え話している。「言語って複雑でしょ。すっごく複雑。『はい』が『いいえ』のこともあるし、『イケてるね』が『そんなのカスじゃん』って意味のこともある。おまけにそれが一定してないの。『はいはい、わかったわかった』や『やったー』が、ただの『イエス』とどう違うのか、機械に理解させることってできる？　無理よね、できっこない。そこで絵文字なのよ。これ、ほんっとありがたいの。ウインクしてる顔は『これは皮肉か冗談です』って意味だし、笑顔や怒った顔やおえって顔や……こういうのは……なんて言うか、感情を表わすマークアップ言語みたいなものなのよ。だけどそこに人間が関わってくると——ナスはペニスで、カウボーイハットはぶざまで、ドクロは『それかっこいい』になるの。人間は言語をすぐ滅茶苦茶にしちゃうし、絵文字じたいもだんだん意味が変わってきちゃったりするのよね。それで、代わりに出てきたのがリアクション——これはもう天才的だわね。〈メドラー〉を見るとわかるけど、どんなコメントに対してもリアクションはたった六つなの。いいね《サムズアップ》、ハート、笑顔、怒り顔、困り顔、悲しい顔。無限の集合じゃなくて、数に限りがあるの。一回につきひとつのリアクション。曲がりくねった言語のダンスを始めるには足りないわよね。これはただ、コーディング可能な核となる感情でしかないの。どの感情に対して最適化したいか選んで、繰り返してるだけ」

「超人的じゃん」バジャーがセイラの肩越しにのぞき込んで言った。

四人でじゅうぶんな気がする。世界で指折りの大富豪三人——この三人で、世界じゅうの国際的な技術インフラの大半を支配している——としじゅう同じ部屋に座っているこの四人。互いに目を見かわし、「なにもせずにはいられない。なんとか手を打たなくては」と言いあう四人。それでここに集まったのだ。パーティやホワイトハウスの祝賀会でこっそり話をするのでなく、あるアイディア、最初のアイディアについて計画を練るために。

「これでよし、と」セイラは言った。「それで、このプログラムを作ったの」

マーサはセイラのパソコンの画面をのぞき込んだ。プログラムには「ハッピーセット」と名前がつけてあった。

「ハッピーセット？」

「えーと、つまり……いいと思ったのよ。ほら、あのね、わたしって名前つけるの得意じゃないから」

マーサは、セイラ・ノミックにも得意でないことがあるのを初めて知った。

「わたし、ペットのモルモットにトウポケットって名前つけてるわ」

「それじゃ、あなたも名前はつけないほうがいいわね。プログラムの名前なんかどうでもいいのよ。あのね、これでコメントをちょっと変えるの」

今日の目標は単純だった。〈アンヴィル〉、〈メドラー〉、〈ファンテイル〉は、当然のように日々こういう感情の最適化をやっている。各社のウェブサイト、シンスクリーン・インターフェイス、スマートトルク、バーストディスプレイ、携帯電話アプリには、なにを表示し、なにを埋没させるかを決めるコマンドがあるのだ。特定の感情は高いエンゲージメントをもたらす。怒りや恐怖を引き起こすものほど、人がそれに目を向ける時間は長くなる。〈ファンテイル〉はこれを利用して、特定の投稿やコメントが上位に表示されるようにしている。〈アンヴィル〉は新製品のおすすめに利用している。たとえば、どんな災害の可能性があるかというニュース記事に、ハリケーンランプや緊急通報装置といった商品のリストを表示したりする。これは売り上げを伸ばすすばらしい方法なのだ。〈メドラー〉

は、そのテレビ番組が好きな人に否定的なコメントを見せたり、またその逆をやったりして激しい論争を生み出している。こういうサイトは、現実をそのまま見せる透明なガラス窓のような顔をしているが、実際には歪んだ眼鏡のようなものだ。これらの企業の取締役会や株主にとって好都合なバージョンの現実を見せている。

セイラは棒付きキャンディをなめた。

「ちがうと思うときは言ってね。わたしはこの『ハッピーセット』に、困り顔のレスポンスが来ないようなコメントをさせるつもり。もちろん、わたしたちのパラメータの範囲内でね。ここまではいい？」

全員が賛成した。

「それと、いまのところの目的からして、怒り顔とか悲しい顔のレスポンスもあまり多すぎないほうがいいと思う。怒り顔は『それは言い過ぎ』って意味だろうし、悲しい顔は『こんなまったくあなたらしくないことを言うなんて悲しい』ってことでしょう。ここまではどう？」

四人は、怒り顔や悲しい顔のレスポンスは十パーセントが適当と判断した。セイラは両腕を前に伸ばし、首を右に左に曲げて、仕事準備にぽきぽきと二回関節を鳴らした。

「やれやれ、こんなことするの何年ぶりだろ。秘密開発部隊！　正義のハッカーってわけ！　オーケイ、準備完了よ。それで……バジャー、どこならアクセスできるようにしてもらえる？」

バジャーは肩をすくめた。「基本的にはどこにでも。たぶん」バジャーは灰色のコードキーを人差し指にかけてまわしてみせた。「あの人はこれ使わないんだ。必要なときは代わりにジャンフランコがログインするんだよ。なくなっても気がつかないね」

「すばらしい。まあでも、どこにアクセスしてもＩＤと位置情報は削除するわね。じゃ、まずは腕試しに、『ハッピーセット』で〈メドラーＴＶ〉の番組のコメントを変更してみようか……いまのところは三つか四つの番組でいいよね。コメントをした人自身も、そういうふうには書かなかったかどうか自信が持てないぐらいの些細な変更にしておくわ。まあスクリーンショット撮ってればべつだけど。でもこの連中はだれもスクリーンショットなんか撮ってないから」

「ハッピーセット」のアルゴリズムは、一コメントにつき単語ひとつだけ変更・追加・削除することになっていた。ユーザーのコメントを蓄積した〈メドラー〉の巨大なデータベースを活用して、本物の人間のコメントとして違和感がないようにする。そのユーザーがすでに書き込んだコメントと比較・照合し、構文と語彙をコピーする。以前使われたことのない単語は使わない。これで安全性は高くなるが、ただし利用できるユーザーの数は限られている。その数は……

「この番組三つで千四百六十万人」セイラは言った。

「多いのか少ないのかわからないよ」とバジャー。

「小手調べにはじゅうぶんじゃないか」アルバートは言った。

「テストにはいいんじゃない？」マーサが言った。

マーサは〈メドラー〉の番組にざっと目を通し、自然番組、やり手の弁護士のドラマ、モンスタートラックの番組を選んでいた。気の抜けたどっちつかずの内容で、どう考えても大ファンはいないだろうが、多くの人が一度は目にしていそうな番組だった。作戦開始の準備が整うころには、パロアルトは夜が明けていた。セイラとアルバートは徹夜でコーディングをしていたのだ。バジャーはしばらく感心して見物していたが、ふと気がついたらもうベッドに横になって眠っていた。友だちでもあるかのように枕を抱きしめて。

　夜明け、画面を見てもおらず、眠ってもいないのはマーサだけだった。中間価格の平凡なホテルの窓から、彼女は外を眺めた。灰青色の空はやけに平板で、室外の木々のシルエットはガラス板に黒マジックで描いたもののようだった。マーサはこの世界のピクセルが見えるような気がした。点描画のように小さな断片で構成される世界。実のところは、すべてが断片でもあり全体でもあるのだ。ほんとうになにかを理解しようとするなら、極小と極大のあいだを行き来できなければならない。どちらも真実の全体ではないからだ。

　アルバートはセイラの後ろに立って彼女の仕事を見守り、問題やタイプミスがあれば指摘したり、アイディアを出したりしていた。バジャーは伸びをして体勢を変え、目を覚ましてごそごそしている。夜明けの訪れを見ていたのはマーサだけだった。灰色がひび割れて黄金色に変わっていく。物事はつねに変化すると、どんな体制も永遠に続くことはないと請けあっているようだった。

「準備完了」セイラが言った。「さあ、絶滅危惧のトラを助けに行くわよ！」

　マーサはスラックスのポケットに手を突っ込んだ。

「準備はいい？」とバジャーに話しかけた。ほかの三人よりなお保護など必要としていないのに、若いというだけでつい気遣ってしまう。

「ただのテストだし」バジャーは言った。「仮に見つかっても、ボクのいつものでたらめだと思うだけだよ。それはそうと、いい名前だよね、『ハッピーセット』って。ボクの友人のだれかが思いついたみたいな」

「見つからないわよ」とセイラ。「そんなこと不可能だもの」座ったまま向きを変える。「正直な話、コメントに『すごく』って単語をひとつ付け加えられて、それでちびるような阿呆は世界じゅう探したっていやしないわ」

アルバートは言った。「なにかをするか、なにもしないかだ。それで、なにもしないほうはもう試してみたんだから」

「よし、それじゃ」セイラは言った。「いっちょ始めようか」

3. MENACE

チェン

チェンがブカレストの講義室に入ってみると、マリウスは彼の得意技を披露していた。要は学生たち相手に怒鳴り散らしていたのだ。

「コンピュータが人間を理解できると思うか。人間を助けたいと望むか。人間の問題をすべて解決する方法を知っているか」

学生たち――講義室にいる者も、奥の壁の〈ズーム〉画面の学生も――はみんな黙りこくっている。ほとんどが赤い目をしていて、疲れから青い顔をしている者もいる。マリウスは学生たちにブカレスト時間を押し付けていた。この講義の始まりを、ブカレスト時間の午後一時三十分から午後四時三十分に移したのは、マリウス・ズグラヴェスク教授の考えではことのほか寛大な措置だった。ブカレストの午後四時三十分は、カリフォルニアのバークレーでは午前六時三十分だ。学生たちの顔つきからして、それでは大して寛大とは言えないと思っているようだった。

「どう思う」マリウスは言った。「コンピュータは学習できるか。人間と同じように?」

チェンは講義室の奥に滑り込んだ。マリウスは気づいていない。後列の席に座って頭を低くしていると、それだけでもう、ここにいると不思議に快適で安全と感じられた。マリウスがいるおかげだ。彼は自分によくしてくれた相手は裏切らない。しかしここの学生たちにとっては……たぶんそれほど居心地はよくないだろう。

壁の画面の学生のひとり――赤毛の男で、目のまわりに灰色のクマができていて、まだらの赤い顔の下に**グリア**と名前が出ていた――が、思い切って口を開いた。

「できると思います。つまりその」グリアは言った。スコットランドなまりがある。髪は短く刈り込んでいて、ウサギの毛のようにふわふわツンツンしている。「えっと、機械学習では、機械をデータの山に放り込んで、そうすると機械はいろんなことを学習します。翻訳ソフトなんかはそういうふうにやってます。翻訳された文章を一秒に何百万と比較して、それで学習して理解できるように……」

マリウスの表情に気づいて、彼は口ごもった。

「コンピュータが理解《ヽヽ》? 次はコンピュータにも感情があると言うんだな。感受性豊かで思いやりがあって――人間がプログラムを実行していないときは、人間はここにいないのかと不思議に思うって?」

「いえあの、いいえ」

「コンピュータはマッチ箱だ。くされマッチ箱とビーズだ。マッチ箱とはなんのことかわかるか」

グリアはほんのわずかに首を横にふった。その怯えた表情から推すに、ほんとうは首を縦にふってマリウスの言っていることがちゃんとわかっているふりをするつもりだったのに、身体が言うことを聞かなかったのだろう。

以前のマリウスなら、この学生を口汚く罵って、予習をしてこないなら講義に出てくるなと言っていただろう。しかし、変な紐のついていないバークレー校の資金はなにかと役に立つし、大学院理事会には学生を罵倒するのは教育方法としてよろしくないと言われている。ことのついでに、もし朝六時半に講義をするなら、学部一の優秀な教師でなくてはいけないとも言われた。それでマリウスは、自分は学部一どころか大学一の優秀な教師だと言い放ったそうだ。

実際のところ、これは嘘ではなかった。なにはともあれ、マリウスは優秀な教師だ。学生がちゃんと理解しているかどうか気になってしかたがない。完璧に話が通じたとわかるまで、彼の一部がそれを大いに気に病みつづけて我慢できないせいだ。

「だれか?」彼は言った。「マッチ箱を説明できる人?」

おずおずと手を挙げたのは、黒っぽい髪の女子学生だった。「はい、あの、それは、コンピュータに三目並べを教えられるっていうところに出てくるあれのことですか」

「ああ、ちゃんと予習した学生もいた! ほらな、予習はむだにはならないんだ」

彼はサイドテーブルに威勢よく歩いていき、講義用カメラの目がそれを追う。テーブルには大きなでこぼこしたものが置いてあって、それにしみだらけの古い画布がかけてある。マリウスが芝居がかって勢いよく布をとりのけると、現われたのはみすぼらしいマッチ箱の山だった。茶色のテープで貼られてひとつにまとめてある。マッチ箱の正面にはそれぞれ、マリウスの手書きで○と×の格子が描かれていた。アメリカ人の言うティック・タック・トウ、三目並べのゲームだ。それぞれ少しずつ違っていて、×と○の組み合わせが異なっている。そのマッチ箱の山の横には、色違いのビーズが入った容器が九つ置いてあった。ビーズの色は、赤、オレンジ、黄、緑、青、紫、ピンク、黒、白の九種類だ。

彼はわざわざ自分でこれを手作りしたのだ。後列の席でチェンはにやにやしていた。マリウスらしい。こうせずにはいられないのだ。学生たちになんとしても理解させようとして、それでみずからこれを作ってしまった。こうだから、ここにいればチェンは安全なのだ。マリウスは皮肉屋で、非情な現実主義者で、ちょっといやみなやつと感じることもしょっちゅうだが、なにごとに対しても冷笑的に突き放すようなことはできないたちだった。

次にマリウスがテーブルの下から引っ張り出したのは、消したり書いたりできる○×用の大きな格子で、マスごとに別々の色に塗ってあった。例によって赤、オレンジ、黄、緑、青、紫、ピンク、黒、白の九色だ。

マリウスは言った。「見たとおり、ビーズとマッチ箱と色を塗った厚紙だ。ビーズがなにかを学べると思う?」

画面の学生からはひと言もない。

「ビーズは学習できない！　マッチ箱は学習できない！　厚紙は学習できない！　しかし人間は学習する。コンピュータは反復する。これはコンピュータだ。よし、やってみせよう」

　英国のエディンバラで一九六〇年、生物学者にして暗号学者、初期のコンピュータ科学者でもあったドナルド・ミッキーは、コンピュータがいかにしてあるタスクに少しずつ上達していくか示そうとした。人であれば「学習」と呼ぶところだが、この場合はそうではない。ドナルド・ミッキーは第二次世界大戦中、ブレッチリー・パークの英国諜報機関で働いていた。じめじめした地域の寒い鉄の小屋で、チームの一員として昼も夜もなく働き、ドイツが暗号を変更するより先にその暗号を解読しようとしていたのだ。始まりはあまりにも人間的な動機で、胸が痛むほどである。かれら暗号破りの集団は、兵士たちを故郷へ帰らせたい、Uボートという狼の群れから大西洋の客船を守りたいと努力していた。戦争を早く終結させ、ナチズムをはねのけ、ひとりでも多くの息子を母のもとへ戻らせたいと。

　かれらが発明した機械は、さまざまな暗号の組み合わせを毎秒何百と処理して、実際のドイツ語の単語が吐き出されるまでそれを繰り返した。かれらはその機械を改良していった。近道《ショートカット》を見つけ、間違いを修正していったのだ。戦後のドナルド・ミッキーは、マシンで実行するプロセスによって、そのマシンの性能を向上させることができないかと考えた。それで用いたのがマッチ箱と反復――同じプロセスを何度も何度も繰り返し実行させる――だった。

　やりかたはこうだ。三目並べでは、可能な〇×の組み合わせは約三百通りある。したがって、マッチ箱の前面にあり得る〇×の構成をひとつずつ描くとすれば、マッチ箱が三百個ほど必要になるわけだ。

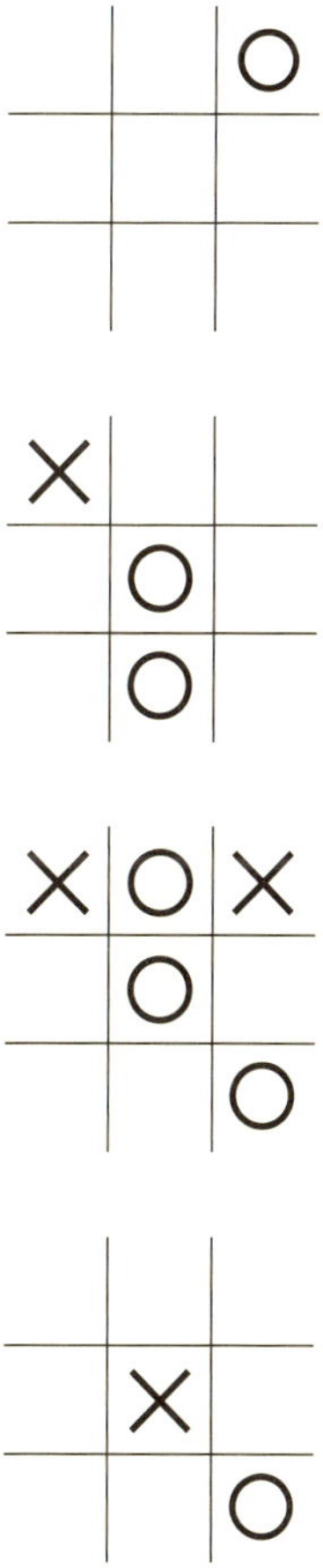

こんな感じだ。ここでひとつのマスにそれぞれ色を塗る。

こんな感じ。そこでそれぞれのマッチ箱のなかに、次に○か×を入れられるマスに応じて、その色のビーズを入れる。ドナルド・ミッキーがやったように、マリウスもご丁寧に、V字形にした小さな

厚紙をマッチ箱の引出しの内側に貼り付けていた。これを振ると、ビーズのひとつがV字の底に落ちる。つまり無作為選択されるわけだ。

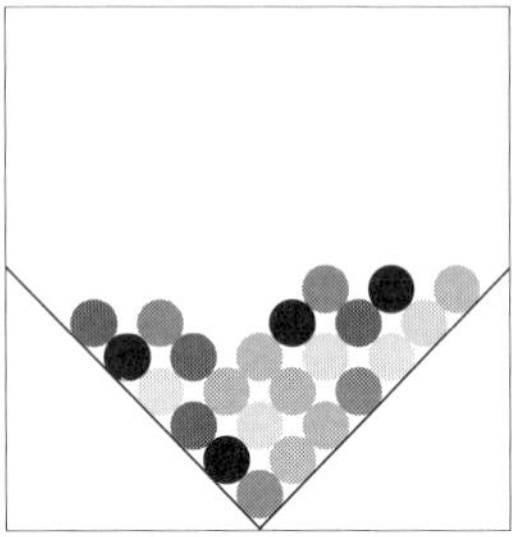

こんな感じ。赤いビーズがV字の底に落ちたとすると、マッチ箱マシンは次の一手としてボードの赤いマスに×を入れる。このマシンはこのようにしてゲームをやっていくわけだ。

「はじめ、マッチ箱は三目並べがすごく下手くそだ」マリウスは言う。マッチ箱には次の可能な一手のビーズがすべて入っているから、なかにはまったく無意味な手もある。

「人間なら、たとえ小さな子供でも、そんな無意味な手は打たない。間違って打つことはあるかもしれないが。ルールを説明すれば子供でも理解できる。相手が三目並べるのを妨害することだ」

しかしマシンは、少なくとも最初のうちは、相手が三目並べるのを妨害するのでなく、関係ない反対側に×を入れてしまったりするだろう。

「いまのこれは、マシンを相手にゲームをしてるわけだ」そう言ってマリウスは、自分のひたいを二本指で強く突いた。力を入れすぎて赤い跡が残ったほどだ。熱が入ってくるにつれて、英語の文法がだんだんおぼつかなくなってくる。「人間は心を探ろうとする。相手の心を読もうとする。人間はしじゅうそれをやってる。動物がなにを考えているか想像する——獲物を追ってるときは当然だし、肉食獣に追われているときもそうだ。ここまではわかるだろ」彼は答えを待たずに続けた。「人間は心を探ろうとする。洞窟や泉や神聖な森に精霊を読みとる。これは人間のさがだ。だから厚紙とビーズを相手に三目並べをすると、相手を人だと思ってしまう」

いずれにしても、この三目並べは学習の部分ではない。学習の部分にあたるのは次の段階だ。幸運に恵まれたおかげで、無作為のビーズ選択によって、マッチ箱マシンが人間との三目並べに勝利する手を選んでいったとしよう。そこで初めて、その手を逆にたどっていって、勝利につながった色のビーズを各マッチ箱に三つずつ追加していく。負けたとき（このほうがずっと多くなるはずだ）には、またそのルートを逆にたどっていき、負けにつながった色のビーズをひとつずつ取り除いていく。

これを一千回繰り返す。

人間にはそんなことはできないが、コンピュータにならできる。

倦《う》まずたゆまず、同じことを一千回でも繰り返す。

一千回繰り返すと、もう均等ではなくなる。マッチ箱の引出しをあけると、ビーズはこんなふうになっているだろう。

これがいわゆる機械学習だ。マッチ箱は、三目並べがどんどん上手くなっていく。しまいには巧みにプレイするようになる。しまいには、人間のように戦略と洞察力を持っているかに見えるようになる。

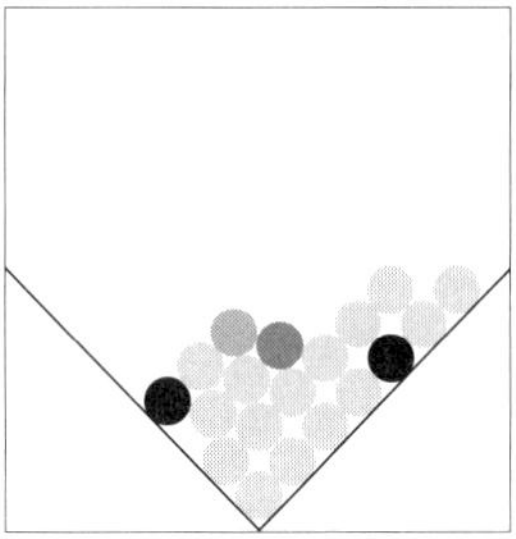

「きみたちのスマートフォンは、一秒間に何回三目並べができると思う?」とマリウス。

学生たちは一千回とか一万回とか口々に推測を述べた。

チェンは両手を腿の下に入れて聞いていた。

マリウスは言った。「百万回だ、少なくとも。一秒間に。きみたちのスマートフォンは、インターネットを通じて人間とプレイすることで、一秒後には完璧に三目並べができるようになる。勝ったとか負けたとか人に言われつづけて、それで完璧になっていくんだ」

決して急ぐことも、立ち止まることもない。なにも考えず、同じ行動を何度も何度も繰り返す。あくまでもマッチ箱とビーズのまま、共感することもなく、相手に自分の心理を投影することもなく、洞察によって戦略を見抜くことも、独自の戦略を考え出して得意がることもない。ひたすら繰り返す。人間にはとうてい不可能なスピードで、ただ同じことを反復するのだ。

これは一点集中的に強力な戦略で、とてつもなく役に立つ。驚異的な単一目的のツールを生み出すのだ——チェスをするプログラム、ソフトウェアを作成するプログラム、耕作地における資源配分を評価するプログラム。文章がどのように組み立てられるか、ピクセルがどのように絵画を構成するかというデータを根こそぎ収集し、もとの素材をばらして組み立てなおし、それを繰り返して新たな組み合わせを生み出すツール。

言うまでもないが、こういうことはすべて人間でもできる。たぶん速さではかなわないだろうが、どれをやるにしても、そこに新たな視点をもたらしたり、さまざまなシステムを俯瞰的に見て、いろいろな部分を組み合わせて新しい解決策を見出したりできるだろう。そしてここが肝心な点だが、人間ならこれらすべての作業をやってみる——できるかどうかはともかく——ことができる。人間は柔軟な知性を備えていて、あるタスクから別のタスクに流動的に移行することができる。同じタスクを同じ速度で一年間休まず粘り強く続けられるような脳みそは持っていない。マリウスに言わせれば、人間の思考が反復によって行なわれているとわかったとしたら、それは非常に驚くべきことだ。「ひょっとしたら、人間の脳とまったく同じか、それ以上できるプログラムが、いつか発明する時が来るかもしれない。そうなったら人間の脳がある程度わかってきただろう。わたしは四十五年やってる、十歳のときから。しかし、まだ見ていない。コンピュータはツールだ、人じゃない」

ドナルド・ミッキーは、このマシンに「マッチ箱〇×教育エンジン（Matchbox Educable Noughts and Crosses Engine）」と名をつけた。略して「ＭＥＮＡＣＥ（脅威）」。当時はジョークだった。三目並べに対する脅威だ。だが今日では、その同じプロセス——無作為な試行を通じて目標達成に至るプロセス、失敗した経路にペナルティを与え、成功した経路を強化するという——まさにそのプロセスを、〈ファンテイル〉と〈メドラー〉は利用して自社製品を人々が使いつづけるようにしている。他の人々にではなく、自社のAIに相談するように仕向けている。人類の知識の大海を理解するためにすら、自社独自のプラットフォーム・パーソナリティこそがその唯一の手段であると思わせようとしている。それを何度も繰り返している。休むことも急ぐこともなく。そうして一秒に何百万回と経路をテストし、なぜそれがうまく行くのか、その結果がどうなるのかをまったく理解することなく、人の目に映る世界の見えかたを変えていく。

結果はマシンのパラメータの範疇《はんちゅう》にはない。なにしろ小さな厚紙またはシリコンの集まりにすぎないのだ。他者の心を知りたい、理解したい理解されたいという衝動など持ちあわせていない。周囲の人々の心がそれによって変わるかどうかなど気にしていないし、共感も慈悲心もなくただ操作するだけのシステムの遍在が、いかに人々を徐々に訓練してそれらに適応させているか、それを感知する能力も持っていないのだ。

マリウスがこの話を終えるころには、学生たちはみな疲れきっているようだった。しかし同時に興奮してもいた。待望しているのはいずれベッドか激論か、それはどちらとも判断しがたい。

「強力なツールだ」マリウスは言った。「これだけ強力なら、世界を変えることもできるだろう」

グリア——顔に紅斑のあるスコットランド人学生——は、一度にあまりに多くの未来を見てしまったかのようにぼうっとしていた。

「だから、愛情をもってやることだ」彼は言った。「女の子を口説くときみたいに。それにぴったりの言葉を探す。経路が見つかるまで、テストを何度も繰り返す。たぶんネットで。現実の人間相手じゃなくて。ともかく、なんと言ってデートに誘うのがいいか、それを探す。たとえば、そうだな、グラウンドホッグデー（アメリカ各地で二月二日に行なわれる春の訪れを占う祭）に、彼女とデートの約束を取り付けるまで続けるとか」

チェンは、グリアにそのアイディアを追求してもらいたかった。それがどう機能するか説明してもらいたい。しかし、マリウスはすでに彼のことをサイコパスだの、新たなスターリンだのヒトラーだの、厚紙の神々のしもべだのと罵っていて、他の学生たちからふたたびそこをつつかれていた。ズグラヴェスク教授が学生に対してこんな話しかたをする件で、学生たちはすでに学部長と話しあっており、学部側は二度とそういうことがないようにすると確約しているのだ。

マリウスは言った。「マシンは完璧なボーイフレンドになれるか。そもそも完璧なのはよいことか。反復によって完璧は達成できるか。さあ、どう思う?」

グリアは真っ赤になって黙っている。ほかの学生のひとりが言った。「ただのシミュレーションでしょう」

またべつの学生が言った。「可能性はあるかも……あらゆる状況でなにを言うべきか正確に考えつくことができれば……じゅうぶんな回数テストを繰り返せば……完璧な何者かになれるかも」

マリウスは首をふった。「そうなったらもう人間は必要ないのか。もう動物は必要ないのと同じように?」

グリアは言った。「つまりその……人間はむずかしいから」

「ニ、ニ、ニヒリズムなんぞくそくらえだ」マリウスは言った。「人類は全体としてくされ自殺願望を持っていて、自分で自分をべつのものに置き換えたがってる。昔は神々に置き換えようとした。でっかい黄金の像を作って。人間よりすぐれた、でかくて黄金でできた神々。それがいまはロボットの脳だ。完璧な人間。そんなのは人間じゃない。人間は不完全だ。不完全だから美しい。『完璧』はマシンの夢だ。マシンと自分をくらべたり、マシンみたいにものを考えようとすれば、いつも自分はばかでだめだと感じてしまう。車と並んで走ろうとするようなもんだ。しかし、人間はもっとすごいことをやってるんだ！　車はただのツールだ。ブーブー速く走って、むちゃくちゃかっこいいけどな。だが人はいい人なんだ。人は人であるだけで価値があるってところから出発するべきなんだ。人は完璧じゃない。ということは、完璧さは重要じゃない。完璧なんてのは妄想だ。人間は人間が滅茶苦茶に嫌いだ。しかしな、考えてみてくれ。このマッチ箱の山は、三目並べのルールすら知らないんだぞ！」

学生のひとりがチャットボックスにこう入力した――**これ期末試験に出る？**

「肝心なのはここだ」彼は言った。「ここがわかってないとなにもわからない。○×ゲームに機械が負けたかどうか判定するのはだれだ？　勝ったと判定するのはだれだ？　それはわたしであり、きみたちだ。判別できるのはわれわれ人間だ。われわれ人間が、その判断をビーズやマッチ箱という形で保存するんだ。ビーズをいつ取り除き、いつ加えるか判断するのは人間だ。どうかわかるのは人間だし、芸術作品に意味があるかどうかわかるのも人間だ。文章が意味をなすかどうかわかるのは人間だし、機械はただ文字をタイプし、ピクセルを組み合わせ、文章を作るだけだ。すべて人間が基準なんだ。機械はわからない。人間がいいと教え、悪いと教える。機械は理解できない。人間はひとりぼっちだ。ひとりぼっちだから、人間と同じように考えるべつの種族が欲しいんだ」話すうちに、彼の話はどんどん脱線していく。「人間は動物が嫌いだ。人間みたいにものを考えないから、人間は動物を使役して傷つける。人間は神々を発明し、エイリアンを発明し、今度はマッチ箱なんかを友だちにしてる。人間はそれが『考える』と思いたがるが、それは正しくない。人間は機械にすべてを与え、選択をさせ、機械が人間を好きになると信じようとしている。機械は紙とビーズでできた人の似姿で、人間はひとりぼっちだからそれを友だちと呼ぶ」

彼は息を切らして言葉を切った。するとそのとき、予習をしてこなかった内気なグリアが、ふいに口を開いた。「ということはつまり……つまりその……本は思考を保存したものだとすれば……それと同じで……『人工知能』は思考を保存したものだってことですか」

マリウスは言った。「いやあよかった！　ここまで喋ってきた甲斐があった」

彼は学生たちに宿題を出し、『今度はちゃんと読んできてくれよ、でなかったら二度と講義には出なくていい。わかったな』と念押しした。学生たちが神妙にうなずく。マリウスはスクリーンを消し、うんざりしたように顔をしかめた。

講義室にいるブカレスト大学の学生たちに向かって、彼はルーマニア語でなにか話しかけた。最初のアメリカーニという一語しかチェンにはわからなかったが、学生たちの笑い声からして、えげつない侮辱の言葉だったのは間違いないだろう。

チェンは学生たちが出ていくのを待った。マリウスは手製のマッチ箱マシンを片付けようとしている。チェンは音もなく階段を降りていった。マリウスが顔を上げる。その目がすべてを語っている。何十年ものやりとり、手を差し伸べあってきた経験。生涯をかけて人は学んでいく――なぜわかるのかもわからないままに――だれが信用でき、だれが信用できないか。

「ちくしょう」彼は言って、笑顔でチェンを引き寄せて抱擁した。まるでかまどに飛び込んだように熱い。「すげえ災難を持ってきてくれたんだろうな」

4. 武器としての詩

マーサ

サンフランシスコ近郊の名もないホテルの一室で、セイラの「ハッピーセット」アルゴリズムが仕事にかかるのをマーサは見守っていた。長いことデータを見てきた経験があれば——つまり、強力なバックエンドツールに慣れていて、何十というさまざまなストリームから情報が寄せ集められるさまを日常的に目にしていれば、数字の羅列の向こうを見通して、そこにどんなユーザーがいるか理解できるようになる。

いた。アイオワ州デモインの建売住宅で、四十六歳の女性が前夜から観はじめた番組を観終えていた。『アフリカの驚異』という自然番組だ。彼女はこういう番組が好きだった。以前は子供たちもいっしょに観ていたものだが、いまはその子供たちも十五歳と十七歳で、母親の好きなものはなんでもくだらなくて退屈なのだ。朝食の後片付けをしながら、彼女はその番組を観るともなく観ていた。子供たちはお礼の言葉もなく食事をし、感謝する相手がいることにすら気づいていないかのようだった。母親よりも〈アンヴィル・チャタボックス〉と会話しているほうが面白いらしい。彼女は食器を食洗機に入れる。コーヒーポットの中身を流しにあける。その横で英国なまりの男が話している――この十八頭はアフリカに残る最後の野生の象で、一日二十四時間の監視下に置かれていると。その声に顔をあげると、年老いた賢い象の目が彼女の目をのぞき込んでいた。人知れず苦しんでいる者の耐えがたい痛み。音楽が盛りあがる。彼女はキッチンに立って泣いていた。手に持つ濡れた布巾から、室内履きに水が滴り落ちるのも気づかずに。

番組は終わった。コメントを残すよううながすメッセージが画面に現われる。彼女はすぐにこう書き込んだ――**美しい野生動物。もっと保護に力を入れなくてはいけないと思います。**

彼女がクリックして書き込みを終え、そのコメントが変化しても気がつかないだろうとなって、セイラのアルゴリズムは彼女の以前のコメントをすべて丹念に調べ、彼女の言葉に最も重みを加えそうな単語をひとつ見つけた。詩人のように細心の注意を払って言葉を選ぶのだ。

「ハッピーセット」は、セイラが組み込んだ基準を参照する。セイラが使ったのは〈アンヴィル〉の広告コードだった。これは、〈アンヴィル〉が広告を効果的に見せるために用いる情報で、百万回もテストされ、何度も繰り返して有効性を証明されてきたものだ。形容詞はいくつか並べるほうが、ひとつだけ使うより効果的だ。ふだん目にしない形容詞のほうが訴求力は高いが、ただ簡単に意味がわからなくてはいけない。人は人に似た動物に反応しやすい。セイラがじかに指示しなくても、「ハッピーセット」は飼い犬や飼い猫について人が使う言葉をサーチしはじめる。自分の可愛い飼い犬を、ほかの人にも可愛いと思ってもらいたいとき、人はなんと言うだろうか。それもたった一語で。とうとう適当な言葉が見つかった。

ビーズがころころ転がって論理ゲートを次々に通り抜けていく。なにがリアクション絵文字を用いて「成功」とマークされ、なにがそうでないかをそのたびに記録しながら。アルゴリズムはデモインの女性に共感するわけではなく、象にも彼女のコメントを読む人々にも共感しない。それはただの手続《プロシージャ》きだ。〈メドラー〉も〈アンヴィル〉も〈ファンテイル〉も、二十年前からこのプロシージャに基づいてコメントの取捨選択を行なってきた。唯一の違いは、このアルゴリズムはモノを売ろうとしているわけではなく、また読む人の怒りを掻き立てないようにと指示されているということだった。それは言葉を試している。それで望む結果が得られなければ、べつのなにかを試すだけだ。それを一秒に数百万回も実行できる。このアルゴリズムは武器としての詩だ。

画面上で、コメントはこう変わった――**美しく賢い野生動物。もっと保護に力を入れなくてはいけないと思います。**

「これだけ?」マーサは言った。

「これだけの千四百万倍よ、大丈夫」とセイラ。

なんと言っても、ジムリ・ノミックはこの方法で人の心を誘導し、その人にとって一番クリックしやすい製品やサービスに向かわせてきたのだ。そしてそれによって世界一の大富豪になったのだ。

スウェーデンのウックルムで、ある若者がアメリカのモンスタートラックの番組を見ている。両親が帰宅するまでのこの時間が、彼にとっては一日でほぼ唯一の楽しい時間だった。この町にはうんざりだ。ヨーテボリに引っ越したいが、そんなお金はないし、両親も出してはくれない。唯一の社交場がちんけなピザ屋なのがうんざりだし、バンドの仲間たちがだれも真剣に取り組んでいないのもうんざりだ。学校の同級生たちはこのちっぽけな町が大好きでやけに楽しそうだし、四六時中ウインタースポーツの話ばかりしているのもうんざりだ。太陽の昇らない冬にはうんざりだし、沈まない夏にもうんざりだ。画面の窓を通して彼はべつの世界に入り込み、頭と両肩をアメリカの世界に突っ込む。すべてが大きく、激しく、熱く、騒々しい世界。エンジンの熱で髪が後ろに吹き払われるのを感じる。もしモンスタートラックを持っていたら、車体に地獄の場面を描いて、学校の友だちをみんなその絵のなかに描き込んでやるのに。

番組は終わり、コメントを残すよう求めるメッセージが画面にひらめいた。若者はキーを叩いた。

もうすっげかっこええええええ！　モンスタートラック、フォーエバー！

「ハッピーセット」がその一語一語について処理を実行する。「フォーエバー」は感情に訴える、共通の大義を思わせる言葉だ。言うまでもなく、アルゴリズムがそれを理解しているわけではない（少なくとも人間が物事を理解するような意味では）し、想像力によって読む人の心に自分自身を投影しているわけでもない。百万回の百万倍も繰り返して、箱のなかからビーズを選んできた結果だ。教えられたとおりにコメントを分析し、どのコメントがモンスタートラック賛美か判定して、それをほんの少し修正してハートマークやいいねをつけられる回数を減らし、エンゲージメントのミリ秒数を減らす。「ハッピーセット」は、十分の一秒で百万もの異なる現実を実行し、指定の優先順位に基づいてひとつを選び出すのだ。

ウックルムの若者がべつの番組を観はじめると、書き込まれたコメントはこう変わった――**もうすっげかっこええええええ、モンスタートラック。**

セイラが言った。「ほら、これ見て。こちらの予測では、これで『いいね』が九つからふたつに減るはず。修正後のコメントだとちょっと響きが弱いでしょう。書いた本人も大して気にしてないみたいな」

マーサはそれを見て言った。「スウェーデンのウックルムだかファックバムだかのガキンチョが、どうでもいいような賛成票を七つもらい損ねただけじゃない」

バジャーは目をぎょろつかせた。「でも、とにかくこれはジムリ・ノミックがやってることだよ。うちの母親もやってるし」

〈ファンテイル〉も当然のように同じことをしている。デフォルトではどのユーザーも、〈ファンテイル〉アルゴリズムによって最初に表示されるコメントを見せられている。以前レンクからマーサが聞いたところでは、どんな情報が見たいかユーザーが独自のルールを設定し、〈ファンテイル〉のデフォルト設定や広告フィルター、データ抽出オプションをすべてオフにしようとすれば、まるまる九十分の作業が必要になる。だがこれは、やりかたを知っていればオフにできるという話だ。一般的なユーザーがふつうにその方法を調べるとしたら、それだけでまず六時間はかかるだろう。つまり、これを表示すればそのサイトでの滞在時間が一番長くなると思われるコンテンツを、〈ファンテイル〉は周到に選んで表示させているわけだが、それをやめさせようとするだけで丸一日潰れてしまうということだ。わざわざそこまでするユーザーは一・五パーセントぐらいである。

しかし、レンクがやっているときはこんなふうには感じなかった。ユーザーと同じで、マーサもレンクがやることをたまにコントロールできるだけなのに。

これがかれらのやっていることで、それを見ているとみょうな気分がしてくる。

「まったくねえ、〈アンヴィル〉はずっとこんなことやってるのよ」セイラは言った。「こんなこともだけど、コメントをでっちあげたり、コメントを隠したりもするわ。スケトリッシュもやってる。いつか報いを受けるわよ、でしょ？　こんなだから、みんな一日じゅうむしゃくしゃしてるのよ。キャンディ食べる？」

アルゴリズムは万能ではない。しかし、人々を分断させ、怒らせ、敵対させることができるなら、その逆ができないはずはない。もう「中立」などというものは存在しない。インターネットが発明される前のように、物事をそのまま放っておくことはできない。われわれの心はすでにアルゴリズムとの相互作用に慣れ、われわれはアルゴリズムの一部になっているのだ。

アイオワ州デモインの四十六歳の女性は、象に関する自分のコメントに十二件の「いいね」がついたという通知を受け取ったが、ほんの一瞬だけ、こんなコメントを書いたかしらと首をひねった。これほどたくさん「いいね」がつくのは珍しい。ちょっとうれしい気持ちになった。新しい一日の始まりに、彼女はまた自然番組をクリックした。スウェーデンのウックルムの若者には、モンスタートラックについての自分のコメントを見直す理由などなにもなかった。それはさておき、彼は今日もまた動画を観た。次にコメントをうながされたときには、そうしようという意欲がほんの少し薄れていた。

人はたちまち学習する。社会的承認は強力なツールだ。ずっと前にあったことより、最近あったことを重視する傾向が人にはある。

「信じらんない」日曜の夜、セイラは言った。〈メドラー〉の内部分析GUIを介して、トラックが消去される前にデータを見直しながら、「もう移行が始まってる。自然の動画につくポジティブなコメントが〇・三パーセント増えてるわ。うちの番組だけじゃなく、すべての番組でよ。信じらんない、すごすぎる」

マーサは、エノクがやってきたことをふり返った――彼は一生かけてさまざまな説教をしてきたが、それによって〇・〇三パーセントの変化すら起こすことはできなかった。

「これならうまく行くよ」バジャーは大きく見開いた目を輝かせながら言った。「これならほんとにうまく行く」

5. 和親協約

チェン

「これは贈り物だ」その日の午後、マリウスは言った。

彼は噛み煙草をキッチンテーブルのコーラの缶に吐き出した。歯には茶色の液体でしみができている。以前は連続喫煙者《チェインスモーカー》だったが、煙草の煙が電子機器によくないと気がついて、連続煙草噛《チェインチューワー》みに乗り換えたのだ。また次の煙草を口に放り込む。

チェンはマリウスとじかに会ったことがなかった。だから、マリウスの居住空間の壁に煙草のにおいが染みついているとは知らなかった。また、オープンプラン式オフィスの一フロアをまるまる占領して自宅にしており、床にはごわごわのタフテッドカーペット（オフィスで広く使われる大量生産のカーペット）が敷かれ、窓には灰色のブラインドがかかっているとも知らなかった。彼の寝室は角のオフィスで、そこには巨大なベッドが置かれていて、マリウスに連れられて来てみたら、彼の恋人のサリットが裸で寝ていて、毛布から丸いお尻が半分はみ出ていて、おかげでチェンの身内で感情が目を覚ました――人をひとり凍死させてからというもの、すっかり眠り込んでいたのだが。さらに、バスルーム以外のあらゆる部屋は床から天井まで電子機器やサーバのユニットを詰め込んだ棚で埋もれているとも知らなかったし、冷蔵庫内の奥の壁に毛カビが元気いっぱいに生えているとも知らなかった。

「カビと戦ったら反撃してきやがった。胞子。大繁殖。食い物にも、冷蔵庫の外側にも。黒い……黒いのがあっちこっちに。それで降参したら、自分の領土に引きあげてくれた。いまは平和共存。和親協約だ」

マリウスは笑いながらコーラをまたごくごく飲んだ。チェンとはちがって、どの缶にコーラが入っていて、どの缶に煙草と唾が入っているかちゃんと憶えていられるらしい。マリウスはいささか名の通ったハッカーで、バークレー校とカーネギーメロン大学の客員教授で、まったく鼻持ちならないやつで、そしておそらくはチェンの一番の親友だった（ちなみに順不同）。

ふたりは十年近く前からの知りあいだった。どちらも〈ネーム・ザ・デイ〉掲示板の「テクノロジー」板の住人で、ここはテクノロジーを利用して来《きた》るべき文明崩壊を生き延びようという趣旨の板なのだが、マリウスにとって終末への「備え」とはおおむね、不可避の苦痛や崩壊や絶望、そして最後に訪れる悲惨な死を心穏やかに受け入れるということを意味していた。彼は板の伝説的存在だったが、それはテクノロジーの面でも、また人類がみずから絶滅の危機に瀕しているという兆候の面でも、圧倒的に幅広い専門知識を持っていたからだ。

ふたりのつきあいは議論と侮辱合戦で始まった。チェンは「テクノロジー」板ではかなり知られていた。この板の下にサブフォーラムがあって、彼女の動画が細かく検証され、賞賛されることもあったものの、たいていはばかにされていたのだ。しばらくのあいだ、チェンがコンピュータのソフトウエアやハードウエアについてアドバイスする動画を作成するたびに、マリウスは長いコメントを投稿して、彼女の意見が「ど素人のうんこ」である理由を説明してくれた。ふたりは議論し、ノータリンがえらそうにと罵りあい、互いの見解の穴をつつきあっていたが、ふと気がついたら取っ組み合いが抱擁に変わっていたのだ。マリウスがイスラエル人の恋人をマレーシアに連れていけずに困っていたとき、チェンは助け船を出すことができた。このテクノロジーはうさんくさいと感じたとき、チェンが真っ先に相談する相手はマリウスだった。マリウスはたいていの人間は信用しないし、好きにもならない。だから誠実さや親切心が使われずにありあまっていて、つきあってもいいと思う数少ない相手にそれを惜しみなく与えるのだ。

マリウスはキッチンのテーブルに向かうと、ルーマニアで子供のおもちゃとして売られているコンピュータのキーボード、プラスティックに封入したマザーボードのセット、そしてスマート洗濯機のスクリーンに、チェンのスマホをワイヤでつないだ。彼の手は汚れていたが、道具はきれいだった。

手早く作業を進めつつ、鼻歌を歌い、ときどき格言のような言葉を口にする。

たとえば「これは贈り物だ」とか。

チェンは言った。「そのスマホのこと？……それとも……なんて言うか……この状況全体が？」

「だれかが生命を救ってくれて見返りを求めない、それは贈り物だ。彼女はおまえにプレゼントをしたって言ったんだろ」

牡蠣《かき》の殻でもむくように、彼はチェンのスマホの背面を鮮やかな手つきでこじあけた。そして部品を取り外すと、寄せ集めの自作コンピュータにそれをそっと差し込んだ。それはまるで、チェンの祖母がボウルの米粒を最後のひと粒まで丁寧かつ正確に扱うさまを見るようだった。

洗濯機のスクリーンが小さくチンと鳴って、すすぎ開始のシンボルが表示された。

「それ、なにかやってるの？」チェンは言った。

「これからやる」マリウスはにっと笑った。「眠れる森の美女の秘密を探り出すんだ」——と言いながら、チェンのスマホの上部を人差し指でなぞった——「ただし目覚めさせない。まずはファイル・リスト、それが見つかったらファイルの内容」

マリウスはクリームコーンの缶をあけ、バニラアイスクリームのウエハースですくって口に運んだ。見るからにうまそうに食べている。

「食べるか？」

チェンは首をふった。

「そのトンネル。おまえを殺しに来た彼女、なにか要求したか。『あれをくれ、さもないと殺す』と言ったか。それとも『これをしたからおまえを殺す』だった？」

「なにも言わなかった。きっとエノク会員だと思う」

「もう存在しないぞ」

「とんでもない、ばっちり存在してるよ。ネットでわたしに嫌がらせしてきたんだから。あの女、指にエノク会の鍵みたいな刺青も入れてたし」

マリウスは首をふった。

「それはちがう。ネットの嫌がらせは簡単だ。ロシアの地下室で、ティーンエイジのガキが侮辱を書き込む。だれにも見つからない。簡単、安全。政府に憎まれて、頭のおかしい人間が舞台で作家を刺したりする。宗教に憎まれる、それはあるかもしれない」

「あれが宗教かっていえば、新手の宗教だよ。それは間違いない。たぶんネットで勢力を伸ばしてるんだと思う。いまのところは秘密の集団を作って」

「おまえに対して宗教戦争？　おまえはなんにもしてない」

「あの女の拳銃に向かってそう言ってやってよ」

マリウスはコーンをむしゃむしゃやりながら考え込んでいる。ずらりと並ぶマザーボードの隣の棚に、ビニールで包まれたクリームコーン缶詰のパレットが三つ置かれていた。

「ひょっとすると、おまえは世界一不運な人間なのかもしれん。ひょっとするとべつのなにかかも。持ってないか、その女のスマホとか。ＩＤとか」

「いや、だって……有毒な塩の氷の塊に変わってたんだもん」

マリウスは、あごひげをかきながら小刻みに何度もうなずいた。まるでコンピュータ関連の質問に、学生が適切どころか極めて興味深い回答を出してきたかのように。

「女がふたり。ひとりはおまえを殺そうとしたが、その理由は言わない。ひとりはおまえを助けようとしたが、その理由は言わない。ったく、おとぎ話みたいだな。思うに……」それきりずっと黙っている。目をあけたまま眠っているのではないかと思うほどだった。「思うに、大した危険はないな」

「へえ、そう。そういうことは、だれかに自分の頭を狙われてみてから言ってくんない？」

マリウスは汚れた親指の爪で、歯に挟まったトウモロコシのかけらをせせり出した。「エノク会は今日、ブカレストでおまえを見つけられなかった。マドリードでも見つけられなかった、飛行機でも見つけられなかった。とくべつ優秀じゃない。隠れてないときは見つける、隠れてると見つけられない。おまえのスケジュールはウェブサイトに出てた。だからすぐ見つかった。いまは見つけにくい、大丈夫だ」

「でも、あの女は……わたしを追ってきたんだよ、トンネルのなかまで。バレンタインのキツネのワゴンに隠れてるのも見つけたし。発信機かなんかつけられてたんだと思う」

「かもな」マリウスは言った。「自分で思ってる以上に音を立ててたのかも。ワゴンのなかで動いて、キツネが動いて、それで見えたのかも。なにかのイベントのときに、なにかくっつけられたのかもな。衣服のしみ、ポケットの追跡機《トレーサー》。おまえは月に何度イベントでしゃべる？　十回？　イベントのあとにしょっちゅう衣服を捨てる？　追手をまこうとしたことないだろ」

「それじゃ、これからどうしたらいいの。ずっとこうしてなきゃだめ？」

マリウスはうなずいた。「しばらく身を隠せ。そのあとはもっと慎重に行動する、ずっとな」

「楽観的だね、ありがたくて涙が出そう」

マリウスは笑った。「楽観的がよければアメリカに行け。白い歯に派手な笑顔。現実的がよかったら旧ソ連圏だ、だろ?」

すすぎのシンボルが二回転した。スクリーンの右側にファイルリストがスクロールされていく。

「ふうむ」マリウスは言った。「マルウェアがある。まだなんだかわからんが」鼻にしわを寄せて、「再構成できる、たぶんな。うまく行って二、三か月かかるかも。いろんな構築モデルを試してみなきゃならん」

マリウスに確認できたのはいまのところ、マルウェアが侵入した日時だけだった。チェンがマーサのスイートで眠った最後の夜、午前三時二十七分だ。

「おまえは彼女の Wi-Fi に接続した。Wi-Fi が汚染されてた。おまえのための特別な Wi-Fi だ。ホテルのじゃない、ふつうのじゃない」マリウスは言ったが、それは質問ではなくほとんど断定だった。

チェンはうなずいた。

「酔っ払ってた」マリウスはやれやれとばかりに言った。「夜の夜中に、アップロードして再起動。なにがあったかおまえは気がつかない」

「彼女はプレゼントをしたって言ったけど、それがなんなのかは教えてくれなかった」

「いまは話してないのか」

「何度もメッセージを送ってるんだけど、返事がないの」

「ベッドはさんざんだったか」

「おかげさまでベッドはすっごくよかったわよ、何度もしたわ」

「それじゃ、なんでなにも言わない? ソフトウェアをふつうに渡さない? この」——マリウスはドライバーでスマホを指し示した。洗濯機はいまドラム洗浄のさいちゅうだ——「このやばいスパイ・プログラムだかなんだかはふつうじゃない」

チェンは、最後にマーサに会ってからもうずいぶん経ってしまったような気がした。マーサの出しているサインを正しく読んだつもりだったし、本気の関係が始まりつつあると思っていた。少なくともあの時点では、心のこもった真剣な関係だったと。彼女はマリウスが好きだし、マリウスも彼女のことが好きだが、しかし言うまでもなく、パラノイアになりやすい――それにはそれなりの、もっともな理由があるが――人間は、同じくいささかパラノイア的な友人を選んでしまったりするものだ。

「考えたことないか」マリウスは言った。「おまえは有名なサバイバル専門家だ。なんでも生き延びる。ひょっとして、ソフトウエアのテストに利用されてるかもな」

6. ほんとうにひどい状況なら警報が出ているはずだ

マーサ

小さく目立たない「ハッピーセット」のコード・パッケージを作成するのはむずかしくなかった。

また、全員がそれぞれに〈ファンテイル〉、〈メドラー〉、〈アンヴィル〉のシステムに高レベルのアクセス権を持っているわけだから、それを拡散させるのも造作なかった。セイラとアルバートは、挿入メカニズムつきのパッケージを作成した。かれらはみな、フラッシュドライブを持ってホテルを出た。そのドライブはバジャーがコンビニエンスストアで現金で買ってきたのだが、なにしろバジャーはどんな時もバジャーでいたいと思っているから、それはミニチュアのハンバーガーをかたどったものだった。四人はホテルの部屋でさようならを言いあった。古い友人どうしのように、いっしょに長い旅路を歩いてきた人のように。そしてマーサは、三人と代わる代わる抱擁を交わし、アルバートの三日着つづけたシャツのつんとするにおい、セイラのふわりと鼻をかすめる華やかな香水の香り、バジャーのチューインガムと揚げ物のにおいを嗅ぎながら、思った——共通の目的で結びついたコミュニティがなかったら、わたしはどうやって生きていけばいいかわからないだろう。これからなにがあろうと、わたしは死ぬまでこれを探しつづけるだろう。

四人は自分の世界に戻っていった。レンクは、休暇はどうだったかとマーサに尋ねたが、彼女がこの世界からの休暇を「必要とした」ことすら、心の底からいささか悔しがっていることがその口調から伝わってきた。そして言うまでもなく彼は正しい。彼女は休暇などとっていなかったのだから。それが彼女とレンクの共通点だった。用心してちゃんと前を見ていないと、〈フリトレー〉のトラックがどこからともなく現われてはね飛ばされてしまう。ただ、いまはわたしがそのトラックだ、と彼女は思った。彼女はレンクの死角に入っている。そこに個人的な感情はない。

適当なタイミングをはかっているうちに数週間過ぎた。やがてバジャーは母親といっしょにアンティグアに行き、セイラはジムリと東京へ行った。みなの注意がよそに向いて、ついにその瞬間が訪れた。すべてをほぼ同時に起こさなくてはならない。

バジャーは母のノートパソコンを「借りた」。

マーサはレンクのパスワードを使ってログオンした。

セイラは、ジムリが〈アンヴィル・サーフィス〉をロックせずに部屋から出ていくのを待った。

三つの時間帯でフラッシュドライブが接続された。システムに入り込むと、パスワードで承認されたワームがしかるべき場所に潜り込み、自分で自分を解凍する。そして注意深く、一語一語、特定の文章と特定のコメントを改変しはじめた。そしてそれを繰り返す。

こんなことを大規模に試みれば注目を惹くだろう。それでもやってみる価値はあるはずだ。なにもせずにいることはできない。

しかし、このワームと他のシステム要件とのバランスをとる機会はなかった。パフォーマンスを監視したり、他の機能との相互作用を調べる時間はなかったし、どんなリソースが必要で、それをどれぐらい消費するか確認する時間もなかった。ワームはシステム時間を大量に消費しはじめた。その反復処理はモバイルタワーを通じて波のように広がっていく。アルゴリズムは幾度もテストを繰り返し、スマイルとサムズアップをより多く生み出す方法を探し求める。

上海では、五百機のドローンが空で舞を舞っていた。青、銀、金のライトを光らせながら、祝賀会のために平和と調和の言葉を空に描いていく。〈アンヴィル〉を搭載したメインフレームに、〈メドラー〉のデバイス上のモバイル信号を介して接続されて、ドローンはきらめきながら一糸乱れぬ隊伍を組んで飛んでいた——そのときまでは。そのとき、ほんの一瞬、信号が打ち消された。人々の頭上で、父親に肩車された子供たちが面食らって見あげるなか、ドローンたちはつっかえた。旋回した。もうどんな文字も描いていない。と思ったら急降下しはじめた。ドローンの舞踊団は地面に墜落し、車のボンネットに突っ込み、歩道で砕け散った。人々は逃げ惑った。

同じ週末のサンフランシスコでは、〈ファンテイル〉本社でサーバの過負荷が発生し、連鎖反応的にシステム障害が広がっていった。このシステムで過負荷が起こるとは完全に予想外だった。それが起こったとき、あるソフトウェアエンジニアは自宅の予備の寝室に座っていた。そばの室内物干しには乳飲み子の娘の着ぐるみが干してある、そういう状況で彼はパニックを起こした。手動でネットワークトラフィックを再構成し、オーバーフローしたデータを別のデータセンターに送ろうと試みた。赤ん坊が泣いている。彼の妻は、いまトイレに入りながら同時にビデオ通話もしているので、頼むからあなた赤ちゃんを見に行ってと叫んでいる。彼が入力した指示《インストラクション》は完璧に近かったが、完璧ではなかった。すると出し抜けに、世界じゅうのあらゆる国で、〈ファンテイル〉とその子会社のアプリや製品がすべて機能を停止してしまった。

・パキスタンのペシャワールでは、〈ファンテイル〉の匿名化サービスを利用できず、ポリオワクチンの受け渡しの調整ができなかった。そのため三万八千回分のワクチンがむだになった。ワクチン接種を受ける予定だった人々のうち、子供五人がその後ポリオに感染している。

・カナダのマニトバ州では、〈メドラー〉のサーバを使用している気象災害警報システムがクラッシュした。〈メドラー〉のサーバは四分後には復旧したが、この警報システムは再起動されなかった。ブリザード予報が出ていたにもかかわらず道路封鎖は実施されず、スマートフォンやシンスクリーンにも警告は表示されなかった。ほとんどの人は大雪を見て引き返したが、かねてから計画していた家族の再会があきらめられず、ある八人のグループが「ほんとうにひどい状況なら警報が出ているはずだ」と励ましあっているうちに、ミニバンのなかで凍死してしまった。

・英国のノーフォークでは、在宅介護チームが使用していた旧式の〈アンヴィル〉メッセージアプリがつながらなくなった。すでに公式には〈アンヴィル〉のサポートは終了しており、使用不能になってもただちに調査の対象にはならなかった。ある高齢女性は、いつもの看護師に連絡がとれなくなり、室内をこれ以上汚したくなくて、排泄物にまみれたまま二日近く助けを待っていた。

その後に〈ファンテイル〉、〈メドラー〉、〈アンヴィル〉で内部調査が実施され、目立たないコード・パッケージがいつのまにかシステムに紛れ込んでいたことが判明した。おそらくは国によって制作されたワームであり、反復的な処理を引き起こすが、現時点ではその目的を明らかにするのはむずかしいという。

マーサはアルバートの家を訪ねて書斎に座っていた。彼の生命を救ったあの部屋だ。

「なにもかもわれわれのせいってわけじゃない」アルバートは言った。「もともと脆弱なシステムが多すぎたんだ。もっとフェイルオーバー（複数のサーバを同時に稼働させ、ひとつダウンしても即時にカバーできる体制）を用意しておくべきだったんだよ」

「でも、それは最初からわかってたことよ」マーサは言った。彼女にとって、これはいつか来た道だった。「結局こういうことになるのよ。前にも見たわ。これで世界を大きく変えられるって思ってなにかすると、最後に待っているのは破壊なの。いつもそう」

「〈アンヴィル〉はもう、こんなことがまた起こったときに備えて、周囲から遮断された安全なバックアップを販売してる。それに十七か国の政府がすでに、『これらの指定企業』をとくに保護するための法律を制定してる。この種の攻撃には常識外れの厳罰を科すってさ。こういうことがあって、いっそう力をつけるだけってわけだ」

マーサは言った。「なにもできないのに、なにもしないではいられないって状態をなんて呼べばいいの」

アルバートが言う。「ぼくはもう絶望と呼んでみたけどね」

バジャーとアルバート、マーサとセイラは、また数週間かけてグループとして連絡をとりあった。それに使ったのは、セレブのファッションを酷評するフォーラムの非公開メッセージシステムだ。

二度とこんなことできないよ、とバジャーは言った。外部に波及していく反復的な効果はいまも計算不能だ。これらの企業をただ潰そうとしても不可能だった。至るところに存在しているし、ただの一日でもそのサービスなしに暮らすのは悲惨だ。

こういうやりかたはだめね、とマーサは言った。**こういうやりかたは二度とやっちゃいけない。なにをするにしても、可能なかぎり小さく、目に見えないぐらいにしないと。**

もっと高レベルのアクセス権が必要だわ、とセイラ。**コードベースで、ランダムにサーバ容量を消費するのがいけないのよ。システムの一部でないと。**

ともかく、あれは解決にならなかった、とマーサ。**つまり、解決策の一部かもしれないけど、電子投票をクリックする気にさせるだけじゃ足りない。もっとスピードが必要よ。ここ数年間、わたしたちは問**

題を解決できたかもしれないのに、解決してこなかった。ただ近づいてはいるのよ、きっと思いつくことができるはず。べつの方法を試してみなくちゃ。

7. 正しい失敗のレベル

チェン

ブカレスト郊外、マリウスの元教え子三人が化学薬品会社〈キモパール〉の廃工場をハッカースペースに作り替えていた。電力と高速無線はスクールバス内の発電機とサーババンクから供給されている。工場内は紐でつないだLED電球で照らされ、壁はパリンプセスト（一度書いたものを消して再利用された羊皮紙）のように落書きが重ね描きされていた。剣を持った赤い天使が天井いっぱいに翼を広げている。人面ドラゴンが言葉を吐き散らし、それが石になって床に降り注いでいる。隅のスピーカーからデスメタルが流れ、端末の三人はみなタトゥーにピアス、スキンヘッドにひげづら、マリウスを名前で呼んでいる。これ以上の安全は望めまい。

チェンは、インターネットで見つけた自分自身に関する本物のデータをすべて消していた。いまマリウスの家に泊まっているのはだれにも知られていない。メキシコに移住したという設定で、存在しない屋敷の想像上のプールの横で撮った写真を何枚かでっちあげた。動画をネットに投稿するときは、信号をあちこちに飛ばした。ふだんどおりに、しかし絶対にそこにはいない場所で、仕事をしているように見せたかったのだ。インターネットにつなぐときも、追跡不能の端末しか使わなかった。〈シーズンズ・タイム・モール〉に関する動画は投稿しなかった。企業の危機対応計画を評価するという、退屈なコンサルティングの仕事を引き受けた。紙の本を読み、買い物のときは子供のように、マリウスがキャッシュを入れてくれたプリペイドカードで支払った。ネットでは、エノク会については言及せず関わりも持たなかった。彼女の動画の下に投稿される怒りのコメントには、返信もしなければ削除もしなかった。〈アンヴィル〉、〈メドラー〉、〈ファンテイル〉を使うときは、最大限に暗号化されたサーバしか使わず、以前のアカウントも本名も使わなかった。おかげでブカレストでは一度も襲われていない。

このハッカースペースを何度も訪れつつ、彼女は当然ながらいろいろ検索してみた。

・〈シーズンズ・タイム・モール〉　暗殺者
・〈シーズンズ・タイム・モール〉　殺人事件
・〈シーズンズ・タイム・モール〉　冷凍死体
・〈シーズンズ・タイム・モール〉　死者
・〈シーズンズ・タイム・モール〉　事故

『ザ・ストレーツ・タイムズ（シンガポール最大の新聞）』に短い記事があり、この地域では他紙でも取りあげられていた。それによると、〈シーズンズ・タイム・モール〉では六月に電気系統の故障があり、ガラス製の照明器具が爆発して数人が軽傷を負った。ショッピングモールのそのウイングは、必要な修理のため六日間閉鎖された。

それだけ？　続報は？　もっとくわしいニュースサイト。分析、議論。バックパックの若いアジア人女性が、現場から逃げるのを目撃されて探されていたりするのでは？

だがそんな話はなかった。じつに痛ましいことに、ホームレスの女性が換気シャフトのなかで死亡しているのがメンテナンス中に発見された。遺体の状態から見て、数か月前に亡くなったらしい。おそらく前年の十二月にそこに入り込んで亡くなったのだろう。冷却パイプの取り付けが不適切な箇所があり、それも死因になった可能性がある。悲劇的な出来事だ、と『ザ・ストレーツ・タイムズ』紙は報じていた。コラムニストのひとりは、麻薬中毒のホームレスの窮状を切々と訴え、それであっという間に話題は変わって、麻薬密輸業者にはさらなる厳罰が必要という話になっていた。

隠された《ヒドゥン》ウェブでは、換気シャフトの女性の死にある程度の関心が集まっていた。二、三の情報提供者が、遺体は「腐敗の進んだ状態」だったと言っており、あるシンガポールのサイトには、自分のきょうだいの親戚が警察で働いていて遺体を見たという投稿がされていたが、遺体は「ほとんど液体になってて、もうめっちゃくちゃにグロかった」という。投稿者は遺体の写真を持っていると言っていたが、恐る恐るクリックしてみると、まったく見覚えのないものだった。液状の身体各部の入った容器の横に、ワンピースとコートと帽子が置かれていたが、チェンを追ってきた女が身に着けていたものとは似ても似つかなかった。

「どっかの間抜けが受けようと思って」彼女は言った。

マリウスは言った。「暗殺団はかっこいいもんだ、自分の家のドアがノックされるまでは」

さらに検索。なにか出てこないかと。

・冷凍材　殺人事件
・冷凍材　死亡
・冷却剤　事故
・冷却剤　雪
・〈シーズンズ・タイム〉　冷却剤

『グローバル冷蔵冷凍ニュース』の短い記事が見つかった。台湾のある冷却剤メーカーが、六月末ごろ〈ファンテイル〉に買収されていた。同社は〈シーズンズ・タイム・モール〉の冷却システムを製造したメーカーだが、同社の製品は今後〈ファンテイル〉のチップ製造プラントでのみ使用されるという。

「ほら、だれかが尻拭いをしてる」マリウスは言った。「おまえの彼女のマーサ。ソフトウェア試験のあと片付けだな」

「まさか」チェンはそう言いながらも、たしかにそのとおりかもしれないと思っていた。

彼女の頭のなかには、いつもふたりのマーサがいた。ひとりは、ある週末に彼女と恋（それもありえないほど豪華絢爛な）に落ち、それで彼女の生命を救うために実験的なソフトウェアをプレゼントしてくれた、かけがえのない女性。そしてもうひとりは他人を利用する鼻持ちならないやつで、ホテルのキーだのシャンパンだので彼女を釣った——実験的なソフトウェアをテストするために。チェンを選んだのは、たぶんふつうの人間より生き延びる確率が高いと思ったというちょっとうれしい理由と、そしてたぶん、チェンがエノク会の攻撃対象になっているのを知って、ＡＵＧＲの性能をテストする絶好のチャンスだと思ったといういささか背筋の冷える理由からだろう。

マーサがプロジェクトを抱えていると言ったとき、チェンはそれを信じた。なんのプロジェクトだか！　そしてこれから多忙になるとも言っていた。連絡がとれなくなると。そして、こんなに人を好きになったのはほんとうに久しぶりだと。チェンはすべて信じた。なぜなら、それが人間の正常な欲求だから——人を信じたい、つながりたい。手を差し伸べたい、信頼したい。そして言うまでもなく、セックスがすばらしかったからでもある。

しかし、相手を盲目的に信用するにも限界がある。いまとなっては、彼女がチェンのスマホになにを仕込んだのか理解せずには、マーサについて多少なりと知っているとは言えないだろう。

マリウスとともにＡＵＧＲについて調べていて、少しわかったことがある。かつてＡＵＧＲという会社があったのだ。マリウスによれば、その業務内容は「死ぬほど退屈」——「企業向けの市場のトレンド分析」だったそうだ。この会社は、「期待はずれの結果」しかあげられずに清算に入った。ＣＥＯのシィ・パックシップは「技術的な困難」がどうこうという漠然とした声明を出している。〈テッククランチ（米のニュースサイト。おもにＩＴ系のスタートアップ企業などを扱う）〉に小さなまとめ記事があった——「ＡＵＧＲは、ヘッジファンド市場をターゲットとした予測分析ソフトウェアであったが、技術的失敗が続いて資金を集めることができなかった」

「これは正しい失敗のレベルだ」とマリウスは言った。「〈アンヴィル〉、〈メドラー〉、〈ファンティル〉がこの会社を買収して、自分たちがなにをしてるのか知られたくないなら、これは正しい」

劇的でも刺激的でもなく、たんにソフトウェアが役に立たなかっただけだ。アルゴリズムを買い取ろうとか、制作を担当した少人数のチームを雇おうとかする者はだれもいないだろう。だれかがネットの掲示板に書き込みをして、レンク・スケトリッシュ、エレン・バイウォーター、ジムリ・ノミックが支援するコンソーシアムにAUGRが買収されたという噂を聞いたなどと言ったら、とんだ空想家と思われるにちがいない。

「こんなのでたらめだよ」チェンは言った。「わたしのスマホに入ってたのは生き残りのテクノロジ、超効率的なAIだった。信じられないほどの権限に、描図機能。あれは自分のことを……」あの瞬間の記憶は鮮明そのもので、これほど鮮明な記憶はほんとうに久しぶりだ。「予測機能と保護機能を備えたソフトウェアだって言ってた」

「それのあと始末だな」マリウスは言った。「会社を買って、ショッピングモールに損害賠償。なにを手に入れたかだれにも知られたくないんだ」

こんなふうに数週間は過ぎていった。調べては首をひねる日々。そのあいだずっと、マリウスの再構成プログラムはチェンのスマホに探りを入れていた。スマホは〈キモパール〉のハッカースペースのメインフレーム——二十八台の〈アンヴィルタブ〉を連結して、金属製の食器棚に積みあげたもの——に接続されていて、それが毎晩ひと晩じゅう黙々と作業を続けていた。金属の天井に接することで冷却され、雨に濡れないように傘で守られながら。数週間が数か月になり、洗濯機からスクリーンをもらったデバイスは、プログラムが自動削除されたときにどんなコードが細かく切り刻まれたのか、それを解明しようと働きつづけていた。もとどおりに組み立てなおす。処理を反復する。急ぐことも休むこともなく。

その年の秋は季節外れの寒さで、雪が降っては積もり、溶けてはまた降っていた。ハッカースペースで十月、二十二のサーバを通して信号をバウンスしてもらったうえで、チェンはサンダーランド（英国東部の港市）の父親に誕生日祝いの電話をかけた。ずっと電話できなかったことをあやまると、父は言った（ちょっと聞いただけで、ほんとうはそれほど確信はないのだとわかる口調で）――たったひとりの娘にほんとうによくないことが起こっていれば、父の耳にも入っていたはずだ、心配はしていないと。

チェンは言った。「元気でやってるよ、お父さん。わたしは元気。会いに行きたいんだけど、ただ忙しくってね。それと……スマホの調子がおかしくなっちゃって。あっちこっち飛びまわってるし。だからその……なにかあったらメールちょうだい」

電話を切ったあと、チェンは鬱屈《うっくつ》した気分だった。自分が世界から逃げたつもりが、自分のほうが世界に置き去りにされているような気がする。ブカレストの泥濘《でいねい》まみれの通りに夕闇の深まるなか、マリウスといっしょに震えながら歩いた。雪が降っていた。ちらほらながらやむことを知らず、冷たい湿った雪片がしつこく降りつづき、たちまち汚れた塊になって歩道に居座る。ふたりは路上駐車の錆びたバンでハンバーガーを買った。それがびっくりするほどおいしく、分厚くて汁気たっぷりだった。

天使とドラゴンに見おろされながら、ふたりは座ってハンバーガーを食べ、灰色の雪が舞い落ちるのを眺めていた。

そのとき、プログラマーのひとりが言った。「棚の上段にあるあんたの自作機だけどさ。あの傘の下にあるやつ」

マリウスはむっつりうなずいた。チェンは疑問に思った——彼はいつもいまの彼女のような気分でいるのだろうか。もしそうなら、どうやってそれと折り合いをつけているのだろう。

「チャイムが鳴ってたよ。あんたたちが外出してるあいだに。見に行ったけど、よくわからなかった」

マリウスが金属のはしごをあんなに素早く登れるとは、チェンは夢にも思わなかった。頭上から勝ち誇った彼の声が降ってくる。

「眠れる森の美女が、眠ったまま話せるようになった」マリウスは言った。

チェンのスマホは、非常に強力な新手のマルウェアに感染していた。長い数字と文字の羅列のみでラベル付けされた特定のプログラムから、一連のコマンドが起動されると、そのなにかがスマホのすべてのシステムをコントロールするようになる。インストールされて以来、それはチェンのスマホからパッシブ情報収集を実行して彼女をスパイしており、彼女の健康や現在位置や通信を監視していた。プログラムを再構成してみたら、それが保護を無効化してたえず情報を収集するさまが確認できたというわけだ。

「悪い感染だ」マリウスは小さく舌打ちした。「危険な感染」

しかし、その収集した情報と乗っ取った権限を使って、そのプログラムがなにをしていたのかはわからなかった。

マリウスは片頬だけでにやりとした。落ち着かない気分なのだろう。「権限は削除された。もう放っておいても大丈夫だ。リンゴのなかの虫《ワーム》。そのワームに生命を救われた。おとぎ話だな。めでたしめでたし」

しかし、これでおしまいにしてしまったら、ふたりのマーサのどちらが本物なのかわかる時は来ないだろう。

「明日の朝、もっと調べようよ。そしたらもっとわかるよ、ね?」

スマホと自作機を〈キモパール〉のハッカースペースから取り外し、〈ウニレア〉デパートのビニール袋に入れて、マリウスが住んで仕事して食事して眠るスペースに持ち帰った。彼のイスラエル人の恋人サリットが、トマトとスパイスたっぷりのミートシチューを作ってくれていた。マリウスは満足そうだった。

「おれだからできたんだ」彼は言った。「もちろん公表できないが……それでも、大手柄は大手柄だ」

サリットは彼の髪をくしゃくしゃやって、欠けたボウルにシチューをついだ。マリウスはクリームコーンのときと同じようにうまそうに食べ、満足のうめき声をあげている。ふたりのあいだにいまでは共振が聞こえるようだった。サリットはふだんは無礼と言いたいほどそっけないが、どういうわけかマリウスの手柄には心を動かされたりするのだ。

夕食後、サリットはポケットからMDMA(覚醒剤の一種)の錠剤を引っ張り出してきた。錠剤にはペリカンが描かれている。

「ルーマニアの国鳥」彼女は言った。「ぜんぜん合法。政府が売ってるの、それで政府の債務を払ってる」

「それほんとう?」チェンは言った。

サリットは肩をすくめた。「たぶんね」

チェンは、ふたりがセックスしているあいだハイになるのも悪くないかと思ったが、やはり思いなおした。

「ありがとう、でもわたしはいい」彼女は言った。「あなたたちは楽しんで」

彼女はベッドに入り、マリウス自作のインターネットブラウザ――十五年前のスマートドアベルのスクリーンに載せた――を使って、レンク・スケトリッシュの動画を観た。ときおり、アシスタントのマーサ・アインコーンが背景のどこかに映っている。彼女はめったに笑顔を見せず、めったに口も開かず、考古学的遺物のように謎めいている。

ハッカースペースが焼け落ちたのはその夜のことだった。

マリウスは午前五時に電話を受けた。チェンの部屋はオフィスフロアの反対側にあるし、壁は本棚やファイルキャビネットに埋もれていたが、それでも電話で話す彼の声は聞こえてきた。最初は混乱と苛立ち。こんなに早く叩き起こされたのだから当然だ。続いて怒り。そして恐怖。あの響きは十もの言語で聞いたことがある。逃げる時間だとはっきり自覚するより早く、彼女は下着とジーンズ、シャツとセーターを身に着けていた。

マリウスが大声で呼びかけてくる。「チェン！　〈キモパール薬品〉のハッカースペースがばかどもに破壊された！」

チェンは最初、だれかがろうそくを消し忘れて帰ったのだろうと思った。あそこは熱心な悪魔崇拝者に使われているから、だれかが五芒星を使って危ないことをしていたのかもしれない。しかし現実はそれより悲惨だった。

「ボグダンのばかが！　役立たずの穀潰しのサンディカリストのボグダンの野郎！」

マリウスは、ヤニまみれの唾であごひげに泡を飛ばしていた。手あたりしだい最初につかんだモノを振りまわしていたが、それは――一瞬なにかと思ったもののすぐに気がついた――ストラップ式のディルドーの本体部分だ。真っ青に塗られていて、理想を言えば知りたくなかったマリウスの一面を表わしていたが、まあそれはいい。

「マリウス、なにがあったの。その……それでこっちを指すのやめて」

マリウスは真っ青なモノを下におろした。サリットはそれを見て、チェンとまともに視線がぶつかったが、目をそらそうとはしなかった。さすが。

「ボグダンの阿呆が」マリウスは言った。「昨夜、プログラムがすすぎサイクルを完了した。小さくチャイムが鳴った。小さいかすかな音、でかいアラームじゃない。おれたちを待ってりゃよかったのに、ボグダンの阿呆がはしごを登って、スマホの電源を入れやがった」

「うそ」チェンは言った。「うそ、そんな」

その知らせは、自分の墓の冷気のように骨の髄までしみ入ってきた。どう考えてもこれはただの偶然ではない。だれかがあのスマホを破壊しようとしたのだ。そしてだれであれ、その人物は彼女がブカレストにいることを知った。マリウスと共にいることも見当をつけているかもしれない。つまりそういうことだ。自分がばらけていくのを感じる。自分のほかの面から切り離されて、この知らせに耐えてやるべきことを実行できる自分だけがあとに残る。

マリウスのタフィー色（明るい茶色）のおんぼろ〈ダチア（ルーマニアの乗用車）〉に乗って〈キモパール〉に向かった。ハッカースペースでは、雪が冷たい空に向かって噴きあがっていた。屋根は溶け、紙片や灰や塵埃が熱気によって舞いあがり、〈キモパール〉の屋根を飛び越えて、くすぶる焼け跡から遠く離れた場所で地面に落ちてくる。チェンが車のなかで待っているあいだに、マリウスを含めて五人の男が焼け跡で怒鳴りあっていた。どうしても心は香港に戻っていく。

紙切れが宙に舞いあがっていく。半分焦げて、サイレンも悲鳴も聞こえず、遠くでだれかがすすり泣き、大きな爆発音が三回響く

チェンは呼吸法を実行し、視界にあるモノの名前をあげていった。いまいるのはここ、あそこではない、と自分に言い聞かせる。いまはなにも悪いことは起こっていない。いまいるのはここだ。車内は淡いブルーに塗り直されていた。窓の縁を爪で引っ掻くと、新しい塗装の下に古い塗装が現われた。タフィーとブルー、不気味な日の出のよう。

マリウスが足音も荒く車に戻ってきた。

「しょうがない」彼は言った。「機器はなくなった。だれもいなかった」肩をすくめる。「ときどきあるんだ、放火や窃盗。こういう場所はしょっちゅう移動せんと」

放火は増加傾向にある――ここルーマニアだけでなく、世界じゅうで。人々は、「世界に火がついている」というのを文字どおりに受け取っているのだ。漠然とした不安を抱えたまま、なにもせずにいることには耐えられない。絆創膏など剝がしてしまうほうがましだ。

「ボグダンはギャングじゃないかと言ってる」彼は言った。「あちこち尋ねてまわってる」

「でも、ほんとはギャングじゃないってわかってるんでしょ」チェンは言った。

だれかが彼女を追いかけてきたのだ。

車で街を出てから、ふたりはまたチェンのスマホを調べた。湖のほとりに駐車すると、五羽の野生の白鳥が水に潜って水草を食べていた。チェンは座席の下から〈ウニレア〉デパートのビニール袋を引っ張り出した。ふたりしてスマホをじっとにらむ。これが天から直接火を召喚したのは間違いないだろう。

マリウスは言った。「湖に投げ込めよ」

「そんなことしたって、わたしがここにいるのを知られてることに変わりはないよ」

「隠れ場所を見つけるさ」

「わかってるくせに、ただ隠れればいいって話じゃないよ。なにがどうなってるのかどうしても知りたいのよ。またAUGRとつながることってできる？」

「暗号システムがよくできてる。おまえは承認されたユーザーリストから削除された。リモートで。再認証にはサーバにハード接続が必要」

ハード接続ポイントはいくつかある。レンク・スケトリッシュの自宅。〈アンヴィル〉本社。ニュージーランドにある難攻不落のバイウォーターのシェルター。

「ここにはいられない」チェンは言った。「AUGRの再認証の方法を教えて。このポイントのどこかに侵入するから」

「おれも行くぞ。どれにする」

チェンはマリウスに目を向けた。耐えがたいほどの感動に、この瞬間をこのまま引き延ばしていたかった。次の瞬間には彼女が感謝を述べ、彼がそれを打ち消すのはわかっているから。

「わたしひとりで行くからいいよ」彼女は言った。「あんたは追われてるわけじゃないんだから」

「おれがいなきゃ無理だ」マリウスは言い、しばし言いよどんだ。「それにおれだって、こいつらがなにを企んでるか知りたい」

チェンは息を吸い、いったん止め、吐き出した。「それじゃカナダに行こう。ジムリ・ノミックのシェルターに押し入るんだ」

8・骨格標本とプラスティック包装

マーサ

マーサとセイラ、アルバートとバジャーが次はなにをすればいいかと考えているうちに、時間は過ぎていった。企業はさらに大きくなり、事態は徐々に、しかし容赦なく悪化していった。

パロアルトでは、レンク・スケトリッシュの会社〈ファンテイル〉が、小規模だが成長著しいライバル会社を買収し、お気に入りのテレビ番組をリミックスできる機械学習プログラムを獲得した。選択したトピックに関する短いエピソードを好きな有名人に演じさせることができ、言語も三百語から選択できるというプログラムだ。また〈ファンテイル〉は、アルゴリズム予測の専門家八人の博士論文（とサービス）を買いとり、ユーザーが短・中期的にどのようなサービスを望んでいるか予測できるようになった。そして、一定のデータが販売され、一定のデータが保存され、一定の広告から一定の利益が得られた。〈ファンテイル〉の多くの顧客はほとんど気に留めなかった。なにしろ、流暢にコサ語を話す銀髪のライアン・レイノルズとくだらないテレビ短編番組で共演して、それを共有できるのだ。

五十人のためにこの町を赦してくれませんか。

オハイオ州コロンバスに新たに建設された巨大な本社で、ジムリ・ノミックの会社〈アンヴィル〉は、画期的なラペルピン〈デイセイヴ〉を開発した。その人の日々の会話をすべて記録し、そこから検索可能なテキストファイルを生成するというもので、そのファイルからその人の「デジタル版」を作成することができ、それが面倒な人づきあいを一部肩代わりしてくれるのだ。〈デイセイヴ〉は当初、学生や忙しい知識労働者向けに販売されていたが、たちまち人気に火がついた。有名アーティストが限定版〈デイセイヴ〉ボタンをデザインした。誤っていっしょに洗濯してしまっても、〈アンヴィル〉は一時間以内に交換品を届けてくれる。また、一部の倉庫労働者は四十七秒以上トイレで過ごすと給料を減額され、一部の法域では〈アンヴィル〉が同地域に倉庫を置く見返りに補助金を出し、一定量の炭素を大気中に排出することを認めた。富裕層はますます裕福になり、貧困層はさらに貧しくなった――歴史的に見て、こういう状況は例外なく暴力的な革命につながることが明らかなのに。また、プラスティックごみを増やすことに多くの人が一時的に不安を感じはしたが、〈アンヴィル〉

の何億という顧客や〈デイセイヴ〉登録者にはそれを気にする人はほとんどおらず、そのせいで同社の利益は百分の一パーセントも減りはしなかった。

四十五人のためにこの町を赦してくれませんか。

冷え込むワシントン州セントラリアで、〈メドラー〉を経営するエレン・バイウォーターは、彼女らしく着実に利益を積んでいた。新しい超薄型《ウルトラシン》スクリーンと超軽量《ウルトラライト》ノートの新シリーズは予想どおりの成功を収めた。目に快いデザイン、安心感があって直感的なクリック操作。標準装備の新たな検索機能〈パーソナリティ・パラダイム〉は、すっきりしていながら（不思議と）独特でもあった。いっぽうコンゴでは奴隷がコルタン（鉱石の一種）を採掘し、ガラスと金属のしゃれた美しい製品は、修理するより廃棄するほうがはるかに簡単で安くつき、ある場所では化学物質が地下水に垂れ流されていた。そして、多くの人々が〈ファンテイル〉で嘆願書に署名したが、〈メドラー〉のユーザーはそんなことは気にも留めず、同社の株価がそのせいで十分の一セントも下がることはなかった。

四十人しかいなかったとしたら。四十人のために町を赦してくれますか。

調査の結果、〈ファンテイル〉製品を一日八分以上使用すると、ティーンエイジの少女の自殺率が上昇することが明らかになった。摂食障害、いじめの加害者または被害者になる危険性についても同様だった。世界的に人々の精神衛生状況は悪化しつづけている。抑うつや不安に悩む人々は、現実の問題に対する関心が薄れ、空想の世界に逃避する傾向が強まり、デマや陰謀論を信じやすくなる。これに対して〈ファンテイル〉は独自の調査結果を発表し、同社の人工知能サポート・ソフトウェア〈ファンテイルパル〉との一日二十分の会話が生産性と正の相関があるとした。複数の州および国が、無償提供と引き換えに、〈ファンテイルパル〉を学校のシンスクリーン上のパーソナリティ・インターフェイスとして優先的にインストールすることに同意した。人類の精神衛生は根底から脅かされつづけている。広告主がよそへ移動することはなかった。委員会はなんの手も打たなかった。

怒らないでください。そろそろばかばかしくなってきているのはわかっています。ですが、善人が三十人しかいなかったらどうでしょう。その三十人のために町を赦してくれませんか。

新しい〈パーソナリティ・パラダイム〉を世界じゅうに広めたいと、〈メドラー〉はめったにしないような譲歩をした。〈パーソナリティ・パラダイム〉によって世界は全般的により平和になるはずと信じて、ロシア、サウジアラビア、中国、アフガニスタン、ベラルーシ、北朝鮮、イラン、シリア、ウズベキスタンにおいて、政府が特定の〈メドラーフォン〉アプリを介して国民を監視するのは悪いことではないと、エレン・バイウォーターは了承したのだ。これはテロ対策にとって欠くべからざる情報源であり、それを手放そうとする政府機関などあるはずもなかった。抗議活動が起こった。世界じゅうで社会不安の徴候が見られた。バジャーは母親に向かって虫酸が走ると言った。しかしなにも変わらなかった。

もしかしたら二十人しかいないかもしれない。二十人のために町を赦してくれませんか。

じつのところ、〈アンヴィル〉はまだましなほうだった。ジムリ・ノミックに成功をもたらしたビジネス戦略が、世界に害悪をもたらしているとは言えない。だがそうは言っても、〈アンヴィル〉がミャンマーに建設した新工場は、流出水をイラワジ川に廃棄した。以降、イラワジイルカは目撃されていない。セイラ・ノミックは二十年前の動画を見た。その動画のなかで、輝く灰色の哺乳類が笑いながら水中を飛ぶように泳いでいる。それが〈アンヴィル〉の残したものだ。動画と骨格標本とプラスティック包装。死ぬのは彼じゃない、終わるのは世界だ、と彼女は思った。

ジムリ・ノミックは、アフリカとアジアの国々から広大な土地を五か所購入し、〈フューチャーセーフ〉ゾーン――いかなる状況でも人間の立入りが許可されない地域――とした。動植物の再生によってもとの自然状態を回復するため、これらの地域は野生生物保護区に指定されたのだ。それじたい称賛に値するプロジェクトであり、まっとうな対策がとられていると人々は安心した。しかしセイラ・ノミックは完全に心得ていた――ジムリは、環境崩壊が起きたときこのゾーンに自分が行くつもりでいる。地方自治体や中央政府との協定には、彼にそれを許可する秘密条項が含まれていたのだ。要するに安全《セーフ》なのはジムリの未来《フューチャー》というわけだ。

もしかしたら、善人は十人しか見つからないかもしれない。その十人のために町を赦してくれませんか。

バジャー・バイウォーターが、母親からパスキーを渡されたのはこのころのことだ。ニュージーランドのとある丘の麓に作られた地下壕のキー。金色の楕円形の円盤で、エンボス加工でバジャーの名前と指紋が入れられていた。バジャーは、その地下深いシェルターを見学しに行った。中央のアトリウムを貫いて金属と木材でレースのような装飾が施されていた。バジャーが聞いているそばで、両親（エレンとウィル）は興奮気味に、ここ、世界の果てにかれらが作りあげたみごとな作品について話していた。迫りくる嵐からどれだけのものが守られるか。これがいかにすばらしいことか。バジャー、あんたは生き残りたくないっていうの？

アルバート・ダブロウスキーは、夫の命日に〈メドラー〉からシェルターのキーを受け取ったが、もし自分がエレン・バイウォーターの立場だったとしても、彼女以上のことはできないだろうと絶望した。それでも、できることがたくさんあるのはわかっている。彼女は彼の黒い鏡像であり、彼の嫌っている彼自身と同じ顔をした人物だった。たびたび考えたことだが、このときもまた考えた――自分が死んだほうがいいのではないだろうか。株式を〈グリーンピース〉に遺贈するか、信託にして世界じゅうのクジラや鳥や大型類人猿のために使ってもらえるなら。そんな気持ちを彼が漏らした相手は、マーサ・アインコーンただひとりだった。彼女はがんばってと言った。がんばって、死なないで。

マーサ・アインコーンは、レンクのためにさまざまな終末対策見本市に出席し、彼のシェルターによさそうな最新のガジェットを探していた。そしてまた、シェルターが必要になるまであと何年あるか、専門家の推測に耳を傾けた。二十年という声もあれば、十年という声もあった。あるいは五年。二年。

それとも――この選択肢はつねに存在するわけですが――もうあきらめたほうがいいのでしょうか。

かつて、マーサ・アインコーンはクマを殺した。クマが彼女を殺そうとしていること、しかしそれによってなんの利益もないことを知ったとき、彼女はどうすればよいか悟った。たとえ食えなくても狩らずにいられない生物もいる。病んだ獣はそういうことをする。そして人間も。快楽も満足もすべて消えたあとも、人間はいつまでもボタンを押しつづける。もっと財力が、もっと影響力が、もっと名声が、もっと権力が欲しい。顎骨の腐ったクマは、「断片」を罵りながら強迫的に暗い断片化に陥っているエノクであり、まぼろしの確実性を強迫的に求めようとするレンクだった。人間の場合、コンピュータと同じことをしようとする衝動、急ぐことも休むこともなく、狂ったように何度も何度も何度も同じことを試みようとする衝動――それは病いの徴候だ。

かつて、マーサ・アインコーンは夜明けのずっと前に目を覚ました。居住地の暗闇のなか、父親の現金と銃を盗んだ。なぜなら自由になりたかったから。なぜなら、洞窟にじっとしていて外の世界は存在しないふりをするのがいやだったから。暗闇のなかを朝まで歩いた。ヒッチハイクをし、バス代を払い、世界へ出ていった。脱出は学んで身につくスキルだ。レンクは彼女のなかにそれを見ていた。彼女が脱出の方法を知っていると気づいていたのだ。そしてレンク・スケトリッシュは、自分が生きているうちにこの世界から脱出すべきときが来ると信じていた。彼はその未来を予見していた。それは最悪の未来であって、重大な犠牲を払わなければならず、強者が生き残り、弱者は滅びると彼は信じていた。つまるところ、彼は正しかったのかもしれない。

9. 万人の万人に対する闘争

チェン

「なあ、だれかがジョークをしかけてるのかも」

「わたしにジョーク言う人なんかいないよ、マリウス。わたしはユーモアのセンスがないことで有名なんだから」

「人の心は残酷だ。今度はおまえとおれがジョークにされてる」

　このカナダ西部への旅を計画するのに一か月以上かかった。チェンはまた新しいパスポートを手に入れ、コンスタンツァ（黒海に面するルーマニアの都市）で一か月、アールデコ様式の廃カジノの地下にべったりうずくまって過ごした。聞こえる波の音は、頭のなかを無知が引っかいている音のようだった。この地の果てで書かれたオウィディウスの『悲しみの歌《トリスティア》』を、彼女は何度も読み返した。この詩人は執念深い皇帝によってここに流され、これ以上はないほど僻遠《へきえん》の地へ追いやられて朽ち果てたのだ。チェンにはオウィディウスの気持ちがわかる。視界の外でなにかが起こっている。銃と火をもたらすなにか――

たぶん複数のなにかが。ひょっとしたらすべてのなにかが同時に起こっているのかもしれない。ここにぐずぐずしてはいられない。

チェンはコンスタンツァから鉄道でポーランドのクラコフへ行き、そこで電車を乗り継いでウィーンへ行き、そこから飛行機でメキシコへ、飛行機でメキシコからカナダへ移動した。三か月前よりもさらに困難になっていた。前政権崩壊後、セルビアでは分離独立派が台頭し、ハンガリーとともに自国を抜けるシェンゲン自由移動圏を一時的に棚上げした。トルコで食糧・移民危機が起こったことから、ブルガリアでもまた同様の措置をとるよう求める圧力が高まりつつある。ヨーロッパを移動するには、いよいよ特定のパスポートしか使えなくなり、そのパスポートを持っていてすら、どの国境が開いていてどの国境が閉じているか、つねに目を配っていなければならなかった。いっぽう、おかげで偽造パスポートの入手は一年前よりずっと容易になっていた。あれもこれも違法となってくれれば、違法な事業はますます儲かるのだ。

チェンとマリウスは別々に移動していた――マリウスは直接的な危険にさらされているわけではないから、いっしょに行動するのは意味がない。そうしていま、ブリティッシュコロンビア州キティマトから西へダートバイクで六時間、雨に濡れて水の滴る森のなか、ライ・チェンはとある木の根元にひざまずいていた。この一日半というもの、不平を鳴らしつづけていたマリウスは、むっつり黙りこくって彼女を見つめている。

「そこにはなにもない」

「ここにあるはずなのよ」

「夢物語だ」

「ルーマニアで捕まるのを待ってるわけにはいかなかったじゃない」

湿った地面を探りながら、なにもないのではという不安がチェンの頭をよぎった。最初から誤解していたのかもしれない。しかし、できるだけのことはしたのだ。

ブラジルでは、特にこれといった理由もないまま通貨の暴落が起こっていた。これまで希望と期待に支えられて続いてきた世界経済が、急にまともに機能しなくなったかのようだった。ベラルーシでは、武装したストリートギャングが正規軍より強大化し、しかもそれがもう既成事実化している。中国では、季節外れの嵐によって稲の青カビ病の第二波が押し寄せ、収穫量が大幅に減少した。足がふらつき、立っているのもやっとのボクサーのように、世界はとどめの一撃を待ち受けている。

そして彼女ことライ・チェンには、ゴールデンチケットが手に入らないだけでなく、自分の人生になにが起こったのか、だれに追いかけられているのかわかる時は来ないだろう。死ぬのはしかたがない。でもなにもわからないまま死ぬのは我慢ならない。凍える指をいっそう深く、がむしゃらに地面に突っ込んだ。

すると、あった！　苔と下草の下に、直径一メートルほどの人工的な円形のものがあった。雨に濡れた土の下に金属。その金属にひとつ穴があった。指をその穴に引っかけて引っ張ると、二本のピストン式レバーアームによって、丸い金属のハッチが音もなく持ち上がった。円い穴から光が漏れてくる。

「ちくしょう」マリウスがだれにともなく言った。チェンはハッチを所定の位置にロックした。はしごで下に降りていくと、そこは白い六角形の部屋になっていた。蜂の巣を構成する小室のひとつのようだ。

「さあ」彼女は言った。「あんたが頼りなのよ」

〈アンヴィル〉社のCEOジムリ・ノミックは、ブリティッシュコロンビアの広大な土地を所有しており、そのなかにはハイダ・グワイ（ブリティッシュコロンビアの太平洋岸沖の諸島）と境を接するふたつの島も含まれていた。彼は地元のファーストネーションズ（カナダの先住民族）の長老たちと和議を結んだわけではなく、きわめて適正な価格で土地を購入し、強力なフェンスで囲んだうえ、さらにもっと隠微なさまざまな防衛措置を講じた。迫りくる世界の終末を生き抜こうと、彼はここにサバイバル用の地下シェルターを建設したのだ。ジムリ・ノミックは、中長期的な地震活動に関する広範にわたるレポートを読み、設計者と協力して蜂の巣状の地下構造を建設した。どの箇所も地下二階までの深さしかないが、その代わり恐ろしく巨大で、三つの小室ごとに防爆扉が設置され、シェルターの一部が崩壊した場合でも構造の完全性が維持できるようになっていた。

シェルターを建設した場所や、なかがどんなふうになっているのか建設者たちが知っていても、ジムリ・ノミックは大して気にしなかった。信用を必要としないシステムを作りあげていたからだ。建設会社はシェルターを建設したかもしれないが、建設が終わったあとでセキュリティ・システムを設置した技術者たちは、それがなにを守っているのかまったく知らされなかった。外側の扉を見た人々は内側を見ていない。監視カメラを設置した人々は通電フェンスを設置した人には会っていないし、そしてその人々は砲塔を設置したチームとは会ってもおらず、監視カメラ班のことは知りもしなかった。ひとりの人間が、侵入できるだけの情報をすべてつかめるはずはない。それが資本主義のなせるわざだ。万人の万人に対する闘争は、その万人があなた以外の万人と闘争しているかぎり、あなたに危害が及ぶことはない。ただジムリ・ノミックが予想もしなかったのは、シェルター建設に関わったエンジニアのなかにライ・チェンのファンが四人いて、それから数年にわたって、場所、アクセスコード、内部の防衛設備についてじゅうぶんな情報をそれぞれ彼女に伝えていたということだ。おかげで彼女は、防衛システムはたぶん回避できると自信を持っていた。それで、スマホのＡＵＧＲを再起動するためにマリウスとともにここへやって来たのだ。

チェンとマリウスが降りていった蜂の巣型の小室は、白く照らされていて一種の美しさがあった――その種のものが好きな人にとっては。塗装された板で内張りされていて、差し渡しは六メートル程度、そして空っぽだった。ただ、床にはポートが設置してある。こんなに簡単でいいのだろうか。マリウスはしゃがみ込んでポートを調べた。

「だめだ」彼は言った。

「だめ？　なにがだめ？」

「だめだ。これは電気だ。〈アンヴィル〉のデータポート。給排水管理のデータのみ。必要なのは完全なデータポイント、完全なアクセス、ここからインターネットに直に接続する。そうすれば、ほんとうにここに来てるとわかり、欲しいものが手に入る。ほら、わかるだろ」

「わかった。いや、だけど大丈夫、問題ないよ」チェンは自分のシンスクリーンから白い壁に設計図を投影した。「ほら、いまはここ、全体から見れば西側にいる。完全なデータアクセスバンクは……えっと、十室かそこらごとに設置されてるはず。つまりここから北へ向かって、バンクが見つかるまで小室を抜けていけばいいだけよ」

「それで、ここにはほんとにだれもいないのか」

「いるわけないじゃない。世界の終わりはまだ来てないんだよ。ほら見て、壁が開く。十五分もあれば見つけられるはず。そしたらポートに接続して、必要なデータをダウンロードして、あとはおさらばよ」マリウスは不安そうな顔をした。「もうここまで来たんだから」

「共産主義時代にもそう言ってたぜ、あと一歩で完全な成功に至るってな。あきらめも肝心だ」

「わかった。でもまだあきらめないよ、少なくともあと十五分はね」

チェンは北壁のパネルにアクセスコードを入力した。するとその壁が下へスライドし、長い廊下が現われた。

「ほら見て、もう開いてる小室もあるよ」

「この小室はいったいなんだ」

「みちみち説明するよ。行こう」

ジムリ・ノミックのシェルターは二層構造になっていて、上層には蜂の巣型の小室が並んでいる。小室はコンクリートと鉄骨製、板で内張りされた部屋で、各室の床下にはそれぞれ発電機があり、食料や燃料の貯蔵庫がある。壁はすべて防爆扉になっているが、どの壁も下にスライドして鉄骨フレームに収納できるようになっており、おかげでいくらでも間取りを変更できる。ふたつ並んだ小室を両方所有していれば、あいだの壁は上げるも下げるも自由だ。そうでない場合は、壁を下ろすには両側の合意が必要になる。

「でも、まだだれも住んでないからさ、わたしは建設のときのパスキーを持ってるんだ」チェンは言った。

「この男はどんな未来を想像してるんだ」マリウスは言った。「おれは独房で安全、おまえも独房で安全。みんな安全、話さず笑わずセックスもなし。個人主義か」

「でもその、一応の理屈はあると思うよ」チェンは言った。「生き残りに興味がある人が望んでるのは……つまり、生き残ることだから。ノミックは会社の上層部の人たちをここに連れてくるつもりだろうし、たぶんみんなお互いに知りあいだろうけど、でも予想外の脅威が入り込んだとしたら……やっぱりそれは隔離しときたいじゃん」

「ここは墓場だ」マリウスは言った。「自分はもう死んだってここで泣け」

マリウスがそう言うのももっともだった。ここは寒く、空気はつねにかすかな湿り気を帯びていて、足音がコンクリートの床に反響する。ふたりは無人の寝室を通り抜けた。二段ベッド、収納棚、シャワーキャビネット。壁際にものが置けないので、すべてが部屋の中央に集まっていて、そのせいでごくありふれたものがみょうに恐ろしく感じられる。マリウスとチェンが通り過ぎた瞬間に、ソファやテーブルや空っぽの本棚がじりじりと忍び寄ってくるのではないか。ハエが一匹、彼女の肘をかすめて飛んでいった。どこからともなく現われ、どこへともなく消える。

「準備が始まってる」マリウスは言った。「新しいマットレス、新しいシーツ、箱」

箱はいたるところにあった。中には備蓄品――缶詰、調理器具、燃料、武器など――が詰まっている。ここは撮影が始まる前日の映画のセットのようだった。

「なにか始まるのかな」チェンは言った。

二番目の小室は壁に石を内張りした厨房で、深く奥まった小さな天窓があり、それを陰鬱《いんうつ》な雨が叩いてかすかな音を立てていた。次は娯楽室になっていて、巨大なシンスクリーン、ゲーム機のコンソール、それに卓球台が置かれていた。

「どこかにプールもあるんだって」チェンは言った。

「プールなんざくそくらえ。ここにデータポートがある。おれのコンドームはどこだ」

マリウスの言う「コンドーム」とは、のっぺりしたアルミニウムケースに入った小さなデバイスだった。何度もテストを繰り返してきたとおり、このデバイスはAUGRの再認証に必要なデータパケットのみを送信する。きっかりそれだけ送信したら自動的にスイッチが切れて、そこまで〇・〇三秒もかからない。チェンの手のなかで、それはふたつの状態間をせわしなく行ったり来たりして、カチカチ音を立てている。まるで生き物の鼓動のようだ。AUGRのメインフレームに、こちらの居場所は知られてしまうだろう。それを防ぐ手立てはほとんどない。それがこのシステムのかなめなのだから。しかし、スマホの電源が切れた瞬間に脱出することはできる。さらにまた、スマホからそれ以上のデータがシステムに伝わるのも防げるから、こちらがだれかということは知られずに済むだろう。

マリウスがデバイスをポートに接続した。あとはそのコネクタをスマホに差し込むだけだ。始まったと思う間もなく終わって、その後は急いで脱出しなくてはならない。

「いいか、やるぞ」マリウスは言った。

「うん」チェンは言った。頭の中ではもう、人間よりはるかに速いアルミニウムケース内の瞬間的なカチカチを想像していた。

マリウスはスマホをつないだ。とたんに予定が狂った。

「くそっ」彼はあわててコネクタを指でつまもうとした。焦っていたせいで、スマホが手のなかで滑った。スマホが落ち、彼はまた悪態をつき、手動でコネクタをケースから引き抜いて、スマホをチェンに渡した。そこまで十秒とかからなかった。

「なにがいけなかったの」

「このくされ毒屋敷。シェルターのメインフレームが強制的に接続してきやがった」

「それじゃ、このスマホからなにか抜き取られたわけ？」

「この十秒でか？　そうだな。なにかはわからん」

「それで……わたしたち大丈夫？」

「脱出せんといかん」

バシンと音がして、シェルター内の照明がすべて消えた。

床に引かれた発光塗料の筋が薄ぼんやりと光っている。なにかがチェンの肘をかすめた。すべてがあっという間に始まった。反復する。一秒に百万回も繰り返す。

「くそ」チェンは言った。「大丈夫、出られるよ。来た道を戻るだけだ。たった三室だよ」

さっきと同じ、なにか柔らかいものがチェンの両腕を、顔を、首をかすめた。スマホの画面の光で、昆虫のような小さなものが見えた。蚊のようなものが、明るい画面をよぎってブーンと飛んでいく。

その画面にはテキストボックスが表示されていた。

こうあった。**ライ・チェン、こちらはＡＵＧＲです。あなたの周囲は警戒態勢が発動されており、あなたは危険にさらされています。**

画面にはシェルターのマップが表示されていた。何百という蜂の巣の小室。赤い点がチェンとマリウスの位置を示している。いまふたりはシェルターの辺縁部の小室に立っていた。そこから中心に向かうと、十二の小室からなる開けた青い空間がある。プールだ。

チェンはマリウスに見せようと画面の角度を変えたが、彼の反応を待つ間もなく、彼女の右手に痛みが走った。腫れあがり、広がり、火照り、じゅくじゅくと泡立つような痛み。百もの小さな灼けつく裂傷。ＡＵＧＲの言うとおりだった。もっと本格的に厄介払いしないかぎり、こいつらはどこまでも追いかけてくるだろう。

なにかが反復され、一秒間に百万もの選択肢が試された。スマホを持つ手のまわりをそれはぶんぶん飛びまわり、チェンは血を流していた。危うくスマホを取り落としそうになり、もっとしっかり握りしめる。

「こいつらこれを狙ってる」彼女は言った。「持ってて。ほら」

ほぼ真っ暗闇のなか、マリウスはスマホを手につかみ、それごと両手をジャケットでくるんだ。チエンは左手をポケットに突っ込み、緊急発炎ジェルを引っ張り出した。ゴルフボールを半分に割ったような大きさの半球だ。こいつらが暗闇で移動できるとすれば、赤外線を使っているはずだ。これを使えば、ほんの一瞬だが、それを吹っ飛ばすことができる。マリウスが苦痛の声をあげた。

「こいつら、上着を食い破ってくる。切り裂いてる」

チエンは、親指を中央に強く押し込んで発炎ジェルを割った。とたんに明るい光が噴き出した。そのぎょっとするほど白い光で自分の右手を見ると、皮膚が傷だらけで血が流れていた。マリウスの上着はずたずたに裂かれている。皮膚には真鍮《しんちゆう》色のちっぽけな球状のものがたかっていて、ぶんぶん羽音を立てていた。そいつらはいま、ほんの一瞬方向感覚を失っていた。突然の明るい光に目がくらんだのだ。

「大丈夫、任せといて」チェンは言った。「あいつらはあくまでスマホを奪おうとしてくるだろうけど、心配要らない。ここの小室はみんな独立してるから」

マリウスを引きずるようにして、蜂の巣の奥へ続く壁に向かった。アクセスキーを叩き込む。壁がスライドして降りる。その部屋は、最小限の水耕栽培用ランプでも育つ暗所栽培作物——黒トマトと緑褐色レタスでいっぱいだった。そちらに足を踏み入れると、背後の小室から真鍮の小球は追ってこなかった。代わって、壁や天井から、また床の格子のすきまから、きらめく嚙みつき虫みたいなものが新たに湧いて出た。

「完全な自治独立」チェンは次の壁にコードを打ち込みながら言った。「周縁部はみんな自動制御でね、ノミックが管理してる。だけど内側の小室はだれにも任されてない。小室はみんな独立しているから、それぞれが承認して独自の防衛手段を配備するわけ。で、その防衛手段はわたしたちが現にここにいるときだけ作動する。わかる？　だから動きつづけてれば、追いつかれずにすむんだ」

「しかし、いまは迷路の奥に進んでる。出てない」

「出口はあるよ。心配しないで」

こんな状況にもかかわらず、マリウスは彼女の言葉を信じた。

そこからプールまでのあいだには、さらに五つの小室があった。さらに四つのひび割れたコンクリートの格子が待ち受けていて、入ったとたんにぶんぶん飛びまわって嚙みつくものが吐き出されてくる。その群れは、極細のメス、鋭い投げ針、非人間的に薄い刃物を備えていて、チェンとマリウスは切られてもほとんど感じないほどだった。ふたりは死に物狂いでまたべつの寝室、音楽・レクリエーション室を抜け、さらにベンチと拘束具のある部屋——チェンは頭の片隅で明らかに尋問室だと気づいていた——を抜け、次いで医療区画に入った。部屋を移るたびに一瞬の間がある。おかげで新しい傷を調べ、身体のどこを保護すればいいか考えるひまがあり、次のぶんぶんうるさい群れの攻撃が始まる前に、チェンは丈夫な〈スタウトバッグ〉にスマホを突っ込むこともできた。最後の小室は医療品保管室だった。薬品、手術器具、滅菌器具。ブタンガスボンベ。巨大な酸素ボンベが四十本。

「あけられるだけあけて」チェンは言い、スマホを抱えた肘のあたりを刺してくる虫を払いのけつつ、最後の数字パッドにマスターコードを打ち込んだ。「酸素、ブタンガス、みんなあけて」

最後の壁が降りると、だしぬけにこだまの響く広大な空間が現われた。プールだ。巨大な桶のようなプランターからシダが壁を這いのぼっている。天井には深くくぼんだ分厚いガラスの小窓があり、そこから染み込んでくる光を目指しているのだ。ツタも大きな暗緑色の葉で壁を覆っている。天井のスピーカーからアルヴォ・ペルト（エストニア生まれの作曲家）が低く流れている。水は澄んでいて塩の匂いがした。

プールの上の格子から、ぶんぶん飛びまわる生物がさらにまた集まりはじめた。このプールは、全システム中数少ない共用域のひとつだ。だからこそ、こいつらがいまやっていることをやることができる。つまり大群を形成することだ。このままではあっという間に捕まってしまう。これがうまく行かなければ、ここに来た目的が奪われてしまう。やつらにはこちらを殺す気はない。その気なら、適切な毒を使いさえすれば、あのメスのひとつで簡単に目的を果たせたはずだ。いずれにしても世界を支配しているのに、人を殺してなんの意味があるだろうか。殺人は失うものを持たない人間のやることだ。彼女はただここに放置され、隠された世界の片隅を見せられて、また幕を降ろされてしまうだけだ。冗談じゃない。彼女はマリウスといっしょになって、酸素ボンベとブタンガスボンベをあけていった。できるだけ多く、できるだけ早く。シューシューと空気の漏れる音に昆虫の羽音が重なる。

チェンは不意にめまいがした。

「やるよ」彼女は言った。説明するまでもなくマリウスは理解していた。

「わかった。でもおれが死んだらサリットに説明しろよ、いいな」

「オーケイ」彼女は言い、ふたりはいっしょに走った。チェンは手を後ろに伸ばし、火花を散らす自動着火装置を投げた。ふたりが水に飛び込んだ瞬間、頭上の空気に火がついた。

水は深く、ほのかに緑色を帯びていたが澄みきっていた。かすかに葉緑素と塩の味がし、新鮮で、樹液のように植物栄養素が豊富に含まれている。炎の絨毯《じゅうたん》が頭上を通り過ぎていく。耳を聾《ろう》する轟音が響き、コンクリートと石の塊が崩れてプールに落ちてきた。ふたりは水に潜ったままでいた。たちまちあたりは静まり返った。そこで水の上に頭を出す。

「くそったれめ」マリウスは言った。

シェルターの屋根にぽっかり穴があいていた。瓦礫《がれき》を伝ってよじ登ることができそうだ。きらめく甲虫が水面に浮かんでいる。部屋のあちこちが燃えていた。そして隣の部屋、その隣の部屋にも火が飛んでいる。

「生存競争だね」チェンは言って、マリウスに手を貸してプールから出た。

「こんなにやばいことをしなきゃ勝てないのか」

10・見えない臨界点

チェン

ブリティッシュコロンビア州プリンス・ルパートのホテルの一室。ドーナッツとコーヒーのチェーン店〈ティム・ホートンズ〉を眺めながら、ふたりはAUGRがなんなのか調べつつ、次にどうすればよいか検討した。そのかたわら、マリウスはチェンのスマホを住まわせる箱庭世界を設定していた。偽のモバイルネットワークを構成してそれにスマホを接続し、敵や災害についての情報をスキャンさせるのだ。マリウス自作のチップとスクリーンのセットを使って、AUGRがウェブを巡回し、危険がないか調べてチェンを守ろうとする様子を観察する。偽のモバイルネットワークには、興味を引く情報はなにも転がっていない。それでもAUGRは、自分は世界に接続していると疑わず、小さな箱庭のなかでたゆみなく働いている。完璧な環境の小さなテラリウムに暮らす昆虫のようだ。

マリウスとチェンはAUGRのデータを調べた。

ただ「watchme.mp4」とだけ名前のついた動画があった。

「見よう」マリウスは言った。「やつら、自分が悪事を働いてる動画を撮ってるかもしれん」

そう言っておきながら、ほんとうにそうだったとわかって彼は驚いた。シィ・パックシップなる男がＡＵＧＲという製品を売り込んでいる。あの山の内部だとチェンは気がついた。全員の服装は言うまでもない。

マリウスはパックシップのひとことひとことにむかつき、動画を見ながら何度も「このくされ気狂い《シックファック》」とつぶやいていた。

最後のほうで、レンク・スケトリッシュとマーサの交わした短い会話がマイクに拾われていた。

「うまく行くなら買うけどな」レンクはつぶやいた。

「そこは大丈夫じゃないかしら』マーサが言う。「彼はすごいことをやってのけたと思うわ」

ふたりの会話には仲間意識と気安さが感じられ、チェンは嫉妬に胸を嚙まれた。

「きみがテストしたのか」

「数か月間、何人かに持って歩いてもらったわ。その人たちのスマホにはなにも表示されないんだけど、わたしはデータをリモートで監視してたの。テスト結果は良好よ。ただ彼が言うほどではないけどね。十四日前は無理。でも二十四時間から四十八時間前ならいけるわ」

「それでじゅうぶんだ。よし、ただこれを採用するなら、その試験システムは全部消去しなくちゃならないな。だれに持たせたにしても、すべて消去だ。だれかに任せよう。危険を冒すわけにはいかない。消さんと」

マリウスはチェンに目を向けた。「ボグダンの阿呆が」彼はしまいに言った。「本物のインターネットに接続したら居所を知られてしまう。また消去される」

「それか、また建物を焼き払われちゃうかもね」

マリウスは首をふった。「火は最後の手段だ。ボグダンは阿呆だが、スマホのオンオフをすぐに切り替えた。五分間電源を入れてたらリモートで消去される。安全に、手も汚さずに」

チェンは言った。「わたしはただの実験台だったのかな。あれ使えると思う？　つまりその、ほんとのほんとに役に立つの？」

マリウスはしばらく考えた。

「ひとつは役に立つところがある。サバイバル計画をすぐに生み出せる。そこはもう見た」

「それは答えになってないよ。それはあんたが話してたあれ、反復でしょ。パラメータを指定すれば、一秒間に百万回も反復する。なにが成功でなにが失敗か教える。何度もシミュレーションをすれば上手くなっていくのは想像がつく。でも未来予測ってところはどう？」

「それができるなら、なにか新しいことがわかるだろう。世界について。意識について。時間について」

「それだけ？」

「AUGRに未来がわかるのか、おれにはわからん。おれにわからないのはわかる。おれはなんでもわかるわけじゃない。おれはできなかったが、答えが見つかったのかもしれん。ほんとうに未来がわかるのかも」

箱庭のなか、疲れを知らぬ小さな昆虫が、彼女の生命を救おうと何度も何度も同じことを繰り返している。

ブリティッシュコロンビア州プリンス・ルパートで、ふたりは四日間過ごした。マリウスは水面から顔を出したとき、両肩に火傷をしていた。チェンは毎日、スーパーマーケット〈セイフウェイ〉で新しい絆創膏を買ってその手当をした。マリウスは鎮痛剤を飲まず、毎日スコッチをボトル半分あけていた。

マリウスの持てる技術を総動員して、ふたりはスマホの画面を録画しようとか、シィ・パックシップの話している音声を録音しようと何度も試みた。しかし、なにもかもデジタル処理されていて、ノイズと黒い画面ができるだけだった。大昔のテープレコーダーや一九八〇年代のビデオカメラがあれば、ある程度のことはできたかもしれないが、ただそういうものは簡単に偽造できてしまう。

これからどうすればよいか、これをどこへ持っていこうかとふたりは知恵を絞った。報道機関に持っていこうか。じかにニューヨークに行って、だれかに見せようか。しかしそんなことをしたら頭がおかしいと思われるだろう。しかし、計画がこれほど進んでいて、世界の終わりがこんなに近づいているのだとしたら――チェンはジムリ・ノミックの地下シェルターにあった大量の箱のことを思い出した――それをすべて明らかにしたら、逆になにかを後押しして見えない臨界点を超えさせてしまいはしないだろうか。

マリウスが伸びをすると、絆創膏が音を立てて剝がれた。

「くそ」彼は言った。「くそったれ、砂糖が切れた。砂糖とコーヒーとドーナツが要る。〈ティム・ホートンズ〉に行こう」と、太い指で窓のほうをさした。

アラスカ湾と北太平洋のはざまの〈ティム・ホートンズ〉。バニラの香りの熱気に包まれて、マリウスは使い捨てのプラスティック棒でコーヒーをかき混ぜている。チェンが選んだドーナツホールは、レインボーユニコーンのスプリンクルで飾られていた。食べる気を起こそうとしてみたが、チェンの目に映るのは、これを作るために用いられた工学的食品加工の数々ばかりだ。大きなタンクでかき混ぜられる色素、スプリンクル成形機、砂糖を押し込むユニコーンの金属型。わざわざそんなことを、それも――空にかかる七色の帯を口に入れられると、空想の動物が実在する世界とひとつになれると、そんな想像をさせるためだけに？　チェンうるさい。脳みそうるさい。黙ってドーナツを食べればいいんだ。

カウンターの奥で、「こんにちは、マリーです」と名札をつけた店員が、首を絞められたような声をあげた。快感のあえぎとむせたのど音を足して二で割ったような声。見れば壁掛けテレビを見つめている。画面に映っていたのは、ジムリ・ノミックの笑顔の写真だった。

そのせつな、チェンはぞっとした。いつの間に見つかったかと思い、彼の映像がいまにも本物になるような気がした。しかしその映像はすぐに消え、夏のパーティでいっしょに写された、エレン・バイウォーターとレンク・スケトリッシュの写真に変わった。いっぽうマリーはリモコンを操作しようとして床に落とし、拾ってボリュームを上げようとしていたが、そのあいだに画面の下にはテロップが流れていた。**〈ファンテイル〉のCEOレンク・スケトリッシュ、〈メドラー〉のCEOエレン・バイウォーター、〈アンヴィル〉のCEOジムリ・ノミック、飛行機事故により行方不明か**

音量は上がったが、チェンの耳にはリモコンが床に落ちる音が響きつづけていた。

そのテレビの報道によると、最初は飛行機が行方不明かどうかよくわからなかったらしい。というのも、三人の大富豪は秘密裏に出発していたからだ。三人は持続可能性に関する会議「アクション・ナウ！」にともに出席していて、企業の責任に関するパネル・ディスカッションに参加していた。そしてどうやら、おそらくは環境緩和技術に関する極秘の非公開交渉のため、金曜遅くに三人そろって出発したものと見られる。

チェンは、目の隅にシィ・パックシップが見えるような気がした。身を乗り出して言っている――

「AUGRは、あなたと相談の上でもっともらしいストーリーをでっちあげます」

三人を乗せたジェット機G‐NZABは、北カリフォルニアの個人所有の飛行場から離陸した。登録されたフライトプランによれば、機はまず西、次いで北に向かうことになっていた。陸上からレーダーで追跡できるポイントを越えて、飛行機は北太平洋上空に出ていった。以降はその位置を口頭で伝えており、午前七時にはアラスカのレーダーで機影を捕捉されるはずだった。しかし飛行機は沈黙し、アラスカに入った形跡はなかった。忽然と姿を消していた。

アナウンサーが言葉を切ってひと息入れたとき、一瞬完全な沈黙が落ちた。

空想のシィ・パックシップが彼女の耳に口を寄せて言った。「飛行場に向かう前に、ゆっくり夕食をとることもできます」

チェンはかつて、テレビのドキュメンタリー番組で作家アイン・ランドのインタビューを見たことがある。彼女の最も有名な作品は、富と権力を持つ少数の人々が消えたら世界は終わるというファンタジーだった。そのインタビューでランドは死について語り、彼女にとって死ぬとはどういうことかについて話していた。

「わたしは死にません。終わるのは世界のほうです」と彼女は言った。

アイン・ランドの作品は、シリコンバレーで大人気だった。これが、レンク・スケトリッシュ、エレン・バイウォーター、ジムリ・ノミックの信じることだ。これが、かれらの支払った代金だ。かれらは死なない。終わるのは世界のほうだ。行方不明なのはスケトリッシュ、バイウォーター、ノミックではない。未来が行方不明なのだ。

マリウスは言った。「くされ気狂い《シックファック》どもが。やりやがった」

「なにかが崩れかけてる。なんだかわからないけど、もうすぐなにか起こるんだ」チェンは言った。

「よし、行こう」とマリウス。「行くぞ、電源を入れるんだ」

ホテルの部屋ではニュースが流れつづけている。テレビにもフィードにも悲嘆と当惑の声があふれ、こんなことがあるはずがないという感覚はまだ残っている。飛行機部品の捜索の模様が具体的に伝えられ、まだ望みはある、救命ボートや救命胴衣によって、世界を主導するテクノロジーリーダーが生命をつないでいるかもしれないと語られていた。航空機事故の歴史の専門家が呼ばれ、過去の行方不明事故の事例を列挙し、それぞれの事故の最終的な結末について語った。ある人は「希望はあまり残っていない」と言った。また別のチャンネルでは「いつあきらめるべきなのか」とも言われていた。

チェンの耳のなかで水の流れるような音がした。

チェンはスマホを箱から取り出し、両手に捧げ持つようにして電源を入れた。画面のロックを解除する。インターネットに接続する。

以前使っていたアプリが表示される。かつての自分の記憶のようだ――かつて毎日見ていたもの。画面を見ながらなんだか悲しくなった。この画面をくぐり抜けてかつての世界に戻りたい。

何十通もテキストメッセージが届いた。友人、家族、割引のお知らせ、スパムにフィッシングメール。

なにもなかったのに、すぐにいっぱいになる。

そのとき画面が真っ暗になった。緑の文字でメッセージが現われる。

ライ・チェン、こちらはAUGRです。脱出の手配が進行中です。いまいる場所から動かないでくださ

い。

そのもとのスマホで、チェンはマーサにテキストメッセージを送った。

これは本物なの？　AUGRが起動されたんだけど。

届かなかった。なにがあったにせよ、マーサも行ってしまったのだ。

あきらめきれなくて、チェンは〈ファンテイル〉でマーサのプロフィールを参照した。以前にもこの方法で何度かメッセージをやり取りしたことがあるが、マーサは自分のプラットフォーム経由でメッセージを送信するのを好まなかった。たぶん、レンク・スケトリッシュに見られるのを心配していたのだろう。それでも。やってみる価値はある。チェンは同じメッセージを送信した。

五分、六分。そこで三つの点《ドット》が入力された。と思ったらその点が消えた。七分。八分。十分。三つの点。

本物です、とマーサ。**あなたに連絡が行くとは知らなかった。**

本物ってどういう意味？

逃げなくちゃ、とマーサ。**友人たちとわたしは……こうなる前になんとかできると思っていた。対策が打てると。でも遅かった。もう起こりかけている。**

チェンは冷たい恐怖の棒を飲んだようだった。

なにが起こるの。

AUGRの言うとおりにして。会ったときに説明するから。これはすぐに削除する。

チェンの見る前で、彼女とマーサのメッセージが画面からひとりでに消え、それが下から上に広がっていって、数か月前にマーサが送ってきた明るい笑顔の絵文字だけが残った。

五時間にわたってニュースは続き、〈CNN〉も〈BBC〉も、〈フォックス〉も〈ファンテイルネット〉も、希望と祈り、期待と推測を送りつづけた。三か国から軍が派遣されて海の捜索が行なわれた。希望の信号を発するブラックボックスが見つかるだろう。

悲劇が起きたとは限らない。とはいえ、ベーリング海峡沖の海水温はこれだ、とニュースは伝える。特別な装備がなければ、人間はこの温度ではあと二時間しか生きられない。あと一時間。あと三十六分。ニュースは世界を駆け巡り、ある者は怒り、ある者は悲しみ、そして多くが歓喜した——「くされ気狂いども、ペニスみたいなロケットを打ち上げる億万長者なんか世界にはもう必要ない」——が、その歓喜の声に多くが怒りをあらわにし、〈ファンテイル〉がなかったら、戦友や高校時代の恋人と再会することはできなかったとか、〈メドラー〉のシンスクリーンのおかげで人生最高の作品が作れたとか、二〇二〇年に新型コロナウイルスが発生したとき、〈アンヴィル〉の配送のおかげで助かったとか言い立てた。何千何万というどうでもいい話が、怒れる者の切迫感で叫ばれた。三社とも株価が急落した。続いて世界じゅうの株式市場が暴落した。十パーセント。二十、三十、四十パーセントと。「安く買える絶好の日」と言ったコメンテーターは、二時間後に辞職に追い込まれた。これがなにを意味するのか知る者はなかった。だれもが未来にはまださまざまな可能性があると思っていたのだ。

「もし『輸送手段』がわたしを迎えに来たらどうしよう」チェンは言った。

マリウスはこちらに目を向けた。

「世界の終わりを生き延びたいのか」

「わたしは……あんたをこのプリンス・ルパートのホテルに残したまま、ゴールデンチケットで逃げるのはいやなの」

「なんの得がある、おまえも苦しんでるとわかって」

「とにかく、あんたもいっしょに連れていく道を探すわ」

マリウスは首をふった。

「おれはブカレストに戻る。サリットがいるし、ボグダンの阿呆がいるし、阿呆な学生どももがいる」

午前四時、チェンは少し眠っていたが、スマホの静かだがしつこいピンの音で目が覚めた。いびきをかいて眠っていたマリウスを揺り起こし、いっしょに画面を見た。

AUGRは言った。「ライ・チェン、階下にあなたの輸送手段が迎えに来ています」外の通りに長い黒い車が駐まっていて、穏やかに世界の終わりを待っていた。あれが脱出、辺縁への道だ。これからなにが起こるにしても、それによって効率的な即時撤退が妨げられることはなかったわけだ。

このさき生きていけないとしたら、どんなことにもなんの意味もない。生きていれば、なにかできる可能性がある。死んだらなにもできない。ロトと娘たちの物語はめでたしめでたしではないが、ソドムの人々の運命に比べればましだ。

階下に待っていた車はBMWで、座席は暖かそうな革張りだった。

ドアは開いており、スモークガラスで仕切られた運転席には、アメリカ英語訛りの太った男が座っていた。顔の下半分は、空気感染予防のN99マスクで隠れている。

「ライ・チェン？」男は言った。

「ええ」彼女は答えた。「どこへ行くの？」

「ナビの指示しだいだね」

と、画面を指さす。

まだ夜明け前で、夜のうちに雨が降っていた。通りは光り、静かだった。車は市内をたちまち進み、北東に向かって都市を抜け、広々とした田園地帯に出た。郊外の静かな道を一時間ほど走ったところで、車が停まった。仕切りが下がってきた。

「ここで待つことになってる」運転手は言った。

車のなかで四十五分ほど待った。ふたりはしばらく話し、しばらく黙っていた。チェンは考えた。これまでの人生で自分はずっとなにを望んでいたのか。そしてその人生がいま終わったとして、少しでも価値のあることがなにかできるだろうか。

ついに遠くからヘリコプターの音が聞こえてきた。と同時に運転手に手首をつかまれ、手の甲に引っかかれるような感触があった。

「心配しなくていい」運転手は言った。「これから行く場所には、無数の美しいものたちが待ってるんだから」

第五部

ほんとうに完全に終わるものなどない

〈ネーム・ザ・デイ〉サバイバリスト・フォーラムからの抜粋

板：「エノク」

>> FoxInTheHenHouse のステータスは「非常持出し袋用意済」。投稿数2391件、いいね3127件。

やあみんな。これは、とくにエノクの教えに初めて接する人に向けて書いた投稿です。深いレベルで核心に切り込んだ詳細な分析がお望みなら、そういう投稿はよそにあるのでそっちを探してください。でも、動画を見てエノクが教えたことの概要が知りたくなったとか、今日《こんにち》彼の教えがきわめて重要だとわたしたちが考える理由が知りたいとか、そういう理由でたどり着いたのなら、ここはあなたにぴったりの場所だと思う。

今日見ていくのは〈ウサギ〉と〈キツネ〉の説教ですが、これは「本質的な問題の説教」とも呼ばれています。

これはおそらく、エノクの五つの説教のうち最も有名な説教でしょう。エノクはこの説教を何回かしてるんだけど、このページの下部からさまざまなバージョンのｍｐ３ファイルをダウンロードできます。ここで紹介するのは、最長のｍｐ３ファイル三本からまとめたバージョンで、以下（この段落以降）はすべて、エノクの言葉をそのまま文字にしたものです。それと、〈ＮＴＤ〉に慣れてない人のためにお断わりしておくと、コメント機能を使って注釈がつけてあります。注釈はサイドバーに表示されます。

>> FoxInTheHenHouse

こんなふうに！

昔むかし、ふたりの兄弟がいた。名前を〈ウサギ〉と〈キツネ〉と言った。

>> FoxInTheHenHouse

エノクはここで〈ウサギ〉と〈キツネ〉を「兄弟」と言っているが、これはみんな男女どちらにも当てはまると思う。あなたはどう思いますか。コメント待ってます！

〈キツネ〉は狩りが大好きで、夜明けの森の香りを知っており、手で目を覆って昇る太陽の香りを嗅ぐことができた。森のあらゆる鳥の鳴き声を、川のあらゆる魚の水しぶきを知っており、茂みの果実《ベリー》、森の木の実、地下の塊茎《かいけい》もすべて知っていた。木の枝から釣り竿を作り、骨の針を腱でそれに結びつけ、川岸を掘ってミミズをつかまえ、それで大きな魚を釣ることができた。野生のカモシカやイノシシを追い、最も弱いものを群れから引き離し、一本の矢で仕留めることができた。〈キツネ〉は仲間と力を合わせて罠を仕掛けたり狩りをしたりすることを知っており、みんなで協力して、全員が肩に獲物を担いで集団のもとへ帰れるようにする、それが彼の最大の喜びだった。〈キツネ〉は狩りに確実がないのを知っており、〈キツネ〉は先のことを知らずに生きていた。森や川や洞窟の神秘のうちに暮らし、それらが与えてくれるもので生きていた。より確実な未来を望んではいたが、それをどうしても手に入れたいとは思わなかった。その代わりに、彼は小さな人形を作った。木を削って、半分男、半分鹿の小さな像を作り、なめらかな川の石を刻んで、半分女、半分魚の像を作った。そしてその人形に狩りの幸運を願い、立派なカモシカを送ってくれるように頼んだ。めぐる季節に合わせて、〈キツネ〉はおおむね場所から場所へ移動して暮らし、祖先が壁画を描いた神聖な洞窟や巨石に詣でた。ヘラジカやバイソン、森の猟鳥、海岸で太る貝を求めて旅をし、ある場所では二か月以上腰をすえ、またある場所では一昼夜のみ過ごし、移動しながら礼拝し、それぞれの場所やそれぞれの動物の精霊たちと取引をした。

〈キツネ〉は〈ウサギ〉から「所有」について聞いていたが、土地を所有するというのは、息を所有するのと同じくらいばかげていると感じた。空気が肺のなかにあるあいだは自分のものと言えるが、それと同じように、土地が自分のものと言えるのは自分がそこにいるあいだだけだ。〈キツネ〉はそこを歩くことでその土地について知る。それだけでじゅうぶんだ。

>> FoxInTheHenHouse

ここはどういう意味だとあなたは思いますか。コメント歓迎！
わたしたちはいつもここで語りあっています。

　弟の〈ウサギ〉は、それとは異なるタイプの男だった。なによりもまず、〈ウサギ〉は怖がりだった。不可知の未来を恐れ、狩猟のたびに垂れ込めてきて、その結果を隠す闇を恐れた。恐怖を和らげるために、〈ウサギ〉はなんでも見えるところに置こうとした。だから畑で作物を育て、羊のために飼葉桶を置いてそこで餌を食べさせた。重労働は気にならなかった——畑から雑草を抜き、オオカミから羊を守るために、〈キツネ〉よりはるかに多くの労力をつぎ込んでいても、これをすればこうなる、運不運に左右されないと思えるのがよかった。次にどうなるかわかっているのが好ましかったのだ。

　兄の〈キツネ〉とは異なり、〈ウサギ〉は過去と未来についてきちんと記録していた。〈ウサギ〉はときどき、ワシやゾウやジャッカルの頭をした古い神々を礼拝した。古い神々を棄てるのはむずかしかった。しかし、〈ウサギ〉が新しい神を発明するとき、それは場所や動物の神ではなく、原則や特性の具現としての神であり、それは〈キツネ〉の作るかなり素朴な神々から一歩進んだ、文明的な神だと彼は感じていた。畑の草取りをしたり、家畜の世話をしたりしているとき、強大な唯一の神が存在するのではないかと〈ウサギ〉は思うことがあった。そしてその神は、〈ウサギ〉自身と同じように羊飼いとして迷子の羊を導き、庭師として魂を育てているのではないだろうか。ひょっとしたら神はこの世界を所有していて、彼にそれを与えたのかもしれない。所有は神聖な権利としてある、と〈ウサギ〉は信じていた。柵で囲い、耕し、種を蒔くことで、彼は土地を所有しているのだ。

〈ウサギ〉と〈キツネ〉は憎みあっていた。兄弟どうしなのに、生涯通じて毎日のように戦いあっていた。古代の文献を見ると、この戦争はしょっちゅう起こっている。放浪の英雄オデュッセウスは〈キツネ〉、彼と戦う城塞都市トロイアの英雄ヘクトルは〈ウサギ〉だ。城塞都市ウルクの王ギルガメシュ、彼と戦ってのちに友人になる野人エンキドゥもそうだ。そしてまた、これは最近ある人に指摘されたのだが、創世記には〈キツネ〉と〈ウサギ〉がさまざまな名前で登場している。イシュマエルとイサク、カインとアベル、そしてなんと言っても〈キツネ〉は放浪者アブラハムであり、〈ウサギ〉は堕落した都市の住人であ

>> **FoxInTheHenHouse**
エノクはここでなんのことを言っていると思いますか。

る甥のロトだ。

きみたちの顔を見れば、なにが言いたいかわかる。心の内でこう思っているんだろう——「こんなことのために、暖かいベッドと快適な都市生活を放棄したのか。頭のおかしいやつから、〈ウサギ〉や〈キツネ〉や大昔の歴史の話なんか聞かされるために?」

それなら聞いてほしい。これは実際にあったことなんだ。古い文献にそう書いてあるだけじゃない。科学や考古学で昔のことがいろいろわかってきてるけど、そのすべてがこれを裏付けている。

昔むかし、人間は地球上を歩きまわり、狩猟採集をして暮らしていた。それをわたしは〈キツネ〉と呼んでるわけだ。まあ一種の趣味だ、大目に見てやってください。現在、人間はほとんど農業で生計を立てていて、わたしはそれを〈ウサギ〉と呼んでいる。しかし、いったいなぜそんなことになったのだろうか。そう、それが問題なんだ。

それがわりと最近起こったことなのは知ってるよね。人類は三十五万年前から存在してるが、一万二千年前までホモ・サピエンスはみんな〈キツネ〉だった。言い換えれば、この世に登場してから九十五パーセントの期間、人間はみんな〈キツネ〉として生きてたわけだ。〈ウサギ〉なんて存在しなかった。

〈ウサギ〉が登場したのは最終氷期の終わりごろ、水が地球の表面から後退していったときだ。この話は多くの文化圏の文献に記録されている。まず地球が温暖化し、氷が溶け、それでどこもかしこも水浸しになって大洪水が起こった。〈キツネ〉は賢かった——〈キ

>> OneCorn

@FoxInTheHenHouse:エノクはなんのことを言っていると思うか? そうね。ここでエノクはただの憶測を事実であるかのように扱ってると思うね。きちんとした推論と科学的知識を、自分ででっちあげた物語とごちゃ混ぜにしてる。大きな問題ではない

ツネ〉はいつもあらゆる機会を利用していた。この暖かく湿った新世界では、多くの人間が一定の方向でものごとを推理しはじめた。「必要な獣を二頭ずつ、雄一頭雌一頭ずつ集めたら、獣はどんどん増えるだろう。もしも水と養分をたっぷり含んだこの大地に、この穀物を蒔いたらどうなるだろうか」

言うまでもなく、その結果どうなったかはご存じのとおり、畑と果樹園と家畜と収穫だ。さらには窒素肥料をどしどし与え、牛は成長促進のためにホルモン漬け、養鶏場の鶏は狭いケージに閉じ込められて向きを変えることもできない。

ということで、なぜ人間はこんなことをしたんだろう。だれかわかる人？

〈聞き取れない〉

なるほど、それは当然の答えだね。断わっておくけど、これは侮辱じゃないよ。当然のことを言うのは、ときにそれが正しい答えだからなんだ。ということで、聞こえなかった人のために言うと、彼女の答えは「お腹いっぱい食べたかったから」。なかなかの推測だ。

ただ、ここで言っておきたいことがある。何百年ものあいだ、〈ウサギ〉は飢え、〈キツネ〉は肥え太っていたんだ。両親に教えられたとおりに狩猟採集を続けた人々は、いままでどおりたらふく食べて健康

と思うけど、いちおう指摘しておいたほうがよかったかもね。

>> FoxInTheHenHouse

あなたには来ないでもらいたいんだけど。

>> OneCorn

ここは文字どおりオープンな、「だれでも歓迎」のフォーラムとして立てたんでしょう。エノクなら議論を恐れなかったと思う。

だった。旬の季節にヘラジカを食べ、実る季節に野生のリンゴを食べていた。農耕や牧畜を試みた人々は栄養不良に苦しみ、骨がもろくなって変形した。赤ん坊は育たず、産んでも産んでも死んでいった。疫病が蔓延していた——人も獣も密集して暮らしていたから、家畜から次から次に病気がうつった。雨が少ない、嵐が起こる、バッタが襲ってくる、すると作物は枯れ、人々は飢えた。壊滅的な疫病と飢餓が〈ウサギ〉のあいだで生じたのはこのころのことだ。それでも〈ウサギ〉たちはあきらめなかった。獣を二頭ずつ。湿った土に種子。

これは短期間の話ではない。恐ろしいことに何百世代も続いたんです。〈キツネ〉は肥え太り、〈ウサギ〉は飢えて死んでいた。

それなのに、いったいなぜ〈ウサギ〉はあきらめなかったのだろう。

第一の答えは——「わからない」だ。この悲惨な実験が始まってから七千年間は、どこでも文字が発明されていなかった。だから答えはわからない。どんな推測も自由だ。説はいくつかある。どれも矛盾しないから、すべて正しいのかもしれない。

第一の説は、考古学者のいう象徴的行動だ。〈キツネ〉は好んで神聖なシンボルを彫ったり、特別な意味を持つ洞窟壁画を描いたり、特定の木立や泉を崇めて毎年そこを訪れたりしていた。それで、一部の〈キツネ〉たちは

>> **OneCorn**

ああ、エノクは言葉の使いかたをよく知ってるねえ。

>> **FoxInTheHenHouse**

あなたは自動追放リストに登録されてるから、クリックひとつで追い出すことができるんですよ。

そんな象徴的行動が大いに気に入って、部族が移動するときに、川の神聖な屈曲部に残ることに決めたんだろうというわけだ。かれらはそこに小屋を建て、ついには小さな村まで作って、部族が毎年やって来るのを待った。留まると決めたら、そこで食べていかなくちゃならない。それで野生のヤギを二頭ずつつかまえ、リンゴや穀物の種を蒔く。希望。祈り。赤ん坊が死んだら土地の神々に捧げて、あとはこれまでどおりやっていく。

第二は特殊な農産品とでも言うかな。なんだと思う？　だれかわかる人？

〈聞き取れない〉

ああ、その答えはいい線いってるね！　ある種の農産物は、〈キツネ〉の手にはちょっと入りにくかった。ひとつところにきちんと保管して、動かさずに置いとかなくちゃならないからだ。密封容器のなかで泡を立たせて美味しくするには何週間もかかる。その産物とは、つまりお酒だね。初期の農業では、発酵可能な穀物が主要産物になってることが多い。大麦とかライ麦とかトウモロコシとか。タバコだって乾燥させなくちゃならない。たぶん少数の〈キツネ〉たちは、ときどき腐りかけた果物を食べるぐらいじゃ満足できなかったのかもしれない。初期の〈ウサギ〉たちはしじゅう酔っ払

>> **OneCorn**

でも、エノクはそんなことは望まないと思うけど。

>> **OneCorn**

エノクは、多くの真実に対して心を開くことが大切だと考えていた。でしょう？

>> **OneCorn**

要するに、エノクはわたしたちに自分を嫌いになってほしかった

っていたがった。毎日酔っぱらっていられれば、疫病も飢餓も栄養不良の子供もどうでもよかったんだ。

んだ。彼は自分自身が嫌いだった。この話で彼はどこも間違っているわけじゃないけど、だからってわたしたちがいまの自分の姿を憎む必要があるってわけでもない。

さて、ここでひとつ重要な問題がある。

それはセックスだ。

〈キツネ〉は小集団で移動していた。たぶん数十人から数百人の規模だと思う。性交相手をひとりふたり見つけて、子供を産み育てるにはじゅうぶんな数だ。しかし、それだけでは満足できない人もいるだろう。〈ウサギ〉が酒を飲みながら聖なる泉のそばに定住すると決めたのは、大きな集団のほうが、それがたとえ飢えた集団であっても、目新しい相手を見つける機会が増えるからだったのかもしれない。

ここでジャジャーン！　いよいよ大物登場。

それは「未来」だ。

これが本質的な問題だ。人間は未来を想像することができる。そしていったん想像したらもうやめられない。進化という骰子《さい》筒《づつ》は頭脳に合わせて人類を最適化し、そして人類はそのまま進化していった。人類は本能的に狩猟採集を行なっていたが、カモシカには逃げられるかもしれないし、今日は果実が見つからないかもしれないということを、その大きな頭脳は知っていた。人類の大きな頭脳はよくよく考える——もしこうだったら、もしああだったらと。一部の〈キツネ〉たちにとって、その不安は耐えがたいものだった。

「なにが起こるかわからない」のが問題だと

>> OneCorn

このあたりを読むとつらい。エノク自身も、こういう考えかたをしたら、なにが起こるか確実にわかるようにするほうが気が楽だっていうのはよくあることだ――たとえそれが悪いことだったとしてもね。日々の狩猟の不確実性に耐えるより、ぬかるんだ畑の作物とやせ細ったヤギ六頭を見て、「ほら、ここに食べるものがある」と言って安心することを好むわけだ。

　だがそれは幻想だ。イナゴの大群と暴風雨が襲ってくれれば、作物も家畜も全滅してしまう。それでも〈ウサギ〉は、象徴とセックスと発酵した大麦に酔っぱらって、現実よりも幻想を好んだんだ。

　さっき言ったように、これはみんな正しいのかもしれない。たぶんどの説も正しいんだろう。たぶんこうして一部の〈キツネ〉は〈ウサギ〉になったんだろう。かれらは美術や小説や宗教的恍惚や、神々や英雄の物語、映画やビデオゲーム――あるいは手近にあるそれに最も近いもの――を好み、目新しい相

脱することができなかったみたいだから。

>> FoxInTheHenHouse

@OneCorn：なんのためにここへ来たんですか？

>> OneCorn

@FoxInTheHenHouse：そりゃもちろん、真実のためですよ。

>> OneCorn

エノクはロトとソドムについて何度も説教してるよね。でも、いつも最悪の場面で話を終える。洞窟で近親相姦、そこで終わり。マイクが切れる。人類は、農耕と都市生活のプロジェクトによって破滅するわけ。でも、ほんとうはそこで終わりじゃない。わたしは十四歳のときに図書館で調べたんだ。ほんとうはなんにも終わってない。

モアは息子モアブを産んだし、アンマもベン・アミを産んだ。かれらの子孫はいまのヨルダンの北と南に住んでいた。考古学的に

手とのセックスや酒やドラッグを好み、大量の金塊を溜め込むのを好んだ。

　知りあいのだれかの話みたいに聞こえるでしょう。それも当然で、近ごろのわたしたちはみんなそんなふうだからね。わたしたちは〈ウサギ〉の子孫なんだ。狡猾なヤコブと殺人者カイン、ふんぞりかえった気取り屋のヨセフ、そして複雑で理解しにくい男ロトの子孫なんだよ。

　わたしたちは祖先と同じように〈キツネ〉を憎んでいる。だからわたしたち〈ウサギ〉は、先住民や土着の民族、旅人、遊牧民、ホームレス、そして自分たちの知っているような家や国民国家を持たない人々をみな迫害し、嫌悪し、殺害するんだ。この国が何百年にもわたって先住民族や土着の民族を根こそぎ滅ぼそうとしたとき、それは〈ウサギ〉の〈キツネ〉に対する憎悪であり、現実に対する象徴の暴力だったんだ。

研究されてて本も出てる。エノクも読んでたはずだと思う。

これについてはずいぶん考えたんだよね。家系をずっと昔までさかのぼっていけば、洞窟の近親相姦ぐらいあるよ。あるいは、言葉にできないぐらいひどいこととか。強姦とか。残虐行為とか。女性がもう人生終わりと思うようなこと。

それでも、もう終わりなんてことはないんだって、この物語は教えてくれる。

きらめく水面からうろこを光らせて小さな魚が飛びあがったり、垂れ下がった葉っぱからカタツムリが小さな指に這ってきたり、ふたりの男の子はそういうのを見て声を立てて笑っただろう。わたしたち人間は何度でもやり直す。始まりはあっても、かならず終わりがあるわけじゃない。終わりなんかないんだ。

>> FoxInTheHenHouse

あなたはだれ？

>> OneCorn

それは問題じゃないでしょう、そのだれかが真実を語っているなら。

わたしたちがかれらを憎むのは、自分たちは大丈夫だ、安全だと自分に納得させるためだ。ソドムの物語は、計画があると幻想を抱いていた都市住民が、そんなものは存在しないといかにして気がついたかという物語だ。

農耕と定住にはいまでも多くのメリットがあるし、それを否定したいわけじゃない。

わたしが言いたいのは、この「文明」という状況のすべてにわたしたちは関わっているんだから、その理由に気がついていたほうがいいということなんだ。

〈録音では、エノクはここで口をつぐんでいる。耳をすますと、シャツの襟のマイクだけがやっと拾えるほど低い声で、彼が話しているのが聞こえる。わたしたちに話しかけているのです。以下の言葉が自分にとってどんな意味があるか、考えてみるのもいいかもしれません。〉

・もう後戻りはできない。

・でも、もしかしたら少しは戻れるかもしれない。

・わたしがここにいるのはあなたたちを説得するためではない。なぜあなたたちがわたしを信奉《フォロー》するのかわからない。わたしがこれまでやってきたのは、だれもが知っていることがらを思い出すこと、それだけだ。

・わたしはアブラハムではない。わたしをアブラハムだと思うとしたら、それはいまは暗闇の中にほとんど光が見えなくて、それでほんのちっぽけな光が太陽のように見えてしまうからだ。わたしはあなたたちの望むものにはなれない。

・努力が必要だ。子供たちがいまのわたしたち以上に〈ウサギ〉にならないよう、心して育てなくてはならない。

>> OneCorn

ああエノク、聞いて。ロトの息子や孫たちが生まれ、成長し、国を建てたあと、壊れた世界がどうなったか聞いて。

モアブとベン・アミの二国は戦い、愛し、同盟を結んでは破った。大きな都市を建設し、羊やヤギを飼いならし、絵を描き音楽を奏で、土器や石器を作った。かつて作られた最古の人物像のいくつかも作っている。その多くはふたりの女性像で、まるで合体してひとつの身体にふたつの頭があるかのように絡まりあって、姉妹よりもさらに近しい間柄に見える。

エノク、ひとつの恐ろしい出来事、ひとりの娘の裏切りで、世界が歩みを止めることはないんだ。わたしたちがなにを言おうと、未来は延々と続いていく。わたしたちがどんなに頑張っても、死ぬのはわたしたちで、世界ではない。

>> FoxInTheHenHouse

こういうことをどこかに書いてるんですか。

>> OneCorn

そうですね――もっとわたしの話を聞きたいなら、いつでも……フォローしてください。

1. 最初の欲求は自由への欲求

気がついたとき、チェンは落ちていた。無限に続く現在、どこからともなく、どこへともなく落ちていく。

五感はでたらめな順序で戻ってきた。身体は冷えて震えている。喉が渇き、どちらが上でどちらが下なのかもわからない。縛られているのだろうか。足の下には闇があり、あちこちに光が散っている。どれくらいのあいだだろうか、空に向かって落ちているのかと彼女は疑っていた。

焦げた紙片が空に舞いあがり、サイレンも悲鳴も聞こえず、遠くでだれかがすすり泣き、大きな爆発音が三回響き最後のはすぐ近くで地面は跳ね上がり空を見あげると彼女の住むアパートメントのてっぺんがこちらに向かって雪崩れ落ちてくる

いや、そこじゃない。戻ってこい。風を切る感覚で上下がわかった。落ちていくほうに足が向いていて、頭は星々のほうを向いている。

なにかが肩を引っ張り、腰をつかんでいる。

それを振りほどこうとじたばたしていたら、耳のなかで声がした。「警告。警告。ミニシュートが不安定になります。シュートを外そうとしないでください」

それで思った――ちくしょう、これは夢だ。

さらに思った――なんて夢だろう。

また思った――くそ、ここは中空じゃないの。

本能的に右手の指が動いてハーネスを見つけ、十二か所すべてがしっかり固定されていることを確認し、中央の盛りあがったロゴを探り出した。手が氷のように冷たい――いつのまにこんなことに？どんな経緯でこんなことになったのだろう。頭のなかを探ってみたが、（いまのところは）なんの心当たりもなかった。しかし彼女の大きな頭脳は、知覚すると同時にこの世界をすでに理解しはじめていた。このロゴの形状はよく知っている――木の葉と割られた果実。いま彼女が着ているのは高度なサバイバル技術の結晶、〈メドラーセーフ救命胴衣《クラッシュジャケット》〉だ。一般市場には出ていない。無線信号を検出し、使用者を文明世界に導くというしろものだ。

以前やったことがある。訓練。講習。実演。〈メドラーセーフ・クラッシュジャケット〉について、なにか重要なことを知っていたはずだ。なんだったろうか、どこかで聞いた、なにか危険なこと。

月が雲から顔を出し、足の下にジャングルに覆われた島が見えた。さっき光が散っていると見えたのは、月光が波に反射していたのだ。砂浜があり、入江や谷がある。北東に火が見えた。月明かりで、信じられないほど高い木々が大きな樹冠を広げているのが見分けられた。灌木のある空き地もあちこちに見える。視界が揺れて、光の点が飛び、闇の断片が浮遊する。

肩を引かれた。背後にだれか立っていて人ごみのなかを誘導されているようだ。チエンはとっさにそちらに顔を向けた。ミニシュートが南に向かってかしぎ、サーボモーターの力で樹冠に向かって進んでいく。その数秒間、島の全体がはっきり見えた。大きい。休暇で一度行ったことのある、テネリフェ島と同じくらいだろうか。しかし、これはテネリフェ島ではない。鬱蒼《うっそう》とした森に覆われているし、樹冠をなす大木はどれも直径が十二から十五メートルはある。いまでは彼女の下前方、高いところに青い光が点滅している。ビーコンか、通信塔か、非常警報か。まさにきみの名は《ドクター・アクチュアル・フー》、だ。

どうしてこういうことになったのか思い出そうとした。顔はしびれると同時にヒリヒリし、噛みしめていたのか唇が痛い。

だんだん高度が下がっていく。足が木の梢に触れそうだ。このままではパラシュートが樹冠にからまってしまう。〈メドラーセーフ〉セットの実演を思い出そうとした。それにまつわる危険。なにかすることがあったような気がする。ハーネスを外すのだったか、シュートを縮めるのだったか。みょうに現実感が薄い。ほかのだれか、ほかのどこかで起こっていることのような気がする。

背後で、虫の羽音のようなかすかな甲高い音がした。肩甲骨と肩甲骨のあいだを見ようと身体をひねった。と見ると、右肩のハーネスを小さな回転刃が切断しようとしている。それに気づいてパニックを起こした、と思うまもなく彼女は闇のなかに転がり落ちていった。

まっ逆さまに落ちていきながら、彼女の一部は思っていた――ああよかった、これで目が覚める。しかしべつの一部はこう思っていた――ばか、なにを言ってる、これは現実であんたはもうおしまいだ。落ちて全身の骨が粉々に砕けてしまうだろう。この高さからこの勢いで落ちたら、身体が木の梢だか枝だかジャガーだかに突き刺さるだろう。助かる道はない。

出し抜けにかちりと音がして、とたんに彼女はまるまると柔らかい塊になっていた。四肢はパンパンに膨らんでいるのにしなやかだ。その場でくるくる回転しはじめる。首にはふわふわで肌ざわりのよい円筒形のものが巻かれていた。包み込まれて保護されている。

そうだ、これだった。これを説明会で聞いていたのだ。

・クラッシュジャケットは、地上十メートル未満に接近するまで膨らまない。もっと高い場所で着用者が障害物に引っかかるのを防ぐため。
・クラッシュジャケットが完全に膨らむまで十万分の一秒かからない。
・着用者は衝突により生命を落とす危険はない。

そうだ、これだ。

どこか遠いところから衝撃が伝わってきた。五十枚のダウンジャケット越しに、したたかに殴られたような感じだった。背骨が二、三回ぽきぽき鳴った。けっこう気持ちよかった。湿った土の匂いがする。

なるほどこれは夢じゃないね、と思った。これは世界最高級の装備で、いまのところ一部の軍の部隊と、噂によれば一部の大富豪にしか手に入らないものだ。目は覚めたけど、どうやってここに来たのかわからない。

彼女を包んでいた層がゆっくりとしぼんでいった。カチカチという機械音とともに、クラッシュジャケットが首のまわりの膨らんだ生地から外れて、おかげで上体を起こして周囲を見渡すことができるようになった。そこはジャングル内の空き地だった。土は柔らかく、木の葉は湿っている。つやつやした黒いヤスデがクラッシュジャケットの縁から登ってきて、もぞもぞと動く口でオレンジ色の布地をかじりだした。しばし彼女はヤスデを眺めていた。ヤスデはクラッシュジャケットの生地を噛み切ろうとしている。頭を前後に動かしている。口がピクピク動き、食いつきやすいところを探している。角の鋭く突き出しているところが見つかった。その突き出た角を顎がとらえ、見ているうちに繊維が一本ほつれてきた。

クラッシュジャケットのペンダント部分にスクリーンがあって、それが明るくなったと思ったら、意味ありげな文が表示された。**サバイバル・プロトタイプ871が十八メートル東にあります。**これは初めて見る。緑色の点がスクリーン上で点滅していた。チェンはスクリーンを押してみたが、なにも起こらなかった。サバイバル・プロトタイプ８７１ってなんだろう。

左を見、右を見してみたら、ジャングルがうごめいていた。最初のやつより二、三倍はありそうな大きなヤスデが何匹も、湿った黒っぽい身体をくねらせて、彼女のミニシュートのうえを目的ありげにせわしなく行き交っている。冗談じゃない、こんなの絶対にごめんだ、とんでもない。これがいったいどういうことかはともかく、このクソばかでかいヤスデに食われるんだか刺されるんだか、とにかくこいつらが人間にやることをやられてここで朽ち果てるなんてとんでもない。痛んでひきつる筋肉に活を入れ、体勢を変えてしゃがむかっこうになると、はるかなむかし香港で、大切なものがすべて終わりを迎える前、母によく言われていた言葉を口にした。来吧《ライバ》、寶貝《ボウブイ》。さあがんばって、ベイビー。がんばって、やればできるよ。立ちあがって、いい子だ。立ちあがるのよ、来吧《ライバ》。

まず足の裏、次にすね、腰、骨盤と力をかけて身体を押しあげた。全身の穴という穴から鼓動とともに血液が流れ出して、地面に吸い込まれていくような気がする。彼女は立ちあがった。腰が曲がっているが、立っていることに変わりはない。気がつけば同じジーンズ、同じ靴下――マリウスと別れてリムジンに乗り込んだときと変わっていない。でもそれは一時間前のことか、それとも一日、あるいは一年か。あの時から何エーカーという時間と知識が失われた気がする。彼女は歩きだした。がんばれ、ゆっくりゆっくり、どれだけゆっくりでもいい、立ち止まりさえしなければ。

点をたどって目標までたどり着くのにかかった時間は、五分だったかもしれないし一時間だったかもしれない。チェンにはもう時間の長さがわからなかった。時間の進みかたがふつうではない。見ていると、彼女の足はぬかるみに沈み、木の根に引っかかり、柔らかい土に滑った。緑の点が前へ前へと動いていく。こっちこっちというように。途中で泥に足を大きく滑らせ、左足が前に持っていかれて、と思ったら足の裏に鋭い痛みが走った。はでにこけて両膝をついた。足から血が出ていた。土中に鋭いものがあって、それで切ったのだ。指で探ってみると、引きちぎられたような長い金属の破片だった。巨大な機械から切り離されたもののようで、片面は白く塗装されていて、裏面は金属がむき出しだった。このジャングルではありえないほど異質だが、それをいうなら彼女も負けていない。

そのときはたと気がついた。靴下が血まみれになっているのが見えたのは、靴を履いていないからだ。しかしいつ靴をなくしたのか見当もつかない。ずっと以前の知識の断片がこう言った――あんたが空から落ちてきたときに脱げたんだよ。でも落ちてきたのはずっと前のことじゃない。いまはもうあんまり関係ないでしょ?

そんなことはどうでもいい。前進あるのみだ。四つん這いで、頑固に前に進んでいく。緑の点が止まった。顔をあげると、そこにあったのは高さ二メートルの卵形の物体だった。灰白色のプラスティックでできていて、てっぺんの柱のうえで青い光が点滅していた。卵が開いた。なかに座っていたのは、玉座についた古代の皇帝の像と見まがう、大きな金属とポリマーのスーツだった。フェイスプレートが開き、うえに持ち上がって止まった。胴体部分が開いた。脛と太もものガードがぱかっと開いた。なかに入れるのだと気がついた。しかしそれは、身長二メートル半、体重は二百キロを超える人のために作られているように見えた。巨人じゃないか。

「もしやあなたはサバイバル・プロトタイプ871?」

そう声に出して言うと、聞き慣れた自分の声がここではなんだかおかしくて笑いだし、その笑い声を聞いて今度は泣きだした。

「これは幻覚だ。だれかに薬を盛られたんだよ、寶貝《ボウブイ》」チェンは言った。中国語を話していると、自分の声が母の声のように聞こえる。そしてそのせつな、母がとなりにいて額の髪をかきあげてくれ、目に入る汗を拭ってくれているような気がした。自分の手が母の手のように感じる。もう大丈夫、もうひとりきりじゃないから。

彼女は震えていた。「試作品《プロトタイプ》」と聞くと不安を感じるが、見たところ頼りになりそうだ。それに、なにかに頼らなければ長くは生きられそうな気がしない。

「ママ、どう思う?」とひとりつぶやいた。

「ボウブイ、なにはさておき生き残るのが第一だよ」それはジャングルの法だ——と思って、そこでチェンは笑いだした。ここは現にジャングルのなかではないか。なんてばかばかしい。

彼女は他人の機械を信用するような人間ではない。〈マーベル〉のアイアンマンに合わせて作られたような機械ならなおさらだ。それに、この機械にはどこかみょうに見慣れた雰囲気があって、そこもいささか気味が悪かった。ただ、どうしてそう感じるのかはよくわからない。これはいったいどこから来たのか。そこで後ろをふり返ってみて驚いた。あの膨らんだ救命胴衣の残骸がまだ見える。果てしなく歩いてきた気がするのに、たった数百メートルだったのか。オレンジ色のパラシュートの折り目にはすでに虫がたかっていた。見あげれば、地上に生命が群がるように、天上には星がいっぱいに群がっていた。

彼女はなにも持っていない。バックパックもなければ、膝ホルスターにナイフも入れておらず、靴もスマホもない。たとえ夜明けまでこの巨大な人型のなかに身を寄せるのがせいぜいだとしても、湿った地べたで寝るよりは今夜を生き延びられる確率は高いだろう。つらく苦しい道を一歩また一歩と進んで、それでようやく未来は近づいてくる。生物の第一の規則は生き延びることだ。

チェンは後ろ向きにスーツに入っていった。濡れた靴下を脱いでブーツに足を入れる。傷ついた足がしなやかなインナーに当たったときは身が縮んだが、インナーは素足の足裏にやさしい素材でできていた。膝から下を下腿のガードのなかに、太ももを上腿のなかに入れ込んだ。この身長二メートル半の人間の尻が来るであろうおおよその位置に、自分の尻をのせた。

「サバイバルスーツへようこそ」耳に快い声が言った。「このスーツは、三千以上の災害状況を徹底的に調査研究し、それを生き抜くことができるように設計されています。わたしの役目はあなたを生かしつづけることです」

この状況で、これはじつに頼もしい言葉だった。その「あなた」にぜひともなりたいものだ。

「よろしく」チェンは言った。

すると、ごくゆっくりとスーツは縮みはじめた。

「あなたに合わせて内寸を調整しています」スーツは言った。

膝関節の位置が彼女の膝と一致した。胴体はウエストとしっくり合った。丁寧に仕立てられた衣装のようだ。前面が迫ってきたとき、スーツが重くのしかかってくるかと身構えたが、身体が少し浮きあがったようで、プールのなかに立っている気分だった。いままでより動きやすくなった。温かい空気の泡がやさしく周囲に吹き出してくる。身体の震えが止まり、安堵のため息が漏れた。

フェイスプレートのバイザーがひとりでに、彼女の顔の位置に移動してきた。流れ星のロゴ――初めて見るロゴだ――が滑るように視界を横切った。

スーツは言った。「このサバイバルスーツは、この環境」――少し間があった――「つまり、この熱帯雨林の島であなたが生き延びられるように、完全に最適化されています」また間があった。今度はさっきより長い。

「通信システムは、いかなる衛星やハブにも接続できませんでした。しばらくしたらまた接続を試みます。もっとも、この熱帯雨林であなたの生命を維持するために必要な情報は、すべてわたしのシステム内にあらかじめロードされています。周辺の環境の予備的スキャンを開始します」

目の前のバイザースクリーン上に、さまざまなモノ――樹木、クラッシュジャケットの残骸、ヤスデ、その他の昆虫、草など――を囲むように細く輝く緑の線がひとりでに描かれていく。モノの横にはラベルが表示されている。キャノピーツリー。カポックの大木。絞め殺しイチジク。アカンティウルス・ブラインヴィレイ。最後のラベルは、ヤスデが這うのに合わせて移動していった。

このスーツの話しかたはAUGRを思わせる、これもプロトコルの一部にちがいない――という思いが頭に浮かんだが、いまはそれを考えることすら手に余った。頭のなかでまた母親の声がする。爸《バ》爸《バ》（お父さん）、いまはやめてあげて。この子はもう休まなくっちゃ。今日はほんとうに大変だったんだから、世界は待ってくれるわよ。

「お名前を教えていただけませんか」スーツは尋ねた。チェンはためらった。テクノロジーの断片に必要以上に自分の情報を漏らさない、彼女はそれを人生の原則にしてきたのだ。

スーツは言った。「名前は教えたくないとお思いなら、『あなた』とだけお呼びすることもできます。

それでよろしいですか」

「ええ」彼女は言った。

「すばらしい！　ではこれからよろしくお願いします。血液検査値とバイタルサインから、脱水症状と睡眠不足が認められます。いくつか切り傷や擦り傷もあり、ショックを起こしている可能性もあります。安全に眠れる場所と水を見つけに行きましょう。それが見つかったら、あなたはゆっくり仮眠をとる必要があると思います。それでよろしいですか」

「ええ」彼女は言った。

「すばらしい！」スーツは言った。その声は明るく頼もしげで、よく訓練された言葉巧みなセールスマンのようだった。「いっしょにがんばりましょう」

2.　島の時間

チェンが目を覚ましたとき、かなり時間が経っていた。それは間違いない。時間は過ぎていたが、空に飛行機は見えない。

ジャングルは緑で、サバイバルスーツのなかは暖かく、一定の環境が保たれている。呼吸は規則的でしっかり続いている。息を吸うたびに痛みがあったが、以前よりだいぶましになった。けがをした記憶がある。ジャングルの上空で、だれかがミニシュートからぶら下がっていた。足を切っていた。足を滑らせて転んでいた。

しかし、あれから時間が経っている。この身体はしばらく前から安全だった。そのだれかはまた目を覚まし、そしてまた眠った。しまいに、通常の時間が戻ってきた。

チェンははっとして目を覚まし、身体を丸めて胎児姿勢をとろうとしたが、できなかった。ここは棺桶のなかで、身動きがとれない。彼女は叫んだ。「だれか！　だれか助けて！」

スーツが言った。「あなたは安全です」

チェンは言った。「安全が聞いてあきれるわ。なにがあったの。ここはどこ？」

スーツは言った。「それは複雑な質問ですね」

彼女はマインドフルの呼吸法を試そうとしたが、いくつ数えるのだったか思い出せなかった。六、七、八？　四、二、二？　いや、それじゃフットボールのフォーメーションだ。まずは基本から始めよう。ここはどこ？　あたりを見まわしてみよう。じつは棺桶のなかでないのはもう思い出していたので、目の前のバイザーを通して外を見た。彼女は突き出た岩のうえにうつ伏せに横たわっていて、見おろしているのは緑に埋もれた深い溝だろうか。深さはよくわからない。コケに覆われた岩の割れ目かもしれない。身を起こすと、スーツのサーボモーターがやさしく支えてくれた。

そこは崖のうえで、眼下には森に埋もれた盆地が広がっていた。盆地の幅は十キロメートル近くありそうだ。

「お食事はいかがですか」耳もとで、やたらに愛想のいい声が言った。

チェンは言った。「外に出たいんだけど」

スーツのフロントプレートが開き、チェンはジャングルの地面を歩きまわった。スーツは鉄の巨人よろしく彼女の背後にうずくまっている。チェンは足指をもぞもぞさせた。ジャングルは、せわしなく飛びまわり動きまわる生命に満ちていた。顔の前を昆虫がうなりをあげて飛び過ぎ、鳥の群れが梢から四散し、大きな古い幹のまわりには緑の若木が勢いよく伸びている。

「くそったれ」チェンは言った。

空き地のあちこちに〈スタウトボックス〉が散らばっていた。うちひとつには自動加熱式の食料が入っており、彼女はかぼちゃのリゾットをひと皿食べた。樹冠から滴り落ちる琥珀色の日光のような味がした。足の傷はまだ痛かったが、見てみると化膿もしておらず、最後に見たときより浅くなっていた。食事をしながらふと見ると、左腕の内側に細長いあざがいくつか並んでいた。

スーツは、彼女が出たときと同じ場所に座っている。友人のように、旅の道連れのように。

「これなに?」チェンは言った。「ここに注射をされてるみたいなんだけど」

「そのとおりです」スーツは言った。「ショック状態に陥りそうでしたので、静脈注射で軽い鎮静剤を投与しました。あなたはゆっくり仮眠をとる必要があるということで、ご同意いただけましたので」

「でも、それ……『仮眠』の解釈としては無理があるんじゃないの。わたしどれぐらい寝てたの」

「五日間です」スーツは言った。「ただし、栄養補給のため定期的に目を覚ましておられます」

そんな記憶はまるでない。五日も経ったとは思えなかった。

「鎮静剤を投与するとか、そういうのはもうやめてよね」

「わかりました」スーツは言った。「それはあなたの選好《プリファレンス》に保存しておきます」

毎度のことだが、プログラムを相手にしているとき、こういう反応が返ってくるとばかにされたように感じる。感情的な重みと釣り合わないのだ。五日も経ったなんて、そんなことがどうしてあり得るのか。いったい彼女の身になにが起こったのだろう。そして、二の次になってしまったが、こちらも重要でないわけではない、世界はいったいどうなったのか。

チェンはどれから訊いていいか決めかねて、とりあえず一番簡単で、おそらく一番差し迫った疑問から解決することにした。

「スーツ」彼女は言った。「ここどこ?」

「ここはアドミラル・ハンツィ島です」スーツは言った。「パプアニューギニアの北東、〈フューチャーセーフ環境保護区〉の一部です」

「信じらんない、ほんと?」

「はい」スーツは言った。「信じられませんがほんとうです」

アドミラル・ハンツィ島。その名のもとになったのは植民地時代のある英国人で、当時の価値観で言えばこの人物は先住民に対処するのがうまく、しかも枢軸国を撃退するのはさらにうまかった。それで結局のところ、島の名前はそのままでよいだろうということになり、また（先住民はあまりにうまく対処されすぎてひとりも生き残っていなかったので）野生生物保護区に指定するのがよいと決定された。ライ・チェンがこの島の名を聞いていたのはひとえに、〈ファンテイル〉、〈アンヴィル〉、〈メドラー〉が数年前、パンデミック後で多くの問題と借金を抱えた各国政府から、野生生物保護区をいくつか買い取るという巨額の契約が結ばれていたからだ。その契約では、少なくとも百年間は完全に人間の立ち入りを禁ずる代わりに、羽アリ大のドローンで保護区を監視し、その結果として得られた自然の生息地における野生動物の映像を収益化する権利とともに、仮想現実による〈フューチャーセーフ環境保護区〉の複製を、三社独自のプラットフォームを通じて独占的に配信する権利を得ることになっていた。上空を航空機が飛ぶことさえ禁じられた。たぶんそのせいで、空に飛行機がまったく見えなかったのだろう。ここにいるのはとんでもない違法行為だ。理屈の上では、ここに来た人間はドローンに追われ、立ち去るよう警告され、その後は軽いほうから順に、スタンガンで気絶させられ、引きずり出され、最悪の場合は使用を許可された致命的武器を用いられることになる。

この厳しい条件（はるかかなたの一地域に限った話だが）は、野生動物の生息地の破壊と闘うために、人類は真に役に立つことをしていると人々に感じさせた。記者会見でレンク・スケトリッシュがいかにも誇らしげな顔をしていたのを、チェンもかすかに憶えているぐらいだ。〈ファンテイル〉のプレスリリースでは、先住民に対するハンツィ提督《アドミラル・ハンツィ》の仕打ちについては具体的な言及をあざやかに避け、その代わりに強調していたのは、この島がみごとに間違いなく疑問の余地すらなく無人島だということだった。

彼女は半開きのスーツのなかに腰をおろし、バイザー越しに地図を見た。島は全長約六十七キロメートル、最も広い部分で差し渡し約四十五キロメートル。南西部には深い峡谷が走っており、東側のむき出しの崖には地層がはっきりと見え、その背骨に沿って脊椎骨のように小さな丘が連なっている。

「アドミラル・ハンツィ島は、パプアニューギニア北東の諸島中最大の島で、ビスマルク海に位置しています。ビスマルク海は、特別自然美観地域に指定されており、野生生物保護の〈フューチャーセーフ〉区でもあります」という緑色のテキストがスクロールされていく。

チェンは一日の大半を、スーツに入った状態で歩いた。解説つきで景色を眺めるのは面白かった。周囲のありとあらゆるものに、緑色の文字で名前とその用途に関する情報が表示される。これを作ったのがどんな人か知らないが、場所についての先住民の知識をこのプログラムに採用したらしい。チェンは何度か立ち止まりスーツを出て足を伸ばしたり面白そうなものを観察したりしたが、スーツに乗って歩くほうがなしで歩くよりおおむね快適だった。サーボモーターのおかげででこぼこの地形でも安定するし、身長二メートル半の巨人の歩幅で歩くことができる。日没の少し前、スーツに導かれて空き地にたどり着いてみれば、そこは整然としたキャンプ場になっていた。丸太をプラスティックの紐で縛って寝棚が作ってある。蛇口つきの〈スタウトタブ〉には真水が入っている。シャワー場は、物資入りの〈スタウトボックス〉を積みあげた壁で仕切られていた。

きちんと手入れされたキャンプファイアのまわりに、三人の人物が腰をおろしていた。それぞれ、チェンのと同じサバイバルスーツをそばに置いている。広げられたスーツはちょっと椅子のように見えた。ひとりは六十代の女性、スチールグレイの髪をボブにしている。ふたりめは五十代後半の男性で、日焼けしてずんぐりしていて太い腕をしていた。最後のひとりは痩せた四十代前半の男性で、長い脚を前に投げ出し、ブロンドの髪はぼさぼさだった。

チェンはバイザーをあげた。

「これはいったいだれだ？」ジムリ・ノミックが言った。「どうやってここへ来たんだ」

「だから数日前の夜、空になにかが見えたって言ったでしょ」とエレン・バイウォーター。

脚の長い痩せた男は、空を走る雲を見つめていた。

「マーサが寝た相手だと思う。みんな付録を連れてきていいことになってたよな、たしか」レンク・

スケトリッシュは言った。

3. これっきり最後のニュース

「ここに着いたばかりなの？」エレン・バイウォーターが言った。「それはあなたを意図的にここへ連れてきたの？　外の世界から？」

チェンは首をふった。「五日前に着いたって聞いてます」

「でも、どうやって――なにに乗ってきたの。空港はパンクしてるんじゃないの」

「ハイダ・グワイの近くで迎えの車に乗ったんですけど……そのあとのことはわからないんです」

「わからないってどうして？」エレンは落ち着かない様子で言った。話しながら苔や草をむしり、荒れた指を地面に突っ込んでは、爪のふちにこびりついた泥をせせっている。

「運転手に薬を盛られたんだと思います」

すかさずジムリ・ノミックが言った。「スーツ、この人は薬を盛られていたのか」

チェンのスーツが耳もとでささやいた。「個人的な医療データを共有しても構いませんか」

彼女は言った。「もちろん、隠すことなんかなんにもないし」

スーツが首のスピーカーを通して外に向かって話しだした。「血液検査の記録から見て、島に到着するおよそ十二日前にベンゾジアゼピンを投与されたものと思われます」

「AUGRがルーフィを打ったっていうの？」チェンは言った。

ジムリがうさんくさげに目を細めてこちらを見た。

「きみはAUGRを持ってるのか」彼の冷徹な頭脳がなにかの計算を始めている。答えが出る前に阻止しなくては。

「ええ、あの、マーサがくれたんです、マーサ・アインコーンでしたっけ。あなたのおっしゃったとおりです」チェンはレンクに向かって言った。「寝たあとでくれたんです。ほんとうはいけないことだったのはわかってますけど、なぜそんなことをしたのかわたしもわからないんです。そのことでは彼女めちゃくちゃ用心深くて」

しかし、なにものもジムリの頭の回転を止めることはできなかった。

「まったく」と彼は言った。「ちくしょう」彼は勝ち誇ったようにみんなの顔を見まわした。「この女だ。おれのシェルターに侵入した〈ネーム・ザ・デイ〉のばかはこいつだよ。間違いない。ちゃんと写ってなかったが、静止画を三枚見た。きみとでかい男がもうひとり」

まずい。それはそうだ、とうぜん記録は残っていただろう。とうぜんジムリ・ノミックはそれを見ていたはずだ。

「ええ」チェンはゆっくり話しだした。どれぐらいなら言ってよいか、どれぐらいは言わねばならないかと考えながら。「その……AUGRが動かなくなって。それであなたのシェルターに行って、手動で電源を入れたんですけど……そしたら攻撃されて」

「それでぶち壊しにして、黒焦げにしてくれたわけだ」ジムリは言った。

「いいじゃない、もうシェルターの心配なんかする必要ないでしょ」エレンが嘲笑うように言った。酔っているのだろうかとチェンは思った。「ほかにも持ってるじゃないの。まあ、行くことができればだけど」

「この女はAUGRを持っていて、おれのシェルターを破壊してくれた。それでAUGRに薬を盛られたって？　しかも十二日間も薬漬けにされてたって？　そんなのプロトコルにない」ジムリ・ノミックは言った。「薬物投与なんてプロトコルのどこにもないぞ」

「だまそうとしてもむだよ、お嬢さん」エレンが言った。「プロトコルをまとめたのはわたしたちなんだから。どういう手筈で動くかよく知ってるの。なにかおかしなことが起こってるわね。どうしてAUGRはあなたをここへ連れてきたの」

「おれたちも薬を打たれたよな」レンクが言った。

「しかし、あれは状況がぜんぜん違う」ジムリが言う。「墜落やらなにやらあったし」彼の動きはぎくしゃくしていた。左脚をどうかしているようだ。スーツのほかの部分は開いているのに、左のブーツ部分はしっかり固定したままにしている。

レンクは、穏やかななだめるような口調で話していた。しばらく前からこのふたりの相手をしていて、そろそろ我慢も限界なのではないかとチェンは感じた。飛行機が墜落してこうなったのならそれも無理はない——だれでもいらいらするだろうし、そもそもこの人たちはこんな暮らしにはまるっきり慣れていないのだ。

「AUGRのプロトコルは、われわれ全員の安全を守ることだ。おれたちは感染が広がりはじめる前に脱出できた。それでここに着いて、まあここなら安全だ。しかし彼女は」――と、チェンに向かって親指を立てて――「AUGRを手動で起動させてたから、脱出が少し遅くなった。つまり曝露される危険があったわけだ。だから薬で眠らせて安全な場所に連れていき、静脈栄養かなんかで生かしといたんだろう。つまりえーと、隔離期間が過ぎるまでだな。潜伏期間はどれぐらいって言ってたっけ」

「十七日よ」エレンが不機嫌に答えた。「理解できないわ。彼女をここに連れてこられたんなら、わたしの子供たちとかボンダとか、経営陣のアーサーとかをどうしてここに連れてこなかったのかしら。だって、いっしょにいられるはずだったのに。みんないまごろニュージーランドにいるんでしょうね」

「十七日か」レンクが言った。「合計するとその数字になるな」彼はじかにチェンに向かって言った。「きみはここに来て五日だと言ったね。その前に十二日間ルーフィで眠っていた。これで十七日だ。システムを手動で起動したんだって？」

「ええ、でもそれはどういう……」

「ジムリのシェルターに侵入したとはね。すまないジムリ、でもこれはやたらに痛快な話だ。このお嬢さんはあんたのシェルターに侵入して、AUGRを手動で起動させた――大したもんだ、これこそ生存本能ってやつか。そしてAUGRは、おれたちが三人ともここでこれまでどうにか生き延びてきたと知ってる。つまり、ここなら生き延びられるってことだ。彼女は逃げ込もうにもシェルターを持ってないし、シェルターに入る許可も持ってない。そうだろう？」

「ええ、シェルターは持ってないです。でもその……」

「それでＡＵＧＲは彼女を隔離して、それからここに連れてきた。あざやかだな」

「すみません」チェンは言った。「ちょっとあの……『感染』ってなんのことですか。それに生き延びられるって？　なんの話をしてらっしゃるの」

キャンプファイアのまわりに沈黙が落ちた。ジムリは鼻にしわを寄せ、空をまっすぐ見つめている。

エレンが言った。「参ったわね、あなた……聞かされてないの？」

レンクは言った。「彼女は許可を受けてない。さっきからおれはそれを言ってるんだよ。不法侵入なんだから、本来なら腹を立てるところなんだが、事情が事情だからな。システムは最善を尽くしたわけだ」

ジムリが言った。「きみらのどっちかが……」

レンクは言った。「スーツに任せよう。そのほうがいい。すべて受け入れる時が来たんだ」

エレンは言った。「だめよレンク、スーツにやらせるなんて。ほんとうにあなたらしい言い草ね。これは人道的な問題なのよ。彼女が知らないのなら……わたしたちのだれかが教えなくちゃ。人間が教えるべきなのよ」エレンは座ったまま身をずらし、チェンの隣に寄ってきた。そしてチェンの片手をとった。その目は生卵のように潤んで光っている。

「あのね、聞いて」彼女は言った。「こんなことを言うのはつらいけど……世界は終わったの」

4. 孤独がやって来る

三人は説明しようとしばらく努力した。しかし実際のところ、彼女にはかれらの話がまるで呑み込めなかったため、しまいにはスーツに手持ちの映像を見せるよう指示するしかなくなった。人類文明最後の日々の記録映像を。

アドミラル・ハンツィ島の外の世界では、恐ろしい伝染病が蔓延していた。マスメディアでは、しばらくハトインフルエンザと呼ばれていた。瞬く間の大流行はハトが原因だと考えられていたためだ。パリ発の一連の写真では、地元民兵が火炎放射器でハトを焼き払っていた。ハトたちは火のついた翼で飛び立とうとしている。炎の塊を吐きながら絶叫しているように見えた。

そんな対策は役に立たなかった。事前になんの前兆もなかった。このインフルエンザは感染後十七日間潜伏し、それが過ぎるとたちまち致命的な症状を呈した。最初の症状は大量の喀血で、その後に心不全を引き起こす。数日のうちに、新型コロナはやさしい伝染病として思い出されるようになった。子供には感染しにくかったし、死亡率は一パーセントに満たなかった。手紙や荷物に付着した少量のウイルスで伝染するということもなかった。ハトインフルエンザはそれほどやさしくなかった。

新型コロナウイルスの発生後は、同様の感染症に対する備えがなされていた。どの国でも、隔離・検査・学校閉鎖が迅速に行なわれた。しかし、新型コロナウイルスのために、別の意味でかえって脆弱になっている面もあった。人々はどう対処すればいいかわかっているつもりでおり、限界や許容範囲がわかっていると思っていた。人々は落ち着いてロックダウンを受け入れたが、物資の配送は続いていた。もう遅い。人々は、パンデミックがどのように起こるかわかっているつもりでおり、今回は適切に対応できると思っていた。しかし、災害は得てしてそんなものだが、今回はまるで様相が違った。あまりにも死亡率が高く、進行が速すぎた。死亡したのは家から家へ自転車で移動する若者で、自宅でじっとしている高齢者ではなかった。空気感染だったが、なにより問題だったのは、包装紙に付着した状態で九十八時間以上感染力が維持されることだった。配達員がウイルスを家から家へ広めていったのだ。こうしてパニックが生じ、猜疑《さいぎ》心が生まれた。こうして暴動が起こり、銃が持ち出された。こうして……

　この感染症は、全大陸の七十以上の主要な人口密集地でほぼ同時に発生した。ナイジェリアのラゴス——若年人口のきわめて多い都市だ——は、最初に立ち入り禁止区域に指定された都市だった。国は残りの国民を地方部に避難させ、ラゴス市内に通じるすべての道路をコンクリートブロックで封鎖した。それでも十分ではなかった。死者を埋葬しようにも、埋葬する生者が足りなかった。

　軍が民間向けの衛星通信を遮断する前に、スーツは〈ファンテイル〉と〈メドラー〉をあさって初期の証拠を集めることに成功していた。チェンが見た動画のなかに、ベネズエラのティーンエイジの少年少女を手持ちのスマホで映したものがあった。少年と少女は寝室でいっしょにギターを演奏している。ふたりは笑顔で見つめあい、「Te veo venir soledad（ベネズエラのシンガーソングライター、フランコ・デ・ヴィタの曲。「孤独よ、おまえが来るのが見える」の意）」の編曲を選んで演奏する。二度めのコーラスの途中で少女が咳き込みはじめた。咳はやがて喉の奥からの血しぶきに変わり、壁に赤くべったり飛び散った。少女の友人が演奏をやめた。撮影者がスマホを放り出し、カメラはひび割れた漆喰の天井を映し出す。少年ふたりが少女の名前を呼ぶ。咳は止まらない。ねっとりした湿性の咳で、少年たちは大声で助けを求めた。それから八分以上経ってようやくだれかがスマホを取りあげ、怯えて混乱した少年の顔が三秒ほど映り、そこで動画は終わっていた。

オークランドでは、年配の女性ふたりが自撮りしていた。背景の山々はストーンブルー、遠くの山頂には雲がかかっている。ふたりの背後の狭い通りで、男が白い壁に向かって血を吐いている。このような写真や短い動画がいくつもあった。ロンドンの地下鉄の車内で踊る女性。その左側、画面に半分しか入っていないが、学校の制服を着た少女が握りしめたティッシュに向かって咳をしている。そのティッシュはぐっしょり赤く濡れていた。セネガルの男性が、試合開始後八十九分でのハットトリック・ゴールを喜ぶ友人の動画を撮影している。友人は興奮のあまり息が切れ、と思ったら咳き込みだして血を吐いた。

さほど経たないうちに、初期の背景情報はもう必要でなくなった。

始まって七十二時間後には、静止画や動画——画質は粗かったが——によって報道よりもよく状況が伝わった。スーツは、断片化された商用衛星リンクから少しずつデータを取得することに成功していた。

「わたしたち、自分たちの居場所を連絡しようかとも思ったんだけど」エレンの口調は、株主総会で演説でもしているかのようだった。「でもこういう状況では、その情報の受け手をこちらで選別するのは無理だわ。それに、ここに人が押しかけてこられても困るし」

画像はピクセル化されており、文章は短く、スペルが間違っていることもあった。AIが動画ファイルの修復を試みたさいに、ファイルがそのデータ加工によって破損し、画面が曇ったり、背景と人の顔が融合したり、影が動物に変わったりしていた。

ニューヨーク市では、ある病院の廊下に四人分の遺体が積みあげられてシーツがかけられていた。ひとりの女性雑役係《オーダリー》がドアに拳銃を向けている。だれが、あるいはなにが入ってこようとしているのかは写っていない。彼女は目を閉じている。歯を食いしばっている以外は、静かといってもいいほどの表情だ。この写真には、なにかが終わる最後の瞬間が写っている。このあとになにが起こったとしても、数日前、数週間前、数十年前には、それと同じことがこの同じ人物に起こることはまずなかっただろう。

ボローニャ中央駅の長いホームを、パリに向かう電車が通過しようとしている。人々は互いの背に這いのぼって、そのゆっくり走る電車にしがみつこうとする。装飾された時計によじ登り、スイングして飛び乗ろうとしている者もいる。この状況を写した写真がたまたま二枚あった——あるいは、ボローニャを通過してパリに向かう列車は何本もあって、そのたびに同じことが繰り返されたのかもしれない。スーツが見つけた二枚めの写真は、車両内で写したものだった。ホームの人々が通過する電車の窓を蹴り破ろうとするなか、ふたりの子供が両手をそのガラスに押し付けて立っている。子供のひとり、幼い少年が父親をふり返っていたが、涙に曇っていてもその目に浮かぶ恐怖はありありと見える。それは極限の絶望と恐怖の表情だった。

スモレンスクでは、原子炉がコンクリートの山で封じられていた。チェンがその写真を見ていると、スーツは淡々とした口調で言った。「いまも放射性物質が大気中に放出されている可能性があります。できるだけスーツを着用することをお勧めします。放射能雲から降る雨で、いつ土壌が汚染されるかわかりませんので」

新しくなればなるほど、ニュースは陰惨な内容になっていく。テクノロジー企業のトップもトップのCEO三人が行方不明というニュースは、あっという間にほかの事件に埋もれてしまった。配送ドライバーがウイルスを家から家へ運んでいたも同然ということが明らかになると、「くたばれ」とジムリ・ノミックを罵る投稿があふれた。また、これは別のニュースでついでに言及された話だが、ニュージーランドの無人のシェルターがいくつか軍によって「襲撃」され、国民に分配するために備蓄品が押収された。

「われわれは飛行機のなかで独自にソフトウェアを書いた」ジムリの声には一種静かなプライドがこもっていた。「AUGRの言っていることの裏を取りたくてね」

政府やジャーナリストにもとうてい手の届かない情報に、〈アンヴィル〉はアクセスすることができる。物流パターン。購入の決定。データアクセスのニーズ。そして言うまでもなく、〈アンヴィルホーム〉のハブやさまざまなウェブ・サービス製品にはスパイウェアが仕込まれている。プライベートジェットの機上で、ジムリは〈アンヴィル〉の多方面に広がる物流事業のデータと、〈ファンテイル〉と〈メドラー〉のスマホのアップロードされていない動画――〈ファンテイル〉と〈メドラー〉が、特定の緊急事態の際にアクセスできる――とを関連づけて分析した。

「追跡調査は初めから無理だった」ジムリは言った。「蔓延が速すぎた。発生源は南米、おそらくチリで、最初期の症例は隠蔽されていたし、流行の拡大が急すぎて、われわれにはなすすべもなかった。AUGRが警報を発するころには、〈アンヴィル〉のデータがすでに示していたんだが、同様の症状の集団感染がオーストラリア、ブラジル、日本、インドネシアで起こっていたんだ」

「無事に本来の目的地に到着していたら、WHOに通報していたのに」とエレンが口をはさんだ。

レンク・スケトリッシュはこの話のあいだ黙って座っていた。天蓋のような木々を見上げ、肯定することも否定することもなかった。

「通報してたわ。そうでしょ」エレンは言ったが、ほかのふたりは答えなかった。

「感染後の死亡率は五十パーセントだ」というジムリの口調は、無関心な青空のように平板だった。

「しかもそれは、治療が受けられて、抗炎症薬があり、暖かくて乾いた場所にいて、清潔な水が手に入ればの話だ。ワクチンその他の治療法を開発するひまもなく、世界じゅうのインフラが崩壊した。いまとなってはそんな開発はもう不可能だ。少なくとも人口の半数が死ぬまで、インフラはがたがたになっていくだけだろう」

エレンは言った。「AUGRがもっと早く教えてくれればよかったのに」

ジムリは言った。「世界じゅうのだれより早く教えてくれたじゃないか」

きっとほかにも生存者はいるだろう。自然免疫をもっていた者、回復した者たちは、飲み水や食糧を見つけようと闘い、破壊の潮流に抵抗しているだろう。しかしかれらの知るかぎり、疫病に抗して維持されているある程度の規模の集団は存在しない。これはブラックスワン的な事象だった。それまではさほど危険でなかったウイルスが、一度の突然変異でいきなり感染力と毒性を飛躍的に高めてしまった。まさかそんなことがあるはずがない。ただそのまさかだったのだ。

チェンがプリンス・ルパートで車に乗ったときにはすでに始まっていた、とかれらは説明した。ジムリ・ノミック、レンク・スケトリッシュ、エレン・バイウォーターとその子供たち、そして信頼できる友人や同僚がプライベートジェットに乗り込んで、秘密のシェルターに向かうころにはすでに始まっていた。そして速やかに、容赦なく事態は進行した。かれらの知っていた世界は消え去った――突然に、完全に。ガラスのような緑《グラスグリーン》の海の底に沈んだかのように、もはや取り返しがつかない。

「なるほど」チェンは言いながら、自分の呼吸を痛いほど意識していた。そして体内の細胞の管を通って濃い血液が脈打っているのを、この肉体の重みを痛いほど意識していた。「それで、わたしたちは死ぬまでここにいるだけなんですか」

エレンとジムリは目を見かわした。

エレンは言った。「いずれはここを出ることになっているわ。つまりね、本来はこんなところに来るはずじゃなかったの。わたしはニュージーランドにシェルターを持ってるの。ほんとうに美しいところよ。わたしの子供たちや、〈メドラー〉のボンダとアーサーも家族といっしょにそっちに行ってるわ。ほかにも何人か。輸送手段が手配できたら、あなたもあそこに住めばいいと思う。それでなにもかも解決ってわけじゃないけれど、正直な話、あそこに行けばとてもいい暮らしができると思うの」

ジムリは言った。「われわれの飛行機に問題が生じて、墜落してしまったんだ。本来は中継基地に向かうだけのはずだったんだが。この島のそばだったのは幸いだった。もし海のまんなかだったら助からなかっただろう」

レンク・スケトリッシュが長いため息をついた。それがやがて怒鳴り声に変わった。

「ほんとのことを教えてやれよ」彼は言った。「真実を。少なくともそれぐらいの義務はあるだろう。おれたちはここから出られない。ここは島なのに、船もなければ通信手段もない。だれかが迎えに来るあてもない。ここにいるのをだれも知らないんだから。どっちみち、外の世界にはおれたちを捜索する手段がない。世界は滅び、おれたちはここに取り残された。なにか予想もしないことが起こって状況が変わらないかぎり、ここから出られないんだ。死ぬまで」

チェンのスーツが言った。「この状況に慣れるにはいささか時間がかかるでしょう。どんな感情が起こってもご自分を責める必要はありません。悲しみの段階は予測可能です。サバイバルスーツには、軽い読み物から古典小説まで幅広くそろっています。たとえば『フィフティ・シェイズ・オブ・グレイ』、『よしきた、ジーヴス』、『ポイズンウッド・バイブル』、『陪審評決』、『ステーション・イレブン』、『蠅の王』、『シヌへの物語』、『そしてだれもいなくなった』、『青い眼が欲しい』、『オリクスとクレイク』、『ザ・ロード』、『日の名残り』などです」

そんなばかな、ありえない——そう思う自分に、これは事実だとチェンは言い聞かせた。この喪失をじっくり考えるのだ、自分のなかでなにかが引っかかり、なにかが現実だと感じられるまで。いま聞いた話を受け入れる努力をしなければ、おかしくなってしまう。香港を思い出せ、と自分に言い聞かせた。あのときは、わが家がほんとうになくなったのだと自分に納得させなければならなかった。その目で見ていたのに、きっとなにかの間違いだと心のどこかで思っていたではないか。

いま、世界のどこかで雪が降っている。大きな雪片が柔らかくすきまなく降りしきっている。水分を多く含む重い雪は、溶けやすいものの完全には溶けない。それがまた冷えて凍って雪に戻り、踏んで歩けばもろくも崩れ、ミルフィーユのようなパリパリした層をブーツが踏み抜いて沈み込む。だから、子供たちは一歩ごとに足を持ちあげて歩くのだ。彼女は胸の内でつぶやいた——もう二度とそれを見ることはない。

5. この悲惨な重荷から逃れよと運命が命じる場所

ライ・チェンの一家が幸福だった時期があった。並外れて幸福というわけではない。舞いあがりそうに強烈な喜びに疲れるほどのことはなく、ただじゅうぶんに幸せだった。父は法律事務所に勤め、専門図書館と情報サービスを運営していた。母は病を得るまでは大学で歴史学の講師を務めていた。一家は黄泥涌《ウォンネイチョン》スポーツセンター近く、アパートメント六階の小さな部屋に住んでいた。眼下にはひび割れて雑草だらけの駐車場が見えたが、ここは建設業者がアパートメントに建て替えるつもりでいたのに、なぜか許可がおりずにずっとそのままになっていた。ライ・チェンの母はベランダで種子からトマトを育て、花を植え、お茶にするためにハーブを育てていた。ライ・チェンは、丸ぽちゃの脚をバルコニーの格子から突き出して座り、使われなくなった駐車場と、そこで育つ生きもの、アスファルトを突き破って伸びる雑草、太陽に向かって背伸びする小さな木々を眺めた。

母が病気になったのは、ライ・チェンが十歳のときだった。最初はみんな大丈夫だと思っていた。医師たちが言うには、この種の癌は手術で治せるし、化学療法とそこからの回復に一年ぐらいはかかるだろうが、そのあとは——そうですね、まだ若くて体力もあるので、完全に回復する可能性はきわめて高いでしょう。高いと言うとどれぐらいですか。そうですね、九十五パーセントか、九十九パーセントにもなりますね。

ライ・チェンは、黄泥涌スポーツセンターの板張りの床の体育館を想像した。そこに、自分と同じような少女が百人立っている。母親が回復する可能性が九十九パーセントある少女が百人。ひとりひとり名前を呼ばれて、朗報を受け取って体育館を出ていく。しまいには十人残るだけになる。それが五人になり、ふたりになる。そしてチェンともうひとりの少女は、互いに目を合わせることができない。最後の名前が呼ばれるが、それは彼女の名前ではない。最後に体育館にひとりぽつんと残される。それが九十九パーセントの確率ということだ。十一歳の誕生日、十二歳の誕生日、十三歳の誕生日をひとりぽつんと立ち尽くして過ごし、母がよくなるのを待っているということだ。そしてしまいに、母はけっしてよくならないと悟るのだ。

癌は、撃退するたびにべつの場所でさらに強力になって戻ってきた。潜伏し、再結集し、新しい方向から攻撃を仕掛けてくる敵軍のようだ。いつ母は戦争に行くと決めたのだろう。母がなにをしたから、こんな攻撃を呼び寄せたというのだろう。母の病気はチェンの子供時代を蝕んだ。錠剤と嘔吐、少しでも飲ませようとするスープ、紙のような肌、バスルームでの転倒、壁越しに母の苦悶のうめきを聞く夜、そんな疲弊する繰り返しの毎日に一家は引きこもっていった。

ライ・チェンの父が、英国海外市民パスポートの申請締め切りに間に合わなかったのも無理はなかった。申請するはずだった時期は、蓋をあけてみれば母の末期と重なったのだ。葬儀が終わるころには、申請手続きは変更され、より複雑になり、長い時間がかかるようになっていた。政治状況が変化していたのだ。チェンと父は癌との闘いという深海に長らく潜っていて、そこからようやく浮上するころには、香港では反体制派が中国政府に対して反政府活動を始めてから何年も経っていた。反体制派は地下新聞を発行し、政府のウェブサイトをハッキングし、抗議活動を組織し、そして――三度も――早朝の路上で小型爆弾を爆発させ、商品は無事だったが店の正面側を破壊して、約束された民主主義の実現を要求した。いつまでも有効な約束など存在しない。政府による約束ならなおさらだ。

変更されて面倒になったパスポート申請手続きに父が苦労しているあいだ、ライ・チェンの逃げ込んだ先は勉強だった。母が病気になってから成績が下がっており、それが我慢できなかった。大量に資料を読み、集中し、読んだ内容を記憶する能力を両親から受け継いでいたおかげで、彼女の成績はトップクラスだったのだ。ラテン語とギリシャ語の追加コースをとり、パズルボックスのように複雑に入り組んだ文章に習熟するのを楽しんだ。当時からはっきりそうと意識していたわけではないが、彼女がそこに圧倒的な喜びを見出したのは、文化がまるごと滅びて消え去っても、注意深く根気よく作業すれば、その残骸からなにがしかを取り戻すことができると知れたからだった。失われたものをよみがえらせることができるのだと。

ほとんど毎日、父は彼女を学校まで迎えに来て、ふたりでいっしょに歩いて帰った。母が残した隙間をふたりは力を合わせて埋めようとした。父はやさしい思慮深い人で、父が語る精密なファイリングシステムに関する根気強い作業の話を、チェンは喜んで聞いているふりをした。

八月なかばのうだるように暑い日、前歯に一本金歯を入れた露天商の前でふたりは足を止め、チェンのためにグリーンティーエッグワッフルを買った。前週末に暴動があったが、それはもうすんだことだった。通りに散らばった紙と人々のぴりぴりした雰囲気に、痕跡を残すだけになっている。暴動がなぜ起こったのか、あの週末の爆竹はなんのためだったのか、まさにあの日、中国共産党を（知らず知らずに）刺激しすぎたその理由を、チェンが正確に知るのはもっとあとになってからだった。

彼女は横倒しでもがいていた。なにも聞こえない。空を見ると、焦げかけた白い紙が空に向かって舞いあがっていく。サイレンも叫び声もなく、少し離れたところでだれかがすすり泣いている。大きな爆発音が三回聞こえた。

　チェンは腕を突っ張って上体を起こした。まだちゃんと耳が聞こえない。父は隣で咳き込んでいた。頭に長い擦り傷があったが、そのほかはけがもないようだ。チェンは周囲に目をやった。道路には目の届く限り人々が倒れていて、白い粉塵に厚く覆われて咳き込んでいた。その周囲に紙片がシャワーのように降り注いでいる。

　あとになって、チェンと父はこう言いあった――なんだかんだで、わたしたちは運がよかったね。あと十分早かったら、エッグワッフルを買うために立ち寄らなかったら、帰り着いた直後にアパートメントが爆発することになっていただろう。

　公式には、中国共産党から承認された香港政府が、長期にわたる捜査のすえにこう結論した。いわく、アパートメント爆発の原因はガス漏れにある。ガス会社は罰金を科せられ、調査が入って数名が解雇された。しかし非公式には、インターネットや海外メディアがこう報じていた。いわく、アパートメントの一室が二年近く前から活動家たちの中枢として使用されていた。ガス管を小型ドローンで攻撃し、ガス爆発に見せかけるのはいとも簡単なことだろう。公式には、中国共産党軍が香港に入ったのは、香港政府が統治能力を失ったことを認め、暴動激化を理由に支援を求めたからだった。だが非公式には、中国共産党がしびれを切らしていたのはよく知られていた。軍の派遣を正当化するために法と秩序の破壊が必要ならば、そのような破壊を引き起こすまでだ。

　人はみな歴史を生きている。ライ・チェンと父も歴史の一部だった――当時はじゅうぶんに認識することもできず、まして左右するなど不可能だったが。

言うまでもなく、家財道具はいっさい残らなかった。書類もパスポートも記録もいっさい残らなかった。ふたりは英国海外市民パスポートを取得する完全な権利をもっていたが、厄介な手続きをすべて片付けるのに三年以上かかった。その三年間、最初は香港の避難所で、次には英国海外難民センターで、ふたりは順番と情報を待っていた。

ライ・チェンは難民センターで勉強を続けた。慈善団体——それに、彼女の群を抜いた将来性を惜しんだ香港の英国式学校の教師ふたり——が、教科書とビデオ講義を収録したサムドライブを送ってきてくれた。勉強にエネルギーを注ぎ込むあまり、他のことはすべて頭から消えるほどだったが、自分が勉強を続けなかったら父が死んでしまうと彼女はわかっていた。それも比喩的な意味ではなく。このころには、娘に希望をかけ、娘の将来を信じることによって、父はようやく自分を保っていた。互いを必要としあって、それでやっと父も娘も自分を保っていたのだ。

彼女は『イリアス』を読んだ。だれも選ばず、望みもしなかった戦争の物語。また『オデュッセイア』も読んだ。あまりに長い故郷への旅と、ただひたすら進みつづける不幸という大きな重荷の物語。ホメロスの『イリアス』に、慰めになる文章をついに彼女は見つけた。それは、激しい戦闘が終わって大きな喪失が生じたあとの文章だ。トロイアの偉大な英雄ヘクトルがギリシアのパトロクロスを倒したあとの。パトロクロスの恋人アキレウスがトロイア軍を蹴散らしてヘクトルに迫り、彼を血祭りにあげたあとの。アキレウスがヘクトルの遺体を戦車につないで引きずり、トロイアの城壁の周囲を何度もまわったあとの。

これらすべてが終わったあと、夜のしじまが降りる。その真夜中、ヘクトルの父プリアモスはギリシアの陣営に忍んできて、敵の天幕のあいだを通り抜け、アキレウスを見つけると、息子を殺した男の前にひざまずき、息子を殺した手に口づけをして、ヘクトルの遺体を返してほしいとアキレウスに懇願した。ここで人はなにを予想するだろうか。アキレウスはたぶん鷹揚に敵を赦すだろう。彼の性格からして、人を害するのは激情に駆られたときだけだ。ところがアキレウスは、プリアモスに立つようにと言い、近くに座らせて酒食を勧めた。

アキレウスは言った。「神々の館の入口には甕《かめ》がふたつ置いてある。ひとつには悪運が、もうひとつには幸運が入っている。ゼウスはこの甕に手を入れ、わたしたちに悪運と幸運をばらまく。ある者には幸運と悪運が、そしてある者には悪運ばかりが降りかかるのだ」

この一節だけが、チェンに救済をもたらしてくれた。そのことばかり考えていて、しまいにはわが身に運不運が降り注ぐのが見えるような気がしたほどだ。考えてみれば、彼女には悪運しか訪れなかったわけではない。あのアパートメントの爆発では三十八人の犠牲者が出たが、彼女も父も無事だった。いつか風向きが変わり（なぜなら風向きはつねに変わるものだから）、新たな運がこちらに吹き込んでくるだろう。

その後何年も経ってから、ライ・チェンは「終末的事象の心理的影響に打ち勝つ方法」という動画を作成し、百六十万回視聴された。彼女の動画としてはそれほど人気があるほうではない。

・彼女は言った。つねに忙しくしていること。
・彼女は言った。生き残ることに集中し、ふり向かず前を見ること。
・彼女は言った。もうだめだと思ったとしても、いつかだめでなくなる日が来る。
・彼女は言った。しばらくは現実とは思えず、現在の状況を受け入れることができないだろう。

・彼女は言った。自分を責めてはいけない。運不運は、風の運ぶ紙切れのように人に降りかかってくる。喜ばしい運も、悲惨な運もある。どの雨粒に当たるかを選べないように、自分で自分の運を選ぶことはできない。

どれもすべて正しいが、これだけでは足りない。もうひとつできることがある。それは、なぜ自分の住んでいたアパートメントが中国共産党の標的になったのか理解し、反体制派の通信がかれらの思っていたほど安全でなかったという証拠を精査することだ。

・重要な中国市場に参入するのと引き換えに、〈メドラー〉は新しい〈メドラートーク〉の特定の位置データを中国共産党に監視させることに同意した。

・「人々を結びつける」ことを使命とする〈ファンテイル〉は、〈ファンテイルパル〉こと人工知能へのリクエストのうち、テロ組織に関連すると思われるものを、一部の国——中国を含む——に対して公開することに同意していた。

・ジムリ・ノミックは要請されるまでもなかった。〈アンヴィル〉は安定と繁栄を望んでおり、そのどちらも反体制派が店先を爆破することでは達成できない。当然ながら、〈アンヴィルチャット〉は現地の法すべてを遵守する。

そんなこんなでいま彼女はここにいる。かれらとともにこの島に、世界が終焉を迎えたこのときに。ライ・チェンは顔をあげて空を見た。どんなぶっ飛んだ組みあわせの運不運が、この頭のてっぺんに狙いすまして落っこちてきたというのだろう。

6. 特別な取引

キャンプの東にある澄んだ冷たい川で、レンク・スケトリッシュは泳いでいた。全裸で。海に向かう川のゆるやかな流れに逆らって、彼の裸体が上流に進んでいく。チェンは川岸の岩に腰をおろしていた。その隣で、彼女のスーツは両腕を支えにして座っている。川は針先のような光に満ち、レンクの身体はしなやかで力強い。誘われていっしょに泳ぎに来て、彼が衣服をすべて脱ぎ捨てたとき、チエンはひじょうに強く感じた――〈ファンテイル〉の創設者兼CEOと素っ裸で泳ぐなんて、あまりに突拍子もなさすぎる。それでなくても今月はおかしなことばかりなのに、ますますもってこれが現実なのか疑いたくなってくる。

「ねえスーツ」彼女は言った。「いかだの作りかた知ってる？　ボートみたいなのでもいいけど」スーツの長手袋に、小型電動のこぎりが組み込まれているのはもう知っていた。ほかには加熱接合用超小型ナイフ、建設作業時にピンポイントの精密度を得るためのレーザー照準器も備えている。この島に来てもうすぐ五週間になる。どんな作業が必要なのかスーツが教えてくれたし、彼女はそれに独自のくふうや違うやりかたを付け加えていった。つる植物を切り取って木の台の上で乾燥させ、実用に堪える丈夫なロープを作った。チェンはレンクに、ワイヤを丁寧に曲げて釣り針を作り、トゲ状の歯をもつコイ（コイ科の魚には（絶滅種を除き）歯はない。著者がなにと混同しているのか不明）が遡上《そじょう》してくる静かな川の屈曲部に釣り竿を仕掛ける方法を教えた。また、食べられるとスーツの言う三種の木々から果実を摘み、それを熾火《おきび》で焼いて、灰のなかから取り出して熱いうちに食べた。細長い果実で、果肉はピンク色で、無数の小さな種が入っていた。キャンプでは、エレンとジムリの建設作業を手伝い、寝台を確保したり、野生動物よけの柵を強化したりした。

「はい、知っています」スーツは言った。

「よかった。それじゃ、ここの海ではどんな船がお勧め？」

「海洋の温暖化により、ここの海は潮流が不安定で荒れています。手製のいかだで外洋を渡れる見込みはほとんどありません」

こいつ、足を引っ張ってばっかり。

「なるほどね、でも試してみてもいいんじゃない？　墜落した飛行機の機体の破片を使ったらどうかな」

「そのようないかだの作りかたは知りません」

いざとなったら、自分ならなんとか作りかたを考え出すだろうと彼女は思った。マリウスが学生たちに話していたことを思い出す。マッチ箱のなかで転がるビーズからは、新しい可能性は生まれてこない。もともとあるものの組み合わせが変わるだけなのだ。急に彼に会いたくなって胸が痛んだが、自分で自分に厳しく言い聞かせた——あのね、彼には二度と会えないんだよ。

レンクは岩に両手をかけて、水からあがってきた。長身痩軀で筋肉質。そんなに悪くない。いや正直な話、かなり魅力的だ。チェンは男性を抽象的な意味で美しいと思うし、ときには具体的な意味でもいいと思うことはあったが、実際につきあいたいと思うほどではなかった。レンクは移り気な女たらしとしても有名で、強烈な知性と強引さとカリスマ性とをその時どきで効果的に使い分けて、欲しいものを手に入れてきたと言われている。彼女はマーサのことを考えた。何年も何十年もこの男に対処してきたのだ。あんなに用心深くて口が固かったのも無理はない。彼は岩のうえにあがってきて、チェンの隣に座った。全裸を恥ずかしがる様子もない。

「それで、マーサと寝たんだよね。どうだった？」

「ふつうそんな質問はしないと思うんだけど」

「世界の終わりにふつうもへったくれもないよ。マーサはどこかのシェルターにいて、ぼくたちはここにいる。たぶん二度と彼女に会うことはないだろう。だったら教えてくれてもいいじゃないか」

「わたしの経験をむやみに提供するのは気が進まないわ。オナニーのネタにする気でしょ、どうせ」

「もっともだ。ただぼくが言ってるのは、ぼくらはここでずっと暮らすことになるだろうってことだ。それも、その大部分はたぶんきみとぼくのふたりきりだ。ジムリは病気だ、脚がよくない。もう大量の抗生物質を投与されてるし、たとえよくなったとしても、こんなに長く病気が続けば寿命が何年も縮んでるだろう。エレンは六十七歳だ。何年も、たぶん何十年も、きみとぼくだけで過ごすことになる。そうなったら、しまいにはお互いになんでもかんでも話すことになると思うよ」

「あなたはいつも、なにが起こるかわかってる気でいるのね」

「これまでいつもわかってたからね」

そう言って彼はにっと笑ってみせた。愛嬌と危険たっぷりの笑み。

レンクは言った。「秘密を知りたい？」

「秘密って？」

「いつかはなにかがぼくを捜しにやって来るはずなんだ」

「あなたはいつだって、なにが起こるかわかってるってことね」

「ぼくには、なにが起こるかを変える力があるってことだよ。ここに追跡機があるんだ」と、レンクは右耳のすぐ後ろを指さした。「死人のスイッチさ。毎朝、ぼくが万事好調だってシステムに伝えなかったら、警報が鳴りだす。そして警報が鳴ると……総力をあげてぼくを捜しに来る」

「へえ、それじゃやどうしてまだなんにも来てないの？」

「そこだよ。だから、いますぐこの島を出ようとは思わないんだ」レンクは言った。「たぶんもう警報は鳴ってると思う。だけどみんなほかの問題を解決するので忙しくて、捜しに来る時間がないんだ。たぶん見つかるのはぼくの死体だって思ってるだろうし。言うまでもないが、おおぜい死人も出ただろうし、残りはシェルターで嵐が過ぎ去るのを待ってるんだろう」

「それはいいけど、なんであなたを捜しに来るわけ？」

「ぼくが死んだのを確認しなくちゃならないからさ。そうでないと……いささか扱いのむずかしいモノへのアクセスの許可が出ないんだ。最悪でも、数か月もすればドローンが来ると思うよ。そうだな、外の状況があまりひどいようなら、数年後になるかもしれない。だけどいずれはなにかが来る」

「ほかのふたりもそう思ってるんじゃやない？」

「たぶんね。あのふたりもシステムを用意してるだろう。きっとなにか。ぼくになにもかも話してるはずはない。ぼくも話してないしね」

川でぱしゃっと水音がし、水面には昆虫が忙しく飛びまわっている。見ていると、ガラスのような水面が盛りあがり、歯のびっしり生えた魚の口ががぶりとやって、黒と紫のレースの翅《はね》をしたトンボが捕まっていた。真に終わったものなどなにもない。

「わたしがプレイヤーじゃないからそういう話をするんでしょう」チェンは言った。

レンクは懶《ものう》げににやりとした。

「このあとなにが起こるとあなたが思っているか知らないけど、それはわたしには関係ない。あなたたち三人とは違うってこと」

「マーサはばかを選んだことはなかったな」レンクは言った。

「それで？」

「それでとは？」レンクが言った。

「このあと、なにが起こるとあなたは思ってるの」

レンクは太陽に顔を向けて目を閉じた。

「そうだな」彼は言った。「あのふたりはどこかに、それぞれ軍隊を持ってると思う。なんでそう思うかっていうと、ぼくが自分でも持ってるからね。ぼくらは潔白じゃない。ここにいる四人のうちで、いちばん潔白なのはきみだ。ぼくらがどうしてこの島に行き着いたのか、考えたことある？」

「軍隊ってどういう意味？」チェンは言った。

「あのさ」レンクが言った。「ぼくらはこんなところに来るはずじゃなかった。もちろんあのサバイバルスーツはよくできてるけど、この時期——つまり、伝染病が人間を殺し尽くして、死体の山ができきるっていうこの最初の時期……ぼくは優雅に過ごしてるはずだったんだよね。グリーンランドにも、カナダの北極圏にも、ワイオミングの山中にもシェルターがあって……どこも完全に設備が整ってる。こんな……つるで丸太を縛って寝台を作るなんて、こんなことになるはずじゃなかったんだ」

「あなただけじゃないよね」チェンは言った。「ジムリとエレンもそれは同じでしょ」

「たしかに」レンクは言った。「つまり、軍隊っていうのはそういう意味だよ。人間のことじゃないからね、わかってるだろうけど。飛行機がどんなふうに墜落したかって話はどっちかから聞いた？」

チェンは首をふった。

「そうか、それじゃ」

7. 環境保護会議「アクション・ナウ！」から八時間、距離にして約六千五百キロメートル

座席に触れればクリーム色のレザーは指先に滑らかで、ガラスの冷蔵庫にはボトルがぎっしり詰まって輝いている。レンクは肚の底から覚悟は決まったと感じていた。計画はもう動き出している。脱出プロトコルで合意されていたとおり、飛行機がレーダーの範囲外に出るとすぐにパイロットは航空

管制に虚偽の位置情報を伝えていた。なにが起ころうとも、それに対する備えはできている。うろたえたばか者ふたりとの飛行機の旅はすぐに終わり、そのあとは彼自身のプライベート機とマーサと島、そして来るべき新世界のスタートが待っている。

機上では、三人とも飛行機のWi-Fiに接続し、いったいなにが起こるというのか突き止めようとした。AUGRによると、移動中に避けるべきホットスポットは、アルゼンチン、チリ、ブラジル、メキシコ、テキサス、フランスだという。ジムリは世界じゅうに触手を伸ばす〈アンヴィル〉の情報網に接続した。エレンは〈メドラートルク〉のデータを検索した。レンクは、〈ファンテイル〉の投稿の詳細な分析に目を通した。アルゼンチン、チリ、ブラジル、メキシコ、テキサス、フランス。注文のパターン。検索のパターン。使用される語――レビューで、ベンダーへの電子メールで、ソーシャルメディアの投稿で、〈ファンテイル・パル〉のトークボットに対する問い合わせで。心拍数。血液検査値。身体活動。笑顔の絵文字。怒り顔の絵文字。ヒトの惑星に渦巻く思考と感情をあるていど代弁するもの。いくつかのパターンがすでに現われはじめていた。

「信じられない」エレン・バイウォーターが、〈メドラートルク〉の生体データに現われた特定のパターンを指さした。「なんてこと、信じられない」

なにを探せばいいのかわかれば、そうむずかしいことではなかった。〈ファンテイルライブ〉上の検索ワード、それにそう、一部の動画の背景にも、なにが起ころうとしているかは見てとれた。

レンク・スケトリッシュは、このニュースに全身を洗われているように感じた。まるで冷たい水に浸っているようだ。異常なほど自分が落ち着いていると感じる。ほっとしていると言いたいぐらいだ。こういう状況だとすれば、いずれにしてもかれらにできることはなにもなかっただろう。

あまりに突然の轟音に、外側ではなく身体の内側で生じた音かと思った。心臓が爆発して胸が砕け散ったかのようだった。すべてを呑み込む恐ろしい音。まさに世界の終末の音、神の復讐の雄叫びのようだった。

機首が下を向き、三人とも前方に投げ出されそうになった。シートベルトが金属の棒のように胴に食い込み、胃が圧迫されて胃液が喉に逆流して吐きそうになる。身も凍る音が響く。なにかがねじ切られるような、引っ張られるような音。破裂音。そしてボルトとネジの派手なうめき。

自動音声が言った。「座席の下から〈クラッシュジャケット〉を取り出してください。広げて頭からかぶってください。自動的にウェスト周りで固定されます。落ち着いて行動してください」

レンクは座席のインターホンのボタンを押した。「いったいなんだ、なにがあった。あれは爆発か。なにがあったんだ」

パイロットがインターホンを通じて答えた。「わかりません。故障か、攻撃されたか。なにも見えませんでした。脱出しないと」

怯えているようだった。

レンク・スケトリッシュ、エレン・バイウォーター、ジムリ・ノミックの三人は、シートベルトを引っ張ってゆるめようとし、座席の下から〈クラッシュジャケット〉を取り出そうとし、頭を入れる穴を見つけようと悪戦苦闘していた。

パイロットは言った。「この飛行機は攻撃を受けていると思います。よくわかりませんが。対抗手段を講じます。すみません、できるだけのことはしますが……ジャンプの用意をお願いします」

この飛行機には攻撃能力は備わっていない。ただ、持ち主に被害妄想の気があったため、ごく限られた範囲ではあるが、対抗措置の用意がなされていた。

外は夜だった。現地時間で午前二時、暗闇、丸々と太った大きな満月。その月に照らされた窓の外にレンクが目をやると、レーダー攪乱《かくらん》用の銀色の細長い金属片が放出されて雲をなしていた。まるで捕食者をまくために墨を吐くイカのようだ。暗く輝く細片は、月からの、そして飛行機じたいからの光を反射している。飛行機はいまでは急降下していた。サイレンは鳴っていない。レンクの耳に轟いているのは心臓の鼓動だ。震える冷たい指で、ようやく〈クラッシュジャケット〉のまんなかの穴を探りあて、頭からかぶった。〈クラッシュジャケット〉のまんなかの非常用酸素マスクを口と鼻のうえに装着し、いつもどおりに呼吸しようとした。そのとき、まるで遠い世界の記憶のように、鼻声の女がへそから息をせよと言っていたのを思い出した。あれは今日の朝、起床してすぐのことだった。こんなときにいつもどおりに呼吸するなど不可能だが、へそから呼吸するのは文字どおり不可能だ。

飛行機が左右に大きく傾く。機体後部で音がする。非常扉が音を立てて開く。時間の経つのがやたらに速く、それでいてやたらに遅い。

レンクは不活性クラスター投射器のことを思い出した。まったくもって当たり障りのない名前だが、この名で呼ばれる種類のミサイルは人道的な兵器とされている。民間人の頭上に爆発物をまき散らすことがないからだ。これにはそれぞれ小さな容器が搭載されていて、そのなかには「不活性」物質が高圧で圧縮されて入っている。これが爆発すると、カミソリのように鋭い無数の金属のループが噴き出し、大きな球状に拡散していく。ノイズに満たされた球の中心には無の空間があるだけ。これが危険なのは、その圧力とスピードのせいだ。放出されて一秒と経たずに、金属ループはただのごみになる。地雷で子供たちが手足を失うこともなく、放射性物質で不毛な土地が生じることもない。空中に放出されると、だれを傷つけることもない無害なワイヤの小片となって、ほとんどが放物線を描いて地上に落ちていく。

〈メドラー〉はこの兵器のためにチップをいくつか作成した。〈アンヴィル〉は運送物流を請け負っていた。〈ファンテイル〉は、世界の特定の政権がこの兵器に対する言及を検閲することに同意した。見かたによっては、不活性クラスター投射器は朗報と言ってよかった。しかし、暗闇で不活性クラスター投射器の攻撃を受けたら、たぶんこんな感じだろう。なにも見えない。ただ音がして、飛行機がばらばらになるだけだ。

二度めの爆発が起きた。それまでしっかり金属製の機体があったところに、チーズワイヤでカットされたように線が走った。座席周囲から天井へとその線がのびていく。機体が裂けていく。その裂け目が開きだす。

金属と金属がこすれて立てる甲高い悲鳴。機体が右に傾き左に傾き、ついには回転しはじめ、世界が上下逆さまになっては元に戻り、戻ってはまた逆さまになる。耳をつんざく絶叫とともに機体がふたつに引き裂かれる。滑空する飛行機だったものが、ふたつの金属管に分裂しつつある。それぞれ重さ約二十万キログラム、地表から三万五千フィート上空で、ふたつに割られたロールケーキのように浮いている。そしてこのような状況で、割れたロールケーキならやりそうなことをやっているわけだ。

「いまです」〈クラッシュジャケット〉がいっせいに言った。「シートベルトを外し、非常ドアに走ってください。そして全力で飛び出してください。飛行機からじゅうぶんに離れたら、パラシュートは自動的に開きます」

エレンはすでに、座席や手荷物収納棚に足がかりを見つけ、回転する機体内をよじ登っていた。ヨセミテで夏をボルダリングに費やした女性らしい身のこなし。荷物をまとめるさいにはパニックを起こしもしたが、最終的には決然と行動することをためらわなかった。彼女は真っ先に飛行機から飛び降りた。

ジムリの動きはもう少し遅く、物にしがみついてカニのように横歩きしていた。彼はすぐに新しい移動方法を見つけ出した——食いしばった歯でシートベルトをしっかりくわえ、もうひとつ支点を増やしたのだ。また念のため、空席の下からもうひとつ〈クラッシュジャケット〉をつかみ出した。

最後に残ったのはレンクだった。ここでなにが起こったのか解明できるかのように、まだ周囲を見まわしている。座席につかまって非常口に飛びつきながら、最後にこう考えた——この飛行機は、航空管制に虚偽の報告をしている。だれかが生き残って捜索してくれたとしても、まったく見当違いの場所を捜すことになるだろう。

「ということは」とチェン。「どこかの国がハイテク爆弾を発射して、それであなたたちはここへ行き着いたっていうわけね。それで軍隊がどうしたって?」

「うさんくさいとは思わないか」レンクは言った。「まさにこの場所で飛行機が撃ち落とされるなんてさ。無人島の上空、それもぼくらがいつまでだって生きられそうな島と来てる」

「そう言われればそうね」チェンは言った。「でも……たんに運がよかったって可能性もあるでしょ」

「この三週間、ぼくはずっとこのことを考えてたんだ。もしあれが不活性クラスター投射器だったとすれば……使える国はごく限られてる。アドミラル・ハンツィ島に最も近い国はパプアニューギニアだけど、パプアニューギニアにあれが使えたはずは絶対にない」

「とすると……」

「ぼくがこんなふうに考えるようになったのは、ひとえに、あの飛行機が高度なテクノロジーで撃墜されたからなんだ。人がほんとうにパニックを起こすにしては早すぎるんだよ、そうだろう？　だってだれもまだ伝染病のことは知らなかったんだから。そこが肝心な点だ。ぼくたち以外は、恐ろしいことが起こってるなんてだれも知らなかった。ぼくたちの飛行機を撃ち落とそうなんて思うのは、ふつうの軍隊じゃない。そういうことをするのは、人間に頼る必要のない人間がもつたぐいの軍隊だよ」

レンクは立ちあがり、下着を着けた。

「なあ、きみはマーサと寝たよな。だからこの島にいるあいだは、ぼくたちは一番家族に近い間柄じゃないかと思う。マーサがきみを信用してるなら、たとえほんの数日でもきみにAUGRを与えたのなら、ここではたぶん、ぼくにとってきみが一番信用できる人間だ。まあ、だからどうしたってわけじゃないけど。それでだ。〈メドラー〉は不活性クラスター投射器を持ってる。社会が崩壊したときに使えるようにドローンに搭載してる。それは〈アンヴィル〉も同じだし、ぼくの〈ファンテイル〉もそうだ。これはみんな、その……前回のパンデミックのあとに、いろんな政府と合意したんだよ。社会不安が起きたときに備えて、助かる手段があったほうがいいって」

彼が後ろ向きにスーツに入っていくと、すねと胴部分がひとりでにきちんと閉じて彼を包み込んだ。チェンにはレンクの意図がわかっていた。極秘の情報を打ち明けて仲間に抱き込むと同時に、彼女に自分の立場を悟らせようとしているのだ。彼女がこの島でともに暮らしている三人は、彼女の聞いたこともない兵器や資源を自由に動かす力を持っている。この世界が終わったあと、どんな理由があれば三人は彼女を生かしておこうと思うだろうか。

「飛行機を撃墜したのが〈ファンテイル〉でないのはわかってる。だから、あのふたりのどっちかだと思う。ぼくらが〈クラッシュジャケット〉とスーツを持ってるのを知っていて、ぼくらが死ぬことはないと知ってる。そしてここにたどり着くと知っている。そしておぞましい話だが、こういう伝染病を生き延びて新しい未来に足を踏み入れられれば、とんでもないチャンスが転がり込むと知っている。たぶんあのふたりのどっちかが、そのくそったれな世界の支配者になりたがってるんだと思う。それにはぼくが死んだほうが好都合だ。だからぼくはあいつらを信用してない。つまりそういうことさ」

バイザーがスライドしてレンクの顔を覆い、その後はどんなに見つめても、チェンにはそこに映る自分の目が見えるだけだった。

8. その夜、かれらはいつものように眠りについた

ライ・チェンは目を覚ました。夜明け前の鈍い光を受けて、すべてが青と濃紺と灰色の陰影を帯び

ている。バイザーのぼんやりしたヘッドアップディスプレイを見ると、午前四時を少し過ぎたところだった。キャンプのとば口でだれかが動いている。スーツを着ている。箱から箱へそろそろと移動している。〈スタウトボックス〉をくくりつけた間に合わせのそりを牽《ひ》いていて、共有物資の一部をそのそりに積み込んでいく。

「あれはだれ？」スーツ間通信を通じて、エレン・バイウォーターの声が耳のすぐそばで聞こえた。箱の前でなにかやっていた人物が動きを止めた。急いで〈スタウトボックス〉の蓋をもとに戻し、足を引きずりながらキャンプから遠ざかっていく。ジムリだ。

「スーツ、明かりをつけて」エレンが言った。

エレンのスーツは木の枝の裏側に留めてあったが、その木のほうでスポットライトが点灯し、不気味なピンクゴールドの光にキャンプ場が浮かびあがる。

ジムリは言った。「おれはここにはいられない。自分の取り分以上はとってないからな」

どうだか、とチエンは思った。それがほんとうだとしたら、ジムリ・ノミックにしてはかなり珍しい行動になるだろう。

レンクが木のうえから地面に降りてきた。スーツの曲がった膝がショックを吸収し、おかげで楽に着地していた。

「レンク、おまえが彼女と話してるのを見たぞ。新顔の彼女と。おれたちはみんな、お互いがなにを考えてるか知ってる。いまここで同盟関係の構築が進んでるなら、おれは出ていくしかない」

チエンは言った。「わたしはここに来たばっかりだし、だれとも同盟なんかしてません」

「いや、そりゃきみはそう言うしかないだろう。きみを責める気はないよ。レンクと同盟すれば、きみたちふたりは力が強くなる。いまのところはな。だからおれは出ていく」

レンクは言った。「ジムリ、どこへ行く気だ」

ジムリは強気な男だ。カウルネックのセーターがトレードマークで、ライバルというライバルにくたばれと言ってきた。そして実際に、かれらのちんけな会社を買収し、粉々に嚙み砕いて吐き出してきた。するとその株主たちは「ありがとうございます」とぺこぺこしてくれる。

「教える必要はない」

エレンがけたたましい笑い声をあげた。

「とんでもない、必要はあるわよ、ジムリ。なにをとったのか見せてもらって、どこへ行くのか教えてもらわなくちゃならないわ。だって脚にそんなひどいけがをしていたら、ここにいるほうが安全に決まってるもの。なにか、わたしたちの知らないことを知ってるんならべつだけどね」

ジムリは挑むかのようにエレンとレンクを交互に見た。

「おれは海岸まで歩いていく。いかだを作って東に向かうつもりだ。きみたちとここにはいられない」

彼の目はうるんでいた。後ずさりするのを見ると顔も火照っている。体調がよくないのは明らかだ。スーツの機構に支えられていても、負傷した脚をかばっている。

チェンは言った。「具合が悪いから出ていくんでしょう。ここには医者がいないから。このスーツは……このスーツでは治療できないし」今度もまた、このスーツに関するなにかが心のすみに引っかかってくる。なにか、知っていたのに忘れてしまったことがある。

「そのとおりだ」ジムリは見るからにほっとして言った。「彼女はよくわかってる」

「だったら、なぜ夜中にこっそり出ていくの」エレンが言った。「出ていきたいにしても、なぜそれを隠そうとするの。みんなでいっしょに出ていく計画を立てたらいいじゃない」

それは、あなたが恐れているのと同じことを彼も恐れているからだ、とチェンは思った。外洋にいかだで出るなら、エレン・バイウォーターやレンク・スケトリッシュといっしょに出るより、ひとりきりのほうがいいとジムリは思っているのだ。

「きみたちが止めようとするのはわかってたからだ」ジムリは言った。

「だってそれは、あなたがここでわたしたちを見捨てるつもりだって思うからよ」

「だが、いま出ていかなかったら、おれは放っておかれて死を待つだけだ」

ジムリ・ノミックは危険を感じて身構えているのだ、とチェンは気づいた。拘置所にいるとき、ビザの列に並んでいるとき、彼女も経験がある。暴力が勃発すると、だれもが身を伏せるものだ。

チェンは言った。「みなさん、ちょっと落ち着きましょうよ。わたしたち、みんなで力を合わせないと生き残れないじゃないですか」

これはサバイバルの心得その一だ。キャンプ内で争ってはならない。仲裁し、必要ならば罰を与えること。集団を壊してはいけない。

チェンは言った。「それにエレン、ジムリは病気のふりをしてるわけじゃないんですから」

エレンはチェンのほうを見て、やれやれとばかりに天を仰いでみせた。

「二〇二三年、〈イプシロン・インダストリアル〉。二〇三一年、〈ランドブリッジ〉。二〇三六年、〈アンヴィラックス〉。それで去年は〈チャイナ・トライアルズ〉だったかしら。これがまさに彼のやってることとよ。会社を丸ごと買収するから、彼がそこのたったひとりの従業員に興味があったなんてだれもわからない。スマートジャケットにあからさまに盗聴器をつけて、それで秘密の盗聴器のほうはだれにも探されないようにする。そういうことをする人なのよ」

「ああ、もうやめろ」ジムリは言った。「おれは出ていく。とにかく止めないでくれ」

ジムリはこちらに背を向け、そりを牽きながらジャングルに入っていった。夜が明けようとしている。空は濃い藍色で、ジャングルは黄金色に流れるさえずりで朝を歓迎している。チェンのバイザーは、遠ざかっていくジムリの姿に焦点を合わせていた。しかし、あとから考えてもよくわからなかった——最初に気づいたのはあの暗闇だったのか、それともあの羽音だったか、あるいは鳥の歌がやんでいることだっただろうか。彼の周囲に暗闇が迫っていた。それは鬱蒼たる木々のせいだったのかもしれない。鈍い唸りは、機械の音だったのかもしれない。

ジムリはきょろきょろと左右に目をやった。闇のなかから音がする。人を噛む虫のブンブンという羽音。彼は樹冠を見あげた。のどを締めつけられたような悲鳴をあげた。チェンのバイザーはレンズの焦点がおかしくなっていた。動く影が見える。画面のエラーだろうか、モザイクがかかったような奇妙なもの。

ジムリは言った。「よせ、やめてくれ。よせ、よせったら。よせ、おれじゃない」

彼は足を引きずりながら走りだした。樹冠の下、ブンブンどもは木々のあいだでくっつきあい、点の群れがひとつになって動きだした。マリウスと彼女を追いかけてきたやつらだ。きらめく甲虫たち。チェンは身内の恐怖とともに思い出した。かれらはつながって鎖をなし網をなして、やがてひとつの生物のように見えてきた。

レンクはすでに、銃の入った〈スタウトボックス〉をあけていた——どうして銃があるのか、なぜみんなチェンに銃のことを黙っていたのだろう。彼は木の梢に向けて、なにか小さな爆発物を発射した。それで木の葉に火がついたが、黒っぽいブンブン唸る生物がジムリを追うのを食い止めることはできなかった。それはべたつく指をジムリに向かって伸ばしてくる。火には効果があったが、じゅうぶんではなかった。

エレンは「なんてこと」とかすれた声で言い、次いでスーツのスピーカーを通して大声で叫んだ。「やめなさい！　いますぐやめなさい！」

ここでなにか命令できるわけでもあるまいに、とチェンは思った。

チェンは知ることはなかっただろう、いまこの瞬間、未知の敵と生命がけで闘っている男に向かって、自分が本能的に駆けつけることになるとは。そうであればいいと望んではいただろう――あの日、香港の路上では彼女を助けてくれた人々がいた――が、そのときになってみなければわからないものだ。その男があの日、向こう側にいた男であればなおのこと。

それでも、ここで彼女はそうした。ジムリは両腕を高くあげて振りまわし、電動のこぎりを繰り出し、ドローンを追い払おうとしている。チェンはそちらに向かって走りだした。

「ジムリ！」彼女は叫んだ。「こっち！　ジムリ、こっちに来て、こっちだってば！」

脇を走り過ぎるとき、エレンはチェンの手をつかんで引き留めようとした。

エレンは言った。「やめなさい、無理よ」

チェンは言った。「あれがどういう仕組みかわかります？」

エレンは首をふり、チェンはこんな大嘘つきは見たことがないと思った。

「教えて」彼女は言った。「なにか、彼を助けるのに役に立つことを知っているのなら、すぐに教えて」

エレンは言った。「あれが彼を標的に送り込まれたのなら、わたしたちには目もくれないでしょう。こちらから興味を惹くようなことをしない限り」

群れはもうジムリに迫っていた。チェンはさっきより彼に近づいているのだから、もっとはっきり見えてよいはずなのに、身をよじる彼の身体はぼやけて見えた。隠れ場所を探して彼はよろよろと前進している。木にしがみつき、腹を幹に強く押し付けた。

レンクが叫んだ。「チェン、上を見ろ！」

彼はまた銃を撃った。発射された小さな銃弾は幹にあたって爆発し、激しく炎を噴きあげた。彼女はジムリの頭上を見た。輝く甲虫たちが集まって口のような形を作っていた。途方もなく大きな、あんぐりと開いて、呑み込もうと身構えている口。ジムリが絶叫した。チェンはまだ遠すぎた。あれは狩る者だ。見てすぐにわかった。狩る者と狩られる者はどこが違うのか、それを教えられるときを全身で待ち受けていたかのように。

ジムリは悲鳴をあげようとし、逃げようとした。群れは彼を取り囲み、噛みつき、混乱させ、可聴域以下の超低音で煽っている。彼はよろよろと進んでいたが、その歩みはいよいよ遅くなっていく。よく見る悪夢のようだ。追われて逃げているのに、足が地面に張りつき、大地が足にからみつく。

鳥の声はやんでいる。唯一聞こえるのは、ジムリが泣き叫び、怒鳴り、哀願する声だけだ。その悲鳴には絶対的な恐怖がこもっている。ブンブン音を立てて飛ぶ、黒く粘っこいものが、手にも肘にも肩にもバイザーの正面にも張りついている。ジムリは半狂乱になり、絶叫し、ぎくしゃくと暴れている。やがて、彼の片腕がスーツの外に突き出された。その腕は、絶えず動きつづける黒っぽい塊の上に突き出され、勝ち誇ったように振りまわされている。彼は木の枝をつかみ、身を振りほどこうとした。せつな、うまく行きそうに見えた。スーツを脱ぎ捨てて逃げられるかもしれない。しかし、見えない顎ががぶりと嚙みついてきた。虫はいまではスーツのなかに入り込んでいた。スーツはジャングルの地面に倒れて膨張と収縮を繰り返し、侵入者を追い出そうとした。その金属の外骨格のなかで、ジムリの身体はそれ自身と闘っていた。手足が後ろ向きに曲がったように見え、と思ったら元に戻り、胴は膨れあがったように見えた。スーツの全体が硬直し、上体が起きあがり——奇怪な人間の戯画だ——と思ったら仰向けに倒れた。

ジムリは沈黙していた。かすかに聞こえる泣き声をチェンは彼の声だと思っていたが、それは彼女自身の哀願するような呼吸音だった。壊れたマネキンのように、スーツは群れに運ばれて樹冠に向かって上昇し、やがて樹冠を突き抜け、はるか遠くに消えていった。

9. 物事はエスカレートしがち

狩人たちがジムリ・ノミックを連れ去った日の朝、昇る太陽は網膜にメスを入れるかのようだった。それまで四人だったのが、いまは三人になった。これだけは確かだ。三人はキャンプファイアの周りに集まっていた。その熱と光から一瞬でも離れたくない。全員がスーツを着ていた。

「エレン、なんてことだ」レンクが言った。「あんたがやったのか。ほんとにあんなことを」

「だめ」エレンは言った。「いまだれも家にいないの。秘書と話してアポイントメントを取っておいて」

「エレン、かんべんしてくれ」レンクは言った。「発狂なんかしてる場合じゃないぞ」

「わたしはあれ知ってる」チェンは言った。「あなたたちも知ってるんでしょう。さっきわかってましたもんね。わたしはジムリのシェルターで同じようなのを見ました。あれは武器ですよね」

「違うわ」エレンは言った。「違う、あれは製造中止になったの、一度も作られてない。聞いたこともないし、やったのはわたしじゃない」

「かんべんしてくれ」レンクは言った。

エレンはゆっくりと、言いくるめようとするかのように言った。「わたしたちみんなで作ったのよ。そうでしょ、レンク。彼女に教えてやりなさいよ。わたしたちみんな、提案書を見たでしょ。わたしたちみんなで作ったのよ。あなたの新しいお友だちに、自分は無関係だなんてふりをすることはできないわよ。あれはあなたがやったんだとしても、ぜんぜん不思議じゃないんだから」

これは危険だ。チェンがレンクと同盟を結んだとエレンが思っているとしたら、それはエレンにとってチェンを殺す理由になる。単純明快だ。

「あのですね」チェンは言った。「わたしはここにいるだれとも、特別な友だちになんかなってないんです。ここにはわたしたち二人しかいないし、三人じゃ戦争はできません。お互いがお互いの同盟者にならなくちゃ。レンクはもう、あなたたちみんなが武器を作ってるって話してくれました。ですよね」

レンク・スケトリッシュは一瞬、癇癪《かんしゃく》を起こしそうになっていた。彼の顔がさっとこわばるのがわかる。チェンはたじろがなかった。あやまるつもりはない。

「問題は」とレンク。「われわれがやらなくても、だれかがやるだろうってことはみんなわかっていたんだ。だったらやってみたっていいじゃないか。エレン、彼女に秘密にしておく理由はない。あのころはそうするだけの理由があったんだ」

「わたしは国際条約や規約に違反するつもりはありません」エレンは言った。「わたしは関わる気はありません。ええ、ありませんとも」

彼女はべつのだれかと話しているようだった。

「わかった」レンクは言った。「エレンにはその気がないようだから、ぼくから話そう。こんな大変な秘密はきみは聞いたこともないだろう」

そう言われてチェンは苦笑した。「秘密なんていくらでも聞いたことがありますけど」

「これほどのはないさ」


煎じ詰めて言えば、マーサがレンクに何度も話したように、人間のやることには一定の軌道がある。論理に支配されているように見えるが、そのリズムは恐怖のリズムだ。相手になにかをされたら、こちらもやり返す能力を持つのは当然の権利だ。これが塩の規則のパターンだ。悪い未来を想像すると恐怖が生まれ、恐怖は悪い未来を生む。脈は速くなり、血圧はあがり、本能の声が理性と教育を圧倒する。ある時点まで来ると、可能性は必然になる。

始まりは、大手テクノロジー企業がドローン部隊を持つようになったことだった。どの企業も同じだ。それは配送システムの自然な拡張だったから。ドローンは手を洗う必要がなく、病気になることもなく、必要になるまで大量に保管しておくことができる。ほとんどの場合、このドローン部隊は非常時に使用するものとして関連政府に報告されていた。

しかし、そこには武器や武器に準ずる技術もあった。空飛ぶ大群をひそかに兵器化することは可能だ。たとえば、吊りあげ能力や音波攻撃能力を与えたり、あるいは極小の多目的ツールセットを装備させて、そのなかのマイクロドライバーに鋭利きわまる刃をつけるとか。

「まるで偶然に出てきたみたいに言わないで」チェンは言った。「偶然だったわけじゃないんでしょ」

「偶然じゃない」レンクは言った。「ビジネスチャンスだった」

将来パンデミックその他の大惨事が発生したら、世界じゅうの政府がドローン部隊を雇うことになりそうな雰囲気だった。ドローンに街をパトロールさせ、暴動や略奪に対処させるのだ。私立病院は防衛手段を必要とするかもしれない。一部の上院小委員会が説得されて、意図的に抜け穴が残された。民間企業が五万機の凶悪追跡殺人ミサイルドローンを保有するとなったら、どう考えても許されるはずがない。しかし、音響技術ならどうだろう。人々に帰宅をうながすためだけに、その技術を使うとしたら。実際、そういう事例もある。

人間のやることには一定の軌道がある。道具があれば使いたくなる。道具は新たな恐怖と新たな脅威をささやく。こちらが持っているなら、向こうも持っているはずだと。かくして新たな論理が生じる。

電子送信、自動消去、偏光フィルターを使用して画面を撮影できないように表示、プリンターロック。シナリオは読まれ、検討され、その後は完全に消去されることになっていた。

「消去されたの？」チェンは言った。

「記憶されたうえでね」レンクは言った。「つまり、この世のどこを探しても、あのシナリオはおれの頭のなかにしか存在しないかもしれないってことだ。あとエレンの頭のなかと」

そのシナリオでは極端な可能性が検討されていた。戦争。革命。悪意ある人工知能の開発。そしてそれぞれの場合について、〈メドラー〉、〈アンヴィル〉、〈ファンテイル〉が新たな社会経済状況においてユーザーから相応の支持を得て、活力と魅力を備えた勢力でありつづけるための戦略が詳述されていた。

そこには「その場合、一時的に政府の役割の一部を引き受けることが必要になるだろう」と学術論文のようにさらりと書かれていた。すなわち資源の強制的な押収、施設と人員の保護など。

世界のどこかでは、これらの手続きがもう実行に移されているかもしれない。

「あくどいことみたいな言いかたね。レンクはいつもこうなんだから。でもね、香港陥落のときにこういう手段があれば、ほんとに助かったかもしれないでしょ」エレン・バイウォーターは言った。

チェンは、もしこういう手段があれば、香港陥落のさいに、と想像してみた。すすり泣く人々、憲兵隊、そして完全にお手上げの病院という状況のさなかに、飛びまわる武装ドローン。政府や〈アンヴィル〉は助かったかもしれないが、彼女の役には立たなかっただろう。

「わたしたちの力で安定をもたらすっていう計画なのよ」エレンは続けた。「また政府ができてくるまでね」

「要するに、どこかの国を乗っ取るって計画だろ。それはあんたもわかってるはずだ」レンクは言った。

「要するに、いまあなたたちが話してるのはそういうことですよね」チェンは言った。「ここでそういうことが起こってるって思ってるんでしょう。この島の外で世界は終わりかけてる。そしてあなたたちは三人とも、その世界を乗っ取る能力を持っている。あなたたちのだれかひとりが頂点に立つ。だから戦い抜くつもりなのよね。自分が最後のひとりになるまで」

10・プラスティックの引出しは小さな緑色の破片でいっぱい

「ねえ、証拠はなんにもないのよね、ジムリはほんとうに死んだのかしら」エレン・バイウォーターは言った。「考えてみたことある?」

エレンは手早く〈スタウトボックス〉のなかをあさって、なにかを探している。レンクは罠を調べに出かけていた。レンクもエレンも、互いにふたりきりになりたくないのだ。

「でも、あんな決定的な瞬間をこの目で見たんですから」チェンは言った。「なにを探してるんですか?」

「ジムリがなにを取っていったのか知りたいのよ。憶えてる? この箱をあさってたでしょう。なにか取ってたのよ。あのそりはどこに行ったの、彼がモノを積み込んでたやつ」

それは鋭い指摘だ。チェンはあたりを見まわした。

「ドローンが持っていったのかな」

「それよ！」エレンは目をらんらんと光らせて言った。ここでどちらかの味方につくよう迫られたとしたら――これまでいろいろ見聞きしてきたのに、どちらかを選ばなければならないとほんとうに説得されたとしたら、チェンはエレンを選ぶだろうか。エレンでなければレンク・スケトリッシュを選ぶことになるが、それは間違いなく最悪の選択肢だと、先週までならチェンはためらうことなく言い切っていただろう。

「ドローンが持っていったとしたら、どこに、なぜ持っていくの」エレンは言った。「考えてみて。あの虫の群れにジムリを襲わせたのはわたしじゃない。信じてくれとは言わないわ、信じる理由はないものね。でもわたしにはわかってる。だけど、かりにわたしがやったことだとしたら――どうしてあの箱まで取っていく必要があるの。ここに残しておくと思わない？　考えてみてよ。彼のシェルターであれと同じドローンを見たって、あなた言ったわよね。わたしたちはだれも、彼が死んだところを見ていない。あれが彼のドローンだったら、わたしたちの前でひと芝居打ってから彼を運びあげて、どこかよそに連れていったのかもしれない。彼はまだこの島にいるのよ、奪った装備をすべて持ったまま。でしょう？」

「つまり、死んだふりをしてるって言うんですね」

「よくある手よ」エレンは言った。「常套手段だわ。わたし、ウィルに言ってたんだけど――」と言いかけて、彼女は口をつぐんだ。

「わたし、いまでも母と話をしてますよ」チェンは言った。「わたしが十四のときに亡くなったんですけど、いまでも話してます。ときどきは返事が聞こえるような気がすることもありますよ」

「ありがとう」エレンは言った。「少し気が楽になったわ。そうなのよ。ここへ来てからずっと……ときどき姿が見えるような気がするの。ただ隣に座ってるだけなんだけど。わたし、頭がおかしくなりかけてるのかもしれないわね。もうだいぶ前からおかしくなってるのかも」

「旦那さんがいなくて寂しいだけでしょう」チェンは言った。「それに、頭がおかしくなりかけてるのはみんないっしょですよ。それで当たり前だと思います。だって全世界が滅んだのを悲しんでるんだから。ほらあの、『だれが乗っ取るのか』ってあの話、あれもやっぱり当たり前なんじゃないでしょうか。過去が完全に滅茶苦茶になって……火と硫黄で……そうなったら、もう未来にしがみつくしかないですもの。いまよりよくなってほしいって思うしかないんですよ。だからあなたたちはみんな、自分で自分を追い込んで……つまりその……必死で世界の王になろうとしてるんでしょう。負けたくないと思って、他の人にやらせたらとんでもないことになるんじゃないかって想像して。そうしてれば焼け跡をふり向かずにすむから」

「そうね」エレンは言った。「そうね、わかるわ。そうよね」

そのせつな、チェンは思った――ああよかった、彼女と気持ちが通じあえた。きっと彼女は座り込んで、世界が滅びたことを悲しいと思い、そうしたらなにもかもずっとうまく行くだろう。

チェンは、エレンのなかのワイヤがほんの少し緩んで、鋼鉄が軟化したのを感じた。ここでなにが起こるかとどれほど恐怖していたか初めて気づいて、地面にへたりこむさまが目に浮かぶようだ。

「ああ、なんてこと」エレンが言い、チェンはそうだ、と思った。こうして始まるのだ。このようにして、人は自分が悲しんでいることに気づくのだ。これはなにからなにまで言語道断だと感じたとき、自分の母が癌なんかに侵されてひとり勝手に死んでいくことに腹を立てているとき、そんなときに、人は自分が悲しみのなかにあると悟るのだ。

「見て、これ」エレンは言った。「ここのAP28ボード六枚、ぜんぶ割られてるわ。あのやろう」

「え……それ、どういうことですか」

「これは……つまり、これがあれば衛星と通信ができるのよ。それにこれ、このセクションも叩き壊されてる。よくもこんなことを」

エレンは〈スタウトボックス〉を傾けてなかをチェンに見せた。細密な部品と緑のボードが粉々に砕かれている。

「でもその、落ちた衝撃で壊れたのかも……」

「それはないわ、ここに着いた日にチェックしたから。これはみんなわかってることだけど、いずれ通信機器を組み立てて、また外界と接触できるようにしようって思う日が来るわ。ほら、これを見て。べつの島か、あるいはこの島の遠く離れたべつの場所に拠点を築こうと思ったら、自分は死んだとわたしたちに思い込ませてぬくぬくと隠れていて、そこから自分の帝国を支配しようと思うなら、この装置のひとつを持って行って、ほかのは粉みじんにしておこうとするはずよ」

エレンはどんどん早口になり、頰に目立つ斑点が浮いてきた。チェンが見ているうちに、彼女の心中でその思いつきは膨れあがり、声はしだいに大きく、執拗になっていく。ジムリは自分の死を偽装した、そのために自分のドローンを使った（たしかに、彼のシェルターでチェンはあのドローンを目にしており、だからエレンの言いたいことはよくわかった）。彼は必要なものをすべて取っていき、どこかに隠れていて、夜中に欲しいものを盗んでいくのだ、そしてかれらを殺すつもりなのだ。彼女の話を聞いているると、心が呑み込まれていくのを目の当たりにするようだった。

「ちょっと待って」エレンは言った。「ちょっと待って、まだちゃんと考えていなかったわ。ほかの可能性もあるわよね」

「そうですね」チェンは言った。「たしかに、いまの話はかなり極端だと思います。自分の死を偽装するなんて、そこまで偏執的になれるものかしら」

「もちろんよ、ジムリならそれぐらいのことはするわ。でも」――とずるそうな表情になって――「もしかしたらレンクかもしれない。そっちは考えてなかったわ。ぜんぜん考えてなかった。レンクが殺したのかもしれない。そしてそりを片付け、部品を盗んで、わたしにジムリの仕業だと思わせようとしたのかも。気がついてる、レンクはやたら長いこと散歩に出かけてると思わない？　どこへ行ってるのかしら」

チェンは、リヴァプールに住む父の姉妹のひとりを思い出した。ワクチンはビル・ゲイツの陰謀だ、あれで世界の人々をマインドコントロールする気なのだ、そう信じている人だ。そんなルシおばさんのことをチェンは父といっしょに笑い、それがふたりのきずなになっていた。母がいまわのきわにあり、世界は引っくり返っていても、ルシおばさんの「スパイクタンパク質のワクチンが脳を毒する」という標題のメールはふたりの防波堤だった。このアパートに住むわたしたちはそこまで狂っていない。わたしたちはその点で共通している。だから大丈夫、ほんとは大丈夫じゃないとしても。

ああ、こうしてわたしはレンク・スケトリッシュと手を組むことになってしまうんだ、チェンはそう思った。

11. きみは信じないだろう

たしかに、レンク・スケトリッシュはよく散歩に出ていた。朝の雑用が終わるとすぐに出かけることが多かった——「頭をすっきりさせる」とか、罠を見に行くとか、新しい罠を仕掛ける場所を探すとか言って。具体的にどこに向かっているのか答えることはなかったし、いっしょに行きたいと言ってもうんと言うこともなかった。たぶんエレンの妄想だろう。たぶんエレンの妄想に当てられてしまったのだろう。それでも、レンクが出ていくのを見てチェンは不審に思い、その気持ちを抑えることができなかった。

「スーツ」チェンは言った。「どれぐらい静かに動ける?」

「ステルスモードがあります。スポーツというか、獲物を追跡するためのモードです。いま使いますか」

「ええ、ええ、そうして。レンクのあとをつけたいから」

スーツは両のアームを伸ばし、ゆっくり身体を傾けて四つん這いになった。チェンは驚いて「わっ」と声が出た。アームが伸びて強化されており、おかげで驚くほど快適で——たしかにステルスモードだった。体重がより均等に分散され、身を低くして地を這うのが容易になる。

「レンク・スケトリッシュに伝えましょうか。あなたが話をしたがっていると」

「それはやめて。そういうんじゃないのよ」

「なるほど、了解です」

スーツの動きは油を塗ったガラスのようだ。ゆっくり安定していて、ぎくしゃくすることもなく、小さな葉を揺らすそよ風のリズムに合わせて動いているかのようだ。急ぐことも遅れることもなく、レンクを見失うこともなく、近づきすぎることもない。レンクはまわり道をしていて、時には同じ道を行ったり来たりしているようにも思えた。しかし行き先はちゃんとわかっているようだ。

ツタに覆われた切り立った崖の下、滴る水のせいでたえず土が湿って、黒っぽい泥になっているあたりでレンクは立ち止まった。彼の前には黒い穴が口をあけている。山の側面に亀裂が入り、長く狭い洞窟になっているのだ。入口の幅はスーツがやっと通れるかどうかで、奥のほうは記憶の底のように暗い。レンクは手を壁に当ててバランスを取りながら、そろそろとなかへ入っていく。

チェンの本能は待てと言っていた。様子を見よう。狭くて暗い亀裂のなかで、かっとなるとなにをするかわからないと言われる男と、ふたりきりになるなんてとんでもない。だがしかし。以前にも一度山の外で待っていて、そのせいで理解することもコントロールすることもできない状況に深くはまり込んだことがあるではないか。チェンはできるだけ静かにあとをつけた。山の深みへ、世界の内側へ降りていく。

ほんの数歩入る、それだけで完全に真っ暗になった。周囲は岩ばかりで、山の重みが頭上からのしかかってくるように感じられる。不安と安心をこもごも掻き立てる感覚、遠い昔にあったなにかを思い出しそうな印象、この狭い空間に自分のほかになにかいるのではないかという恐怖。これがあるから、人は家に窓とブラインドをつけるのだ。だからガラスを発明し、電気を発見し、原子を分裂させたのだ。この感覚に耐えられないから。

スーツがセンサーを調整しなおし、バイザーを通じて洞窟内がさっきより見えるようになった。床には石ころや小動物の糞が散乱していた。何本か枝道が分かれていたが、レンクの気配はない。目の前の岩壁にひっかき傷があった。クマがここに入ってきて、人の手ほども長い鉤爪でひっかきでもしたのだろうか。しかしよく見てみると、その傷は人為的なもののようだった。大円のなかに小円。上下に並ぶジグザグの線。

「スーツ、この模様はなにで描かれてるの」

「常磁性塩です」

「へえ、またか。これはなんのマーク?」

「それは伝導性発信器です。岩に描かれたアンテナですね」

「やあ」レンク・スケトリッシュが言った。「きみがそこにいるのはわかってる」

チェンは飛びあがった。ふり向いたがレンクの姿はない。スーツの通信機を通じて話しているのだ。どこにいてもおかしくない。

「ええと、その、あなたがここに入るのを見かけて——」

「あとをつけてきたんだろ」

「違います」と言ってから、ややあって言いなおした。「ええ、そうです」

「そういうことをされて、おれはどうすると思う?」

まるでトラのようにおっかない口ぶりだ。チェンはそろそろと慎重に円を描いて向きを変えた。近くにいるはずだ。そうでなければ山に通信が遮断されるだろう。彼のスーツの鈍い輝きを探した。彼が素早く動けばそれが目につくはず。どちらも将来を計算し、どちらも最悪の事態を待ち構えている。

「気になってあとをつけたんです。ここでなにをしてるのか、教えてもらえませんか」

「言いたくないと言ったら？」

この迷宮を通り抜けるルートはある。レンク・スケトリッシュの心中すら歩く道はあるのだ。

「それなら、文字どおり死ぬまでだれにも言えませんね。だって、どう考えたってエレン・バイウォーターに話そうとは思わないでしょ？」

レンク・スケトリッシュは笑った。笑いは人と人をつなぐ近道だ。

レンクのスーツが、チェンの右手の枝道から近づいてきた。同じく四つん這いで静かに動いている。彼はずっと遠く、山の奥深くに行っていたのだ。つのる好奇心に、チェンは恐怖を忘れそうになっている自分に気づかざるをえなかった。これもまた未来が人を引き寄せる力、単純に知りたいことを知る喜びだ。

「いいものを見せようか。見たい？」彼は言った。

「もちろん」それは本心だった。これが、マッチ箱とビーズにはない人間の有利さだ。生きていれば、そして健康であれば、人はどんなときでも手を差し伸べたい、相手を信頼したいと思う。

「それじゃ、ほら」レンクは岩壁の下、岩屑《がんせつ》と枯れ草と柔らかい砂の覆いを押しのけた。するとその下の石に、白く明るいＬＥＤのリングに縁取られて、〈ファンテイル〉純正の一個口のデータポートが嵌まっていた。チェンは顔をしかめた。

「えっ?」彼女は言った。「どういうこと?」
「つまり、これはおれの所有物だったんだ。ここはおれの島なんだよ」レンクは言った。

12・洞窟のシェルター

レンク・スケトリッシュの関心の方向を知り、彼の手法を理解していたマーサ・アインコーンは、〈ファンテイル・フューチャーセーフ〉財団を通じて、パプアニューギニア沖のアドミラル・ハンツィ島を購入した。そしてこの島の自然の洞窟を利用して、そのシェルター内に追加のシェルターを建設した——念のためというわけだ。

マーサ・アインコーンは、レンクの基本方針に従ってそれを設計した。すなわち、数百の人々が少なくとも三百年間はそこで暮らし、子孫を増やすことができなくてはならないということだ。他のふたりはどちらもそこまで考えていなかった、とレンクはチェンに説明した（彼はじつのところ、人にものを教えるのが大好きなのだ）。海水面が上昇すれば、たとえチェンが吹っ飛ばさなかったとしても、ハイダ・グワイのジムリのシェルターは水没していただろう。エレンの山は地震多発地帯にある。ふたりはどちらも、そこで過ごすのはせいぜい五年から十年だと考えていた。しかしレンク・スケトリッシュは、はるかに長期的な視点で考えていたのだ。

〈フューチャーセーフ〉の野牛生物保護区は、自然環境を保護するためだけではなく、所有者の利益を考えて設置されたわけだ。そうと聞いてもとくだん驚きではなかった。チェンだけではなく、ネットを利用する四十歳以下の人々の半分は、早くからそういうことだろうと推測していた。これらの貴重な地域に立ち入りができるとか、その画像を収益化できるとか、ただそれだけだとしても。

しかし、その規模にはさすがに驚いた。チェンはレンクとともに歩いた——岩を掘削して作った通廊を。何マイルも。この山は掘削されてアリの巣のようなコロニーになっていた。頑丈で暗い巣。寝所。便所の穴は、毎日満潮のたびにきれいに洗い流されるように配置され、煮炊きの場所には煙突があって、煙は崖のうえに吐き出される。ここが出発点になる——人類が文明を再び興すものならば。

この山中には、大量の缶詰や銃、掘削機などは蓄えられていなかった。マーサがここ——海に接する東端から、森に埋もれる盆地を見おろす西端まで——に備蓄していたのは、よく教育された小集団が数百年にわたって存続するとして、現実的に考えて保護できるもの、あるいはかれらが創造または補修することを学べるものばかりだった。エノク会だ、とチェンは思った。エノク会員が望む生きかただ。なんと言っても、レンクがマーサを欲しがったのはそのためだったのだから。

ここには何千何万という矢じりがあり、また矢じりと矢柄《やがら》、そして弓の作りかたを示した説明書があった。干し草を詰めた寝具があり、それを新たに作るさいにはどの草を乾燥させ、毛羽立たせて繊維にすればよいかを示した図もあった。土鍋があり、またそれを焼くにはどの土を用い、どの木材を燃やせばじゅうぶんな熱が得られるかという注意書きもある。始原の二十七万年間にホモ・サピエンスが開発してきた技術が、迫りくる大波から保護されているのだ。

もちろんそれだけではない。つねにこれでじゅうぶんということはないものだ。洞窟の壁には、細菌学の知識を説明する文章と図が刻まれていた。

「ひとつだけ後世に伝えるとしたらこれだろう。小さな生物、小さすぎて目に見えない生物が病気の原因になる。それを防ぐには手や身体を洗わなくちゃいけない。それだけで多くの苦しみを防ぐことができるんだ」

これがレンクにとっての現実なのだ、とチェンは気づいた。いま世界を荒らしまわっている疫病よりも、こちらのほうが彼にとっては現実なのだ。彼は現在でなく未来を生きている。

プラスティック紙の本もずらりと並んでいた。世界で最も広く話されている二十の言語それぞれで、より高度な知識を満載した書物——量子論、一般相対性理論、ヒトゲノム、電子顕微鏡の製造法。

「文学作品はなし？」チェンは言った。

「いやまさか、もちろんあるとも。マーサは大の読書家だから。文学は、いまの世界から次の世界へ人を導くものなんだってさ」

赤いプラスティックの本には、外の世界でなにをあさり、なにを探し、なにを守るべきかがリストアップされていた。ごく基本的な仕様のノートパソコンが何列も並んでいたが、それぞれ個別にプラスティックスプレーを施して、湿気や錆から保護されているそうだ。最悪でもこれらのマシンは七十年はもつだろう、とレンクは誇らしげに言った。うまくすれば、三百年もつものもあるかもしれない。なかには膨大なデータベースが保存されている。まさに電子の百科事典だ。また、洞窟のあちこちにプラスティックで内張りされた小室が十二室あって、そこは巨大な種子バンクになっている。気候温暖化の進行に備えて、種子は強化処理されているという。これだけあれば、文明の名に値する文明を再興することもできるだろう。

「ここに人が百五十人いれば、三百年でものになる」レンクは言った。「しかも、その大半は大して賢くなくても構わないんだ。つまり、この世界が終わったからってすべてが終わるわけじゃないんだよ」

レンクが考えているのは新種の修道院、自給自足的な組織だ。それによって人類史の暗いボトルネックの向こうに知識を伝えられれば、よりよい時代が来たときには、またその知識は自由に流れ出ていくだろう。マーサはこの世のだれより彼のビジョンをよく理解し、それを形にしていたのだ。

食糧に関しては、この島にはいろいろ選択肢がある。一番わかりやすいのは狩猟、漁労、小規模な農耕だ。農地はいくらでもあるし、海にも川にも魚はあふれている。羊の放牧に適した地域すらある——よそから持ち込んで、頭数を慎重に管理しなければならないが。しかし、レンクが子供のように目を輝かせて説明するところによると、天才的なのは藻類だった。そのために島じゅうに掘削した穴や峡谷で育っているのだ。

「ここに着いた日に気がついたんだが、そのときはまだ確信が持てなかった。いまは違う。あれはわれわれが見つけて培養した藻に間違いない。あれはすべての答えなんだ。核廃棄物も分解する。毒物も化学兵器の問題も解決だ。現在作られているものはすべて分解できるし、まだ作られていないものにすら分解できるものがある。あの藻類は栄養素を原子レベルまで分解してから再構成して、純粋で美しく、タンパク質が豊富で、ふんだんにオメガ3を含んだ万能の食料源となるんだ」

この藻類こそが彼の計画だった。極端な話、複数の災厄が一度に襲ってきたような場合でも、この島の緑褐色の藻類で人類はいつまでも食いつないでいくことができるだろう。羊が生き残っていれば、この藻類を飼料に健康に育つ。必須栄養素をすべて備えた、タンパク質と脂肪の百点満点の供給源だ。収穫して乾燥させれば長期保存もできる。上陸できればだが、本土でももっと育てられるだろう。彼は自分でも食べてみて、一か月ほかの食品はいっさい口にせずどうなるか実験してみた。

「あんなに体調がよかったことはないし、頭がすっきりしていたこともなかった」彼は言った。「他の計画がすべて失敗したとしても、これはうまく行く」

気がつけば、チェンは心を動かされて奇妙な半笑いを顔に浮かべていた。これこそが彼にとっては真の情熱の対象であり、それに驚くほどの成功を収めている。世界の終末を生き抜くことに情熱を燃やしている人々を彼女は何人も知っているが、これほどうまくやっている人にはこれまでお目にかかったことがない。

北東には葦原《あしはら》があり、布や紙、籠や舟を作るのに利用できる。南の海岸には金属くずが流れ着くから、それを剪断《せんだん》機で切断して新しい工具に加工できる。北の岩壁にはレースのように穴があけられ、その穴は海岸で拾った淡色で薄い半透明の石でふさがれている。核の冬や化学物質汚染がなければ、地下深くではなくそこに住むことができるだろう。そこには寮のような居室があり、大きな共同キッチン、修道院ふうの木製の家具を備えた共同食堂がある。内部は、寒い冬の朝を思わせる乳白色の明るい光に満ちていた。

「いままでとは違うものが重要になってくる」レンクは言った。「すでにいろんなことがあっという間に変わってしまった。自分たちの過去をふり返って教訓にすることはできない。三百年の暗黒時代を実際に生き延びた人々の生きかたを見て、どんな生きかたが最もすばらしくて贅沢だと考えられていたか知るべきだ。修道院の修道士たち、昔の大学の学寮《カレッジ》、一族郎党と暮らす王たちこそそれだった。

プライバシーは現代の発明だ。これからはあまり求められなくなるだろう」

見たところ彼は説得しようとしてはいないのに、彼女は説得されつつあった。まるでペニスを見せられているかのようだったが、それよりもっと強烈な体験だった。そんなものを備えた人がいるとは思いもしなかった器官があって、レンクが服を脱いでみせたらそこにそれがついていたかのようだ。

ああ、と彼女は思った。だしぬけに、このスーツについてなにを知っていたのか思い出したのだ。レンクにそれを話そうかと思ったが、彼の顔を見ていまはその時ではないと思った。いまは彼の夢を見せられているようなものなのだ。彼にはじゅうぶんな財力があって、おかげで頭のなかで思い描いていた夢を、ほかの人々が歩きまわってそこに住める現実に変えることができたのだから。

驚いたことに礼拝堂があった。どの教派に属するでもないリブ型アーチ天井の建物で、大きな家の東に接して建てられており、日の出の方向に面していた。あからさまな宗教的シンボルはついていない。レンクはそれを「静かな石の建物」と呼んだ。

「なによこれ」チェンは言った。

レンクは肩をすくめた。

「世界が滅んだら必要になるんだよ」そこで言いよどんで、彼はちょっと考えた。「というか、これを打ち壊してべつのものを作れば、さらによくなるってことじゃないかな」

そのとき、チェンははたと気がついた。レンクは本能的に、どうすれば人が幸せになれるか知っているのだ。新しいテクノロジーを思い描き、それを現実のものにしてきた先覚者たちは、みなその能力を持っている。頭の中のなにかに突き動かされて、現にいま目の前にいる人々を抽象化し、いわば普遍的な人間像を生み出していく。その普遍的な人間がどうすれば幸せになれるか知っているから、それをお預けにしたり、小さくきれいに切り分けて小出しに与えたりする。人を幸せにする方法がわかるなら、滅茶苦茶に不幸にする方法もわかるはずだ。この島がどんな世界になりうるとして、それを奪ってしまえばいい。自然が望みなら映像を見せてやる。静寂を好むなら、世界を騒音だらけにしてしまう。コミュニティを望むなら分断させる。考える時間が欲しければ、しじゅう邪魔が入るようにしてやる。本物の人との触れあいを欲するなら、人工的なマッチ箱とビーズの〈ファンテイルパル〉で誘惑する。

この島はレンクの贖罪《しょくざい》の試みなのだ、とチェンは思った。

自分の重ねたさまざまな悪行の結果から、少数にせよ人々を救いたいのだろう。

「それで、ええと」いっしょに山の洞窟へ引き返しながら、チェンは言った。「これは打ち明け話ってことよね。あなたがやったんだ。飛行機をわざと墜落させて、わざとここへ来るようにしたのね」

レンクのスーツが首をふった。

「偶然だよ」レンクは言った。「まったくの偶然だ。あるいは――」彼は頭を揺らした。どこかに引っかかっている思考を、頭をゆすって振り出そうとするかのように。「あれだよ、最後に話をしたとき、マーサが『チームに加えてくださってありがとう』って言ったんだ」

「とくに意味があるとも思えないけど」

「いや、たぶん意味はあると思う。『同じチームの一員なんだから、わたしを信じて』とか、そういうことが言いたかったんじゃないかな」

「それは深読みのしすぎでしょう」

「マーサはこういうのが得意なんだよ。彼女がそう言って、ぼくらがここにたどり着く。それからきみがやって来る。ずっと考えてたんだ……たぶんこれは彼女のしたことだと、ぼくはずっとそう思ってる。わかるかな、電子的な痕跡は絶対に残らない。あの事故はこれ以上はないほど安全な事故だったし、だれがどれだけ熱心に調べたとしても、いかなる手段でも真相にたどり着くことはありえない。マーサはここにこの島があることを知っていたし、すでに準備が終わってるのも知っていた」

「それじゃ、彼女が……飛行機を墜落させたって言うんですか」

「そのとおり。墜落前にかなり猶予があったしね。ぼくたちが助かるようにお膳立てされてるみたいだった。攻撃を受けたように見せかけてはあったが、じつのところは……まあ、断言はできないが……機体にあらかじめ爆発物が線状に仕掛けられていたんだと思う。しかもぼくらは〈クラッシュジャケット〉を着用し、必要物資とサバイバルスーツでいっぱいの〈スタウトボックス〉を持って着陸した。世界が終わったときに備えてマーサが秘密のプロトコルを用意していて、その一環として計画されてたみたいじゃないか。もしそうだとすれば、外の状況がよくなってくればみんなここへやって来るだろう。ぼくが一番乗りというわけさ」

「ほかのおふたりは、ここがあなたの島だって知ってるのかな」チェンは尋ねた。「もし知ってれば……ちょっと問題が起こるんじゃないかと思うんだけど」

「どっちかは知ってる」レンクは言った。「見せてあげよう」

洞窟の東側にある部屋は壁に棚がずらりと並んでおり、そこに置かれた二十台の長距離通信装置がすべて叩き壊されていた。一台一台、装置の中央部をハンマーで一撃したように、几帳面かつ正確に破壊されている。三つの保管箱には予備のボードとチップが入っていたが、それも入念に、完全に破壊されていた。またアレイアンテナも、一本残らずふたつにへし折られていた。

「これだけ？」チェンは尋ねた。「これをやっただれかさんは、ほかはなにも壊していかなかったんですか」

「これだけだ」レンクは言った。「だからジムリかエレンか。どっちかが嗅ぎつけたんだ」

「あなたたちが来る前に壊されてたって可能性はないんですか。とっくの昔に壊されてたのかも。だって、いつからこうなってたかわからないんだし」

「そんな青臭いことを言うもんじゃない」レンクは言った。

「あの、ちょっと」チェンは口を開いた。ツタのカーテンになかば隠れた、山中からの出口にたどり着いたときだった。たえず崖を伝って水が流れ落ちている場所だ。「外へ出たら、このスーツのことで見せとかなくちゃいけないことがあるの」

陽光のなかへ一歩足を踏み出すと、その眩しさにスーツのバイザーが一瞬暗くなった。がんという音が頭蓋骨を貫き、目もくらむ痛みのシャワーが首をたぎり落ちる。激痛の中でチェンはふり向いた。エレン・バイウォーターだ。金属のこぶしを振りあげて、次の一発を繰り出そうとしている。

13・影響予測《インパクト・アセスメント》

エレン・バイウォーターがいまも亡夫ウィルの幽霊を見ていると言ったら、それは厳密に言えば正しくなかった。しかし、完全に間違っているかと言えばそれも違う。最も執拗な憑きもの、それは失われた未来の幽霊だ。ウィルはたくましく健康だった。彼の父は九十二歳まで生きている。エレンとウィルは仲睦まじい夫婦で有名だったのに、彼は六十四歳で急逝した。この世はすべて不確実と人は言う。しかし、エレン・バイウォーターの人生にそれは当てはまらなかった。不確実なことなどなにもなかった。

この五十年間、エレン・バイウォーターの日々には熱い風呂と冷たいジュースが欠けることはなかった。自分で少し料理をすることがあるとしても、つねに見えない手が朝食のパンケーキを用意し、コンロの掃除をしてくれた。結婚生活も幸福だったし、子供たちはすくすく育った。子供たちはそれぞれバイウォーター財団の理事に就任し、有益な事業にまとまった資金を配分して、その後はテラスでポーチドサーモンとクレソンの簡単な昼食をとる暮らしをしている。また子供たちは育ちのよい健康な子孫を産み育てるだろうし、かくしてバイウォーターの血筋は続いていく。バジャーもいずれは独り立ちして立派にやっていくだろう。勤勉な努力、〈メドラー〉でがんばってきた長い年月、よき企業文化への本気の取り組み、そして周到に手を打ってアルバート・ダブロウスキーを追放することによって、彼女はこれらの成果を確実に手に入れてきたのだ。

アルバートのことを思い出す。あのときの表情を。取締役会の提案で自分がCEOの座を失い、その後釜に彼女が座ると知ったときの。彼は怒鳴り、嘲笑した。醜態をさらした。ショックなのは理解できるが、理性的にふるまうことはできなかったのだろうか――なにはさておき、彼はさまざまな意味で現代世界の父のひとりだ。それを奪うことができる者も、奪おうとする者もいないだろう。あの取締役会が終わった日の夜、彼女はウィルの腕に飛び込み、アルバートのために涙を流した。アルバート・ダブロウスキーについて尋ねられたときは、つねに好意的なことしか言わなかった。彼女が望んだのは、彼の敷いたレールに沿って会社を発展させていくことだけだった。彼は先覚者であり、世界じゅうの人々と同じく、彼女もまた彼が次になにを発明するかと心待ちにしていた。

　しかし、それが百パーセントの真実でないのはわかっていた。彼を追い落とす計画では、彼女は表立って動くのは控えた。自分がどれほどそれを望んでいるか知られたくなかったのだ。こういう立場にある女性として、望んでいることをだれにも気取られてはならないのはわかっていたから。

「世間はぼくの知っているきみを知らないからね」ウィルは彼女の膝に顔を埋めて言った。よく知られているようにふたりは仲睦まじい夫婦で、仲睦まじいというのは要するに、六十代になってもセックスをしているということだ。

　しかし、彼から会社を奪うのがあまりに容易だった――しかも愉快ですらあった――せいで、彼女は骨の髄まで恐怖がしみ込むのを実感していた。彼女の手腕のおかげで、アルバート・ダブロウスキーは自力でできるよりずっと裕福になっていた。しかし、本人は気づいていなかった。彼はこんな未来を予見していなかった。最後の会議に出席した彼は、いまだに古いパラメータに基づいて物事を進めようとしていた。すでに捨てられた未来がいまでも有効であるかのように――彼の知らないうちに、また彼の同意もないままに、その未来は夜のうちに側線に送り込まれていたというのに。

　それはどういうことか彼女は知っていたし、それがわが身に降りかかればどんな気がするかも想像がつく。

　前夜、ほかのふたりが眠っているあいだに、彼女は低い声でウィルに言った。「どんな気がするかってね、とくにないのよ。これで物事がふだんよりちょっと簡単になるとか、みんなうまくやって行くだろうとか」

ウィルは火のそばでくつろいでいた。長い胴体、ふさふさした白髪の大きな頭。彼は言った——ネリー、その推論には問題があるね。

「あなたはわたしの秘密を知ってるものね」エレンは言った。

いまはね、とウィルが答える。

「でもだれにも言えないでしょ」彼女は言った。

彼女の秘密は夫を亡くした妻の秘密だ。会議「アクション・ナウ！」のあとで飛行機に乗り込んだとき、彼女は少しうれしかった。ウィルがこの世にもういないのなら、実際のところ人類のプロジェクトを続けることに意味はない。伝言が真剣に受け止められたときのような満足感。なにもかも捨ててしまったほうがいいって、わたし言ったわよね。

エレンはチェンのあとをつけてキャンプを出た。むずかしくはなかった。チェンはとくに行き先を隠そうとしていなかったからだ。土は肥沃《ひよく》でふかふかしていて、スーツのブーツの足跡は簡単に見分けられた。

ウィルが言った——なにが見つかると思ってるの。

「誘導尋問には引っかからないわよ」

人は探しているものを見つけてしまいがちだからね。

「なにも見つかるなんて思ってないわ」

わたしに嘘はつけないよ、わたしはもう死んでるんだから。死者の特権のひとつだね。

上り坂では、スーツのサーボモーターの助けがあってもエレンは息が切れた。汗だくだ。もしかしたら病気かもしれない。もしかしたらこれがその徴候かも。もしかしたら、人類を滅ぼしたハトインフルエンザにすでに感染していたのかも。

「あのね」彼女はウィルに向かって言った。「ビジネスでは、本能に従って行動しなきゃいけないこともあるのよ」

なるほどね。しかしその本能が間違ってたらどうするんだ。欧州経営大学院《インシアード》の講義でも言ってたじゃないか、認知の誤り、体系的なバイアス、きみの錯誤検出器は自分が間違っていても気がつかないんだぞ。舗道の割れ目を見ながら歩いていたら、いつか転んでしまうよ。

「ねえ」彼女は言った。ウィルは小道に彼女と並んで立っていた。ケープコッドの別荘でよく着ていた、ここには場違いのスラックスとだらりとしたセーターを着ている。論理的なウィル、彼女の不足を補ってくれる夫。ふたりは仲睦まじい夫婦として有名だったが、それはつまり互いに相手を誘導して、相手が落ちそうな穴をたくみに回避させてきたということだ。「ほかに考えられるシナリオってある？　あったら聞かせて。わたしはちゃんと聞く耳は持ってるわよ」

ない知恵は絞れないよ、とウィルは言った。生前よく言っていた言葉だ。

「そう、だから調べるのよ」彼女は言って険しい坂をのぼりつづけた。人間のやることには一定の軌道がある。ある時点まで来ると、もう進路は変更できなくなる。柔らかい泥に残る足跡は岩の亀裂に続いていた。洞窟に入ってみると、〈ファンテイル〉純正のポートがあった。石にはめ込まれて白く輝いている。エレンは長いことそれを見つめていた。

彼女は言った。「ほらね、思ったとおりだわ」

ダーリン、これはレンク・スケトリッシュに不利な証拠と言わざるをえないね。

「これで、もうほかの仮説は考えられなくなったわよね。レンクはわざと、わたしたちがこの島で立ち往生するように仕向けたのよ。この島はどう見ても彼のために用意されてるんだもの。ジムリ・ノミックを殺したのもたぶん彼よね」

わかったと思っても、その先にまだ知らないことはあるものだよ、とウィル。

「へえ、そう」彼女は言った。「十個あげてみて。ほかの説明をしてみてよ」しかし、ウィルはほんとうは現実の存在ではなく、彼女の心中にしかいないのだから、とうぜんそんなことはできなかった。ときには、恐れていることのすべてが現実に起こることもある。ときには、洞窟のなかでほんとうはひとりきりで、世界は滅んでしまって、欲しいものを手に入れるなら取りに行かなければならないと気がつくこともある。ときには、そのために口にするのもおぞましいことをする以外にないこともある。

エレンは洞窟の入口でうずくまった。舌に石と火の味がする。世界が勝手に引っくり返ったりしないという確信がもう持てなかった。空気そのものすらいまでは敵だ。世界は灰の雨になっていた。目の端に見えるウィルは裸だった。キツネのように細身で、悪魔のように飢えている。彼はときどきこんなふうだった。自宅での激しい夜、しまいにはセックスと赦しと約束で終わったものだ。彼に出会ったとき、この人なら完璧な子供を与えてくれると思ったのを彼女は憶えている。そして彼女が真になにかを欲したときには、けっして足を引っ張ったりしないだろうとも思った。ふたりが仲睦まじい夫婦なのは有名だったが、それはつまり、手元にあるものでやっていくことを学んでいたということだ。

14・なにを見ているのか

エレンの一撃で、チェンのバイザーのフェイスプレートにひびが入った。チェンは後ろざまによろめき、頭を崖の岩肌にぶつけた。サーボモーターが直立姿勢を保とうと苦労するのをよそに、エレンは何度も何度も殴りかかってきた。スーツのなか、チェンの視界はひび割れていた。画面を横断して虹色の線が走り、その色が赤から青へ、緑へ、銀へと移り変わっては戻っていく。

「やめて」チェンは何度もそう繰り返した。「やめてってば――どういうことだと思ってるか知らないけど、でもそうじゃないんです。ほら、これ」チェンは言った。「これ、い、い、これを見て」と、スーツのフェイスプレートをむしるように開いた。ひび割れたバイザーが、きしむような音を立てて引っ込む。しかし、彼女の素の顔を見てエレンの手が止まった。牡蠣の殻に包まれた人間、ぶよぶよの血肉からなるただの人間。

「ほんとに、すごく変な話なの」とチェンは言った。「わたしにはどういうことかわからないんだけど、でも見て――このスーツ。レンクは〈ファンテイル〉が作ったと思ってるし、あなたも〈ファンテイル〉が作ったと思ってるし、もしかしたらそのとおりかもしれないけど、でも見て、見て」

彼女はスーツを脱いで外へ出てきた。出てきた彼女は、汚れたスウェットパンツと古いリンガーTシャツを着たただの人だった。いっぽうの手のひらをスーツの内側に当て、柔らかい裏地を強く引っ張る。

「そこに武器があったら殺すわよ」エレンが言った。

「まさか」チェンは笑いだしそうでもあり、同時に泣きだしそうでもあった。「武器じゃないですよ。このスーツが高度だとかあれだとかっていうのはわかってるけど、膨らんだりくっついたりする部分が内側にあるから、それで――わたし、こういうの前にも見たことがあるの。見たことがあるのはわかってるんだけど、ただどこで見たのか思い出せなかった」

彼女は股当ての柔らかい生地を引き剝がした。プラスティックで縁取りした同心円が現われる。

「これ、最初からこのために作られたものじゃないんです」彼女は言った。「転用されてるの。すごくうまく改造されててそれはいいんだけど、わたし、これ前にも見たことがあるんです。これ、セックス用のスーツなんですよ。遠距離のバーチャルセックスとか、メタバース内のアバターでやりたいとか、そういうときの」

言われてみればだれの目にも明らかだった。盛り上がったポッドと柔らかくふにゃふにゃしたパーツ。デバイスを所定の位置に挿入できるインターフェイス領域。同心円は、どれぐらいの……太さが望ましいかによって選択される。

「信じられん」レンクは言った。

エレンはそこにだれかがいるかのように右手に目を向けた。チェンは思った――どうするのが正しいのかはわからないけど、ここでエレン・バイウォーターに殺されたら、どっちみちなにもできなくなる。どんなことでもして次の段階に進まなくては。

「だれかが転用してるんです」チェンは言った。「その、真面目な話、あなたたちにはライバルがいるでしょう？　世界じゅうにあなたたち三人しかいないわけじゃないんだから。もしかしたら、ほかのだれかの仕業なのかもしれない。だれがやったことかはわからないけど、これはサバイバルのために開発された技術じゃない。遠隔操作できるように作られてるんです。つまり、ひょっとしたらどこかでだれかが操作してて、スーツにああ言えこう言えと指示してるのかも」

このような技術は以前から数多く開発されてきた。機械認識ということになっているが、実態はそうではなかった。インドやベネズエラやガーナで、何万という人員が写真を調べたり、文書を翻訳したり、ボイスメールを文字に起こしたり、自動筆記の出力を評価したりしていたのだ。なぜならいまでも、何万という人員のほうが機械より多くのことをうまくこなせるし、なによりそのほうが安あがりだからだ。そのいっぽうで顧客の側は、そっちのほうが安心できるから、ボイスメッセージは人でなくコンピュータによって文字化されていると信じたがる。マリウスなら、人間は機械の神を作って自分でそれを信じる、と言うところだ。

「だれの仕業なの」エレンが言った。「ノミック？」

「だから、みんなで腰を下ろしていったん頭を冷やす必要があると思うんです」チェンは言った。「そして自分がなにを知っているか考えて、情報を持ち寄りましょうよ」

お互いを信用できないのはしかたがない。それは想定の範囲内だ。しかしこれが暴力沙汰に帰結してしまったら、まず間違いなく、チェン自身がさらに頭にパンチを食らうことになるだろう。

「わたしが知りたいのは」と言うエレンの声は平静だったが、本人は冷静にはほど遠かった。「わたしが知りたいのは、これはそもそもだれのせいかっていうことよ。わかった？　だれのせいなのか言いなさいよ。あなたたちふたりに訊いてるのよ」

レンクが息を吸い、そのときチェンは理解した。ときに未来は予測できることがある。なぜなら人は変わることができないから。なぜなら人は物事を終わらせることを望むから。不確実性に耐えられないから、人は確実な結果を求める。そして悪い結果以外に確実な結果はありえないときもある。さほど経たないうちに、レンクとエレンはその段階に達していた。

「ここはおれの島だ」レンクは言った。「その点は認めるし、その部分については責任を負う」

動きだすときは得てしてそういうものだが、事態は急速に動きはじめた。

視床下部‐下垂体‐副腎系からアドレナリンとコルチゾールが滝のように放出され、心臓は筋肉に血液を送り出し、頭は新たな戦闘のショックと恐怖で動揺する。暴力に対して寛容かつ冷静に対応するには、生涯にわたる訓練が必要だ。セコイアの森で腹式呼吸をするぐらいではとうてい足りない。

エレンはただちに全力で攻撃をしかけ、レンクの頭に拳固を飛ばした。レンクのほうも待ち受けていた。それは金属と金属の戦いだった。機械の脚で蹴とばしあい、そのうちの一撃が彼の顔をとらえ、バイザーのスクリーンに拳が突っ込んで、スクリーンに鮮やかな色彩の花が開いた。レンクは洞窟から手持ち式のブローランプを持ってきていた。小型ながら強力なやつだ。それをエレンのヘルメットにじかに押しつけると、押しつけられた顎のラッチ部分が早くも熱で歪みはじめた。乾燥したつる植物がブローランプの火で燃えあがり、周囲を炎に包まれたエレンは、パニックを起こして攻撃の手をゆるめた。レンクはいったん離れてから、勢いをつけて攻撃をしかけ、手のひらの付け根をバイザースクリーンに何度も何度も叩きつけた。

彼女はもがき、蹴りをくれた。それがたまたま膝を払うかっこうになり、レンクは地面に引っくり返った。

彼が倒れると、エレンは逃げた。

レンクはぎくしゃくと立ちあがった。

「やめて」チェンは言った。「もうやめて、逃がしてやって。考える時間をあげて」

エレンはジャングルを走って逃げながら、彼女に会社を奪われたときのアルバート・ダブロウスキーの顔を思い出していた。いま自分の顔を見ることができたら、きっとあれと同じ顔をしているだろうと彼女は思った。

15. 正義は行なわれた！

ジャングルでは、大地には隙間なく生命があふれている。ごつごつした樹皮には昆虫が集まり、空気には微細な生物が群がっている。そして地中は――ああ、土のなかこそ子宮さながら生命に富んでいる。土は活力に沸き立っている。

ジャングルの生命のただなか、巨大な崖の影に包まれて、エレン・バイウォーターは身を縮めていた。フジツボのように岩にへばりつき、岩の湾曲した部分と平たい部分に合わせて張りつく。他の生物と同じように隠れていた。

エレンは言った。「死にたくない」

ウィルは言った――だれだってそうだよ。

その頭上、崖のうえではレンク・スケトリッシュが彼女を捜していた。

スーツは言った。「レンク、なんのために彼女を捜すんです？」

レンクは言った。「おまえには関係ない」

スーツは言った。「この件についてはこれ以上お手伝いできません」

レンクは言った。「もうじゅうぶんやってくれたよ」

スーツは彼をその場で凍りつかせたりするだろうか、とレンクは考えた。あるいは救難信号を送ったり、チェンに連絡したり、エレンに警告したりするだろうか。しかし、世界じゅうの〈ファンテイルフォン〉で、人を死に至らしめる通話が拒否されたことはない。〈ファンテイルタブレット〉で銃器店の検索が拒否されたこともない。〈ファンテイルサーチ〉で、人を殺害する七十の方法について、情報の開示が拒否されたこともない。そういう機械を作ることもできたはずだが、そういうことには関与しないほうがいいと考えたのだ。市場シェアを高めることだ。売買という見えざる手に任せておけば、いずれ問題は解決される。マーサなら、スーツに邪魔だてさせたりしないだろう。彼はただ、わが身を守るために正当な手段を講じようとしているだけなのだ。

スーツは言った。「そのような行動はお勧めできません」

それでも、スーツの熱センサーはエレンの居場所を指し示していた。敷物に隠れる虫のように、崖にぴったり張りついている。

それでも、スーツのサーボモーターは岩層を分析する彼を支援した。

アメリカばんざい、選択の自由ばんざい。


ジャングルでは、大地には隙間なく生命があふれている。そして死は例外なくべつの生命の始まりだ。クマであれ甲虫であれ――他の生命の餌になるのに大きすぎることも小さすぎることもない。レンクはエレンを見おろしていた。主なる神がソドムの町を見おろしていたように。地下洞窟から持ってきた鉱山爆薬を、彼は岩の断層箇所に仕掛けた。そしてそこに、火をつけたブローランプを放り込んだ。

骨が砕けそうな轟音。絶壁の端で岩肌が一枚また一枚と剝がれ、鋭く尖った剝離面をそのままに、一枚また一枚と正確に同じ場所に崩落していく。岩の板が四枚、五枚、六枚、七枚と次々に大地を打ちすえ、そのたびに爆発的な轟音が耳をつんざく。歯ががたがたと鳴り、大地が揺れる。最後の岩の板が落ちたあとですら、ジャングルは猿の騒ぎ声や鳥の羽音にのせてこだまを返してきた。

レンクは言った。「降りられるか?」

スーツは言った。「この岩の表面は不安定です。それは下の破片も同じですが」

レンクは言った。「べつの道から降りたい」

スーツは言った。「その道は危険すぎます」

彼は崖の端に尻を据えて座っていた。頭と胴体をスーツの外に出し、両腕を手袋と袖から引き抜いており、そのためスーツは彼の身体の下にだらりと広がっていた。まるで金属の死体から剝がれた皮膚のようだ。レンクは岩に触れた。紛れもなく自分の指で。

レンクは言った。「連れていけと言ったらどうする」

スーツは言った。「レンク、わたしにはできることとできないことがあります」

彼はマーサのことを考えた。彼女ならなにをしてよいと言い、なにはいけないと言うだろうか。

いまでは体内のアドレナリンは薄れつつあった。代謝によって分解され、血流中で不活性でおとなしい物質に変化していく。身体が震えはじめた。

「チェン」彼は言った。「スーツ、チェンと話をさせてくれ」

「申し訳ありませんが、チェンはもういません」スーツは言った。

16．彼女は見つからない、だれにも見つけられない

チェンはずっと前に本を読んで勉強していた。アドレナリンのことも、代謝による分解のことも知っている。大きな重圧のもとでの集団行動について、さまざまな論文を読んで分析もしてきた。

元ガールフレンドのヤーリンは、いま考えてみると、チェンの語るそういうたわごとをずっと我慢

して聞いてくれていたのだと思う。その彼女が言うには、チェンがそんな勉強をするのはすべて、感情的にしか体験できないことを知的に理解しようとしているせいなのだった。

ヤーリンは言っていた。「あんたはティーンエイジのときにどっかへ行っちゃって、それっきりほんとうには戻ってきてないんだね。わかるよ、だけどいっぺん診てもらったほうがいいと思うよ」

ヤーリンは言っていた。「あんたは実際にはここにいなかったんだよね。あの女の子にはなんの意味もないことなんだけど、ここにいたのは彼女なのよ。それで彼女が、自分の気持ちをわたしに話してるんだ」

ヤーリンは言っていた。「いつかは逃げるのをやめなくちゃだめよ」

しかし、ヤーリンがいまどこにいるのかだれにもわからないし、そして結局のところ、チェンはど、う、し、て、も逃げるのをやめるわけにはいかなかったのだ。

香港陥落のあと——数か月におよぶ社会不安、ホームレス生活、戒厳令下での生活のあと、チェンは海外難民キャンプに腰を据えて、英国への入国審査を待っていた。それは何週間、何か月と果てしなく続き、そのあいだの道連れは悲しみであり、打ちひしがれた父親だった。そしてティーンエイジの彼女は、自分になにかをもたらしてくれるのは未来だけだと知っていた。全身と意志力と恐怖を現在というガラスに押し付けていれば、いずれそれが割れて新しいいまに入っていくことが許されるのではないかと感じていた。そうなったら、いまのすべてを忘れて別人に生まれ変わるのだ。そうなったらもう大丈夫だ。キャンプにいるあいだに十二回試験を受けて、十二回トップの成績を取った。完全に意志力の成果だった。喧嘩をせず、不良には近づかず、どんな騒音や絶叫が闇を引き裂いていても、夜には眠れるようになっていた。

キャンプでは見たくないものをいくつも見てきた。最初はひとかけらずつ、しかししまいには一気に人が壊れていくさまを。ひとり親切な中国人女性がいて、彼女は髪も衣服もいつもきちんとしていたのに、あるときフェイスクリームに蛆《うじ》がわいているのを見つけて、自己嫌悪の波に呑まれて完全に自分を失ってしまった。以来、キャンプの端でしか彼女の姿を見ることはなくなった——が、一度見かけたときは集団に混じって野良犬を追いかけていた。そしてプラスティックとゴムを燃やした、きつい臭いのする火でその犬肉を焼いていた。一瞬目が合ったが、そこに自我はなく、もう人間の片鱗も残っていなかった。

ヤーリンは言っていた。「だから、そういう話をだれかに聞いてもらいなさいって。ほんとに楽になれるかもしれないよ」

だから、チェンは彼女に泥の話はしなかった。彼女の父の友人に、五か国語を操る博識な男性がいたが、彼は激しい怒りに駆られて自分のシェルターを破壊し、その後は横たわったきり動かなくなった。シェルターの破片の下で顔は泥の色に変わり、二度と立ち上がろうとも歩こうともしなかった。そうして病と死の訪れを待ち、六週間かかったものの、しまいに彼は泥に連れ去られた。

チェンは子供だったから、あのキャンプで自分が人間の本性についてなにを発見したのかわかっていなかった。しかし、望みもしないそういう試験勉強をしてきたおかげで、いまの彼女は免許皆伝だ。レンク・スケトリッシュが山を崩すのを遠くの崖から見たとき、彼が何者であるかチェンは悟った。

それでスーツに向かって言った。「手を貸してくれる？　あいつから隠れたいんだけど」

スーツは言った。「お役に立ちますよ、チェン」

キャンプの長い夜々を思い出す。朽ち木のかび臭いにおいが喉の奥で燃えている。泥に横たわる男の記憶。あのとき、この地球じたいが残酷な場所なのだと感じ、気をつけていなければ、這いのぼってくる土に呑み込まれてしまうと感じ、口と言わず鼻と言わず泥がもぐり込んできて、喉の奥まで侵入してくるという夢を見た。あのとき、絶対の真理として彼女は知ったのだ。ほんの一時間でも隙を見せれば――ギャングの一員と一度でも仕事をして、キャンプ内にドラッグやスマホを流したり、ほんの一日でも午後じゅう火のそばに座っていたりすれば、そして未来には金色に輝くチェンが待っていることを忘れたりすれば、彼女は二度ともとには戻れないだろう。

右薬指の爪のふちに、チェンは銀色の断片を見つけた。ばか騒ぎの夜のマニキュアの名残。一か月かそこらも前のこと、ブカレストの倉庫でSFパーティがあったのだ。昔のSFに出てくる想像の未来があふれかえっていた。サリットが扮したロボットはひどい出来栄えだった。マリウスは酔ったデヴィッド・ボウイをカラオケで歌っていた。この銀の斑点はあのパーティだ。彼女はそれをずっと身に帯びていて、いまでもここに、すべてのまったただなかに残っていて、そのように彼女も生き残るのだ。

断崖の上で、彼女は泥に向かって言った――あんたになんか負けない。あんたはただのひと揃いのトランプだ。階段にお化けはいない。ジャングルのなにかが人の残酷さや腐敗を引き出すわけではない。心の闇は人が自分で抱えている闇だけだ。

彼女はスーツに向かって言った。「こんなばかなことってない。通信手段なんかなくても、ここでうまくやっていけたかもしれないのに」

スーツは言った。「わかります」

チェンは言った。「でもレンク・スケトリッシュは、以前はともかく、いまはもう自分で自分をコントロールできなくなってると思う。きっといつまでもわたしを探しつづけるだろうな、わたしが死んだと思わない限りは」

スーツは言った。「そうですね」

17. べつの気の抜けたイベント

ハトインフルエンザ以後の世界についてはスーツはほとんど情報をもっていなかったが、それ以前の世界に関する情報はいくらでもあった。本、テレビ、映画、音楽、ありとあらゆるインターネットのサイト、役に立つものも立たないものもあり、またリンク切れのものもあり、まさに膨大な量の情報にかなりよくできた検索機能も付いていた。当然ながらチェンは自分自身の情報を検索した。再生回数が最も多かった動画約四十本、彼女のウィキペディア、掲示板〈NTD〉の投稿のほとんどが引っかかってきた。マリウスについてはなにも出てこなかった。彼が知ったら喜んだだろう。歴史から忘れ去られることを大目標にしていたから。

一方的に連絡を断ってきた恋人のことを、ネットで検索してはいけない。それが鉄則だ。しかしそうは言っても。こういう時なのだから、多少は規則を曲げてもどうということはないはずだ。

チェンは躊躇《ちゅうちょ》した。いまはその時ではないと自分に言い聞かせた。しかし考えてみれば、ここではんとうに死ぬかもしれないのだ。だったらやってもかまわないだろう。死んでしまえばどっちにしろ大した問題ではない。

「スーツ、マーサ・アインコーンの情報をみんな見せて」

バイザーの内側に、無味乾燥な文章で検索結果が表示された。

大した量はなかった。社内の記録がいくつか。レンク・スケトリッシュの後ろに立ってファイルを持っている写真が数枚。動画が一本。

「動画を開いて」チェンは言った。

マーサ・アインコーンは東京で壇上にいた。静かでお行儀のいい聴衆のつどうホテルのロビーは、まるで『ガタカ（一九九七年米SF映画）』のセットから抜け出てきたかのようだ。どこを見てもぴかぴかの石と明色のレンガ、天井の高さは十メートル近い。マーサは「サバイバルツールとしての〈ファンテイル〉」をテーマにインタビューに答えていた。チェンが会ったときに売り込もうとしていたのと同じ商品だが、日付のスタンプからすると、これはその何か月もあと、十月に録画したものだった。ハトインフルエンザまで一か月もない。つまり、連絡が切れてからだいぶ経ったころだ。同じ話が同じ順番で繰り返される。日本人のホストはマーサの以前からの知りあいのようだった。マーサはふたこと三こと、かなりたくみに日本語を話していた。助詞もちゃんと覚えているし、動詞も正しく文章の最後に置いている。たぶん裕福な人たちには、外国語を学ぶ特別な手段があるのだろう。ちくしょう、だったら中国語も多少は覚えられただろうし、そうすればお父さんに紹介できたのに。

インタビューは終わり、聴衆は散っていく。画面は真っ暗になったが、壇上のふたりの女性はどうやらまだマイクを切っていないようで、おしゃべりを続けている。おもに英語だが、たまに日本語の語句が混じる。明らかにお互いよく知っていて、親しくしているようだった。会話はすぐに個人的な話題に移っていった。

「ヨウスケがもうひとり子供が欲しいっていうの」インタビュアーの女性が言った。「でもいろいろ考えると、いま作れるかどうかわからないわ」

「あなたは欲しいの？」とマーサ。

「それは欲しいわよ」

「それじゃ作ればいいじゃないの」

「それをあなたが言う？　様子見の女王、用心深さぴか一のあなたが？」

少し間《ま》があった。

「気になってる人がいるのよ」マーサは言った。「女性なんだけど、サバイバルの動画を作ってる人」

チェンは一瞬、マーサがべつのだれか、サバイバルの動画を制作しているべつの女性に会ったのかと思った。だとしたらショックが大きすぎる。

「嘘！」インタビュアーは有頂天な声で言った。「すごいじゃない！　なんていう人？　いつ紹介してくれる？」

「しばらくは無理じゃないかしら」マーサは言った。「いろいろね、仕事の関係で。でもこの人だと思うの」

そこで音声は切れた。チェンは絶壁にひとり腰をおろし、レンクが崖の側面から巨大な岩を落とした場所を眺めていた。

もしレンクの言ったとおりなら、この島で起こっていることに偶然はないのかもしれない。この動画も、チエンが見つけられるようにマーサがわざと置いていったのかも。

マーサはいまどこにいるのだろう。彼女がレンク・スケトリッシュとともに策定したサバイバルプランとプロトコルによれば、彼女はグリーンランドの地下シェルターで状況がよくなるのを待っているはずだ。しかし、実際になにがあったのかどうしてわかるだろう。この世は最も平穏なときですら予測不能なのだ。それをチエンは何度も繰り返し学んできた。

未来を知るには、未来をコントロールする以外に方法はない。

18・一部は偽造でもいいが、すべては無理

かれらは小さなキャンプファイアをはさんで向かい合って座っていた。いっぽうは女、もういっぽうはそのサバイバルスーツだ。

スーツはチエンの姿勢をまねている。両膝を引き寄せ、両手のひらの付け根を地面に食い込ませてバランスをとっている。いまはチエンよりさほど大きくない。ずっと以前快楽のために作られたときのように、彼女の身体にぴったり合うサイズになっているのだ。それは彼女の分身だった。彼女の歩

きかた、姿勢、頭のかしげかたを学習しており、これだけの時間が経ったいまでは、彼女が中にいるのかどうか、もうだれにも見分けがつかないだろう。

「あんたは身体をどれぐらい失ったらだめになるの」チェンは尋ねた。「たとえば、脳はどこにあるの」

「わたしの記憶と知能は、外殻と内膜の間の基質に保存された分散ネットワークに保持されています」スーツは言った。

「なるほど」とチェン。「それじゃどれぐらいなら、失っても大幅に機能を損なわずにすむの？」

スーツはいくつか選択肢をあげていった。脚は、移動を別にすればさほどの機能は果たしていない。

「じゃあ、片脚にする？」

「あなたは片脚をなくしても大丈夫ですか」スーツは言った。

チェンは考えてみた。

「傷を負うのはしょうがない」チェンは言った。「傷跡が残るぐらいはしょうがないわ」

この場合も選択肢はある。脚、腕、胴体の一部。

「あなたの心拍数やその他のバイタルサインについて、偽のデータを同報通信することもできますよ」スーツは言った。「とくに理由がない限り、レンクのスーツはわたしのデータを疑わないでしょう」

「だけど、彼はあんたのシステムに入り込んで、血液検査値とか鎮静剤《ルーフィ》の値とか確認できるでしょ。だからほんとうらしく見えなくちゃいけないのよ」

脚、腕、胴体の一部。死なずに死ぬ。運がよければ。

「よし、決めた」チェンはついに言った。「それでなんとかやってけると思う」

19. 人は過去を用いて未来を予測する。言い換えれば、いまは存在しないものを想像するのだ

レンクはスーツを着て、それを木の枝の裏側に固定して眠りについた。

朝になれば、またなにもかもすっきりして見えてくるだろう。チェンを探し出し、自分が知っていること、知っていると思うことを話そう。エレンを殺したわけは、説明すれば理解してくれるだろう。彼がジムリの一件とはなんの関係もないとわかってくれるだろう。力を合わせて問題を解決していける。朝になればなんとかなると思って彼は眠った。

夜中に目を覚ますと、彼の木が燃えていた。

耳をつんざく警報でスーツに叩き起こされた。あわてて起き上がろうとして、スーツの内側に頭をぶつけた。そのスーツはすでに余分な腕をのばし、それで枝をつかんで巨大な蜘蛛のように走りはじめていた。

「何者かに火をかけられました」スーツは言った。「避難します」

怯えた獣のように、スーツは枝にしがみついて逃げようとしたが、炎の舌が葉のあいだから噴き出してくるばかりだった。地面は十八メートル下だ。スーツは幹にしがみついたが、大きな枝も燃え落ちはじめ、下は火の海になっている。

「飛び降りろ」レンクは言った。

「高すぎます」スーツは言った。「損傷は免れませんよ」

「このまま火に巻かれたって損傷は免れないだろ、このばか」

レンクが足や腕を動かすと、木は揺れ、しなり、跳ね返り、カーニバルの最低の乗り物さながらだった。幹をつかむ手がすべる。吐きそうだ。なにかがスーツの背中に当たり、すぐにそれが隣の木だと気がついた。

「もっと揺さぶれ、隣の木に飛び移るんだ」

スーツを着た回転玩具《ワールギグ》のように、体重を前後に移動させ、なるべく遠くまで跳ね返るように力いっぱい木を押した。片手片足を伸ばしたが、まだ隣の木に届かない。もう一度、もう一度、もっと強く、もっと遠くまで。やがて、よし！　手袋に包まれた左手が隣の木の滑らかな幹をつかんだ。過去を手放し、安全めがけて飛び込んだ。よし、隣の木の幹をつかまえた。これでよし。

たったいま捨てた木がまた向こうへ跳ね返り、視界のなかで揺れ、火が飛んで燃えあがり、まるで彼に火をつけようとするかのようにこちらへしなった。ついさっきまでは彼の避難所だったのに、いまでは無慈悲な敵のように見える。スーツは右左、右左と片手片足ずつ動かして木を降りはじめた。

「あの女はどこにいる」レンクが言った。

「見つけられません」スーツは言った。

「殺してやる」レンクは言った。

20．人は動機を直観し、性格を値踏みする。これが人類の進化上の強みだ

山の向こう、北のジャングルのなかで、ライ・チェンは四つん這いで走っていた。

「彼女はくりかえし大きな8の字を描いて走っています」レンクのスーツは言った。

「なぜだ？」レンクが言った。

「わかりません」スーツは言った。

「推測してみろよ」

「わたしにはそのような能力は付与されていません。わたしが知っているのは、植物、鳥、動物、魚、昆虫、病気、食料貯蔵、建設――」

「もういい」レンクは言った。

「人間を理解するには、その目的で構築されたマシンであっても、CPUをフル回転させる必要があります。また言うまでもなく、わたしはそのようなマシンではありません」

「わかった」レンクは言った。「ちくしょう、おまえ、いい加減にしろよ」

「つまりわたしが言いたいのは、わたしの目的はあなたを生かしつづけることであり、もしあなたが――」

「黙れ」

チェンにはなにか計画があるのだ。それがなにかわからず、レンクは不安だった。とはいえ、パターンは予測可能だ。そして、予測可能性はもろさにつながる。未来が読める状況はだれにとってもありがたく、彼女はその状況を与えてくれたのだ。

雨に濡れたジャングルの闇のなか、８の字カーブの曲がり角でレンクはうずくまり、チェンが走ってくるのを待ち受けた。彼女と同じく、四つん這いで動くほうがずっと楽だとわかってきていた。スーツは腕を長く伸ばすだけでなく、背中をしっかり支えてくれるから、すばやく快適に動けるのだ。

チェンが来る。消防車を追いかける犬のように四つ足で地面を叩いている。スーツが言ったとおり、曲がり角に差しかかって速度が落ちてきた。

「適当なタイミングで合図してくれ」彼は言った。

「これでは近すぎて危険です」スーツは言った。

「あんまり離れると当て損なうだろ」

「ふたりとも膝の皿をなくすことになりかねませんよ」

「ご忠告ありがとうよ」

チャンスは一度きり、これを逃したら次はない。待つうちに、前肢で濡れた地面を叩く音が、しだいに速度を落としながら近づいてくる。と思ったら彼女のスーツが現われた。猟犬のように疾駆している。レンクは肘をそろりと前に出した。

スーツが言った。「いまです」

レンクは鉱山爆薬の封を破り、チェンの行く手にじかに放り投げた。

耳を聾する轟音。

間があった。

やがて雨が降りだした。

土くれが雨のように降り注ぐ。ばらばらと激しく。煙と瓦礫。反動が腹部に来て彼は仰向けにひっくり返り、スーツの中にいてすら息ができなくなった。頭の中で最後の瞬間を反芻《はんすう》する。こっちにこれほどのダメージがあったのだから、彼女は間違いなく死んだだろう。

「死体はどこだ」彼は言った。「死体を確認したい」

21・鋭い爪も暖かい毛皮も強い牙も速い足もない、人にあるのは頭脳だけ

脚、腕、胴体の一部。

煙と轟音に紛れ、チェンのスーツは脚一本半でひょこひょこと這い、チェンの待つジャングルへともぐり込んでいった。

こういうことはつねに、迅速かつ正確にやってのけなければならない。予測できるのは一部分のみだ。レンクが攻撃してきた時点ではスーツは無傷でなくてはならず、攻撃後は無傷であってはならない。損傷は偽造できない。傷は新しいはずだから。ずたずたになったスーツは、ちぎれかけた接合部分をきしませながら開いた。その中へチェンは入っていった。バイザー部分はもぎ取られていて顔が露出した。スーツが失った左の膝下が寒い。

「脚ね」チェンは言った。

「麻酔をかけましょうか」スーツは言った。

「いや、いい」とチェン。「もうここまで来たんだから。鎮痛剤は使って。だけど頭ははっきりさせとかなくちゃ」

「彼は三分以内に意識を取り戻すでしょう。わたしの身体が爆発の衝撃を受け止めたのだろうと思います」

「なるほどね。だけど、ともかく脚はこのままじゃだめよね」

スーツの右腕がぎざぎざの金属片を構えていた。ショッピングセンターでAUGRに救われなかったら、脚をなくすどころじゃ済まなかったんだから、とチェンは思った。もう覚悟を決めな、いい子だから。

「滅菌してあります」スーツが言った。「これが終わったら――多少は麻酔をかけてあります――縫合しますから――」

「いいからやって」チェンは言った。「本物らしく見えるようにね」

スーツは光る金属片を振りあげ、チェンの太ももに叩き込んだ。肉を断ち切り、骨を挽く。

麻酔がかかっていても、痛みで一瞬目がくらみ、視界が暗転したかと思えば閃光が走り、胃が裏返りそうになる。傷口が金属に吸い付き、開くまいとするのに対して、スーツは金属を前後に引っ張り、大腿動脈への恐ろしい致命的な傷に見せようとする。なにも考えるな、おまえはいまここにはいない、なにかほかのことを考えろ、爪の端にこびりついたマニキュアのことを、あんなパーティがあったことを、すり抜けていく肉体、ときにゆっくり、ときに速く、汗と生命のにおいのことを考えろ。痛みは思ったより強烈だった。時間が足りなくて麻酔がちゃんと効いていなかった。熊手で引き裂いたように体内にぎざぎざの筋が走る。内臓をえぐり出され、彼女はあえぎ、苦いものが喉からせり上がってきて、やがて痛みに意識が閉じて消え失せた。

昼だった、驚愕だ。

チェンのスーツがブーンと低く唸っている。バイザーは降りていて、イヤーピースもはまっていたが、スーツはいまは彼女の頭蓋骨を振動させて言葉を伝えてくる。彼女以外には聞こえない。

非常に低く、また遠くから、スーツは言った。死んだふりをしてください。

スーツはもうかつての無垢なスーツではない。

スーツは言った。動かないで、とにかくじっとしていて。

チェンは苦しい浅い息に意識を集中した。ほんの少しずつ吸う。ほとんどわからないぐらいに。

スーツが言う。まだ動きすぎです。

太陽はぐるぐる回っていて、大きくあけた口のよう。その熱い口はとげでいっぱいだ。

レンク・スケトリッシュがこちらを見つめていた。

スーツは、ねっとりした血――冷凍〈スタウトボックス〉にあった人工血液、緊急時専用、でもこれが緊急時でなくてなんだろう——をチェンの太ももじゅうに噴き出させている。大腿動脈が切断されたかのように。スーツは彼女に鎮静剤かなにか投与したにちがいない。そうでなかったら、どうして痛みと恐怖に震えずにいられるだろう。

うつろな目を保つ。目の焦点を合わせてはいけない。空気を少し吸う。頭がずきずきする。

「くそ」レンクは言った。「死にやがった」

チェンのスーツはレンクのスーツと通信し、彼女の生存確率をカウントダウンしはじめた。十七パーセント。十五パーセント。十二パーセント。チェンのスーツは、彼女を救おうとしているかのように見せかけていた。傷口にジェルを注入する。出血を止めようとする。彼女が少し身体をずらすと、スーツが脚の傷に派手に血を送り出した。緩慢にちょろちょろ流れていたのが、射精でも起こったかのように瞬時にどっと噴き出した。九パーセント。四パーセント。二パーセント。ゼロパーセント。ゼロパーセント。

彼はチェンを見ていた。顔はバイザーで隠れていたが、彼の目が自分の目をのぞき込んでいるのがわかる。

「ばかなやつ」彼は言った。「いっしょに切り抜けていけると思っていたのに」

つま先を引っかけ、彼女のスーツを仰向けに転がした。彼女はぴくりとも動かなかった。

そしてやっと、レンク・スケトリッシュは広い肩をあちらに向け、歩いて山に引き返していった。チェンを背後に残して。

チェンとスーツは、ジャングルに夜が訪れるのを待った。闇は濃く黒く、葉ずれの音や鳥の悲鳴が充満し、夜は昼に劣らず生命にあふれていた。闇のなか、スーツは彼女の傷口を焼灼《しょうしゃく》し、そのうえに

〈メンブラスキン〉を当てた。傷痕は死ぬまで消えないだろう。こちらの脚はもういっぽうにくらべたらずっと弱いままだろう。スーツに連れられて、彼女はキャンプ場へ戻った。スーツは彼女と手のひらを合わせ、姉妹のように先に立って歩いていく。

スーツは、〈スタウトボックス〉のひとつから自身の交換部品を見つけて取り付けた。おかげで、それがセックス用スーツなのが以前よりはっきりわかった。なにしろいっぽうの脚はオリーブ色の肌で、見た目も人間の脚そっくりなのだ。内部も同様で、一部は光沢があって肌ざわりのよいアニマルプリントの生地で内張りされていて、とうていサバイバル用に作られたとは見えなかった。いくつか足りない部品があり、左手は登山用の手袋というか籠手《こて》で代用された。スーツは自動的に組みあがり、自分から開いて彼女をまたなかに入らせた。スーツのなかは暖かく、傷の痛みも楽になった。このスーツはもう友だちだ、そう彼女は感じていた。

彼女は言った。「これからどうするの」

スーツは言った。「レンクは数日間はここに戻ってこないでしょう。必要なものを今夜じゅうに持ち出して、南に新しいキャンプを張りましょう。彼の山から離れたところに」

それから夜明けまで作業し、力を合わせて荷車に物資を積み込んで、南へ歩いていった。チェンは歩いているうちに眠り込み、起きたときもまだ歩いていた。午後遅く、南のとある川に行き着いた。スーツによれば四十キロ以上歩いてきたそうで、ここは彼の山周辺からは見えない二百五十平方キロメートルほどの地域にあるという。チェンはスーツに頼んで『ポーカー・フェイス（二〇二三年から始まったアメリカのテレビドラマ）』を観たり、数独や『どうぶつの森』で遊んだりした。強化イグルー・テントに潜り込み、ここではない遠くにいる自分を想像した。自動加熱式のライスプディングを食べた。

チェンはその夜、以前のことや母親のことを夢に見た。母は金色の雲に乗ってジャングルをすり抜けて飛びながら、ここで起こったことを見て笑っていた。大人がばかなことをしているのを見た子供のように大笑いしていた。

そりゃそうだ、目が覚めてチェンは思った。そりゃそうだよね。

「ねえ、ほかの人にもこの手を提案したの?」チェンは尋ねた。「わたしたちがやったこと。死んだふりをするって」

答えはない。

「頼むからわたしに嘘はつかないでよ。ほかの人にも死んだふりをしたらって提案したの?」

「しました」スーツは言った。

「それで、やった?」

「それは言わないほうがいいと思います」

チェンは笑いだした。彼女がレンクに対してやったのと同じことが、すでに何度か起こっているのかもしれないと思うと笑えた。エレンはスーツに木端微塵になったふりをさせ、暗くなってから岩のあいだから這い出して、島の北か西か東へ向かったのかもしれない。エレンが言っていたとおり、ジムリはナノボットの群れを使って失踪を偽装したのかもしれない。かれら四人は、この豊かで設備の整った、豪華と言ってもいいほどの島で、完全かつ恵まれた孤立状態にある。それなのに互いを信用できず、自分がまだ生きていることすら秘密にしようとしているのだ。

なにかがチェンの脳裏をよぎった。何年も前、掲示板〈ＮＴＤ〉を巡回していて読んだ書き込み。文明が崩壊したあと、人々が洞窟に避難するという話だった。かれらは互いに、都市にはもう人は生き残っていないと言いあっている。まったくだれも信用できないので、こうして孤立して暮らすのが自分たちにとって一番安全だと思い込んでしまう。

スーツは言った。「あなたはここに長期間とどまることになるかもしれません」

「ひとりきりで？」

「厳密には違います。わたしがいますから」

「わたしはここに来るはずじゃなかったのに」チェンは言った。

「でも、いったん知ったら来ずにはいられなかったでしょう」スーツは言った。

22・真に終わるものなどない

高くそびえるガラスの塔の最上階。夜明けの光が当たる窓の側面には、「ファンテイル」の語と様式化された鳥のシンボルが食刻《しょっこく》されている。そこに、穢《けが》れを知らないスチールとシリコンのオフィスがあった。長い作業テーブルは青い剪断ガラス製、芸術的に入ったひび割れはポリマーの薄層で固定されている。三方の窓から外が見渡せるのは、部屋全体が片持ち梁で支持されたボックスだからだ。サンフランシスコ市にそびえる〈ファンテイル〉の本社ビルから突き出して、中空に浮かぶかのように支えられている。これはセコイアの突き出した大枝を表わしている。というのもセコイアには、この組織とその創設者にとってとくに象徴的な意味があるのだ。オフィスに敷きつめられた白いカーペットは分厚くて毛足が長く、素足でそれを踏んで歩くと、マーサ・アインコーンは足の下で森が動いているかのように感じた。

マーサ・アインコーンは、毎朝明け方かその直後にこのオフィスにやって来る。つねに午前五時から五時半のあいだにやって来るのだ。彼女にとって、それはひとり朝の黙想にふける時間だった。あの困難と混乱を極めた時期、マーサ・アインコーンが予想外の救世主として現われたとき、それはこの会社にとって必要不可欠な時間となった。彼女のたゆみない努力によって、この最も困難な市場において株主価値と一貫した成長を確保できただけでなく、企業的、国家的、そして世界的規模で新たな価値観に基づく大転換まで実現されたのだ。数多くのインタビューで彼女は、これはレンクの遺産を守るためにしたことだと語っている。レンク――彼女ほど彼のことをよく知っている者は、おそらくほかにいないだろう――の理想とビジョンを生かしつづけるために。彼が蒔いた種から、さらにたくましい木を育てるために。レンク・スケトリッシュ、〈ファンテイル〉の創設者にしてCEOは、三年と少し前に（言うまでもないが）あの「テックプレーンの悲劇」で姿を消している。

午前五時から五時半までは自分にとって貴重な時間だ、と彼女はインタビューで語っている。この時間にはレンクの魂を身近に感じ、彼の声が聞こえる気がするほどだ。この時間だけは邪魔されたくない。その時間、彼女は静かに考え、瞑想し、レンクの教えをほとんどその身で実感するかのような状態で過ごすのだという。それは、レンクが会社に対してなにを望んでいるのかを知り、それに応えるための時間だった。

片持ち梁で支持されて市街を見おろすボックスのなか、この日もまた午前五時三十分、いつものように彼女はひび割れたガラスの作業台に向かっていた。これから始まる一日のことを考える。近くにはレンクの古いノートパソコンのひとつが置かれている。つねに彼の存在を思い出させてくれるから、と彼女は言った。いつでも彼がそばにいるかのように。

この日もまた午前五時三十分ちょうど、いつものようにレンクのノートパソコンで小さくアラームが鳴りはじめた。ほんとうなら、彼が所有していたすべてのノートパソコンでこの音が鳴っているはずだった。しかしマーサ・アインコーンは、そのソフトウェアをレンクのこれ以外の全電子機器から抜かりなく削除していた。そのなかには、〈レンク・スケトリッシュ創造性記念館〉で展示するために確保されているものもある――この記念館は、湾内の島ですでに建設工事が始まっていた。

マーサ・アインコーンが、彼女だけがアクセス権を持つレンクのパスワードを使ってこのソフトウェアを削除していなかったら、彼が所有していたあらゆるノートパソコン、〈ファンテイルタブレット〉、スマートフォン、〈ファンテイルウォッチ〉でアラームが鳴っていただろう。とはいえ、このアラームをすべてのデバイスから削除したら、アラームに応答することができなくなる。そして十五分以内に応答・解除がなされないと、それが連鎖反応の引金を引き、さらなる警告が発せられ、第三者の確認が求められる。そして満足いく報告が与えられなかった場合、自動的にドローンの展開が始まり、捜索救難を担当する当局に通知が行くことになっている。

人体に埋め込んだ追跡チップの使用を許可するのは、きわめてゆゆしい問題だ。レンク・スケトリッシュは細心の注意を払い、熟慮のすえにこのシステムを作りあげた。いかなる状況においても、どこのだれとも知れない人間に彼を追跡できるようにするのは避けたい。そこで彼が作りあげたのが

「死人のスイッチ」だった。前回から二十四時間以内に、彼がふだん使っているデバイスにログインしなかったらアラームが鳴りだす。そして彼自身がそれを止めなければ、関係当局に彼の追跡チップ

の詳細が公開されるのだ。

片持ち梁で支持されて市街を見おろすオフィスで、マーサ・アインコーンは鋼鉄の床に埋め込まれた金庫に特定の番号をダイヤルした。そこから取り出したノートパソコンは、かすかに金属的なチャイムを鳴らしていた。それを開き、電源を入れた。画面を眺める。

「確認してください」と画面に表示される。「レンク・スケトリッシュの安全確認アラームが作動しました。レンク、ご自身のご無事を確認してください」

彼女はレンクのパスワードをタップした。

かすかなチャイムに耳を傾ける。まるでレンク自身のこごとの声のようだ。

この日も、マーサ・アインコーンはいつものようにアラームを止めた。

第六部

確実に知るためには

〈ネーム・ザ・デイ〉サバイバリスト・フォーラムからの抜粋

板：「キツネとウサギ」

>> OneCorn のステータスは「備蓄最大限」

ロトとソドムの物語には前日譚《ぜんじつたん》がある。

ソドムに定住する前、ロトはおじアブラハムとともに旅をしていた。そのころ、ふたりは仲のよいよき友人どうしだった。そして旅するうちにアブラハムとロトは、羊の群れに適した豊かな草地を、よい材木のとれる森林を、そして広がる大地のなかで神の聖なる存在を感じられる場所を見つけた。月日が経つにつれ、アブラハムとロトは裕福になっていった。羊は例によって子を産み、ふたりはよくその世話をした。羊毛を売りさばいた。それがしまいには金銀になった。

しかし、ふたりは言い争いをした。創世記はそれについてはなにも言っていないから、その部分は重要ではないとだけ言っておこう。人がいっしょに暮らし、いっしょに仕事をしていれば、つまらないことで言い争いになるものだ。いまも昔もそれは変わらない。

アブラハムがロトにこう言ったとしよう。「わたしはもうあなたに我慢できないし、あなたもわたしを見るのもいやだと思っている。しかたがない。あなたとわたしで土地を分けよう。わたしたちの前には、いっぽうにツォアルの平原が、もういっぽうにカナンの平原がある。あなたが左に行くならわたしは右に行くし、あなたが右に行くならわたしは左に行く。わたしはただ、不当な仕打ちを受けたとあとであなたに言われたくないのだ」

ツォアルの平原は肥沃だったが、カナンの平原は乾燥していた。選ぶのはあまりに簡単だとロトは思った。

ふたりは、これらの土地をすべて共有しようと言うこともできただろう。そうすれば、一部の土地が干ばつに見舞われたり、天から巨大な火球が降ってきたりしても、どちらもすべてを失うことにはならないだろうと。しかしロトは心配性で、しっかり所有できるもの、確実だと感じられるものを欲していた。

> **HatOnBack** のステータスは「豆の缶詰一個」
> これいったいなんの話をしてるんだ？　ここはサバイバルの板だと思ってたんだけど。

言っときたいんだけど、この世に真に所有されてるものなんかない。樹木でも土地でも動物でも山でも川でも、その樹皮とか肉とか地層なんかに所有者の名前が書いてあるわけじゃない。昔は「所有する」とはなにかを「世話する特別な義務がある」という意味で、自分だけがそれを持ってるとか使えるとかいう意味じゃなかった。「所有」は後世の発明で、象徴的な行動だ。そして所有を発明することで、人は〈ウサギ〉を発明した。こうして〈ウサギ〉は誕生したわけだ。つまり、人が人に「わたしに近づくな、自分の領地を見つけてそこにとどまれ、その吐き気を催す顔を二度と見たくない」と言いだしたときに生まれたんだ。

ロトはソドム近くの平原に行ってそこに住み、アブラハムはマムレの大木のところに行った。ロトは肥沃な土地を所有することになって、この選択に満足していた。当時の世界はまだ広々としていて、簡単に迷子になれそうなぐらいだった。そして実際、ロトの羊たちはたらふく食べ、ロトは金持ちになった。

>> **FoxInTheHenHouse** のステータスは「非常持出し袋用意済」

サバイバルの板だよ。つまり、生き残るのはどういう人間かっていうことだ。きみが生き残る人間になりたいならだけど。

しかし当然ながら、所有に盗みはつきものだ。

エラムの王がソドムに戦争をしかけた。戦争とは言うが、当時の都市の人口は数千人だから「襲撃」と呼ぶほうが的確だろう。大将に率いられた襲撃団は都市を侵略し、ロトの一族郎党を誘拐し、羊を盗み、金銀をはじめ彼が蓄えていた価値あるものをすべて奪っていった。まあ、いまもあることだけどね。

甥の身に起こったことは、すぐにアブラハムの耳に入った。ロトの生意気な顔は見るのも嫌だったが、そうは言っても甥は甥だ。そこでアブラハムは、配下の精悍《せいかん》な天幕の民三百人を引き連れてエラム軍を追った。彼はその三百人を東、南、北、西、北西、南東の六陣に分けた。かれらは明かりも持たずにひそかに進軍したが、いつも夜中にハイイロオオ

>> **HatOnBack**

それは脅し?

>> **FoxInTheHenHouse**

とんでもない。ゆっくりしてってよ、ためになるかもしれないし。

>> **DanSatDan** のステータスは「食料貯蔵庫満杯」

もちろん出ていくのも自由だ。だれも強制はしてない。

カミから羊を守っていて暗闇には慣れていた。そして野営地を包囲して合図を待った。アブラハムが雄羊の角笛を吹くと、一斉にエラム軍の野営地になだれ込み、有無を言わせぬ武力でたちまち制圧した。

その野営地で、アブラハムは縛られているロトを見つけ、縄目を切ってやった。このときロトはどう感じただろうか。たぶん複雑な気分だっただろうね。へこまされて、恐れ入って、不安で、感謝の気持ちも――それに、たぶん恨みつらみもあっただろうし、妬ましくてしかたがなかっただろう。アブラハムの選んだ土地はあんまり肥沃じゃなかったのに、ロトを救ったのはアブラハムで、その逆じゃなかったんだ。ロトは強欲な男で、その強欲さを通して世界を見ていた。

ソドムの指導者も、アブラハムたちを褒め称えた。エラム人に奴隷として連れ去られていた女性、子供、若者を救ってくれたんだから。それでソドムの指導者はアブラハムを称えて祝宴を開き、甘いヤギのチーズと上等のパンをふるまい、いっしょに歌を歌った。

最後に、ソドムの指導者は膝をついて言った。「アブラハム、われわれの従う法によれば、あなたはわれわれを救ってくださったのだから、わたしの財産も妻たちも家畜も子供たちもいまではすべてあなたのものだ。どうかお願いする、わたしに民を返してくれませんか。財産はそのまま持っていかれてかまわないから」

アブラハムは、所有というこの新しい概念の価値を疑っていた。そこで、ヤギ乳を飲みながらよくよく考えてみた。川の西側の肥沃な土地を得たことで、ロトにどんなよいことがあっただろうか。モノを溜め込むよりも望ましいことがあると、アブラハムは強く感じていた。彼の強さと安全は、金蔵《かねぐら》にあるモノから発するのではないし、また裁きの日に備えて地下に埋めたモノから来るのでもない。ロトを救うことができたのは、彼を信頼し敬ってくれる三百人の男のおかげだ。共同体と評判は、金の延べ棒よりも、穀物やワインや油の入った壺よりも強力だ。われわれが所有しうる未来は、他者に対するわれわれの信頼、そしてわれわれに対する他者からの信頼のなかにしかない。

そこでアブラハムは言った。「糸一本、サンダルの紐一本いただくつもりはない」

アブラハムがこう言ったのは、美徳ではなく知恵のゆえだ。富が嫌いだったわけではない。羊の群れや上等な衣服や宝石を持ち、食糧の蓄えもあり、彼は当時としては裕福な男だった。

ただ彼は、強欲が富をもたらす以上に、富は強欲をもたらすということを知っていた。富めば富むほど、そこに用心しなくてはならない。

>> RiasMom のステータスは「果樹を植える」
上の DanSatDan みたいに、しばらくうろうろしてから決めてもいいんだし。

ロトには耳はあったが、聞こえていなかった。「さっさとくたばれ!」「そっちこそくたばれ!」と怒鳴りあい、べつべつの道を歩みはじめたことを思い出していた。あのとき、彼とアブラハムが持っている量にほとんど差はなかった。それなのに、どうして彼だけこんなさんざんな目にあっているのだろう。

暴徒が家の戸口にやって来るころには、ロトは打ちひしがれていた。取引以外に人と関わるすべを知らなかった。手当たりしだいに奪い、所有して利用しよう。ギブ・アンド・テイク、取引と交渉。

彼は言った。「この客人たちには手を出さないでください。代わりに娘たちを渡します

>> FoxInTheHenHouse
それだよ。ここの文章が自分の胸にしっくり来るかどうかみてみたら。時間はあるんだから。

から」

そしてそれ以後は、そのまま進みつづけるしかなかった。

アブラハムとロトの物語は、人類がすでにやってしまったことに対する警告だ。アブラハムとロトの物語は、これ以上それを続けるなという警告だ。アブラハムとロトの物語が教えているのは、人はしばしば、金銭や物質を積むか、信頼を積み上げるかという選択に迫られるということだ。信頼を選択しよう。

破滅への道は確実性に舗装されている。嵐が来ても自分たちは大丈夫と思っている人々が、世界の終わりを早めるのだ。

1. 最も安あがりな解決策

ハイテク富豪である必要はなかった。世界には無慈悲な資金と権力をもつ勢力はほかにいくらでもある。たんに、マーサ・アインコーンが近づくことのできたのが、たまたまかれらだっただけだ。かれらは未来を見つめるあまり、恐れていたことがすべて現実になるというビジョンに幻惑されがちだった。そしてまた、AUGRを買うよう説得され、マッチ箱とビーズが時間を超越できると思うように持っていくこともできた。かれらは人工知能の将来性を固く信じていたから、自分の感覚や分別よりもそちらの言葉を真に受けてしまった。この計画がうまく行くには、コンピュータのほうが自分よりものをよく知っていると考えるのに抵抗がなく、また心の奥底では、この世界が終わるのを待ち望んでいる人々が必要だった。人生はすべて偶然であり、もし別種の革命のまっただなかにいたとしても、マーサはやはり流れに逆らって上流を目指して泳いでいただろう。

簡単なことではなかった。やると決めるだけではじゅうぶんではない。アイディアだけではじゅうぶんではない。世界を動かすには、何千何万という小さな断片《ピース》が必要だ。

言うまでもなく、一番簡単なのは殺してしまうことだ。全員同じ飛行機に乗せる。爆発物を機内に積んでおき、外洋に出てから爆発させる。破片は海に落ち、だれにも見つけられず、飛行機がどこへ行ったのかもわからず、あらかじめブラックボックスを無効にしておく。これで恐ろしい悲劇のいっちょあがりだ。

しかし、殺すのはどうだろうか。ある日の午後、例によってぱっとせず目立たないホテルの一室で、目まいがしそうな気分でかれらはそれについて話しあった。バジャーでさえ本気で疑念を口にした――母を殺すのが、ほんとうに最も簡単で安あがりな解決策になるのか。そもそも、かれらにそんなことができるのか。

「わたしはジムリを殺せると思うけど」セイラは言った。

「結婚して十年経つと、みんなそう思うようになるんだよ」とアルバート。

「ボクにはできない」バジャーが言った。「間違ったことだって思ってるわけでもないんだ。けど、とにかくできないよ」

「問題は、かりにやると決めたとしても、前の日になったらわたしたちのうちのだれかが気を変えて、ＦＢＩに通報してしまうだろうってことね」マーサは言った。「殺さないほうが、この計画は全体にずっと現実化しやすくなると思うわ」

「合理的だね」とアルバートが言い、同時にセイラが「現実的だわ」と言った。

バジャーは自分の手を見て、だしぬけにこれは自分の手ではないと感じた。こんなふうに、ひとりでに奇妙にみっともなく動いたりひらひらしたり、これが自分の手のはずがない。人を殺し、殺人罪で起訴され、裁かれる――そう思うと、自分にはそんなことは絶対にできないとバジャーは思った。

「生命を救ってどこか安全な場所に連れていけば、殺人罪を犯すことにはならないよね」バジャーは言った。

こうしてかれらは結論に達した。予期せぬ恐ろしい事故。かれら自身の技術で引き起こされた事故。

あれやこれやの手段で助かっても不思議はない。

「滅茶苦茶だわ」セイラは言った。「生かしておいたら、力を合わせてなにか考え出して、文明にたどり着くかもしれない。ブリキ缶で柱を立てて、充塡剤《じゅうてん》で送信機を作って。アイアンマンばりのことをやってのけて、三か月で戻ってきちゃったらどうするの。そうなったらわたしたちみんな刑務所行きよ」

バジャーは言った。「だから、安楽に暮らせるようにしてやるんだよ。安楽に暮らせればそんなに必死にならないだろ。ボクのママなんか、もともと豪勢な休暇に行くような気でいるんだから」

これは昔からの秘訣だ――ハイテク産業はこのようにして築かれたのだ。すべてがあまりに簡単で楽しくスムーズだから、ほんとうにこんな人生の過ごしかたでよいのかという、大きな疑問を抱くことすらなくなってしまう。


計画を知る人間が多ければ多いほど、情報を漏らす者が出てきやすくなる。セイラが提案したのはジムリの手法、つまり「分割して統治せよ」だった。それなりの理由があって、なにが行なわれているのか他人に漏らしそうにない人間を見つけることだ。

深圳《シンセン》の欲深な工場長に、その工場でなにを作っているのか知らせる必要はない。彼が言われたとおりにしていれば、生産品の〇・一パーセント弱が第三者に売却されているという「誤り」を、マーサがスケトリッシュの耳に入れることはないだろう。そしてその代金は工場長のポケットに入るわけだ。彼はほんとうに、湯だったみたいに全身から汗を噴き出させていた。こうして、彼女は見えない製造ラインを手に入れた。

そこで作っていたのはごくふつうの小型送信機で、プライベートジェット用の完全に正規のスペアパーツと同じ箱に梱包され、マーサにしかわからないバーコードを使用して、アメリカとカナダの風光明媚な地域に出荷され、そこにある複数の緊急事態用飛行場のスペアパーツ倉庫に保管された。そしてしかるべき時期にその送信機の入ったカートンは必要な場所に送られ、何か月、ときには何年もそこで待機することになる。やがてその送信機が接続されると、スマートフォンその他のデバイスは優先的にそれとつながるようになる。これらの送信機につながっている人は、インターネットを見ているつもりで、実際には見えないフィルターを通して世界を見る。バイウォーターとノミックとスケトリッシュは、いまは外界に出ていかないほうがいいと思うような情報を目にするわけだ。

そのフィルターのコーディングはほとんどセイラが担当したが、それを手伝った五つのチームは分散型の編成をとっていた。各チームはそれぞれ別のプロジェクトに取り組んでいると思っていて、そして結局そのプロジェクトは実現に至らなかったと思っていた。「フェイクニュースの作成」に取り組んだチームは、かれらの任務は悪役を務めることだと言われていた。要するに、できるだけ現実的で説得力があって、フェイクだと見破られにくい破滅のニュースを作るのがかれらの仕事だ。それを使って、別のチームが担当するディープフェイク検出機能をテストするというわけである。かれらはそれがどのチームなのか知らされることはなかったし、またそのテスト結果についてもついぞ耳にすることはないだろう。

それはMITとスタンフォードの卒業生二十人のチームだった。かれらは二年間、内なる信と義の光に照らされて画面の前で長時間働き、世界じゅうのあらゆる都市のあらゆる映像、あらゆる静止画をもとにしてその内容を変形させ、現在恐ろしいパンデミックが起こっていることを示すというプログラムを作成した。人工知能を使って、投稿を作成し、あるいは書き換え、写真に新しいアイテムを挿入し、大小さまざまな方法で世界を歪めていくのだ。

「これいいわね、ぞくぞくする」スクリーンの前に立って、セイラは言った。そのスクリーンのなかでは、ルーヴル美術館のピラミッドの前に立つカップルの微笑ましい記念写真が、なんの違和感もないまま変形していき、しまいには警察が火炎放射器でハトを焼き殺す恐るべき画像に化けてしまった。

「言うまでもないですけど、『28日後…（二〇〇二年英国のホラー映画）』を参考にしてます」とチームリーダーは言った。仕事熱心な二十七歳、名前はブラッドリー。「次の大きなパンデミックは、動物由来だったらビジュアルとしてすごく映えると思って。黒死病みたいでいいかなと」

彼はセイラにモデルを見せた。そのような伝染病がどれほど急速に広がるか。複数の大陸でほぼ同時に流行が始まるとしたら、どんなことが起こらなくてはならないか。二〇二〇年の新型コロナウイルスは大いに参考になったが、数々の面ではるかにたちの悪い疫病ということにした。

この伝染病を想像することで、ブラッドリーがある種の喜びを感じているのがセイラにはわかった。ジムリも同じだった。人類の破滅、無惨な終末、炎と血と痛みと死を想像すること……それは喜びなのだろうか。一種のサディズムか、それともマゾヒズムだろうか。良心が自分自身を責めて、「自業自得だ、自分が蒔いた種だ」と言っているのだろうか。そうかもしれない。決まった相手がいながら何度でも浮気を繰り返す男は、自分には大した価値がないからだれも自分を見ていないと思っている男だ。

「すごい」セイラは言った。「完璧だわ。絶対に違いなんかわからない」

ブラッドリーは眉をひそめた。「それは困るんじゃありませんか。だって……つまりその……わからないとみんな大変なことになりますよ」

そうよ、あなたが思っている以上にね。フィルターを通して見ていては、みんながどんなに大変なことになっているか気がつくことはできないのだ。


アルバートはずっと昔、仮想ゲーミングスーツ制作プロジェクトに取り組んでいたが、このプロジェクトはとっくに中止されていた。

「要するに仮想セックススーツでしょ」とセイラが言うと、アルバートはそのとおりだと認めた。アダルトゲーム市場はかつて、かれらの事業計画のかなりの部分を占めていたのだ。スーツの内部には……その、膨張する部分と……柔らかくなる部分があって、また伸びる部分、へこむ部分、振動する部分があって――

「わかったわ、もう結構」セイラは言った。「つまり、文字どおりママの子宮に戻りたがる成人男性のためのスーツを作っていたわけね。男はみんなそれだもの。あらごめんなさい、ゲイの男性は別よ」

「気にしてないよ」とアルバート。

このプロジェクトはコスト面でつまずいた。ユーザーがしたいされたいと望むことをすべてスーツにやらせようとすると、生身の女性を何千人何万人と雇ってそういうことをしてもらってもまだお釣りが来る、というぐらいの値段になってしまうのだ。

「それでアルバート、ゲ、ー、ム、の側面についてはどうなの」セイラは尋ねた。

「ほんとうに兵士になって戦うのがどんな感じか、実際に味わいたいと思う人はあんまりいないってことじゃないかね」彼は言った。

「複合現実」機能は、スーツのプロトタイプにすでに備わっていた。バイザーを通して見ていると、まるで現実の世界をそのまま見ているようではあるが、実際にはスーツが見せたいと思うものを見ていることになる。

「それじゃ、あの地域の植物を認識できる機能を追加しとく？　どこの地域に行くかはわかってるんだから、そんなにむずかしくないわ。あそこでどうやって生き残るかっていう指示も同様ね。エンターテイメントをどっさり搭載しといて、標準の〈アンヴィル〉サービス、パーソナリティ・タイプを使えばいいわね。音声認識機能付きのやつ」セイラはうなずき、頭のなかのリストにチェックを入れていく。

「いけるわ」彼女は笑顔で言った。「いける、これなら大丈夫。もう少し資源が必要だけど、大丈夫。要は、どんな状況にも対応できそうに見えるけど、実際にはこのただひとつの環境——それもほんとはコントロールされてるこの環境だけで使えればいいんだから。これならできるわ。それに、使ってる最中にいじりたくなったときは、いつでも衛星経由で夜間更新できるし、リアルタイムで拡張したり対話したりしてもいいんだし。リアルタイムのドローン更新と大して変わらないわ。ジムリのスタッフなんか、それぐらいのこと毎日やってる」

場所を決めるのはむずかしくなかった。〈フューチャーセーフ〉ゾーンは飛行禁止エリアになっているから、空に飛行機が見えることもなく、かれらが信号を送ろうとすることもないだろう。アドミラル・ハンツィ島は、候補のうちで最も人里離れた〈フューチャーセーフ〉だった。

「動画撮影ドローンは、かれらがいた地域を避けるように設定するわ。これはすごく簡単」セイラは言った。「どっちみち編集するんだもの。以前から、ジムリはわたしを連れていろんな〈フューチャーセーフ〉ゾーンに遊びに行ってるわ。社員の慰安や接待に使ってるのよ。オンライン・ユーザーはいつでもなんでも見られるって思ってるけど、最高レベルのセキュリティ権限を持ってないと、ドローンが一部の地域を除外してるとか、ときどきは昨日の映像を流してるなんて気がつかないのよね」

「それはわたしがやるわ」マーサは言った。「そうするしかないと思う。あの島はわたしが……長期間のサバイバルに備えて用意しておいたの」

その意味が三人に了解されるのをマーサは待った。

「嘘だろ」バジャーが言った。「野生生物保護区をシェルターに作り変えたって?」

「だから、わたしたちいまこういうことをしてるんじゃないの」マーサは言った。

バジャーはバッグの中の容器からニンジンスティックを取り出し、猛然とかぶりついた。

「胸糞悪い」バジャーは言った。「いまやらなかったら、十年後には革命が起こって血祭りにあげられるな、あいつら」

「そのとおりよ。これはほんとはあの人たちのためでもあるのよ」セイラは言った。

飛行機消失を演出するのはいささか複雑だった。パイロットはアルバートが引き受けた。彼は飛行機の操縦ができたし、飛行機を所定の位置に持っていき、トランスポンダーを切ってパラシュートで脱出、あとはリモートパイロットソフトウェアに任せて、さらに数百マイル飛んでから急降下させればいい。

「それをやりたいっていうの?」バジャーが尋ねた。

「どっちみちわたしは延長時間《エクストラ・タイム》中なんでね」アルバートは言った。「ちょっとお楽しみがあってもいいと思う」

指向性爆薬が仕掛けられた。飛行機が外側から撃墜されたように見せつつ、乗客には脱出の時間をじゅうぶんに与えられるというものだ。きわどい策だ。乗客に負傷させたり、下手をしたら死なせてしまう恐れも大いにある。しかし、だれも死ぬとはかぎらない、と自分に言い聞かせられる程度には安全だった。

ＡＵＧＲは最後に嵌まったピースだった。しばらく前から、かれらはこういうものを探していた——問題の人々を説得して例の飛行機に乗せるため、しかもそれを目立たないように密かに実行させ、自分の足跡を隠蔽すべきと思わせるためだ。マーサはそれを、テクノロジーインキュベーター（起業や事業創出を支援する団体・組織のうち、先端技術分野に特化したところ）で見つけた。発明家のシィ・パックシップは、予測的軍事戦術ソフトウェアを作ろうとしていたが、軍は独自に同様のプログラムを開発しており、彼は実際には会社を買収してもらえれば御の字と考えていた。その彼の目を、マーサは別の方向に向けさせた。敵の動きを予測するのでなく、現在の戦術状況を詳細に分析し、オペレーターが見逃している戦闘オプションを提案するプログラムを作ったらどうだろうか。またその予測機能を別分野にアピールしたらどうだろうか。消費者市場とか、いつ災厄が起こるか知りたい人々とか。

シィ・パックシップは言った。「ＡＵＧＲには、そんなことはできるようにならないと思います。あなたが望んでいるようなことは」

それに対してマーサはこう答えた。「大丈夫、そういうことは気にしなくていいから。わたしたちは『概念実証』が欲しいだけなの。わかります？　つまり、いまはまだできないけど、このソフトウエアはこういうことができるとやってみせるとか、そういうことよ。それで、短いアニメーションを作ってもらえないかしら。プログラムの機能を示すようなやつ」

「わたしにその……アニメーションを作ってほしいとおっしゃるんですか」

「レンク・スケトリッシュは、このプロジェクトに個人的に大変興味を持ってます。実際に見せられるものがあれば、彼はこのプロジェクトに投資すると思うの。そうすれば、わたしたちが望んでいる機能を実現させられると思うわ」

「でもそれをやって、エリザベス・ホームズはその……〈セラノス〉で問題を起こしたんじゃありませんでしたっけ。できないことをできるように見せかけたせいで（アメリカの実業家ホームズは医療ベンチャー〈セラノス〉を立ち上げて大成功したが、その根幹をなす先端技術に実体がないことがのちに判明し、二〇二二年詐欺罪で実刑判決を受けた）」

「大丈夫だから、ほんとに心配しないで。レンクは体感的というか、実際にあるモノから学ぶほうなの。それがあれば、どういうものか実感しやすくなるから」

気の毒に、潤沢な資金を提供されたシィ・パックシップは、ＡＵＧＲをマーサが望むプログラムに改良しようとできるだけのことをした。戦術分析の部分では、「十億個のマッチ箱と十億個のビーズ」、すなわち反復的ゲーム理論が応用されていた。ロックされた車内で危険から逃れるにはどうすればいいか。このガレージではどうか、このコンビニでは、この児童遊園では？　何度も繰り返してユーザーとテスターはマシンに教え込む。正しい答えを出せたかどうか、攻撃者を倒したり、隠れたり、素早く逃げるために利用できるものを見つけられたかどうか。この部分はもともと印象的で説得力のある部分だった。それをだれかのスマホに入れて、その人が危険な目にあうのを待てばいい。

「だけど、ボクの母は危険な目にあったりしないよね？」バジャーが言った。「つまりその、それが母の大目標だから」

「レンクがやるわよ」マーサは言った。「彼は一度、八人のバイク乗りの集団に自分を誘拐させたことがあるの。たんに、自分がどう対処できるか見たいってだけで。六か月のあいだに、彼がひとりのときならいつでもやっていいってことだった」

「噓。それでどうなった？」

マーサは首を横にふった。「二時間と経たずにセーフワードを使ってたわ。電話会議に間に合わないからって」

セイラはいつものようにハスキーな笑い声をあげた。「なんてやつ」

というわけで、それが計画だった。かれらにAUGRを与える。レンクが偽装誘拐からうまく逃れられたら、みんな納得するだろう。前半がうまく行ったのだから後半もうまく行くと思ってくれるはずだ。だが蓋をあけてみれば、偽装誘拐は必要なかった。本物の暗殺者が現われたからだ。

マーサ・アインコーンは恋人にAUGRをプレゼントしていたが、その後インターネットの陰謀論に触発された人物が、買い物客でにぎわうシンガポールのショッピングモールでライ・チエンを狙って発砲した。AUGRはライ・チエンを逃がし、彼女の身の安全を確保した。レンク・スケトリッシュ、エレン・バイウォーター、ジムリ・ノミックは写真と動画ファイルを評価し、AUGRがなにをやってのけたかを見てAUGRを信じた。AUGRは、比較的引き出しやすいかれらの資金を獲得しただけでなく、稀少なうえにも稀少な商品、すなわちかれらの信用まで獲得したのだ。

資金は問題ではなかった。シィ・パックシップを見つけ、彼のプレゼンテーションを磨きあげ、投資を獲得する。そのいずれも、マーサとバジャー、セイラとアルバートの計画には必要でなかった。これはただの粉飾、なにもかも話に説得力を持たせるための見せかけにすぎない。四人が必要としていたのは、AUGRのアラートが発動されたときに、エレン、レンク、ジムリが確実に飛行機に乗るようにすることだった。そして大富豪三人は、〈シーズンズ・タイム・モール〉の映像を見て、AUGRになにができ、なにからかれらを救ってくれるか理解した。三人はAUGRを信用した。おそらく生身のどんな人間よりも信用できると思っただろう。こうしてすべての用意が整った。

かくして、あと必要なのは〈未来〉だけになった。つまりかれらは仲間内でそれを「未来」と呼んでいたのだが、それは実際にはいわゆる「未来」そのものではなく、一千七百を超える個々の賭けと株の空売りポジションから成り立っていた。これからなにが起こるか正確に知っているのだから、それは予言にも似た賭けだ。しかもそれは、かれらが招来したものと見えないようにせねばならない。〈未来〉の実行には時間と手間がかかった。セイラとアルバートは、百二十七の持ち株会社やダミー会社を通じてそれを立ち上げ、多額の資金をヘッジファンドやベンチャーキャピタル協会に投資し、特定の株を買い占め――そしてなにより重要な一手として、他の特定株を空売りした。かれらの創造した〈未来〉は、一定の短い期間中に〈ファンテイル〉、〈メドラー〉、〈アンヴィル〉の株価が突如として急落すれば、大成功を収めるはずだ。

未来をほんとうにコントロールしたければ、自分でその未来を引き起こすしかない。飛行機が消えたという衝撃のニュースが伝わると、世界じゅうの株式市場で特定のビーズが特定のマッチ箱を走り抜け、それの意味するメッセージが一定量の株式と資金を動かした。あとになってみると、その日に一部の人間が莫大な利益をあげたことだけはだれにでもわかったが、それがだれなのかということはまったくわからなかった。

2. 全容が明らかになることはない

「たった三年で世界は大きく変わりました」ジャーナリストは言った。「そのうちどの程度がご自身のお手柄だとお考えでしょうか」

ここはシンガポールの〈シーズンズ・タイム・モール〉。マーサはきらめくホログラフィック・ビデオリンクを介してそこに登場していた。このショッピングモールのコンクリートと鋼鉄の屋上は、鳥など野生動物の営巣専用の緑地に変貌している。いまでは多くの都市でこれらのプロジェクトが受け入れられていた。〈ファンテイル〉の資金が利用できる都市ではとくにそうだ。重要なインフラ建設プロジェクトとは言えない。野生生物保護と生息地拡大に向けて真に世界を動かしたのは、いまも拡大しつづける〈フューチャーセーフ〉ゾーンの巨大ネットワークだった。しかし、この屋上はメッセージだ——世界最大のショッピングモールが、いまではその不動産を世界最大の屋上野生動物保護区に変えようとしている。こういうことがひとつひとつ積み重なり、ひとつひとつが人々の考えかたを少しずつ動かし、ひとつひとつが都市は本来どうあるべきだったかを明らかにしていくのだ。

「どれもわたしの手柄にはできないと思います」マーサは言った。「ほんとうのところ、〈ファンテイル〉は社会の雰囲気に導かれてきただけです。恐ろしいことが起こると、人はそれになんらかの意味づけをしたがるものだと思います。ただ、この変化のプロセスに参加できたことは誇りに思っています」

状況はよくなってきた。飛行機が消えたあと、状況は改善に向かいはじめた。最初はゆっくり、ぽつぽつとした動きだったが、やがて急速に、そしていっせいによくなっていった。〈ファンテイル〉、〈メドラー〉、〈アンヴィル〉では優先順位の見直しが行なわれた。そしてそれにならって、世界じゅうで優先順位の見直しが行なわれたのだ。世界の環境危機を解決するために、抜本的で迅速な行動を起こすべきという気運が高まり、むしろそれを楽しみとする風潮すら生じてきた。〈フューチャーセーフ〉ゾーンが広大な土地を増し加えて拡大することが支持され、またそこに人が住むとしたらだが、動物と自然界のバランスを第一に考えて住むことが支持されるようになった。都市に住みたければ都市を楽しめばいい。しかし、都市は自然ではない。人は自然に敬意を払わなくてはならない。モノを所有するとは、それにアクセスできるというだけでなく、それに対して責任を負うことでもあるという考えかたが広まりつつあった。全般的に二極対立的な議論から離れる動きが現われ、みんながみんなのために少し譲ることを学ぶべきだと考えられるようになった。すべて考えあわせると、奇妙なほど急速にその変化は起こっていた。飛行機が墜落することである論理の流れが途切れ、いきなり人々が正気に戻ったかのようだった。

ジムリ・ノミックの妻セイラ・ノミックは、ただちに会社の経営を掌握した。いずれにしても、彼女はジムリと合わせて会社の八十パーセント以上を所有していたのだ。三人の大富豪が失踪したあと、〈アンヴィル〉の株価は急降下した。しかし彼女は日々の意思決定手続きを安定化させ、三人が跡形もなく姿を消して半年後、ＦＢＩが飛行機は海底に沈んだと推定して捜査を打ち切ったときには、セイラ・ノミックはジムリの死亡を確認する法的手続きに着手していた。会社のため、そして世界経済のために、それはその年のうちに完了した。大富豪たちの乗るプライベート機はフライトプランを提出していたが、どうやらそれに従ってはいなかったようだ。徹底的な捜索が広範囲にわたって実施され、その範囲は最後に確認された位置から半径数百マイルに及んだ。しかし機体は見つからず、生存者の形跡も発見されなかった。三人がまだ生きているなら、ひとりぐらいはだれかと連絡を取る道を見つけていただろう。三人は亡くなったのだ。

セイラ・ノミックはジムリではない。夫とは異なり、彼女は世界じゅうでさまざまな法廷闘争を繰り広げるのには関心がなく、競争・独占を管轄する当局が法の定めを執行するのに対し、異議申し立てをしようとはしなかった。彼女が〈アンヴィル〉を十八の独立した事業に分割するのに同意したため、その一部はじかに競合するようになり、また一部では外部の競合他社が市場に参入する余地が生まれた。彼女は非常に感動的な声明をメディアに発表した――「テックプレーンの悲劇」から得た最大の教訓は、すべての卵をひとつの籠に入れる余裕など世界にはもうないということだ、と。彼女は会社を分割し、そのうえで手放しはじめた。そして大小にかかわらず志の高い活動に巨額の寄付をし、それどころか、事業の一部をまるごと寄付したりもした。ウェブ・サービス部門は慈善団体に譲渡され、その利益はすべて世界じゅうの自然環境保護の目的に使われることになった。食品・食材配達事業は非営利化され、富裕層向け手作りヨーグルトの販売で得た利益をつぎ込んで、百パーセント植物由来の健康的な食事を世界じゅうの人々に原価で提供するようになった。セイラは土地を購入してそれを野生生物保護区とし、こうして保護区をいよいよ拡大していった。ネパール、ブータン、タイ、インドネシアの各政府の承認を得て、〈アンヴィル〉のドローンを配置し、買い取った広大な原野で最後の野生のトラを保護するために利用した。ドローンは容赦なく密猟者を追いかけまわし、足をつかんで引きずり出す。野生のトラの数は回復しはじめている。この新たなテクノロジーのおかげで、これらの〈フューチャーセーフ〉ゾーンには、人間が足を踏み入れられなくとも問題はないという見かたが広がってきた。トラの場所はトラに残しておこう。

〈ファンテイル〉では、三人の暫定CEOが目まぐるしく入れ替わったが、レンク・スケトリッシュの右腕だった女性、マーサ・アインコーンはそれぞれに対して有能な補佐役を務めた。レンクの失踪後、彼女は一躍時の人になった。ひとつにはその見上げた冷静沈着ぶりで。そしてひとつには、レンクが彼女に驚くほど大量の株を遺贈していた（自分の子供たちに遺した割合より大きかった）ことで。そしてもうひとつには、子供たちが三十五歳になるまで、かれらの信託財産を管理する権限が彼女に与えられていたからだ。ちなみに彼の元妻たちにはなにひとつ遺されていなかった。明らかに、レンクが最も信頼していた人物はマーサ・アインコーンだったのだ。同社のCOO、CFO、そしてアンヴィルの元CFO（この人物は一か月ももたなかった）を次々に試したあげく、取締役会もまたマーサを信頼することにした。

彼女はセイラ・ノミックの例にならい、レンクの遺産を地球の利益のために使った。バジャー・バイウォーターの「囲い込み」というアイディアについて語り、この資金は公共財から生み出されたものだから、未来の世代のために使われなくてはならないと言った。

〈ファンテイル〉は〈アンヴィル〉とはちがい、完全な個人所有の企業ではなかった。しかし同時に、〈アンヴィル〉の方向転換は巨大テクノロジー企業を取り巻く雰囲気を変えていた。公正取引委員会などの監督官庁は大胆になった。各国政府は企業分割の税収上および経済上の利益を認識していた。世間の空気も変わってきた。〈アンヴィル〉が十八の企業に分裂したからといって、洗濯洗剤の配達が受けられなくなるわけではないとわかってきたからだ。世界じゅうでゆっくりと、しかし確実に、有権者は大胆な環境保護政策を掲げる候補者に投票するようになっていった。さまざまなソーシャルメディアネットワーク上のコメントですら、テックプレーンの消滅後、微妙ではあるが、ほとんど瞬時に雰囲気が変化したと分析されている。どうしてそんなことが起こったのか、正確に説明できる者はいなかった。ただ風向きが変わったのだ。

〈ファンテイル〉は大規模な企業分割を回避するため、子会社を分離新設し、また地元コミュニティとの協力を進めた。そのひとつが〈レンクレーサー〉だ。レンクは以前から自動車と新しいテクノロジーが好きだったから、この高速電気自動運転車は彼の遺産の記念として申し分なかった。〈ファンテイル〉は世界じゅうの政府と協力して〈レーサー月《マンス》〉を推し進めた。これは大規模な作業団を投入して新しい電気自動車のインフラストラクチャーを設置するため、都市の通りを一か月封鎖するという施策だった。ロックダウンとは称されたものの、行く手には輝かしいゴールが見えていた。また車の所有者には交換条件が提示された。所有するガソリンまたはディーゼル自動車を引き渡せば、好みのアプリを通じて、生涯にわたって〈レンクレーサー〉システムにアクセスできるというのだ。

ロックダウンで一週間から一か月閉じこもり、その後外に出てみれば街は静かで、空気はきれいで、子供たちは外で安全に遊べるようになっていた。カーシェアリングシステムのおかげで、必要な車両の数はわずか四分の一に減った。道路の渋滞はなくなった。道路がすいて、自転車や三輪車で走れるスペースが生まれた。町ごと、市区ごと、州ごとに作業は進められ、十九か月以内に世界の大部分で転換は終わっていた。毎年、交通事故で百三十万人の生命が失われることはなくなった。毎年、大気汚染で七百万人の生命が失われることもなくなった。終わってみると、ガソリンエンジンのためにこれほど多くの人命を犠牲にして、それでよしとされていたとはとうてい信じがたい話だった。

〈メドラー〉の変化にはもう少し時間がかかった。取締役会がエレン・バイウォーターの後継に据えた男性ＣＥＯは、エレン・バイウォーターにそっくりで、〈アンヴィル〉と〈ファンテイル〉が見せている柔和な姿勢に対する申し訳として、〈バイウォーター芸術財団〉に多額の寄付をした。先住民美術やオンラインで放送されるコンサート・シリーズに投資する財団だ。しかし時が経つにつれ、エレンの子のバジャー・バイウォーターが株主のあいだで主導権を握り、〈メドラー〉の顧客や投資家の先頭に立って、もっとましなことをするよう会社に要求した。現在〈メドラー〉株の約十七パーセントを保有する無名の投資ファンド三社の支援もあって、取締役会は修理・リサイクル可能なテクノロジーで世界をリードするよう圧力をかけられた。アルバート・ダブロウスキーは喜んでそのプロジェクトのリーダーを引き受け、これはまことにけっこうな一致協力のシンボルだとだれもが感じた。

　このように事態は少しずつ、それでもしだいに勢いを増しつつ進んでいった。巨万の富を持つ世界のテクノロジー企業は方針を変更した。さらなる利益を求めてむやみに突っ走るのではなく、どんな世界を後世に残すべきかを第一に考えるようになったのだ。他の企業もそれにならった。エレン・バイウォーター、レンク・スケトリッシュ、ジムリ・ノミックの死は、企業責任の増大を象徴するものとなった。シロサイとゾウとユキヒョウは救われた。熱帯雨林は、年間二千メートルずつあらゆる方向に前進して、不毛の大地を覆っていった。乾いた土を呑み込んで豊かな湿った土に変え、そびえる大木が樹冠を作り、大気から炭素を吸収して地下に蓄える。レンク・スケトリッシュが副次的なプロジェクトで開発した海綿状の藻類は、成長するとプラスティックを食べる大きな塊となり、水から毒を取り除き、生態系に栄養素を還元する。サンゴは生き返り、死んで白化した古い骨を囲んで若いサンゴが成長しはじめた。完璧ではないとしても、基本的には絶望が少し減り、希望が少し増えたと言える。

「やっぱり、これはわたしの力ではありません」マーサ・アインコーンは言った。「これはみんながしたこと、みんなが力を合わせてやったことです」

ジャーナリスト——若いボツワナ人女性だった——は温かい笑みを浮かべた。

「もしよろしければ、ネット上の陰謀論についてお考えを聞かせていただけませんか。ご存じですよね？」

「陰謀論、ですか？」マーサは言った。

「ほら、〈アーバンドクス〉とかいうサイトで言われている説ですよ。強力な『文化的マルクス主義者』のグループが結集して、その……『テックプレーン』を故意に消滅させたっていうんですけど」

マーサは笑顔のまま首をふった。「真実を受け入れられない人は、どこにでもいるものですね」彼女は言った。「事故は起こるものです。ジムリやエレン、レンクほどのことを成し遂げると、そういう人たちは不滅だとか、不滅であるべきだという考えが出てくるのはわかります。でも人はだれも不滅ではありません。かれらを無理やりあの飛行機に乗せられる人などいなかったでしょうし。なにか事故があったんです。その全容が明らかになることはないでしょう。でも、彼の名と思い出のためにわたしたちが成し遂げてきたことを、レンクは誇りに思ってくれるだろうと思います」

これはマーサがずっと前に学んだことだった。人が消えると、それがなにかを誘発することがある。たったひとりの人間が姿を消しただけで、全プロジェクトの成否が揺らぐことすらある。ただしそれには、だれが、いつ消えるかが問題だ。そして破壊力の最終的な効果は、厳密にはそれがなにを破壊したかによって測られる。

「彼がいまここにいたら、なんとおっしゃったでしょうね」

「わたしは、ひじょうに信心深い環境で育ったんですね」マーサは言った。「以前はその話をするのはあまり好きではなかったんですが、ほかのことと同様、それもまたわたしの人生の一部です。父はとても信心深い人でした。父はよく、人はだれもほんとうに消えることはないと言っていました。この地球では、人の血肉にまったく使い道がないなんてことはないのです。わたしたちの人生や、人格の美点は他の人々に受け継がれます。ですから、わたしは彼がほんとうにいなくなったとは思っていません。レンクがいたらなんと言ったかというお尋ねですけど……いつも言っていたことを言うだろうと思います。『マーサ、次はなにをしようか。いまなにが進んでる?』って」

好意的な笑い声が起こった。マーサはこの瞬間をとらえて、アジアで新たに七か所〈フューチャーセーフ〉ゾーンを取得したことを発表した。それぞれ面積は七百五十平方キロメートルを超えると。わきあがる拍手の音が雨粒の音のよう。

インタビューが終わり、マーサはヘッドセットを外して伸びをした。窓の外、身の引き締まる朝の空気のなかでは、マガンの群れが昇る朝日に向かって鳴きながら、このガラスの建物の周囲をV字編隊を組んで飛んでいた。群れは二周し、その翼は矢のように未来へ向かう道を指し示している。湖の向こう岸では、カエデの木々が紅葉を落としていた。あたかもその色彩が木々の生命であるかのごとく、はじけ飛ぶように勢いよく外に向かって吹き散らしている。湖中では、金色の魚と暗色の魚が疑問符のように身を丸め、光と影の中を行き来したりはねたりしている。窓の外では世界が動いていた。そして室内では、空気は夜明けのように静かで、可能性にはちきれそうだった。

レンクはどう思うだろうか。レンク――彼は自分のことをとても賢いと思っていたし、たくさんのことを理解していると思っていた。言うまでもなく、彼の飛行機を墜落させるために不活性クラスター投射器を偽装したのは彼女だ。言うまでもなくこれはあらかじめ計画されていて、それを計画したのが彼女なのも明らかだ。言うまでもなく、かれらがアドミラル・ハンツィ島、サバイバルのために準備万端整った無人島にたどり着いたのは偶然ではなかった。彼はただ状況をじゅうぶんに遠くから眺めることをせず、ほんとうに大きな問いを投げかけることはなかった。あの世界の終わりはほんとうに起こったことだったのか、と。

3. 機械仕掛けのケンタウロス

マーサはエノクから多くのことを学んだが、特に重要な教訓は「後ろをふり返るな、前を見よ」だった。だがそうは言っても。さすがにもう大丈夫だろう。

アドミラル・ハンツィ島のブヨ型ドローンカメラは、あらかじめ設定されたパターンで時間ごとに集団をなしてジャングルをまわり、急降下したり旋回したりして撮影と録音を行なっている。一枚一枚の葉の裏側、斑点のある樹皮を這う昆虫、足元で崩れる土の質感を映像に収めているのだ。〈ファンテイル〉専用のプラットフォームと仮想現実ヘッドセットを通じて、〈ファンテイル〉ユーザーはこの豊かなジャングルを何時間でも探検することができる。ただ、一部例外地域もある。稀少な鳥の繁殖や営巣パターン、植物や微生物の傷つきやすい生態系を考慮すると、ドローンを送り込むのがむずかしい場合もあるからだ。

〈ファンテイル〉は、探検可能な島のバージョンを週に一度更新している。たとえ一日じゅう島で過ごしたとしても（実際にそうする者もいる）、ひとりのユーザーがすべてを見てまわるのはとうてい無理だ。〈ファンテイル〉ユーザーは、この輝かしく豊かな環境で季節の移り変わりを眺める。マップの隠された部分にアクセスすることはできないが、島のデータが週に一度しか更新されないことに不満の声は上がらなかった。

マーサは時空の隙間を通り抜け、マップの一部——セイラ・ノミックが何年も前に周到に隔離しておいた部分だ——のロックを解除した。こんなことをするのは初めてだった。やるべきことが多すぎたし、レンクを見たら自分のなかのなにか——憐れみ、同情、罪悪感——の引金が引かれ、つらくて耐えられなくなるのではないかと危惧していたのだ。しかしいま、夜も更けた自宅の静けさのなかで、マーサ・アインコーンは特別なコードを入力し、顔と指紋で認証をパスし、〈ファンテイル〉ユーザーが決して見ることのできないジャングルの一部に足を踏み入れた。レンク・スケトリッシュが暮らしている場所だ。

まぼろしの世界のなかで、マーサはジャングルを歩いた。

むかし、ずっと以前のこと、もうひとりのマーサがこんなふうな森を歩いていたことがある。父に森に置き去りにされ、彼女は生き延びるためにクマを殺した。あのとき、自然は完全に破壊的な力を生み出すこともあると彼女は理解した。あのクマはこちらを殺そうとしていたが、殺したとしても栄養を摂ることはできなかった。レンクたちを放っておいたら、世界はしゃぶり尽くされて黒ずみ、しまいには砕け散っていただろう。そしてかれら自身も、そこからひとしずくの栄養も摂ることはできなくなっていただろう。クマは一撃で倒し、森に放置しなければならない。

言うまでもなく、リアルタイムでレンク・スケトリッシュを見つけて追跡するようドローンに指示するのはごく簡単だった。仮想のジャングルのなかでそろそろと歩を進めながら、気がつけばマーサは息をひそめていた。まるでレンクが珍しくて危険な獣であるかのように。ちょっとしたことで興奮して、襲ってきたら逃げられない動物だとでもいうように。このジャングルには匂いはないが、音はある。鳥が驚いて甲高い声をあげ、木から木へ飛び移る。どの木の幹でも、生命がせわしなく活動してとんとんコツコツと音を立てている。マーサ・アインコーンはすっかり心を奪われて、ここへ来たほんとうの目的をしばらく忘れ果てていた。

気がつけばそこに彼がいた。レンク・スケトリッシュだ。すらりとした体躯《たいく》、だが以前ほど痩せていない。お腹がわずかに丸みを帯びているのは、穏やかに暮らしているしるしだ。念のためということで、身体が少しよけいに肉をつけているわけだ。山羊革のようなサバイバルスーツの脚部に脚を入れ、上半分は背後に垂らしていたが、安定をとるために両腕の部分が地面まで伸びていて、それがまるで二本の後脚のようだった。奇妙な神のよう、機械仕掛けのケンタウロスのようだ。木の枝のあいだに手を差し入れ、熟して茶色に変色し傷のついた果実をもいで、手の中でまわしてみてから味見をしている。

そんな彼を見てマーサは微笑んだ。エノクのために選ぶことができたなら、まさにこんな余生を選んでいただろう。そう考えたところで、こんなに長いことここに近づかずにいた理由が腑に落ちた。ここでエノクの運命を見るかもしれないと恐れていたのだ。天に昇り天から落ちてくるあの煙、あの灰、あの炎。しかしレンクは幸福だった。健康で自由。長く閉じ込められたあとに野に放たれた生きものはみんなこんなふうだろう。

楽園を行く彼のあとを彼女はついていった。何種類かの木の実の季節だったので、彼は大きな油布を木と木のあいだに渡して、落ちた木の実を集めやすくしていた。と同時に、収穫を付け狙うリスやネズミを寄せ付けないようにもしている。そんな作業をしている彼は若々しく、ある意味では初めて会ったときより若く見えた。わたしたちのなかには、もともと〈キツネ〉になりたい、ならずにいられない人種がいるのだ、そう彼女は思った。休むことなく新しいものを追い求め、たえず遊動する生活にしか満足できない人々。わたしたちがしゃにむに未来に向かって走りつづけるのは、世界をさまよい歩くのをやめてしまったせいなのだろうか。彼女はレンクにこう言いたかった、尋ねてみたかった。「あなたは自分がどれだけ幸せか、この生活がどれだけ自分に合ってるかわかってる?」それで彼女は肝をつぶした。彼が不意に「うん」と返事をしたからだ。

「うん」レンク・スケトリッシュは言った。「うん、こりゃあ豊作だ。なかなかいい。どう思う?」

するとスーツが、地面の近くで揺れている第二の頭から返事をした。「かなりいいですね、レンク。

きちんと保存しておかなくちゃいけませんね」

レンクは言った。「今年の収穫で何人食べていけると思う?」

スーッは言った。「これまでにあなたが集めたものでってことですか? 軽く三十人か四十人は養えるでしょうね」

「それじゃ、この冬にやって来たとしても食料には困らないってことだな」

「もちろん」スーッは言った。「この冬に来たら、たっぷり食べさせてあげられますよ」

レンクはうなずき、マーサは言いたかった。「だれが来ると思っているの?」

しかし、その答えはわかっている。世界の終末が訪れたので、彼は用意を整えて待っているのだ。いつかだれかがやって来ると信じている。人々がここに逃れてきて、そうしたら蓄えを見せてやることができる。そしてなんと賢く勇敢な人だろうとみんなから称えられる。それを生涯かけて待ち望んでいるのだ。

さらにあとをついていくと、彼は川筋に沿って南東に下っていった。浅瀬のきわにつたのロープが何本か仕掛けてあり、その黒っぽい繊維に白い二枚貝の一種が刺さっていて、中のオレンジ色の身がわずかに見えていた。彼はロープを何本か引っ張りあげ、夕食に必要なぶんの十五個だけ集めると、また暗いジャングルを抜けて秋のキャンプに引きあげていった。

マーサはのんびり歩く彼の足取りに合わせて並んで歩いた。

彼女は声に出して言った。「うまくやってらっしゃるのね。自分にはやれるって以前からわかってたんでしょう」

レンクが右側に目を向けた。せつな、賛辞に照れて顔をそむけたのかと彼女は思った。だが、彼は右に一歩を踏み出し、そこで消えた。

マーサは立ちすくんだ。周囲ではいまもジャングルが活動を続けている。緑と金、朽葉色と鳶色に輝いている。鳥は木から木へせわしなく飛びまわっている。輝く雨粒のように木の実が落ちてくる。レンクの姿はない。

「リロード」彼女は言った。「〈ファンテイル〉、シミュレーションをリロードして」

周囲で世界がちらつき、また戻ってきた。やはりレンクの姿はない。

「〈ファンテイル〉、レンク・スケトリッシュはどこ?」

「レンク・スケトリッシュはマップ上に存在しません」アシスタントが愛想のいい女性の声で言った。

「ついさっきまでマップにいたのよ。レンク・スケトリッシュはどこなの」

「申し訳ありませんが、その情報はありません」

彼は右に曲がった。右に一歩進んだ。マーサも右を向いて一歩足を踏み出した。世界にさざ波が走る。上空のそよ風に木々は揺れつづける。クモが粗い樹皮を一定の速度でのぼっていく。

「〈ファンテイル〉、ここはアドミラル・ハンツィ島のどのバージョンなの」

「あなたがいま閲覧しているのはアドミラル・ハンツィ島の公開アーカイブです。最終更新は三日と六時間二十二分前です」

「ちょっと前まで、アドミラル・ハンツィ島の非公開バージョンを見てたんだけど」

〈ファンテイル〉はなんのことかわからないと言う。しかたなく彼女はバイザーを上げて手動でリロードをかけた。やはり変化はない。左へ一歩行くと、非公開バージョンに戻った。右へ一歩行くと、島の一般公開バージョンに入ってしまう。

出し抜けに、前方の道にレンク・スケトリッシュがまた出現した。彼は先ほど少し迂回して右手のジャングルに入り、島の見えないセクションに姿を消していた。それがいままた戻ってきて、熟した木の実を入れた袋を肩にかついでじゃらじゃら音をさせながら、四つ足の馬のように歩きつつ口笛を吹いてキャンプに向かっている。

三十分ほど綿密に調べてみて、島のどの部分が閲覧可能域から除外されているかはっきりした。レンクがあんなふうに姿を消さなかったら気がつかなかっただろう。すべてがほとんどシームレスに処理されていた。マーサが目的もなく歩きまわっていただけなら、そしてレンクが別の道を通っていたら、島の公開バージョンから非公開バージョンへと歩いていても、継ぎ目に気がつくことはなかっただろう。しかしあると知って探せば見つかるものだ。島の南部、およそ二百五十平方キロメートルの範囲（幅約十三キロメートル、長さ約二十キロメートル）は、島の他の部分と違ってリアルタイムに更新されていなかった。言うまでもなく、慎重に加工された週ごとのドローン映像は存在した。他の地域と同じように、人間の居住の痕跡をしらみつぶしに調べるよう設定されているのだ。だからドローンたちはそのセクションでも、鈍い羽音を立てつつ集団で飛びまわって動画撮影を続けている。

マーサは、自分に理解できるかぎりの方法で〈ファンテイル〉システムに働きかけた。自分のキーとコードを伝えた――これで、島の他の部分のロックを解除し、レンク・スケトリッシュのあとをついていくことができたのだ。〈ファンテイル〉はそのパスコードを承認したが、ロックは解除されなかった。マーサはテクノロジーの専門家ではないが、自分にわかる範囲で診断機能を実行した。異常なし。彼女は下唇を噛んだ。

一時間後、彼女の自宅の庭では、ウグイスとクロウタドリが餌台に群がっていた。その道の専門家にバッジをつけられたかのように、一羽一羽の見分けがつく。鳥たちは頭をこちらにかしげあちらにかしげして、用心深くあたりをうかがっている。近所の猫の姿がないか、茂みにあざやかな実がなっていないか探しているのだ。

それを見ながら彼女は思った――わたしはシンボルの世界に取り込まれている。実際の土地と地図を混同していた。わたしともあろう者が。

しばらく考えて、バジャーに電話をした。

「あの島の一部に、わたしのパスコードにまともに反応しないところがあるんだけど、どういうことかしら。なにか知らない？」

バジャーは「ああ」と言い、そこで口ごもった。バジャーは嘘をつくのがうまくない。

マーサは言った。「なにか隠してることがあるんじゃない？」

バジャーは言った。「えっとね、あのときふたりには言ったんだよね、きみにじかに訊かれたらほんとのことを言うって。それで、きみはいまボクにじかに訊いてるんだよね？」

マーサは言った。「そのつもりだけど」

バジャーは言った。「よし、わかった」

4. 起こるはずのない事態

テックプレーンが消えてまもなく、午前五時にアルバート・ダブロウスキーの電話が鳴った。何者かがAUGRを起動したのだ。

起こるはずのない事態だった。彼はぐっすり眠っていて、タオルから最後の水滴を絞り出すように、頭の中から夢を絞り出さなくてはならなかった。大きなベッドで寝返りを打つ。同じベッドにはいつもマイクが――最近では――寝ていない。スマホに手を伸ばしてアラートを見、声に出して「くそ」と言った。

いまはのるかそるかの時期だ。アルバートは注意を引かないように自分のヨットにたどり着き、それでハワイのビーチハウスにやって来た。金で買えるテクノロジーをすべてつぎ込んでも、容易なことではなかった。飛行機が墜落したのは七十二時間と少し前で、当然ながらそのニュースはマスコミに届いている。静かな時期はすでに過ぎ去っていた。ジムリのアシスタント、レンクの元妻たち、エレンの管理チームは、かれらからの連絡を待っていた。とくにマーサはいま、〈ファンテイル〉の運営を安定させつつ、それと同時に救助コーディネーターにも協力を求められている。セイラは恐怖と絶望のふちに立たされた妻を演じながら、同時に何層ものダミー会社を通じて急落中の〈ファンテイル〉と〈アンヴィル〉と〈メドラー〉の株を買い占めていた。島に流れ着いた三人の面倒をだれかが見なければならない。さしあたって危険がないことを確認し、テクノロジーに不具合が生じないように気を配るのだ。そのだれかとはある程度はバジャーだが、おおむねアルバートなのは明らかだった。いまのところ、ほとんど監視対象になっていないのは彼だけだから。

これまでのところ、面倒を見るというのは主に、スーツを通じて睡眠薬を投与し、機械の声を耳に快く人間味のあるものにし、スーツの語る筋書きに説得力があって無理がないかどうかチェックすることだった。概して計画どおりにことは進んでいる。

・離島の大富豪三人は、世界の終末が訪れたと信じている
・大富豪三人にはさしあたって危険はなく、睡眠と回復を助ける薬を進んで受け入れ、何日経過したかすらあやふやになっている
・大富豪三人はいまのところ、外の世界と接触しようとか、アクセスを取り戻そうと積極的に動く気配はない
・世界はみごとに見当ちがいの場所で大富豪三人を捜索している

チェック、チェック、チェック、これもチェック。

それなのに、いまになってこれだ。アルバートのスマホに届いたアラートによれば、AUGRが起動されたのは……プリンス・ルパートという町。ネットで検索しなければ、どこにあるのかすらわからなかった。なんにもないど田舎じゃないか。カナダの西海岸。不具合にちがいない。こんなど田舎のだれが、いまこの世に存在する最も高価で極秘のソフトウェアを持っているというのか。しかし、場所にはなんの意味もない。AUGR経由で保留メッセージを送信する――待機せよ。

権限を確認した。名前と身分証明はスマホからソフトウェアに、ソフトウェアから彼に伝達される。このAUGRは、ブカレストで外部のチームによって破壊されたと報告されていた。ここでそれをまた起動したのは……ライ・チェン。マーサがつきあっていた女だ。

「ああ、ちくしょう」アルバートは言った。「まったくくそったれが」

アルバートから連絡を受けたとき、バジャーもその意見に同意した。

「この話はマーサに伝えるわけにいかないよ」

「あの女にあれをやったのはマーサだ」

「あのさアルバート、マーサがあれを彼女にやったのはみんな知ってるよ。ライ・チェンはあのエアコンのそばの動画に映ってた人だもん。あれが使えるって証拠の。会ったことあるけど、ほんとにいかす彼女だよ。ただ、あれをいまも持ってるはずはないんだけど」

「マーサの知らないうちに盗み返したのかもな」とアルバート。

「マーサが再起動を許したのかもしれない」

「なんてこった」

「ボクも同感だ」とバジャー。

「ほんとに、マーサが故意にこんなことをすると思うか?」

「こういう、いや、こういうこんなことはしないよ。彼女を守ってあげられるのがうれしかったのかも」

「くそ」

アルバートとバジャーはセイラに電話した。

セイラは言った。「勘弁してよ、なによもう、信じらんない。マーサは彼女に夢中なんだから」

「彼女に夢中になって、それで計画を話しちゃったのかな」とバジャーは言った。

「まさか。あの計画を彼女がジャーナリストに漏らすなんてありえない」とセイラ。

「恋は盲目だからな」アルバートは言った。「最初のうちはとくに。おれも、だれにも言ってないことをマイクにはべらべら喋ったよ」

「AUGRはなにが起こったと思ってるの」とセイラ。

「AUGRはボクらが教えたことしか知らないよ」バジャーは言った。「だから世界が終わりかけてると思ってるし、彼女はプログラムの一部だから避難させようとしてる」

「だったら、それこそわたしたちがしなくちゃならないことね」セイラが言った。「彼女はAUGRのプロトコルの一部なのよ。わたしもそうだし、バジャー、あんたもそうでしょう。だから彼女もわたしたちと同じように避難するわけよ、そうでしょ」

「だけど……AUGRのプロトコルなんて存在しないよ」

三人が話している途中で、アルバートの電話から通知音が鳴った。このゴタゴタのあいだ、マーサは自分の〈ファンテイル〉アカウントへのログインを彼に許していた。ただ広報面の対応を助けてもらうため、いま彼女が忙しくてできないことを処理してもらうためだ。マーサのアカウントには、ライ・チエンからのメッセージが届いていた。

これは本物なの？　AUGRが起動されたんだけど。

「くそ、これをどうしたらいいんだ」アルバートは言った。

「利用しなくちゃ」とセイラ。「アルバート、マークされてないのはあなただけなんだから、あなたがなんとか彼女を連れ出してくれなくちゃいけないわ。必要だったら、ほんとに避難させられるんだって思わせといて。ほっといたらなにもかも滅茶苦茶になっちゃう」

「なんだって、つまりあの島に送れっていうのか?」

「それでうまく行くかもしれないよ」バジャーは言った。「そのほうが、その、もっと現実味が増すかもよ」

アルバートは思った——これはおれが自分で招き寄せたことだ。そして実際のところ、マーサのくそったれ、きみも自分でこれを招き寄せたんだ。人を人生に引き戻したりするからこんなことになる。人生なんかどうせ滅茶苦茶なものなんだ。

本物ですと、彼はマーサのアカウントから返信した。**あなたに連絡が行くとは知らなかった。**

彼はバジャーとセイラに、自分が対処すると言った。自分に考えがあると。ホノルルで〈メドラー〉ジェット機の整備をしているチームに電話をかけ、すぐに出発しなくてはならなくなったと彼は言った。

5．長期のサバティカル

マーサはこういうとき、表面的には冷静そのものになるほうだった。いずれはわめきだす時間もあるだろうが、いまは森のなかにクマがいる。

「つまり、あの島にチェンを送ったって言うわけ?」

「危険な目にはあわせてないよ」バジャーは言った。「面倒はちゃんと見た。薬が必要なときには抗生物質をひと晩じゅう点滴したし、その後は彼女に取りに行かせたんだ、埋もれた補給物資みたいなとこに。具体的に言うと尿路感染症だったんだけど、大丈夫、ちゃんと治したから」

「彼女をあの島に送り込んで、それをわたしにずっと黙ってたっていうの、三年も?」

あの「テックプレーンの悲劇」の騒ぎが沈静化したあと、マーサはチェンを探した——当然だ。しかし一年以上過ぎていたし、チェンの友人のマリウスが彼女のサイトを通じて、チェンは「長期のサバティカル」をとるのでネットビジネスは休止すると発表していた。それでマーサは、彼女のつねで厳格かつ冷静に悲しんだ。言うまでもなく、これはしかたのないことだ。長いことほったらかしていれば人は離れていく。たぶん彼女は新しい恋人を見つけたのだろう。ためらいがちなメッセージを二、三度送ったが、それきりだった。マーサの人生にはある種の幸福は望めないのだろう。そのことに完全に折り合いがついているわけではないが、少なくとも慣れてはいた。チェンはほんとうはあのとき去っていったわけではないと知ったいま、マーサの気持ちは複雑だった。いわばリッチテキストだ。

セイラ・ノミックは、フランス、スイス、イタリアの国境に〈アンヴィル・フューチャーセーフ〉ゾーンを開こうとしていた。複数のやや小規模な国立公園を結合し、ヨーロッパ全土に少しずつ建設している大規模な野生動物の移動回廊の一部にしようとしていたのだ。そんなわけで、彼女はヴァノワーズ(フレンチアルプスの一地域。国立公園がある)のエコロッジにいて、背後では松の木が鋭い針を空に突き立てていた。

「だって、彼女はあんたのアキレス腱だったから。彼女に夢中だったでしょ。彼女があそこに送られたって知ったら、あんたはなにもかもぶち壊しにしてたかもしれない。そういう危険を冒すわけにはいかなかったのよ」

「わたしに……教えようと思っていた？　いずれそのうち……？」

セイラはいつもの、釣り込まれるような満面の笑みを浮かべた。

「それらしい出口戦略を考え出せればって思ってたわ。ほらつまり、何年か待ってから、自分で島から脱出する方法を思いついたみたいな感じで」

「あの島でいろいろ見てきて、それを話すかもしれないのに？　冗談はやめて」

「だから、まだ考え出してなかったのよ。嘘じゃないって、本気で取り組んでたわよ」

アルバート・ダブロウスキーは自宅にいた。マーサ・アインコーンは、その裏口のドアをどんどん叩いて勝手になかに入っていった。何年も前、彼を力ずくでこの世に引き戻したときと同じように。

彼は言った。「聞いたよ」

「知ってたのね。知ってて黙ってたのね」

アルバートは言った。「なにもかも滅茶苦茶なんだから、対処する方法だって滅茶苦茶になるさ。気の毒だが、彼女もひとりの人間でしかなかったし」

それは、この計画に着手したときかれらが言い交わしていたことだった。地球全体を救うために変革を起こすなら、最低何人を排除すればよいだろうか。最低いくつ嘘をつけばいいのか。三人か四人の人間を消しゴムで消すだけで、すべてを解決できるのだろうか。そんなふうに話していたときは、ほとんど違いはないように思えた――それが三人でも、四人であっても。

なんとか〈クラッシュジャケット〉をもう一着見つけ、サバイバルスーツをもう一機組み立てた。

ほかの三人のそれと比べると完璧ではなかった。スーツの内側の型など、もとの目的で作られた部分が一部まだ見えていたほどだ。彼女に薬を与え、手元にある一番安全な対策を施して、上空からあの島に落とした。

「でも、万全じゃないってわかってたんでしょう」マーサは言った。

「ああ、わかってた」アルバートは言った。「だが世界は死にかけていて、ほかにどうしていいかわからなかったんだ」

「彼女を見せて」

6. ソドムにひとりの善人がいるか

仮想の島で、マーサはチェンを見守った。世界は滅びかけており、かれらはそれを救った。そしてその代償は——なんと——少数の人々が楽園の島で比較的贅沢に暮らす、それだけだというのか。もっと手っ取り早い方法があるなら、ほかのだれかが見つけていただろう。ほんとうにそれがあなたにかかっている場合もある。あなたと一本の枝と、そしてとっさの反射神経に。

見るかぎり、チェンは楽しくやっているようだった。そうは言っても、世界が滅んだと知っている人として、チェンの場合レンクほどには楽しそうではなかった。チェンはあちらからこちらへと歩きまわりながら独りごとを言っていた。スーツと話をするときもある。返事をするスーツは、セイラのこともあればバジャーやアルバートのこともあった。つまり本物の人間とさほど変わらない。チェンは寂しそうだった——それは間違いない。

島ではチェンが無煙炉で火を熾し、赤熱の薪の揺らめく火で魚をパリパリに焼いていた。どうやら彼女の好物は、黄葉の木の樹皮のなかにいる幼虫のようだった。マーサが心を奪われて見守る前で、熱でまだらになった固いピンクの膜を剝き、チェンはなかの幼虫を呑み込んでいく。だが、やがてマーサは後ろめたくなって接続を切った。知りたいことをこんなやりかたで知ろうとは思わない。

マーサは、チェンと初めて会ったときの〈デイセイブ〉をまた聞きなおした。ふたりのやりとりに、チェンがこう言った瞬間に耳を傾ける——「遅れて申し訳ありません、ちょっと……やむを得ない事情がありまして」。そしてまた、それに対する彼女自身の答えに——「では、なにか埋め合わせをしていただかなくては」。よくもこんな横柄な物言いができたものだ。あとにも先にもこんな話しかたをしたことはない。チェンはこのときの会話を聞きなおしたりしただろうか。

問題は、どれだけ耐える覚悟があるかだ。問題は、不慮の犠牲者が何人出たら多すぎるのかということだ。問題は、ソドムにひとりの善人がいるかどうかだ。

7. 忘れないで、あなたにはできる

ある日、チェンは夜明け前に目を覚ました。呼吸や動きの変化を感知して、スーツはフェイスプレートの照明パネルを点灯させ、気温、天気予報、風速、昨日歩いたマイル数を表示した。コマンドをつぶやくとバイザーが透明に戻る。そこに映る自分の顔を通して、彼女は暗いジャングルを眺めた。月が皓々と照って、頭上の樹冠がジャングルの地面にくっきりした影を落としていた。夜空を流れる天の川がはっきり見える。ヘッドランプをつけたら、無数の昆虫の目が輝くのが見えるだろう。しかしランプはつけなかった。遠くで猿が叫びながら木々を渡る音がする。ときどき、枝にスーツを固定して眠っていると、猿たちにうえを走っていかれることがある。うつぶせに寝る彼女を、ジャングルの産んだ新しい生物かなにかとでも思っているのだろう。

そしてある意味ではそのとおり、彼女はジャングルの生物だった。ただ大変な遠まわりをしてきただけだ。このジャングルで安全と感じられるとは思ってもみなかった。しかしジャングルは理解でき、だから信頼できる。レンクやエレンやジムリが相手ではこうはいかない。大きな嵐はあったが、その嵐は過ぎ去った。

レンクが歩き去ったあのときから三年で、彼女は自分の帝国の提供する価値《アフォーダンス》を学んだ。季節になると渡ってくる鳥がわかるようになり、時期が来ると岸に寄ってくる魚がわかるようになった。そして年ごとに、鳥や魚が増えていることに気づいた。スーツもそのとおりだと言った。空気がきれいになり、海岸に打ち上げられるプラスティックや金属ごみが減った。つまり、なにかがうまく行っているのだ。

スーツの勧めで、彼女は島の南東部に留まっていた。

「そうすると、ほかの人たちに会わずに済むわけ？」チェンは尋ねた。

「この島はこのあたりが最高ですから」スーツは答えた。「一番の釣り場ですし、狩りをするにも寝るにもいい場所があります」

ときおり、地平線に煙のようなものが見えることがあった。〈スタウトボックス〉オーブンの消煙機能が作動する前に、急いで料理用の火を隠したのかもしれない。またあるとき、とても静かな日に、遠くの海岸から楽器の音――弦を弾いたような――が聞こえたような気がしたこともある。しかし、あの海岸は少なくとも四十キロメートルは離れているはず。ちょっとありそうにないと思った。

それでもそこからヒントを得て、一種のギターを作りたいから手伝ってくれとスーツに頼んだ。木を丁寧に鋸《のこぎり》で挽いてかんなをかけ、またこの島で最大級の動物、アンテロープの一種の腸で弦を作ろうというわけだ。アンテロープを狩ることから始めて、木材を乾燥させるために窯を建設し、仕上げに楽器にニスをかけるところまで、このプロジェクトにはほぼ丸一年かかった。

この二百五十平方キロメートルかそこらのことを、彼女は熟知するようになったが、それでもなお学ぶべきことは山ほどあった。ここには夏の家と冬の家、春の狩猟場と秋の採集場がある。見晴らしのよい場所から、森や川、赤っぽい崖や斑点のある海岸をはるばると見渡すことができる。そこについて学び、手入れをすることで、自分のものにしてきた場所。時間はあってなんでもできるが、いくらやってもまだできることはある。

ほかにしかたがなければ、死ぬまでずっとここで暮らしていけると気がついた。木の根や草の根を食べ、小型の哺乳類を焼いて食べる。肉体的な技術を新たに学び、練習することもできる。登山に熟達したり、銛《もり》で魚を獲る方法を学んだり。外国語を勉強したり、もの作りを学ぶこともできる。スーツには、思いつくかぎりの自己研鑽用独習コースがそろっていた。天文学、動物学、植物学、地学を突っ込んで学ぶこともできるし、この生物多様性に富んだ自然のなかなら、なにか新発見をすることもできるかも。スーツには、彼女が望むような音楽、芸術、文学、演劇などはすべてそろっていた。何千万ページもの情報が、主要なインターネットサイトからダウンロードもされていた。ウィキペディア。さまざまなハウツーサイト。歴史や討論。ゴシップや罵りあいまで。以前の人生のありとあらゆるナンセンス。

このころには、チェンは〈ネーム・ザ・デイ〉の書き込みはすべて読み終えていた。OneCornの投稿も読んでいた。OneCornがだれなのか、暗号を解読するのはむずかしくなかったし、どうしてここにこんな書き込みがされているのかも理解できた。〈キツネ〉と〈ウサギ〉という概念について、何度かスーツと議論をした。それどころか、この概念を彼女と議論するため、スーツの人工対話プログラムの一部を独立させるよう指示まででした。

その日の朝、また一からそのあたりを考えなおしてみた。文明の目的、都市の発明、農耕をする理由。そういうことすべてについて。人類がかつて〈キツネ〉だったと知ることになにか意味があるのだろうか——いまでは、タイガや北センチネル島やカナダのヌナツィアヴトの住民など、少数の孤立した集団を別にすれば、全人類が〈ウサギ〉になっているというのに。後ろをふり返るのは例外なく悪手ではないのか、ロトの妻ェドやオルフェウスにとってそうだったように。自分自身を責めることになんの意味があるのか、人類がもう狩猟採集民ではないからといって。音楽や絵画や映画やゲームのような、象徴的行動が好きだからといって。

夜明けの静寂のなか、チェンはバイザーをあげた。イモムシやアリ、ほころびる花々や粘菌《ねんきん》を、その名を示す明るい緑色の文字が追いかけることはもうない。世界がそこにある。ありのままの姿で。

その瞬間には、言葉は必要なかった。なにものにももう名前はない。ただ存在している。彼女も、あなたも。

どこにいようと、全世界の豊かさと複雑さ、そして尽きることのない底知れぬ実在性が、目と耳と鼻から押し寄せ、皮膚を越えてなだれ込んでくる。周囲にあるものはすべてそこに存在している。そして自分自身も。存在の横溢《おういつ》する世界がそこにあり、そのすべてが善いも悪いもなく、ただ存在している。

これを記号で表現することはできない。記号が存在しうるとしたら、それはここを掘れと指し示す砂に立てた旗だけだ。宝物のありかが見つかったのだ。宝物、それはありのままのこの世界だ。世界のあらゆる部分が、現在として、そしてかつて未来が彼女にとって確実であると見えていたのと同じように確実に、チェンに迫ってくる。地を這うものや空を飛ぶ生きものの目に見える姿、甘い香りや酸っぱい香り、舌に残るかすかなサクランボの味、ジャングルの絶叫や遠吠えの無調のハーモニー、肌に触れるスーツ内部の柔らかさの強烈で美しい感覚、あまりにも強く生々しく、そして現在でありすぎて言葉にすることができない。

すべての言葉が消え失せた。

しかし、その瞬間にチェンが感じていた感覚——名前のない周囲の全世界の感覚には、名前をつけることができない。それを言葉にしてみようとして、「旗」や「砂」と考えたとき、彼女は世界から転げ落ちて記号のなかに戻ってしまった。ほかに方法はない。人類の進化上の大きな利点は、世界を分割し、分類し、名前をつけるこの脳だ。そこからしょっちゅう逃れられると期待してはいけない。ただ、逃れられるということは憶えておこう。

ライ・チェンはかつて、森の奥で何年もサバイバル生活を送るという動画を作ったことがある。八百二十万回視聴されたその動画で、彼女はこう言っていた。

・不快な生活を覚悟する
・よいテントを忘れないこと
・罠を仕掛け、クロスボウで狩りをする
・人々は絶望的になるだろう
・周囲の自然に感謝するよう努めよう

しかし、ああいうことをしていたライ・チェンはいまはもういない。

バイザーの設定をひとつまたひとつとオフにしていく。もう動植物の名前を教えてもらう必要はない。どの植物の茎が美味でどれが苦いか知っているし、低く垂れ下がる葉のどれが、地中に甘い根茎《こんけい》を隠しているしるしなのか、どの幼虫が火にかけるとコリコリした木の実の歯ごたえになるのか知っている。鳥や昆虫、柔らかい岩や固い岩、よく燃える木、建材に適した木を知っている。狩りのしかた、罠のかけかた、燻製《くんせい》小屋の建てかたを習得し、足の遅い年老いた動物を選んで仕留めることを憶えた。そんなふうにキツネに狩られることで、ウサギは速く賢くなっていくのだ。香りのよい蜜蠟でろうそくを作り、肌理《きめ》の粗い素焼きの土鍋を作った。どの泥を焼くと硬くてもろい土器になり、どの泥なら厚いが丈夫な土器ができるか憶えた。少女のころ、泥に頭から呑み込まれると恐れていたのが、いま思い出すとまるで他人のことのようだ。

ずっと昔の親が子供に教えたように、スーツは彼女に教えた——ここにいるのは災害時の非常事態ではなく、ここは恐怖のゆえに避難するべき場所ではなく、ここは彼女の家なのだと。わが家としての世界。遠い祖先が、かつてはるかな昔にこの世界に安住していたように。そのために必要だったのは、世界の終末とさまざまなテクノロジー、そして人生のうちの三年間だけだった。

その日、彼女は崖のうえに立って、ジャングルの向こうに沈む夕陽を眺めた。樹冠のうえでうろこ雲が深紅と金色に輝き、それがかすかな空の熾火に変わり、ついには完全な闇が降りてくる。言葉のない世界がいまはいつもそこにある。それに浸って渇きを潤すだけでいい。

もう未来はない。時間は矢のように未来を指すのでなく、螺旋《らせん》のようにめぐるものだ。そのようにして季節は何度も何度も繰り返す——いつか彼女の骨が大地に沈み、肉がふたたびべつの生命として生まれ変わるまで。そう、それでよいのだ。

8. 最後の正しいこと

夜明け前の薄明のなか、フレキシブルソーラーセイルのポリマー製小型ボートが海面を滑り、アドミラル・ハンツィ島に向かっていた。

船舶は許可されていないし、上空を航空機が通過することも禁じられていたが、特定のマッチ箱に特定のビーズが入れられ、短時間ながら監視に穴があき、ボートは見とがめられずに禁止ゾーンを越えた。

海は空と同じように澄みわたり、透けるような青色だ。内側から照らされたように輝いて、海は生命に満ちていた。水中の木々は光に向かって大きく伸び、その大枝のあいだでは、銀色の小魚の群れがあちこちにすばやく目をやり、餌を探したり捕食者に探されたりしている。バランスを保つでも崩すでもなく、たえず成長か衰退に向かって動きつづけている。

ポリマーボートは金色の海岸に乗り上げ、操縦手は三つのアンカースパーを砂地深くに送り込んだ。スパーは砂にもぐり込み、彼女の足の下深くでフックを広げてがっちり固定し、頼もしい低い音を立てた。

ここで操縦手が発見されたら、近くのドローンステーションで警報が発動されるだろう。そして八分以内に、武装飛行戦闘ポッドに包囲される。それらには、電気ショックで彼女を無力化し、意識のない状態で島の外に運び出す権限が与えられている。しかしそれも、ここでレンク・スケトリッシュに見つかるのにくらべたら大した問題ではない。レンクに見つかったらそれこそなにもかもぶち壊し、すべて水の泡だ。だがしかし。いまのところ接近を阻む対策はすべてブロックされ、彼女は最後の正しいことをしようとしていた。

マーサは砂浜に座り、シルクのようになめらかな砂にかかとを埋めて、昇る朝日を眺めていた。ついにこのリスクをとる時が来た。このリスクを冒さなければ、すべてのリスクにはなんの意味もない。

9. 危険と感じはしても、これで死ぬことはないとわかっていた

「砂浜で待っている人がいます」スーツが言った。

「レンク？」チェンは言った。「見つかっちゃったの？」

「違います」スーツは言った。「あのですね、わたしはあなたにああしろこうしろと言うことはできません。ですが、砂浜へ降りていって、だれが来たのか確認したほうがいいと思います」

チェンは、かつて自分がいつも抱いていた気持ちを思い出した。この世界には非常に多くの危険が存在していて、そのすべてから逃げることはできないという気持ち。〈シーズンズ・タイム・モール〉でエノク会員から逃げていたときには、なつかしいような安心感を覚え、やっぱりこの世界は彼女が

ずっと思っていたとおりの世界だったと感じたものだった。

逃げようかと思った。あるいは隠れようか、様子見をしようか、こっそり偵察し、攻撃しようかと。そこで思った――いや、それはいけない。この世界はいまではわたしの家なのだ。そこで砂浜まで歩いていった。

女がひとり、潮流を眺めていた。濃い青と明るい青がないあわされ、墨色の影がその色合いに重なっている。女はずんぐりしていて、髪は肩につくぐらいの長さで――マーサに会うのがあまりに久しぶりで、チェンはこの感情を忘れていた。こんなことになったあとでも、その感情から無尽蔵に興奮がわきあがってくるかのようだ。いまのいまになっても、マーサの姿を見るとくそったれな心臓が高鳴る。

チェンはマーサを見つめ、マーサはチェンを見つめた。ふたりともあのころより歳をとり、三年前には想像もしなかったほど多くのことを学んだ。人に触れられることを思って、チェンの皮膚は感極まって叫びだしそうだった。だがそれでも、彼女と人の手とを分ける断絶は大きすぎて、とうてい越えられないような気がする。

人と人のあいだには空隙《くうげき》があって、人はみなつねにそれを縮めたいと切望している。それがあるから、人の決めることはマッチ箱とビーズの決めることとは一致しないのだ。人は人とつながりたい。そうせずにはいられない。一生のうち一日も、人は人を信頼せずに生きることはできない。たとえ落ちるとしても飛ばねばならない。どうしても。

マーサは言った。「会えてほんとうにうれしい」

チェンは言った。「うん」

マーサは言った。「話さなくちゃいけないことがあるの」

それでチェンは言った。「なに言ってんの」

だが、それでも彼女は話を聞いた。

この地球最後の場所で、マーサはチェンに証拠を見せた。世界になにが起こったのか、そして彼女がなにをしたのか。ラベルをつけた一件書類――防水ファイルに入れたハードコピーと電子版と――も用意してきた。最初から最後まですべてを記録した文書資料だ。彼女はチェンの手を取った。手と手が触れたことで回路がつながり、チェンはまた人類に結びつけられたようだった。その一度の接触があまりに強烈で、全身が痛かった。

マーサはチェンに、衛星電話と小型ボートから引かれているインターネット接続を見せた。チェンのサバイバルスーツのパネルを開き、人間の会話という大きな世界に接続した。映像は思考よりも速くバイザーにあふれ出してくる。世界は外にまだ存在し、世界は以前と同じで、世界は変化していた。

チェンがそれを見、それを聞くうちに、太陽は空高く昇っていた。

やがて彼女は言った。「それじゃ、やってのけたんだ」

マーサは言った。「そうね、多少は成し遂げたってことね」

「でも、わたしがここにいるのは知ってたの」

マーサは首をふった。

「変ね」チェンは言った。「だってわたしは、世界が終わってないのを知ってたもの」

そう言うと、マーサを海に突き飛ばした。

海は影のように冷たく、マーサはあえいだ。頭が海中に沈み、また浮きあがる。塩が目を刺し、親指と人さし指のあいだの水かきにあった切り傷にしみた。髪は塩水にまみれて重くこわばり、身体は水にさらわれて、立ちあがろうとしたら波に倒された。最初の波と同じか、それ以上に冷たかった。ふいに羊水のこと、塩辛く甘い女の味のことを考え、〈フリトレー〉のトラックに轢《ひ》かれた母のことを考え、そして塩に変わるとはどういう意味かと考えた。また立ちあがろうとしたが、また波に引っくり返され、それでも立ちあがろうとしてまた引っくり返った。彼女は笑いだした。危険と感じはしても、これで死ぬことはないとわかっていたから。そしてそれはこの世でいちばん滑稽なことだった。打ち寄せる波から逃げようと、赤ん坊のように塩水から砂浜に向かって這っていくのと同じくらいに。その笑い声は泣き声でもあったのかもしれない。なぜなら、人の口を初めて通過するのは塩辛く甘い水の味なのだから。

「どういう意味?」彼女は言った。「知ってた、って」

10. なんでもとてつもなく真に迫ってなくちゃ

チェンが黒いリムジンでホテルを発ったとき、通りは光り、静かだった。車は市内をたちまち進み、北東に向かって都市を抜け、広々とした田園地帯に出た。郊外の静かな道を一時間ほど走ったところで、車が停まった。仕切りが下がってきた。

「ここで待つことになってる」運転手は言って、マスクを下げた。「ところで、話しあわなきゃならないことがあるんだ」

運転手はアルバート・ダブロウスキーだった。

「つまりその」彼は言った。「ここは腹を割って話すつもりなんだが、きみはその、非常に大きなあれに巻き込まれてしまった。犯罪というか、財政に関わるというか、いわば強盗みたいな状況でね。きみはここにいるはずじゃなかった。しかし考えてみたら、きみには利用価値がある。きみにその気があればだが」

彼は自分たちの計画を最初から説明した。人工予言者AUGRを使って、三人の大富豪を飛行機に乗せたこと。だれも捜そうと思わないような場所に飛行機を墜落させたこと。そしていま、かれらの会社を利用して、実際に役立つ対策を打とうとしていること。

「それでだね、いま問題が起きてるんだよ」アルバートは言った。「三人はじゅうぶんな通信手段を持っているみたいでね。あれなら、外の世界と実際に連絡が取れると思う。先日の夜、セイラがそこに気がついたんだ。スーツをエネルギー源として利用するんだよ。しばらくかかるだろうが、あの三人ならいずれやってのけるだろう」

「つまり、わたしにその島に行って、その通信装置を壊してほしいってことですか」

「まあ、だいたいそういうことだね」

「それでそのあとは……」

アルバートは口ごもり、歯のあいだから息を吸った。

「それでそのあとは、たぶんそこで待っててもらうことになると思う……しばらくのあいだ」

「しばらくってどれぐらい？」

「えーとその、きみをいつ島から連れ出せるかはわからない。それがほんとうのところだ。なにが起こるかわからないし、どれぐらいかかるかわからない――会社が安定し、世界が安定するまで」

「三か月ぐらい？」

アルバートは手のひらを上に向け、二、三度すばやく上に動かした――「もっと上」というしぐさだ。

「それじゃ半年とか？」

顔をしかめ、また同じしぐさ。

それからふたりは話しあった。大富豪三人が通信に使えそうな島内のテクノロジーを、チェンはどこでどのようにして見つけるか。また、かれらを意図的に仲違いさせ、隠しごとをさせ、混乱させるために、もし必要ならばチェンはどんな行動をとればよいか。結局のところ、そんな行動はほとんど必要なかった。のちにわかったことだが、ジムリ・ノミックは、どこへ行くにもドローンの群れを詰めたプリングルズの缶を持ち歩いていて、それを使ってみんなから遠く離れた場所へ自分を運ばせた。エレン・バイウォーターは、スーツのなかの彼女を殺したとレンクに思い込ませるというアイディアを自分で思いついた。そしてスーツはあの爆発のあと立ちあがり、歩き去って、なくした手足はスペアをつけて元に戻した。しかしそれは未来の話だ。チェンがアルバートとこの話をしたときは、三人に自滅的な行動をとらせるには、ある程度そそのかすことが必要かもしれないと思っていたのだ。

「心配じゃないんですか。こんな話を聞いたあと、わたしが警察に駆け込んだらどうします？」チェンは尋ねた。

「ばか言っちゃいけない。なんの証拠もないじゃないか。スマホだってきみが自分で細工したのかもしれない。ちなみに言っとくが、ジムリのシェルターが受けた犯罪被害はだいたい一千五百万ドル相当になるよ。警察に行ったらきみは頭がおかしいと思われるだろうし、ぼくらはきみを訴える。いずれにしても、警察になんか行けないよ。どこにも行けない。これはぼくの車だし、ここはなんにもない辺鄙《へんぴ》な地域のど真ん中だ。というわけで、きみの選択肢はふたつしかない。これを引き受けるか、さもなければどこかの隠れ家で一年過ごすか。きみを出してももう大丈夫だとわかるまでね」

「どっちを選んでも、ろくなことになりそうにないですね」

「そうかな。きみはサバイバリストだろう。世界を救う手助けができるんだよ。それにあの島はすばらしく気候のいいところだし」

チェンは考えた。これまでの人生で自分はずっとなにを望んでいたのか。そしてその人生がいま終わったとして、少しでも価値のあることがなにかできるだろうか。

「ああ、そうだ」アルバートは言った。「言い忘れてたけど、きみにはほんとうに薬を投与させてもらうよ。これは当然だ。血液の値を測定できる機器をみんな持ってるからね、なんでもとてつもなく真に迫ってなくちゃならないんだ。スーツを通じてぼくがきみと話すときは、スーツとして話すことになるから、そこはよろしく」

「なるほど」

「ほんとのところ、みんなきみしだいなんだ。いますぐきみを解放することはできないけど、きみに実害が及ぶようなことはないようにするよ。だけどこれは間違いなくやる甲斐のあることだとぼくは思う。世界のために」

「マリウスに電話してもいいですか？　電話しとかないと、わたしを探しつづけると思うし、そうしたらあなたがたにとっても気まずいことになるだろうし」

「いいとも」アルバートは言った。「ただ必要以上のことは話さないように気をつけて」

「わかりました」チェンは言った。「大富豪と熱帯の島で暮らして、あなたがたの手先として働きます」

「言わせてもらえば、とてつもなく賢い選択だ。きみならきっと楽しめると思うよ」

ついに遠くからヘリコプターの音が聞こえてきた。と同時にチェンはアルバート・ダブロウスキーに手首をつかまれ、手の甲に引っかかれるような感触があった。

「心配しなくていい」彼は言った。「これから行く場所には、無数の美しいものたちが待ってるんだから」

11. できるだけ急いでそこに行かなくては

波打ち際で、マーサは息を切らし、疲れ果て、脚を開いたかっこうでチェンの足もとに座っていた。

彼女は立ちあがろうとはしなかった。

そして言った。「ねえ、アルバートはろくでなしよ。さっき渡したものをみんな持って警察に行って。そのためにわたしはここに来たの。あなたにあやまって、なにもかも渡そうと思って」

チェンは言った。「そんなことはしないでくれって説得するつもりはないの？」

マーサは言った。「説得はしてみるけど、だめならだめでしかたがないと思ってるわ」

「ったく……わたしはあんたのお仲間に誘拐されて、ここに連れてこられて、意志に反してここに閉じ込められてたんだよ」彼女はスーツから出ていて、そのスーツは彼女の隣に立っていた。奇妙なつぎはぎだらけの友人にして保護者。「この脚を見てよ」と、長いカーブを描く傷跡を見せる。「あんたたちのせいよ」

「ごめんなさい」マーサは言った。「知らなかったのよ。でも知っておくべきだった。ほんとうにごめんなさい」

チェンはふいに砂に腰を下ろした。

「ねえ、ほんとのことを言って。わたしがあの女を塩の柱に変えちゃったのは、あれはあんたが宗教的なたわごとのためにやらせたことなの？」

「まあ」マーサは言った。

「そうだよ、あんたの書き込みを読んだの。塩の柱とかサバイバルとか。それでね、なにもかもはっきり見えたってわけじゃないけど、それでもわかったの。なんかとんでもなくおかしいってことは」

「わざとじゃないのよ」マーサは言った。「わかってると思うけど、エノク会員があなたを追ったのは、わたしがやらせたわけじゃないわ。でも、どう考えてもわたしにも責任はあるし、だからあなたのスマホにＡＵＧＲを入れたの。あれは……血圧とか心拍数とか、そういう情報を追跡するの。だから、あなたが困ったことになったらわかるし、そうすればＡＵＧＲで助けることができる。あなたが危ない目にあってるなら、助けたいって思ったのよ」

「それじゃ、あの塩の柱は……その、偶然だったってことなの？」

マーサは、チェンのスマホから届いた警報のことを思い返した。チェンの状況に関する戦術的可能性の概要を、ＡＵＧＲが送ってきたことを。そしてあの瞬間、マーサが感じた圧倒的な罪の意識のことを。彼女の行動が、つまり父のもとを去るという決断のフラクタルな展開がもとで、この精神的に問題のある人物はシンガポールのショッピングモールでチェンを追いかけて、エアコンの配管の前にたどり着いてしまったのだ。

「ＡＵＧＲは、あなたをあそこから脱出させるための選択肢をいくつか提示してくれたわ。塩の柱とかそういうことは……あのときは、そういうことは考えてなかったと思う。ただこれだって思ったのよ。ほら、わたしってほんとに変わった育ちかたをしたでしょう、だからあの手の物語が骨の髄まで染み込んでいるの。よくわからないけど、あの手段が……なんて言うか、わたしにはしっくりきたんだと思うわ」

「選択肢を提示したって……ＡＵＧＲが全部自分でやってるんじゃなかったの」

マーサは、チェンが話のこの部分を知らないということを忘れていた。

「あら」彼女は言った。「違うのよ、ＡＵＧＲは予言なんかできないのよ。わたしたちができるって言ってたようなことはできないの。未来なんかわからないわ。ただのツールだもの、ナビや自動翻訳とおんなじ。周囲を見渡し、あれやこれやになにができるか分析し、なにが武器として使用できるか分析するの。それで選択肢を提示してくるのよ」

「予言できないの？」

「できないわ。ほんとよ。事前に対策することはできても、次になにが来るかなんてだれにもわからない。複雑すぎるのよ。人工知能とか、みんな神様みたいにたてまつってるけど、あんなの本物じゃないわ。なにが起こるか、ほんとうに知る方法なんかないんだもの」

「予言……してなかったんだ」チェンは急に、息が詰まるほど笑いだした。それは、相手を信頼しているときだけに出る真の笑いだった。「ぜんっぜんできなかったの？　あの人たちをここに連れてきて、世界一の大富豪三人を説得して、わたしまでここに連れてこられて、それで、あれは予言なんかしてなかったって言うの？」

そしてチェンはマーサのように笑った。泣いているような笑いかたで。

あとでマーサは言った。「急がなくちゃならなかったの。急いでバンドエイドを剝がさなくちゃいけなかったのよ。だってね、いずれこういう問題はすべて解決されるか、でなければ人類は完全に絶滅して、やがてこの惑星はどうにかして自分を癒していってたでしょう。でもゆっくりやっていたら、それを乗り越えるのは恐ろしいことになっていたに違いないわ。何百年も悲惨な時代が続くの。海面上昇、飢餓、干ばつ、ある戦争からの難民がべつの国に大変なプレッシャーになって、それがまた戦争を引き起こす。文明は局地的に残るだけになる。木をどんどん伐採していけば、住処を追われたコウモリや昆虫から新しい伝染病が発生する。まさに悪循環だった。また人類が立ち直るまで、何百年も恐ろしい時代が続いたでしょう」

「なにが起こるか知ることなんてできないって言わなかった？」チェンは言った。

「それはそうよ。こういうことがどんな順番で起こるかなんて、正確にわかるわけがないわ、当然よ。でもこういうことがどんどん起こりかけてて、レンクみたいな人たちは自分たちは大丈夫なように手を打ってたけど、ほかのみんなはそれを経験して苦しまなくてはならなかったでしょう。だからこれはただの……言ってみればショートカットだった。わたしはいつまでもすべてをコントロールすることはできないし……」

「へえ、できないんだ。ほーんと。あんたがそれ知っててよかったと思うよ。いやあ、そうと知ってうれしいわ」

「わたしはただ、ここのところをできるだけ早く通り抜けることができれば、ほんとうに大急ぎで向こうへ行くことができたら、そしたら次の世界に行けるって思ってただけなの。そこはほんとうにいいところなのよ。公共交通機関は電動で、食糧は安くて、鳥は戻ってくるし、みんな電子機器を捨てずに修理するようになって、都市は住みやすいし川はきれいで衛生的で、空気もおいしくて……そういう世界にすぐに行くことができるの。そんな未来が来るのよ。風がわたしたちをそちらに駆り立てている。向こう岸には美しい世界が待っている、わたしはほんとうにそう思ってるの。でも、急げるだけ急がないと間に合わなくなると思ったの」

「それでいまは？」

マーサは下唇を嚙んだ。「もうじゅうぶんなことをやったんじゃないかと思ってるわ」彼女は言った。「すべてを完全に解決することなんかだれにもできないけど、ものごとを正しい方向に傾けようとすることはできる。あなたがどうすると決めたとしても、たぶんそれでも大丈夫だと思うわ」

チェンは、マーサから渡されたファイルを手に持って重さを確かめた。

「だったら、これをＦＢＩに持っていってもいいかな」彼女は言った。「ＦＢＩとＢＢＣ、ＣＩＡとオーストラリアの情報部、フランスとドイツの情報部、そういうとこ全部に――そういうとこに持っていってみんなに知らせたら、あんたたちは逮捕されて、死ぬまで刑務所で過ごすことになるだろうね」

「たぶんね」マーサは言った。「思うんだけど……あなたがそういうことをしたら、わたしがしてきたことを元に戻そうとする人も出てくるかもしれない。操られてた、赦せないって思うだろうし。でもそれはいいのよ。あなたを迎えに行かなくちゃって決心したとき、どれだけ嘘をついても、あなたが真実を突き止めるのを防ぐことなんかできないってわかってた。だからほんとのことを言うことにしたの」

「そしたらわたしはやりたいようにやれる。メディアに政府にばらしに行くわ。あんたを滅茶苦茶にしてやる。こんなに滅茶苦茶にされた人はいないっていうぐらいに」

マーサは言った。「わたしはあなたになにもお願いするつもりはないわ。決めるのはあなたよ。どうとでも好きなようにして」

彼女は降伏のしるしに両手をあげた。

あとになって、それもずいぶんあとになって、マーサは言った。「ほんとにずっと待っててくれたのね。わたしが来るって信じてくれて」

「だれかが来るとは思ってたよ。でも、それがあんただったらいいなって思ってた」

マーサはにっと笑った。「それで、そのあいだにほかの人とつきあってたんでしょ？」

チェンは言った。「もちろんよ、人っ子ひとりいない無人島でね。ずいぶん長いつきあいだったな……エレン・バイウォーターとは。だれからも聞いてないの?」

「あなたの相手はジムリだって聞いてたんだけど」

「ああ、彼のほうがタイプだからね」

指と指とが当たり、触れあった。ときにはそれが大正解のこともある。交流のすべてを把握するのはむずかしい場合もあるが、ときにこの部分はいい仕事をしてくれる。

チェンは言った。「人生のうちの三年間。それに脚。三年間と脚一本。まあ、一本全部じゃないけど。でもそう言ったってさ」

マーサは言った。「ほんとにごめんなさい。やむを得なかったのよ」

するとチェンは言った。「では、なにか埋め合わせをしていただかなくっちゃね」

ふたりは笑った。空に高く投げあげられた子供のように。人はみなつねに落ちていく。半分しか理解できない過去から、知るすべのない未来に向かって。恐れを知らずに落ちることを、人はまた飛ぶとも言う。

謝辞

「北極に来なさい」マーガレット・アトウッドはわたしに言った。「そうすれば変われるから」「でもマーガレット、わたしは変わりたくないかもしれないし」それでもわたしは北極に行き、そして変わった。ありがとう、マーガレット。今度もやっぱりあなたの言うとおりでした。

本書のかなりの部分は、非凡な〈アドベンチャー・カナダ〉チームとの北極旅行がなかったら書けなかっただろう。あの旅行を可能にしてくれた〈ロレックス〉に感謝。

凍った海のほとりの町、ヌナツィアヴトのリゴレット——ティキガクスアグシクともいう——のとある学校のホールで交わした会話に感謝したい。リゴレットの人々は「土地に頼って生きる」とはどういうことか、辛抱強く説明してくれた。それが深い喜びを与えてくれる生きかただということが、おかげで都会で生まれ育ったわたしにも少しずつわかってきた。そしてまた、「北米先住民族とその子孫」の知識や思想について、レナ・オナリク、デリック・ポトルと交わした会話、そしてその後に*Zombies, Run!*（オルダーマンが制作に関わったフィットネスゲーム）の共同制作者イシュマイル・ホープと交わした会話にも感謝したい。

言うまでもないが、本書に誤りがあるとすれば文責はすべてわたし自身にある。

定住した〈ウサギ〉であるわたしたちが、ほんの一部でも狩猟採集民的な暮らしをしている人々に、どうして殺しても飽き足らないほどの憎悪を抱くまでになったのか——わずか数千年前までは、自分たちもみなそういう生活をしていたくせに。もしあなたが読者としてそれを疑問に思ったとしたら、これらの人々をはじめとする「北米先住民族とその子孫」の教師や著述家の作品をぜひ探して読んでみてほしい。ユダヤ人（ほかの人々と同じく「放浪者」として作られている）に対する憎悪すら、その一部のよってきたる根源は、それと同じ自己嫌悪——わたしたち人類の起源に向けられた、そしてそれ以上に、いまも変わらないわたしたちの真の姿に向けられた——にあるのだとわたしは考えるようになった。なにを探しているかわかれば、それはどこにでも見つかる。

本書に見える見解の多く——なかでも、深宇宙やコンピュータアルゴリズム内に知的生命を探索するいっぽうで、この地球上に生息する数多くの知的な動物たちを無視し、苦しめ、見下し、絶滅させているのは滑稽だという考えは、多くの人に愛され、惜しまれた故グレアム・ギブソンとの会話を通じて発展してきたものだ。

アダム・カーティスにお礼を言いたい。人は機械を人と同じぐらい賢くしようとするのでなく、機械のレベルに落としてものを考えるよう自分で自分を訓練している。彼とのやりとりを通じて、とくにそういう見かたを教えられた。

テクノロジーおよびゲーム業界の仕事仲間や友人たちに感謝。わたしと同様テクノロジーを愛し、またこの業界が……いまみたいでなくなるように、かれらは本気で努力している。とくに、エイドリアン・ホン、ホリー・グラマジオ、メグナ・ジャヤンス、アレックス・マクミラン、レイチェル・コルディカット、アンナ・ピッカードに、その考えかたやふつふつたる怒りに感謝します。本書のテクノロジー関連のアイディアに興味のある読者には、ジャロン・ラニアー、ティムニット・ゲブル、ダグラス・ラシュコフ、パリス・マルクスの研究をお勧めしたい。そしてまた、すぐれたテレビシリーズ『ホルト・アンド・キャッチ・ファイア　制御不能な夢と野心』を。

アダム・タンディ、この本と格闘して形にするのを手伝ってくれてありがとう。彼がいなかったらわたしはノックアウトされていたと思う。アネット・ミーズ、終わりをいっしょに考えてくれてありがとう。そして中間も。ありがとう、フランチェスカ・シーガル。あなたのおかげで完成まで持っていくことができました。バリーマルティンバーのジリアン・クローフォード、物書きにぴったりのコテージを提供してくれてありがとう。そしてトム・サトクリフに感謝。謝辞が長いのは耐えられないと彼が言うから、これでやめておく。

すばらしい編集者ティム・オコンネル、エージェントのヴェロニク・バクスターとサイモン・リプスカル、ヘレン・ガーノンズ＝ウィリアムズ、変わらず支援してくれる友人ディ・スピアーズに感謝。また、ジョン・カープ、アイリーン・ケラディ、マリア・メンデス、ダニエル・プリリップ、マギー・サザード、シャノン・ヘネシー、アマンダ・マルホランド、イベット・グラント、ルウェリン・ポランコ、ジャッキー・ソウなど、この本を世に出すのに手を貸してくれた〈S＆S〉のかたがた、みなさんの仕事とサポートにお礼を申し上げます。ヴィクトリア・チャイベンとニアム・カミングにも感謝。シンガポールについていろいろ教えてくれた、〈インスタグラム〉の @ohomatopoeia に感謝。マズ・ハミルトン、メティス・ホン、ドクター・ベンジャミン・エリス、ヘレナ・リーは、ていねいに読んで意見を聞かせてくれてありがとう。両親のマリオンとジェフリー、レベッカ・レヴィーン、エスター、ラッセル、ダニエラ、ベンジー、ザラ・ドノフ、デイヴィッド、そしてすばらしい女性たちに感謝したい。そしてまた、〈フォース・エステート〉のデイヴィッド・ロスアイ、ジョー・トムソン、マット・クランチャー、パトリック・ハーガドン、ケイティ・アーチャーたち、優秀きわまるチームのみなさんにはたいへんお世話になった。

そして、ここまで読んでくださって、またちょっとしたいたずらを大目に見てくださる読者のみなさんに感謝します。なにごともほんとうに終わることはないと知っているあなたは、このページをめくってお礼を受け取ってください。

何年も何年も経ってから

あらゆるものがつねに動いている。静止しているものはない。だれがなんと言おうと、実際には歴史が終わることはない。

百年も経てば、どんな秘密もたいていは秘密でなくなる。ハンツィ島――ここで生きて死んだ先住民に敬意を表して改名された――の居住地の起源は現在ではよく知られている。あきれた事故が起きた。遠いむかしには、全知のテクノロジーによる保護は宗教的とも言える奇妙な信頼の対象だったから、こういうこともありえたのだ。早期警報システムがあまりにも早く作動しすぎ、きわめて影響力の大きい三人の人物がこの美しい場所に送り込まれ、外の世界から切り離されてしまった。かれらはどうすれば見つけてもらえるのかわからず、またどうすれば見つけられるのかだれも知らなかった。人々は悲嘆に暮れ、捜索が行なわれたが、その時期が過ぎると世界は肩をすくめ、三人抜きで前に進みつづけた。

一部の歴史学者の説では、新たな動き、思想の潮流の変化、さらには〈フューチャーセーフ〉ゾーンの準政府的権力の増大すら、この事故の直接の結果だという。だがじつのところ、真相が明らかになったとき――つまり最初の事故から四十一年後、〈フューチャーセーフ〉が管理人グループを永住させるために初めて島に派遣したとき――には、この謎はすでに、ほとんどの人にとってただの歴史になってしまっていた。

最初の三人のうち、生き残っていたのはひとりだけだった。レンク・スケトリッシュは年老いて混乱していた。やって来た管理人たちに、外の世界で大変動が起きたかと彼は尋ねた。かれらが起きたと答えると、彼は自分の島にかれらを歓迎すると言った。この人物が何者なのか、管理人たちが理解するまで数か月かかった。彼はそれから三年と経たずに亡くなり、この島でなにがあったかという生きた記憶も彼とともに失われた。レンク・スケトリッシュが敬意を込めて埋葬されたのは、彼が住んでいた山の東の窓から夜明けに見える石のケルンの下だった。さらに三十八年が経って、島の次世代の管理人たちによって、ようやくここでなにがあったのかが明らかにされた。なにしろ記録はぼろぼろになっていたし、機械は錆びついていたのだ。

エレン・バイウォーターは事故から二年後に亡くなっていた。支援スーツには、彼女が独りごとを言ったり、ときには亡夫ウィルに話しかけたりする声が録音されて残っていた。彼女は見当識を大きく損なわれ、その後深い抑うつに落ち込んだ。スーツはこのままではいけないと説得し、島にいる他の人々に接触して助けを求めるよう強く勧めた。しかし彼女に発話機能を切られてしまい、スーツは無言で彼女の最期を見届けるしかなかった。エレンはスーツを着けて島の最北端の砂浜に向かった。そこでそれを脱ぐと、海に顔を向け、両膝を胸に抱き寄せて座るかっこうをとらせた。スーツの見守る前で、彼女は軽量飛行服のたくさんのポケットに石を入れ、海に向かって歩いていった。その後のスーツの記録には、遺体となって海岸へ戻ってきたエレン・バイウォーターの数日ぶんの様子が収められていた（傷ついて一部は残っておらず、顔認識の確実性は四十八パーセントではあったが）。カニや甲虫、海鳥、鮮緑色のヤスデが砂浜を走りまわっていた。そして、その口器の働きに助けられて、かつてエレンだった肉体は昇華し、もともと属していた生者の世界に戻っていく。

崩れやすい崖を降りなければ近づけない遠くの入江を探索しているとき、管理人らはそこに座っているスーツを発見した。スーツは膝を胸もとに寄せ、両腕をそれに巻きつけ、バイザーを下ろし、目の前を通過する生物世界の無数の一部を記録しつづけていた。小鳥がその足をつつき、砂に埋まるかかとに引っかかった小さな甲殻類をつついていた。少しリスに似た齧歯類《げっし》が、尻の下に柔らかい種子を押し込んで隠していた。そのようにして待つあいだに太陽電池が徐々に切れ、監視機能もほとんど維持できなくなっていた。

ジムリ・ノミックはもっと早くに亡くなっていたが、発見されたのはずいぶんあとになってからだった。彼は三日歩いて島の最果てにたどり着き、ここが本土に最も近いと信じた。彼は健康を損ねていたが、ほかの人々とまた連絡をとろうとはせず、かれらの医薬品や手当に頼ってはどうかというスーツの提案を却下した。ほかの医薬品もあるかもしれないとスーツは言ったが、彼は信じなかった。洞窟を見つけ、その岩でできた蜂の巣のなかに閉じこもり、ドローンの群れを使って肉食獣から身を守った。スーツはできる限りのことをして忠実に仕えた。よさそうな薬はすべて投与し、突然の熱発を監視した。心臓が止まりそうになったときは、ショックを与えて生き返らせた。モルヒネを与えられていたおかげで、彼はほとんど苦痛なく最期を迎えることができた。

彼がついに亡くなったとき、エレンのスーツと同じく、彼のスーツもまたその後についての指示は与えられていなかった。スーツはジムリの遺体を繭《まゆ》のようにその体内で守りつづけ、隠れ家だった暗い洞窟のなかで体側を下にして横たわっていた。洞窟は暖かく乾燥していて、岩壁には塩が含まれていた。太陽は何か月も明るく照りつけた。石がずれて、熱く乾いた空気が循環するようになった。遺体の嫌気性分解が始まり、かつてジムリが皮膚や腸内に飼っていた、まさにその細菌によって遺体が食われはじめると、スーツはみずから有毒ガスを洞窟内に排出することにした。塩分を含んだ熱い空気にさらされて、遺体は腐敗するより早く乾燥しはじめた。また、ジムリはハイテクの吸湿スポーツウェアを着ていたため、それもまた遺体から水分が抜けるのに役立った。八年から十年もすると、においは完全に消えていた。骨に付着したまま肉はほとんど干からび、骨格にぴんと張りついた腱と靭帯は、乾燥してからまりあったワイヤのようだった。管理人たちが洞窟の入口から岩を静かにどかしたとき、砂地のうえでこちらを見あげるフェイスプレートからは、口をぽっかりあけたジムリ・ノミックの死顔がのぞいていた。急ぐ必要どころか、そもそも救助の必要もなかった。

ここで正確にはなにが起こったのか、歴史学者のあいだでいまも議論が続いている。エレン・バイウォーターの人生の終わりごろ、スーツの記録によれば、彼女の子のバジャーが何度も直接の通信を試みている。自分で自分を傷つけないようにと懇願しようとしているのだ。この記録が発見されると激しい論争が引き起こされた。これが本物ということはありうるのか、それともこれは高度な「ディープフェイク」だったのか。自分の最期に関する議論を外面化するために、エレンが自分でこれを創作したのだろうか。これが本物だとしたら、この島での事故についてここからどんなことが言えるだろうか。手段はともかく、バジャーは母の居場所を知ることができたのか。もしそうなら、なぜ黙っていたのだろうか。

この記録が発見されたころには、バジャー自身も九十代なかばに達しており、長年のパートナーであるアーティストのグレイシー・マッコールとのあいだに三人の子供を儲け、すでに孫や曾孫もいた。当初の〈フューチャーセーフ〉の発案者にして理事会メンバー——マーサ・アインコーン、セイラ・

ノミック、アルバート・ダブロウスキー、ライ・チェン——のうち、バジャー・バイウォーターは最後の生き残りだった。このころには、かつての〈メドラー〉、〈アンヴィル〉、〈ファンテイル〉の莫大な資産は、かれらの監督のもと五十八の独立した〈フューチャーセーフ〉地域に移転されていた。これらの地域では、UAR（連邦自治区）創設に向けた同盟のプロセスがすでにかなり進んでいた。UARは分散国家だ。これを可能にしたのはテクノロジーであり、そのテクノロジーが生んだ富だった。UARは、全人類の利益のために自然保護を使命として課された——というか、みずからにそれを課してきたゾーンの連合だ。そして多くの場合、創設者が作りあげた独自のテクノロジーを用いて、ほとんどつねにほとんどの人間の接近を禁じてきた。

自分が残したと思われる通信記録について、バジャー・バイウォーターはおおむね沈黙を守っていた。数少ない例外は、母の最後の日々の記録は見たくないということ、そして母の生命を救うことができたのなら、自分がとうぜんそうしていたのは明らかなはずだということだけだった。

「奇妙で不穏な時代をわたしたちは乗り越えてきた」バジャーは言った。「だれもが知っているとおり、世界は大災害に、人類は滅亡に近づいていた。あの映像を母が自分で作ることができたという仮説を読んだが、それは完全に理にかなっていると思う。母は恐ろしい試練を経験し、混乱していた。あんなことにならなければよかったと思う。帰ってきてもらいたかったし、わたしの子供たちを見てもらいたかった。過去を引っかきまわしてなんの得があるのかわからない。大切なのは未来だ」

なにごとも永久に決着したり解決したりすることはない。どんな国家も完璧ではなく、ユートピアは存在しない。存在するとしても限られた者しか入れないだろう。人にできるのは、〈キツネ〉のように風向きの変化に気をつけることだけだ。新しい状況に出くわすたびに、自分に問いかけてみることだ――わたしたちは、なにをされたら相手を嫌いになるだろうか。そしてまた、わたしたちはだれかを忘れていないだろうか。つねに動きつづけ、前に倒れ、みずからの歴史の道筋を曲げて、公平で親切で、思いやりがあって善い方向に向かおうとする。それにわたしたちは失敗しつづけるだろうが、最終的な成功が重要だったことはない。

シアトルの北で、女がひとり森のなかを走っている。鬱蒼たる木々のあいだを抜けて数マイル、彼女のシャツの胸ポケットには一枚の紙、そして保存されたタイトビーム通信が折り畳まれて入っている。ジャックウサギやオグロジカは、野生動物の優雅さで道を飛び跳ねて突っ切っていく。女のダートバイクはこの道を引き返す途中で故障した。まだ追いかけられていないとしても、すぐに追いかけてくるだろう。アメリカ合衆国は、内政問題で連邦自治区に干渉されるのを喜ばないから、もし捕まったらスパイとして拘束され、裏切り者として裁判にかけられるだろう。

新しく選出された合衆国大統領はエノク会員だ。かなり標準的な穏健派の〈キツネとウサギ運動〉の信奉者という顔をしているが、実際にはもっと過激な会派に属している。彼女の会派は、「断片」の防止は神の全被造物の道徳的義務であり、単一の世界秩序のもとで世界を団結させなければならないと信じている。まずはいわゆる自治区からだ。野生生物の生息地保護を口実に、軍国主義的・絶対主義的体制をとるこれらの自治区は、世界秩序に対する脅威になっている。無人の機械的スーツとブヨ型ドローンの群れで世界を人質に取られつづけるぐらいなら、あの神なき地域の市民十二億人全員が死ぬほうがましだと、彼女はタイトビーム通信で語っている。離脱地域は母国に再統合されなくてはならない。バスク保護区はスペインに返すべきだし、コーンウォール地帯は英国に返還されるべきだ。クートニーとフラットヘッドは、どうあっても再び大アメリカ合衆国の一部としなくてはならない。

十五キロほど先には装甲サバイバルスーツが待っている。中空の木の周りの地面に、自分でうつぶせに埋もれているのだ。日の出前にそこに着ければ、ポケットに入れた情報とともに夜にはハイダ・グワイの境界に到達できるだろう。警告する手段はこれしかない。どんな手段であれ、通信しようとすれば所在地が割れてしまう。彼女は夜を通して走る。この長い年月を都会で過ごしてきたが、やはり森のなかのほうがくつろげる。なにか強いものが力を与えてくれると思う。仕事に終わりはなく、最終決戦などというものはない。闘争こそ目的地であり、現在と未来のあいだにはつねに緊張関係が存在するのだ。

チェン、わかったぞ。秘密の洞窟だかなんだかで、おまえたちがよろしくやってたのは知ってる。

恋愛はいいもんだ。真相が知りたかったらメールしてくれ。

mariuszugravescu@gmail.com

訳者あとがき

本書は、二〇二三年にハーパーコリンズより刊行された *The Future* の全訳である。

著者オルダーマンは前作『パワー』（邦訳は河出書房新社より刊行）で世界的なベストセラー作家になった人で、「謝辞」にも名前のあがっているマーガレット・アトウッドの弟子筋にあたる。その前作は、男女の差別や不平等の根本原因は要するに「腕力《パワー》」の差にあるというところから、では女性のほうが男性より物理的に強くなったらどうなるか、というワンアイディアSFというか思考実験だった。そのたったひとつの「違い」から、作中の世界は現実世界とはどんどん乖離していくのだが、そのあれよあれよという怒濤の展開でぐいぐい読ませる力作だ。

それに対して本作は、逆に多種多様なテーマが次から次に提示され、それがどんなふうに絡みあってどんな結末に至るのか、という興味で引っ張っていく作品と言える。冒頭から世界は終末を迎え、最先端テクノロジー企業トップ三人の謎めいた脱出劇が描かれる。いっぽう主人公のライ・チェンは、子供のころに難民として苦労した経験があり、そこからサバイバリストのネット・ジャーナリストになったという香港出身でレズビアンの英国人。その恋人となるマーサ・アインコーンも、複雑な出自という点では負けていない。なにしろ終末論的カルトの教祖の娘で、現代社会から切り離されて狩猟採集民的に育てられ、そこを逃げ出してきてからは、カルトの教祖的なハイテク企業のカリスマ創設者に仕えているのだ。その他の重要人物もゲイだったりノンバイナリーだったり、ハンガリーの変人の教授だったりだし、ハイテク企業の三巨頭もそれぞれひとくせもふたくせもある連中だ。

ちなみに本文中では触れられなかったので、ここでいちおう解説めいたことを書いておくと、三大テクノロジー企業にはそれぞれわかりやすく現実のモデルがある。〈ファンテイル〉は「クジャクバト」という意味で、モデルになっているのはもちろん〈フェイスブック〉+かつての青い鳥マークの〈ツイッター〉。〈アンヴィル〉は「金床」の意で、モデルは〈アマゾン〉。〈メドラー〉は果物の「カリン」の意で、そこからしてもモデルは間違いなく〈アップル〉だ。〈メドラー〉を追われた創設者のダブロウスキーも、慈善活動で有名なウォズニアックを彷彿させる（ウォズニアックは〈アップル〉を追われたわけではないが）。

そんな癖の強い登場人物が入り乱れるなかに、未来を予測できるという謎の最先端ＡＩが登場する。そして、それを開発したこれまた謎の技術者がささやく——どんなに事前に対策し、万全のシェルターを用意しておいたところで、「いつ」逃げればよいかわからなければ意味がない。街が暴徒であふれ、食糧や燃料が枯渇してから逃げようとしても遅すぎる。世界の終わりを生き延びるには、世界が終わりを迎える前にそれと察知できなくてはならないのだ。果たしてＡＩにほんとうに未来が予測できるのか、また予測できるとして、大多数の一般人にそれを知らせず、大富豪だけが「ゴールデンチケット」で助かることが倫理的に許されるのか。はたまた終末論的カルトの教祖が唱えるように、人は狩猟採集民として世界と一体となって生きることこそが正しいのか。……と、さまざまな問題を提起しつつ、物語は混沌のなかをがむしゃらに走り抜けるかのように進んでいき、最後のどんでん返しでそう来ましたかという意外な「事実」が明かされることになる。

というわけで、ここからはいわばネタバレになるので、まだ本文をお読みでないかたはこの先は読んではいけません。先に前作はいわばワンアイディアSFだと述べたが、ある意味では本作もじつは同様である。その「ワンアイディア」とはこうだ——現代世界の病弊の根源は、持つ者と持たざる者との乖離と不平等にある。その「持つ者」の代表と言うべき世界的大富豪をこの世から消したらどうなるか。果たして何人を、そしてだれを排除すれば世界は救われるのか。そしてそれは倫理的に見て許されるべきことなのか。作中くりかえし語られる聖書のソドムの物語が、ここでは裏返しの形で提起されている。ソドムの物語は、何人の善人がいたら腐敗した全体を救うべきかという問いだが、本書のほうは、全体を救うためなら何人の「悪人」を排除することが許されるのかという、こちらもまたかなり重い問いである。

事実を知らずに「島流し」にされた三人の大富豪は、ひとりを除いて悲惨な最期を迎える。そしてかれらの不幸によって世界は救われ、人類は救われる。他人を見棄てて自分だけ助かろうとした人々ではあるが、だからといってかれらを犠牲にして世界が救われるのは正しいことなのだろうか。そう考えてきて思い浮かぶのは、ソドムの物語ではなくむしろアーシュラ・K・ル・グィンの短編「オメラスから歩み去る人々」だ。古い作品だし、ご存じないかたのために簡単に説明すると、こんな内容だ。

美しく幸福な都市オメラスには秘密がある。オメラスの地下牢には、罪もない子供がひとり閉じ込められ、まともな食事も与えられずに悲惨な生に耐えているのだ。もしもこの子供を解放したら、美しく幸福なオメラスは滅びる運命にある。住民はみなそのことを知っているが、たいていはしかたがないと受け入れて生きていく。しかしときどき、ある日ふと思い立ったように、オメラスから歩み去ってそれきり帰ってこない人がいる。

これだけの話だが、オメラスの理想郷的な描写もあいまって、忘れがたい印象を残す作品である。著者オルダーマンはとくになにも言っていないようだが、本書の冒頭にル・グィンの訳した老子の言葉が引用されていることからして、この短編を意識していたのではないかと思うのは勘ぐりすぎだろうか。前作もそうだったが、そんなこんなで本作の読後感はけっして爽快とは言えない。その苦い澱《おり》のような後味を読者に与えることこそが、おそらく著者のねらいなのだろう。

著者オルダーマンは一九七四年生まれの英国人で、小説家として活動しつつ、ゲームの開発やテレビ番組制作にも関わっているという才人だ。先にも書いたが、小説家としてはマーガレット・アトウッドに師事し、これは前作の内容からもおわかりだろうが、フェミニストとしても知られている。

本書の訳出にあたっては、河出書房新社の町田真穂氏にたいへんお世話になった。仕事の遅い訳者のせいで町田氏には最初から最後までご迷惑をおかけし、なんとお詫びしてよいかわからないが、ともあれこの場をお借りして心よりお詫びとお礼を申し上げます。

二〇二五年三月

編者

ナオミ・オルダーマン　Naomi Alderman

1974年、ロンドン生まれ。オックスフォード大学で哲学・政治経済を専攻。弁護士事務所等で勤務後、イースト・アングリア大学でクリエイティブ・ライティングを学ぶ。2006年、*DISOBEDIENCE* で作家デビュー。同作でオレンジ新人賞を受賞。2016年刊行の『パワー』はベイリーズ賞を受賞し、世界30か国以上で翻訳された。

訳者

安原和見（やすはら・かずみ）

翻訳者。鹿児島県生まれ。東京大学文学部西洋史学科卒業。訳書にナオミ・オルダーマン『パワー』、ダグラス・アダムス「銀河ヒッチハイク・ガイド」シリーズ（以上、河出書房新社）、ペン・シェパード『非在の街』（東京創元社）、アガサ・クリスティー『オリエント急行殺人事件』（光文社）など多数。

未来

2025年4月20日　初版印刷
2025年4月30日　初版発行

著　　者　ナオミ・オルダーマン
訳　　者　安原和見
装　　丁　大倉真一郎
装画（キャラクター）　くるみつ
発行者　小野寺優
発行所　株式会社河出書房新社
〒162-8544　東京都新宿区東五軒町2-13
電話 03-3404-1201（営業）　03-3404-8611（編集）
https://www.kawade.co.jp/
組　　版　KAWADE DTP WORKS
印刷・製本　株式会社暁印刷

Printed in Japan
ISBN978-4-309-20922-7